suhrkamp taschenbuch 661

W0062000

Juan Carlos Onetti, literarischer grand old man, wurde 1909 in Montevideo geboren. In Buenos Aires war er Leiter der Nachrichtenagentur Reuter und Herausgeber von Zeitschriften. 1954 kehrte er nach Montevideo zurück, schrieb u. a. die »Larsen-Trilogie« und Erzählungen von im ganzen Subkontinent kaum je erreichter Qualität. 1975 mußte Onetti nach dreimonatiger Inhaftierung nach Spanien emigrieren. Einer der inoffiziellen Anlässe war wohl die Tatsache, daß der Abschlußband seiner Trilogie *El Astillero* (1961, dt. *Die Werft,* Bibliothek Suhrkamp Band 457), laut Onetti »keine Prophezeiung, auch kein Spiel im grenzenlosen Feld der Futurologie«, als politische Parabel gewiß nicht mißverstanden wurde.

»Man kann viel leben, viele kürzere oder längere Leben führen«, heißt ein zentraler Satz in diesem Roman des Uruguayers Juan Carlos Onetti. Der Protagonist, Juan María Brausen, ein schüchterner Mann, streng monogam lebend, »niemand, in Wirklichkeit«, macht nach einer schweren Operation seiner Frau die Erfahrung, daß er nicht zu einem einzigen Leben verurteilt ist, daß Änderungen möglich sind. Er nimmt eine Zweitexistenz an, nennt sich Juan María Arce und wird der Geliebte einer Prostituierten. Zugleich entwickelt er eine imaginäre Stadt, Santa María, und sieht sich als Arzt Días Grey. Der Unterschied zwischen Roman-Wirklichkeit und Roman-Fiktion löst sich allmählich auf: als der Zuhälter seiner Geliebten, Ernesto, die Prostituierte umbringt, fühlt er sich verpflichtet, diesen zu retten, da er den Mord eigentlich selbst begehen wollte. Sie fliehen gemeinsam in die Stadt Santa María.

Juan Carlos Onetti
Das kurze Leben

Roman

Aus dem Spanischen von
Curt Meyer-Clason

Suhrkamp

Titel der Originalausgabe: *La vida breve*

suhrkamp taschenbuch 661
Erste Auflage 1981
© Editorial Sudamericana S. A., Buenos Aires 1950
© der deutschen Ausgabe Suhrkamp Verlag Frankfurt am Main 1978
Suhrkamp Taschenbuch Verlag
Alle Rechte vorbehalten, insbesondere das
des öffentlichen Vortrags, der Übertragung
durch Rundfunk und Fernsehen
sowie der Übersetzung, auch einzelner Teile.
Druck: Nomos Verlagsgesellschaft, Baden-Baden
Printed in Germany
Umschlag nach Entwürfen von
Willy Fleckhaus und Rolf Staudt

3 4 5 6 7 - 94 93 92 91

Das kurze Leben

Für Norah Lange
und Olivero Girondo

O etwas so Vernichtendes und Furchtbares!
Etwas fernab von einem flachen frommen Leben!
Etwas Unerwiesenes! Etwas Tranceähnliches!
Etwas vom Ankergrund Gerissenes, frei Treibendes!

Walt Whitman

Erster Teil

1. Santa Rosa

»Verrückte Welt«, sagte noch einmal die Frau, als zitiere, als übersetze sie.

Ich hörte sie durch die Wand. Ich stellte mir ihren Mund vor, wie er sich vor dem nach gärenden Nahrungsmitteln riechenden eisigen Atem des Kühlschrankes bewegte oder vor dem braunen Holzperlenvorhang, der vermutlich steif zwischen dem Abend und dem Schlafzimmer hing und die Unordnung der jüngst eingetroffenen Möbel verdunkelte. Zerstreut lauschte ich den abgehackten Sätzen der Frau, ohne an das zu glauben, was sie sagte.

Als ihre Stimme, ihre Schritte, ihr Morgenrock und ihre dicken Arme – so stellte ich sie mir vor – von der Küche ins Schlafzimmer wanderten, wiederholte ein Mann einsilbige Worte, stimmte zu, ohne sich völlig dem Spotten zu überlassen. Die Hitze, welche die Frau im Gehen durchschnitt, schloß sich wieder, füllte die Ritzen und legte sich schwer auf alle Zimmer, auf die Hohlräume der Treppen, in die Ecken des Gebäudes.

Die Frau ging in dem einzigen Raum der Wohnung nebenan auf und ab, ich hörte sie vom Bad aus, den Kopf unter den fast unhörbaren Regen der Dusche gebeugt.

»Auch wenn es mir das Herz in winzige Stücke zerreißt«, sagte die Stimme der Frau leicht singend, nach jedem Satz den Atem anhaltend, als tauche jedes Mal ein hartnäckiges Hindernis auf, um sie davon abzuhalten, etwas zu bekennen, »schwöre ich, werde ich ihn nicht auf den Knien anflehen. Er hat es so gewollt, und nun hat er es. Auch ich habe meinen Stolz. Auch wenn es mir weher tut als ihm.«

»Komm, komm«, sagte der Mann versöhnlich.

Kurze Zeit lauschte ich der Stille in der Wohnung, in dessen Mitte jetzt Eisstückchen in Gläsern quirlten. Der Mann war vermutlich in Hemdsärmeln, vierschrötig und dicklippig; sie zog nervöse Grimassen, trübselig wegen des Schweißes, der ihr von der Oberlippe und der Brust rann.

Und ich, auf der anderen Seite der dünnen Wand, stand nackt da, von Wassertropfen berieselt, fühlte, wie sie verdampften, ohne mich zu entschließen, das Handtuch zu nehmen, und blickte in das dämmrige Zimmer jenseits der Tür, in dem die gestaute Hitze das saubere Laken des Betts umstrich. Jetzt dachte ich absichtlich an Gertrudis, an die liebe Gertrudis mit ihren langen Beinen, an Gertrudis mit einer alten weißlichen Narbe auf dem Bauch, an die wortkarge, blinzelnde Gertrudis, die ihren Groll mitunter wie Speichel schluckte, Gertrudis mit dem goldenen Röschen im Ausschnitt ihrer Abendkleider, Gertrudis, die ich auswendig kenne.

Als die Stimme der Frau wiederkehrte, dachte ich an die Aufgabe, ohne Mißfallen die neue Narbe anzusehen, die Gertrudis auf der Brust tragen würde, rund und kompliziert, mit rotem oder rosafarbenem Geäder, das die Zeit womöglich in das bleiche Gewirr von der Farbe der anderen verwandeln würde, zart und glatt, flink wie eine Unterschrift, die Gertrudis auf dem Bauch trug und die ich so oft mit der Zungenspitze erkundet hatte.

»Es kann mir das Herz zerreißen«, sagte die Frau nebenan, »und ich werde wahrscheinlich nie mehr die gleiche sein wie vorher. Wie oft hat Ricardo mich in diesen drei Jahren dazu gebracht, daß ich wie eine Wahnsinnige weinte. Es gibt vieles, was Sie nicht wissen. Was er mir diesmal angetan hat, war nicht schlimmer als was er mir vorher angetan hatte. Aber nun ist Schluß.«

Wahrscheinlich war sie in der Küche, hockte vor dem Eisschrank, suchte nach etwas und kühlte sich mit der eisigen Luft, in der ölige Gemüsegerüche geronnen, Gesicht und Brust.

»Ich tue keinen Schritt, auch wenn es mir das Herz zerreißt. Auch wenn er mich auf den Knien anfleht . . .«

»Sagen Sie sowas nicht«, sagte der Mann. Er war wohl geräuschlos bis zur Küchentür gegangen und, einen behaarten Arm an den Türrahmen gelehnt, mit dem anderen angewinkelten sein Glas haltend, blickte er auf den kauernden Körper der Frau hinunter. »Sagen Sie sowas nicht. Wir alle

haben Fehler. Wenn er, sagen wir ... Wenn Ricardo Sie bitten würde ...«

»Ich weiß nicht, was ich sagen soll, glauben Sie mir«, bekannte sie. »Ich habe seinetwegen so sehr gelitten! Wollen wir noch ein Glas nehmen, ja?«

Sie mußten in der Küche sein, denn ich hörte Eisstücke im Ausguß aufschlagen. Wieder stellte ich die Dusche an und bewegte die Schultern unter dem Wasserstrahl, während ich an den etwa zehn Stunden zurückliegenden Vormittag dachte, als der Arzt mit mehreren Schnitten behutsam oder mit einem einzigen, nicht weniger behutsamen Schnitt Gertrudis' linke Brust amputierte. Er mußte gefühlt haben, wie das Skalpell in seiner Hand zitterte, wie die Klinge durch weiches Fettgewebe plötzlich in derbes, festes Drüsengewebe drang.

Die Frau seufzte und lachte los; ein vom Geräusch der Dusche verzerrter Satz drang zu mir:

»Wenn Sie wüßten, wie satt ich die Männer habe!« Sie entfernte sich vom Schlafzimmer und trommelte gegen die Balkontüren. »Aber sagen Sie mir eines: wann kommt endlich das Santa-Rosa-Gewitter?«

»Es müßte heute kommen«, sagte der Mann, ohne ihr zu folgen, und hob die Stimme. »Keine Sorge, es bricht noch vor dem Morgengrauen los.«

Nun entdeckte ich, daß ich seit einer Woche das gleiche dachte, entsann mich meiner Hoffnung auf ein unbestimmtes Wunder, das mir den Frühling bringen würde. Seit Stunden summte ein Insekt, verwirrt und wütend zwischen dem Wasser der Dusche und der letzten Helligkeit der Fensterluke. Wie ein Hund schüttelte ich das Wasser ab und blickte in das Dämmerlicht des Zimmers, in dem die eingepferchte Luft pochen mußte. Es würde mir unmöglich sein, das Drehbuch zu schreiben, von dem Stein mir gesprochen hatte, solange ich nicht die abgeschnittene Brust vergessen konnte, nun formlos, wie eine Schirmqualle auf dem Operationstisch eingesunken, sich darbietend wie ein Napf. Es war mir unmöglich, sie zu vergessen, auch wenn ich mir immer wieder sagte, daß ich nur so getan hatte, als wolle

ich daran, an dem Ding trinken. Ich war gezwungen zu warten, und die Armut mit mir. Und alle am Santa-Rosa-Tag, das unbekannte Flittchen nebenan, das soeben in die Nachbarwohnung gezogen war, das Insekt, das in der von der Rasierseife parfümierten Luft schwirrte, alle die, welche in Buenos Aires wohnten, waren mit mir dazu verdammt zu warten, ob sie es wußten oder nicht, in der bedrohlichen, unheilverkündenden Hitze wie Idioten keuchend, auf das kurze großsprecherische Gewitter und den bevorstehenden Frühling lauernd, der sich von der Küste einen Weg bahnen würde, um die Stadt in ein fruchtbares Land zu verwandeln, wo plötzlich und vollkommen, wie ein Akt der Erinnerung, das Glück erscheinen könnte.

Die Frau und der Mann waren wieder außer Hörweite in das Zimmer gegangen.

Beim Verlassen der Küche hatte sie gesagt: »Einen Wahnsinn wie den unseren hat es noch nie gegeben, das schwöre ich Ihnen.«

Ich stellte die Dusche ab, ich wartete, bis das Insekt näherkam und ich es mit dem Handtuch erwischen und auf dem Ausguß zerquetschen konnte und ging nackt und tropfend ins Schlafzimmer. Durch die Jalousie sah ich die Nacht vom Norden her dunkeln, ich zählte die Sekunden zwischen den Blitzen. Ich steckte zwei Pfefferminzpastillen in den Mund und warf mich aufs Bett.

... Brustamputation. Eine Narbe kann man sich wie einen unregelmäßigen Schnitt in einem dickwandigen Napf vorstellen, enthaltend eine regungslose, rosenrote, bläschenbedeckte Substanz, die den Eindruck vermittelt, flüssig zu sein, wenn wir die sie beleuchtende Lampe zum Schwanken bringen. Man kann sie sich auch vorstellen, wie sie nach vierzehn Tagen, einem Monat nach dem Eingriff aussieht mit einem Schatten von Haut, die sich durchsichtig darüber spannt, so fein, daß niemand es wagen würde, die Augen längere Zeit darauf zu heften. Später deuten sich allmählich Falten an, bilden und verändern sich; nun ist es möglich, die Narbe heimlich zu betrachten, sie irgendwann nackt zu überraschen und vorauszusagen, welche Faltengebilde, wel-

14

che Zeichnungen, welche rosafarbenen und weißen Töne vorherrschen und bleiben werden. Überdies würde Gertrudis eines Tages in der Frühlings- oder Sommerluft des Balkons wieder grundlos lachen und mich mit glänzenden Augen einen Augenblick lang fest ansehen. Dann würde sie den Blick senken und die Mundwinkel leicht herausfordernd zu einem Lächeln verziehen.

Jetzt würde der Augenblick meiner rechten Hand kommen, die Stunde der Posse, in der Luft genau eine Form und einen Widerstand zu drücken, die nicht da und von meinen Fingern noch nicht vergessen worden waren. ›Meine Handfläche wird Angst haben, sich übermäßig zu wölben, meine Fingerspitzen werden über die rauhe oder schlüpfrige, unbekannte, keine Intimität verheißende Oberfläche der runden Narbe gleiten müssen.‹

»Verstehen Sie. Es ist nicht wegen des Festes oder wegen der Tanzerei, sondern wegen der Geste«, sagte die Frau auf der anderen Seite der Wand, nahe und über meinem Kopf.

Vielleicht lag sie wie ich auf dem Bett, in einem gleichen Bett wie dem meinen, das tagsüber in der Wand verborgen und abends unter verzweifeltem Gekreische seiner Federn ausgegraben werden konnte; der vierschrötige Mann mit dunklem, gesträubtem, verbissenem Schnurrbart hockte vielleicht eingeknickt, trinkend und schwitzend, in einem Sessel, Gefangener eingebildeten Respekts, neben den nackten Füßen der Frau. Er würde sie ansehen, wenn sie sprach, nikkend, ohne ein Wort zu sagen; würde gelegentlich die Augen abwenden, fasziniert von den rotlackierten Fußnägeln, von den kurzen Zehen, die sie gedankenlos im Takt bewegen würde.

»Was schert mich der Karneval, verstehen Sie! In meinem Alter dreht man wegen einem Ball nicht mehr durch. Es war aber der erste Karnevalsball, auf den wir gemeinsam gehen wollten, Ricardo und ich. Ich sag's Ihnen, wie ich es ihm ins Gesicht gesagt habe, er hat sich wie ein Hundesohn aufgeführt. Was hätte es ihn gekostet, mir zu sagen, er könne nicht, ›schau, ich hab Wichtigeres zu tun‹ oder ›ich hab keine Lust‹ – sagen Sie mir das! Wenn er zu mir kein

Vertrauen hat, zu wem soll er denn sonst welches haben? Eine Frau betrügt man nie; sehr oft spielen wir die Betrogenen, gewiß, aber das ist nicht dasselbe.« Sie lachte ohne Bitterkeit zwischen zwei Hustern. »Ich könnte Ihnen sogar Namen nennen, er würde auf den Rücken fallen, wenn er die Dinge erführe, die ich von ihm weiß, die ich aber ihm gegenüber aus Diskretion verschwiegen habe. Der hat ja keine Ahnung. Aber sagen Sie mir, ob das nicht etwas anderes ist, eine Karnevalsnacht, der erste Ball, auf den man gemeinsam gehen will. Es schlägt elf, es schlägt zwölf, und der Señor erscheint nicht. Ich habe sogar zur Dicken gesagt, wie schade ich es fände, daß Ricardo sich nicht einmal so spät loseisen konnte. Schade für ihn, versteht sich, denn er kam um eine amüsante Nacht. Ich war als altmodische Dame verkleidet, ganz in Schwarz mit weißen Haaren.«

Die Frau lachte, lachte dreimal schallend heraus; im Gegensatz zu ihrer ängstlichen Stimme, die unerwartet abbrach, um das Ende jedes Satzes zu unterstreichen, schien ihr Lachen unterdrückt gewesen zu sein, sich lange Zeit angesammelt zu haben und nun, wie ein schwaches Wiehern stoßweise hervorzubrechen.

»Die Dicke, die Arme, war grün vor Wut. Unsretwegen hatte sie die Festnacht versäumt, endlich ging sie fort. Es war hellichter Tag, als ich in dem großen Sessel sitzend erwachte (ich weiß nicht, ob Sie ihn je gesehen haben), den wir in Belgrano besaßen, meine Perücke war mir vom Kopf gerutscht und der riesige Jasminstrauß lag auf dem Boden. Bei der Hitze – und alles zugesperrt, es war wie bei einer Totenwache.«

› ... Und hier wird Gertrudis, nun halb tot, – so dachte ich – wieder zu Kräften kommen, wenn alles gut geht. Mit diesem ekelhaften Tier auf der anderen Seite der Wand, die aus Papier zu sein scheint. Immerhin, wenn ich sie morgen im Sanatorium sehe, wenn sie sprechen kann, wenn ich sie sehen kann, wenn ich sehe, daß sie noch nicht sterben wird, kann ich ihr zumindest die Hand drücken und ihr lächelnd sagen, daß wir bereits Nachbarn haben. Denn wenn sie sprechen oder mir zuhören kann und nicht zu sehr leidet, werde ich ihr nichts Wahreres zu sagen haben, nichts Wichtigeres als die Nachricht, daß jemand nebenan eingezogen ist ins Apartment 4. Sie wird lächeln, Fragen stellen, wird sich erholen, nach Hause zurückkehren. Und es wird der Augenblick meiner rechten Hand kommen, der Lippe, des ganzen Körpers, der Augenblick der Pflicht, des Erbarmens, die Schreckensangst zu demütigen. Denn der einzige überzeugende Beweis, die einzige Quelle des Glücks und des Vertrauens, die ich ihr zu spenden vermag, wird sein, daß ich ein von Begierde verjüngtes Gesicht bei hellem Licht hebe und auf die verstümmelte Brust senke, sie küsse und mich wahnsinnig errege.‹

»Es ist keine Laune«, sagte die Frau jetzt in der Tür. »Diesmal ist es aus, für immer.«

Mit trockenem, glühendem Körper stand ich auf; ausrutschend und in der Hitze den Kopf hängen lassend, trat ich zum Spion der Eingangstür.

»Sie werden sehen, es renkt sich alles ein«, wiederholte der Mann beruhigend, unsichtbar.

Ich sah die Frau, sie trug keinen Morgenrock, sondern ein dunkles, hautenges Kleid, aber die nackten Arme waren dick und weiß. Während sie weiter den Mann anlächelte, der mir jetzt eine graue Schulter zukehrte und die dunkle Krempe des aufgesetzten Hutes, wiederholte ihre Stimme, die wie von Watte gedämpft, sich dem sanften Ersticken widersetzte, immer wieder, jetzt sei nichts mehr zu ändern.

»Sie können sicher sein. Sie dürfen mir's glauben. Am Ende wird man's müde. Oder etwa nicht?«

2. Díaz Grey, die Stadt
und der Fluß

Ich streckte die Hand aus, bis sie im begrenzten Lichtkreis
der Nachttischlampe neben dem Bett geriet. Seit einigen
Minuten horchte ich auf Gertrudis' Schlaf, spähte nach
ihrem Gesicht, das dem Balkon zugewandt war, mit halbge-
öffnetem, trockenem, fast schwarzem Mund, die Lippen
dicker als früher, die Nase glänzend, doch nicht mehr
feucht. Ich griff nach einer Morphiumampulle auf dem
Tischchen und hob sie mit zwei Fingern hoch, ließ sie kreisen und schüttelte eine Sekunde lang die durchsichtige Flüssigkeit, die einen fröhlich-geheimnisvollen Widerschein verbreitete. Es mochte zwei oder halb drei sein; seit Mitternacht hatte ich nicht die Kirchenuhr schlagen hören. Irgendein Motoren- oder Straßenbahnlärm, irgendein unerkennbares Erzittern gesellte sich zu dem Arznei- und Köl-
nischwassergeruch des Zimmers.

Vor Mitternacht hatte sie sich übergeben, hatte geweint
und das in Kölnischwasser getränkte Taschentuch an den
Mund gepreßt, während ich ihr leise auf die Schulter
klopfte, ohne sie anzusprechen, weil ich unzählige Male,
genau so oft wie es mir im Laufe eines Tages möglich gewesen war, wiederholt hatte: »Macht nichts. Weine nicht.«
Während ich mit der Ampulle spielte, glaubte ich noch
immer wie alte Geräuschfetzen in den Zimmerecken die entschlossenen, fast verzweifelten Laute mit merklichen
Anklängen von Scham und Haß zu hören, die sie mit resigniertem Kopf über dem Waschbecken von sich gegeben
hatte. Ich hatte die Feuchtigkeit ihrer Stirn gegen meine
Hand wachsen gefühlt, während ich an das Drehbuch
dachte, von dem mir Julio Stein gesprochen hatte, ich stellte
mir Julio vor, der mir lachend auf einen Arm klopfte, mir
versicherte, daß ich mich sehr bald von der Armut wie von
einer gealterten Geliebten trennen würde, und mich davon
überzeugte, daß ich es selber wünschte. ›Weine nicht‹,

dachte ich, ›sei nicht traurig. Für mich ist alles beim alten geblieben, nichts hat sich geändert. Ich bin noch nicht sicher, aber ich glaube, ich hab's, eine Idee nur, aber sie wird Julio gefallen. Da ist ein Alter, ein Arzt, der Morphium verkauft. Alles muß von daher, von ihm seinen Ausgang nehmen. Vielleicht ist er nicht alt, aber er ist müde, verdorrt. Wenn's dir besser geht, fang ich an zu schreiben. In ein bis zwei Wochen, nicht später. Weine nicht, sei nicht traurig. Ich sehe eine Frau, die plötzlich in der Arztpraxis erscheint. Der Arzt wohnt in Santa María, am Fluß. Ich bin nur einmal dort gewesen, einen Tag nur, im Sommer; aber ich erinnere mich an die Luft, an die Bäume vor dem Hotel, an die Friedlichkeit, wie die Fähre den Fluß herauffuhr. Ich weiß, daß nahe der Stadt eine Schweizer Kolonie liegt. Dort lebt der Arzt, und plötzlich kommt eine Frau in seine Praxis. So wie du hereinkamst und hinter die Spanische Wand tratest, um die Bluse auszuziehen und das goldene Kreuz zu zeigen, das an der Kette baumelte, den blauen Flecken, die Geschwulst an der Brust. Dreizehntausend Pesos mindestens für den ersten Drehbuchentwurf. Ich gebe die Agentur auf, wir werden draußen wohnen, wo du willst, vielleicht können wir ein Kind haben. Weine nicht, sei nicht traurig.‹

Ich erinnerte mich, wie ich gesprochen hatte; ich sah, wie meine Dummheit, meine Ohnmacht, meine Lüge den von meinem Körper eingenommenen Raum besetzten. ›Weine nicht, sei nicht traurig‹, wiederholte ich, während sie auf ihrem Kopfkissen ruhiger wurde, nur noch schluchzte, zitterte.

Nun drehte meine Hand die Morphiumampulle wieder und wieder neben Gertrudis' schlafendem Körper und Atem, wohl wissend, daß etwas beendet war und etwas anderes, Unausweichliches begann; wohl wissend, daß ich an keines von beiden denken durfte und daß beide ein und dasselbe waren wie das Ende des Lebens und der Beginn der Fäulnis. Die Ampulle bewegte sich zwischen meinem Zeigefinger und Daumen, in meiner Phantasie schrieb ich der Flüssigkeit eine perverse Eigenschaft zu, dank ihrer Farbe, ihrer Fähigkeit, sich zu regen, ihrer Leichtigkeit, regungslos zu werden, sobald sich meine Hand beruhigte, und still im Licht zu funkeln und so zu tun, als sei sie nie in Aufruhr geraten.

Ich war ein wenig verrückt, als ich mit der Ampulle spielte und die wachsende Notwendigkeit verspürte, mir einen undeutlichen Arzt in den Vierzigern vorzustellen und mich ihm zu nähern, dem einsilbigen und hoffnungslosen Bewohner einer zwischen dem Fluß und der Kolonie von Schweizer Siedlern liegenden Kleinstadt. Santa María, weil ich dort vor Jahren während vierundzwanzig Stunden grundlos glücklich gewesen war. Dieser Arzt mußte eine vielleicht ausschlaggebende und aufschlußreiche Vergangenheit besitzen, die mich aber nicht interessierte; den weder auf Moral noch auf Dogma fußenden fanatischen Entschluß, sich eher die Hand abzuhacken als eine Abtreibung vorzunehmen; er mußte dicke Brillengläser tragen, einen schmächtigen Körper haben wie ich, schütteres, mit Grau vermengtes blondes Haar; dieser Arzt mußte sich in einer Praxis bewegen, in der die Glaskästen, die Instrumente und die undurchsichtigen Arzneiflaschen einen untergeordneten Platz einnahmen. Eine Praxis, die eine von einer Spanischen Wand verkleidete Ecke besaß; hinter dieser Spanischen Wand hing ein Spiegel von erstaunlich guter Qualität und ein Garderobenhalter aus Nickel, der auf die Patienten den Eindruck machte, nie benutzt worden zu sein. Als endgültig sah ich vor mir: die beiden großen Fenster, die auf den Platz gingen, Wagen, Kirche, Klub, Konsumgenossenschaft, Apotheke, Konditorei, Standbild, Bäume, dunkelhäutige, barfüßige Kinder, blonde eilige Männer; auf plötzliche Einsamkeiten, Mittagsruhe und einige Nächte mit milchigem Himmel, in den die Klaviermusik des Konservatoriums sich ausbreitete. In der der Spanischen Wand gegenüberliegenden Ecke stand ein breiter, unaufgeräumter Schreibtisch, und dahinter begann ein Wandbord mit einem Tausend Bücher über Medizin, Psychologie, Marxismus und Philatelie. Doch die Vergangenheit des Arztes, sein Leben vor seiner vergangenes Jahr in der Provinzstadt Santa María erfolgten Ankunft interessierte mich nicht.

Ich hatte nicht mehr als den Arzt, den ich Díaz Grey nannte, dazu die Idee der Frau, die eines Morgens gegen Mittag in die Praxis kam und hinter die Spanische Wand schlüpfte, um den Oberkörper freizumachen, lächelnd, während sie ihre Zähne mechanisch in dem makellosen Eckspiegel musterte. Aus irgend einem Grund, den ich noch nicht kannte, hatte der Arzt seinen Mantel noch nicht angezogen; er trug einen neuen grauen Anzug und zog die schwarzseidenen Socken über die Fußknöchel hoch, während er darauf wartete, daß die Frau hinter der Spanischen Wand hervorträte. Ich hatte auch die Frau und glaubte, sie für immer zu haben. Ich sah sie sich im Sprechzimmer vorwärts bewegen, mit ernster Miene, wobei ein Medaillon mit einer Fotografie zwischen ihren Brüsten schwankte, die für ihre Körperfülle und die von ihrem Gesicht gespiegelte alte Sicherheit zu klein schienen. Plötzlich blieb die Frau stehen, und ihre Lippen weiteten sich zu einem Lächeln, unbesorgt und geduldig hob sie die Schultern. Einen Augenblick lang wandte sich das ruhige Gesicht neugierig dem Arzt entgegen. Dann drehte sich die Frau auf den Absätzen um und ging ohne Hast zurück, bis sie in der Spiegelecke verschwand, aus der sie fast unverzüglich, angekleidet und herausfordernd, zurückkehren sollte.

Ich legte die Ampulle zwischen den Fläschchen und das Thermometerfutteral auf dem Nachttisch. Gertrudis zog ein Knie an und ließ es wieder sinken; sie knirschte mit den Zähnen, als kaue sie ihren Durst oder die Luft, dann seufzte sie und wurde still. Lebendig blieb nur das schmerzlich erwartungsvolle Zusammenziehen ihrer Wangenhaut und ihrer kleinen Augenfältchen. Ich ließ mich behutsam zurücksinken.

... Der Oberkörper und die kleinen, beim Gehen bewegungslosen Brüste, welche die Frau Díaz Grey zeigte, waren übermäßig weiß; nur im Vergleich zu ihnen, zu ihrer Ähnlichkeit mit Milch und Glanzpapier wirkte die Krawatte des Arztes grell. Sie waren sehr weiß, erschreckend weiß und stachen von der Gesichts- und Halsfarbe der Frau ab.

Ich hörte Gertrudis stöhnen und richtete mich rechtzeitig

auf, um zu sehen, wie sie die Lippen kräuselte und wieder still wurde. Das Licht konnte sie nicht belästigen. Ich blickte auf das Weiß und Rosarot von Gertrudis' zu fleischigem, sehr rundem, sichtlich zum Hören geformtem Ohr. Sie schlief, das Gesicht, noch immer zum Balkon gewandt, verschlossen, zeigte zwischen den Lippen nur die Kante eines Zahns.

... Außer dem Arzt Díaz Grey und der Frau – die hinter der Spanischen Wand verschwand, um mit nacktem Oberkörper hervorzutreten, sich ohne Ungeduld wieder versteckte und angekleidet zurückkehrte – hatte ich auch die Stadt, in der beide lebten. »Ich will nichts ausgesprochen Schlechtes«, – hatte Julio zu mir gesagt – »keine Geschichte für Frauenzeitschriften. Aber auch kein allzu gutes Drehbuch. Gerade gut genug, um ihnen die Chance zu geben, es kaputtzumachen.«

Nun hatte ich die Provinzstadt, auf deren Marktplatz die beiden Fenster von Díaz Greys Arztpraxis gingen. Geräuschlos, langsam stieg ich aus dem Bett und löschte das Licht. Ging auf Zehenspitzen zum Balkon und betastete die halb heruntergelassene Holzjalousie. Ich lächelte, verwundert und dankbar, weil es so leicht gewesen war, ein neues Santa María in der Frühlingsnacht zu erkennen. Die Stadt mit ihrer Böschung und ihrem Fluß, das nagelneue Hotel und auf den Straßen braungebrannte Männer, die ohne echten Antrieb Scherze und Lächeln austauschten.

Ich hörte die Tür der Nachbarwohnung schlagen, hörte die Schritte der Frau, die ins Badezimmer trat und dann trällernd allein auf und ab ging.

Zunächst kniete ich nieder, lehnte die Stirn an den Jalousierand und sog die fast kalte Nachtluft ein. Dann und wann flatterten und klatschten weiße Fetzen auf dem Flachdach des gegenüberliegenden Hauses. Ein Eisengerüst, Rost, Moos, zerfressene Backsteine, beschädigte Gipsrahmen. Hinter mir schlief Gertrudis und schnarchte leise, selbstvergessen, mich befreiend. Die Nachbarin gähnte und verschob einen Stuhl. Wieder neigte ich den Kopf dem Abhang und dem Fluß entgegen, ein breiter Fluß, ein schmaler Fluß, ein einsamer und bedrohlicher Fluß, in dem sich vorübereilend die Gewitterwolken spiegelten, ein Fluß mit beflaggten Schiffen, festlich gekleideten Menschenmengen an den Ufern und einem Raddampfer, der mit einer Ladung von Hölzern und Fässern den Strom hinauffuhr.

Zu meiner Linken schaltete die Frau auf ihrem Balkon ein weißes Licht ein. ›Etwas nicht allzu Gutes, aber auch nicht unbedingt etwas Dummes. Überdies würde ich einen Tropfen Gewalt vorschlagen.‹ Die Frau trällerte jetzt hörbarer und trat mit hohen glänzenden Absätzen auf das Parkett. Männerschritte waren nicht zu hören; sie trat an die Jalousie und hob sie, ohne mit Singen einzuhalten, sie ließ das schwache weiße Licht ostwärts in die dunkle Nacht strahlen. Mit geschlossenem Mund trällerte sie weiter; ihr fast regloser Schatten dehnte sich auf den Balkonfliesen und zerriß am Geländer; die erhobenen Hände bewegten sich genau und gemächlich, berührten die Broschen ihres Kleides oder lösten ihre Frisur. Dann ließ sie die Arme sinken und schnaufte. Hafengeruch kam mit dem Wind. Die Frau ging in die Zimmermitte zurück und begann ins Telefon zu lachen. Gertrudis murmelte eine Frage und schnarchte wieder. Das Lachen der Frau schwoll schrill und mächtig an und brach jäh ab, erstarb und hinterließ eine dunkle, fast runde Stille, angefüllt mit einer Art von vertrautem, verzweifeltem Haß.

»Sag ihm, er soll Geduld haben, Dicke. Er soll sich zufriedengeben. Schwächling, sag ihm das.« Die Stimme der Frau keuchte leicht. »Er soll sich selber mal fragen ... Nein, ich habe nichts genommen. ... Er soll uns reden lassen, sag ihm das. Hör zu, Dicke, es wird nicht regnen, weil es sich abgekühlt hat. Hör zu. Er hat die ganze Nacht gesagt: ›Meine zwei weißen Täubchen‹, und hat sich dabei richtig besabbelt, Ehrenwort. Zum Schluß natürlich ... Aber er ist ein Herr. Ein Herr, Dicke, ich werd es dir noch erzählen. Kommst du morgen? Nein, ich will nicht mit ihm sprechen, reich ihm nicht den Hörer. Mir war's heiß! Ich wollte mir nur den Hüftgürtel ausziehen, und jetzt ist mir kalt. Ich denke nicht daran, ihn anzurufen,

für mich ist er tot. Genau so habe ich's Ernesto gesagt ...
Ja? Sag ihm, wenn er will, gebe ich ihm Stunden. Hör zu,
Dicke, sag ihm, er soll's seiner Oma erzählen. Vergiß nicht
morgen, wir müssen wegen Samstag vereinbaren. Er weiß
wo, sag ihm das. Tschau.«

Summend nahm die Frau das Lied wieder auf und lief
nun barfuß durchs Zimmer. Trat wieder auf den Balkon,
und bevor sie das Licht löschte, drang Parfumgeruch her-
über, ein Duft, den ich schon früher eingeatmet hatte, vor
langer Zeit in einer wirren Ansammlung von ungepflaster-
ten Straßen, Efeu, einem Tennisplatz, einer an der Straßenecke schaukelnden Straßenlampe.

›Die Dicke muß die Dicke sein, die in einer Karnevalsnacht in der Wohnung in Belgrano mit ihr wartete und
schwitzte und dabei in dem Sessel saß, den vielleicht auch
Ernesto kennengelernt hatte.

Gertrudis' Brust kann noch immer Blut ausschwitzen,
wenn sie sich zu rasch bewegt, hatte der Arzt gesagt, der
aus Fettkringeln bestehende Arzt mit der Stimme und dem
Gebaren eines Eunuchen, mit müden, halb aufgelösten, her-
vorquellenden Augen, die dennoch ihre Gewohnheit verrieten, demütig zurückzutreten wie einer, der sich trotz bester
Absichten langweilt. Die Gertrudis betrachtenden Augen
waren es bis zum Lebensende satt, die Innenseite von Schenkeln zu mustern, Falten, Krümmungen, Weichteile, gewöhn-
liche und ungewöhnliche Stellen. Für dich singen wir, für
dich kämpfen wir. Das hängende Gesicht hatte sich über
Fortschritte und Rückfälle geneigt, über den Geruch frischen und gesottenen Fleischs, der sich vom Badesalz löst
und von dem vorher mit der Fingerspitze verteilten Köl-
nischwasserduft. Gelegentlich niedergedrückt von der unfrei-
willigen Aufgabe, Helldunkel, die barocken Formen und
Einzelheiten der Betrachteten zu analysieren und sich dabei
vorzustellen, was das für einen beliebigen verliebten Mann
bedeutet hatte oder bedeuten konnte.‹

»Los, ein Drehbuch«, hatte Julio Stein gesagt, »etwas
Brauchbares, was die Idioten und die Intelligenten interessiert, aber nicht die allzu Intelligenten. Du als waschechter

Porteño mußt das besser wissen als ich.« Julio hatte unauffällig in sein Taschentuch gespuckt. Und wie der traurige,
liebenswürdige Arzt, der Gertrudis mit seinem plötzlichen,
abgeklärten, wie Kräusel im Wasser rasch verebbenden
Lächeln angeblickt hatte, mußte Díaz Greys weiches, hän-
gendes Gesicht müde Augen zeigen mit einer kleinen, steten,
kalten Flamme, die daran erinnerte, daß sein Glauben an
Überraschungen geschwunden war. Und so wie ich in die
Nacht mit ihrem trägen frischen Wind blickte, mochte er
an einem Fenster seiner Praxis lehnen, die auf den Platz
und die Molenlichter ging. Verwirrt und verständnislos, so
wie ich auf das Geräusch der auf der gegenüberliegenden
Dachterrasse klatschenden Wäsche horchte, auf den unregelmäßigen Rhythmus von Gertrudis' Schnarchen und die
schwache Stille rings um den Kopf der Frau in der Nachbarwohnung.

Ich hörte Gertrudis weinen und war sicher, daß sie dabei
weiterschlief. ›Meine Frau, füllig, mütterlich, mit breiten
Hüften, die verlocken, mich zwischen sie zu betten, Augen
und Fäuste zu schließen, die Knie unters Kinn zu ziehen
und lächelnd einzuschlafen.‹

Díaz Grey würde durch die Fensterscheiben und seine
Brillengläser in einen Mittag mit machtvoller Sonne blicken,
die sich in Santa Marías gewundenen Straßen auflöste.
Die Stirn an die glatte Fensterscheibe gelehnt und bisweilen
daran herabgleitend, in der Nähe der Ecke mit den Glas-
schränken oder dem Halbkreis des unaufgeräumten Schreib-
tischs. Er blickte auf den weder breiten noch schmalen, selten bewegten Fluß; einen Fluß mit starken Strömungen, die
sich nicht auf seiner Oberfläche zeigten, befahren von kleinen Ruderbooten, kleinen Segelschiffen, kleinen Motorbar-
kassen und, laut gleichbleibendem Fahrplan, von dem langsamen Fahrzeug, das sich Fähre nannte und morgens von
einem Ufer mit Ombubäumen und Weiden ablegte, um ins
schaumlose Wasser zu stechen und schaukelnd auf Doktor
Díaz Grey und die Stadt, in der er wohnte, zuzusteuern,
eine mit Reisenden, mit ein paar vertäuten Autos bela-
dene Fähre, welche die Morgenblätter von Buenos Aires

brachte und vielleicht Körbe mit Trauben beförderte, strohumflochtene Korbflaschen, landwirtschaftliche Maschinen.

›Jetzt gehört die Stadt mir, mitsamt ihrem Fluß und der Fähre, die in der Mittagspause anlegt. Da ist der Arzt, der die Stirn an ein Fenster lehnt; er ist mager, sein Haar ist blond und schütter; die Mundwinkel von Zeit und Überdruß herabgezogen; er blickt in einen Mittag, der womöglich nie enden wird, ohne zu ahnen, daß sich jeden Augenblick an die Reling der Fähre eine Frau stellen kann, die schon ein zwischen ihrer Haut und dem Stoff ihres Kleides unruhiges Kettchen trägt, das ein goldenes Medaillon hält, ein Schmuckstück, wie es heutzutage weder jemand herstellt noch kauft. Das Medaillon hat winzige blätterförmige Krallen, die das Glas über der Fotografie eines Mannes festhalten, eines blutjungen Mannes mit dickem verschlossenen Mund und hellen Augen, deren Glanz bis zu den Schläfen reicht.‹

3. Miriam : Mami

Aus der Tiefe des großen, sparsam mit Schreib- und Zeichentischen möblierten Arbeitsraums, aus dem weißen Licht auf den pendelnden Glastüren mit der Aufschrift *Geschäftsführer, Stellvertretender Geschäftsführer, Medien-Leiter,* trat Julio Stein mit erhobenen Armen.

Es war sieben Uhr abends, und in dem Büro befand sich niemand mehr außer mir und der seltsamen Frau. Ich wartete stehend im Halbschatten und betrachtete eine halbfertige Zeichnung auf einem der Tische: eine Badeschönheit in einem Liegestuhl auf einer Dachterrasse, die aus einer Flasche trinkt. Der Badeanzug würde wohl grün sein, die Sonne gelb, der Stuhl zeigte bereits einen schönen rötlichen Farbton. All das ging mich nichts an; schon seit Monaten schrieb ich fast keine Werbetexte mehr. Das mußte eine von Steins Kampagnen sein; Stein hatte vermutlich vorgeschlagen: »Sommerferien ohne Fahrkarte« oder »Verbringen Sie Ihre Sommerfrische zu Hause« oder »Hochsommer auf der Dachterrasse« oder »Es geht auch ohne Gepäck«. In der Geschäftsführung hatte der alte MacLeod den Kopf geschüttelt, die Augen halb geschlossen und mit seiner heiseren Stimme sofort losgedonnert:

»Schwach, sehr schwach! Und abgenutzt. Kippen Sie ein paar Gläschen und bringen Sie mir was mit Pep!«

Stein hatte vermutlich ein paar gekippt und sich vom Büro absentiert, um mit einer Frau ohne Fahrkarte die Sommerfrische zu verbringen oder sich eine Frau in seine Wohnung zu lotsen oder einen Hochsommer zwischen Bettlaken zu veranstalten oder einer Frau vorzuführen, daß es auch ohne Gepäck ging. Später hatte er vermutlich den alten MacLeod von der Werbewirksamkeit irgendeines der vorigen Texte überzeugt und ihn gleichzeitig davon überzeugt, daß die Idee von ihm, MacLeod, stammte.

Wo der Schatten der Dämmerung dichter war, nahe beim Geräusch der Gespräche und des Scheuerns im Gang, auf der anderen Seite des den Raum trennenden metallenen Schaltertischs, rauchte die auf Stein wartende Frau. Es war Miriam, dessen war ich sicher; ich sah sie zum ersten Mal. Das Halbdunkel machte ihr Gesicht und ihre nackten, noch immer schönen Arme weiß; das Kleid war schwarz und ausgeschnitten, der Hut neigte sich verwegen über ihre Stirn, wie herabgezogen vom Überfluß an Blumen-, Federn- und vielleicht Früchteschmuck.

Rasch, mit klappernden Absätzen und erhobenen Armen kam Stein näher.

»Nicht zu glauben. So etwas muß ich durch den Alten erfahren! Hätte MacLeod mir nicht gesagt, ich hätte nie erfahren, daß Gertrudis operiert worden ist. Und vielleicht geschah es genau an dem Tag, als wir das Budget des Deodorant diskutierten. Du warst voller Sorgen um sie, und ich falle dir auf die Nerven mit der besten Technik, wie man sich im Sommer die Achselhöhle besprüht. Besser den Unterarm, denn da ist Mami, und in ihrer Gegenwart würde ich mir nie erlauben ...«

Die Frau stützte die Ellbogen auf den Schalter und lachte in raschem Decrescendo ihr grotesk gealtertes Lachen.

»Dieser Julio!« murmelte sie.

Stein kreiste zwischen den Tischen, vornübergebeugt, suchend.

»Und ich erfahre es erst durch Macleod. Denn anscheinend ist der Alte ein besserer Freund von dir als ich. Zumal er eine hochentwickelte Sensibilität hat bei dreitausend im Monat und den drei Prozent von dem Kies, den ich mühsam für ihn verdiene ...«

Er richtete sich auf, eine schwarze Aktentasche in der Hand; über meine Schulter hinweg lächelte er Miriam zu, dreist und zärtlich.

»Es ist richtig, daß du dein Herz dem Alten eröffnest. Der Jude Stein versteht sich nur aufs Geldverdienen. Und was war mit Gertrudis los? Wie geht es ihr jetzt?«

›Ganz anders als es ihr ging, als du in Montevideo mit ihr schliefst‹, dachte ich ohne Bitterkeit und fühlte, daß die jetzige Gertrudis für ihn eine Unbekannte war. Ich nahm meinen Hut und schaute wieder die Skizze von der Frau im Badeanzug an, die auf der Dachterrasse lächelnd trank.

»Es geht ihr gut. Eine gefährliche Operation, aber jetzt geht es ihr wieder gut. Doch davon später.«

»Arme Kleine!« bemerkte die Frau vom Schalter her; sie wandte sich um und blickte mit halbgeschlossenen Augen ins Ungefähr. Dann warf sie ihre Zigarette auf den Fußboden und trat die Glut aus. »Arme Kleine! Ich kann verstehen, daß Brausen vorher keine Lust hatte, darüber zu sprechen.«

»Daß er keine Lust hatte, mit mir darüber zu sprechen, wohlbemerkt«, sagte Julio, schlug mir auf die Schulter und führte mich zu dem Schaltertürchen. »Macht aber nichts. Alle sieben Minuten feiere ich ein Versöhnungsfest. Und jetzt wollen wir zusammen trinken und das Brot unter uns teilen, und wenn Mamis leicht dämmrige Schönheit dich trösten kann . . . Sie ist großmütig und versteht alles. Mami? Das ist Brausen.« Er ging auf sie zu und berührte ihr rundliches Kinn; Miriam lächelte mit zur Seite geneigtem Kopf, die halbgeschlossenen Augen auf Steins Mund geheftet. »Dämmrig, habe ich gesagt . . . Einfach wundervoll. Eine gloriose Dämmerung mit stärkeren Farben als die Werbeplakate der U-Bahn. Werbe-Agentur Macleod. Und mit Slogans und Texten, die, das wissen wir genau, nicht Brausen der Asket geschrieben hat, jener, der außerstande ist, sein Herz den wahren Freunden zu öffnen.«

»Dieser Julio!« wiederholte sie lachend, bemüht, Steins Gesicht im Halbdunkel zu sehen. Stein küßte sie drei Mal auf Stirn und Wangen; ihr verbrauchtes Gesicht bewegte sich sanft, ihre Zunge befeuchtete rasch ihre Lippen.

»Ja, Lieber«, sagte Stein, ohne sie loszulassen, mit drei Fingern ihr molliges Kinn festhaltend. »Wenn das, was wir Mamis reife Schönheit nennen wollen, dir von Nutzen sein kann, stehen wir hier zu deiner Verfügung, sie und ich und unser bewährter Opfersinn.«

»Dieser Julio«, eine Sekunde lang wandte sie ihr unbewegliches Lächeln mir zu.

»Gehen wir hinunter«, sagte Stein. »Ein Glas, ein einziges Glas für den Asketen.«

Im Aufzug blickte ich auf das runde, gepuderte Gesicht der Frau, die Züge, die das Leben von der Jugend bis zum Alter ohne entscheidende Veränderungen durchquert hatten, die Knochen, die ihre Schönheit unter dem verwüsteten Fleisch bewahrten. Ich schaute auf den kleinen runden Mund, die großen blauen kurzsichtigen Augen, die kurze puppige Nase.

»Brausen, der Mensch ohne Vertrauen«, sagte Stein. »Vielleicht aus Angst, ich könnte ihm Geld anbieten. Der es vorzieht, den Alten anzupumpen. Brausen, der zweimal nachdenkt, bevor er etwas sagt; der es zwischen Hut und Kopf verwahrt. Aber was hast du dem Alten enthüllt? Denn ich weiß auch, daß du ihn nicht gebeten hast, dir eine Vorausquittung abzuzeichnen, noch, daß er dir Urlaub gibt oder Gehaltserhöhung.«

»Ich habe ihn gebeten, zwei Tage fehlen zu dürfen.«

»Und warum ihn? Habe ich nicht Vorschußscheine in der einen und freie Tage in der anderen Hand?«

Langsam schlenderten wir durch die schmale, menschen-bevölkerte Straße. Miriam in der Mitte trennte uns mit ihren gewaltigen Hüften, leicht vorgebeugt beim Setzen ihrer Füße, als mißtraue sie dem Gelände, auf das sie trat; jenseits der schwarzseidenen Büste der Frau zwischen ihrem rundlichen Kinn und dem bedrohlichen Hutschmuck sah ich hin und wieder Steins noch immer lächelndes Profil und seinen weit über die Stirnlinie vorstehenden Unterkiefer. Im Schein der Schaufenster konnte ich Miriams gelbgefärbtes Haar mustern, die Fältchen des rechten Auges, die zarten Adern unter dem Puder oder Make-up auf der Wange, die anfing zu hängen. Fünfzig Jahre, dachte ich; Jüdin, senti-mental, gut und egoistisch mit beträchtlichen, aus dem Schiffbruch geretteten Werten, noch immer hungrig nach Männern oder nach der Aufmerksamkeit von Männern. Stein blieb an einer Ecke stehen, faßte sie an den Schultern und neigte sich vor, um mit ihr zu sprechen.

»Ich schwöre dir, daß du dich irrst. Es ist nicht so. Du weißt, daß ich mich nicht täusche.«

»Ja, Julio. Ja, Liebster...«, sagte sie und streckte eine

geäderte Hand aus, um Steins Krawatte liebkosend zurecht-zuzupfen. »Aber du bist zu gut und daher mißbraucht man dich.«

»Zu gut!« wiederholte Stein, mit einem Auge zwinkernd. »Man kann mich nicht mißbrauchen, weil es mir gleichgültig ist.«

»Er wird dir den Kies nicht zurückgeben.«

»Und wenn er ihn mir nicht zurückgibt . . .«

Miriam drehte sich mir entgegen und lächelte mir mit zehrender Traurigkeit zu; sie bewegte das weiße, runde Gesicht und bestach mich mit ihrem Mitgefühl für Stein.

»Sie wissen, wie Julio ist«, seufzte sie schließlich.

»Ja«, sagte ich. Hätten sie nicht von Geld gesprochen, an diesem Abend hätte ich Stein um hundert oder fünfzig Pesos gebeten. »Aber Sie werden ihn nicht bessern. Dazu ist es zu spät.«

»Nein, nein«, warf Stein lachend ein. »Er weiß gar nichts. Er ist ein Asket; noch schlimmer, er möchte einer werden. Mich kennt nur Mami.« Er tätschelte die Wange der Frau und drückte sich an sie, um ein Paar vorbeigehen zu lassen.

»Dieser Julio . . .« Den Kopf zu Steins Kinn emporgehoben, ließ Miriam ein verbrauchtes, ergreifendes Lachen vernehmen.

»Nur Mami«, beharrte Stein und ging, sie am Arm führend, weiter. »Und nun, bevor ich mich betrinke, will ich euch eine Geschichte erzählen. Ich habe sie gestern abend gehört und dachte sogleich . . .« Er übergab mir Miriams Handtasche und faßte mich am Arm. »Kommt, noch zwei Blocks, dort gibt's ein Lokal ohne Musik. Als man sie mir erzählte, dachte ich, es sei doch schade, daß es keine solche Frau auf der Welt gibt. Doch dann fiel mir ein, daß du dies gesagt haben könntest. Nur Mami hätte das sagen können.«

»Besser, du erzählst es nicht, Julio«, bat Miriam.

»Wegen des Asketen? Oh, ihm wird sie gefallen! Alle meine Zusammenstöße mit Brausen vollziehen sich auf dem derben Boden der Praxis. Abgesehen davon . . . mit Mami hingegen . . .«

»Mami ist alt, Julio«, murmelte sie, und ich begriff, daß sie die Gewohnheit hatte, dies zu sagen und zu seufzen und hinterher den Kopf zu schütteln.

Stein war ernst. Er beugte sich vor, um sie zu küssen. »Laß uns ein Gläschen trinken, Liebste. Brausen begleitet uns. Kannst du Gertrudis benachrichtigen, wenn es spät wird?«

»Ja«, sagte ich und dachte wieder an die hundert Pesos, die ich benötigte. »Kein Problem, sie ist bei ihrer Mutter in Temperley.«

Ich konnte ein paar Gläser trinken, die Diskussion über das Geld vergessen und Stein um die hundert Pesos bitten. Miriam wählte den Tisch in der Bar und ging mit schwerfällig-vorsichtigem Gang und erhobenem Kopf zur Toilette, eine gerade angezündete Zigarette zwischen den Fingern.

»Du kanntest Mami nicht, oder?« fragte Stein und lächelte dem Kellner zu. »Nein, wir bestellen erst, wenn die Señora gewählt hat. Ich habe dir viel von Miriam erzählt. Das also ist Mami. Alt, natürlich, und keine Worte können dir an dem jetzigen Gesicht sichtbar machen, wie es einmal war. Das tollste Luder, die fantastischste und intelligenteste Frau, die ich je gekannt habe. Und ich sage keine Lüge, wenn ich behaupte, daß ich sie liebe wie eine Mutter, mit den logischen Lizenzen, versteht sich. Hab ich dir schon erzählt, daß sie in einem Kabarett arbeitete und ich zwanzig Jahre alt war und wir nach Europa fuhren?«

»Ja, sehr oft«, sagte ich. Und da sie in den Barraum zurückkehrte, ohne Zigarette, die geöffnete Puderdose vors Gesicht haltend und, an der Theke vorbeistreifend, näherkam, beeilte ich mich zu sagen: »Könntest du mir ein paar Tage hundert Pesos leihen?«

»Klar«, sagte Stein. »Willst du sie gleich?«

»Gleich oder nachher.«

»Kannst du bis morgen warten? Oder vielleicht zahlen die mir hier einen Scheck aus. Ich kann dir das leihen und noch viel mehr. Aber daß ich heute abend mit dir und Mami zusammenbin, ist für mich ein Ereignis. Ich mag das Gefühl, viel Geld zu besitzen und unbegrenzt darüber verfügen zu können. Und sie ist weder alt noch häßlich, sie ist entzückend. Er stand auf, um ihr beim Setzen behilflich zu sein. »Mami, ich habe nicht gewagt, für dich einen Gin Fizz mit wenig Zucker zu bestellen. Frauen wechseln gern den Geschmack. Ich sagte gerade zu Brausen, daß ich bis zu diesem Tag der einzige treue Mann gewesen bin, den du gehabt hast. Treu auf besondere, aber dauerhafte Weise, eine Treue voller Löcher, gewiß, aber dank dieser habe ich weiter atmen können.«

Sie lächelte zustimmend und kokett, warf mir freundschaftliche, schwach Vergebung heischende Blicke zu, seufzte zu Ehren der verlorenen und eroberten Dinge und zündete sich rasch eine neue Zigarette an, die Ellbogen auf den Tisch gestützt, damit niemand ihre Hand zittern sehen konnte.

Als ich in dem leeren Büro darauf wartete, bis Stein seine Diskussion beendet und mit dem alten Macleod Lügen getauscht hatte, hämmerte Miriam mit den Fingernägeln an die Scheibe der Tür, dann trat sie sofort ein und kam unter Schwanken, das sie mühsam zu beherrschen suchte, näher. Mit feierlichem und lächelnden Nicken fragte sie nach Señor Stein.

»Ich glaube, er kommt gleich«, sagte ich. »Auch ich warte auf ihn.«

»Danke. Wir haben uns nämlich nirgends verabredet. Wir wollten uns unten treffen, vor der Tür, um sechs Uhr dreißig, und ich dachte, er sei schon fortgegangen. Denn es ist spät . . . Danke. Es sind so viele Menschen auf der Straße. Und unten zu warten, bei dem Gewimmel . . . Danke.«

Doch setzen wollte sie sich nicht, und nachdem sie in dem gräulichen Licht auf- und abgegangen war, dabei entschlossen die dicken Lider zusammenkniff, um die an die Wände gehefteten Werbeplakate zu unterscheiden – ruhmreiche Trophäen von Macleods und Steins Kampagnen und der eine oder andere Satz von mir –, lehnte sie sich an den Schaltertisch und zündete eine Zigarette an. Sie insgeheim betrachtend, sah ich sie lächeln, einen Augenblick den Kopf einem Zittern überlassen, das ein ergriffenes Wort anzukündigen schien. Aber sie sagte keinen Ton und rauchte, mit zwei kerzengerade gestreckten Fingern. Eine Sekunde später lachte jemand hinter den erleuchteten Scheiben der Pendeltüren, nächtliche entsagungsvolle Kühle drang herein und verharrte in dem entvölkerten Raum; die dicke alte Frau, die im Halbdunkel rauchte, begann in mir eine nostalgische Geschichte zu erwecken. Ich sah den Schatten um sie sinken, ohne sie zu berühren, unfähig, sie zu bedecken, offensichtlich entbehrte selbst die dichteste Nacht hinreichender Kraft, den lächerlichen Hutschmuck oder das weichgewordene Weiß ihres pausbäckigen Babygesichts auszulöschen.

Vor dem Plakatentwurf auf- und abgehend, auf dem die Badeschönheit ausruhte, lächelte und die Flasche in der Hand hielt, entdeckte ich mit Hilfe der Erinnerung an Steins energische und beharrliche Bekenntnisse, wie sie in ihrer Jugend und schon früher angemalt, aufgetakelt und von ihrer Mutter ermutigt (die selber nicht mehr war als eine riesige mehlweiße Maske mit frischem Fischgeruch), die Taxistände rund um die Plätze abgeklappert hatte. Ich wußte auch, wie sie Stein kennengelernt hatte – als Stein zwanzig Jahre alt war –: bei einer Tanzerei. Ich wußte, daß sie in jener Nacht zusammen geschlafen hatten, daß sie mit verschränkten Fingern aus dem Tanzsaal geflüchtet waren und sich dabei Wange an Wange Wörter zugeflüstert hatten, denen sie in ihrer Erregung ungeahnte, schmutzige Bedeutungen zuschrieben, um dann eine Woche lang zusammen in einem Hotel am Tigre zusammen zu leben. Sieben Tage, die an einem Samstag endeten, an dem Nachmittag, an dem Stein die Hotelrechnung verlangte, sich lachend und nackt aufs Bett warf und zwischen Aufstoßern fragte: »Weißt du eigentlich, Liebling, daß ich keinen Centavo in der Tasche habe?«

Ich entdeckte und erinnerte mich daran, wie sie auf das Bett zugegangen war, in der Nähe des Fensters über dem Wasser, dem Ruderklub, den Segelbooten, den langgestreckten Barkassen, den schweren Seefahrzeugen, die Früchte vom Norden brachten, um den nackten jungen Mann zu betrachten. Zunächst, ihren damals schlanken Körper an eine Bettsäule gelehnt, um ihn haßerfüllt anzuschauen, ihm einen roten geschürzten Prostituiertenmund zu nähern, den die Beschimpfungen schwellen ließen, dann, um ihn mit nachdenklichen Augen anzuschauen, die blitzschnell traurig wurden. Und sie bezahlte die Rechnung und weiter bis zu dem Tag – auch das war ein Abend –, an dem Stein wieder in ihre Wohnung am Kongreßplatz kam und sie durch Küsse weckte, sie lächelnd ins Badezimmer gehen ließ und wartete; er füllte zwei Gläser, trank einen Schluck, immer noch wartend, durchs Zimmer gehend, durch das kleine Fenster auf den Auto- und Menschenverkehr an der Straßenecke von Rivadavia herabblickend. Miriam war fünfzehn Jahre älter als er, aber sie war noch jung. Er sagte es ihr nicht gleich; er gab ihr zu trinken, hielt sie, während sie trank, nackt auf dem Schoß, und bevor er es sagte, warf er sie aufs Bett und wartete bis zum Schluß, wartete auf das Stöhnen und das blinde Lächeln, um ihr zu sagen, daß er sie verlassen werde. Und sie, die Brauen hebend, richtete sich mit ungläubig geöffnetem Mund mühelos im Bett auf und sagte:

»Mich verlassen? Mich?« hatte sie gefragt, voller Gelächter und Staunen, dieselbe breithüftige schwere Frau, die auf der anderen Seite des Schaltertischs der Agentur rauchte und ihr Kleid mit Zigarettenasche bestäubte.

Sie hatte ihn reden und räsonnieren, hatte ihn seine Angst zeigen und die Hände in der Luft gestikulieren lassen; und als Stein sich leergeredet hatte und so arm dastand, daß er moralische Rechtfertigungen ins Feld zu führen begann, hatte sie ihr Ankleiden beendet und, ohne ihn anzublicken, ohne von ihm Notiz zu nehmen, sprach sie den schönsten Satz, den das Leben für Steins Ohren bestimmt hatte:

»Wir fahren mit dem ersten Schiff nach Paris. Du weißt, wie ich das notwendige Geld verdient habe. Ich gehe mal eben runter und bestelle zur Feier des Ereignisses etwas zu essen und zu trinken.«

Aus Miriams schwarzseidenen Falten stieg mir die Karikatur von Steins Bedenken an jenem Abend vor fünfzehn

Jahren entgegen, der Lügen, die zu glauben er sich gezwungen hatte, um sich vor sich selbst zu rechtfertigen, vor einigen Leuten, und vor allem vor einigen Verstorbenen, die, strenger geworden im Tod, vor seinem geistigen Auge unter der Erde irgendeines Friedhofs in irgend einem österreichischen Dorf ruhen mochten.

Nach der Reise und dem ganzen Gewirr aus ungereimten, überstürzten Erklärungen, aus überraschenden Spitzfindigkeiten, war Stein, um sich vor einer gleichfalls eingebildeten persönlichen spartanischen Vergangenheit zu rechtfertigen und zu verteidigen, nichts übrig geblieben als das »Oh, La Butte Montmartre«, vorgebracht mit einem Lächeln, das er als Ausdruck des Unsäglichen für passend hielt; der Nachdruck auf Aragon und »Ce Soir«, ein verblasenes »So ist das Leben!« und triviale Anekdoten ohne erkennbare Nationalität. Ohne Erklärungen, unfähig, je die Notwendigkeit von Erklärungen einzusehen, war sie zwei Jahre nach Stein wieder nach Buenos Aires zurückgekehrt. Sie suchte ihn auf und bot ihm ein halbes Bett an, zwei Mahlzeiten am Tag, Alkohol und Zigaretten, ein kleines Taschengeld; dazu gelegentlich Ratschläge und Fürsorge, eine scherzhafte, kräftige Unterstützung, die Stein vielleicht nie anzuerkennen vermochte. Somit wurde Stein, wenn er über einen Restauranttisch hinweg »Oh, La Butte Montmartre!« sagte und nach ihrer Hand griff, um sie zu tätscheln, und mit dem Lächeln und einem halbgeschlossenen Auge irgendeine Erinnerung an vergangenes Glück wachrief, von dem Miriam ausgeschlossen war, in Beziehung zu ihr augenblicklich ein erbärmlicher Stein. In Beziehung zu ihr, die seit den Tagen ihrer Rückkehr nach Buenos Aires dicker und ruhiger zu werden und ihre Blicke zu dämpfen begonnen hatte; in Beziehung zu Miriam, Mami, die, als sie nach zahlreichen Gläsern und mit einem duldsam-vertraulichen Lächeln *la Butte Montmartre* erwähnte oder den Glockenklang von Saint-Jean-de-Briques heraufbeschwor oder verklärte, ohne Gegenvorwürfe auf ihr eigenes, unveränderliches Schicksal anspielte, das sie um keinen Preis hätte verändert sehen wollen.

4. Die Rettung

Ich überzeugte mich davon, daß ich, um mich zu retten, nur über jene Nacht verfügte, die jenseits des Balkons begann, erregend mit ihren immer wiederkehrenden warmen Windstößen. Ich hielt den Kopf über das Licht des Tischs gebeugt; dann und wann sah ich an der Decke den Widerschein des Lampenschirms, eine unverständliche Zeichnung, die eine viereckige Rose verhieß. Unter meinen Händen lag das für meine Rettung notwendige Stück Papier, ein Löschblatt und eine Füllfeder; auf der einen Seite des Tischs der Teller mit dem Knochen, dessen Fett hart wurde; vor mir der Balkon, die weite Nacht fast ohne Geräusche; auf der anderen Seite die unbeugsame Stille der Nachbarwohnung.

Die Frau würde gegen Morgen kommen, in Begleitung oder allein; Gertrudis würde am Vormittag von Temperley zurückkehren. Und sobald sie die Haustüre öffnen, sobald sie den Aufzug betreten, von dem Augenblick an, da ich erwachen würde, um auf sie zu warten, würde die Wohnung sich wieder einmal und schlimmer denn je als zu klein für uns beide und Gertrudis' seufzende Trauer erweisen, für ihre Blicke, die über ihrem Taschentuch, das sie nicht von den Lippen nimmt, erstarrten. Zu klein war das Zimmer für ihre großen langsamen Schritte, für das Schluchzen, mit dem sie schon in den frühen Morgenstunden, da sie mich schlafend vermutete, einen Bettrand erschüttern würde. Zu klein überdies, um die hoffnungslosen Erschütterungen zu fassen – dieses kurze Toben jetzt, so sehr zeitlich getrennt vom vorhergegangenen, daß sie einander nie berührten – mit denen ich meine Knie aus dem schwammigen Grund von Jammer und Lieblosigkeit zu reißen suchte, von unbezahlten Rechnungen, von der Intimität, die allmählich zur Promiskuität entartete, von lange vorausgeplantem, ewig mißlingendem Lächeln, von hartnäckigen Medizingerüchen und Gertrudis' nunmehr unterscheidbarem Geruch, deren Ursprünge erkennbar waren.

Doch, um mich zu retten, hatte ich diese ganze Samstagnacht vor mir; ich wäre gerettet, wenn ich das Drehbuch für Stein zu schreiben begönne, wenn ich zwei oder auch nur eine Seite beendete, wenn ich es fertigbrächte, daß die Frau Díaz Greys Praxis betrat und sich hinter der Spanischen Wand verbarg; wenn ich vielleicht einen einzigen Satz schrieb. Die Nacht war in ihren Anfängen, und der warme Wind wirbelte auf den Dächern; jemand in einem nahen Fenster würde gleich wahnsinnig lachen; die Frau nebenan, Queca, würde mit einemmal singend hereinstürmen, von einem Mann mit tiefer Baßstimme begleitet. Irgend etwas Plötzliches und Einfaches würde geschehen, und schreibend würde ich mich retten können. Oder die Rettung stiege vielleicht von dem Foto herab, das Gertrudis vor so vielen Jahren in Montevideo hatte machen lassen, nun hing es an der dunklen Wand zur rechten, über dem Teller mit dem abgenagten Kotelett. Vielleicht von dort, von dem Lichtfleck auf Stirn und Wange, von den Lichtpünktchen auf Augen und Unterlippe. Vielleicht von dem fleischigen, leicht abgeflachten Ohr, von dem schlanken Hals, der Bluse des Lycée Français und dem die kleine Stirn beherrschenden Haar; von der Unterschrift des Fotografen oder dem Alter der Porträtaufnahme.

Der Wind bewegte sich in warmen Wirbeln und berührte nur die Vorhänge und Papierbogen; sicherlich regte er sich auch für Gertrudis in den Bäumen von Temperley. Für sie im Bett, noch ohne zu schluchzen; die Mutter treppauf treppab eilend, um sie zu betreuen und ihr die zwei oder drei Sätze wiederholend, die ihr zu Entsagung rieten und Jubel verhießen, Sätze, mit denen sie sich zwischen Liebkosungen und Angst zu wappnen vermocht hatte, die sie vermutlich wie Kartenspiele mischte und unermüdlich auf Gertrudis setzte. Und trotz der Tränen würde sie schließlich einschlafen, um am Morgen, während ihre Träume übereilt flohen, zu entdecken, daß die trostreichen Worte ihre Brust während der Nacht nicht überflutet, daß sie nicht in ihrer Brust gekeimt, daß sie sich nicht fest, geschmeidig und siegreich angehäuft hatten, um den fehlenden Busen zu bilden.

Da war sie, auf dem Bild im Profil, ein wenig töricht vor erzwungener Unbeweglichkeit, festgebannt am Ende ihrer Jugend in dem Augenblick, als sie begonnen hatte, festen Boden unter den Füßen zu fordern, ein einziges Bett für die Nachtruhe und das Vergnügen. Im Profil, schön und bedeutungslos. Sie war aber auch fünf Jahre zuvor in Montevideo gewesen in Seidenbluse und dunklem Faltenrock, das geraffte Haar offen im Nacken, war von März bis November zwischen jungen Leuten mit Büchern und Heften unter dem Arm aus dem Lyzeumsgebäude gekommen, um lachend und schwatzend mitten in der Gruppe von der Straße des 18. Juli bis zur Ecke von Ejido einherzuschlendern, wo sie dann verschwand.

Im Stuhl zurückgelehnt, betrachtete ich das Bild und wartete zuversichtlich auf die für meine Rettung unerläßlichen Bilder und Sätze. In einem bestimmten Augenblick der Nacht würde Gertrudis aus dem silbernen Rahmen des Bildes springen, um in Díaz Greys Vorzimmer zu warten, in das Sprechzimmer einzutreten und das Medaillon zwischen ihren Brüsten tanzen zu lassen, die zu groß waren für ihren wiedereroberten Mädchenkörper. Keinerlei Geräusch in der Nachbarwohnung. Sie, die ferne Gertrudis von Montevideo, würde schließlich in Díaz Greys Sprechzimmer eintreten; und ich würde den schwächlichen Leib des Arztes zur Verfügung stellen, würde sein schütteres Haar liefern, die feine, niedergeschlagene Linie des Mundes, um mich in ihm zu verbergen, der Foto-Gertrudis die Tür der Praxis zu öffnen.

»Ein Mädchen«, sagte Stein zu mir. »Was soll ich dir noch sagen?«

Ich dachte an das Café in Montevideo, an die Ecke eines Platzes. Ich dachte an Steins verärgertes Gesicht, seinen alten, fleckigen, ihm zu großen Anzug, den Hemdkragen, dessen Falten der Schmutz betonte.

»Ein Mädchen, das dich nichts angeht, das dir nicht gefallen darf, die du wegen unserer Freundschaft nicht berühren darfst. Sehr schön, das ja. Wir haben uns in der Partei kennengelernt, weil ich den jüngst vom Schiff gekommenen Deutschen Spanisch beizubringen versuche, und sie kommt, um irgend etwas mir Unbekanntes zu beaufsichtigen. Ich bin nie im Leben so wahnsinnig gewesen. Du wirst das süße nachdenkliche Gesicht sehen, und du wirst dich sehr täuschen. Sie ist allein, weil ihre Familie von Montevideo verzogen ist. Wir können sie telefonisch erreichen. Ich habe ihr von dir gesprochen, habe einen unübertrefflichen Brausen erfunden. Weil sich nämlich alles kompliziert hat, will sie mich nicht mehr sehen. Die Aufrichtigkeit gebietet mir, dir zu gestehen, daß du nicht der erste fabelhafte Typ bist, den ich erfinde und wie einen Geleitbrief in der Tasche trage, damit ich ein paar Stunden bei ihr mein Glück versuchen darf. Sie will mich nicht wiedersehen.«

Lächelnd würde in Díaz Grey-Brausens Praxis jene Gertrudis-Elena Sala eintreten, die ich in jener Nacht kennengelernt und die mich unablässig gemustert hatte, während ich trank und mit Stein diskutierte, die versunken in einem Sessel saß und sich über den Kopf strich, verlegen und nachdenklich und die ganze Zeit lächelte. Um Díaz Grey zum Leben zu bringen, verabschiedete das Mädchen Stein, und als sie allein mit mir war, kam sie, die Augen schließend, mir bis auf Tuchfühlung nahe.

»Ich weiß gar nicht, was los ist, und es kümmert mich nicht. Stecken Sie den Schlüssel in die Tür und löschen Sie das Licht. Schließen Sie ab.«

Sie ließ nicht ab, mich mit ihrem blinden, verwunderten Lächeln zu verfolgen.

Dann lernte ich kennen, was ich jetzt mit dem Namen Díaz Grey wiedererwecken wollte. Ich lernte die männliche Schnelligkeit des Mädchens kennen, ihre erbarmungslose Art, jede Vorrede zu unterdrücken, alle unwesentlichen Sätze und Gebärden.

Noch einen Augenblick, irgendein winziges Ereignis, und die nämliche Gertrudis würde aus ihrem Porträt herabsteigen, um mich von meiner Mutlosigkeit zu erretten, vom Klima besudelter Liebe, von der fetten, verstümmelten Gertrudis; sie würde herabgleiten und mir die Hand führen, damit ich einen neuen Anfang schreibe, eine andere Begegnung, eine Umarmung beschriebe, die sie benommen und lächelnd suchen würde, mit geschlossenen Augen, mit jenem alten tastenden, schlafwandlerischen Angriffsstil. Noch einen Augenblick, irgend etwas, und auch ich wäre gerettet; eine Tasse Kaffee oder Tee, irgendeine im Eisschrank vergessene Flasche Bier. Ich fahndete in Gertrudis' Bild nach Montevideo und Stein, suchte meine Jugend, den jüngst geahnten und noch immer unverständlichen Ursprung all dessen, was mir widerfahren, dessen, was ich schließlich geworden war und was mich in die Enge trieb.

Als ich aufstand, um in die Küche zu gehen, sah ich den Umschlag. Er lag auf dem Boden nahe der Tür, quer darüber unbeholfene blaue Schriftzeichen. Der vollständige Name der Frau von nebenan, La Queca, stand darauf; drei Anfangsbuchstaben auf der Rückseite und eine Anschrift in Córdoba. Ich fand nur Wein; ich trank einen Schluck und setzte mich wieder an den Tisch, ohne den Umschlag loszulassen, ich befingerte ihn gegen das Licht, gewiß, daß ich ihn nicht öffnen würde, daß es sich nicht lohnte, den Brief, den er verbarg, zu lesen.

Ich griff noch nicht wieder zum Füllhalter. Ich dachte an die Frau nebenan, an La Queca, an ihr fast vergessenes Profil, an ihre Stimme und ihr Lachen; an jede Einzelheit, die ich von ihrem Leben kannte. Als die Nacht um war, als ich aufstand und ohne Groll hinnahm, daß ich verloren hatte, daß ich mich nicht retten konnte, indem ich eine Haut für den Arzt von Santa María erfand und in sie schlüpfte; in einem beliebigen Augenblick gegen Ende der Nacht, als sie nur noch festzuhalten war, indem ich Fenster und Balkontüren schloß, indem ich nächtliche Wörter murmelte und nächtliche Taten vollbrachte, würde La Queca, Enriqueta, von der Straße zurückkommen, allein oder von den Schritten und der Stille eines Mannes begleitet. Heim von irgendeiner Art der Gesellschaft, müde, leicht betrunken, trällernd, während sie ihre Kleider auszog. Da würde sie nun stehen, nur meinem Horchen nahe, den glühend heißen, verschwitzten Leib entblößend, bedeckt von der Stunden vorher entstandenen Feuchtigkeit, als sie getanzt hatte oder in

irgendeinem improvisierten Winkel des Festes – Strumpf-
halter, Spitzen, Höschen, und das auf der Platte plötzlich
verstummte Orchester.

Ich trat auf den Gang hinaus und schob den Brief unter
die Tür der Wohnung H. ›Alles verloren‹, wiederholte ich,
ohne Überzeugung.

Im Morgengrauen weckte mich La Queca, lachend und
am Telefon halb erstickend. Sie erzählte eine Geschichte, in
der zwei Männer und ein Automobil vorkamen; eine Flasche Brandy, ein Wäldchen an einem See; wieder die beiden
Männer, die ihre wachsende Feigheit, ihre Unentschlossenheit mit Anmaßung tarnten. Die Geschichte eines Automo-
bils, das unter dichtem Gezweig und Glyzinienduft parkte,
vom Zuschlagen der Wagentür, das in der konventionellen
Einsamkeit der Landschaft widerhallte.

Ich hörte sie zu Bett gehen und das Licht löschen, die
Erinnerung an die kleinlichen Verirrungen der Nacht mit
raschem Gemurmel verdrängen. Nun lächelte ich, über-
schritt den Saum der Traurigkeit, der weitgespannten, prak-
tisch endlosen, als sei sie während meines Schlafes und des
kurzen Selbstgesprächs der Frau am Telefon gewachsen. Ich
hatte das Filmdrehbuch für Stein nicht schreiben können;
vielleicht würde ich mich nie mit dem Entwurf des langen
Anfangssatzes retten können, der genügte, um mich von
neuem dem Leben wiederzuschenken. Wenn ich aber nicht
gegen die mit einemmal vollkommene Traurigkeit
ankämpfte; wenn es mir gelang, mich ihr auszuliefern und
ohne Ermüdung das Bewußtsein, traurig zu sein, wachzuhalten; wenn ich sie jeden Morgen wiedererkennen und
bewirken konnte, daß sie mir aus einer Zimmerecke entge-
gensprang, aus einem auf dem Fußboden liegenden Kleidungsstück, aus Gertrudis' klagender Stimme; wenn ich
meine Trauer täglich liebte und sie begehrlich, hungrig verdiente, mir mit ihr die Augen und jeden Vokal, den ich aus-
sprach, füllte, dann, dessen war ich gewiß, wäre ich gerettet
vor Aufruhr und Verzweiflung.

Ich tauchte in meine Trauer Gertrudis' hohe, starke, insgeheim versehrte Gestalt, die um acht Uhr morgens im Auf-

zug zu mir herauffuhr, ich schloß die Augen in der mählich schwächer werdenden Dunkelheit, um mir gegen Norden in Flußnähe um die Mittagsstunde in Díaz Greys Wartezimmer eine dicke Frau vorzustellen mit unbewegtem beleidigtem Gesichtsausdruck, die ein Kind zwischen ihren Knien hielt. Ein wackeliges Tischchen mit einer Majolikavase und einem Stapel Zeitschriften darauf trennte die dicke Frau von einer anderen, großen und schlanken mit zurückgekämmtem blondem Haar, die wartete, ihre Fingernägel musternd, den Anflug eines verhaltenen Lächelns auf dem Gesicht. Ich sah die blonde Frau gähnen und lächeln, während sie wartete, nun allein in dem Vorzimmer, das Weinen des Kindes in der Praxis hörte und die herrschsüchtige Stimme der Mutter und dabei ohne Neugierde, mit schwachem Widerwillen, die leere Majolikavase anblickte, die farbigen Fensterscheiben, die Treppe und ihren bronzenen Handlauf. Dann, als die dicke Frau, ihr Kind hinter sich herzerrend, fortging und Seifengeruch sich unter die niederdrückenden Wahrnehmungen mischte, welche die Gegenstände und das Licht des Vorraums auslösten, war ich es, in einem langen, schlecht zugeknöpften Arztkittel, der die Tür des Sprechzimmers aufhielt, bis die Unbekannte an mir vorbeigestreift war und zur Mitte des Teppichs vorging, stehenblieb und den Kopf hin- und herzuwenden begann, um seelenruhig meine Möbel zu betrachten, mein Instrumentarium, meine Bücher.

5. Elena Sala

Ich öffnete die Tür, um sie eintreten zu lassen und wandte mich rechtzeitig ihr zu, um ihr Lächeln aufzufangen, den verhohlenen Spott, den sie auf die Möbel und das Mittagslicht in den Fenstern entlud.

»Eine Minute, bitte schön. Nehmen Sie Platz«, sagte ich, ohne sie anzusehen. Ich beugte mich über den Schreibtisch, um einen Namen und einen Geldbetrag in meinem Kontobuch einzutragen; dann ging der Arzt, Díaz Grey, kühl auf die Frau zu, die es verschmäht hatte, sich zu setzen.

»Señora . . .«, forderte er sie mit müder Stimme auf.

Sie lächelte freimütig, suchte die Augen des Arztes, blickte ihn von oben bis unten an. Sie trug ein weißes Tailleur, weder Hut noch Handtasche, und das blonde, jetzt im intensiveren Licht rötliche Haar war im Nacken gerafft.

»Ich wohne im Hotel nebenan«, erklärte sie, ihre Stimme klang gleichgültig, eher hastig und durch langgeübte Höflichkeit gedämpft. »Vielleicht habe ich recht daran getan, zu kommen. Aber wahrscheinlich werden Sie sich über mich lustig machen . . .«

Díaz Grey fand den Prolog fast interessant; er sah die geweiteten Pupillen der Frau an und vermutete, sie lüge, sie sei ausschließlich gekommen, um zu lügen.

»Warum?« erwiderte er. »Jedenfalls, selbst wenn es sich um einen irrigen Verdacht handelt . . . Sie haben gedacht, Sie sollten einen Arzt konsultieren.«

»Ja.« Die Frau sprach hastig, als wünsche sie nicht weiter zuzuhören. »Es hat auf der Reise angefangen. Nun, ich hatte es schon früher gefühlt, vor Zeiten, einige Male. Aber nie so stark wie jetzt. Ich bin sehr tapfer oder beunruhige mich doch nicht leicht. Auf jeden Fall heißt einen Arzt konsultieren zugeben, daß man krank ist, daß man der Krankheit erlaubt, sich einzunisten und fortzuschreiten.«

»Wenn es so einfach wäre . . . Setzen Sie sich doch und erzählen Sie mir alle Einzelheiten.«

»Danke«, sagte sie und richtete sich gerade auf, als sei sie dazu entschlossen. »Sie haben recht. Ich möchte Ihnen nicht Ihre Zeit rauben.« Sie stützte sich auf das Ruhebett und begann einen Arm mechanisch vor der Brust zu bewegen, ohne damit zu begleiten, was sie sagte, so als wolle sie nur die verborgenen Armbänder klingeln lassen. »Es ist das Herz; nervös wahrscheinlich. Manchmal glaube ich, daß es aus ist, daß es aufhört zu schlagen. Dann muß ich aus dem Bett springen, den Kopf schütteln und sagen: Nein. Oder umgekehrt, ich erwache und sehe, daß ich auf dem Bett sitze, mit offenem Mund, um Luft zu bekommen, aus Angst, ich könnte auf der Stelle sterben.«

»Erstickungsanfälle?« ›Hätte sie Erstickungsanfälle, sie hätte es gesagt, hätte es als Lieblingssymptom angeführt. Sie lügt, aber sie ist sehr schön, Männer fehlen ihr sicherlich nicht, ich verstehe nicht, wozu sie mich anlügt.‹

»Erstickungsanfälle, nein. Ich fühle, daß das Herz aufhört zu schlagen.«

»Ermüdungserscheinungen?« fragte Díaz Grey fast spöttisch.

»Ermüdungserscheinungen?« wiederholte sie unentschlossen, als koste es sie Mühe, zu wählen. »Auch nicht. Ich fühle, ich bin dessen sicher, daß das Herz stehenbleibt. Manchmal verbringe ich einen ganzen Tag in der Erwartung, jeden Augenblick zu sterben. Es gibt andere Zeiten, Wochen, in denen ich keinerlei Beschwerden habe. Dann vergesse ich mich fast. Aber jetzt, auf der Reise, seit ich von Buenos Aires fort bin . . . kann ich die ganze Nacht kein Auge zutun. Seit zwei Tagen bin ich im Hotel und fühle mich schlechter. Ich bin spazierengegangen, sah Ihr Schild, und da kam mir die Idee, einzutreten, zu guter Letzt habe ich mich dazu entschlossen.«

Der Arzt nickte und lächelte, um sie zu beruhigen, um Freundlichkeit aufkommen zu lassen und Vertrauen, so wie er einen Augenblick vorher der Frau und dem Kind mit den kranken Knochen zugelächelt hatte, wie er den ganzen Morgen zu fünf Pesos pro Patient gelächelt hatte.

»Weder Erstickungsanfälle noch Ermüdungserscheinungen. Ich glaube, es ist nichts, aber das werden wir gleich feststellen.« Er blickte auf ihre schmale, vom Hüftgürtel eingezwängte Taille, die auf das Ruhebett gestützte Hüfte. »Wollen Sie sich bitte auskleiden . . .« Mit erhobenem Arm deutete er auf die Ecke mit der Spanischen Wand.

Er warf einen Blick in das Wartezimmer: leer, lehnte die Stirn an die Fensterscheibe und überlegte, ob sie mit der Fähre gekommen war oder mit dem Auto den Umweg über den Norden gemacht hatte; ob sie allein im Hotel war; er suchte zu erraten, was sie empfunden haben mochte, als sie die Stadt zum ersten Mal von weitem gesehen hatte; welchen Eindruck ihr der viereckige Platz mit seinen Sandwegen und den mit rötlichem Kieselstein eingefaßten Beeten gemacht hatte; was für sie die von einem Baugerüst umgebene, halbzerfallene Kirche mit dem Einschlag einer Kanonenkugel im Turm bedeutete.

Die Frau kam unbefangen zurück und nahm wieder ihren Platz auf dem Teppich ein; sie war ernst ohne Strenge, und wenn sie ihn auch nicht anblickte, so verbarg sie doch auch nicht ihre Augen. Ihr Oberkörper war nackt und ihre großen Brüste waren noch straff, fast starr und hatten ausnehmend große Brustwarzen. Díaz Grey sah das Kettchen und das Medaillon, den plötzlichen Glanz des Glases über dem winzigen Foto. Dann vergaß er sie und machte ein paar Schritte, um sein Stethoskop zu holen und hatte sich gerade über das Ruhebett gebeugt, um die Hebel zu bedienen, als er sah, wie die nackten Waden und die hochhackigen schwarzen Schuhe sich in Richtung auf die Spanische Wand entfernten. Er hörte das Rascheln der Kleider, die sie wieder anzog, während er sich ehrlich daran zu erinnern versuchte, ob er die Brüste der Frau mit oder ohne Begierde angesehen hatte. ›Sie wird mir die zehn Pesos, den Satz für Hotelgäste, nicht bezahlen, oder sie wird sie bezahlen und dabei ausfällig werden. Jetzt versucht sie hinter der Spanischen Wand das Wunder zu tun, ihren Körper und ihr Gesicht, die sichtlich an Männer gewöhnt sind, mit ihrem plötzlichen Anfall von Schamgefühl in Einklang zu bringen.‹

Er setzte sich an seinen Schreibtisch und schlug das Kontobuch auf; er sah sie nähertreten, sah die Hand, die sich auf den Stapel Bücher stützte, einen Handschuh drücken.

»Ich bitte Sie um Verzeihung.« Sie war angekleidet, ihre Augen blickten aufmerksam, als er den Kopf hob. »Sie werden denken . . . Ich sehe, Sie haben viel Arbeit.«

»Nein, nicht besonders viel.« ›Das ist es nicht, da ist noch etwas anderes. Jetzt fängt die echte Lüge erst an.‹ »Jedenfalls keine besonders interessante Arbeit. Was war denn los?«

»Nichts. Ich schämte mich. Aber nicht, weil Sie mich nackt gesehen haben.« Sie lächelte mit einer Natürlichkeit, die irritierender war als Zynismus. ›Ich hatte recht, langgewohnter Umgang mit Männern.‹ »Es war eine Farce, ich weiß nicht, warum mir das passiert ist, es ist so dumm, so grob, so unglaublich. Ich dachte, wie lächerlich es wäre, wenn Sie meinten, ich zöge mich aus, um Sie zu verführen.«

»Das ist absurd«, sagte er und blickte sie an im Versuch zu ermessen, was an ihr hinter der Lüge glaubwürdig war. ›Wäre sie nur nicht gekommen, hätte ich sie nur nie kennengelernt. Jetzt weiß ich, daß ich vom ersten Augenblick an Angst hatte, ich begreife, daß ich sie brauchen und bereit sein werde, jeden Preis zu bezahlen. Und sie wußte es beim ersten Blick, diese Sicherheit war schon in ihr, bevor sie es wirklich wußte.‹ »Es ist absurd«, wiederholte er und suchte Sätze, um sie festzuhalten. »Für mich, das müssen Sie verstehen, ist Lächerlichkeit eine nicht existente Empfindung. Zumindest von neun bis zwölf Uhr vormittags und von drei bis sechs Uhr nachmittags. Außerhalb dieser Stunden empfinde ich Lächerlichkeit seit langer Zeit nur noch, wenn ich an mich denke.«

Sie widersprach nicht; auf einer Sessellehne sitzend, ohne von ihm wegzusehen, holte sie ein Zigarettenetui aus der Tasche und begann zu rauchen. ›Ich bin dabei, mich auf stupide Weise anzuvertrauen ohne anderes Ziel, als der Loyalität ihrer Augen ein paar Minuten abzugewinnen, obgleich auch sie zeigen, daß sie es müde sind, loyal zu sein.‹ Von ihrem höheren Sitz aus lächelte sie geduldig, als blicke sie ein Kind an:

»Ich bin nicht eilig. Sprechen Sie weiter.«

»Es gibt keine Lächerlichkeit, so wie es kein Mitleid geben kann. All das ist längst zu Ende. Sie wissen nicht, was es mir bedeuten kann, plötzlich einen Menschen zu treffen und zu fühlen, daß ein Gespräch mit ihm möglich ist. Auch wenn es sich fast immer erweist, daß ich weder etwas zu sagen noch große Lust zum Zuhören habe.«

Sie pflichtete ihm mit übertriebener Begeisterung bei, allzu leicht, fast geringschätzig.

»So ist es. Reden Sie weiter. Und vielleicht, je sicherer wir sind, daß wir uns verstehen können, desto schwieriger ist es, etwas zu sagen. Ich wenigstens . . .«

›Gewöhnt an Umgang mit Männern, ja, aber kein Bedürfnis. Kein echtes Bedürfnis nach jemanden oder irgendetwas, möchte ich wetten; ausgewachsene Egoistin, ein ausgeprägtes Gefühl für Elite, eine jüngst erreichte Trägheit angesichts Anstößen, Versuchungen, neue Gesichter, Gleichgültigkeit gegenüber den eigenen Träumen. Ohne daß dabei Altern mitspielt.‹

Díaz Grey stand auf und zog den Arztkittel aus, während er zum fernstgelegenen Fenster schritt. Dort wandte er sich um und, bereit sich zu verteidigen, lächelte er ihr zu.

»Sie haben von einer Farce und einer Lüge gesprochen.«

»Ja, ich muß es Ihnen sagen.« Sie blickte auf den Boden, lächelte. »Eine Farce und eine Lüge. Alles, was ich Ihnen vom Herzen gesagt habe, erzählt mir mein Mann. Es passiert ihm. Noch vor Ende der Woche kommt er aus Buenos Aires, und dann können Sie ihn untersuchen. Ich werde ihn überreden, daß er zu Ihnen kommt. Ich habe das Spiel zu weit getrieben, weil ich Spaß daran fand, und habe mich ausgezogen. Dann kam mir zu Bewußtsein, was Sie denken könnten, wenn Sie erführen, daß ich log. Der Gedanke, Sie könnten mich idiotisch finden, beschämte mich. Kann ich sprechen?« Wieder lächelte sie und ließ ihr Lächeln aufmerksam über das Gesicht des Arztes gleiten. »Wir machen diese Reise aus vielen Gründen, ich komme gleich darauf zu sprechen. Aber als ich mich entschloß, nach Santa María zu fahren, wußte ich, daß Sie hier sind und daß ich Sie kennenlernen würde. Von Ihnen wußte ich fast nichts. Ich sah Sie eines Abends in der Hotelbar, am Sonntag. Werden Sie nicht ärgerlich. Ich weiß nicht, warum ich Ihnen das sage, ich könnte auch schweigen.«

»Ich werde nicht ärgerlich. Sagen Sie es, es ist besser, daß Sie es sagen.«

»Werden Sie nicht ärgerlich. Ich dachte an einen Dorfarzt. Verstehen Sie? Sulfonamide, Waschungen, Abführmittel, die eine oder andere Abtreibung. Klubmitglied, im Schulvorstand, Freund des Apothekers, des Richters, des Polizeichefs. Seit Jahren verlobt, vielleicht mit einer Lehrerin. Wenn ich da oder dort ins Schwarze treffe, bitte ich um Verzeihung. Die Art zu gehen, die Anzüge, die Sie tragen. All das, verstehen Sie? Aber als ich hier drinnen stand, wußte ich sofort, daß ich mich geirrt hatte. Sie haben nicht ein Wort gesagt. Ich habe Ihnen in die Augen geblickt, nur das getan, und gewußt, daß ich mich geirrt hatte. Dann – es klingt kaum glaublich – schämte ich mich, und gleich darauf schämte ich mich, mich zu schämen. Kleinstadtarzt, dachte ich. Und ging in die Ecke und zog mich aus. Dann sah ich Ihr Gesicht, Ihre Hände, hörte Ihre Stimme und wurde mir bewußt, daß es nicht möglich war, bekam Angst, Sie könnten sich über mich lustig machen.«

»Ich glaube, ich verstehe, es ist gut. Aber was war dann die Farce?«

Plötzlich setzte die Frau eine kindliche Miene auf und lachte unsicher, während sie sich von der Sessellehne in den Sitz gleiten ließ, sie schlug die Beine übereinander und steckte die Hände umständlich in ihre Jackettaschen.

»Ich bin auf Quinteros' Rat hin zu Ihnen gekommen.«

»Quinteros?«

»Ein Arzt. Ein Freund von Ihnen. Er hat uns gesagt, er sei seit dem Studium mit Ihnen befreundet.«

»Ja, ich erinnere mich«, sagte Díaz Grey.

»Und daß Sie, als Sie in Buenos Aires waren, einige Kranke gemeinsam behandelt haben.«

Jetzt löste Díaz Grey sich vom Fenster, kam in der Gehweise, die der Frau in der Hotelhalle so linkisch und lächerlich vorgekommen war, näher und setzte sich wieder an seinen Schreibtisch. Er glaubte alles dunkel zu verstehen, er glaubte die Frau zu verstehen, sie von dem Augenblick an, als er gesehen hatte, wie sie sich im Wartezimmer über die alten Zeitschriften beugte, verstanden zu haben; er dachte, er verstehe die ganze Unterhaltung, ihr verschiedentliches Lächeln, ihr intelligentes kaltes Gesicht, die Pupillen, die nicht kleiner wurden, wenn sie ins Licht blickte, die Darbietung ihrer Brüste, die drohende Stimmung, in der sie sich jetzt befand, entschlossen mit einem Bein wippend.

»Es stimmt«, sagte Díaz Grey, »Quinteros. Ist er noch in Buenos Aires?« ›Es wäre trostlos, müßte ich zugeben, daß die Angst, die ich bei ihrem Anblick verspürt habe, nichts ist als die Angst vor Erpressung, eine Angst, die in Wirklichkeit nichts mit mir zu tun hat!‹

Sie hob die Augen und begann, die Fingernägel jeder Hand langsam in die Handfläche der anderen zu bohren; aber ihre Augen blickten entschlossen drein, sie suchten die des Arztes, warteten auf sie ohne Ungeduld, schließlich stellten sie sich ihnen. Sie zuckte mit den Achseln und beugte sich zum Schreibtisch vor.

»Er ist nicht mehr in Buenos Aires. Er ging nach Chile. Er sollte verhaftet werden.« Sie verstummte, ihn anblickend, mit halboffenem Mund und einer süßlichen Mitleidsgrimasse.

›So war das also. Und was geht das mich an? Ich leide, sofern ich tatsächlich leide, weil der Schlüssel etwas war, was mich nichts angehen kann. Kokain oder Morphium, das muß ich erraten.‹

»Quinteros«, sagte er. »Ja. Wir waren sehr befreundet. Ich wußte, daß er sich auf Nervenkrankheiten spezialisiert hatte und Mitinhaber oder Eigentümer eines Sanatoriums war. Er hatte Glück. Er hatte überdies den Wunsch, in Buenos Aires zu bleiben, den Mut oder die notwendige Unempfindlichkeit, um so manches ertragen zu können. Ich spreche von jungen Ärzten wie Quinteros und mir, damals, ohne Geld, ohne einen Bonzen in der Fakultät, der uns unter seine Fittiche genommen hätte.«

Er sprach zu den vertrauten Gegenständen auf dem Tisch in ihrer vertrauten Unordnung, gewiß, daß sie – die den Blick jetzt zur Decke wandte – nicht zuhörte. Die Frau erhob sich und zog von neuem ihre mitleidige Grimasse. Mit einem einzigen Schritt stand sie vor dem Schreibtisch und stützte die rechte Faust darauf.

»Ich brauche ein Rezept. Besser: eine Injektion und ein Rezept.«

»Ja«, murmelte Díaz Grey. »Welche?«

»Morphium. Sie können mir auch ein Rezept geben. Oder es mir verkaufen, wenn Sie welches haben.«

»Ja«, erwiderte er.

»Mein Mann und ich waren lange bei Quinteros in Behandlung.«

Sie war ruhig und lehnte an dem Schreibtisch wie an einem Ladentisch, darauf wartend, daß man ihr Strümpfe oder Puder verkaufe.

»Vergiftung, Entgiftung. Wie Sie wollen«, sagte sie.

»Hat Quinteros Ihnen keinen Brief für mich mitgegeben?«

»Er ging nach Chile, ohne uns zu benachrichtigen. Sie verstehen. Er hatte mir von Ihnen gesprochen.«

»Und wenn ich Ihnen sagte, daß ich es auf Ihr bloßes Wort hin nicht kann?«

»Mein Gott, mein Gott!...«, sagte sie mit beherrschtem Spott und wiegte den wiederum erhobenen Kopf, geduldig und mütterlich.

Der Arzt dachte daran, aufzustehen und sie zu umarmen; er zwang sich, an die großen Brüste, an die Taille zu denken, in der die Rippen sichtbar endeten, das um den Hals hängende Medaillon, die vergilbte Fotografie. ›Aber ich habe den Verdacht, daß das vorläufig nicht der Preis ist; ich weiß, daß die einzige Möglichkeit die ist, sie nicht gehen zu lassen und eine passive, freiwillig unterwürfige Haltung anzunehmen.‹

»Morphium...«, sagte er. »Ich könnte Ihnen erklären, daß ich Kranke behandle, weil sie gesund werden wollen, oder weil ich will, daß sie gesund werden. Geben Sie mir

Ihren Namen. Lügen Sie nicht, denn ich kann ihn im Hotel erfahren. Ich bin ein Dorfarzt.«

»Elena Sala. S A L A . Ich sehe keinen Grund, warum ich Sie belügen sollte.«

»Sie sprechen von einem Ehemann. Heißt Ihr Mann Sala?«

»Elena Sala de Lagos.«

Díaz Grey dachte nach, während er die Hand auf der Schreibtischplatte sah, vier kraftvoll und bewußt aufgestützte Fingerglieder, vier harte Knöchel, auf denen die gespannte Haut weiß wurde.

»Zehn Pesos für ärztliche Bemühungen«, sagte er schließlich. »Es war nicht meine Schuld. Und zwanzig Pesos für das Rezept. Für zwei Ampullen. Ich habe nicht vor, Ihnen eine Injektion zu geben.«

»Schreiben Sie das Rezept aus für vier.«

»Für vier. Aber jetzt fällt mir ein, daß ich Ihnen zwanzig Pesos pro Ampulle berechnen werde. Ich bin nicht daran interessiert, Sie zu behandeln. Ist Ihnen das recht?«

Sie zögerte, bevor sie sprach; die Hand, die vier Fingerglieder blieben bewegungslos auf dem Tisch liegen.

»Zwanzig pro Ampulle«, sagte sie ohne Aufruhr und ohne Unterwürfigkeit.

»Zwanzig«, wiederholte Díaz Grey und schrieb rasch das Rezept aus, riß es von seinem Block ab und hielt es ihr hin. »Insgesamt neunzig Pesos. Damit Sie wissen, daß Sie ein schlechtes Geschäft gemacht haben und nicht wiederkommen.«

Sie hob das Blatt, um es zu mustern, steckte es ein und förderte aus derselben Tasche einen Hundert-Peso-Schein. Sie spreizte die Finger, um ihn auf den Schreibtisch fallen zu lassen.

»Wir werden eine Zeitlang hier sein«, sagte sie. »Wir werden ein Haus mieten, wenn wir eines finden.« Díaz Grey zog ein paar Banknoten aus der Hosentasche und reichte ihr zehn Pesos. »Wir gedenken eine Weile hier zu bleiben. Sofern es meinem Mann gefällt. Denn ich kann ihn mir außerhalb von Buenos Aires eigentlich nicht vorstellen.

Vielleicht könnten wir ein möbliertes Haus am Fluß finden; wissen Sie zufällig eines? Ich möchte, daß Sie meinen Mann untersuchen.«

»Nein«, sagte der Arzt. »Ich weiß von keinem Haus. Es ist hier sehr angenehm, besonders im Frühling. Bringen Sie mir Ihren Mann. Es wird nichts sein als eine nervöse Störung. Es gibt eine Nervenkraft, die aufregt, und eine andere, die hemmt. Wir werden uns das anschauen.«

6. Die alte Garde; Mißverständnisse

La vieja guardia; los malentendidos

Durch das Restaurant-Fenster konnten wir die Leute sehen, die aus den Theatern und Kinos kamen und die Calle Lavalle füllten, die blinzelnd die Cafés betraten, Zigaretten anzündeten und auf der Suche nach Taxis die glänzenden Köpfe in der Straßenhitze schüttelten. Vom Tisch aus sahen wir die eintretenden Gruppen, die gähnenden und angeregten Frauen, die finster dreinblickenden, die hochmütigen, die mißtrauischen Männer.

»Das ist mein Volk«, sagte Stein, »das Material, das mir anvertraut wurde, die Welt von morgen zu bauen.«

›Zwölf Uhr dreißig‹, wiederholte ich mir. ›Stein ist noch nicht betrunken und wird mich nicht verlassen, bevor er soweit ist. Vorläufig muß ich noch warten; ich kann nicht nach Hause gehen, bevor sie nicht so fest schläft, daß sie beim Türgeräusch und aufflammenden Licht nicht aufwacht. Wenn wir unseren Wein ausgetrunken haben, wird Stein ein Kabarett vorschlagen. Ich werde ablehnen, aber wenn er darauf besteht, wenn ich sehe, daß er nicht locker läßt, werde ich ja sagen. Er schaut bereits die Frauen mit feuchten, beleidigenden Augen an.‹

Stein saß zurückgelehnt und berührte die Wand mit der Stuhllehne; seine Jacke war aufgeknöpft, und er lächelte, wiegte den Kopf, beobachtete die Frauen, die kamen und gingen. Das Licht stieß an das Weinglas, das er mit der Hand zuhielt, in seinem Lächeln, in seinen heißen Augen; es dehnte sich und versank wie angesaugtes Wasser in seinem weißseidenen Hemd.

»Es ist nicht Askese, ich bin nicht bereit, das zu glauben«, brummte Stein. »Heuchelei. Oder vielleicht eine lasterhafte Entartung des Stolzes. Etwas Verzwicktes und Widerwärtiges kann die Erklärung sein. Würdest du nicht mehr als Geld geben, um mit der Frau mit dem weißen Hut zu schlafen? Ich tue nicht mehr, als sie anschauen, aber ich schaue sie immerhin an. Du könntest mir doch wenigstens den

Gefallen tun und deinen traurigen Pferdekopf umdrehen und sie anschauen.«

›Vielleicht ist es schon ein Viertel vor eins‹, dachte ich. ›Ich will nicht nach Hause kommen, wenn Gertrudis wach oder gerade wieder eingeschlafen ist. Ich kann sie mit der rechten offenen Hand berühren, ohne zu leiden; ich kann sie davon überzeugen, daß sich nichts geändert hat und manchmal fühlen, daß sich wirklich nichts geändert hat; ich kann auch den bereitwilligen Schwindel würdevoll aufrechterhalten und sie nur täuschen mit der Erinnerung an das, was sie war. Ich kann es mit dieser Hand tun, mit der ich die Zigarette anzünde. Aber ich kann weder ihren Mund ansehen noch wissen, daß sie die Wand oder die Decke oder ihre Hände mit leeren Augen ansieht, die nichts mehr suchen. Nun pflegt sie verzweifelt ihre Hände, als seien es Kinder. Ich bin vernünftig, ich weiß, es gibt Dinge, die ich tun kann und andere, die ich nicht tun kann. Ich kann zum Beispiel ihr nicht zuhören, nicht verstehen, was sie sagt; aber ich kann auch nicht die Trostlosigkeit und die Tränen ertragen, die ihre Stimme bewegen, wenn sie mit mir spricht. Tot sein wäre schlimmer, aber es wäre endgültig; tot wäre sie nicht mehr als vierundzwanzig Stunden an meiner Seite, um mir stillschweigend zu verstehen zu geben, daß sie gestorben ist, um mich daran zu hindern, daß ich sie vergesse. Sie würde es mir in meinen Erinnerungen immer wieder sagen, freilich nicht jeden Tag; zumindest nur zu Anfang jeden Tag; und nie mehr sie selber, nie wie jetzt ihr und mein Unglück eintönig und unablässig bekunden.‹

»Mit dir ist etwas los«, sagte Stein. »Ich wußte sofort, daß du traurig warst, und zwar traurig auf üble Weise, die sich allerdings durch Gesellschaft überwinden läßt. Ist es wegen Gertrudis?«

»Unter anderem ihretwegen. Aber ich möchte nicht darüber sprechen. Laß uns noch eine halbe Flasche bestellen.«

»Eine halbe, bitte Solîcito«, bestellte Stein beim Kellner. »Solîcito. Ein Diener muß Solîcito* heißen. Gestern abend

---

* Anm. d. Übers.: solîcito = gefällig, betriebsam, eifrig.

dachte ich über diese eineinhalb Jahre nach, die wir auf idiotische Weise in Montevideo verloren haben. Schreibt Raquel dir noch?«

»Ich erinnere mich nicht mehr an Montevideo«, sagte ich und trank einen Schluck. »Ich habe seit langem keinen Brief mehr von ihr bekommen. Ich weiß durch Gertrudis, daß sie heiraten will. Ich glaube, einen Jungen namens Alcides.«

»Sie war wunderbar«, bemerkte Stein; er suchte es zärtlich zu sagen. »Das fundamentale eleusinische Mysterium ist jenes, welches das Geschehnis zwischen den Asketen und seine Kind-Schwägerin stellt. In meinen Momenten der Verzweiflung glaube ich, daß wir sterben werden, ohne es zu lösen.«

»Wir werden sterben.«

»Eine Haltung, die zeigt, daß herrenhafte Zurückhaltung ein zweischneidiges Schwert ist. Wir können uns irgend etwas vorstellen. Zum Beispiel, was eingetreten wäre, wenn einer die Stelle eingenommen hätte, welche das Schicksal dem Asketen zugewiesen hat.«

»Das können wir«, stimmte ich zu. »Aber es geschah nichts. Vielleicht ein unanständiges Spiel meinerseits, ohne daß ich mir darüber klar geworden wäre. Als ich begriff, was vorging, ging ich nach Buenos Aires.«

»Ohne endgültige Erklärung? Ohne zumindest deine bewegende Entsagung auszubeuten?«

»Vielleicht hatte ich begonnen, sie zu lieben. Schwer zu sagen. Jedenfalls kam ich nach Buenos Aires und die Geschichte war zu Ende. Jetzt heiratet sie. Eine Zeitlang war sie beleidigt und bildete sich ein, sie hasse mich. Dann begann sie mir zu schreiben. Gertrudis liest alle Briefe.«

»Sehr gut. Und damit hat sich's. Aber da war doch das sogenannte unanständige Spiel. Jedoch, du bist traurig und sprichst nicht gerne darüber. Jetzt muß sie achtzehn oder neunzehn Jahre alt sein. Und wenn man bedenkt, daß es seit der Aufführung des Sonetts von Arvers fünf Jahre her ist ... Das ist für einen Asketen keineswegs schlecht. Die letzte Halbe Wein?«

›Ich will nicht Gertrudis' Anblick ertragen, wie sie auf

dem Rücken liegt und abwechselnd die beiden Schalen einer Waage überwacht, in der einen die Intensität der Schmerzen abwägt, die ihr jeden Augenblick neue Anzeichen einer Krankheit, der Lunge diesmal, übermitteln kann und in der anderen Schale die Wahrscheinlichkeiten eines neuen Lebens prüft, nämlich teilzunehmen, sich zu interessieren und zu erobern, Mitleid mit den anderen zu empfinden. Dabei haben sie und ich mit einem durch die Wiederholung bereits verminderten Schrecken entmutigt festgestellt, daß alle Themen uns zur linken Seite ihrer Brust führen können. Wir haben Angst zu sprechen, die ganze Welt ist eine Anspielung auf ihr Unglück.‹

»Statt Mitleid mit mir zu haben«, sagte Stein, »haben diese Tiere das Feingefühl, Neid zu heucheln. Du gehörst zu einer anderen Gattung Tier; du beneidest mich nicht, noch bedauerst du mich. Wenn jemand wüßte, was ich ertragen muß, die Qualen, die ich durchmache. Wir können die letzte als Sinnbild meines Märtyrertums sehen. Verheiratet, dreißig Jahre alt, zwei Kinder, ein Mann, der sich mit Dingen befaßt, die ich nie verstehen konnte, in einem Sportklub.«

›Aber dies Warten hat keinen Sinn‹, dachte ich, ›denn sie kann jeden Augenblick erwachen, und ich muß ihr dann zulächeln und muß scherzen, bewirken, daß ihr Glück dasjenige, was ich ihr vorzeige, nachahmt und nach meinem Vorbild wächst. Ich werde durch die Wohnung wandern und laut sprechen, ich werde, mit den Händen fuchtelnd, von Ecke zu Ecke den kommenden Morgen behandeln, die Zuversicht, die Freude, irgendwelche Unsterblichkeiten. Ich werde die Art und Weise wiederfinden, wie wir lachten bei Einbruch der Nacht, stehend und einander begehrend, in Montevideo, genau an der Ecke von Médanos und 18. Juli, vor fünf Jahren. Niemand wird mich daran hindern können, vor dem Eingang zum Lyzeum mit einem einzigen eintönigen Finger ihre Wange zu streicheln. Ich werde sie zwingen, daran zu glauben, daß eine Anekdote das Leben enthalten kann und daß eine Anekdote nicht den Sinn eines Lebens ändern kann. Und vielleicht wird sie sich aufrichten und um eine Zigarette bitten, vielleicht wird sie den Rauch mit sicherer Bedächtigkeit ausstoßen, mich dabei herausfordern und wie früher blinzeln und irgendeine offensichtliche Lüge murmeln, damit ich mich ihr stelle.‹

»Und ich lächelte und sagte ja«, sagte Stein, »und hütete meine Augen, damit sie nicht erriet, was ich von den letzten sieben Generationen dachte, die ihr vorausgegangen waren. Verstümmelt von den Unzulänglichkeiten der Übersetzung, lautete ihre Rede folgendermaßen: Stell dir vor, ich mußte den Kleinen zur Schulimpfung bringen, eine endlose Schlange Menschen, stell dir vor. Und dann kommt der Arzt vorbei und blickt mich einmal an, und ich ihn, nicht ohne Hintergedanken, ob sich die Sache dadurch beschleunigen läßt, und dann kommt der Arzt wieder vorbei und nimmt die Augen nicht von mir, und da ich ein verbundenes Handgelenk habe, weil ich mir, wie ich dir erzählt habe, an der Hängematte im Tigre die Sehne verzerrt habe, bleibt er stehen und fragt mich aus unter dem Vorwand, was mir fehle, stell dir vor. Und ich lege los und sage ihm, daß ich im Tigre war, daß wir jeden Sonntag zu einer Insel fahren mit dem Kerl von der Fabrik und der Familie und daß ich eine Freundin, Luisa, hörst du mich, in der Hängematte schaukelte und daß ich plötzlich einen Schmerz bekam, daß ich glaubte, mein Handgelenk sei gebrochen. Aber es war nur eine Sehnenzerrung, und man verordnete mir einen sehr festen Verband, und er sagt zu mir, er hätte mich gerne behandelt und läßt uns vor allen anderen herein. Und er impft den Kleinen und fängt an, Witze zu reißen und will sich mit mir verabreden, aber da ich bereits den Impfschein in der Hand hielt, den die Krankenschwester mir gegeben hatte, habe ich gesagt, das fehlte noch gerade, und fort war ich mit dem Kleinen.«

›Sie müßte jetzt eigentlich schlafen‹, dachte ich, ›sie wird nicht aufwachen, wird mich nicht um eine Zigarette bitten, wird nicht merken, daß ich zurück bin.‹

Stein zahlte, wir standen auf, traten auf die Straße hinaus, gingen bis zur Ecke, wo die ersten Morgenzeitungen ausgeladen wurden. Es war fast zwei Uhr auf der Uhr eines Cafés. Jetzt war ich sicher, daß Gertrudis schlief und nicht mehr erwachen würde. Ich lud Stein ein, ein Glas an einer Barítheke zu nehmen und leerte meines auf einen Schluck, plötzlich fühlte ich mich in Frieden, während ich anfing, mir begehrlich die schlafende Gertrudis vorzustellen.

»Es ist leichter, Bargeld zu zahlen als die Raten der Demütigung«, sagte Stein. »Viel leichter, wenn ich einer Frau in einem Kabarett die Hälfte eines Hundertpesoscheins mit meiner Telefonnummer zustecken lasse. Die Büronummer natürlich, weil ich mit Mami lebe und es mir nichts einbrächte, sie eifersüchtig zu machen.«

›Die langen kräftigen Beine, den breiten flachen Bauch, die tierische Bewegung, mit der Gertrudis sich zwischen Träumen meiner Gegenwart versicherte.‹

»Wollen wir uns eine Frau suchen?« schlug Stein vor.

»Nein, ich gehe heim.«

»Doch nicht irgendeine Frau. Eine Frau, die unsere Phantasie vorwegnimmt und beweist, daß die Wirklichkeit sie überragt. Die uns die Gesamtheit des Kosmos schenkt, bis zur nächsten, mit nur drei Löchern und zehn Tentakeln.«

»Ich gehe schlafen«, wiederholte ich.

»Bei dir zu Hause, vermute ich. Vielleicht lasse ich mich von deinem Vorbild mitreißen und besuche Mami. Sie wird mit dem alten Levoir Rommee spielen, dem vorletzten Flirt der armen Mami. Sie schummelt, damit der Alte gewinnt, und dann breiten die beiden auf dem Eßtisch einen Stadtplan von Paris aus und spielen das berühmte Spiel des Aufsagens ohne Hinzuschauen, ob ihre Schritte oder ein Stelldichein oder Geschäfte sie zur Kreuzung der Rue St. Placide und der Rue du Cherche führen oder was für ein Verkehrsmittel sie nehmen müssen, wenn sie sich die Spirochäten im Hospital Broussais kontrollieren lassen wollen. Ein spannendes Spiel, vermute ich. Jedenfalls kann Mami kein Mal verhüten, daß ihr die Tränen auf die Seine fallen. Arme Mami! Manchmal geht sie abends aus, vor allem jetzt bei dem guten Wetter, und setzt sich vor ein Straßencafé. Sie stellt sich vor, daß sie dort ist. Sie weitet und schließt halb die Augen, weil sie ihre Brille nicht aus der Handtasche holen will. Ich weiß es, ich habe sie von einem anderen Tisch aus beobachtet, ohne daß sie mich sehen konnte. Sie tut nicht mehr, als sich von den Männern anschauen zu lassen, sie vermutet, daß sie sie eine oder zwei Stunden anschauen, wie sie mißvergnügt oder nachdenklich dasitzt, mit jenem Lächeln à la Gioconda, das besagen will: ›Wenn ihr wüßtet!‹ Da gibt es natürlich nichts zu wissen, ausgenommen die zwanzig ungeschriebenen Bände von Mamis Nachkriegs- zu Nachkriegsmemoiren. Und überdies gibt es die Samstage. Ich habe dich tausendmal eingeladen, und du bist nie gekommen. Es ist nämlich notwendig, daß du Monsieur Levoir kennenlernst.«

»Ich nehme einen letzten«, sagte ich.

»Also noch zwei, bitte ... Er ist ein durch und durch ekelhafter Kerl. Ich glaube, vor Zeiten hat er Mamis Miete bezahlt. Jetzt ist er ein fetter Alter mit einem riesigen rosafarbenen Kopf. Zweimal in der Woche spielen die beiden Karten und verirren sich in den Straßen von Paris; manchmal bringt er eine Flasche mit. Alles ganz korrekt, wie sie sagen würde; ein altes Brautpaar. Natürlich wird sich Mami dabei so etwas wie die stillvergnügte Freundschaft Disraelis mit der Pompadour vorstellen. Denn das erschöpfte Vieh hält ihr zwei oder drei Vorträge über den freien Wechselkurs, über die Idiosynkrasie des Atoms und das echte russische Ballett, das er, glaube ich, in Wien gesehen hat. Aber ich werde nicht die Energie dieses abscheulichen Zuckerrohrschnapses an den alten Levoir vergeuden. Doch bevor sie uns rausschmeißen: habe ich dir von Mamis Samstagen gesprochen?«

»Ja, mehrmals.«

»Habe ich dir von den Réunions gesprochen, vom Klavierspiel, von den Chansons und der kleinen Theatergruppe?«

»Ja, aber es macht nichts.«

»Ich bin sicher, daß ich es dir nicht richtig erklärt habe. Gehindert vom Taumel des modernen Lebens ... Jetzt sollst du die wahre Wahrheit hören. Ja noch mehr: du wirst sie sehen, genau hier, zwischen der Theke, dem Kopf des Galiziers und den Flaschenborden.«

»Ich beginne zu sehen«, sagte ich. »Die lustigen Weiber von Mami. Das deckt sich damit, daß es keine Frauen mehr gibt.«

»Großer, bedauernswerter Irrtum«, verneinte Stein. »Das scheint dir nur so, weil du nie mitgemacht hast, weil du dich mit einer Kultur aus zweiter Hand begnügst. In diesem Augenblick dieser Nacht begreife ich, daß Mamis Samstage anders sind als alles, was du dir vorstellen kannst. Ein kleiner Saal im Vereinshaus der ehemaligen Kriegsteilnehmer, nur den Erwählten zugänglich. Denn wenn es einmal zutraf, daß der Berufenen viele waren … Hier gibt es nur Veteranen, im Ruhestand, versteht sich. Ich habe Mami mehr als einmal gesagt, sie solle auf ihre Visitenkarten ein *R* in Klammern setzen. Alle haben den Krieg mitgemacht, alle Klubmitglieder haben zumindest ein halbes Dutzend Feldzüge hinter sich; und die Erinnerung an so viele Operationen an verschiedenen Kriegsschauplätzen … Aber ich traue dir heute nacht nicht zu, dir so vieles vorzustellen … Lassen wir es dabei. Es genügt, wenn du an folgende Namen denkst: Marengo, Austerlitz, Borodino. Und an die Hundert Tage. Einmal durchdacht, können diese Wörter ersetzt werden von Armenonville, Casanova, Suisse, Boulevard oder die, welche in einem begrenzten asketischen Repertoire stehen. Bist du im Bilde?«

»Ich bin im Bilde«, sagte ich. »Aber genau so hast du es erzählt.«

»Habe ich dir von Napoleons Veteranen gesprochen? Bist du sicher? Vor heute nacht?«

Ich fühlte mich nicht nur in Frieden, sondern glücklich, unbesorgt über Gertrudis' Schlaf oder Schlaflosigkeit, und versuchte vergebens und ohne Begeisterung unmittelbar ihretwegen, wegen der Geschichte ihrer operierten Brust zu leiden, wegen der Erinnerung an die runde Narbe, den männlichen Eindruck, welchen der linke Teil ihres Oberkörpers mir manchmal machte.

»Ich weiß nicht, ob genau das«, sagte ich; ich füllte mir den Mund mit Pfefferminzpastillen und wartete, bis sie sich in einem Schluck Zuckerrohrschnaps auflösten. »Ich kann es dir nicht mit Sicherheit sagen. Jedenfalls hast du vom Rückzug von Moskau gesprochen. Dessen bin ich sicher.«

Stein zog langsam die Schultern ein und zündete sich eine Zigarette an, ohne den Blick von der Flaschenreihe hinter der Bartheke zu wenden.

»Keine Sorge«, fügte ich hinzu. »Ich werde an einem der nächsten Samstage kommen.«

»Das ist das Beste«, erwiderte er kalt. »Heute ist eine Nacht der Fiaskos. Der Irrtum liegt im Insistieren. Nichts erschreckt mich mehr als diese Reihen kleiner Fiascos; keines so stark, um zu verletzen, aber alle zeigen, daß ein Wille hinter ihnen steht, der sie lenkt. Getreu den Versuchsmethoden . . .«

Er warf eine Banknote auf die Theke und ging zum Telefon; ich spuckte die Pastillen aus und trat auf die Straße, um an der Ecke auf ihn zu warten.

›Jetzt schläft sie aber. Und morgen muß ich früh aufstehen, MacLeod begrüßen, in seiner Stimme den Namen des Monats erraten, in dem er mich hinauszuwerfen gedenkt, und den ganzen Tag spazierengehen. Gespräche führen, lächeln, mich interessieren, den Punkt, der mich interessiert, nicht berühren oder ihn mit freundschaftlich-zynischem Gesichtsausdruck berühren, ein Schulterklopfen, ein Aufruf zur menschlichen Brüderlichkeit. Ich werde mich daran erinnern, daß Gertrudis' Körper trotz allem länger und stärker ist als der meine; ich werde mich daran erinnern müssen, während ich gehe, die Aktentasche unter dem Arm, ich werde mich in ein Café setzen und mich mir mit einem pechschwarzen Vollbart vorstellen. Ich werde meine abgetretenen Schuhe unter den Stühlen der Vorzimmer verstekken, Viertel- und halbe Stunden warten, bis Perez-Zigaretten, Fernández-Rasierklingen und Gonzáles-Matetee mich empfangen. Und nach Hause zurückkehren, eintreten, ohne sie anzublicken und darauf vertrauen, daß die Wohnungsluft mir mitteilen wird, ob sie geweint hat oder nicht, ob es ihr gelungen ist, sich zu vergessen oder ob sie sich in die Nähe des Balkons gesetzt hat, um sich die schmutzigen Dächer anzusehen und den Sonnenuntergang.‹

»Ein neues Fiasko, richtiger: zwei«, sagte Stein, als er aus dem Café kam. »Ich werde mit Mami ›Straßen von Paris‹ spielen. Ich begleite dich ein paar Blocks.«

›Gertrudis und die dreckige Arbeit und die Angst, sie zu verlieren‹, dachte ich, Arm in Arm mit Stein; ›die unbezahlten Rechnungen und die unvergeßliche Gewißheit, daß es nirgends eine Frau gibt, einen Freund, ein Haus, ein Buch, nicht einmal ein Laster, die mich glücklich machen können.‹

»Entschieden ungerecht«, rief Stein und ließ mich los. »Ich spreche von den kleinen Fiaskos. Denn ausgerechnet an diesem Nachmittag war ich dahin gelangt, mein allgemeines Fiasko mit Freude zu betrachten. Das große Fiasco, das des Individuums Julio Stein. Dabei sollte der gute Wille, den ich gezeigt habe, der Geist der Hinnahme, den ich bewiesen habe, in Betracht gezogen werden.«

»Nützt alles nichts«, widersprach ich. »Es wäre zu leicht, auch zu ungerecht, wenn das etwas nützte.«

»Was schert mich das!« sagte er zu mir. »Ich habe nie etwas getan, und vermutlich werde ich sterben. Natürlich war da eine gewisse unpersönliche Reue im Spiel; doch sie hielt mich nicht davon ab, zufrieden zu sein. Wenn du nach Hause willst, so ist das deine Ecke. Im Jenseits wird Mami dir Dank sagen.«

Ich wartete, bis Stein sich entfernt hatte, gewiß, daß ich eine Straßenbahn nehmen würde, und winkte einem Taxi. Ich lehnte mich im Sitz zurück, atmete kräftig die Luft ein, dachte: ›In diesem Alter beginnt das Leben ein verzerrtes Lachen zu sein‹, und ließ ohne Widerspruch zu, daß Gertrudis, Raquel, Stein, alle Menschen, die zu lieben mir zukam, eines Tages nicht mehr sein würden; ich ließ meine Einsamkeit zu, wie ich es vorher mit meiner Trauer getan hatte. ›Ein verzerrtes Lächeln. Und man entdeckt, daß das Leben schon seit vielen Jahren aus Mißverständnissen besteht. Gertrudis, meine Arbeit, meine Freundschaft mit Stein, das Gefühl, das ich von mir selbst habe –, Mißverständnisse. Abgesehen davon, nichts; dann und wann einige Gelegenheiten zu vergessen, einige Vergnügungen, die kommen und gehen, vergiftet. Vielleicht muß jede Art der Existenz, die ich mir vorstellen kann, sich schließlich in ein Mißverständnis verwandeln. Wie dem auch sei, es spielt kaum eine Rolle. Mittlerweile bin ich dieser kleine, schüchterne, unveränderliche Mann, verheiratet mit der einzigen Frau, die ich verführt habe oder die mich verführt hat, außerstande, nicht nur ein anderer zu sein, sondern auch die Willenskraft zu haben, ein anderer zu sein. Das Männchen, das desto mehr Widerwillen erregt, je mehr Mitleid es weckt, das Männchen, gemischt unter die Legionen von Männchen, denen das Himmelreich verheißen war. Asket, wie Stein spottet, wegen meiner Unfähigkeit zur Leidenschaft und nicht wegen des unsinnigen Hinnehmens einer schließlich verstümmelten Überzeugung. Dieses Ich im Taxi, nichtexistent, bloße Verkörperung der Idee Juan María Brausen, zweibeiniges Sinnbild eines billigen Puritanismus, gemacht aus Verneinungen – ein Nein dem Alkohol, ein Nein dem Tabak, ein entsprechendes Nein den Frauen, niemand in Wahrheit; ein Name, drei Wörter, eine von meinem Vater mechanisch hergestellte winzige Idee, ohne Widerstände, damit auch seine gleichfalls ererbten Verneinungen ihre dünkelhaften Köpfchen noch nach seinem Tode weiterschütteln würden. Das Männchen und seine Mißverständnisse – kurzum, wie bei aller Welt. Vielleicht ist das es, was einer unmerklich, ohne darauf zu achten, mit den Jahren lernt. Vielleicht wissen es die Knochen, und wenn wir entschlossen und verzweifelt vor der Höhe der Mauer stehen, die uns umschließt, die so leicht zu überspringen ist, wäre es möglich, zu springen, wenn wir nahe daran sind, anzunehmen, daß letzten Endes nur das eigene Ich wichtig ist, weil es das einzige ist, das uns unbestreitbar anvertraut wurde; wenn wir ahnen, daß nur die eigene Rettung ein moralischer Imperativ sein kann, daß nur sie moralisch ist; wenn es uns gelingt, durch eine ungeahnte Ritze die Heimatluft zu atmen, die auf der anderen Seite der Mauer vibriert und ruft, uns den Jubel vorzustellen, die Verachtung und die Befreiung, vielleicht lastet dann wie ein in unsere Knochen eingebautes Bleiskelett die Überzeugung auf uns, daß jedes Mißverständnis tragbar ist bis zum Tode mit Ausnahme desjenigen, das wir außerhalb unserer persönlichen Umstände entdecken, außerhalb der Verantwortlichkeiten, die wir zurückweisen, zuweisen, ableiten können.‹

7. Stilleben

Oktober begann, als ich die Nachtgewohnheiten der Alten
Garde und die Mißverständnisse nachahmte, im Taxi in die
Calle Chile zurückkehrte, mich von der Ecke entfernte, an
der ich Stein und Mami zurückgelassen hatte, die mir Arm
in Arm zulächelten, wobei Mami mir mit erhobener Hand
ein Lebewohl zuwinkte.

Ich fuhr im Aufzug hinauf, besah meine Augen und den
Schnurrbart im Spiegel und dachte: sie schläft, sie wird
nicht aufwachen, und ich liebe sie und darf keinen Augenblick vergessen, daß sie viel mehr leidet als ich. Die Wohnung von La Queca stand offen, der Schlüsselbund hing am
Schloß, die Flurbeleuchtung drang ein und erstarb an den
Füßen eines Sessels und auf dem Muster des kleinen Teppichs. Ich wußte erst, was ich tat, als es getan war. Ich
horchte in die Stille hinein und hob einen Arm, um den
Klingelknopf zu erreichen. Ich war sicher, daß niemand in
der Wohnung war, blieb aber reglos wartend stehen. Niemand auf der Treppe, kein Geräusch im Erdgeschoß. Wieder läutete ich und wartete; ich schob eine Hand hinein,
schaltete das Deckenlicht ein. An die Wand gelehnt, sah ich
mich um und witterte durch die Türöffnung die unbestimm-
bare Luft der Wohnung. Ich sog die Luft ein, bis ich fühlte,
daß sich meine Kehle zuschnürte und mein ganzer Körper
sich dem Schluchzen überlassen wollte, das ich in den letzten Wochen verdrängt hatte. Ich wartete, bis ich mich beruhigt hatte, und nun schenkte die Luft der leeren Wohnung
mir ein Gefühl der Ruhe, füllte mich mit einer sonderbar
freundlichen Müdigkeit, verführte mich dazu, mit einer
Schulter die Türe aufzustoßen und langsam, stillschweigend,
einzutreten.

Das Badezimmer hinten stand offen, und die grünliche
Farbe der Fliesen schimmerte sanft und flüssig. Ich warf
einen Blick auf die heruntergelassene Jalousie und entdeckte
sofort, daß dort die Unordnung begann. Verwirrt betrach-

tete ich die in der weißbemalten, waagrecht verfugten Holzverschalung gespiegelte Unordnung. Von dort aus hatte sie gesprochen und sich über die Hitze und Ricardo beschwert, an dem Abend, als ich ihre Stimme kennengelernt hatte.

Zwischen Balkontür und Tisch lag ein zerknüllter Hüftgürtel auf dem Boden; Damenwäsche hing über den Stühlen; und auf dem blauen, mit weißer Spitze gesäumten Tischtuch neben einer Strohflasche mit Chianti zwischen Früchten, vollen oder zerdrückten Zigarettenpaketen stand schräg ein großer Bilderrahmen, alt und massiv, leer, mit zersprungenem Glas, das noch zu zittern schien. Wieder horchte ich mit dem Rücken zur Tür; ich wartete auf das Geräusch und die Stille des Aufzugs, der zum Stockwerk herauf kam, ich hoffte, den raschen Gang der Queca, ihre unverwechselbaren kleinen Schritte zu erkennen.

›Ich kann zu ihr sagen, daß ich die Tür offen, die Schlüssel hängen sah, daß ich drinnen weinen hörte.‹ Der Aufzug rührte sich nicht; in der Ferne rückte jemand behutsam ein Möbelstück.

Das große, dem meinen gleiche Bett, das wie eine Verlängerung des Bettes, in dem Gertrudis schlief, an der Wand stand, schien für die Nacht aufgedeckt; aber auf der gelben, fast goldenen Bettdecke vermengten sich Modezeitschriften, frisch gebügelte Wäsche, ein offener, leerer Handkoffer. Ich begann mich auf dem gewachsten Fußboden geräuschlos und sorglos zu bewegen und empfand bei jedem bedächtigen Schritt die Berührung mit einer kleinen Freude. Jedesmal, wenn meine Füße den Boden berührten, beruhigte und erregte ich mich und glaubte, im Land eines kurzen Lebens vorwärts zu schreiten, dessen Dauer nicht ausreichen konnte, damit ich mich bloßstellte, bereute oder alterte. Ich versuchte das Innere der Flasche zu prüfen, ohne sie zu berühren; ich näherte die Nase den Gläsern. Vor dem Bücherregal blickte ich auf die Farben, nicht auf die Titel der Buchrücken; dann, meinen Hut an die Wand drückend, lehnte ich mit gekrümmtem Körper das Ohr an die Mauer und suchte mit geschlossenen Augen die Stille; einen

Augenblick hielt ich den Atem an, bis ich sicher war, daß ich Gertrudis seufzen und sich bewegen hörte, um meine Wohnung im Halbdunkel, die Entfernungen zwischen den Möbeln, die Form des einsamen Körpers im Bett vor mir sehen zu können. Ich löste mich von der Wand und begriff mühelos, daß es mir verboten war, irgendeinen Gegenstand zu berühren, irgendeinen Stuhl zu verrücken.

Vergeblich suchte ich im Badezimmer irgendeinen Seifen- oder Pudergeruch; ich blieb vor meinem Gesicht im Spiegel stehen und unterschied nur den Glanz der Nase und der Stirn; die Augenhöhlen, die Form des Huts. Doch sogleich hörte ich auf, mich selbst zu sehen und betrachtete, befreit von meinen Augen, im Spiegel nur einen flachen friedlichen Blick ohne Neugierde. Vielleicht schlug mein Herz gleichgültig, und jene besondere Freude, die meine Lungen gefüllt hatte, regte sich in meinem Körper ohne Begeisterung und ohne Absicht, sank und stieg, kam und ging wie Pinselstriche; vielleicht wichen die Geräusche in die fernen Säume der Nacht und ließen mich allein im Mittelpunkt der Stille zurück. Als mein Blick sich vom Hut bis zum Kinn weitete und starr war wie Glut oder Blässe, verließ ich das Badezimmer, trat an den Tisch und beugte mich wiederum darüber.

Das Licht fiel senkrecht von der Decke, und sobald es die auf dem Tisch liegenden Gegenstände berührt hatte, durchdrang es sie ohne Heftigkeit. Der Rand der Obstschale war an zwei Stellen eingedrückt und der sie überspannende Henkel war grob verbogen; drei winzige, sichtlich saure Äpfel gruppierten sich am Rand, und der Boden der Obstschale zeigte kleine, fast mutwillig verursachte Beulen und alte, vergeblich geschrubbte Flecken. Eine kleine goldene Uhr mit einem einzigen Zeiger lag links vom massiven Sokkel der Obstschale, die unerträglich auf dem Spitzendeckchen zu lasten schien, dessen undeutliche, unzusammenhängende Flecken und Risse das Muster jäh unterbrachen. In einer Ecke des Tischs, gleichfalls auf dem linken Abschnitt zwischen Uhr und Rand auf dem leuchtendsten, leicht zerknitterten Teil des blauen Filztuchs drohten zwei weitere kleine Äpfel zu Boden zu rollen; der eine dunkelrot und bereits faul, der andere grün und angefault. Näher, auf dem grobgewebten Teppich, genau zwischen meinen Schuhen und dem Schattenrand des Tischs, lag zerknittert ein kleiner rosaseidener Hüftgürtel mit Gummifutter, Metall- und Gummihaken; er war verformt und weich und sprach von Verzicht und müßigem Aufbegehren. Ohne mich zu rühren, entdeckte ich unter dem Tisch eine kleine umgefallene Flasche, dazu soeben zur Ruhe gekommene Äpfel. Auf der Mitte des Tischs sogen zwei faltige Zitronen das Licht ein mit weißen runden Flecken, die sich unter meinen Blicken sanft dehnten. Die Flasche Chianti lehnte schräg an einem unsichtbaren Gegenstand, und in dem Weinrest eines Glases dehnten sich violette, ölige Linien zur Spirale. Das andere Glas war leer und beschlagen und enthielt noch den Atem dessen, der aus ihm getrunken hatte, dessen, der mit einem Schluck einen münzengroßen Fleck auf dem Grund zurückgelassen hatte. Zu meiner Rechten, am Fuß des leeren silbernen Rahmens mit seinem gesprungenen Glas sah ich einen Pesoschein und den Schimmer von Gold- und Silbermünzen. Und neben all dem, was ich sehen und vergessen konnte, neben dem altersschwachen Tischfilz mit seiner die Gläser ansteckenden blauen Farbe, neben den Rissen der Spitzendecke, die alte Sorglosigkeiten und Ungeduld verrieten, lagen am rechten Tischrand die Zigarettenpakete, voll und unversehrt oder offen, leer, zerquetscht; überdies lagen lose Zigaretten da, etliche weinbefleckt und verkrümmt oder vom geschwollenen Tabak geplatzt. Schließlich ruhte das pelzgefütterte Paar Damenhandschuhe wie halb offene Hände, so als wären die Hände, die sie beherbergt hatten, in ihnen nach und nach geschmolzen und hätten ihre Formen aufgegeben, eine unsichere Temperatur, den Phosphorgeruch des Schweißes, welche die Zeit benötigen würde, um sie in Sehnsucht zu verwandeln. Sonst war nichts da, auch keinerlei weder in der Nacht noch im Gebäude erkennbares Geräusch.

Ich trat vom Tisch weg; wohl wissend, daß die Zeit erfüllt war, daß ich gehen mußte; ich löschte das Licht und ging auf den Gang hinaus. Gertrudis schlief, die Balkontür war zum schwarzen Himmel geöffnet. Ich entkleidete mich und legte mich ins Bett, streichelte Gertrudis' Haar, fühlte sie erzittern und seufzen. Eine Pfefferminzpastille mit der Zunge verschiebend und sie geräuschlos an die Zähne stoßend, überließ ich mich dem Schlaf, dachte an Mami und Stein, erinnerte mich daran, daß Stein, mit traurigem Lächeln das Glas in seiner Hand betrachtend, gesagt hatte: »Ich weiß noch, vor zwei Jahren in Necochea. Mami stand sehr früh auf, um an den Strand zu gehen, und ich schlief bis Mittag im Hotel. Ich glaube, sie stand so früh auf, weil sie sich damit abgefunden hatte, daß sie so fett und alt geworden war und zu dieser Stunde wenig Leute zum Strand gingen. Ich erwachte und trat ans Fenster; ich sah sie unten sich bewegen. Aber niemand kann dir beschreiben, wie sie sich bewegte. Ein paar Männer strichen die Hotelwände an, und da war ein Sandweg, auf dem die Menschen zum Mittagessen zurückkamen. Du müßtest dich in ein Tier verwandeln und dich daran erinnern und begreifen, wie ein Weibchen geht, um ein Männchen anzulocken. Mami brauchte natürlich allerlei Vorwände, um von einer Seite zur anderen zu schlendern, sie rupfte Blätter von den Bäumen, sie rief einen Hund an, lächelte Kindern zu, musterte den Himmel, rekelte sich, lief ein paar Schritte und blieb stehen, als habe sie jemand gerufen; sie bückte sich, um Dinge vom Erdboden aufzuheben, die gar nicht da waren. All das zwischen dem Strandweg zum Hotel und vor den Maurern auf dem Gerüst. Es fiel mir damals ein; und ich glaube es noch heute: es war ihr letzter Versuch, ihr verzweifelter Jagd- und Fischzug, gleich auf welche Beute, sofern sie nur etwas erbeutete. Arme Mami! Ich begriff all das und sagte, während ich aus dem Hotelfenster blickte, vor mich hin: Arme Mami. Drunten war niemand außer ihr; sie und die Möglichkeit, welche die Maurer darstellten, ein Hotelangestellter, jemand, der seinen Wagen vom Strand zurückfuhr. In jener Mittagsstunde in Necochea betrank ich mich wie ein Pferd und zwang mich, es während der Siesta mit ihr bis zur Erschöpfung zu treiben. Niemand, gar niemand kann sich ausmalen, mit welcher Demut und Reinheit ich alles nur Erdenkliche gegeben hätte, wenn einer von den Malern oder Maurern auf Mami zugegangen und ihr auf obszöne, brutale Art wie einer, der sich kaum mehr beherrschen kann, einen Antrag gemacht hätte.«

8. Der Ehemann

Mehrere Tage vergingen, ohne daß Díaz Grey den Ehemann sah; so begann er zu glauben, der Mann sei eine neue Lüge von ihr und alles werde sich auf seine eigene Geschichte mit Elena Sala beschränken, eine voraussehbare Geschichte ohne andere Komplikationen als die, welche sie selber ihr verleihen würde. Er glaubte oder fand sich damit ab, zu glauben, daß diese Geschichte unverzüglich beginnen würde – in jeder auf den Augenblick folgenden Stunde, in dem er sich an die Frau erinnerte –, und daß, wenn er sie umarmen und zum Untersuchungstisch drängen würde, oder wenn sie ihn eines Abends vom Hotel aus anrufen oder beide an der Mole spazierengehen würden und er mit der verstockten Plumpheit, mit der verblendeten Ungeduld eines geilen Junggesellen ihr über den Busen fahren oder sie unter der Achsel kitzeln würde, bei jedwelchem wahrscheinlichen Anfang sie beide gleichzeitig begreifen würden, daß die Geschichte in dem Moment angefangen hatte, als sie zum ersten Mal sein Zimmer betrat, an jenem Mittag, den sie beide erinnern und aufbauen würden, um ihn anschließend aus der Zeit zu befreien und damit unvergeßlich zu machen.

Und obgleich es mir möglich war – mit Mühe, ohne die Fähigkeit weiter zu gehen, das eine oder andere Mal – ein wechselndes Gesicht, das keiner bestimmten Statur entsprach, sieben oder acht Gesichter, die zu dem Ehemann passen mochten, vor die Glastür der Praxis zu stellen, verlor Díaz Grey langsam die Lust. Wenn die Gegenwart des anderen auf unbestimmte Weise bedrohlich wurde, trat der Arzt langsam oder gleichgültig auf die Türe zu oder wandte nur den Kopf dorthin. Indessen, und ohne daß ich das, was geschah, zu lenken oder ihm Beachtung zu schenken brauchte – während ich an Geld dachte, an Gertrudis, an Werbetexte oder darauf bestand, zwischen die Frau und Díaz Grey die zähe Masse des Ehemanns zu schieben, der so oft verwischt, so oft zum Greifen nahe, nur um eine Einzelheit, nur einen Lidschlag von seiner Geburt entfernt war – hatte Díaz Grey mittlerweile Elena Salas Besuche empfangen, er hatte Hunderte von Malen die erste Begegnung wiederholt und sich bemüht, ihr nicht in die Augen zu sehen. Und bei jedem einzelnen der Besuche hatte er der Frau eine Spritze gegeben, ohne dabei mehr anzusehen als den unerläßlichen Abschnitt der Schenkelhaut oder des Gesäßes; er hatte Rezepte unterschrieben und, sobald sie gegangen war, sich dem Tisch genähert, um die Geldscheine aufzunehmen, die sie zerknittert und wie versehentlich darauf gelegt hatte.

Und so ging es, unabänderlich ein- oder zweimal am Tag, ohne daß ich mich hätte einzumischen brauchen oder es etwa hätte verhüten können. Denn ich mußte den richtigen, unaustauschbaren Ehemann finden, um das Drehbuch in einem Zug, in einer Nacht herunterzuschreiben und Geld zwischen mich und meine Sorgen zu schieben. Und gerade diese Sorgen waren es, die mich am Schreiben hinderten, die mich entmutigten und zerstreuten, die mich zwangen, Tagträumen, schlaflosen Nächten und plötzlichen Eingebungen des Arbeitstags schicksalhaft den falschen, unbrauchbaren Ehemann zu entlocken. Es war äußerst schwierig, ihn zu finden, weil dieser Mann, mochte er sein wie er wollte, nur im kleinsten Kreise kennenzulernen war.

9. Die Rückkehr

Aus den ersten unfreundlichen Tagen, als der Frühling sich den Überresten des Winters zu entwinden schien, die sich unvermittelt als Felsen zeigten, als Moos, tote Krabben und Sand, die ein plötzliches Ablaufen des Wassers freigelegt hatte, schien Gertrudis den Aberglauben und die Hoffnung gewonnen zu haben, daß sie nur einen oder zwei Schritte rückwärts zu machen brauchte, um wieder glücklich zu sein. Sie schien sich dessen sicher zu fühlen, daß alles wieder sein würde wie vorher, wenn es ihr gelang, die Gegebenheiten anzupassen und ihren Gefühlen Zwang anzutun, um in ihren Jahren zurückzuschreiten und unter Nachahmung ihrer Erinnerungen von neuem Gertrudis' Tage mit zwei Brüsten zu leben.

Zunächst sah sie sich vor ihrem Unglück, als habe dieses Gestalt angenommen und wolle sie nur quälen und im bewölkten Himmel gegenwärtig sein, im schmutzigen Licht, im Gegurgel des Regens auf Dach und Balkon. Ein Mann, ich, verließ sie morgens und hinterließ ihr den ersten Haß auf den Tag, indem ich mit einem Geräusch oder einer Bewegung, mit verschwiegen gemeintem Kommen und Gehen den Traum tötete, in den sie sich verloren hatte. Jeden Morgen tötete ich Gesichter, unbekannte Zimmer, unbegreiflich aufgebaute Landschaften, von irgendwelchen Mündern losgelöste Zwiegespräche, kleine wechselnde Welten, in denen sie, klein, jung oder wie immer umgehen und lachen, erobern und nackt umhertollen konnte.

Erwacht, das Wachsein hinnehmend nach einem Augenblick des Kampfes, um von neuem das Nichts zu verdienen, fühlte sie gleich darauf, eins zu sein mit der Hohlform ihres Unglücks. Wach blieb sie im Bett liegen, regungslos mit geschlossenen Augen, damit ich glaubte, sie schliefe, damit ich nicht mit ihr spräche, ungeduldig auf das behutsam bedächtige Geräusch wartend, das ich beim Verlassen der Wohnung an der Türe machte. Wach und regungslos, langgestreckt, schwer, in der warmen Mitte des Betts liegend, rücklings, ein Bein angezogen und einen Arm um den Kopf geschlungen; die Lippen sehnsüchtig geöffnet, um das überzeugende Bild ihres schlafenden Ich wiederherzustellen, hörte sie mich im Zimmer umhergehen, meine Vorbereitungen treffen, um sie bis zur Nacht allein zu lassen. Sie fühlte, wie ich die Uhr befragte und mich im Bett aufsetzte – nicht ich, sondern diese Form, dieses Gewicht, dieser Körper –, wie ich schwerfällig meine Pantoffeln anstreifte (dieser Männerrücken im Pyjama), wie ich mich aus dem Schlaf riß und den widerwärtigen Tagesbeginn hinnahm. Sie hörte mich ins Badezimmer gehen, im spärlichen Licht die Stühle, den Tisch, den Zeitschriftenkorb umgehend, hörte mich vielleicht stehenbleiben, um die Wetterlage des im Balkonfenster zur Schau gestellten Morgens zu überprüfen. Sie hörte das Rauschen der Dusche, stellte mich sich vor, eine geschlechtslose Form über das Klosett gebeugt, sie mutmaßte das Schaben der Rasierklinge auf meinen Bartstoppeln. Dann hörte sie mich zurückkommen, fröstelnd, und mit Seifenduft ins Zimmer dringend. Sie hörte mich beim Anziehen seufzen, ertrug den Augenblick der Stille, in dem ich mir vor dem Spiegel die Krawatte umband. Dann – vermutlich suchten meine geschwollenen Augen meinen Hut – straffte sie ihre Schenkel, um die Statue der schlafenden Gertrudis in Stein zu verwandeln, damit die Energie ihres geballten Körpers meinen Rücken erreiche und mich zum Gehen antreibe. Dann, getrennt von mir, von jemand, von einer Gegenwart, einem Körper, der Dichte dieses Körpers, der Erinnerung an dessen Gerüche und Temperatur, ahmte sie die gefügige und scheinheilige Stellung der Toten nach, faltete die Hände auf dem Leib, legte die Knie aneinander und schickte sich an, die leisen Stimmen zu empfangen, die ihr Unglück verkündeten, ihre Niederlage, den Umfang des Stücks, das an ihrem Körper fehlte und im gleichen Verhältnis an allem künftigen Glück fehlen würde.

Sie lag da unter den Darstellungen ihrer Niederlage, unter der Kälte, die ihre Wangen welken ließen, unter dem unablässig erbärmlichen Licht des Nebeltages. Und sie suchte sich mit der Erinnerung an einen anderen Winter zu retten, mit der Beschwörung einer jungen und heiligen Gertrudis, die erwachte, die an kalten, alten, vom Heute durch unermeßliche Zeit getrennten Morgen zuversichtlich und energisch erwacht war.

Langsam sah ich sie zurückweichen, mit behutsamen Bewegungen in die Vergangenheit flüchten, mit vorsichtigen Schritten rückwärts gehen, mit dem Fuß jeden Tag, den sie betreten wollte, abtasten. Ich sah, daß die windigen Frühlingstage, die ersten lauen Abenddämmerungen, die den Regenwochen folgten, die Erlaubnis erhielten, den Balkon zu überqueren und sich im Zimmer einzunisten. Ich sah sie lächelnd, erregt und reuig, ihr grauseidenes Kleid vor dem Spiegel zuknöpfen. Gott sei Dank! dachte ich, befreit von Gertrudis' Trauer, frei, meine eigene Trauer zu empfangen und mich ihr zu überlassen.

Sie begann in der Wohnung umherzugehen und Arten des Lachens zu proben, die genau in das so wirre Echo ihres gewohnten einstigen Lachens paßten. Sie stellte Blumen und Weinflaschen auf festliche Tischtücher und oft, wenn ich abends heimkam, fand ich sie um den Tisch und über dem Klirren der Weingläser trällern. Und mit einemmal begann sie lächelnd, beharrlich von ihrem Unglück zu sprechen, als hoffe sie, es zu verbrauchen und zu vergessen.

»Es macht mir nichts mehr aus«, wiederholte sie mit entschlossenem, schamlosem, verblendetem Lächeln.

Es macht mir nichts aus, bekannte sie leutselig beim Nachtisch und versuchte mich im Bett davon zu überzeugen, daß es ihr nichts ausmache, indem sie sich unvorsichtig bewegte, das Licht herausforderte, sich nackt und erwartungsvoll unter mich legte, ihre üppigen Hüften vordrängte, aus jeder Andeutung von Halbdunkel dem Licht und meinen Augen entgegenglitt. Ohne Mißtrauen, ohne Musterung blickte sie mich an und suchte nur das Glück, das sie meinem wilden Gesicht entlocken konnte, und folgte den Bewegungen meines Mundes, der getreulich die altbekannten plumpen, dem Ritual gemäßen Wörter hervorstieß. Ohne Widerwillen besah ich schließlich die runde Narbe und stellte mir darunter ein barbarisches, nicht zu entschlüsselndes Zeichen vor, mächtig genug, um meinen Zorn und meine Eifersucht hervorzurufen.

Es war zwischen diesem und dem nächsten Zeitabschnitt, als mir undeutlich und ohne Nachhall, kommend und gehend, stets oberflächlich wie eine Frühlingslaune, die Idee kam, sie zu töten. Vielleicht nicht einmal das; nur als Abwechslung, als Spiel, sie mir tot, entschwunden vorzustellen; sie mit einer sanften Handbewegung zu ihrem Ursprung fortzustoßen, zu ihrer Geburt, zum Leib ihrer Mutter, zum Vorabend der Nacht, in der sie gezeugt worden war, ins Nichts. Sie ist nicht da; der Ort, den sie in der Luft der Wohnung einnimmt, ist leer geblieben; was ich von ihr in meinem Gedächtnis zu finden meine, gehört der Phantasie an. Jetzt, da sie aufgehört hatte, mich zu quälen, als ihr Verschwinden mir in keiner Weise zustatten kommen und die Freiheit mir nichts nützen würde, war es möglich, erlaubt und rechtmäßig, mich mit dem Gedanken an ihren Tod zu unterhalten, einen anmutig trauernden Juan María Brausen zu erfinden, der sich ermannte, der sein Unglück mit Würde trug, der sich nicht vom Schicksal niederdrücken ließ, der die Süße der Unterwerfung und Entsagung entdeckte, der sich ergeben und bußfertig vor der Vorsehung beugte, die zu ergründen ihm nicht zustand.

Nachdem sie in der Klausur der Wohnung geprobt hatte, nachdem sie ihre neue Fröhlichkeit in raschen, aufregenden Ausflügen auf die Straßen der Stadtmitte verlegt hatte, begann Gertrudis das Glück abseits von mir und vor ihrer Zeit mit mir zu suchen. Wieder durchlebte sie die vor unserer Eheschließung liegenden jugendlichen Tage, wieder rief sie sich das junge Mädchen mit stolzem Kopf und Kinn wach und ahmte es nach, das sorglose junge Mädchen mit den großen Schritten. Sie suchte die vorhergegangene Gertrudis zu sein, suchte sie an eine Straßenecke von Montevideo zu stellen, in einen Monat, in dem es ihr möglich war, in der Stadtluft die Verheißungen der Ferienmonate einzuatmen, das Landleben, die Picknicks, die Verabredungen mit Freunden, die Briefe, die man empfing und beantwortete.

Ich hatte bereits aufgehört, mit ihrem Tod zu spielen, ich lockte ihn nicht. Doch eines Tages dachte sie mit unvermuteter Ängstlichkeit an ihre Mutter, an die alte Frau, die im Haus von Temperley über ihre eigene Nutzlosigkeit meditierte; sie war sich des Trostes und der dauerhaften jungen Gertrudis sicher, die sie in Temperley bei ihrer Mutter antreffen würde, die nun allein mit einem noch älteren Dienstmädchen lebte, allein mit einem Telefon, um auf ihre Anrufe zu warten, mit einem Fenster, aus dem sie über das Gärtchen hinweg sehen konnte, über die harten, dürren Rosensträucher, den spitzen Zaun, den Briefkasten und die Klingel, die der Postbote betätigte, wenn er ein- oder zweimal im Monat einen Augenblick von seinem Fahrrad stieg und einen Brief von Raquel abgab.

Von Tag zu Tag mit zunehmender Häufigkeit, bis zur Besessenheit, sah sie sich mit ihrer Mutter Tee trinken, schwätzen und Toastbrot knabbern. Dort, wieder im vertrauten Duft des Hauses, zurückgekehrt in die von Montevideo nach Temperley verlegten Kindheitsgerüche, beim Schlürfen starken Tees, bei den ohne Beklemmung gerauchten Zigaretten, dem Zitronengelee, dem intimen Roquefortarom, würde sie an einem Anfang stehen, stark, sicher und liebenswert. Sie stellte sich vor, in lauer, unschuldiger Wollust auszuruhen, als setze sie den Rücken der Wärme aus; sie stellte sich vor, das Wasser im Ofen, den nur der Hochsommer aus dem Raum zu entfernen vermochte, sieden zu hören und eine Zukunft zu ersinnen, ein überraschendes Glück, weil es auf ihrer Verstümmelung gründen würde, ein Sieg über einen Unbekannten, ein ohne die Notwendigkeit jeglicher Strategie über einen vagen Typ von Mann errungenen Sieg, für den ohne Perversität die Verstümmelung die unwiderstehliche Beschaffenheit ihres Körpers bedeuten würde.

10. Die wahren Mittage

Ich war auf das Verschwinden des Gesichts von Elena Salas Mann gefaßt, auf Gertrudis' Verschwinden, auf den von Stein verlegen angekündigten Verlust meiner Stellung. Trotzdem versuchte ich all dies zu bewahren und mühte mich zu verhindern, daß Díaz Grey sich in Luft auflöste. Ich beschloß, die wiederholten Praxisbesuche der Frau zuzulassen und geradezu herauszufordern, und zwar genau um die Mittagszeit, wenn das Wartezimmer leer war und sie sich anmelden wie auch empfangen werden konnte, indem sie mit den Handknöcheln einfach an die Tür klopfte, mit den Fingernägeln über die Wellglasscheibe der Tür rieb und sich von dem nostalgisch-maliziösen Lächeln des Arztes überraschen ließ, als erriete sie, daß ich in Montevideo unzählige Male die gleiche Gebärde, den gleichen kurzen, hoffnungslosen Laut Jahre zuvor in Bordelleingängen wiederholt hatte, wo meine Hand sich aschfahl unter dem hohen Deckenlicht ausstreckte.

Elena Sala hatte fast sogleich den kleinen Sessel an der Wand des Sprechzimmers mit dem Rücken zum Fenster gewählt; zu ihrer Linken standen die Glasschränke und vor ihren Augen das Untersuchungsbett. Von der Tür aus, nach der Begrüßung, nach dem im Profil gebotenen halben Lächeln, als kehre sie nach einem angenehmen, leicht ermüdenden Spaziergang nach Hause zurück und beabsichtige, ein paar Minuten im Sessel auszuruhen, schritt sie in den Raum hinein und setzte sich, ohne sich zu unterhalten, ohne die Aufmerksamkeit seitens Díaz Greys, der an seinen Schreibtisch ging, Papiere durchsah und Honorare notierte und tat, als sei er beschäftigt, und habe sie vergessen. Dann war es, als könnte ich sie sehen, als verwandelte ich mich in die bezähmte Neugierde des Arztes und beobachtete heimlich, wie sie ihren Körper entspannte, die Beine übereinanderschlug, mit den Zähnen die Perlen ihres Colliers berührte, mit den feuchten, nachdenklichen Augen zur Spanischen Wand hinübersah, zu dem Raum zwischen dem Untersuchungsbett und der Spanischen Wand, in dem sie mit herabhängenden Armen und nacktem Oberkörper gestanden hatte.

Zu meiner Freude stellte ich fest, daß die beiden sich getreulich an die stillschweigenden Riten ihrer platonischen, unaufrichtigen, geschäftsmäßigen Beziehungen hielten. Die Riten, die damit begannen, daß sie mit den Fingernägeln über das Glas kratzte, mit dem Lächeln, das sie halbherzig anbot und das entgegenzunehmen Díaz Grey ablehnte, gingen damit weiter, daß sie ihren Körper langsam sinken ließ, bis sie bequem im Sessel lag, daß sie die Beine übereinanderschlug, ihr Collier beknabberte, zerstreut auf die Spanische Wand blickte; daß sie zwei oder drei Minuten danach stillschweigend das Collier fallen ließ und das andere Knie überschlug. Dann begriff der Arzt die Notwendigkeit, die Farce des Sprechzimmers zu beenden, die Augen zu heben und sie anzublicken – sie hielt ihren Körper ruhig, trommelte mit den rotbemalten Fingernägeln sanft auf eine Sessellehne –; er blickte sie an und fand jedes Mal die am Vortag erreichte Einsicht wieder, daß sie nicht jenen ersten Besuch beschworen hatte, daß ihre Gedanken nicht mit ihm verknüpft waren. Nun brauchte er nur einen Augenblick zu warten, bis sie den Kopf wandte, um ihn anzublicken und wieder mit Sanftmut, mit einem Blinzeln, lächelte, wie um sich dafür zu entschuldigen, daß sie sich einer beiden vertrauten alten Träumerei überlassen hatte.

Dann stand Díaz Grey auf – ›es ist, als sei sie vorbeigekommen, um mich um eine Tasse Tee zu bitten, einen alten Freund darum zu bitten, einen durch Zärtlichkeit mild gestimmten Vater, einen achtbaren Díaz Grey, einen harmlosen Ratgeber, stolz auf seine Kunst der Teebereitung‹ – und schritt langsam auf die Ecke zu, wo sie saß, zündete den Alkoholbrenner an und desinfizierte die Spritze.

Sie sprachen fast nie vor den von winzigen, zu der Gelegenheit passenden Gesten begleiteten Abschiedsworten; der Arzt schloß langsam die Tür; verstohlen, ohne daß es notwendig gewesen wäre, sah er ihrem Nacken nach, ihren

Hüften, ihren Waden, ihrem Rücken; er begehrte sie leise und zum ersten Mal um die Tagesmitte. Dann nahm er die Banknoten zu sich und ging ins Innere des Hauses, um zu Mittag zu essen. Es konnte nichts weiter geschehen, bis ihr Mann käme, und Díaz Grey fühlte sich nicht bemüßigt, ihn mit Fragen wachzurufen.

Auf diese Weise gelangte Díaz Grey am einen oder anderen Mittag gefügig und ohne Erinnerung an die unmittelbare Vergangenheit, ohne Begeisterung, aber auch ohne Überdruß ans Ende seiner Ungeduld, wenn Elena an der Glastür kratzte und ihm ihr sehnsüchtiges Bordelllächeln zeigte, das er nicht verstehen konnte. Immer durchschritt sie am Mittag das Sprechzimmer, setzte sich in den Sessel am entferntesten Fenster, schlug ein Bein über, saugte ohne Gier an der größten Perle ihres Colliers, lächelte dann dem Arzt zu, leicht vergebungheischend. Das eine oder andere Mal – weil die Kleinstadtgeräusche zu jener Stunde leiser wurden – bildeten sich beide ein, das Stockwerk des Sprechzimmers sei zu einer unmöglichen Höhe der Einsamkeit und Stille aufgestiegen, und Díaz Grey stellte es sich mit solcher Inbrunst vor, daß er dachte: ›Jetzt, ohne Geräusche und so fern von allem, so allein und gleichsam endgültig allein, kann sie ihr Knie im Sessel herunternehmen, aufstehen – sie braucht dabei nicht einmal das Collier aus dem Mund nehmen – und zur Ecke der Spanischen Wand gehen. Es wäre zu empfehlen, den Lederdiwan aus dem Eßzimmer zu holen, doch er ist zerrissen und fleckig. Würde sie diese Einsamkeit fühlen, so sähe ich sie von der Spanischen Wand nackt auf mich zukommen, auch wenn wir über nichts anderes verfügten als über unsere Beine, den Teppich oder das Ruhebett; die Beleuchtung allerdings ist viel zu hell; doch sie würde in der Erinnerung über mir, über ihr bleiben und mich davon überzeugen, daß es hier geschah und auf diese Weise.‹

Sie, Elena Sala, könnte das Außergewöhnliche der Schweigsamkeiten dieser Mittagsstunden ahnen und in ihrem Sessel eine Sekunde, bevor der Augenblick käme, sich umzudrehen und ihm zuzulächeln, murmeln:

»Hören Sie's? Nicht ein Geräusch. Wenn der Pullmanzug nicht vorbeifährt und in sein Horn tutet oder die Pianistin vom Konservatorium nicht verrückt wird, werden wir keinen Laut mehr hören, bis die Fähre kommt. Wir sind allein in dieser Stille. Sie können näherkommen und mich küssen, es mag passieren, was Sie wollen, was ich will, und in dieser Stille, als geschähe es außerhalb der Welt.«

Immer am Mittag, denn es war mir unmöglich, das Gesicht des Ehemannes zu sehen, wiederholte ich mir ohne Abänderungen den Vorgang des Besuchs, damit ich nicht alles verlöre, wenn ich mich von dem löste, was ich bereits besaß: den kleinen gealterten Arzt; die blonde, hochgewachsene Frau, die, ihre Fingernägel betrachtend, in dem düsteren Vorzimmer wartete und mit Ekel den Garderobenschrank musterte, die fleckige, leere Majolikavase, den Handlauf der Treppe. So viele Dinge, die mir endgültig gehörten, die das Wichtigste und Wahrste zu werden begannen: die ganze Stadt und die Kolonie, die Praxis, der grünliche Fluß, die beiden an einem beliebigen Mittag, geschürt vom höchsten Stand des großen Sonnenweiß, greifbar gemacht von den abgerundeten, schwarzbraunen Schatten in den Straßen, und all das bewahrte sich mir dank der Stille und der besonderen Einsamkeit der Stunde.

11. Die Briefe; die vierzehn Tage

Gleichgültig dachte ich, daß ich mich nicht getäuscht hatte, als ich eines Abends heimkam und nicht auf dem Tisch, sondern auf dem aufgedeckten Kopfkissen des Bettes einen Zettel mit folgendem Inhalt fand:

»Liebster: Ich war den Tränen nahe, als ich an Mama dachte, und gehe für ein paar Tage nach Temperley. Ruf mich an oder komme. Ich hatte keinen Mut, es dir zu sagen (obwohl es unwichtig ist, komme nicht auf dumme Gedanken), auch nicht, dir zu telefonieren. Es ist gut möglich, daß ich eine Stellung annehme, wir werden darüber sprechen, und dann wird alles besser gehen. Ich weiß, daß ich nach ein paar Tagen in Temperley ganz glücklich sein werde, und dann wird alles wieder wie vorher.«

Ich rief in Temperley an und hörte die Stimme ihrer Mutter, die so alt war und zufrieden und dennoch so sicher, wenn sie sich dem keineswegs besten unter den Männern gegenüber vernehmen ließ, den ihre Tochter geheiratet haben könnte. Die Stimme erklärte mir, Gertrudis sei im Hause von Freunden, die kein Telefon hätten, vielleicht sei sie ins Kino gegangen und komme erst sehr spät nach Hause. Ich aß im nächstbesten Restaurant zu Abend und beeilte mich, in die Wohnung zurückzukehren und mich ins Bett zu legen, über dem Gertrudis' Geruch vage schwebte. Ich las den Zettel wieder und stellte fest, daß die Aufforderung, sie telefonisch anzurufen, vor der Bitte stand, sie in Temperley zu besuchen. Ich stellte fest, daß der Satz »daß ich glücklich sein werde, und dann wird alles wieder wie vorher« Kind der gleichen wütenden Entschlossenheit war, mit der es ihr im selben Bett gelang, auf ihrem Oberkörper eine linke Brust wachsen zu lassen, sie mir entgegenzustrekken, mich zu zwingen, an ihre Wirklichkeit zu glauben und vor allem die Gewißheit zu erlangen, daß sie jedem Mann von der Welt eine ebensolche Sinneswahrnehmung zweier gleicher Brüste bieten könnte.

Auf dem Bett ausgestreckt, während ich die Regungen der Trauer und der Freude überwachte, während ich die Zunge in dem mit Pfefferminzpastillen gefüllten Mund bewegte, kam ich zu dem Schluß, daß unsere gegenseitige Liebe fraglos lauwarm war und verkommen und ebensoweit von ihrem Ursprung entfernt wie ein Auswanderer, den das Leben wütend umhergestoßen hat; daß sie sich in der Zuflucht der Laken, der gemeinsamen Ernährung, der Gewohnheit verändert hatte. Ich dachte an das »Es ist gut möglich, daß ich eine Stellung annehme«, daran, daß, wenn diese Möglichkeit Wirklichkeit würde, wenn sie das wollte und es auszuführen vermochte, alles einfacher werden würde; ich bräuchte nur minutiöse zynische Rechtfertigungen vorzubringen, um mein Scheitern hinnehmen zu können – nicht das eines bestimmten, nicht vorhandenen Plans, nicht das einer besonderen Lebensform – und es mit der vorweggenommenen, einem Vierzigjährigen angemessenen Entsagung hinzunehmen. Wenn sie die große Befreiung durch den Tod mit der kleinen, meiner in keiner Beziehung mehr zu bedürfen, vertauschte, würde es mir möglich sein, mich meinem Scheitern ohne Melancholie zu stellen, unpersönliche Mutmaßungen darüber anzustellen, wie mein Leben verlaufen wäre – so oder so, sterben mußte ich jedenfalls –, wenn ich, statt mit Gertrudis nach Buenos Aires zu kommen, allein von Montevideo nordwärts, nach Brasilien gefahren wäre oder mir eine Anstellung auf einem Lastdampfer beschafft hätte, als es noch Zeit war, als ich noch den geringen Glauben bewahrte, der unerläßlich war, um dies zu tun.

Ich könnte alle Sorgen abschütteln, mich von neuem allein fühlen und ganz, und eine gewisse Neugierde für das ausbrüten, was die Tage mir bringen würden. Stein hatte mir zu verstehen gegeben, daß man mich wahrscheinlich Ende des Monats aus der Agentur werfen würde, und der alte MacLeod hatte mich zu einem Glas eingeladen und mir mit seiner dumpfen Stimme, mit seiner vernebelten Kehle von den goldenen Jahren der Werbung in Buenos Aires gesprochen und sie den gegenwärtigen Zeiten der Restriktionen gegenübergestellt, der absurden Konkurrenz, der Unentschlossenheit. Seitdem hatte ich zwischen schmählicher Angst und dem Gedanken an drei oder vier Monate verhältnismäßiger Freiheit geschwankt; ich hatte den Scheck, der die Entlassung begleiten würde, herbeigewünscht und zugleich gefürchtet, die einhundertundzwanzig Tage der Leichtfertigkeit, um mit mir allein auf den Straßen zu sein, durch die der Frühlingswind fuhr, schließlich stehenzubleiben und an mich zu denken als an einen Freund, dem man nie die gebührende Achtung geschenkt hat und dem man vielleicht helfen kann.

Ein neuer Brief von Gertrudis kam, verdächtig von der Anschrift auf dem Umschlag an, verdächtig, weil er geschrieben worden war. Ich las ihn schläfrig, während ich frühstückte und fühlte, daß jede Partikel der Dummheit, die ich an ihr vom ersten Mal, als ich sie sah, bis zum heutigen Tage, im Verlauf von fünf Jahren entdeckt und mir aus dem Kopf geschlagen hatte, hinter meinem Rücken wieder auftauchte, sich mit den übrigen vereinigte, und schon begann eine dichte, unausweichliche Atmosphäre der Dummheit mich zu umschleichen.

»Ich bin sicher, daß ich mich viel rascher erholen werde und daß alles wieder wie früher werden wird, wenn ich ein paar Tage länger, ich weiß nicht wieviele, in Temperley bei Mama bleiben kann. Bitte, sieh darin, weil es absurd wäre, nichts gegen dich, mein armer Liebster. Niemand hätte mehr Verständnis und Zartgefühl an den Tag legen können und all die Aufmerksamkeiten, die trösten und stärken. Ich werde dir alles erklären. Wir sind wenige Minuten voneinander entfernt, doch ich bestehe nicht darauf, daß du kommst, nicht einmal Mamas wegen, einfach weil ich fühle, wie rasch ich mich von der Stimmung des Pessimismus und der Resignation entferne, in der ich zu versinken begann. Wir sind eine halbe Stunde voneinander entfernt, und hier gibt es ein großes Schlafzimmer, in dem wir bequem wohnen könnten. Aber du wirst gewiß verstehen, du, der immer alles verstanden hat, daß ich eine Zeitlang allein sein möchte, ich konnte mich nicht entschließen, es dir zu sagen, und du wirst ebenfalls verstehen, daß dies nicht, absolut nicht, gegen dich gerichtet ist, im Gegenteil. Jedenfalls möchte ich, daß du mich anrufst und ich meine, du hättest es ruhig tun sollen nach dem ersten Abend, an dem ich eine Einladung zum Ausgehen unmöglich absagen konnte.«

Ich rief sie an und suchte sie zu trösten, versicherte ihr noch einmal, daß sich alles einrenken werde; an die Kante der Theke gelehnt, auf der das Telefon stand, während ich auf die Verbindung wartete, dachte ich an die Zeit, in der Gertrudis' Briefe sich auf einen wirren, obszönen Satz ohne Erklärungen oder Fragen beschränkten, die keiner Antwort bedurften.

Sie blieb in Temperley, und ich besuchte sie zweimal in der Woche, schlief mit ihr an den Samstagen, legte den Arm um ihren Rücken, bis ich fühlte, daß sie schlief, und redete mir dabei ohne Leiden und Eifersucht ein, daß irgendein Mann sich hinter ihrem Entschluß, dort zu wohnen, verbarg, er war dafür verantwortlich, daß sie ihn aufrechterhielt. Die übrigen Nächte schloß ich mich in der Wohnung ein, fassungslos, daß ich nicht Gertrudis' massigen Körper wie einen Deich neben mir hatte, der meine Trauer abhielt; ich strengte mich an, mich ihrer zu erinnern, weil ich jetzt, Nacht für Nacht, meine Fähigkeit zu vergessen entdeckte, allein, ohne ihre Wärme und ihren Atem, ihren Kopf nahe dem Wirbel in Quecas Schlafzimmer.

So verstrichen vierzehn Tage, während derer ich jeden Morgen ausging, in der Agentur arbeitete, bis zum Abend die Büros der Kunden abklapperte, fühlte, wie ich mich plötzlichem Elend überließ, während derer ich die Beine in den Wartezimmern streckte, um meine neuen Schuhe zu betrachten, während derer ich fast mit einem Satz aufsprang, wenn die gleichgültige Stimme einer fettgeschminkten Angestellten mich eintreten ließ; während derer ich, in einen leutseligen Kretin verwandelt, lächelnd, redselig, höflich und angeregt, mit fetten und mageren Kretins plauderte, mit alten und jungen, vorsätzlich jungen, alle gut angezogen und selbstsicher, zeitweilig freundlich, mit gemeinsamen vaterländischen Besorgnissen und gesellschaftlichen Besorgnissen, die hinter Milchglastüren eingestanden wurden, vor einem Hintergrund von Plakaten und Werbetexten über die Zeit und die Produktivität, von Kalendern, Landkarten, Landschaftsfotos und Farbdrucken.

Abends ging ich in die Agentur zurück, um Informationen abzuliefern und geduldig, demütig zu erläutern, womit ich meinen Tag verbracht hatte, ohne den festen Tonfall meiner Stimme außer acht zu lassen, mit der ich Versprechungen für künftige Aufträge ausbreitete, zufriedenstellende Geschäfte in Aussicht stellte und ausführlich erklärte, wie und warum die negativen Ergebnisse des heutigen Tages sich in die Kontrakte von morgen verwandeln würden; beim Sprechen streichelte ich meinen Schnurrbart und schraubte ihn nach oben, damit die Lippe ein Lächeln zur Schau stellte, das Vertrauen vermittelte, ohne dabei die Stimme zu überhören, die Klingelzeichen und die Geräusche der Türen, bemüht, mich nicht von der Aufforderung überrumpeln zu lassen, »bei Señor MacLeod hereinzuschaun, Señor MacLeod bittet Sie zu sich, bevor Sie gehen«, von dem ersten Satz jener rührenden, beschützerischen, verlogenen Reihe von Sätzen, mit denen der Alte mir zu verstehen geben würde, daß ich entlassen war.

Und wenn es auch viele andere Dinge in jenen vierzehn Tagen gab – ein paar Gläser mit Stein, ein weiteres Abendessen mit Stein und Miriam, Wind und Meergeruch in den Straßen, Nebellicht am Himmel –, so wog in meiner Erinnerung doch nur ein unveränderlich gleiches Gefühl der Verlassenheit meines Körpers im Bett, allein, während ich im Dunkeln Pfefferminzpastillen lutschte, während ich meinen Besitz der Praxis in der Stadt am Fluß festigte, während ich Stein darum beneidete, Gertrudis besessen zu haben, ohne ihr Gefangener zu werden. Das einzig Wichtige dieser vierzehn Tage war mein im Bett ausgestreckter Körper, mein gegen die Wand gerichtetes Gesicht mit offenem Mund, damit mich nicht das Geräusch des Atmens, der Schmerz in Rücken und Taille störte und mein Ohr, das die Stimmen und Geräusche von der anderen Seite der Wand abfing.

Die vierzehn Tage blieben hinter mir und gingen vermutlich gemeinsam unter mit meiner erzwungenen und hartnäckigen Haltung im Bett; doch irgendwo überdauert das, was die Queca damals hinter der Wand tat und sagte. Und der Sinn dieser vierzehn Tage verbleibt und offenbart sich in der Verwirrung, in der kreisförmigen Erinnerung, in der Möglichkeit, daß die Erinnerung Anfang oder Ende in irgendeinem der sie bildenden Elemente fände. Eine Tür schlug, und eine Frau lachte, während das Brutzeln in der Küche einen Augenblick von der Stimme eines Mannes übertönt wurde, der den Text eines Tangos aufsagte. Die drei Äpfel in der Fruchtschale rollten ein paar Zentimeter, zerquetscht, verwundet, übelriechend. Betrunken wiederholte der Mann für sich die Verse des Tangos, die Hände auf den Hüften, und suchte zu erraten, ob er noch ein Glas trinken könne, ohne die Haltung zu verlieren. »Nicht zu fassen, daß du Angst hast«, schrie die Frau. Ein weniger Betrunkener griff nach dem Hüftgürtel aus Seide und Gummi und warf ihn aufs Bett. »Sie sind alle gleich«, sagte die Dicke verächtlich, erschöpft. Jemand schlug an die Schranktür, schritt barfuß näher, um aufs Bett zu springen und trat mit je einem Fuß auf die Enden des Gürtels. Von einem fernen Ende, als habe die Wohnung plötzlich drei oder vier Räume und als befänden sie sich in dem letzten, sagten vier Männer abwechslungsweise Pokersätze auf. Die Queca hob vom Tisch die goldene Uhr ohne Zeiger und begann sie zu küssen, während der barfuß auf dem Bett Stehende den Körper bewegte und die Hosenträger klatschen ließ. Der erste Betrunkene schüttelte den Kopf und überlegte angestrengt, ob er die fünfzig Pesos ausleihen solle oder nicht, wobei das Risiko, den Betrag nicht zurückzuerhalten, ihm nicht zu denken gab. »Du hast Angst, nicht zu fassen!« wiederholte die Queca. Sie legte die Uhr wieder auf den Tisch und streifte mühsam die pelzgefütterten Handschuhe über. »Für Freunde hat man immer etwas da«, versicherte der Mann, der den Gürtel aufgehoben hatte. Die Türklinke läutete, und eine Frauenstimme, heller als alle anderen, hoch über dem Geräusch ihrer

Schritte, verkündete von der Tür: »Eine Botschaft für dich. Blumen oder Bonbons.« Der erste Betrunkene kippte die Chiantiflasche, bis er auf der Zunge einen einzigen sauren Tropfen spürte. »Es ist eine Handtasche«, sagte die Dicke. »Er hätte ein paar Scheine hineinlegen können.« Um die Stille, die sich über raschelndem Seidenpapier und einer auf den Fußboden fallenden und vibrierenden Messerklinge ausbreitete, zu beenden, sagte die helle Stimme: »Wie es scheint, hat er's ihm gegeben.« Scheinbar zerstreut, hatte die Queca gut zugehört und gab bitter zurück: »Und du hast Angst!« Sie wiederholte es dreimal, aber leiser, verzweifelter, dann streckte sie sich, neigte den Körper nach rechts und schlug sich überraschend mit der flachen Hand auf eine Gesäßbacke. Alle umringten sie, die Frauen gedrängt und in Unterröcken, die Betrunkenen mit einem Lächeln, das ihren Wunsch bekundete, sich nicht festzulegen, die schlecht rasierten, schläfrigen Pokerspieler, die ihre Spielmarken zählten. Die Queca begann ihre Rede und hielt nach jeden drei Silben, nach jeden neun, nach jeden siebenundzwanzig, nach jeden einundachtzig Silben inne, um zu lachen. Aber es war kein fröhliches Lachen: es verkündete schwierige Zeiten, es enthielt einen unmißverständlichen Tonfall von Warnung und Alarm. »Was ist das für eine Jugend!« sagte die Queca. »Zu meiner Zeit hatten wir nicht so viel Angst. Schließlich und endlich mußte es einmal sein. Oder nicht? Und warum nicht sagen, daß wir darauf aus waren, es solle so bald wie möglich sein? Das sag ich auch dir, du Duckmäuser, der du mehr Lust als Angst hast. Reine Erstarrung, die Angst. Wir kennen das. Heul nicht, du. Wenn der Unglücksrabe drauf reinfällt, na schön, wir nicht. Was, Dicke? Ich war ihr Gezeter bereits leid, aber letzthin brauchten wir sie nicht mehr zu zwingen. Sie erschien aus freien Stücken, frisch gebadet und mit mehr Spitzen als eine Prinzessin. Alle gleich, alle gleich, alle gleich! Es interessiert sie nur eines, das, was alle interessiert. Schaust auf den Boden, als hättest du etwas verloren. Ich schwöre dir, hätte ich dir helfen können, sie zu suchen ... Ich hatte es mir schon so vorgestellt; drum habe ich Roberto neulich abends gesagt, daß möglicherweise, im letzten Moment... Aber eines ist, ihn zu hintergehen, ein anderes, mich. Trink einen, dann fühlst du dich besser.« Die ohne Strohhülle nackte Weinflasche rollte unter den Tisch, stieß leise klirrend an die andere und blieb liegen. »Gib zu, daß er ungehobelt war«, sagte die Dicke. »Ich kann verzeihen.« Nachdem die Frau mit der hellen Stimme den abgelöst hatte, der auf die Matratze gesprungen war, erzählte sie die Geschichte von dem impotenten Rekruten. Vier tanzten, zwei arbeiteten in der Küche; aus dem Badezimmer riet die Queca: »Behandle ihn richtig und mach dir keine Sorgen, ich werde die Sache schaukeln. Ich geb dir ein Zeichen, du läßt mich allein, und ich rede mit ihm.« Als der Mann aufgehört hatte zu stöhnen, sagte, in der Mitte des Raumes stehend, die Queca: »Ich bin bald tot, keiner kann mich vom Gegenteil überzeugen. Ein Leben voller Opfer. Der Lump von Ricardo will mich besudeln. Schlag mich tot, es rührt mich nicht: du bist einzig, einzig, göttliches Geschöpf.« Beim Ö des letzten Wortes brach sie in Schluchzen aus und alle verschwanden, ohne die Tür zuzuschlagen. Allein saß sie auf dem Bett, weinend, oder lief auf Zehenspitzen durch die leere Wohnung, die Hände ausgestreckt, um Körper anzurufen und die kleinen verlorenen Glückseligkeiten; um den Kopf des nachdenklichen Betrunkenen zu streicheln, um das geliehene Geld aufzusammeln, das sie erbeten hatte, um sich an die Wand zu lehnen, um sich Mut zu machen und barfuß loszurennen, einen Satz zu machen und halb erstickt in die Luft hinein zu lachen. Dann hüpfte sie auf die Matratze, wälzte sich herum, als klebe sie endgültig an den Bewegungen des Mannes, bis der Bote an die Tür klopfte und in der Küche die Eier in Öl brutzelten.

12. Der letzte Tag der vierzehn Tage

Mitte der zweiten Woche verbrachte ich zwischen zwei Zügen eine halbe Stunde mit Gertrudis in Temperley. Ich dachte, ich sei tot oder sei noch nicht für sie geboren, und sie habe soeben in ihrem Rückwärtsgang auch die Zeit der heimlichen Verabredungen in Montevideo überschritten. Verleitet von dem früheren frischen Ausdruck ihrer Augen, von der leichten Sprödigkeit und Erwartung in ihren Bewegungen, stellte ich sie etwa in die Zeit, als sie Stein bei Parteiveranstaltungen traf; vielleicht ein paar Wochen vor Steins Erscheinen, als sie voller Ungeduld lebte, aber ohne sich zu übereilen, so gewiß der Fülle und des Ungewöhnlichen all dessen, was sie fortan kennenlernen sollte.

Genau am letzten Tag der vierzehn Tage, als Gertrudis' Tag der Rückkehr bereits beschlossen war, ließ die Queca nach einem Stillschweigen, nach einer halben Stunde des Stillseins ein rührendes Lachen vernehmen. Es war an einem Sonntagnachmittag. Ich hörte sie mit der mühsamen Stimme einer Frau, die sich über einen Mann im Bett beugt, lachen und sprechen. Ich war sicher, daß ihre Fäuste in den Laken versanken, daß ihr herabhängendes Haar das andere Gesicht kitzelte; sicher, daß ihr Lachausbruch ein unergründliches Lächeln auf ihren Zügen hinterlassen hatte, mit dem sie ihre Vergangenheit liebkoste und zugleich geringschätzte, ein Lächeln, das losgelöst war von der kurzen eifersüchtigen Glut des x-beliebigen Mannes, der unter ihr lag.

»Wozu soll ich weinen, sag mir das!« rief sie aus. »Einer geht, und der nächste kommt. Ich müßte tot sein, um keinen Mann zu haben. Seit ich ein Kind war, ich erinnere mich genau, mag's auch gelogen klingen, wußte ich, daß es so sein würde. Ich werde nicht weinen. Eher wird mir der Atem ausgehen als Männer.«

Ich sprang aus dem Bett, plötzlich in Schweiß gebadet, zitternd vor Haß und dem Bedürfnis zu weinen. Es war, als sei ich endlich aus einem vierzehn Tage währenden Alptraum erwacht; als habe der Satz der Frau genau in dem Augenblick die Wirrnis der vierzehn Tage beendet, die Summe der Stunden, in denen ich regungslos, in der Nähe des Skandals, aber außerhalb von ihm, langgestreckt im Bett lag, den Kopf zum Lauschen an die Wand gelehnt.

Ich trat nahe ans Licht des Balkons, um auf die Uhr zu sehen; ich mußte mir das Datum jenes Tages merken, die Straße der Stadt, in der ich wohnte, Nummer 600 Calle Chile, in dem einzigen neuen Gebäude eines gewundenen Häuserblocks. »San Telmo«, wiederholte ich mir, um endgültig aufzuwachen und meine Lage zu erkennen; im südlichen Anfang von Buenos Aires, Überreste von gelben und rosafarbenen Kranzgesimsen, Fenstergittern, Erkern, zweiten Innenhöfen mit Weinranken und Geisblatt, junge Mädchen, die auf dem Gehsteig spazierengehen, junge wortkarge Männer an den Ecken, ein Gefühl von gewaltigen Räumen, letzte eiserne Brücken, und Armut. Bevölkerte Hauseingänge, alte Leute und Kinder, Vertrautheit mit dem Tod.

»Hier bin ich«, sagte ich, im Glauben, ich verstünde, was ich aufzählte. Die Queca trällerte, während sie umhergehend die Wohnung aufräumte, der Mann kam aus dem Badezimmer und bat um etwas zu trinken.

»Das letzte Glas vor der Arbeit«, sagte sie fröhlich und pendelte pfeifend zwischen Küche und Wohnzimmer.

Ich sah die Scham in meinem Gesicht, als ich mich rasierte und die Krawatte umband; ich nahm sie mit, während ich die Treppe hinunterstieg, ließ zu, daß sie sich vor dem Gesicht des Pförtners abnützte, der mich aufhielt, um mit mir über ein geplatztes Rohr zu sprechen. Dann schlenderte ich die laue, lärmende Straße entlang, in der noch nicht die Lichter angegangen waren. Ich betrat das *Petit Electra* zu der Stunde, da die jungen Leute von dem Fußballwettspielen und Pferderennen zurückkehrten, vom Spaziergang mit der Freundin, sich nach einem enttäuschenden Sonntag im Café zusammenscharten, wortkarg, Schulter an Schulter, um gemeinsam die Aussichten für den Montagmorgen leichter zu ertragen. Der Wirt begrüßte mich und ließ mir meine Tasse Kaffee bringen mit dem Kännchen kalter frischer Milch. Von meinem Tisch am Fenster konnte ich den Häuserblock überblicken, die Eingangstür meines Gebäudes, die weiße Jacke des Pförtners im himmelblauen Schatten. Dann und wann trat ein Mann vor die Tür, kam auf mich zu oder ging die Straße hinunter. Ich unterhielt mich damit, daß ich die dicke Sahneschicht mit dem Löffel wegschob und nach und nach ihr Weiß veränderte, indem ich Kaffeetropfen in das Kännchen fallen ließ, fröhlich und einsam meine Scham verscheuchte und auf jene Fröhlichkeit wartete, die der Einsamkeit bedarf, um zu wachsen. Ich sah mir die Männer an, die von dem Hauseingang auf die Ecke des *Petit Electra* zukamen und vermutete, ein jeder von ihnen sei bei der Queca gewesen; ich versuchte zu erraten, welches Quantum an Leiden sie mitbrachten oder bedauerten, bei der Frau zurückgelassen zu haben.

Was mich betraf, so konnten mir nur Jubel und Unschuld zusagen, der Wunsch, nicht nachzudenken; die Vergangenheit von den Schultern zu schütteln, die Erinnerung an alles, was dazu dienen konnte, mich zu identifizieren; tot zu sein und zur Vollkommenheit der Welt mit dem passenden Ehemann von Elena Sala beizutragen, einem unruhigen, mythomanen, unentschlossenen Menschen, einem unsterblichen Sohn meines vergangenen Unglücks und der Bäuche von Gertrudis und La Queca. Dort stand er endlich, etwas steif, und wandte die Augen ab; auf jeden Fall gefügig. Von Anbeginn der Zeit an verurteilt, während meines ungereimten Wartens und meiner ungereimten Wachsamkeit in dem lärmenden Salon des *Petit Electra* in einem Augenblick des Nachteinfalls geboren zu werden, in dem Gerüche von Aperitifen und Suppen umgingen. Was noch einmal mich betraf, so war auch ich verurteilt zu dieser Geburt, verurteilt dazu, mitgerissen zu werden von der fremden Verwegenheit, der zu widerstehen ich nicht wagte, ein rasches Lebewohl wie ein Flaggengruß, Sinnbild des Landes, aus dem ich mich verwiesen hatte, an Gertrudis zu erwägen.

Ich war dazu verurteilt, mein Kleingeld auf dem Tisch des Cafés zu lassen, das Lächeln des Wirts mit der Bewe-

gung zweier Finger zu vergelten und nach Hause zurückzukehren, als verließ ich für immer eine verarmte Luft,
eine gewohnte Atmosphäre, gewohnte Gesichter und Vorahnungen. Ich war weder verschieden noch verändert, während ich den Rückweg in den ersten Abendlichtern, unter
Glockenläuten der Empfängnis-Kirche antrat; kein ver-
schiedener, kein anderer Brausen, sondern nur leer, verschlossen, verschollen, kurz: niemand. Ich entfernte mich
– verrückt, entsetzt, getrieben – aus der Zuflucht und der
Verwahrung, der manischen Aufgabe, Ewigkeiten mit den
elementaren Fakten des Flüchtigen, Vergänglichen und Vergessenen zu bauen.

Ich drückte auf den Klingelknopf, zweimal; ich hörte
die Schritte auf dem Teppich, auf dem Holz, ich hörte die
Stille. Ich mußte wohl vor der Tür lächeln, während ich
den Körper so gerade wie möglich aufrichtete und an
Krebs dachte, an Gehirnschläge, an Herzinfarkte; an Chal-
däer, Assyrer und Etrusker.

»Señora Martí?« fragte ich die Frau, welche die Türe
öffnete; ich glaubte meine Stimme zu sehen, wie sie zwischen unseren Gesichtern die Schriftzeichen des Umschlags,
der für sie aus Córdoba gekommen war, in die Luft
zeichnete.

»Ja. Auf Empfehlung von wem . . .?« erwiderte sie; sie
war jünger als das Profil, das ich am Tag von Santa Rosa
gesehen hatte; kleiner und zierlicher als die Frau, die ich
mir vorgestellt hatte. Aber die Stimme war dieselbe.

»Ich heiße Arce. Ich komme auf Empfehlung von
Ricardo. Ricardo muß Ihnen von mir gesprochen haben.«

Sie erkannte mich nicht, hatte mich nie das Gebäude
betreten oder verlassen sehen; ihr Scheitel reichte mir bis
zum Mund, höchstens bis zur Mitte der Nase. Mit einemmal
schien sie zu begreifen, daß jemand an ihrer Tür geläutet,
daß sie geöffnet hatte und daß jemand mit ihr sprach. Hinter ihrem Rücken war die Wohnung nicht wiederzuerken-
nen; das Bett war verborgen, auf dem Tisch waren nur die
blaue Filzdecke und die Obstschale, das Bücherregal war
höher und schmaler als das, welches ich gemustert hatte.

Ohne Neugierde oder Mißtrauen, nur fest auf die meinen geheftet, verengten sich die dunklen Augen der Frau.

»Auf Empfehlung von Ricardo?« wiederholte sie, die Stimme hebend, als spräche sie mit jemanden hinter ihr. Drinnen regte sich nichts.

»Ja, ein Freund von Ricardo. Arce . . . Er hat Ihnen vielleicht von mir gesprochen. Sie sind Queca, nicht? Ich will damit nicht sagen, daß Ricardo mich geschickt hat.«

Ich sprach langsam, als könnten sich die Dinge günstig entwickeln, wenn ich die Worte sorgfältig aussuchte, als wäre auf dem kleinen rundlichen Mund nicht schon Ungeduld sichtbar.

»Ich möchte nur einen Augenblick mit Ihnen sprechen«, fügte ich hinzu. »Aber wenn ich Sie belästige . . .«

Nun lächelte die Queca belustigt, hob eine Hand, ließ sie fallen und trat zur Seite, um mich eintreten zu lassen. Ich weiß nicht, ob sie sich lustig machte, als sie lächelnd den Kopf neigte. Sie gelangte vor mir zum Tisch, stützte sich auf und bot mir einen Stuhl an.

»Nur einen Augenblick«, wiederholte ich, schon abgekühlt, reumütig.

Am Tisch lehnend, die Hände im Rücken versteckt, ihre Willkommensgebärde wiederholend, blickte sie mich an.

»Setzen Sie sich doch«, sagte sie. »Möchten Sie etwas trinken?« Rasch murmelte sie eine Entschuldigung und ging in die Küche. Die weiße Tür schwang auf und zu.

Ich blickte umher und stellte jede Veränderung des Zimmers fest, ich erinnerte mich an meinen ersten Besuch in der Wohnung, die Physiognomie der Unordnung, der angesammelten Erfahrung. Doch irgendein unbekanntes Element zwang sich nach wie vor auf und vermittelte die gleiche Stimmung der grundlosen Fröhlichkeit, der Künstlichkeit, die Empfindung eines einlösbaren Lebens außerhalb der Zeit. Ohne Hast kehrte sie nachdenklich zurück, einen Krug Gin in der einen und zwei Gläser in der anderen Hand. Die Gläser klirrten nicht; gleichfalls schweigend stellte die Queca sie auf den Tisch und neigte sich vor, um einzuschenken.

»Setzen Sie sich doch«, sagte sie, ohne mich anzusehen, »und machen Sie keine Umstände.«

Ich versuchte im Sessel den plötzlichen Unterton von Feindseligkeit und Derbheit, den ich in ihrer Stimme entdeckt hatte, zu orten und zu werten.

»Sie kennen also Ricardo gut«, sagte sie und reichte mir ein Glas.

»Vor Zeiten, ja. Wir waren sehr befreundet. Er ist jetzt in Córdoba, nicht wahr?«

»Er hat mir nie von Ihnen gesprochen. Arce, sagten Sie?« Sie hob das Glas, ohne den Blick von mir zu wenden. »Ich weiß nicht, wo er sich herumtreibt. Interessiert mich auch nicht. Zum Wohl.«

Ich gab ihr das leere Glas zurück, und sie bot mir ein zweites an, ich sagte nein. Sie lachte, blickte mich an und verzog die Lippen, bis sie fast verschwanden, und blickte mich unverwandt an, als kenne sie meine Vergangenheit, meine Lächerlichkeit, mein Leben mit einer einzigen Frau und als mache sie sich voller Verwunderung und ohne Bösartigkeit über all das lustig, doch nicht über mich.

»Aber das sind ja keine Gläser, höchstens Fingerhüte ...«, sagte sie und versteckte die Hände wieder hinter ihrem Gesäß. »Wozu die Eile? Denn ich schwöre Ihnen, wenn Sie von Ricardo anfangen, kommen wir zu keinem Ende. Was wollten Sie mir denn sagen?«

Jedesmal, wenn ich sie mit dem in Beziehung bringen wollte, was ich durch die Wand gehört hatte, scheiterte ich. ›Dieser Mund hat das getan und gesagt, diese Augen haben geblickt, diese Hände haben berührt‹ ... Und aus der Unmöglichkeit, die Frau von Fleisch und Blut mit dem von Stimmen und Geräuschen geformten Bild zu verschmelzen, aus der Unmöglichkeit, die Erregung zu erreichen, die ich durch sie gewinnen mußte, erwuchs mir wachsender Groll, der Wunsch, mich an ihr ein für alle Mal für die Beleidigungen, an die ich mich erinnern konnte, zu rächen. Und für die Beleidigungen, die es gegeben hatte, auch wenn ich mich nicht auf sie besann, die diesen kleinen, nicht mehr jungen Mann gebildet hatten von den Füßen, die gerade noch auf den Fußboden reichten bis zu dem unverhältnismäßig großen Kopf, der nicht wußte, wie man die Achtung für eine Prostituierte verliert.

»Sie wollen also von Ricardo sprechen . . .«

»Ja. Wenn es Ihnen nichts ausmacht, nehme ich noch ein Glas.«

»Das wäre noch schöner!« sagte sie und wandte sich rasch zu mir, um mich zu bedienen; ihre Waden waren kurz und stämmig, und ihre Bewegungen verwischten den Eindruck von Zierlichkeit, die mich an ihrem Körper angezogen hatte. ›Und ich weiß nicht nur nicht, wie ich sie behandeln soll, sondern bin wirklich schüchtern wie ein Schuljunge und muß befürchten, daß sie allzu verwegen wird und vor mir die Kraftausdrücke wiederholt, die ich so oft aus ihrem Mund gehört habe!‹

»Zum Wohl«, sagte sie.

»Sie kennen mich nicht«, begann ich. »Das muß Sie merkwürdig berühren . . . Ricardo weiß nicht, daß ich zu Ihnen komme. Ich habe ihn seit langem nicht mehr gesehen. Aber er hat oft von Ihnen gesprochen, und ich weiß, daß er Sie gern hat und daß etwas zwischen Ihnen passiert ist. Mehr möchte ich nicht sagen: Wenn Sie sich getrennt haben, werden Sie Gründe haben. Zweifellos.«

Ich verstummte, plötzlich beruhigt durch die Überzeugung, daß ich nicht weitersprechen konnte, daß ich mich schweigsam meinem Sessel überlassen und die Frau zwingen mußte, die Initiative zu ergreifen. ›Sie ist jünger als ihre Stimme, trotz allem ist sie aufrichtig, nur in ihren halbgeschlossenen Augen vermag ich Egoismus und die Feigheit zu entdecken, die sie besudelt. Sie mag tun, was sie will. Es hängt von ihr ab und sie wird wählen, ohne zu wissen, was sie tut.‹

Mein Schweigen mißdeutend, wartete sie aufmerksam.

»Wenn Sie mit Ricardo so befreundet sind«, sagte sie schließlich, »werden Sie die Gründe wissen. Er wird Ihnen gesagt haben, daß es kein Mensch mit mir aushalten kann, daß ich ihn hintergehe, daß man mit mir nicht leben kann. Stimmt's oder stimmt's nicht?« Ich lächelte von meiner

Sessellehne aus zweideutig und stolz auf meine Schlauheit. »Sehen Sie! Das sagt er allen Leuten. Ist das männlich? Wenn er es Ihnen nicht gesagt hat, sind Sie der einzige. Ich kenne Ricardo seit über sechs oder sieben Jahren. Wenn nicht bald zehn. Und ob ich ihn kenne! Kein Mensch hat je soviel Nachsicht mit ihm geübt wie ich, darauf können Sie sich verlassen.«

Nun stieg die vertraute Stimme, schrill, stetig, heftig, von Vulgarität und Zynismus wie von einem Skelett gestützt. Manchmal hörte ich ihr nicht zu, um die harten, unentbehrlichen Bewegungen des Mundes zu betrachten, den unveränderten Glanz der Augen zwischen den Lidern.

»Ich weiß, daß Ricardo Sie liebt«, sagte ich in der Pause, meine Lust zu lachen beherrschend. »Vielleicht läßt sich alles einrenken. Vor einiger Zeit, vor eineinhalb Monaten war ich mit ihm zusammen, und da sprach er von Ihnen.«

»Sie können es nicht wissen. Es ist alles aus. Komme, was da wolle, es ist aus ... Wenn Sie keinen mehr mögen, ich nehme noch einen.« Sie trank und lachte los und gestattete ihrer Lippe kaum ein Zittern und verbarg sie mit der Hand, um sie trockenzuwischen. »Und was haben Sie mit all dem zu tun? Wenn Ricardo Sie nicht gebeten hat, daß Sie mit mir reden ...«

»Mir kam einfach der Gedanke, es zu tun. Er ist ein Freund von mir.« Ich fühlte, wie die verantwortungslose Luft der Wohnung mich langsam einkreiste; und wie die leichtfertige Atmosphäre eine groteske, fast komische Empfindung wiegte, die geeignet war, mich über mein Scheitern bei dieser Frau zu trösten.

»Sie müssen halb verrückt sein«, sagte sie freundschaftlich, verzog die Lippen blitzschnell zu einer entschlossenen Schnute, als wolle sie Ricardo und die Gründe meines Besuchs auslöschen, als wolle sie für uns eine zufällige Begegnung schaffen. »Schön, reden Sie mir nicht mehr von Ricardo und nicht von Christus, der alles eingebrockt hat. Ich habe Ihnen ja gesagt, die Sache ist ausgestanden ... Nehmen Sie noch ein Glas, seien Sie nicht so. Erzählen Sie mir lieber, wie Sie erfahren haben, wo ich wohne.« Sie lächelte mit leuchtenden, weit geöffneten, eine Überraschung erwartenden Augen.

›Nun stecke auch ich mitten im Skandal und lasse überall Zigarettenasche fallen, auch wenn ich nicht rauche; ich benutze Gläser, bewege mich eifrig zwischen den Möbeln und Gegenständen, die ich fortstoße, mitreiße und umstelle; regungslos erfülle ich meine schüchterne Initiation, helfe die Physiognomie der Unordnung bauen, verwische meine Spuren bei jedem Schritt, entdecke, daß jede Minute wie eine jüngstgeprägte Münze springt, glänzt und verschwindet, ich begreife, daß sie mir durch die Wand hindurch sagte, es sei möglich, ohne Gedächtnis oder Voraussicht zu leben.‹

»Da haben wir's«, sagte ich, hob einen Finger, um es ihr zu bedeuten und stellte mit meinem Lächeln Entsagung zur Schau. »Sie mußten mir natürlich diese Frage stellen, alles wird sich komplizieren. Wie Ihnen die Wahrheit sagen und so, daß Sie mich verstehen, ohne alles zu mißdeuten und schlecht von mir zu denken? Daher habe ich lange gezögert, bis ich hierher gekommen bin.«

»Sie sind verrückt«, sagte die Queca lachend und suchte jemand mit den Augen. »Verrückt ... Was sagen Sie jetzt? Sie sollen wissen, daß ich alles, aber auch alles verstehen kann.«

»Unterbrechen Sie mich nicht.« Noch ein Glas, und sie ist betrunken. »Ich habe tausendmal vor Ihrer Tür gestanden und habe nie den Mut gehabt einzutreten. Ich möchte Ihnen das erklären, ich möchte, daß Sie mich anhören, ohne böse zu werden.«

Langsam schüttelte sie den Kopf mit einem Ausdruck des Glücks, das endgültig schien und untrennbar von ihrem Gesicht, das so sehr ihr gehörte wie die Knochen ihres Schädels unter der Haut. Gebieterisch hob sie eine Hand, um mich zum Innehalten zu bewegen, wandte sich zum Tisch und zeigte mir ihre nun größeren, runderen Gesäßbacken. Sie gab mir ein Glas und trank das ihre mit einem Schluck in ihren zitternden Mund.

»Reden Sie weiter«, sagte sie lachend. »Ich glaube, ich

werde mich totlachen. Sie hatten keinen Mut, mich aufzusuchen? Aber reden Sie mir nicht mehr von Ricardo. Männer widern mich an.« Mit einem kurzen, strahlenden Lächeln nahm sie mich vom Rest der Männer aus und sah mich als einzigen Mann ohne Fehl in meinem Sessel. »Sprechen Sie weiter, Sie sind nicht eilig, oder?« Sie trug eine kleine goldene Armbanduhr, blickte auf sie, rückte näher und lehnte ein Bein an meine Sessellehne. Sie saß meinem Kopf zugeneigt, aufmerksam und mütterlich, ohne jede andere Spur von Fröhlichkeit im Gesicht als der feuchte Glanz auf ihren Lippen; nachdenklich dehnte und verengte sie ihre Nasenflügel, als berieche sie mich und versuche, meinen Geruch zu verstehen.

»Ich bin nicht wegen Ricardo gekommen . . .«, sagte ich.

»Reden Sie mir nicht von Ricardo.«

»Ich bin Ihretwegen gekommen, ich wollte Sie sehen.«

Die Queca sprang auf und wich gegen den Tisch zurück. Gemeinsam hörten wir das Geräusch des Aufzugs, Schlüsselklirren, eine zugehende Tür. Mit offenem Mund wie mit einem dritten Ohr hatte sie die Geräusche verfolgt; dann schloß sie ihn mit einem trockenen Schnappen, teilte die Lippen, um mir zuzulächeln und setzte sich auf die Sessellehne. Mit einem Fingernagel berührte sie meine Haut, den Nacken, fuhr der Form meines Kinnes nach, während ich mir ihr Gesicht vorstellte, wie es die Geräusche des Gangs aufnahm, ihren Blick aus Schrecken und Grausamkeit, ihre ebenso rasch aufgesetzte wie verschwundene Maske der Feigheit.

»Gehen Sie noch nicht«, sagte sie, als ich mich umwandte, um sie anzusehen. Es war mir unmöglich, den Sinn ihres verblüfften, ratlosen, fragenden Gesichtsausdrucks zu erfassen, das leidenschaftliche Prüfen ihrer wilden, unberechenbaren Augen. Ihre schmalen Lippen schürzten sich, ließen sofort ihre Traurigkeit fallen und zogen sich zu einem Lächeln in die Länge.

»Sagen Sie, warum sind Sie gekommen?« murmelte sie.

Wieder atmete ich die Luft des Raums ein, ich brauchte nur die Zähne zu trennen, damit sie zur Stelle war und mich füllte. Ich blieb neben ihr im Sessel sitzen, hingegeben und glücklich, plötzlich Herr einer langen Gewohnheit, mit der Queca zusammenzusein, die Gegenstände und Möbel des Zimmers zu sehen und zu gebrauchen. Schon war ich nicht mehr gezwungen sie anzulügen, um mich zu entschuldigen; dagegen fühlte ich das Bedürfnis und das Vergnügen, sie anzulügen.

»Wir waren eines Abends im selben Restaurant«, begann ich. »Sie werden sich nicht daran erinnern, Sie sahen mich nicht. Sie waren in Begleitung eines Mannes, ich erinnere mich nicht mehr an sein Gesicht, ein junger. Ihre Hände berührten sich auf dem Tischtuch. Ich erinnere mich auch nicht mehr, ob ich traurig oder fröhlich war; ich hatte allein gegessen, und nach dem Zahlen sah ich Sie mit einer anderen Frisur als heute, Ihr Haar lag um den Kopf. Sagen Sie nicht nein; Sie können es nicht wissen, Sie erinnern sich nicht daran. Ich habe Ihnen schon gesagt, daß ich nicht mehr weiß, wie der Mann war, er saß mit dem Rücken zu mir. Ein Restaurant, nicht in der Corrientes, aber in der Nähe, eines von denen, die nachts sehr besucht sind. Sie waren ernst, Sie näherten ihm Ihr Gesicht über den Tellern, Sie taten nichts als ihn ansehen. Ich sehe Sie noch vor mir. Sie blickten mit soviel Verlangen, die Augen mußten Ihnen brennen, so weit offen und starr waren sie. Manchmal blinzelten Sie und drückten ihm die Finger auf dem Tischtuch, und Ihre Hand war weiß; Sie ließen los, und das Blut rann wieder durch ihre Adern. Dann war er es, der sie preßte, einmal der eine, dann der andere. Ich dachte, Sie wollten weinen und könnten es nicht. Den Kopf schütteln und weinen. Schließlich fuhr ich Ihnen in einem Taxi bis hierher nach; am nächsten Tag erfuhr ich durch den Pförtner, welches Ihr Appartement ist.«

»Wann war das?«

»Ich weiß nicht mehr. Vielleicht vor einem Monat.«

Ich fühlte, wie sie verneinend den Kopf schüttelte und sich von mir löste; nun stand sie, der Mund dunkler, kleiner und blickte mich nachdenklich an, ungläubig und bereit, sich zu verteidigen.

»Es stimmt, ich hatte so eine Frisur«, sagte sie nach einer Weile; dann lehnte sie sich wieder an die Tischkante, und ihr zweifelnder Gesichtsausdruck schwand. »Warum sagen Sie mir nicht, in welchem Restaurant das war?« Sie beugte sich über den Tisch, ohne meine Antwort abzuwarten. »Trinken wir noch ein letztes Glas.«

Ich stand vom Sessel auf und machte zwei Schritte auf sie zu, legte meine Hand auf ihren Arm, sah, wie sie ruhiger wurde, dann das Glas hob und trank. Sie schwankte ein wenig, ohne mich anzusehen, ohne sich meiner Hand zu entziehen. ›Ich möchte wirklich wissen, ob sie die Lider senkt oder die offenen Augen verdreht. Ist es so leicht, war es so leicht all die Jahre, seit eh und je?‹ Ich faßte sie beim anderen Arm, und sie bog sich zurück, zitternd, mit einer Leidensmiene, ließ einen Laut vernehmen, der wie ein Schluchzen war, sie schwankte, wußte sich gestützt, und kam näher, als wolle sie zusammensinken. Ich hielt sie fest, gewiß, daß nichts geschah, daß all das nichts war als eine jener Geschichten, die ich mir jeden Abend erzählte, um leichter einzuschlafen; gewiß, daß das nicht ich war, sondern Díaz Grey, der den Körper einer Frau drückte, Elena Salas Arme, Rücken und Brüste im Sprechzimmer in einer Mittagsstunde, endlich.

13. Señor Lagos

Vom Fenster der Praxis aus konnte man den von der einfäl-
tigen Geometrie der Bäume umgebenen weißlichen leeren
Sockel sehen in der Mitte der verlassenen Landschaft, nah
und unwirklich wie das Thema eines Traums. Man konnte
die Menschentrauben sehen, die weiter unten, an der son-
nenblanken Mole wuchsen und schrumpften.

›Ich warte nicht mit einem Gefühl der Liebe auf sie; sie
vertreibt mir einfach die Einsamkeit, begleitet mich und
schwindet langsam im Verlauf des Tages. Ich verfalle nicht
darauf, sie zu küssen, wenn ich sie sehe, wenn sie den Rock
für die Injektion hebt. Aber wenn sie einen Augenblick im
Sessel ausruht und ihr Collier beknabbert und mit bedächtigen Augen einen gleichbleibenden, unbekannten Gedanken
verfolgt, wenn ich mir die Freiheit nehme und mir die
Dicke ihrer Beine vorstelle und den Wärmegrad, den sie
beim Überschlagen erzeugen, wenn ich, ohne sie anzublikken, aber ihrer Gegenwart bedürfend, um es tun zu können,
Form und Gewicht ihrer auf dem Sitz plattgedrückten
Schenkel vergrößere, verändere, übertreibe, vermindere oder
mildere und an die möglichen Farbschattierungen von Seide
und Haar denke, an übertrieben benutztes Parfum, an die
unerwartete dienstbeflissene Jugend, die sie mir ein paar
Minuten mit der Verpflichtung zur Rückgabe leihen könnte, so kommt mir der Gedanke, sie als Anlaß meines Todes
zu wählen und unverzüglich zu sterben. Ohne Liebe, ja
ohne echtes Begehren.‹

Vom zweiten Fenster aus sah er die scharf umrissene,
schwarzweiße Form der Fähre, umringt von Schaum und
Widerspiel, welche die Entfernung als Auswüchse festfror.
Das Flußfahrzeug näherte sich langsam und ohne zu schaukeln der Mole, als glitte sein flacher Kiel auf einer festen
eingefetteten Oberfläche dahin. Díaz Grey trat vom Fenster weg, als das geduldige Klopfen an der Tür ertönte.

Der Mann war klein und massig, hatte ein rundes Gesicht, seine Züge waren wach, jedoch getrübt von den raschen, unablässig von der Stirn herabgleitenden Ausdruckswellen, welche die kleinen Augen zum Leuchten brachten — das einzig Dunkle, das einzige, was in dem Gesicht aus hartem Stoff gebaut schien —, sie mit tiefen Falten umgaben und mit Hilfe der gefälligen Blässe des Mundes flüchtige Verachtung formten, Herausforderungen, Anspielungen, Spott, Schwermut, Verstummen, Staunen, Zweifel und wütendes Bejahen, endgültige Jas, die sich auf den Lippen häuften.

»Habe ich die Ehre, Herrn Doktor Díaz Grey zu begrüßen?« fragte der Mann, den Körper vorbeugend und die Füße schließend, er hielt den Kopf erhoben; seine Miene schwankte zwischen Würde und dem Angebot einer unzerstörbaren Freundschaft.

Der Mann, unsicher, rasch, ohne Schroffheit, trat bis zur Mitte des Teppichs vor, bis in die Mitte des Sprechzimmers. Dann wandte er den Blick, schon entschlossen durch sein freimütig freundschaftliches Lächeln und das Versprechen, nichts zu verbergen, gleichgültig, was die Zukunft uns vorbehalten mochte.

»Der Herr Dr. Díaz Grey«, bekräftigte er jetzt.

Von neuem verneigte er sich mit fröhlich geschwungenen Lippen, Glanz verströmenden kleinen Augen, eine Hand an die Hosennaht gelegt, die andere vor der Brust den grauen Hut und das überflüssige Paar gelbe Handschuhe haltend. Der Arzt lächelte, ohne den Kopf zu bewegen.

»Lagos«, sagte der Besucher. »Elena Sala de Lagos ist meine Frau.«

Sagte es und schritt mit seinem Lächeln und nunmehr geöffnetem Mund frohlockend vor, als habe er soeben eine überraschende Offenbarung geäußert, als genügten die ausgesprochenen Namen, um alte Vertraulichkeit bis zur Stunde unseres Todes zu schaffen.

»Mein lieber Freund . . .«

Er umarmte Díaz Grey, veranlaßte ihn geschmeidig, einen Schritt zurück und einen zweiten vorwärts zu machen, trat dann bis zur genauen Mitte des Teppichs rückwärts, um den Arzt zu betrachten und zu bewundern.

»Lagos?« fragte Díaz Grey zum Schein; er wollte nur die notwendige Zeit gewinnen, um die Frau von diesem rundlich-reifen Mann, der auf ein Lächeln und Dank zu warten schien, zu trennen und mit ihm zu vereinigen.

»Ja, jetzt erinnere ich mich. Señora de Lagos. Ich habe sie behandelt, bis sie nach Buenos Aires zurückkehrte.«

»Sehr richtig. Ich bin ihr Mann.«

Wieder trat er auf ihn zu, sie drückten sich die Hand. Lagos musterte das Gesicht des Arztes, senkte die Lider und legte Handschuhe und Hut auf den Bücherschrank.

»Sehr richtig«, wiederholte er, auf und ab gehend. »Aber jetzt ist sie zurückgekehrt, wir sind gestern im Zug zurückgekehrt.«

Er stand im Profil und sprach zu den Bücherrücken, er brach ab, um Díaz Grey mißtrauisch anzublicken.

»Sie ist etwas unpäßlich, nichts Ernstes, beruhigen Sie sich. Deswegen bin ich nicht gekommen, Oh, nichts, was Ihre beruflichen Bemühungen verdiente, Doktor. Wir vertrauen auf Ihre Vergebung, daß wir, obwohl wir seit gestern in Santa María sind . . .« Mit einer vergebungheischenden Gebärde wählte er den Sessel am Fenster. »Ich brauche noch manche Stunde Schlaf, um mich von der Reise zu erholen. Und sie desgleichen. Ich kann Ihnen versichern, daß sie Sie noch gestern abend aufsuchen wollte. Und ich gestehe, daß dieser Vorschlag auf meine feste Ablehnung traf; sie war nicht nur sehr ermüdet, sondern sie ist immer noch müde. Aber sie wird kommen, keine Frage. Elenas Unpäßlichkeit ist, und Sie werden mich besser als irgend jemand verstehen, vorübergehend und gar nicht vorhanden. Indessen sind wir sicher, daß Sie als Kavalier so tun werden, als . . .«

»Keine Sorge, bitte«, sagte Díaz Grey hinter seinem Schreibtisch. ›Wieder die Lüge, die Notwendigkeit der unverhältnismäßigen Posse; Mann und Frau.‹ »Das ist doch absurd. Warum sollte sie sich verpflichtet fühlen, mich von ihrer Rückkehr in Kenntnis zu setzen?«

»Nein, nein, nein. In keiner Weise«, beharrte der andere, sich unnachgiebig im Fauteuil bewegend.

›Dieser lästige Schwachkopf mit Gummigesicht also, der sich an die Erinnerung an ihren Körper nicht anpassen läßt, sich hier eingenistet hat und in ihrem Sessel sitzt, ist der Ehemann. Und alles, was ich in meinen schwächlichen Mittagsgeilheiten konstruiere und imaginiere, ist für ihn Millimeter um Millimeter alte, auswendig gewußte und wieder vergessene Geschichte. Sie also hat sich mir, der Stadt, dem Verrat genähert, ist mit dem Abendzug angekommen, hat sich ins Hotelbett gelegt und diesen Schwachkopf aus ihren Laken abgesondert, damit er genau in dieser Stunde kommt und mir die frohe Botschaft von ihrer Rückkehr bringt, damit er lügt und bittet, ich möge dafür ihren Schenkel oder ihr Gesäß begutachten und behandeln.‹

»Nein, nein, nein«, beharrte Lagos. »Sie hätte kommen müssen. Oder ich selbst, gleich nach unserer Ankunft. Ich weiß, daß Sie Freunde sind, und ich wage zu glauben, daß ich in diese Freundschaft aufgenommen werde.«

»Natürlich. Aber bitte vergessen Sie alles übrige. Eben weil man unter Freunden...«

Lagos lächelte, sein Gesicht dankte stumm, und er legte den Kopf zurück, bis er die Rückenlehne des Sessels berührte. In der entstandenen Pause lächelte er weiter, die Augen fest in die Richtung geheftet, die sie vorgezogen hatte.

»Haben Sie schon zu Mittag gegessen?« fragte der Arzt.

»Doch, doch. Danke. Aber Sie nicht? Sie haben noch nicht zu Mittag gegessen, und ich raube Ihnen hier Ihre Zeit? Ich weiß nicht, wie ich mich entschuldigen soll.« Er stand behutsam auf, wie befürchtend, sein Lächeln zu verschütten und nahm Hut und Handschuhe. »Mein lieber Freund... Ein lästiger Eindringling, das haben Sie sicherlich gedacht. Ich halte Sie vom Mittagessen ab. Also denn... kann ich Ihre Vergebung erlangen, wenn ich Sie einlade, mit mir heute Abend zu essen? Im Hotel. Ich hatte bereits Gelegenheit, festzustellen, daß die Küche annehmbar ist. Sofern man einen guten Spürsinn hat und sich von etwas

Intuition leiten läßt ... Wir werden allein sein und ungezwungen plaudern können. Auch wenn ich nicht die Möglichkeit ausschließe, daß wir mit ihr den Kaffee einnehmen. Aber versprechen kann ich es nicht. Sie kommen, nicht wahr? Um halb neun Uhr zum Aperitif? Paßt Ihnen halb neun? Vielen Dank. Also, bis dann.«

Er verneigte sich – wiederum huschte über seine Gesichtshaut ein unentschlossener Ausdruck – und schlug die Hacken zusammen mit freundschaftlichen Augen, während er dem Arzt die Hand reichte; und als Díaz Grey am Eingang zur Hotelbar Punkt acht Uhr dreißig wiederum Lagos' Hand drückte, hatte er die abgelaufene Zeit zwischen zwei genau gleichen Grußformeln und den kleinen inneren Geschehnissen, welche diese Zeit enthalten hatte, bereits vergessen.

»Wenn es Ihnen gleich ist«, sagte Lagos und klopfte ihm auf die Schulter, »besser: wenn Sie es vorziehen, so lassen Sie uns an die Theke gehen. Das ist wie das Sinnbild eines Lebensabschnitts. Jugend, Junggesellenzeit, Freunde ... Den Martini, den dieser Mann hier mixt, bezeichne ich als gut. Es sei denn, daß Sie zu Whisky oder Sherry neigen ...«

Díaz Grey zwinkerte dem lächelnden Mann hinter der Theke zu.

»Schön guten Abend, Herr Doktor. Also zwei Martini?«

»Zwei«, antwortete der Arzt. »Zwei Martini dry und schnell.«

»Sehr gut«, sagte Lagos. »Ich schließe mich Ihrer Eile an. Wir leiden den gleichen Durst. Hier sind wir an der Theke, dank Ihrer Liebenswürdigkeit. Oder sind Sie gewohnt, stehend zu trinken?«

»Eigentlich nicht«, lächelte der Arzt. »Ich trinke sehr selten.«

»Also ein Quaker. Schlimm genug, das kann ich nicht gutheißen.« Er sprach, fast ohne die Lippen zu bewegen und suchte dabei das Lächeln, die Zustimmung des Barman. »Ich sagte, daß dies die Zeit der Jugend ist und des Junggesellentums. Wir wollen auf sie trinken. Dann kommt die Zeit der Konditoreitische, der Separées. Dort trinkt man ohne das Gefühl der Kameradschaft, und imitiert das Trinken auf wenig überzeugende Art. Dort trinken wir vor einem Paar kritischer Augen, trotz allem. Trotz der Liebe, die ich nicht ausschließe. Vor einem Paar Augen, die unsere Hingabe dennoch hellsichtig beurteilen. Und wer das sagt, sagt er nicht geringschätzige Augen? Deshalb lasse ich mich gehen, wenn es möglich ist, und heute ist es mir dank Ihrer Güte möglich« – er lächelte, wandte sein Lächeln dem Glas zu und leerte es fast, ohne den Kopf zurückzuwerfen – »ich lasse mich gehen, überschreite die Trennlinie und kehre in die Zeit der Theke zurück. Wollen Sie, daß wir von Elena sprechen?«

»Keinen mehr für mich vorläufig«, sagte Díaz Grey zum Barman und wandte sich wieder an Lagos. »Nicht unbedingt. Obwohl es mich nicht nur als Freund interessiert, zu wissen ...«

»Ja, ja«, entgegnete Lagos. »Ich verstehe das ohne weiteres. Ich würde noch einen nehmen, wenn möglich noch etwas trockener ... ja, ich verstehe. Aber lassen Sie uns bitte noch einen Augenblick warten, auf den geeigneten Augenblick der Herzlichkeit. Mit Bezug auf meine Theorie über die Zeit der Theke habe ich darüber nachgedacht, daß es zumindest in Buenos Aires nicht außergewöhnlich ist, Leute zu finden, die ihr Glas an der Theke stehend trinken. Aber nein ...« Er hob einen Finger, um die Ablehnung zu verstärken, dann deutete derselbe Finger auf die beiden leeren Gläser.

»Darf ich Ihnen einschenken, Doktor?« fragte der Barman. Díaz Grey nickte zustimmend und zog die Schultern ein.

»Aber nein«, beharrte Lagos; jetzt, im Profil, mit nachdenklich gesenktem Kopf, vielleicht ein wenig betrunken, schien er über fünfzig Jahre alt zu sein. »Nein und nochmal nein. Wenn Sie an einer Theke wie dieser trinken, auf deren Messingstange abwechselnd Ihre Füße ausruhen, und wenn Sie überdies von einer Frau begleitet sind ... Wenn Sie so vor Ihren Gläsern stehen, so deshalb, weil Sie einer Dame den Hof machen ... Ich glaube, wir nehmen noch einen letzten. Ich habe mir erlaubt, das Essen zu bestellen, da Sie nicht gewohnt sind, im Hotel zu essen. Ich habe mich erkundigt. Sie werden es nicht bereuen. Ich habe den Flußcharakter der Stadt in Rechnung gezogen und habe mich – ich gestehe es, da Sie es ohnehin in Kürze entdecken werden – für Fisch entschieden. Also, mein Freund«, – sagte er zum Barman, der den Bewegungen seines Mundes mit festem, respektvollem und fröhlichem Blick folgte –, »dann trinken wir dank Ihrer Mitarbeit den letzten heute abend. Und wenn ich Sie, mein lieber Freund und Doktor, in besagter Gesellschaft an diesem Ort sähe, würde ich behaupten, daß Sie der Dame den Hof machen, ich würde mich weigern, eine andere Möglichkeit in Betracht zu ziehen. In diesem Fall, verstehen Sie mich, könnten Sie sich nicht gehenlassen. Und welches vollkommene Glück können wir an der Theke anstreben, wenn wir uns nicht gehenlassen? Stets zu Anbeginn einer Besäufnis mit dem Freund, der uns zuhört und zu uns spricht. Ich spreche, und das bedarf keiner Erklärung, von der freiwilligen Hingabe an einen Augenblick, der uns ewig vorkommt. Wenn wir den gleichen Satz wiederholen und dieser Satz seine Neuigkeit nicht verliert und dazu dient, uns alles zu erklären.«

Unvermittelt blickte er den Arzt an und lächelte mit dem Ausdruck eines, der beim Kartenspiel viel Geld gewonnen hat und sich wegen seines Glücks entschuldigt. Und erst als nach dem Essen beim Kaffee der Alkohol wieder die Cognacgläser füllte – für Díaz Grey, der keinen Wein trinken wollte und die Erregung des anderen wachsen sah, der langsam seine Flasche Sauternes leerte –, erst da erinnerte Elena Salas Mann sich an sein Anerbieten, von seiner Frau zu sprechen. Er lehnte den Kopf an den Stuhlrücken, um sich zu beruhigen und jene weiche Gemütsverfassung wiederzugewinnen, die alle Möglichkeiten enthielt.

»Jetzt endlich können wir reden. Elena ist krank, ohne es zu sein. Wären wir nicht beim Nachtisch, würde ich die monatliche weibliche Unpäßlichkeit erwähnen. Ich will damit sagen, daß diese und jene Unpäßlichkeit, die uns in diesem Augenblick um Elenas Gesellschaft bringt, unvermeidlich, regulär und vorübergehend ist und keine Krankheit. Ja? Heißt sie, erlauben Sie, für Sie Elena?«

»Nein«, sagte der Arzt. »Señora de Lagos.«

»Schön: also sie. Vor einer Zeit, sagen wir vor ein paar Jahren, lernte sie einen Mann kennen. Ich werde nichts vor Ihnen verbergen; eine andere Haltung wäre eine Beleidigung für Ihre Intelligenz und Ihre Ritterlichkeit. Im übrigen hoffe ich, daß dieser Abend, diese Gläser, die wir trinken, der Beginn und Auftakt zu einer wahren Freundschaft sein werden. Damit komme ich zu dem so schrecklich Schwierigen, sofern überhaupt Möglichen: einen Menschen zu definieren. Stimmt es? Ich könnte Ihnen Anekdoten erzählen, Beobachtungen formulieren und hinterher eine Definition wagen oder es Ihnen überlassen, die Ihrige zu finden. Aber ich werde eine radikal entgegengesetzte Methode anwenden. Ich werde Ihnen sagen, wer dieser Mann war, und Ihnen dann beweisen, warum. Es erübrigt sich, das Berufsgeheimnis zu erwähnen«, lächelte er, sich entschuldigend.

»Natürlich. Doch ich glaube nicht, daß die Kenntnis dieser Geschichte für mich beruflich von Nutzen ist.«

»Nein, nein. Erlauben Sie mir, daß ich nicht mit Ihnen übereinstimme. Sie werden gleich sehen, warum. Ich habe diesen Mann (er heißt Oscar, Oscar Owen, der Engländer) als das bezeichnet, was er war: ein Gigolo. Und er wird einer bleiben bis zu seinem Tod, komme was da wolle. Nicht nur, weil er eine ganze Zeit von meinem und von ihrem Geld gelebt hat. Ein Gigolo, auch wenn er uns keinen Centavo aus der Tasche gezogen, auch wenn er uns Geld, Essen und Kleider geschenkt hätte. Er wurde als Gigolo geboren wie andere als Mathematiker oder Maler geboren werden. Eine Frage der Seele, nicht der Umstände. Langweile ich Sie? Danke. Noch einen Kaffee oder noch ein Gläschen? Erlauben Sie.« Er sprach mit dem Kellner und zog ein dickes Notizheft aus der Tasche, riß eine Seite heraus und schrieb rasch darauf; als der Kellner mit Kaffee und Cognac zurückkehrte, überreichte er ihm den gefalteten Zettel und nannte eine Zahl. »Danke. Er war ein Gigolo, wie ich Ihnen sagte, und wie ich beim ersten Mal, als ich ihn sah, vage vermutete. So wie er uns mit einer Krankheit hätte anstecken können, so vermittelte er uns die Gewohnheit der Drogen. Glücklicherweise nicht die Süchtigkeit. Und im Grund handelt es sich, was mich betrifft, mehr um den Wunsch, sie aus Loyalität in einem Unglück zu begleiten. Ich könnte jeden Augenblick auf diese Gewohnheit verzichten. Doch wozu? Sie schadet mir nicht mehr als Tabak. Dieser Mann tauchte mit einemmal in unserem Leben auf. Hat er triumphiert? Ja, von seinem Standpunkt aus muß ich zugeben, daß er triumphierte. Dennoch hat es zwischen den beiden nie einen Anflug von tadelnswerter Intimität gegeben. Dessen bin ich sicher. Sein Triumph bestand darin, sie zu betören, sich bei ihr, sagen wir, genau so unentbehrlich zu machen wie die Gewohnheit, die er uns vermittelt hat. Er war jung, bildschön. Die Art von makellosem jungem Mann, der darauf besteht, von seiner Männlichkeit zu sprechen, und zwar so sehr, daß man schließlich eine versteckte Weiblichkeit dahinter vermutet. In diesem Fall können wir, ich wiederhole es, alle körperlichen Beziehungen ausschalten. Und abgesehen davon, was gibt der Gigolo im Austausch gegen Geld? Tausend Aufmerksamkeiten, eine Haltung unablässigen Diensteifers, Blumen, passende, billige Geschenke, die Hilfe beim Hinsetzen oder Aufstehen, beim Anziehen eines Mantels oder beim Einsteigen in ein Auto. Die bedingungslose Gesellschaft für Einkäufe, für Theater- und Kinobesuche, für den Fünfuhrtee. Dafür erhielt er mehr als Geld. Er erhielt die Bewunderung meiner Frau. Ein bislang nicht vorhandener Mann, unfähig, auf die Dauer zu gefallen, geschweige denn zu betören, stellt fest, daß die Güte meiner Frau, der unerklärliche Zauber, von dem sie sich umgarnen ließ, ihm gestatten, endlich voll dazusein, wie alle anderen das zu genießen, was wir Persönlichkeit nennen.«

Ein Boy kam aus dem Aufzug und überreichte dem Kellner etwas; dieser näherte sich dem Tisch. Langsam entfaltete Lagos das Papier, las dessen Inhalt und steckte es in die Tasche, in der er seine Brieftasche verwahrte. ›Er ist kein

Dummkopf, er lügt, die ganze Geschichte ist phantastisch, und ich errate nicht, warum er sie erzählt. Aber ein Dummkopf ist er nicht.‹

»Ich verstehe«, sagte der Arzt. »Aber ein Mensch wie dieser scheint harmlos zu sein.«

»Ja und nein. Sie werden es gleich sehen.« Er trank und starrte mit halbgeschlossenen Augen seine Hände an. »Darüber wollen wir nicht sprechen, wenn Sie erlauben. Ich sagte Ihnen, er war zum ersten Mal in seinem Leben existent, weil er zwei ihm durch ihre Kultur, ihre Erziehung, ihre Mittel und ihre gesellschaftliche Stellung haushoch überlegene Menschen getroffen hatte, die ihm Zuneigung und Bewunderung zollten, die ihn wie ihresgleichen behandelten. Aber davon gleich mehr, Zeit wird uns nicht fehlen. Meine Frau läßt mich soeben wissen, daß sie uns empfangen kann. Sie schreibt sogar, sie freue sich, Sie wiederzusehen. Darum sollten wir nicht lange säumen.«

»Gut«, sagte Díaz Grey und lächelte dem geröteten Gesicht des anderen, das sich feierlich-autoritär über den Tisch neigte, freimütig zu. »Aber Sie wollten mir etwas über die Krankheit Ihrer Frau sagen.«

»Das ist wahr, verzeihen Sie. Ich kann es in einem Satz zusammenfassen, da Sie sich dafür zu interessieren scheinen. Ich bin Ihnen sehr dankbar ... Es handelt sich um die Erinnerung. Regelmäßig alle zwei Monate, sagen wir, leidet sie, wenn sie an diesen Menschen denkt, als hätte sie ihn geliebt, als hätte sein Verschwinden ihr mehr bedeutet als die Belästigungen, welche die Entlassung eines Kammerdieners mit sich bringt ... Gestatten Sie mir. Haben Sie in Ihrer Jugend jene Krisen gekannt, in denen wir nur an den Tod denken?« Er stand auf, wartete, bis der Arzt sich vom Tisch erhoben hatte und lächelte ihn wieder an, während er seinen Arm drückte. »Schlaflosigkeiten und Alpträume. Kalte Schweißausbrüche, ausweglose Verzweiflung. Erinnerung, die kommt und geht.« Wieder hielt er ihn fest, während sie zum Aufzug schritten.

Díaz Grey dachte an die Menge von Erinnerungen, die für Elena Sala die Erinnerung an den verschwundenen

Menschen füllten und bildeten. Er dachte an seine eigene Armut, sah sich in der Provinzstadt vom Leben verlassen, als Menschen ohne Erinnerungen.

»Es gab übrigens einen Irrtum«, sagte Lagos. »Es war keine Betörung bei der ersten Begegnung. Nicht einmal besonderes Interesse. Sie erinnert sich sogar daran, daß sie viel scharfsinniger als ich alle Fehler, die vollkommene Schwäche des jungen Mannes sah. Ich war es, der seine Verteidigung übernahm. Schlichtes Mitgefühl. Ich war es. Es ist somit keine Krankheit, es handelt sich lediglich um die Erinnerung, die kommt, sie ein paar Tage beengt und geht«, sagte er beim Verlassen des Aufzugs.

Die Frau hörte die Stimmen, das Klopfen an der Türe, das Warten. Sie sagte »ja« und hatte gerade noch Zeit, sich zum Abstreifen des Bademantels zu entschließen und den beiden lächelnd in dem schweren Nachthemd entgegenzugehen, das einem Festgewand glich und dessen Seide an ihren Knien raschelte. ›Aber ich bin krank; Lagos wird Ihnen gesagt haben, daß ich krank bin, wenn auch nicht so krank, daß Sie mich wieder nackt sehen können. Er lächelt, will mir aber nicht in die Augen sehen, er bemüht sich, mir seine Liebenswürdigkeit und seine Verachtung zu zeigen. Mein armer, lieber Klistiergeber. Lagos sprudelt Sätze ohne Ende heraus, um dummes Zeug zu erklären oder überhaupt nichts zu erklären, und der Provinzarzt lächelt anteilnehmend, liebenswürdig, verächtlich. Nicht ohne die Nasenflügel zu weiten, um die Falle zu wittern, die bereits geahnte Bitte um Ampullen oder Rezepte. Jetzt wird vom Fischfang gesprochen, man tauscht Fischerwitze aus, manchmal blickt er mich unauffällig an, um zu erfahren, ob ich es komisch finde. Schon spricht Lagos kreischend, lachend, gestikulierend und bestellt telefonisch Getränke. In dieser Sekunde sehe ich ihn nackt vor mir, seinen Bauch, die schwächlichen Beine; ich kann mich an alle Symptome des Alters erinnern, die er mir vorzeigen mußte, ohne es zu wissen. Das Leben in der Gemeinsamkeit, Doktorchen. Und Sie sind schwächer und bleicher als zur Zeit meiner Abreise, Sie sind auch kein Jüngling mehr. In Lagos' Komödie der Leutseligkeit –

schon lacht er wieder und spricht kreischend – ist immer ein Gesichtsmuskel, der nicht genau funktioniert oder sich nicht rechtzeitig bewegt, der verkündet, daß es nichts so Altersschwaches gibt wie diese Darstellung des guten Humors, der Lebensfreude, der ach so sorglosen Unreife! Zumindest strengen Sie, Doktorchen, sich nicht so an; zumindest kenne ich nicht Ihre Ängste, ich habe Sie nicht sich selbst belügen, habe Sie nicht hundertmal das gleiche Abenteuer erzählen hören. Ich habe es nie nötig gehabt, meinen Respekt für Sie zu bewahren, indem ich Ihnen ein Paar Hörner aufsetzte; ich habe nie Ihre Vorsicht neben mir gespürt, habe von Ihnen nie Worte statt einer Ohrfeige empfangen.

Jetzt lachen wir alle über die hervorragende Erzählung von der Tänzerin und vom Kardinal, die wir aus Buenos Aires mitgebracht haben. Sie ist ausgezeichnet, wiederholt Lagos; er versucht zu lachen, wie ein Junge lachen würde, er schüttelt sich mit ergreifendem, gutem Willen in seinem Sessel. Hier sind wir, wir drei, Sie schauen mitunter auf meine Beine und versuchen dabei, auf der Hut zu bleiben, sich nicht überrumpeln zu lassen, wenn wir Sie um etwas Morphium bitten, aus Nächstenliebe. Sie haben mich nackt gesehen, Doktorchen, Sie hätten mich berühren müssen, um zu verhüten, daß ich jetzt eine Mutter für Sie bin. Schlimm ist nicht, daß das Leben Dinge verspricht, die es uns nie geben wird; schlimm ist, daß es sie immer gibt und dann nicht mehr gibt.

Sie dürfen sich nicht über Lagos lustig machen, Doktorchen; er ist komplizierter, intelligenter, schwieriger. Er lügt immer, er lügt so sehr, daß er erst wissen wird, wer er ist, falls es ihm beschieden ist, allein zu sterben. Mir zuliebe lügt er schon nicht mehr; er tut es, weil er Angst hat, weil er alt ist, weil jeder Lagos, den er erfindet, eine Möglichkeit ist. Letzten Endes eine Möglichkeit des Vergessens. Wir werden dich um nichts bitten, und du wirst fortgehen, Doktorchen, und den Hotelangestellten einen Abschiedsgruß zuwinken, dem mit der Schwindsucht, dem mit dem Rheumatismus, dem mit dem hartnäckigen Krebs. Vielleicht trinkst du ganz allein das letzte Glas und denkst an mein Nachthemd. Ich sehe deine Augen, wir sind müde und haben Vorahnungen, Doktorchen. Jetzt stehe ich auf, um dir die Hand zu reichen und einen flüchtigen Blick auf dein Elend zu werfen.‹

14. Sie und Ernesto

Wir sprachen kaum, und das, was gesagt wurde, war unwichtig; es kann vergessen oder übergangen werden; sie, der Mann und ich machten die unerläßlichen Gebärden ohne eine überflüssige Bewegung, als hätten wir den Auftritt Nacht um Nacht geprobt.

Während wir allein waren, trank die Queca, auf dem Bett ausgestreckt, lachend zwischen Ablehnung und Versprechen, das Geheimnis wiederkäuend, das sie nie jemandem erzählt hatte, mit halb geschlossenen Augen, der Aussicht entgegensehend, im Sarg zu liegen, ohne es je ausgesprochen zu haben. Ich bedrängte sie leidenschaftslos und vorsichtig mit dumpfer Stimme aus Angst, Gertrudis könnte zurücksein und mich hören. Dann und wann trat ich näher, um Quecas Kopf zu streicheln und lehnte eine Sekunde mein Ohr gegen die Wand, bemüht, Ritzen in der Stille auf der anderen Seite zu entdecken.

»Nein«, entschied la Queca. »Ich sag's weder dir noch sonstwem. Warum sollte ich darauf Wert legen, es dir zu erzählen, wo ich dich erst fünf- oder sechsmal im Leben gesehen habe? Nicht etwa, weil ich betrunken bin; es muß die Heiligenfratze sein, die du aufsetzt, um mich anzusehen. Also lieber nicht. Auch du wirst glauben, ich sei verrückt. Arce, du heißt Arce, das ist alles, was ich weiß. Verrückte Welt. Dabei hätte ich Lust, es dir zu erzählen und nicht etwa anderen, die ich gut kenne. Aber ich werde dir nichts sagen.«

»Wie du willst«, murmelte ich. »Ich habe dich nicht gebeten, daß du mir irgend etwas sagst. ›Arce, ich darf mich nicht vergessen; ich wollte sie künftig ohne Papiere, ohne Dokumente besuchen. Obgleich sie eines Tages, ich mag so vorsichtig sein wie ich will, sehen wird, wie ich aus meiner Wohnung komme oder alles durch den Pförtner erfahren wird.‹

»Nein, besser nicht reden. Warum willst du heute nichts

trinken? Ich will dir etwas sagen: sie heißen *sie*. Manchmal sage ich zu der Dicken: ›Lebwohl, ich muß mit *ihnen* nach Hause gehen. Soll einer wissen, was sie denkt. Ich habe immer Angst, weil ich nichts machen kann. Sobald ich allein bin, tauchen sie auf. Wenn ich genug trinke, kann ich sofort einschlafen.«

»Wer sind sie?«

»Niemand. Das ist es ja«, sagte die Queca und begann zu lachen, hob den Kopf, um sich über mich lustig zu machen. »Sie sind aus Luft. Jetzt weißt du genug.«

Sie leerte das Glas mit geheimnisvoll-wissendem Lächeln, sie kam näher, blieb vor meinem Sessel stehen und neigte ihr Lachen über mein Gesicht.

»Wer sind sie?« fragte ich. ›Wenn jemand auf der anderen Seite der Wand aufmerksam horchte, würde er schließlich wissen, wer bei ihr ist; der Ton ihres Lachens und die Worte, die sie ausspricht, würden mein Stillschweigen und meine Ruhe eingrenzen, würden schließlich von meinem Körper, meinem Gesicht und meinen Händen im Sessel einen Abguß machen.‹

»Du willst es also wissen?« Sie schüttelte sich vor Lachen und krümmte sich in der Taille in raschen Verbeugungen. »Es ist ein Ratespiel. Sie. Nur ich kann sie sehen und hören. Du weißt nichts. Auch die Dicke versteht es nicht, obwohl ich mit ihr gesprochen und es ihr fast gesagt habe. Womöglich setzt du dich eines Tages auf einen von ihnen und merkst es nicht. Du wirst sagen, ich bin betrunken oder verrückt.« Sie wurde ernst und richtete sich auf, bog den Kopf zurück, und blitzschnell verschwand ihr Lächeln. Wie in der ersten Nacht wich sie zurück, stehend an den Tisch gelehnt, die Hände verborgen. Sie musterte mich, mit einemmal traurig und jünger in ihrer zerwühlten Frisur.

»Jetzt holst du mir ein Glas und gibst es mir zu trinken«; während ich mir mit der Ginflasche zu schaffen machte, horchte ich die Wand ab; Gertrudis war noch nicht gekommen. »Aber keinen Tropfen verschütten, bitte, nicht so rasch, eine Sekunde, so! Gib mir einen kleinen Kuß. Arce heißt du? Gefällt mir, aber Juan María ist ein Frauenname.

Nicht böse werden. Du hast dich großzügig gezeigt, aber ich werde dir nichts sagen. Es ist ein Geheimnis, das ich besser mit ins Grab nehme. Lach nicht; gib mir noch so einen Kuß. Sieh, wie verrückt ich bin: manchmal schlafe ich ein, ohne daß sie kommen, weil ich mir vorstelle, daß es in einem Wald regnet und unter den verfaulten Blättern auf dem Erdboden ein zerbrochener Spiegel liegt und ein ganz verrostetes Federmesser. Stell dir vor: ich weiß nicht, ob ich das als Kind gesehen habe oder ob es ein Traum ist, an den ich mich erinnere. Aber wenn ich angestrengt an das denke, an den Wald und alles, kann ich einschlafen, ohne sie aushalten zu müssen. Aber ich darf das nicht denken, als ob ich mich erinnerte. Nein, du kannst mich nicht verstehen. Ich muß es denken, als passierte es in diesem Augenblick, als regnete es irgendwo in einem Wald und als ahnte ich es gerade.«

Dann, als ich mich ihr näherte, um sie zu küssen, hörte sie vor mir das Geräusch des Schlüssels, der in das Schloß stieß und sich darin drehte. Sie preßte meine Arme, nahm ihre Hände weg, ließ sie hängen und setzte vor dem vergoldeten Laut in der Tür wieder die gleiche Miene des Schreckens und der feigen Entschlossenheit auf, die ich bei unserer ersten Begegnung an ihr beobachtet hatte. Doch jetzt nicht im Profil, nicht nur aus einem Auge gemacht, einer Wange, einer schwarzen Hälfte des Mundes, der offenstand, um das Geräusch aufzusaugen. Sie wich gegen den Tisch zurück, zwang mich, vorauszufühlen, was geschehen würde, ohne jeden anderen Hinweis als ihr Gesichtsausdruck, ihr Zurückweichen, das Klirren eines umgefallenen Glases. Immerhin, eine Sekunde lang zeigte sie mir ihr erschlafftes, dreimal von Angst durchbohrtes Gesicht; ich sah, wie ihre Augen blitzschnell zu erklären versuchten und unverzüglich aufgaben. Sie hob die Arme und zwang mich, kehrtzumachen, zu strauchen und vor dem Bücherregal stehen zu bleiben. Eine Faust hämmerte an die Tür, während sie lief, um aufzumachen; ich sah, wie die Queca im Flur verschwand und hörte die männliche Stimme steigen und jäh verstummen und in dem von ihr vollführten unermüdlich grollenden Insektengesumm untergehen.

›Ein Mann, ein anderer Mann. Ich bin Arce.‹ Ich stellte das umgekippte Glas auf, füllte es mit Gin und lehnte mich an das Bücherregal, trinkend und wartend. Sie trat zuerst ein, Tränenfeuchte auf der Maske aus Nervosität und Angst, ihr triumphierendes, freudloses Lächeln vor mir verhehlend. Der Mann schloß die Tür und kam näher. Er war größer als ich, jünger, knochiger, trug den Hut im Nacken, und es war nicht vorstellbar, daß er ihn anders aufsetzte; knapp über den Brauen begann sein schwarzbraunes Haar zu schimmern, und sein frischrasiertes Gesicht stellte wie absichtlich Gleichmut und Blässe zur Schau. Langsam traten sie näher, nun nebeneinander und schweigsam. Ich ging dem Tisch, den beiden in der Mitte des Raumes entgegen, während ich ein passendes Lächeln suchte und schließlich irgendein Lächeln aufsetzte und unter die beiden aufteilte. Sie schienen es nicht zu bemerken; ich sah, wie sie den letzten Schritt machten und gleichzeitig stehenblieben; sie hob das Kinn, um auf mich zu deuten, um einem voraussehbaren Reuegefühl zu trotzen, ihre Wangen brannten und ihr kleiner Mund bewegte sich sanft, während sie eine endgültige Geste erprobte und wählte. Dreieckig ruhte die Stille zwischen uns, bedeckt vom plötzlichen, fernen Murmeln des Rieselregens. Dann schüttelte die Queca den Kopf gegen den Neuankömmling, ohne ihn anzublicken, als habe sie ihren für mich bestimmten leuchtenden Blick in der Luft hängen lassen. Der andere erwartete etwas, ohne zu begreifen oder sich zu entscheiden, mit leicht geneigten Schultern, die dunklen Linien des Mundes und der Brauen retteten sein weißes Gesicht davor, sich in einen einfachen Fleck zu verwandeln. Eine Sekunde, bevor sie von neuem das Gesicht bewegte und den Anstand des Mundes mitnahm, doch nicht die Augen, begriff ich, worauf der junge Mann wartete; blindlings ließ ich das Glas los und ahmte seine Körperhaltung nach, die trügerisch hängenden Arme, die eingezogenen Schultern.

»Da ist er«, sagte die Queca. »Er sagt, er kommt von Ricardo, ich soll zu ihm zurückkehren. Ich hab dir's bereits erklärt, ich bin diese Verfolgung leid.« Sie vermied es, mich anzusehen, hob einen Arm und ließ ihn gegen ihr Bein fallen. »Diese dauernden Drohungen – gut, daß du gekommen bist.«

»Warum hält er jetzt den Mund?« Die Stimme des jungen Mannes war heiser und alt; kaum erklang sie, gewann sein weißes Gesicht Konturen und bekam Form durch Flächen und Schatten, die Schlaflosigkeit und Kummer verrieten. »Sprechen Sie also von Ricardo. Warum nicht?« Er sprach mutlos, als denke er an etwas anderes.

Die Queca wich Schritt für Schritt zurück und näherte sich dem Geigenton, der in einem Radioapparat schmachtete; sie lehnte sich an die Wand, ihr Kopf berührte ein Bild, bewegte sich nicht.

»Ich verstehe nicht«, sagte ich. »Sie kann nicht behaupten . . .«

Sie wollte oder konnte mich vielleicht weder anblicken noch anhören. Sie war nicht im Raum, sie war weit fort hinter der tönenden Glocke des Regens. Ich sah eine Bewegung, den jäh wachsenden Schatten; ich spürte meine Rippen gegen die Rückenlehne des Sessels prallen und unmittelbar darauf den vorhergegangenen Schlag ins Gesicht; ich begriff, daß ich mit gespreizten Beinen und Armen auf dem Fußboden saß.

»Ernesto«, flüsterte sie, ohne damit etwas sagen zu wollen.

Ernestos Hut saß ihm noch immer im Nacken, und ich hörte ihn keuchen, sah seinen Mund weitaufgerissen, als sei er mehrere Blocks weit gerannt, als höre er sich gerne atmen. Er tat einen Schritt zurück, wieder hingen seine Arme herab, und so verdeckte er den Körper der Queca. Irgendwo ging eine Tür; ich erkannte den Sinn des Geschehenen, um ihn gleich darauf zu vergessen. Ich stand auf, streckte einen Arm aus und trommelte mit dem anderen gegen Ernestos Brust. Wieder spürte ich Schmerz am linken Kinnbacken, wieder stieß ich gegen ein Möbelstück. Wütender Schmerz strahlte kreisförmig von meinem Magen aus, als ich, einsam mit dem Gesicht zur Zimmerdecke, wußte, daß die Welt aus meinem offenen Mund bestand und meiner verzweifelten Atemnot, daß es nichts auf der Welt gab als mein zwischen meinem Rücken und dem Boden zerknitterten Anzug, das Schleifen auf dem Belag, die Fliesenkühle auf dem Gang.

Langsam näherte sie sich dem Gefuchtel des Mannes; vom Körper des Mannes schwirrte mein Hut mir entgegen und traf meine Brust. Nach dem Türenknallen war es still, bis auf den Regen. Ich setzte mich auf eine Treppenstufe, wartete, bis ich, zusammengesunken und geduldig, wieder atmen konnte, sah meine Wohnungstür, ohne mich wegen des Gedankens zu beunruhigen, Gertrudis könne sie öffnen und herausschauen; ich beulte meinen Hut aus, säuberte meine vom Sägemehl des Flurspucknapfes beschmutzte feuchte Hand.

Wiederum, eine halbe Sekunde lang, erkannte ich die Bedeutung des soeben Geschehenen, den Sinn von Quecas Körper und Vergangenheit, den Sinn meines Entschlusses, sie zu besuchen und anzulügen; ich glaubte alle bisherigen Rätsel meines Lebens zu entziffern, die kleinsten täglichen Wahrnehmungen sammeln und mit ihnen die Antwort, eine einzige für jeden der wichtigen Zweifel finden zu können; eine genußreiche, ebenso nützliche und überzeugende Antwort für mich wie für alle anderen Blinden, Wütenden und Verzweifelten, die mich in diesem Augenblick auf Erden begleiteten. Dann lächelte ich verlassen, den Hut in der Hand wie ein Bettler vor einer Haustür, lächelte, während ich fühlte, daß das Wichtigste gerettet war, wenn ich mich weiterhin Arce nennen würde.

15. Kleiner Tod und kleine Auferstehung

Gegen Abend ging Gertrudis vom Balkon ins Zimmer zurück; im Bett auf dem Rücken liegend, dachte ich von neuem an den jüngst erstandenen Revolver, den ich in der Agentur in meinem Schreibtisch verwahrte. Jetzt waren die Abenddämmerungen lang; häufig kehrte ich vor Einbruch der Nacht nach Hause zurück, und vom Balkon aus übermittelte Gertrudis mir mit Worten oder schweigend das Schauspiel des scheidenden Tags. Ich konnte nicht hinaustreten, es galt, Arce zu beschützen. Von dem großen melancholischen Schattenriß, von dem zum Fluß gewandten Profil kam mir die Aussicht auf die grauen Häuser, die bläulichen Schatten, den letzten glühenden Saum am Himmel; durch sie ahnte ich mitunter eine Freude, eine Weichheit, eine eigentümliche Sucht nach der Todesvorstellung.

Nun sprachen wir, und zwischenhinein dachte ich wieder an meinen nagelneuen Revolver, ich sah ihn in der Schreibtischschublade zwischen Papieren und Heften neben Glas- und Eisenstücken, Schrauben und Federn, die ich einer neuen Gewohnheit zuliebe vom Erdboden aufzuheben liebte, wenn ich einmal in der Woche einen mutmaßlichen Kunden im Hafen besuchte. Ich hörte Gertrudis nicht mehr zu, um mich auf die Nummer des Revolvers zu besinnen und an ihn zu denken wie an einen Namen. Sie lächelte mir zu; stand breitbeinig auf nackten Füßen da, spielte mit der Kordel des Bademantels.

»Und dann?« fragte sie belustigt.

»Oh, dann nichts!« erwiderte ich. »Ich fühle nicht, ich kann nicht die Notwendigkeit fühlen, ein ›Dann‹ in Betracht zu ziehen. Es sei denn, daß du . . .«

»Ich auch nicht. Kein Gedanke.«

Sie bog den lächelnden, verdunkelten Kopf zurück, hob die Schultern mit dem Rücken zur Dämmerung. Sie spielte und war glücklich, ihr Körper wiederholte die Haltung geschmeidiger Herausforderung, die ihr in der Jugend

Gewohnheit gewesen war; wer die Vorderseite ihres Bademantels anblickte, konnte unmöglich erraten, welche Seite
des Oberteils gefüllt war.

»Ich glaube, wir haben theoretisch gesprochen«, rief ich
aus, und hörte auf, sie und den Balkonhimmel anzusehen.
»Zumindest dir schulde ich Ehrlichkeit. Auch wenn ich mir
den anderen gegenüber erlauben kann . . .«

»Oder schulde ich dir zumindest Ehrlichkeit?« unterbrach
sie den Satz, den ich beenden wollte. »Ist es nicht genauer
so?«

»Es ist nicht genauer. Es ist idiotisch.« Ich streckte mich
im Bett aus, schloß halb die Augen und faltete die Hände
über dem Schambein. Ich sah den unerklärlichen Glanz des
Revolverlaufs. ›Könnte ich einen Blumenduft riechen,
wäre ich tot; jedes Stillschweigen, das sie hinnähme, würde
nicht nur meine Einsamkeit bedeuten, sondern auch meine
Unfähigkeit, zu hören. So werde ich sein; so waren mein
Vater, mein Großvater, und so zwinge ich sie, mir zu verzeihen.‹

Zwischen verengten Lidern sah ich sie zum Fußende des
Betts näherkommen; das letzte Abendlicht strich ihr über
ein Auge, huschte über den Bruchteil des Lächelns, das sie
mühsam aufrechterhielt.

»Es ist so absurd, Juanicho«, murmelte sie. »Das ist wirklich idiotisch. Ich weiß es auswendig: ›Jeden Tag ferner
von mir. Du schließt dich ab, geistesabwesend. Ziehst
Bilanz, gestützt auf meine Wärme.‹ Täusche ich mich? Es ist
so idiotisch! . . .«

Ich dachte an die Notwendigkeit, den Revolver bei mir
zu tragen, ein Versteck im Zimmer, in der Küche oder im
Badezimmer zu finden.

»Aber das ist es nicht«, sagte ich, aus dem Tode tretend.
»Es geht nicht um Zweifel und auch nicht um Verweigerun-
gen, nichts von all dem ist wichtig. Ich habe nichts gefragt,
habe nichts zu erraten versucht; ich habe dir gesagt, was ich
sehe, was ich fühle, was ich ohne meinen eigenen Willen
denken muß, automatisch.«

»Schön. Aber würde es dir nichts bedeuten?« Ihr nunmehr unsichtbares Lächeln war in ihrer Stimme gegenwärtig. »Gar nichts?«

»Das ist es nicht«, sagte ich rasch. »Das ist es nicht.« ›Auf diesem Weg enden wir im Bett, und jetzt will ich nicht, jetzt bin ich glücklich, ich könnte tot sein.‹ »Ich sagte, daß du stark warst und fröhlich. Ich sagte, dein Gesicht ist das Gesicht eines Menschen, der an etwas anderes denkt, der sich an was weiß ich erinnert, an das, was vor dem Ursprung deiner Fröhlichkeit war. Ich sagte, daß ich dich weit weg fühle und mich darauf besinne, wenn wir uns umarmen.«

»Ja. Aber bedeutet es dir etwas oder nicht? Wenn es zuträfe, würde es dir etwas bedeuten? Und wie viel?«

»Schön. Es wäre schwer zu ertragen. Begreifst du? Ich weiß nicht, ob ich es ertragen würde.« Vielleicht hatte sie die undeutliche Drohung begriffen, vielleicht genügte es ihr, meine Zusicherung zu hören, daß jede Form ihrer Untreue mir Leiden verursachen würde; vielleicht würde sie aufhören zu sprechen und sich anziehen. »Wir werden zu spät kommen.«

Aber sie rührte sich nicht; oben, im Halbdunkel, erriet ich den Glanz des Lächelns in ihren Augen. Wieder begann ich in der Stille zu sterben, zermalmt, Dichte verlierend unter der Schwärze der Nacht; zu meiner Rechten schlurfte jemand über den Gang, hielt womöglich vor der Tür der Queca, verschwand; fast neben meinen Schädelknochen war der Raum, aus dem man mich hinausgeprügelt und an den Füßen hinausgezerrt hatte, entvölkert und still; nahe meiner linken Schläfe liefen die Geräusche des Nachtbeginns zusammen und beängstigten einander, eine alte harmlose Trauer, das Lärmen des Frühlingswindes.

›Jenseits von meinem Vater und meinem unbekannten Großvater bis zum unvorstellbaren Anfang hinter meinen Lenden, Schrecken durchquerend und die kurzen Formen in Hoffnung, Blut und Mutterkuchen, bin ich hier, tot, derzeitige und letzte Spitze einer Theorie von mehreren toten Brausens, von Fersen, Gesäßen und gleichmütigen Schultern, zermalmt, sich verhärtend, unpersönliche Prologe von Aas und dennoch von Brausens. Von ihnen allen auf die Höhe der Erde gehoben – ohne Großmut, ohne Haß, ohne Vorsatz – für dies, für nichts, um meinen Tod zu proben und diskret sein Gesicht zu beobachten; um heute nacht hier in Frieden ausgestreckt zu liegen, mich auszulöschen, endlich in der Vernichtung ich selber zu sein, wenn die Stille mir hilft, die über meine gefährdete Glückseligkeit diese Frau breitet, die mit Begierde und alltäglicher Sehnsucht den letzten rötlichen Lichtschimmer meines fälschlich letzten Tages sah und die nun aufgerichtet sitzt und überquillt von Dingen, die mir fremd sind, stabat mater, stabat mater, so wie der Lebende immer neben dem soeben Verstorbenen sitzt; leicht gebeugt vom Mysterium, von der Angst, von den Überresten alter Neugierde, welche die Fragen erschöpft hat.‹

»Ach, ach!« sang Gertrudis in h und g. »Was macht es uns aus, zu spät zu kommen? Können wir sprechen? Natürlich können wir sprechen. Vertrauen und Verständnis und so weiter. Aber wenn wir sprechen können, interessiert es mich nicht mehr. Wenn ich dir alles sagen kann, hat alles keine andere Bestimmung als deine Intelligenz. Wenn ich spreche und du alles verstehst, wirst du das nicht verstehen, wovon ich wünschen könnte, du mögest es verstehen. Damit du mich wirklich verstündest, müßtest du so wütend sein, daß es dir unmöglich wäre, mich zu verstehen. Auch das macht mir nichts aus. Ich habe den Eindruck, mit einem Leichnam zu reden: aber mit einem Leichnam, der diskutieren kann, ohne sich zu täuschen. Die Liebe ist nämlich vorbei, Juanicho. Wir wissen bereits, wir haben es so oft gesagt, daß Liebe Verständnis ist. Und trotzdem dauert sie nur, solange wir nicht das Ganze verstehen können, solange wir angstvoll die Überraschung voraussehen können, die Fassungslosigkeit, die Notwendigkeit, von Anfang an wieder zu verstehen zu beginnen. Juanicho, ich fühle langsam, so wie man das Entgleiten der Jahre fühlt, daß meine Füße kalt werden. Die Quelle meiner Freude ist also nicht hier und nicht du bist es? Ist es, weil ich mich nachts neben deinem Körper zusammenrolle, um mich an die Anlässe meiner

Freude zu erinnern, die ich im Verlaufe des Tages abseits von dir erfunden habe? Das stimmt nicht, Juanicho, es stimmt noch nicht. Soll ich ins Bett kommen oder mich anziehen? Ich komme auf einen Augenblick.«

Ich fühlte sie näherkommen und, die eiskalten Füße an meine Knöchel drängend, sich neben mich legen; zusammengerollt, ließ sie ein warmes Lachen vernehmen und stieß mit ihrer Nasenspitze an mein Ohr. Auf der anderen Seite der Wand hatte sich vermutlich jemand bewegt, bemüht, keinen Lärm zu machen. Gertrudis' Stimme und ihr Atem zwangen mich, widerwillig gramvoll aufzuerstehen.

»Beweg dich nicht, Juanicho. Ich kann dich bis zu den Füßen anschauen. Ich will dich nicht berühren. Ich mag dich so gern und alles, was du gesagt hast, ist absurd. Kann ich dich berühren? Ich weiß, ich kann es, aber ich möchte, daß du es sagst. Es wäre mir lieb, wenn du darum bätest. Da ist niemand, da ist kein Mann, da ist nicht der Schatten einer Möglichkeit. Bist du es zufrieden? Gefällt es dir, wenn da nichts ist? Es gefällt dir. Wenn du glaubst, ich lüge, verstehe ich nicht, warum du mich nicht schlägst. Es wäre natürlich, daß du wütend würdest und mich schlügest. Aber nicht, daß du sprichst; sprich nicht. Wenn es wahr wäre und auch nicht wahr, wie könnten wir uns mit Worten verstehen? Aber Juanicho ist gut, er hat Grundsätze. Ich habe keine mehr; wenn etwas sich verändert hat, muß es das sein.«

Dann schüttelte ich den Kopf, um mich von den unzähligen heiligen Wunden, von den schnarchenden und schwitzenden Brausens zu verabschieden, die mir vorausgegangen waren, von den in Abständen wiederholten Juans, Josés, Antonios, Marías, Manuels, Carlos Brausen, die von Knochen zu Staub geworden waren, aufgelöst unter Europas und Amerikas Humus und Kreideboden.

»Berühr mich nicht mehr«, sagte ich.

»Ist gut.« Sie lockerte die Finger, löste ihren Mund von meinem Ohr und meinem Hals. »Ich wollte nur wissen, ob es dir etwas bedeuten würde. Ich werde mich anziehen.«

›Mag sein, daß es mir nichts bedeutet. Aber sie wird

überdies meine Eifersucht brauchen, die schlaue Dosierung eines Grolls, der sich nicht zeigt, die Selbstversunkenheit, die Augen, die sich ohne Hartnäckigkeit abwenden, keine Explosion, die sie zwingen könnte, zurückzuweichen. Sie wird meine Eifersucht brauchen und auch die Gewißheit, daß ich nicht allzuviel leide, um sich mit dem anderen darin suhlen zu können, sofern es einen anderen gibt; eine Gewißheit, die andererseits aufrechterhält, wenn sie, von Gewissensbissen gerührt und erregt, mit mir im Bett liegt.‹

»Aber ich glaube nicht, daß du leiden würdest. Könnte ich es glauben, ich wäre glücklich«, sagte sie laut zur Decke. Sie wartete; in der nunmehr vollkommenen Dunkelheit fühlte ich, daß sie steif war und wartete.

Quecas Tür schlug zu, vier Füße machten Schritte; ich hörte ein unbekanntes Lachen, einen in der Luft hängenden, fragenden Satz. Im kleinen leichten, einem Schülerpult ähnlichen Schreibtisch schlief jetzt der Revolver und wußte bereits, warum ich mich einmal in der Woche in Hafennähe neben dem schmalen Schienenstrang niederbeugte, um Glas und nutzlose verrostete Maschinenteilchen aufzusammeln.

»Ich ziehe mich jetzt an«, sagte schließlich Gertrudis; ich hörte sie den Schrank öffnen, die Jalousie herunterlassen, ins Badezimmer gehen. Nebenan nichts, kein Geräusch, als Ruhe eintrat. Ich wußte nicht, wann, noch interessierte es mich, warum ich in Quecas Appartement zurückkehren und den Mann Ernesto töten würde. Dagegen wußte ich, daß ich bereit war, hundert junge Gertrudis' mit zwei Brüsten und die Gesamtheit dieses Brausen als Preis für die Wiederholung jenes Augenblicks zu zahlen, in dem die Queca unter meinem Brustkasten, mit angezogenen Beinen auf dem Tisch lag, mir mit den Händen half, oder um wieder in ihrem Gesicht kompakt und ertastbar Feigheit und Niedertracht zu sehen.

Ich hörte Gertrudis im Rauschen der Dusche singen, ich stellte mir ihren Körper vor, begriff, daß ihre Gegenwart und alles, was wir täten und sprächen, nicht mehr wäre als langweilige, lustlose Wiederholungen von Augenblicken, die einen Platz in meiner Vergangenheit innehielten. Überflüssig, Anstrengungen zu machen und mich zu betrüben. Abwechselnd beherrschte ihre Stimme das Geräusch des Wassers oder versank darin wie ein Blatt im Regen. Fortan vermied ich für immer die Möglichkeiten der Diskussion, gleichmütig bewunderte ich ihre neuen Kleider, atmete schweigsam unerwartete Parfums ein, ging, wenn ich bei Einbruch der Nacht von der Straße heraufkam, sogleich zu Bett, um auf die Geräusche in Quecas Zimmer zu horchen und im Dunkeln Gertrudis' Heimkehr zu erwarten.

Während ich ohne Ungeduld, ohne Begehren, mit nichts als vorweggenommener Unterwerfung die Verkündung der Stunde erwartete, da ich mit dem Revolver in der Tasche an Quecas Tür läuten würde, gewöhnte ich mich daran, Dutzende von ruhenden, selbstlosen Brausens nachzuahmen, mit respektvoller Zuversicht meinen Nacken an die Stelle zu legen, an der die ihren geruht hatten, paßte meine Statur den fremden, vertrauten an und lächelte nur, wenn ich mit den Lippen die Form beschwichtigender und letztlich wirkungsloser Weigerungen wiederholte, welche die mir vorangegangenen Juans, Pedros und Antonios Brausen erfunden hatten, um sich gegen Dasein und Tod zu verteidigen.

16. Das Hotel am Strand

Díaz Grey zog das Boot auf den Sand und richtete sich auf, erschöpft und lächerlich; er besah seine nackten Füße, die über den Knöcheln aufgerollten Hosenbeine, die von der Anstrengung schmerzenden, sonnenverbrannten Unterarme. Die Frau, Elena, stand bereits fünfzig Meter vom Flußsaum landeinwärts, den Kopf mit einem bunten Tuch umwickelt, schon in Schuhen, und, wartend, das Gesicht dem auf dem Fluß zurückgelegten unsichtbaren Weg zugewandt, rauchte sie eine Zigarette. Die Strahlen der letzten Sonne prallten auf ihre dunklen Brillengläser.

Der Arzt zog die Hanfsandalen über und hob ein Ruder. ›Schluß damit; es ist zu schwer, zu grotesk in diesem Aufzug mit geschulterten Rudern neben ihr und ihren Hosen am Ufer entlangzumarschieren. Wenn sie gestohlen werden, um so schlimmer.‹ Er lehnte das Ruder ans Boot und ging auf der vom grobkörnigen, schmutzigen Sand gespeicherten Hitze weiter. Elena nahm langsam ihren Marsch wieder auf und, das mühsame Gehen im Sand übertreibend, ließ sie sich einholen.

»Sind Sie müde? Natürlich mußten Sie aus purer Laune die ganze Strecke rudern. Aber vergessen Sie nicht Ihr Versprechen: bis zum Ende der Welt. Hinter den Dünen muß der Weg sein, ich habe gerade einen Lastwagen gehört. Dort werden wir das Hotel finden oder jemand, den wir fragen können.«

»Einverstanden«, gab Díaz Grey zurück. »Ich bin etwas müde, vielleicht wegen der Sonne; es geht gleich vorüber.«

»Gehen wir hier entlang«, sagte sie, während sie die Düne zu erklimmen begann. »Im Hotel trinken wir erstmal eine Erfrischung. Wir können ja auch ein Bad nehmen.«

Sie kletterten schweigsam, vorgebeugt, von neuem schwitzend. Auf dem Kamm der Düne entdeckten sie zwischen Drähten und neuen Masten den schmalen, windungsreichen Weg. Sie blieben stehen und versuchten, ihr Keuchen zu verbergen, die Gesichter wie eingelassen in der stillen glühenden Luft.

»Und wenn wir ein Weilchen warteten?« schlug sie vor.

Díaz Grey zuckte mit den Achseln, bückte sich aber, bis er kauerte; er legte den Rucksack ab, um sich daran zu lehnen.

»Es muß links sein«, murmelte Elena. »Dort ist ein großes Gebäude und ein Tennisplatz. Auf der anderen Seite sehe ich nur Bauernhöfe.«

»Setzen Sie sich, wir rauchen eine Zigarette.«

»Nein, meine Beine sind müde vom Sitzen im Boot. Aber geben Sie mir eine Zigarette.« Er war froh, so konnte er rasten, rauchen und ihre Gesäßbacken ansehen. »Wir stehen am Fuß der Mauern«, scherzte sie. »Denken Sie an die Zeit der Städte mit Eingangstoren, Zinnen und Wächtern.«

»Ich denke daran«, murmelte er. »Orientalisches Märchen. Ali Díaz Grey, der Eunuche.«

»Wenn Sie noch ein wenig ausruhen wollen . . .«

»Nein, nutzen wir lieber das Licht. Im Hotel, wenn es ein Hotel gibt, ist es bequemer.«

Sie rannten halb rutschend die Sanddüne bergab. Dann gingen sie gleichmäßig und gemächlich weiter auf dem stillen, verlassenen Weg, der gesäumt war von roten, dürren, die letzte Sonnenhitze aufsaugenden Erdflächen.

»Ich verstehe Lagos nicht«, sagte Díaz Grey.

»Man muß sich wirklich Sorgen machen. Aber warum? Wegen dieses Ausflugs? Warum begleitet er mich nicht?«

»Auch deshalb. Ich weiß jedoch die Antwort; er muß in Buenos Aires sein, und auf mich kann er sich wie auf einen Bruder verlassen. Aber ich habe ihn etwas Wichtiges nicht gefragt. Wann hat er den letzten Brief von Oscar bekommen?«

»Vor einem knappen Monat. Als ich ihn in Santa María suchte, war er hier, im Hotel. Ich fand den Brief vor, als ich nach Buenos Aires zurückkam. Da beschlossen Lagos und ich, nach Santa María zurückzukehren, die genaue Anschrift des Hotels herauszufinden und ihn zu suchen. Natürlich mit Ihrer Hilfe.«

»Danke. Das ist ein verpflichtender und entschieden unvergeßlicher Vertrauensbeweis, wie Ihr Mann sagen würde.«

»Spotten Sie nicht«, sagte sie lachend und, unbekümmert um den Arzt, spähte sie voraus.

»Ich spotte nicht; ich wäre unfähig dazu; ich habe Angst vor ihm. Vor etwa einem Monat also. Womöglich ist er nicht mehr hier.«

»Möglich. Er sagte, er habe ein billigeres und einsameres Hotel gefunden.«

»Hier gebraucht man das Wort Hotel. Oscar, der Engländer, kann in jedem Haus wohnen, das Pensionäre aufnimmt. Im Sommer gibt es am ganzen Ufer viele.«

»Auch das ist möglich«, sagte sie trocken.

Die Wegbiegung, an der das Gebäude stand, schien desto mehr gegen den heiter-verdunkelten Himmel zurückzuweichen, je länger sie gingen. ›Mach dir keine Sorgen. Ich will dir keine Sorgen machen. Hier bin ich mit schmerzenden Gliedern und steif von der Bootsgymnastik und führe dich Schritt für Schritt an der Hand demütig dem Unterschlupf des unersetzlichen Priapus entgegen, und ich tue es mit der Erlaubnis des Ehemanns.‹

»Ich war ungerecht gegen Sie.« Ohne stehenzubleiben, wandte sie sich lächelnd zu ihm um. »Sie haben ein Recht, es zu wissen. Fragen Sie, was Sie wollen. Was hat Horacio Lagos zu Ihnen gesagt?«

Sie beschleunigte den Schritt und blickte auf die Landschaft zur Rechten, auf die gefleckte Kuh, auf den Hund, der sich trollend entfernte, auf die auf Reben trocknende Bettwäsche.

»Ich habe Ihnen bereits alles erzählt, was mir Lagos gesagt hat. Eine unverzeihliche Indiskretion.«

»Aber darüber, seine Flucht nach Santa María in dieses Hotel, das sich immer noch nicht zeigt. Was hat Lagos dazu gesagt?«

»Richtig«, sagte Díaz Grey und blieb stehen. »Entschuldigen Sie.«

Er zog sich einen Dorn aus der Ferse, wischte sich mit

dem entfalteten Taschentuch übers Gesicht. ›Die beiden können seinen Namen nicht sagen, weder er noch sie.‹ Vor ihnen linker Hand entdeckten sie Masten und Hecks in der Luft, eine von Segeln und Booten wimmelnde winzige Bucht.

»Das Hotel muß in der Nähe sein; gegenüber dem Segelklub, sagten sie an der Mole. Was hat Lagos Ihnen gesagt?«

Díaz Grey blickte sie mit gelindem Haß an, weil er sie nicht begehrte, weil sie mit ihrem vorgeneigten Körper, dem Cordsamtmantel mit metallsteifen Schultern, mit hautengen Hosen und schwarzen Brillengläsern sein Begehren unterdrückte.

»Verschiedene Versionen, wie zu erwarten war«, entgegnete der Arzt. »Sie können sie sich vorstellen. Wenn wir sie ordnen, ergibt sich erstens: der Flüchtling hat Ihnen etwas gestohlen, um es zu verkaufen und sich wohlverdiente Ferien mit einer Señorita zu genehmigen, deren Namen die Geschichte verschweigt; zweitens: in der Firma, in der er arbeitet, hat er Geld kassiert und unterschlagen, das seinen Chefs, noblen Personen, gehört, die ihn aus Nächstenliebe und auf Lagos' Bitten ertrugen; dann, einfacher, hat er sich aus dem Staub gemacht, um sich von Ihnen, der Nymphomanie, der rein geistigen, versteht sich, zu befreien, die seine Jugend in Ihnen erweckt hatte. Reicht Ihnen das?«

»Fahren Sie fort, es stört mich nicht. Fahren Sie fort, sofern Lagos Ihnen all das tatsächlich gesagt hat.«

»So ist es. Ich habe keine Phantasie. Es gibt noch eine andere Lesart; anscheinend standen die sexuellen Neigungen des Flüchtlings an einem Kreuzweg, und es war mehr als wahrscheinlich, daß Lagos (oder ein anderer, jüngerer Lagos) schließlich zu Ihrem Schaden vorgezogen wurde. Es gibt noch eine andere, die letzte, die den Verdienst hat, doppelt zu sein: er floh vor seiner Liebe zu der Spritze und entfloh zugleich, um sich in Einsamkeit dieser Liebe zu ergeben, bis ihn der Tod ereilt. Wenn es so ist, wird es nicht vergnüglich werden für ihn, seien Sie versichert. Und wenn es so ist... Jedenfalls verstehe ich nicht, warum er mich nicht besucht hat wie Sie, als er in Santa María war.«

»Er ist geheilt. Überdies wußte er nicht einmal von Ihrer Existenz. Er war bereits fort, als Quinteros uns von Ihnen sprach.«

»Ich verstehe. Hat Ihnen Quinteros nie gesagt, daß ich seinetwegen fast verhaftet wurde?«

»Nein.«

Sie blieb einen Augenblick stehen, stellte sich auf Zehenspitzen, um das Gebäude auf dem Kamm des abschüssigen Geländes zu sehen, den rechteckigen Flecken, den die nackten Fliesen bildeten, den Beginn eines Wäldchens.

»Merkwürdig«, sagte der Arzt, »ich war sicher, daß Sie es wüßten und es in gewisser Weise benutzten, um mich zu erpressen.«

»Ich weiß kein Wort davon«, sagte sie mit wütender Stimme und ging weiter.

»Dann... Denn vom ersten Augenblick an witterte ich Lüge und Erpressung. Dann handelte es sich also um so etwas wie diplomatischen Druck; Sie ernannten Ihre Brüste zu Bevollmächtigten. Übrigens, haben Sie nie Beschwerden an den Brustwarzen gehabt? Brennen, Reizungen?...«

»Schön...« Wieder blieb sie mit resigniertem, duldsamem Lächeln stehen. »Wissen Sie, was ich manchmal von Ihnen denke? Soll ich es Ihnen sagen?«

Díaz Grey nickte. Sie legte die Hände auf seine Schultern und blickte ihn überlegen und zärtlich an.

»Es lohnt nicht, Doktorchen. Wir müssen Freunde sein. Die Schuld liegt bei mir, sofern überhaupt Schuld vorliegt. Aber Sie sollen nicht leiden; ich kann Ihr Leiden beenden, wann Sie wollen, gleich heute abend, im Hotel.«

Díaz Grey dachte daran, sie in das von einem Tuch umrahmte Gesicht zu schlagen, auf dem die einfallende Dämmerung die Schminke verdunkelte, sie nur einmal unter die schwarzen runden, auf seine Augen gerichteten Brillengläser zu schlagen.

»Ja«, sagte sie schließlich, unterwürfig. »Machen Sie sich keine Sorgen.«

Beruhigt hinterließ sie auf seinen Schultern einen raschen freundschaftlichen Druck. Sie gingen weiter, jetzt auf knirschendem Grund, dem Trab eines Pferdes und der kreisenden Armbewegung des Reiters entgegen, die näherkamen und vorüberglitten.

»Das muß das Hotel sein«, sagte Díaz Grey. »Ich habe Ihnen Lagos' Versionen weitergegeben, alle falsch, ausgenommen eine. Aber Sie haben mir nicht die Wahrheit über diese Verfolgung und diesen Flüchtling gesagt. Lagos, das ist sein Stil, hat gewartet, bis sich der Zug in Bewegung setzt und mich dann aufgefordert, Sie auf ›einem Ausflug in die Umgebung‹ zu begleiten. Und er wußte, was Sie vorhatten. Sie wußten es auch. Nein, das ist es nicht; ich frage nichts, ich bin nicht neugierig. Ich ziehe vor, draußen zu bleiben. Ich dachte nur, wäre ich besser informiert, ich hätte Ihnen besser helfen können. Danken Sie mir nicht; wenn Sie mich um Rat bäten und mir Bekenntnisse machten, könnte ich einen Augenblick die Illusion haben, oder nähren, wie Lagos sagen würde, daß Sie von mir abhängen. Hier ist das Hotel, viel Glück.«

Die gleichfalls aus Backsteinen bestehende Treppe erklomm den flacheren Sandhang. Oben, auf der schütteren Grasnarbe eines Gartens, sahen sie über eisernen Tischchen das große Hotelschild auf dem Dach, die bereits beschattete Holzgalerie, wo träge Gestalten ausruhten, wo ein Hündchen bellte, wo die eingeschlossene behütete Kühle einlud, die Augen zu schließen und den Tod des Tages zu wittern.

»Gut«, schloß sie. »Ich bin weder zuversichtlich noch verzweifle ich. Ich bin nicht einmal nervös. Glauben Sie mir?«

Sie stiegen hinauf, und Díaz Grey in seinen feuchten Hosen, seinem braunen, vom Schweiß kreisförmig gefleckten Hemd, fühlte bei jeder Stufe das unerträgliche Bewußtsein seines schwachen vorwärtsgebeugten Körpers zunehmen, er fühlte die Last seines Rucksacks, der schaukelnd gegen seine Nieren stieß, der nicht zu verleugnenden Gesellschaft der Frau, die in ihren hautengen Hosen zwei Stufen vor ihm aufwärts stieg, und dennoch frei von ihm, unabhängig und sicher, behende und gleichmäßig in ihrem Bedürfnis entgegenstieg, im Wunsch, die Wiederherstellung einer Vergangenheit zu erzwingen und jetzt nichts empfand als die vorweggenommene Begegnung in einem heißen Hotelzimmer und die fiktive Feindseligkeit der ersten Minuten erlebte, die erklärenden und vorwurfsvollen Worte, den unübertrefflichen Epilog.

Schon war Díaz Grey auf der Mitte der Treppe angelangt; er erkannte bereits die L-förmig angelegte Zimmerflucht des Hotels, die einen in Holz, die anderen in Backstein; er sah das alte Nebengebäude und dessen große grüngestrichene Tür, vermutlich ein Schuppen für Geräte oder Wagen und Fahrräder der Sommergäste; er konnte bereits die beherrschte Neugierde in den Gesichtern der Männer und Frauen unterscheiden, die Getränke schlürften oder einfach in der Kühle der Galerie, in der zunehmenden Dämmerung ausruhten, alle schweigsam, ihre braungebrannten ausdruckslosen Gesichter auf die kleine Treppe gerichtet, welche das Hotel mit dem Weg verband. Elena war auf der Höhe der Galerie angelangt und blieb, ihren Körper aufrichtend, stehen, als der Arzt sich bestürzt eines alten Traums erinnerte, einer oft wiederholten Phantasie, des einzigen, was ihn an die Zukunft band. Ein Traum, in dem er sich auf der Terrasse eines Hotels aus altersschwachem Holz sitzen sah, das dem Wasser näher lag als dieses Hotel, feuchter und zerfressener war, an dessen halbverfaulten Stützpfosten schwarze Miesmuscheln klebten; er saß allein und wunschlos, fast liegend und blickte mit der sanften Neugierde der Glücklichen auf die kleine Treppe, auf der ein unbekanntes Paar vom Strand zurückkehrte, er konnte unmöglich vermuten, daß der Mann und die Frau mit ihren bunten Taschen, dem Sonnenschirm und einem Fotoapparat die Schicksalswende des einsamen Díaz Grey mit sich brachten, der angesichts eines Meerabends zerstreut Erfrischungen zu sich nahm. In seinem Traum war es Herbstanfang.

Nun stieg er, der vielleicht dabei half, ein fremdes Schicksal zu wenden, weiter, den Gesichtern ausgesetzt, die ihn anblickten, ohne ihren trägen Ausdruck aufzugeben. Er holte Elena ein und suchte vergeblich den ahnungslosen Díaz Grey an irgendeinem Tisch. Wortlos nahmen sie

Platz; sie befreite ihn von seinem Rucksack und fragte, ob er müde sei, wartete lächelnd auf sein Verneinen, nahm ihr Kopftuch ab und zog aus einer Hosentasche eine Hand mit Spiegel und Lippenstift.

17. Die Frisur

Ich erfuhr es gegen Abend, als ich am Ende des Arbeitstags in der Agentur im Waschraum mit Stein plauderte.

»Jetzt verdiene ich viel Geld«, sagte Stein und seifte sich die Hände ein. »Ich könnte viel mehr verdienen, soviel ich wollte, ich bin sicher, wenn ich mich selbständig machte. Aber selbst wenn man aus seinem Leben eine fröhliche Schweinerei gemacht hat, nach Meinung der strengsten Biographen, der Asketen, Wassertrinker und Monogamen . . .«

»So fröhlich auch wieder nicht«, erwiderte ich und blickte mich im Spiegel an, ohne Interesse an Stein und seinem Bekenntnis, während ich auf unpersönliche Weise voraussah, was geschehen mußte und erriet, daß Brausen-Arce zu seinem Schreibtisch zurückkehren würde, um seinen Revolver zu holen. »Vielleicht nicht so fröhlich wie es der bemühte Schein wahrhaben will . . .« ›Heute schläft Gertrudis in Temperley.‹

»Zum Teufel mit dir«, lachte Stein, das Papierhandtuch zerknüllend. »Vorläufig kann ich mich mit dem Gedanken, Angestellte zu haben und Leute auszubeuten, noch nicht befreunden. Die ganze Zeit, als ich in Montevideo lebte, war ich aufrichtig und bin es auch weiterhin, obgleich ich versuche, meinen Glauben zu vergessen. Mehrwert ist noch immer viel mehr als ein Wort. Es ist erträglich, nur ein Rädchen in der Maschine zu sein, ich kann mein Gewissen beruhigen, wenn der alte MacLeod mich um meine Kommission beschwindelt. Dann erzähle ich die Geschichte Mami, dem einzigen Menschen auf Erden, der imstande ist, mir zu glauben. Siehst du, wie sie mich ausbeuten? sagte ich. Merkst du nicht, wie monströs diese ganze Gesellschaftsorganisation ist?«

An die Fliesenwand des Waschraums gelehnt, lachte Stein hell heraus.

›Mit dem Gewicht des Revolvers an meinem Bein werde ich mich als Herr der Welt fühlen; ich werde gewaltsam einbrechen, auf den Kerl warten und ihn niederknallen. Es wird kinderleicht sein, enttäuschend; aber einmal werde ich mir bewußt sein, daß ich es getan habe, ich werde die Tragweite dessen, was ich tat, voll empfinden. Aber jetzt geht es nicht um mich.‹

»Gehen wir?« sagte Stein und berührte meinen Arm. »Mami gibt mir recht, sie ist überzeugt, daß die kapitalistische Gesellschaft monströs organisiert ist, um mir soviele Prozente abzuknöpfen; sie empört sich und bewundert mich, wenn sie es schafft, die soziale Frage zu verstehen. Das heißt, die ganze Welt hat sich verschworen, Mamis armen, grundguten, unvergleichlichen Julio ungerecht zu behandeln. So ist das, ich sollte nicht lachen. Wenn ich bedenke, daß Geld mich im Grunde nicht interessiert, daß ich glücklicher wäre, wenn . . .«

»Einen Augenblick«, unterbrach ich ihn. »Ich habe ein Papier vergessen, das ich morgen brauche.«

Ich wollte den Revolver holen, betrat das Büro, wo mein Schreibtisch stand, ohne Licht zu machen, mit geschlossenen Augen; ohne Tasten gelangte ich zu der Schachtel und nahm überdies ein Stück dunkelgrünes, scharfgeschnittenes Glas mit, das ich am Vortag in der Nähe des Hafens gefunden hatte. Vielleicht war Arce dieser sichere, langsame Mann, der lächelnd, mit hängenden Armen auf dem Linoleumläufer dahinging, der sich zwischen Schreibpulten und Tischen des leeren Büroraums hindurchschlängelte und sich dabei im Geiste die Takte des einzigen Foxtrotts, den er kannte, vorsang.

Stein stand mit gesenktem Kopf, den heftigen ungeduldigen wütenden Finger auf dem Aufzugsknopf. Wir begrüßten den Liftboy, ich trat als zweiter ein.

»Im übrigen«, fuhr Stein fort, »weiß man nicht, wie lange noch. Vorläufig ist es leicht, das Problem von Tag zu Tag aufzuschieben. Aber es muß der Tag kommen, an dem es heißen wird: zum Teufel mit all dem.«

Den Hutrand gegen den Aufzugsspiegel drückend, blickte ich sein heißhungriges Kinn an, seine glänzenden sanften Augen.

»Ja«, sagte ich unwillkürlich. »Geld interessiert dich nicht. Im Grunde wärst du glücklicher, wenn du wieder halb tot vor Hunger in Montevideo für die Partei arbeiten würdest und dich gelegentlich bei einer achtzehnjährigen Gertrudis schadlos halten könntest.«

Mißtrauisch sah er mich an und schürzte kindlich die Lippen, um mich mit seinem Lächeln zu gewinnen.

»Sicherlich wäre ich glücklicher«, sagte er, und auch seine Stimme klang kindlich.

Regungslos stand ich vor Quecas Tür, ohne zu horchen und berechnete die Bewegungen, die notwendig wären, um einen obszönen Satz in das dunkle Holz zu ritzen. Ich drückte auf den Klingelknopf und zählte wartend ungleiche Zahlen, ich stieß die Frau, die öffnete, zurück und mit ihr ihre Überraschung, ihren Schrecken, ihren Haß. Mit den Absätzen auf den Fußboden hämmernd, ging ich bis zu der Stelle, wo ich beim letzten Mal gestanden hatte. Ich atmete die Luft der Wohnung ein, ließ langsam die Augen über die Umrisse der Möbel gleiten, über die Räume, die sie mühelos trennten, und die Lichtschattierungen auf den Wänden. Dann drehte ich mich zu der Frau um, genießerisch, friedfertig. Es war die Queca.

»Hier bin ich«, rief ich. »Schließen Sie die Tür.«

Sie lächelte mich ohne Angst an, stieß den Riegel vor, verneigte sich mit einer Reverenz; an die Tür gelehnt, blickte sie mich an, ohne Fragen zu stellen, die halb geschlossenen Augen fest und unverwandt auf mich geheftet, berechnend, mit geöffneten Lippen Hingabe spielend.

»Haben Sie keine Angst«, sagte ich. »Sie brauchen keine Angst vor mir zu haben. Ich wollte Sie nur wiedersehen.«

Sie erwiderte nichts; ein Bein abgebogen, die Hände auf dem Rücken, stand sie in Ruhestellung und wartete unbesorgt, kaum neugierig.

»Sie wußten, daß ich wiederkommen würde«, behauptete ich. »Ich weiß es erst seit heute abend, seit einem Weilchen.«

Wieder wandte ich den Kopf zur Wand, die ihre Wohnung von der meinen trennte, ich dachte, daß die Frau, die an dem fernen Frühlingsvorabend geträllert hatte, nichts zu tun hatte mit dieser hier, die reglos an der Tür klebte wie eine mit verblichenen Farben darauf gemalte Gestalt, das Bild eines Werbeplakats, das meinem pornographischen Textentwurf entsprach. Sie wartete weiter, bedachte die Vorteile, ob sie lächeln sollte; sie trug einen alten, absichtlich bis zum Hals geschlossenen Bademantel; der einzig sichtbare Fuß zeigte zwischen den Lederriemen der Sandale die roten Fußnägel. Unentschlossenheit lag auf ihrem Gesicht, ohne Zwiespalt, wie für immer.

Wieder lächelte ich ihr zu, ohne Fröhlichkeit und Freundschaft ausschalten zu können, aber ich sprach sie nicht an; ich warf meinen Hut aufs Bett und blätterte in Mode- und Filmzeitschriften, welche unordentlich auf dem Tisch lagen.

»Sie sind verrückt«, murmelte die Queca.

»Duzen wir uns nicht mehr?« gab ich traurig zurück.

Sie schien zu leiden, als sie sich von der Tür losriß: sie kam und nahm den Hut vom Bett und legte ihn auf eine Sessellehne.

»Du bist verrückt«, sagte sie, mich beobachtend.

»Eine sehr merkwürdige Geschichte . . .« Lachend unterbrach ich mich, blickte umher, suchte die Gegenwart und die Spuren von ›ihnen‹. »Kommt dein Freund heute? Ernesto? Er wird kommen und mich hinauswerfen. Er hat Mumm, man muß es ihm lassen. Heute abend werden wir drei uns amüsieren.«

»Suchen Sie etwa Händel? Aber wenn Sie etwa denken . . .« Ihre Stimme kämpfte gegen das Ersticken und verstummte.

»Auf jeden Fall muß man die Sache in Ordnung bringen. Wir könnten mit einem Schluck Gin beginnen.«

Unverwandt, ohne wütend werden zu können, blickte sie mich an, dann erleuchteten Fröhlichkeit, begrenztes aber ausreichendes Verständnis und schnellbereite Gutherzigkeit sanft ihre Augen und stellten sich mit der Geste des offenen Mundes zur Schau.

»So ein Kerl!« sagte sie. »Verrückte Welt . . .«

Ich setzte mich in den Sessel, auf den sie einen Arm stützte; mein Hut fiel zu Boden; ich fühlte die Härte des Revolvers am Schenkel und entspannte den Körper, in meinem Rücken die senkrechte Stille der Frau, das leise Geräusch eines Fingernagels, der den Filz fast neben meinem Ohr kratzte.

»Warum bringen Sie nicht den Gin? . . . Es war alles Lüge, ich habe Ricardo nie gekannt. Sie haben an jenem Abend im Restaurant von ihm gesprochen, als ich Ihnen nachging. Sie trugen ein dunkelrotes Kleid.«

»Bordeauxrot«, verbesserte sie. »Aber ich habe nie eine Frisur getragen, wie Sie gesagt haben. Ich habe darüber nachgedacht, seit meiner Kindheit habe ich mich nie so frisiert. Wissen Sie, daß ich Lust habe zu lachen und nicht kann? Ich habe nie einen Kerl wie Sie kennengelernt. Neulich abends war das nicht meine Schuld. Ich habe mir alles Mögliche ausgedacht, um Sie zu treffen und es Ihnen zu erklären.«

»Warum bringst du nicht den Gin?« fragte ich, die Geduld verlierend. »Ist kein Gin mehr im Eisschrank?«

Langsam verbreitete sich Quecas Parfum; das schwache Lampenlicht fiel auf eine meiner Schuhspitzen, auf das violette herabhängende Dreieck des Tischtuchs, auf ein leeres Zigarettenpäckchen auf dem Fußboden. Ich hörte das Geräusch der Aufzugstür; jedesmal, wenn ich daran dachte, wehte der Wind vom Balkon herein und wich zurück; hartnäckig kratzte der Fingernagel über den Filz.

»Und ich habe den Tisch verlassen und bin zur Theke gegangen, um zu lauschen. Du hast nie mehr in dem Restaurant gegessen.«

»Ich erinnere mich nicht an eine Frisur mit um den Kopf aufgesteckten Zöpfen. Nur als Kind, auf einem Foto.«

Die nachdenkliche Stimme veränderte leicht das Gesicht, das ich mir hinter dem Sessel vorstellte.

»Wir können einen Schluck Gin trinken, und dann kommt Ernesto«, sagte ich. »Es gibt Träume, die sich wiederholen; man weiß, was geschehen wird, kann es aber nicht ändern.«

Der Finger hörte auf zu kratzen; der dicke Stoffvorhang knisterte auf dem Balkon wie ein Zweig im Feuer.

»Der kommt nicht wieder«, sagte sie. »Nie mehr. Wie kamen Sie unten herein, nachdem abgeschlossen war? Sicherlich haben Sie gewartet, daß jemand nach Hause kam; manchmal vergesse ich meinen Schlüssel und muß stundenlang warten . . . Ich habe Gin in der Küche.«

»Ich habe auf niemanden warten müssen. Die Tür war offen, ich wußte, daß sie offen sein würde.«

Ihr Lachen zitterte, fern, plötzlich beklommen, genauso wie ich es von der anderen Seite der Wand gehört hatte.

»Ich hätte fast Lust, es zu glauben«, sagte sie. »Ich werde den Gin holen. Geben Sie mir Feuer. Ernesto kommt nicht mehr. Wir haben uns gezankt, und ich habe ihn rausgeschmissen. Sie werden es mir nicht glauben, aber ich habe gedacht, wie finde ich Sie und erkläre es Ihnen. Ich weiß nur zu gut, daß ich keine Entschuldigung habe. Warten Sie.«

Mit unvermutet raschem Schritt durchquerte sie den Raum und schleifte eine lose Sandale nach, stieß an die Küchentür. Wieder war ich allein im Zimmer; die verantwortungslose Luft füllte die Räume, rastete auf Gegenständen wie Kratzern und Flecken einer langen Vergangenheit; eine unbezwingliche, auferlegte Freiheit hob sich von dem staubigen Teppich, sank von der halbdunklen Decke. Neben der Badezimmertür stand noch das verbogene Bücherregal mit den bei einer Versteigerung in einem Totenzimmer erstandenen Büchern; lächelnd blickte ich auf die rötlichen Einbände der Romane, die happy endings beschützten und den trostlosen Geruch der Zeit. Ohne Hast kam die Queca mit einer Flasche Gin und Gläsern zurück.

»Heben Sie lieber Ihren Hut auf«, sagte sie und schenkte ein. »Lassen Sie ihn irgendwo, aber nicht auf dem Bett. Wenn der Fußboden auch gefegt ist.«

Ich sah ihr Haar, das sie mittlerweile in flachen Zöpfen um den Kopf gelegt hatte, ihren spitzen Bauch, der die Tischdecke streifte.

»Das mit Ricardo war also gelogen. Glauben Sie nicht,

daß ich viel darauf gegeben habe. Ich erkenne einen Lügner, sobald er den Mund aufmacht.«

Ihr Lachen und der Wind zitterten, endeten überraschend, mischten sich im Kreise. Ich dachte daran, mich auszuziehen, nackt, still vor mich hinzulachen; ich lockerte die Krawatte und knöpfte den Hemdkragen auf.

»Dabei wüßte ich gerne, wo Ricardo sich herumtreibt, aber nicht wegen dem, was Sie denken.«

Plötzlich drehte sie sich um, dabei das Gleichgewicht der Gläser gegen ihr Lachen verteidigend.

»Zum Wohl«, sagte sie gebieterisch und wartete auf mich. »Wir nehmen gleich noch einen. Diese sind größer.«

Ganz langsam trank ich das zweite Glas und blickte auf den kaum geschwollenen Bauch, der sich unter der die Taille einschnürenden Bademantelkordel sanft hob.

»Es kommt niemand«, beharrte sie sanft. »Verrückte Welt ... Sie werden von mir das Allerletzte denken, was einer von jemand denken kann. Ich will es Ihnen erklären.«

›Es ist unmöglich, daß sie schwanger ist, und daß ich es vorher nicht bemerkt habe. Zu spät für eine Abtreibung, wenn sie es ist.‹ Wie das Lächeln und die Berechnung in Quecas Gesicht, wie der Wind im Kretonnevorhang lösten Drang und Trägheit in meinem Körper einander ab, triumphierten und flohen, ohne Spuren zu hinterlassen. ›Ich will mir meine Kleider vom Leib reißen wie eine Winterhaut.‹ Nun begann sie, mit dem leeren Glas spielend, zwischen der Wand, an der sie gelehnt hatte, um zuzusehen, wie ich zusammengeschlagen wurde, und dem Fußende des zerwühlten Bettes auf- und abzuschlendern.

»Es fällt mir nicht ein, mit wem ich an jenem Abend im Restaurant zusammengewesen sein kann, als ich von Ricardo sprach«, murmelte sie. »Ich weiß nicht, wer das sein soll. Ich gehe fast jeden Abend mit der Dicken ins Restaurant. Einer Freundin. Was soll ich Ihnen sagen! Jedesmal bin ich enttäuschter von den Männern. Sie sollten sie kennenlernen. Wenn sie nicht gewesen wäre, einmal ... Sie war mir immer eine Stütze. Wir werden einmal abends zusammen ausgehen, und dann werden Sie erfahren, wer sie ist ... Ich rede und rede, und Sie – nichts. Klar, Sie sind gegen mich wegen der Sache neulich nacht und lassen mich nicht erklären.«

»Ich höre, sprechen Sie.«

Ich stand auf, um mein Glas zu füllen und trat mit der Ginflasche in der Hand auf die Queca zu. Sie trug zwei Ringe an der Hand, einer kleinen Hand mit dicken, männlichen Fingern; einer gepflegten Hand, mit alten Gelenken. Der Bauch schien mir jetzt kleiner, unbedeutend, nur gerade Sinnbild einer gotischen Jungfrau. Ich wartete, bis sie ihr Glas erhob und lächelte: Zum Wohl. Ihre neue Frisur milderte das Tierische ihres Gesichts; die dünnen Lippen neigten zum Schwellen; die Lider fielen wie dicke, schwielige Membranen, wie Klappen, deren trockenes Schlagen man erraten konnte. Wir tranken, und ich kehrte zu meiner Hingabe im Sessel zurück und lächelte bei der Erinnerung an die junge Gertrudis: ›Ich denke an deinen Haß auf Lügen, der voller Jähzorn war; wie wütend du wurdest und wie deine Stimme versagte, wenn es galt, den Sinn des Lebens zu retten, wenn du bohrtest, überzeugen wolltest, dir die Fingernägel abbrachst, um wie Insekten die allgegenwärtigen Lügen auszugraben und zu zerquetschen, die wirken, ohne daß jemand sie benennt.‹

»Warum lassen Sie mich nicht erklären?« fragte die Queca, auf dem Bett sitzend.

Ich wandte den Kopf, um ihren Wahnsinn zu sehen, ihre Überzeugung, daß es jetzt, ein für allemal, möglich sei, das Unglaubhafte zu erklären.

»Spielt keine Rolle«, sagte ich. »Du brauchst nichts zu erklären.«

»Was wollen Sie wissen? Sehen Sie nicht? Sie lassen mich nicht reden. Sie haben geglaubt, daß mir das neulich nacht gefiel, daß ich tun könne, was ich wollte. Sie sind mit einer Lüge gekommen, und ich habe Sie angehört; Sie schienen mir ein seltsamer Mensch zu sein, halb verrückt, dachte ich anfangs. Das dachte ich auch heute abend, als ich hinter Ihrem Sessel stand und Sie reden hörte, ohne zu wissen, ob Sie es ernst meinten oder verrückt waren. Verstehen Sie doch. Es machte mir Spaß, Ihnen neulich nacht zuzuhören, ich vergaß die Zeit, das war Ihre Schuld. Ernesto schwor, er würde mich umbringen, wenn er mich mit einem Mann anträfe ... Lachen Sie nur, ich kenne ihn. Ich war entsetzt, als ich ihn kommen hörte, mir fiel nichts anderes ein, als was ich sagte, denn ich hatte Angst vor ihm, jetzt nicht mehr, wahnsinnige Angst. Nur das, ich schwöre es bei der Heiligen Jungfrau. Jetzt lache ich darüber, daß ich Angst vor ihm gehabt habe. Ich habe ihn rausgeschmissen und damit Schluß, er hat mir das Leben völlig vermiest. Glauben Sie mir nicht? Warum wollen Sie mir nicht glauben?«

Fern und gleichgültig wie am Ende eines Tages, als leite er die Stunden der Morgendämmerung ein, schlug der Aufzug seine Türen zu und war still. Die Luft schwebte unverbindlich und zukunftslos auf meinem Körper, höhlte sich aus, um den Bauch zu beherbergen, den die Queca zwischen ihren gespreizten Beinen auf der Bettkante ausruhte. Die Luft strömte mir aus der Erinnerung an elende Worte zu, aus der simplen, schmutzigen Mann-Frau-Beziehung, welche die Sätze angedeutet und die damit plump die Abhängigkeit betont hatten, die gegenseitige Eigensucht, die klägliche Opferbereitschaft – ein Lebewohl.

Sie stand auf, ging zum Tisch und füllte ihr Glas, ohne mir eines anzubieten.

»Sie glauben mir nicht, Sie denken immer dasselbe, versteht sich. Alle sind gleich«, endete sie mit schüchterner Herausforderung.

»Es ist mir eben gleichgültig«, sagte ich und richtete mich im Sessel auf. »Du und ich, mehr nicht.«

»Liebster«, erwiderte die Queca, nachdem sie sich umgewandt und mich angeblickt hatte, die Lippen feucht und geschürzt. »Du mußt mir glauben.«

»Schließe lieber die Balkontür.«

Ich sah sie wiederum zu mir herüberblicken und zögern, das Glas in der Luft; sie trank es mit einem Schluck aus und schob die Hände hinter den Rücken, suchte Dinge, die sie sagen wollte und fand sie nicht.

»Liebster«, wiederholte sie, bevor sie sich bewegte; sie

entfernte sich mit dem Geräusch der nachschleifenden Sandale, mit eingezogenem Körper, demütigte sich nicht, machte sich klein wie eine liebkoste Frau. Ich hörte das Geräusch der Balkontür und der Jalousie, ich sah ihren Bauch an und ihre Hüften, das Gesicht, das ich heimlich an einem lang zurückliegenden glutheißen Nachmittag betrachtet hatte, dasselbe Profil mit seiner kurzen, gebogenen Nase, dem schmalen Schlitz des Mundes.

»Ja«, sagte ich laut, während ich aufstand.

Regungslos blieb sie vor dem verschlossenen Balkon stehen, eingeknickt, als trage sie eine Last, das Ohr an den Nachtgeräuschen haftend, an der Geschichte der zerknitterten, verblichenen Vögel und Zweige im Vorhangstoff. Ich legte die Krawatte und den Anzug ab, kehrte zum Tisch zurück und nahm einen Schluck. Während ich mich nackt auszog, pfiff ich einen Walzer, den ich sie hatte singen hören. Sie schien das Geräusch meiner Schuhe auf dem Fußboden nicht wahrzunehmen, konnte nicht erraten, daß ich den Revolver unter dem Kopfkissen verbarg. Als ich wieder aufstand und das Bücherregal ansah (›Du haßtest, Gertrudis, ich erinnere mich, die glücklichen Lösungen der alten Romane; vielleicht errietest du nur einfach, daß du schließlich Angst haben würdest.‹), begann die Queca ihren Körper beim Umdrehen aufzurichten und sandte mir ein kleines verzweifeltes Lächeln zu, wieder regte sich ihr Mund, ohne Worte zu finden. Dann kam sie mir entgegen, ihr Gesicht verriet ihr Verlangen, sie stieß an den Tisch und lehnte sich daran, ohne den Blick von mir zu wenden und atmete schwer. Sie bog die Hüfte ab, um dem blauen Rechteck des Tischtuchs auszuweichen und kam unverwandt auf mich zu, ihre Hände in der Luft, als taste sie vorsichtig im Dunkeln.

»Liebster«, sagte sie heiser, als sie stolperte und mit dem Knie ein auf dem Boden liegendes leeres Zigarettenpaket zerdrückte. Ihr Kopf schwankte blind; sie versuchte zu lächeln, ihre dicken Finger streichelten ihre um den Kopf gelegten Zöpfe, und sie begann mich zu küssen.

18. Eine Trennung

Ich hatte mich mit dem Tod des Filmskripts abgefunden, ich verlachte die Möglichkeit, mir mit seiner Abfassung Geld zu beschaffen; ich war sicher, daß die Mißlichkeiten, die ich mit Genauigkeit und Kälte für Elena Sala, Díaz Grey und den Ehemann geplant hatte, nie eintreten würden. Nie würden wir vier zu jenem Endpunkt des Drehbuchentwurfs gelangen, der uns in der Schachtel meines Schreibtisches erwartete, manchmal neben dem Revolver, dann wieder neben dem Kugelkästchen zwischen grünlichen Glassplittern und unnützen Schrauben.

Doch trotz des Fiaskos war ich außerstande, mich von Elena Sala und dem Arzt abzuwenden; tausendmal hätte ich jeden Preis bezahlt, um mich ohne Unterbrechungen dem Zauber hinzugeben, der hingerissenen Aufmerksamkeit, mit der ich ihre ungereimten Bewegungen verfolgte, ihre Lügen, die Situationen, die sie grundlos wiederholten und abwandelten; um sie kommen und gehen, um einen Nachmittag, einen Wunsch, eine Lustlosigkeit ein um das andere Mal kreisen zu sehen; um ihr Treiben und Taumeln zu verwandeln, mich ihrer zu erbarmen, sie nicht mehr zu lieben, ihre Augen zu mustern und sie zu belauern, die allmählich wußten, daß sie sich vergeblich anstrengten.

An jenem Nachmittag kam Gertrudis vor mir in die Wohnung, sie usurpierte im Bett meine Leichenlage; und während ich eintrat und den Hut ablegte, dachte ich, ich sei sie und hätte mich den ganzen Nachmittag nicht aus dem Bett gerührt, still dagelegen, während ich glaubte, durch die Straßen zu traben, Büros zu besuchen, deren Fenster sich einem Frühling öffneten, üppiger als der, den ich im Freien vorfand oder vom Balkon meiner Wohnung aus betrachten konnte. Sie lächelte mir zu, schloß halb die Augen, um mich zu begrüßen, als hätten sich unser beider Vergangenheiten nie gestreift, als wäre sie plötzlich vor mir erschienen, aus Tiefen tauchend, deren Wesen mir unbekannt war.

»Ich möchte dich verführen«, sagte sie, als sie mich nicht mehr anblickte; sie musterte ihre Fingernägel und näherte sie dem Balkonlicht. »Es wäre möglich. Aber ich kann es nicht wollen. Ich kann nicht. Gerade heute nachmittag, bis du kamst, dachte ich an deinen nackten Körper, deine Hände, deinen Atem. Dann wollte ich. Aber nicht mehr, wenn ich dein Gesicht sehe, wenn ich mich an die ganze Geschichte erinnere, wenn ich weiß, daß wir seit genau so und so vielen Hunderten von Tagen zusammen sind. Und ich kenne dein Gesicht, das Gemisch aus Härte und Schwäche deines Kinns; die Augen, die nichts bekennen, den Mund, der immer begierig wirkt und es gar nicht ist. Ich weiß, daß du mir nie etwas geben wirst, nicht dich und nicht dein Gesicht. Und dann kann ich dich nicht mehr verführen wollen.«

»Ja, das verstehe ich«, erwiderte ich, zwischen ihr und dem Balkon an der Wand sitzend und mich dabei erinnernd, daß laut Stein der alte MacLeod beschlossen hatte, mich auf die Straße zu setzen. »Aber die Bedeutung, die es für dich haben mag, mich zu verführen ... Abgesehen davon, daß es unmöglich ist, sofern wir von echter Verführung sprechen.«

»Nein, nein«, beharrte sie. »Ich will es nämlich nicht, ich kann es nicht wollen. Warum unmöglich? Weil wir uns so gut kennen und fünf Jahre lang zusammen geschlafen haben? Wenn meine Schwester dich verführen wollte, würde sie es gewiß tun. Warum ist Raquel zwanzig Jahre alt, warum hat sie nicht fünf mit dir zusammen gelebt? Das interessiert mich: zu wissen, ob ein Mann in all der Intimität, die er nicht kennt, etwas Geheimnisvolles fühlt, oder ob es ihm genügt, zu wissen, daß diese Intimität anderen gewährt worden ist (und welche Frau nach zwanzig hätte sie nicht gewährt, welche könnte leben, ohne sie zu gewähren), damit das Geheimnis schwindet. Abgesehen von der Möglichkeit, daß Raquel dich verführt hat. Du hast es mir nie sagen wollen.«

»Sie hat es nicht getan«, erwiderte ich; nebenan läutete das Telefon, ohne daß jemand antwortete: ›Vielleicht ist sie nicht da, vielleicht liegt sie im Bett.‹ »Verführung ist unmöglich; es spielt jetzt keine Rolle, warum, vielleicht aus allen diesen Gründen. Im wesentlichen wohl deshalb, weil wir nicht mehr spielen können.«

»Können wir nicht?« wiederholte Gertrudis und stand auf. »Ich kann spielen, ich werde spielen.«

Im schwachen Balkonlicht sah ich ihr Kleid schimmern, den Schmuck, die beringten Finger.

»Warst du ausgegangen?« fragte ich sie.

»Nein. Ich bin den ganzen Tag nicht ausgegangen. Ich dachte nur daran und zog mich an, um auf dich zu warten. Als ich glaubte, ich wolle dich verführen. Juanicho: habe ich dich irgendwann einmal verführt?«

»Ja, vollkommen, Leib und Seele.«

»Und kann ich es nicht wieder tun?«

»Man kann nicht spielen. Als du es tatest, spieltest du nicht.«

»Immer beginnt man damit, daß man eine Weile spielt; plötzlich merken wir, daß wir nicht mehr spielen. Aber ich habe es getan und kann es wieder tun.«

Ich dachte, sie würde zum Balkon gehen; aber der große dunkle Körper bückte sich und setzte sich auf meine Knie. Sie küßte mich sanft und folgte mit dem Mund der Linie meines Kinns.

Singend trat die Queca ein, jemand ging auf der anderen Seite der Wand hinter ihr her.

»Ich verstehe nicht, daß du es nicht verstehst«, fuhr Gertrudis fort. »Ich habe das neue Kleid angezogen, die seidene Wäsche. Es muß alles verloren sein, da ich es dir schon eingestehe.«

»Warum soll ich traurig sein?« sagte die Queca; sie lachte, durch die Wand von meinem Nacken getrennt. Unbekümmert sank und stieg die Stimme des Mannes. Einer von beiden brachte beim Hinsetzen die Bettfedern zum Quietschen.

»Ja, Juanicho«, murmelte Gertrudis und biß mir leicht ins Ohr. »Ich habe mir sogar diese Frisur gemacht. Es mochte fünf Uhr nachmittags sein, als ich glaubte, ich wollte dich verführen; ich dachte, ich würde heute abend nicht ausgehen. Ich habe eine Verabredung, keine feste zwar, mit einer Freundin, Dina, ich hab dir von ihr gesprochen, und mit anderen.«

»Keine Sorge«, sagte Quecas Stimme. »Ich mag sein, was du willst, aber mit Religion verstehe ich keinen Spaß. Sobald ich etwas Geld habe, zünde ich für dich eine Kerze an.«

Während Gertrudis mich wieder küßte, nach wie vor sanft, diesmal auf Hals und Kinn, stellte ich mir die Geduld des Mannes vor der Queca vor, die sich auszuziehen begann.

»Wie ein kleines Mädchen«, fuhr Gertrudis fort. »Als ich mich an dein Gesicht erinnerte, wußte ich, daß du mir nie etwas geben würdest, daß ich dich nie vollkommen würde verführen können, daß ich es auch früher, in Montevideo, nicht getan habe. Ich könnte dich zermalmen, dich in eine Hand quetschen, immer würde mir das, was ich haben möchte, entweichen.«

»Ich lebe nicht mit dem Auge auf der Uhr«, behauptete die Queca. »Aber wir müssen langsam essen gehen, ich möchte mich nämlich heute abend gerne mit der Dicken treffen, die ich seit Jahren nicht gesehen habe.«

»Das stimmt nicht«, sagte ich zu Gertrudis. »Ich sage dir, es war vollkommen, Leib und Seele.«

Wir standen auf, und ich blickte in ihr Gesicht, das bleich war im Einbruch der Nacht, kaum höher als das meine, und nahm ein schwaches Parfum an ihr wahr, das an nichts Bestimmtes erinnerte.

»Der Irrtum liegt darin, so, ohne Unmittelbarkeit, darüber sprechen zu wollen.«

»Man kann nicht darüber sprechen«, sagte Gertrudis. »Es hat keinen Sinn mehr.«

»Ja, ja, ja . . .«, wiederholte die Queca hinter der Wand, jede Silbe etwas lauter als die vorige, die letzte jäh abbrechend und verstummend.

»Die amüsieren sich, scheint's«, bemerkte Gertrudis, ohne zu lächeln. »Küsse mir wenigstens eine Hand.«

Ich küßte ihre Hand, faßte sie bei den Schultern und stieß sie gegen das Bett.

»Nein«, sagte Gertrudis; ich lächelte und stieß von

neuem. »Nein«, wiederholte sie ernst, ohne zu widerstehen; ich blickte sie an und ließ die Arme fallen. Ich hörte die Stille der Wand, stellte mir die bejahenden Silben vor, die in den geöffneten Mund zurückkehrten, konnte schließlich die Queca unter dem Gewicht des Unbekannten sehen.

»Ich gehe heute abend aus«, erklärte Gertrudis rasch. »Ich muß Dina sehen. Jetzt macht es mir nichts mehr aus, ich will dich nicht belügen, ich weiß, daß ich spielen kann.«

»Spielen und vergessen, daß es ein Spiel ist?« fragte ich.

»Ja, ich bin sicher. Es ist traurig, aber es ist wunderbar.«

Sie löste sich, um das Licht einzuschalten; wir blickten einander an, bleich und verwundert, und lächelten gleichzeitig.

Wieder setzte ich mich an die Wand. ›Vielleicht ist es wahr, und sie zumindest wird wieder glücklich.‹ Ich sah sie in die Küche gehen und zurückkehren und den Tisch decken. Ich bewegte mich nicht, blickte sie an, den Mund voller Pfefferminzpastillen, bis ich das Lebewohl, die Türe schlagen und Quecas Lachen am Telefon hörte. Dann erhob ich mich und legte mir die Pflicht auf, Gertrudis zu begehren und für sie zu leiden. Sie stand über den Tisch gebeugt, hantierte mit den Tellern und der Salatschüssel mit einem Lächeln, das nur Ruhe ausstrahlte.

»Ich werde dir keine Fragen stellen«, sagte ich.

»Es ist besser so. Wir können uns setzen.«

Sie hielt einen Moment inne, um mich anzublicken ohne Gereiztheit, neugierig, frei von mir.

Während wir aßen, beobachtete ich in Gertrudis' rundem Gesicht die sanfte siegreiche Miene und den Glanz, der es übergoß wie ein Hauch, wie der Entschluß, ihren Sieg in der Stille aufrechtzuerhalten und zu genießen. Und diese Maske des Glücks war schon zu reif; sie war so vollkommen den Linien des Gesichts angepaßt, der Farbe der Wangen, der Form der Augen, daß sie nicht jetzt eben an diesem Abend entstanden sein konnte. Sie hatte sich Tag für Tag an meiner Seite entwickelt, ohne daß ich sie im Laufe einer oder zweier Wochen bemerkt hatte. Ich konnte sie mir kaum vorstellen, wie sie vor einer Stunde im Halbdunkel das Gesicht bedeckte, das mit unpassender ruhiger Stimme von der Verführung sprach. Jetzt aber war diese Maske am anderen Tischende wirklich leicht über den Teller gebeugt; und war doch tagelang dagewesen, dargeboten und unsichtbar. Vielleicht war die Maske während der Zeit entstanden, als sie in Temperley wohnte, Kind eines Blicks, eines Satzes, eines ungeduldigen Knies, und war jeden Nachmittag in Konditoreien, entlegenen Straßen und Hotels gespeist worden. Andächtig, mit verzweifelter Neugier blickte ich dieses im Profil so unwiederbringlich fremde Gesicht an, das in das Foto an der Wand zu schlüpfen und sich mit ihm trotz allem in plötzlicher, vergänglicher Schwesterlichkeit zu vereinen drohte, dies würdige, ängstliche und friedfertige, von den Bedrohungen der Welt unverwundbare Gesicht, mit dieser Freude, die sich in Entgelt zu verströmen suchte.

Hier pulste von neuem Leben, ihren Händen und ihren jungen Beinen gefügig, in dem alten machtvollen Beben, das ich für immer erloschen geglaubt hatte. Es war mir unmöglich, sie zu begehren, Eifersucht zu empfinden, für sie zu leiden. Aber ich blickte sie mit unpersönlicher Erregung an, mit dem verschwommen-dunklen Stolz auf die Gattung; ich sah sie groß und stark die Schranktür schließen, pfeifend in der den Balkon umgebenden undeutlichen Windzone stehen bleiben, während sie sich die Schürze umband. ›Wenn ich sie vergesse, könnte ich sie begehren, sie zum Bleiben zwingen und mich von ihrer stillen Freude anstecken lassen. Meinen Körper an den ihren pressen, dann aus dem Bett springen, um mich nackt zu fühlen und zu sehen, harmonisch schimmernd wie ein Standbild, Ephebe durch die mir durch Haut und Schleim übertragene Jugend, überquellend von meiner Kraft aus dritter Hand.‹

Auf dem Diwan, hinter der Zeitung, fragte ich sie, ob sie ausgehen würde. Stillschweigend kam sie näher, ging an mir vorüber, ohne stehenzubleiben, behutsam faltete sie die Schürze und räumte sie weg.

»Willst du nicht, daß ich ausgehe?« fragte sie.

»Das ist es nicht«, murmelte ich. »Ich will, daß du tust, was du willst.«

»Was ich will?« wiederholte sie.

Ich stand auf und trat an den Balkon; in Quecas Wohnung war weder Licht noch Stimmengeräusch.

»Ich will damit sagen«, sagte ich, »was dich glücklich macht.«

»Das ...«, begann sie.

Einen Augenblick stand sie regungslos und blickte mich aufmerksam und geduldig an, als erinnerte ich sie an etwas. Dann holte sie einen Mantel und begann, die Handschuhe überzustreifen, dabei hielt sie die Hände weitab vom Körper, den Kopf geneigt in der alten Haltung von Montevideo. Ich rief ihren Namen und versuchte zu lächeln.

»Damit ist alles geklärt«, murmelte sie, versenkte die behandschuhten Hände in ihren Taschen und streckte sich fast herausfordernd, als schreibe sie mir eine mir unbekannte Schuld zu.

»Damit ist nichts erklärt«, sagte ich. »Aber da man nicht leben kann, ohne zu handeln ...« Ich sah sie spöttisch lächeln, aber sie unterbrach mich nicht. ›Alles ist besser als daß sie wieder mein Mitleid ahnt.‹ ›... und da uns die notwendige Größe fehlt, statt des Glücks, ein anderes Ziel zu setzen ...«

Nun lächelte sie ohne Spott, nur gelangweilt. Dann schien sie sich zu entschließen und wandte mir einen Blick vager Vergebung zu.

»Und du bist glücklich«, sagte sie.

»Ich zähle jetzt nicht«, gab ich vorsichtig zurück. ›Es wäre lustig, wenn die Handhabung des Mitleids in andere Hände geriete.‹

Sie blickte mich einen Augenblick an, tat, als wolle sie die Handschuhe abstreifen und bereute es gleich darauf; dann setzte sie sich auf den Diwan und rauchte, ein kaum merkliches Lächeln auf dem Gesicht, Anspielung auf ein alltägliches Geheimnis. Am Tisch lehnend, aus Furcht, alles zu verderben, sah ich sie stumm an.

»Ich möchte nicht von uns und auch nicht von den Jahren sprechen, Juanicho. Ich vermute, jeder von uns setzte ein, was er konnte, das Beste, was er hatte.«

Erstaunlicherweise sprach sie mit sichtlicher Angst, mich zu verletzen.

»Du weißt, Juanicho, was alles es bedeutet, daß ich jetzt gehe; nicht für heute abend, sondern für danach.«

Das Türenschlagen hallte an einer anderen Stelle des Gebäudes, nicht in Quecas Wohnung. Wir waren allein, spielten unsere Rollen und drückten eine einfache menschliche Situation aus, versuchten sie zu verstehen. Sie rauchte, entschlossen, ihr Lächeln zu bewahren, solange ihre Zigarette brannte, und dabei ihre Spitzenhandschuhe vor Glut und Asche zu schützen. ›Du haßtest heftige Geräusche, laute Stimmen. Wenn ich mich an deinen Mädchenkörper erinnere, sehe ich dich nur auf dem Bauch liegend, auf die Ellbogen gestützt, dein Haar hängt herunter, dein nachdenkliches Gesicht ist einem fernen, winzigen Licht zugewandt. Ich weiß nicht, ob du dich an all das, was zerstört ist, erinnern kannst, an die Reihe Bücher, das Bild an der Wand, die Sätze einer trägen Unterhaltung. Nur ich kann mich an das erinnern, was zerstört ist, kann mich daran machen, es nach undeutlichen gebieterischen Mustern nachzuschaffen.‹

Gertrudis ließ die Zigarette fallen und glättete, während sie aufstand, lange ihre Handschuhfinger, bis ihr Körper schwankte. ›Es ist so schwierig zu erreichen, denn das Wichtigste, die unendlichen Dinge, die uns umgaben, sind noch einfacher, fast fremd. Ich muß sie wiedererschaffen, die kleine zerstörte Welt mit nur einem Flecken auf einem neuen Kleid, einem eingerissenen Fingernagel, mit Fiebertagen, mit plötzlichem Sprühregen, kalten Füßen, der Uferluft, der schmalen Taille, die dein Körper einst hatte.‹

»Ich gehe also nach Temperley«, sagte sie, als spotte sie jetzt über sich selber, als empfinde sie ein schwaches Selbstmitleid.

Ich bot ihr Geld an und trat näher, um sie anzusehen; ich sah, daß sie mich nicht aus dem Mitleid und der Verantwortung entlassen hatte, daß diese neue Gertrudis in Wirklichkeit verwundbarer war als die vorige, die, welche in einem bestimmten Unglück versunken gewesen war, das ihr vertraut war und sie beschützte.

19. Die Clique

Das kleine Vestibül von Miriams Haus war heiß und voller Düfte. ›Es ist nicht nur wegen der Zusammenkunft‹, dachte ich, als ich Julios Gesicht sah; ›er hat mich nicht nur wegen der alten Garde eingeladen, des lächerlichen Klüngels. Da steckt mehr dahinter, vielleicht hat der alte MacLeod angesichts der wenig beglückenden Aussichten fürs nächste Jahr beschlossen …‹

»Ich dachte, du würdest nicht mehr kommen«, sagte Julio. »Aber wie immer hat Mami meinen Glauben gestärkt.«

Er war ein leicht veränderter Julio, er sprach laut, stellte ein stärkeres Bedürfnis zur Schau, sich zu bewegen, wollte nicht, daß man ihm in die Augen sah.

»Geh noch nicht hinein«, fuhr Julio fort. »Wir wollen übers Wetter reden, wir wollen allein ein Glas trinken. Es sind noch nicht alle da, aber mit denen, die gekommen sind, ist es vollauf genug. Es wäre schrecklich, wenn du reingingst und die Bescherung sähst, ohne einen Tropfen Alkohol im Gehirn zu haben.« Wir tranken über dem Rosenstrauß auf dem Tischchen; ich glaubte sie in der Hitze welken zu sehen. »Bist du fertig? Aber du mußt den Staub von den Sandalen schütteln, auf deine Sensibilität des Werbemenschen verzichten. Geduld ist erforderlich und wahnsinnige Aufmerksamkeit für Farbtöne.«

Vor dem Fenster in Miriams Rücken am Ende des Salons waren die Vorhänge zugezogen. Neben Miriams Stuhl stand eine Lampe mit rosarotem Schirm. Ich trat vor Julio in die zähflüssige Luft ein, versuchte den drei im Halbdunkel zu meiner Linken aufgereihten Frauen zuzulächeln. Julio überholte mich, um vor mir in Mamis sanften Lichtkreis zu gelangen; er schob den kleinen Korb mit Wollknäueln und Stricknadeln beiseite, trat zur Seite, um mir das Schauspiel Mamis zu bieten, die ihren Körper aufrichtete, sich über ihre Frisur und die Kamee auf der Brust strich und eine Hand hob, um begrüßt zu werden.

»So lange schon wollte ich Sie hier sehen!« murmelte Mami und hielt meine Hand fest; ihre halbgeschlossenen Augen zeigten einen raschen Blick der Verzweiflung und Liebe, der stärker war als der Wille und die natürliche Zurückhaltung, während der halben Minute, die er dauerte, dennoch allen übrigen verborgen blieb. Aber, wie ich Julio sagte, ist eine alte Frau nicht sehr interessant . . .«

»Nimm sie nicht wörtlich«, sagte Julio. »Das ist eine rein intellektuelle Besorgnis, die sie in gewisser Weise höchlich ehrt. Sie ergibt sich aus dem Vergleich der gegenwärtigen Tage des Friedens mit den Großtaten der heroischen Zeiten. Ein von der Statistik ausgedörrtes Thema.«

Gutmütig und verständnislos lächelte Miriam:

»Dieser Julio . . .«

»Nachdem dieser Teil der Zeremonie vorüber ist«, sagte Stein, »darf ich dich den Kleinen vorstellen?«

Alle drei waren dick und vollführten zurückhaltende und übereinstimmende Freudenäußerungen, während die Hutfeder der in der Mitte Sitzenden schwankte.

»Das ist Brausen, der Lautere, der Säulenheilige, der mit seinen Spalten knausert aus Feigheit, aus purer Angst vor der Reue des Morgens. Keusch, asketisch, aber unerschöpflich an Liebe«, sagte Stein. »Aus dem gleichen Grund, ergo, folglich . . .« Deutend bewegte er das halbvolle Glas. »Das mag nachprüfen, wer es verdient. Diese Frau mit den scheuen Augen . . .« Das war die dickste; der feuchte Puder auf ihrem Gesicht hatte in der unentrinnbaren Helle der Dämmerung einen gräulichen Farbton und begann zu brechen und abzufallen. »Das ist die schöne Elena, ebenso unsterblich wie jene andere. Alle beschweren sich darüber. Das hier« — die Frau mit dem Federhut nickte mit einer Geste der Geduld und schaute dabei auf Steins Mund — »das ist Lina, Lina Máuser, eine Repetierwaffe. Ich weiß Bescheid. Seit Jahren sagt sie nur nein, trotz meiner phantasievollen Anträge. Vielleicht wird sie bei dir . . .«

Sobald ihr Name gefallen war, hatte die Frau einen lächelnden Schmollmund aufgesetzt und streichelte meine Hand, ohne das Mißtrauen aus ihren Augen zu entlassen.

»Sie kennen ihn zur Genüge«, sagte Lina Máuser. »Sie wissen, daß er verrückt ist, darum darf man ihn nicht ernst nehmen.«

Die letzte der drei trug ein weißes Kleid, das die weißen runden Arme freiließ; sie lächelte mit offenem Mund und einem kindlichen Ausdruck, der ihr Gesicht von der niederen Stirn bis zum schwachen zitternden Kinn bedeckte.

»Jetzt kommen wir, so ist das Leben, zu Rehlein«, begann Stein.

»Rehlein, sehr erfreut«, beeilte sie sich zu sagen.

»Rehlein«, wiederholte Stein. »Immer ungeduldig wie eine Jungfrau. Sie versteht es, jeden künstlerischen Antrag einfach wegen ihrer Hast zu verpfuschen. Aber vielleicht, vielleicht, ich will dich nicht enttäuschen, wird sie mit den Jahren . . .«

»Julio, jetzt reicht es aber«, wandte Mami von ihrem Sessel aus ein; sie hatte ihren Strickkorb wieder aufgenommen und richtete unsicher die kurzsichtigen Augen auf die Versammlung.

»Missa est«, sagte Julio. »Jetzt heben wir einen zusammen. Später vielleicht wird Mami die Güte haben . . . Du bist doch nicht zu müde, Liebste?«

»Zu müde wozu?« fragte Mami.

»Um etwas zu Ehren meines Freundes zu singen.«

Die drei Frauen unterbrachen Mamis bescheidenes Lachen, um, abwechslungsweise mit einsilbigen Worten, zuzustimmen und zu betteln.

»Na, hört mal!« rief Mami, die Achseln zuckend, hob den Kopf, der um Vergebung bat, und riß die Augen auf, die bescheiden blinzelten. Von neuem die Stricknadeln klappern lassend, wechselte sie das Thema. »Ein Glas für deinen Freund und die Kleinen, Julio. Ich nehme noch nichts.«

»Vielleicht möchte sie später singen«, sagte die Frau mit den dicken Armen.

»Es ist so heiß«, meinte die unsterbliche Elena.

Mit nur einem Gesäßbacken auf einem Hocker sitzend, konnte ich unter einem riesigen Strauß Rosen ein kleines Klavier aus hellem Holz entdecken.

»Wir werden warten müssen, bis sie betrunken sind«, sagte Stein, die Gläser austeilend. »Nicht wegen Mami, die es nicht nötig hat, deren Herz ewig . . .«

Mami hatte den Kopf gehoben und versandte freigebig Blicke und Lächeln, ahnungsvoll dankte sie Stein für seine Galanterien.

Wir tranken von neuem; mein beschlagenes Glas musternd, unterhielt ich mich damit, meinen Schweiß abzuschätzen. Die Frau mit der Hutfeder sprach schließlich im Flüsterton, ihre Stimme verriet Sehnsucht, abergläubiges Erzittern, Tränen.

»Ist Ihnen nicht aufgefallen, daß alle Geistergeschichten gleich sind, eine und dieselbe Geschichte«, sagte ich jetzt und fühlte, daß alle mich ansahen, daß Stein lachte und zurückwich, daß es mir unmöglich war, mich zu bremsen. »Man erzählt sie sich, als seien sie verschieden, als habe man nicht zehnmal die gleiche Sache gehört. Ist Ihnen aufgefallen, welche Bedeutung wir Einzelheiten zuschreiben; ob das Gespenst ein Ritter ist oder Fräulein, ob es anfangs ein altes oder junges Gespenst war, ob es ein angstvolles oder übernatürlich glückliches Gesicht hat . . .«

»Übernatürlich«, stimmte Stein begeistert zu.

»Sie sind nicht alle gleich, möchte ich meinen«, widersprach Lina Máuser, ihr Gesicht dem Boden, ihre Feder mir zugewandt, »überdies geschah das am hellichten Tag.«

»Sie erzählen nichts wie Gespenstergeschichten«, flüsterte Stein neben mir. »Aber die anderen sind viel interessanter. Makabrer, auch wenn sie es nicht vermuten.«

»Das stimmt«, sagte die unsterbliche Elena. »Sie hatten gerade zu Mittag gegessen, hat sie erzählt. Und auf dem Lande ißt man früh zu Mittag.«

»Ja, es war noch nicht Mittag«, pflichtete Lina Máuser bei. »Und ich habe ihn nicht nur gesehen. Ich berührte ihn an der Hand, am Ring. Wenn Sie diesen Ring gekannt hätten!«

Stein sagte etwas, Mami hob ein strahlendes Gesicht, froh oder abwartend, Lina Máuser bewegte sanft Kopf und Feder mit nachsichtigem Lächeln:

»Und war er etwa nicht tot?« wiederholte sie. »Ich war noch sehr klein, aber ich erinnere mich noch, als sei es gestern passiert. Es war während der Mittagsruhe, als einer von der Estancia kam, ein Landarbeiter, um zu melden, er sei nachts verstorben. Mein Vater sagte: ›Ich würde dir für deine Lügen Hiebe geben, wenn es nicht eine Warnung sein könnte.‹«

»Und welche Schuld solltest du denn haben?« sagte Rehlein lachend. »Wenn es wenigstens ich gewesen wäre, da ich immer lüge ...«

»Das Unschuldslamm«, bemerkte Mami gerührt und bewegte zwei weiche Finger in der Luft.

»Mein Vater war sehr redlich«, antwortete Lina Máuser.

Ich sah hinter ihrem geschminkten Gesicht, hinter Jahren von Kabarett oder Bordell einen ehrenhaften, fast ländlich strengen Ausdruck blitzen. Ich sagte:

»Überdies wären Sie viel zu klein gewesen, um dergleichen zu erfinden.«

»Ich sehe noch meinen Paten mit einem schwarzen Tuch um den Hals; er hieb mit der Peitsche auf seinen Stiefel.«

Dann trank ich wieder mit Stein allein in dem kleinen düsteren Vorplatz neben dem Badezimmer, dessen ockerfarbene Wände mit Fotos bedeckt waren, mit Bildern von fast sicherlich Verstorbenen, einem Beinhaus von Geliebten und Freundinnen, mit Kapiteln über verbummelte Jahre, Rasereien und Schluchzen, nun beschränkt auf verblichene Köpfe mit Mittelscheitel, auf Profile, die während einer langen Minute der Pose eine Geste schmachtender Glut durchgehalten hatten, das unsichtbare Auge drohte sich zu zeigen, um zugunsten der Nachwelt einen umfassenden Blick, alle Möglichkeiten der Liebe und Geselligkeit zu hinterlassen. Es war ein einziger irrtümlicher Moment, eine Illusion endgültigen, in unwiederbringlicher Gelegenheit abgesonderten Einverständnisses an der Wand in Sepia verewigt, und erhalten kraft der Verheißung des Genusses und des Gedenkens an ihn, den die Widmungen stillschweigend verbürgten. Stein in Hemdsärmeln trommelte mit den Fingernägeln an sein Glas, unbequem streckte er sich auf der kleinen Holzbank des Vestibüls und lächelte unter den erschöpften Zeugen von Mamis verflossenen Glückseligkeiten.

»Es gibt daher keinen Anlaß zur Sorge«, beharrte er. »Der alte MacLeod hat sich verpflichtet, dich noch zwei Monate zu halten. Und nach den zwei Monaten bekommst du einen Scheck, und darüber sprachen wir schon. Er und New York sprechen von dreitausend, und ich von sechstausend, natürlich in der Absicht, großzügige Zugeständnisse zu machen. Damit hast du mindestens acht Monate zu leben. Und in acht Monaten ... All das, ohne in Betracht zu ziehen, daß der Krebs ihn noch vor Ablauf der sechzig Tage endgültig verstummen lassen könnte. Bemüht, sich in der Hölle gedämpft zu rechtfertigen. Was mir persönlich nicht gefällt, da ich mich mit dem Alten immer gut verstanden habe.«

»Ich mache mir keine Sorgen«, sagte ich. »In gewisser Weise bin ich froh.«

»Wir werden was Besseres finden. Ich kann dir dabei sogar helfen, und wir machen unsere eigene Agentur auf.«

»Natürlich ist da Gertrudis«, warf ich ein, um sein Mitleid zu stärken, damit er weiterhin um die sechstausend kämpfe; wer weiß, ob den Satz mir nicht die von Trauer verschmutzten Gesichter diktiert hatten, die mich von der Wand aus betrachteten.

»Ja«, murmelte Stein. »An deiner Stelle würde ich ihr vorläufig noch nichts sagen.«

Nachdenklich zog ich mich auf mein Glas zurück; ich sah Steins schläfrig-fröhliches, plötzlich geschrumpftes, dünn gewordenes Gesicht, das mit den übrigen Gesichtern der Wand verschmolz, ich sah es verwandelt in ein weiteres Zeugnis von Mamis Dasein, von ihrem Wallen über die Erde, durch Betten, Diwans, Autos, Schlupfwinkel, Parks.

»Im Grunde mache ich mir keine Sorgen. Ehrlich«, sagte ich. »An Gertrudis zu denken, ist eine Reflexbewegung, unvermeidlich.«

Aber ich dachte nicht an sie; ich suchte die mögliche Bedrohung abzuschätzen, welche die Nachricht von meiner

Entlassung für meine geheimen Bedürfnisse enthielt: weiterhin in Quecas Wohnung Arce und in der Stadt am Flußufer Díaz Grey zu bleiben. Vielleicht wäre mir der Gedanke sonst gar nicht gekommen. In jenem Augenblick – unbehaglich gefangen zwischen Steins freundschaftlichem, fragendem und beschwörendem Gesichtsausdruck auf der Bank unter dem Fächer der toten Gesichter seiner Kampfgenossen und dem im äußersten Winkel des engen Vestibüls gehäuften Schatten, in dem ich die von den Frauen im Salon gesprochenen Wörter versinken zu sehen glaubte – begriff ich, daß ich seit Wochen eines gewußt hatte: ich, Juan María Brausen und mein Leben waren nichts als leere Formen, bloße Darstellungen einer alten, durch Trägheit aufrechterhaltenen Bedeutung, eines ohne Glauben durch Menschen und Straßen und Stunden der Stadt, durch Routinebehandlungen hingeschleppten Menschenwesens.

Ich war an dem unbestimmten Tag verschwunden, an dem meine Liebe zu Gertrudis geendet hatte; ich lebte im geheimen Doppelleben von Arce und dem Provinzarzt weiter. Täglich erstand ich wieder, wenn ich Quecas Wohnung betrat, die Hände in den Hosentaschen, im Gesicht übertrieben jugendliche, fast groteske Anmaßung, aufgeblasen von dem genießerischen Lächeln, mit dem ich bis in die haargenaue Mitte des Zimmers trat, um langsam die Dauer der Möbel und Gegenstände, der Luft in ewig gegenwärtiger Zeit zu umkreisen und festzuhalten, unfähig, die Erinnerung zu nähren und der Reue Anhaltspunkte zu bieten. Ich wurde wieder geboren, wenn ich die wechselnden Gerüche des Zimmers einatmete, wenn ich mich aufs Bett warf, um Gin zu trinken, während ich die Randbemerkungen und Nachrichten, die Quecas Stimme herunterleierte, hörte und das bereits vertraute Lachen, das verstummte, als sei es in entgegenkommender Weichheit versunken.

Ich war Brausen, wenn wir eine Pause nutzten, um uns anzublicken und diese in ein besonderes Stillschweigen zu verwandeln, das mit dem Geräusch von Quecas Atem, mit einer Behauptung und einem schmutzigen Wort endete. Und ich lebte wieder, wenn ich, fern der kleinen täglichen Tode,

der Plackerei und der Menschenmenge auf den Straßen, der
Unterredungen und der nie beherrschten beruflichen Herzlichkeit, ein paar blonde Haare wie Flaum auf meinem
Schädel wachsen fühlte, wenn ich mit den Augen die Gläser
der Brille und des Praxisfensters in Santa María durchstieß,
um mir den Rücken von den Wellen einer unbekannten
Vergangenheit streicheln zu lassen und auf den Platz und
die Mole hinauszusehen, auf das Sonnenlicht oder das
schlechte Wetter.

20. Die Einladung

Die Dicke, urgemütlich, weniger fett als schwer, pflanzte sich mit angewinkelten Armen lachend in der Küchentür auf.

»Leihen Sie sie mir einen Moment?« bat sie süßlich. »Ich habe eine Klatschgeschichte vergessen.«

»Nehmen Sie sie, sie gehört Ihnen«, sagte ich.

»Was will ich mehr!« lachte die Dicke. »Und lassen Sie sich nicht einfallen, zu horchen.«

Weder das Gesicht noch die Stimme, aber auch nicht das Lachen der Frau stimmten mit dem gemeinen, verwegenen, wachsamen Glanz ihrer Augen überein.

Die Queca ging in die Küche, und ich blieb allein mit dem herausgeforderten Bewußtsein meines Körpers, in Hosen und mit nacktem Oberkörper, auf dem Bett liegen. Ich konnte einen Arm bewegen und das Glas mit Gin erreichen. Ich konnte den kleinen Ventilator auf dem Tischchen in Bewegung setzen. Ich konnte mich ruhig verhalten und das Bett und meinen Körper, die kürzlich gebrauchten, riechen, konnte die laue Luft der Wohnung einatmen.

Der Frühling war schon reif und brachte glühendheiße und trockene Tage; die Dämmerungen sanken dicht aus einem übermäßig reinen Himmel, um die Stadt zu besetzen, sich zwischen den Gebäuden auszubreiten, Wände und Straßen zu streifen, so greifbar, als wären sie Regen. Ich konnte die Luft einatmen, welche entschwundene schwitzende Schatten, augenblickliche Wutanfälle, rasche Entschlüsse, Schwüre der Liebe und der Rache, Atemzüge Betrunkener ausgeschieden und ernährt hatten. Ich konnte Gesichter und Gestalten rekonstruieren, die Sätze hören, die in der Wohnung verklungen waren, die von Sem an Arphaxad, von diesem an Sala, von Sala an Heber, von Heber an Peleg mündlich überlieferten Traditionen. Es war leicht, ihre leisen Geräusche trotz des Getöses der Welt zu unterscheiden und mit dem Ohr zu erreichen: ›Ich leide so sehr, und du machst es noch schlimmer.‹ ›Ich würde Gott die Füße küssen, wenn Er mich tötete, während wir im Bett sind.‹ ›Auf jeden Fall, komme was da wolle, auch wenn alles zugrunde geht.‹ ›Warum sollen wir soviel Glück haben?‹ ›Manchmal möchte ich dich umbringen und andere Male möchte ich, daß du mich in Stücke reißt.‹ Sätze, Stimmen, die aus dem Staub des Teppichs grölen möchten, aus den Wänden, der Dunkelheit unter den Möbeln, die Angst haben vor Gelächter und Windstößen, entschlossen, bis zu ihrer Wiedergeburt im tieferen Teil eines leidenschaftlichen Gesichts zu verharren, bis sie von neuen betörten Augen und Mündern entdeckt und erfunden werden.

›Sie‹, die winzigen, sorglosen, behenden, ungreifbaren Ungeheuer, welche die Queca in die Enge trieben oder anlockten, sobald sie allein war – »Ich weiß, daß da niemand ist, ich weiß, daß sie nicht da sind und nicht sprechen; aber sobald ich nachts allein bin, fangen sie an zu reden und sich zu regen, so rasch, daß sie mich schwindelig machen, ohne daß sie mich je beachten oder von mir sprechen, aber sie sind meinetwegen im Zimmer; und wenn ich sie zur Notiz nehme, gehen sie nicht fort und verstummen auch nicht, aber sie beruhigen sich« –, ›sie‹ mußten an Ort und Stelle, mit dem Schweiß, den Abneigungen und den Lügen der Besucher gelassen worden sein. Vielleicht war die Gegenwart von zwei oder drei Männern und Frauen notwendig gewesen, um ein kleines Ungeheuer zu bilden, ihm eine Stimme, ein Merkmal des Umhergehens zu leihen. Vielleicht war es unerläßlich gewesen, dem Tod einen Angriff tierischen Schreckens hinzuzufügen, die Reue über irgendeine in Quecas Vergangenheit vergessene oder von ihr außerhalb des Zimmers begangene Schändlichkeit. Vielleicht benötigten das Leben und die Klebrigkeit und das Flüstern eines jeden von ›ihnen‹ überdies, um gezeugt zu werden, Krisen vollkommener Verzweiflung, Augenblicke, in denen die Queca imstande war, das Leben als zu ihrer persönlichen Demütigung angezettelten Spott zu begreifen.

Ein jeder der unbeständigen sprechenden Zwerge entstammte jedenfalls zahlreichen Vätern. An dem heißen

Abend im Bett liegend, dem beständigen Geräusch des ins Küchenbecken rinnenden Wassers lauschend, erkannte ich den fetten, unsicheren und gut gekleideten, jenen vorsichtigen Raucher billiger Havanna-Zigarren, der es verstanden hatte, sich rechtzeitig von den Geschäften zurückzuziehen. Ich sah den gutaussehenden jungen Mann mit den verstärkten Schuhkappen und Doppelsohlen im modischen Anzug mit passender Krawatte. Ich sah den Fünfziger mit Handschuhen und Perle, der knauserig bezahlte und im Halbdunkel des Post-Coitus romantisch dahermurmelte. Ich sah den Jüngling mit politischen Überzeugungen, fast immer ein Jude, der ihr ungeduldig oder methodisch ein Manifest unter die Nase rieb, eine Plattform jedenfalls, auf die er sein Bedürfnis stützte, um sich in der Queca zu entladen. Ich sah den Mann mit dem Lächeln, mit den grauen Schläfen, mit dem einzigen Luxus eines seidenen Hemdes, den Lebens- und Frauenexperten. Ich sah den, der neben dem stillen Körper der Queca rauchte, der sich endgültige Schwüre vorsagte und an sein Recht auf einen Rechtfertigungsakt vor seinem Ende glauben wollte. Ich sah den Methodiker, den Leutseligen, den Entschlossenen, den Entsagenden, den Ungläubigen, ich sah den Traurigen, ich sah alle, die sterben werden, ohne ihrer selbst innegeworden zu sein.

Ich wußte, daß die Queca und die Dicke sich in der Küche küßten und liebkosten; sie ließen lange Pausen eintreten, um mir die üblichen Geräusche harmloser Tätigkeiten zukommen zu lassen, derb und phantasielos ahmten sie den Überfluß der Wirklichkeit nach, den sie zu schaffen vermeinten. Wütend rauschte das Wasser im Ausguß, die beiden schlugen die Türe des Eisschranks auf und zu, der geflochtene Vorhang vor dem Fenster wurde herauf- und heruntergezogen. Kaum neugierig, mit dem seltsamen Gefühl des halben Hahnreis, erriet ich, daß in den Pausen Röcke und Blusen hochgezerrt wurden, daß Quecas kleine Brüste blind und gierig die großen Brustwarzen der anderen suchten. ›Aber sie haben nie so lange gebraucht‹, dachte ich. Einen halben Meter über dem Fußboden ausgestreckt und schwitzend, auf meine aus dem Bett hängenden Beine blickend, empfand ich wieder, daß ich die Luft des Zimmers einatmete, die Wirkungslosigkeit toter Erinnerungen, ihre verwandelten Spuren. In diese Luft getaucht, konnte ich grundlos lachen, frei von Mitleid, von Pflichterfüllung, von irgendeinem anderen Namen, der Abhängigkeit bedeutete.

»Um neun«, keuchte die Dicke versehentlich, denn das Wasser rauschte nicht mehr.

Ich trank einen Schluck und wartete; an den Fensterscheiben blieb traurig eine Ahnung glutheißen weiten Landes hängen, einer Ebene mit karger, vergilbter Weide, die ein jäher dürrer Wind niederhielt. Zuerst erschien die Dicke, lachend und breit, beim Gehen verdeckte und entblößte sie Quecas rosenrotes, ausdrucksloses Gesicht.

»Endlich«, sagte ich, gewiß, daß es ihnen gefiele, daß sie keinen Verdacht schöpfen würden.

Die Queca trat ans Bett und faltete die Hände über dem Bauch, während sie mich anblickte, freundschaftlich, mütterlich.

»Faulpelz«, rief sie. »Was habe ich für einen Kerl, er lebt im Bett!«

Kniend begann sie, mir den Hals zu küssen und sprach halb zu meinem Ohr und halb zu dem weißen Leinenrücken der Dicken, die sich anmalte. Fast sang sie beim Sprechen, fast versenkte sie das, was sie sagen wollte, in der Musik einer kindlichen Melodie, während ihr Atem mich erfrischte und meine Haut wärmte.

»Besser, ich gehe jetzt«, sagte die Dicke. »Wenn ihr anfangt ... Ich rufe dich Montag an.«

»Montag oder Dienstag«, gab die Queca zurück, die jetzt an meinem Ohr knabberte; sie sprach, ohne die Zähne voneinander zu lösen und ließ die Zunge und die Wörter im Mund tanzen.

»Ihr geht also ins Kino ...«, bemerkte die Dicke und rückte ihren Hut vor dem Spiegel zurecht.

»Wir wissen noch nicht, ob wir gehen«, verkündete die Queca.

»Ich mag aufsetzen, was ich will, alles macht mich dikker«, lachte die Dicke kokett. »Heute, stell dir vor, habe ich drei noch dickere Frauen gesehen als ich, und der Fleischer wollte mich beim Herausgeben übers Ohr hauen. Ich hab's ganz vergessen, dir zu erzählen.«

»Wir werden auswärts essen, weil wir nichts im Hause haben.« Sie ließ mein Ohr los, lachte und küßte mir das Kinn von einer Schläfe zur anderen.

»Wenn ihr so weitermacht, kommt ihr heute in kein Kino mehr«, sagte in gönnerhaftem Tonfall die Dicke. »Es ist schon sieben. Ich fliege.«

Die Queca richtete sich auf, um die gepuderten Wangen der Freundin zu küssen. ›Sie sind für neun Uhr verabredet, heute oder morgen. Wenn es heute ist, fehlen noch zwei Stunden. Was wird sie sich ausdenken, um mich rauszuschmeißen?‹ Wieder küßten sie sich in der Tür.

»Rasieren Sie sich und lernen Sie, Gästen Lebewohl zu sagen!« schrie die Dicke mir zu.

»Wie das Weib redet«, sagte die Queca, von der Tür zurückkehrend; sie zog den Bademantel aus und schwenkte ihn, um ihrem nackten Körper Luft zuzuwedeln. »Sie ist eine echte Freundin, das ja. Wenn wir ins Kino gehen, möchte ich vorher aufräumen. Du könntest an der Ecke anrufen, damit man uns eine Flasche und Zigaretten heraufschickt. Wein fürs Essen, falls das Essen reicht, haben wir. Das heißt, Gin, wenn du willst. Aber die Zigaretten sind aus. Hast du keine mehr in der Tasche?«

Lächelnd kehrte sie zurück, erhielt als Antwort mein Lächeln, begann sich die Beine mit den Zipfeln des Bademantels zu fächeln. Es war ein grün-rosa gestreifter, dessen fröhliche Pastelltöne man gerne morgens, im Sonnenlicht gesehen hätte. Sie ging in die Küche und kam wieder; ich suchte ihre Augen, den Mund, das linke Knie, das beim Gehen hervorschaute, ich begehrte sie und war eifersüchtig. Hinter dem Vorhang war der Nachmittag erstorben; über dem Balkon verkündete flüchtiges, tiefes Blau den Beginn der Nacht. Ohne ihren Redeschwall zu unterbrechen, schaltete sie die Stehlampe ein, kratzte sich am Kopf, um mit dieser Hilfe die Unordnung besser in Augenschein nehmen zu können und beschloß, ein Zeitungsblatt auf dem Fußboden auszubreiten, um die Aschenbecher darauf zu entleeren.

»Stell dir vor, wenn er sagt, daß ihm schwangere Frauen gefallen, muß er degeneriert sein. Das hat mir die Dicke erzählt. Du hast also geglaubt, ich sei schwanger? Das müssen die Kleider gewesen sein, oder mein Bauch war aufgebläht. Ich krieg nie ein Kind. Und weil sie in einem Zimmer mit dem schon großen Kind lebt, so erzählt mir die Dicke, erfindet sie Geschichten für es und sagt, der Arzt sei gekommen. Aber mit sechs oder sieben Jahren muß der Junge das doch merken.« Sie trug das Müllpaket in die Küche und kehrte mit einem Lappen zurück, um die Möbel abzustauben. »Es ist in Ordnung, daß einem Männer gefallen, das ist das Gesetz des Lebens. Aber es gibt Sachen, die . . . Stell dir das Engelchen vor. Verrückte Welt, dieses Leben. Lach nicht, weil ich das immer sage. Stelle dir das vor. Denn Mutter sein ist etwas, oder nicht? Wenn der Kerl wenigstens der Vater des Jungen wäre, den sie im Bauch hat, sieben Monate, glaub ich. Aber so . . . Glaub nicht, daß ich je ein Kind bekomme. Viel zu viel Plackerei. Hast du an der Ecke angerufen? Ich muß alles allein machen, weil der Señor nicht belästigt werden will.«

Vielleicht war die Verabredung für denselben Abend, und die Dicke befragte mittlerweile alle Uhren und tupfte sich die Puderquaste auf die glänzende Nase. Die Queca machte die Bestellung per Telefon, setzte sich aufs Bett und knabberte an meiner Brust.

»Warum schmeckt mir der Gin so gut?« Ihr offenes, etwas schmutziges Haar hatte einen mit Parfum gemischten bitteren Geruch. »Ich glaube, ich habe mich durch dich daran gewöhnt, und jetzt scheint es mir, daß ich nie mehr ohne Gin leben könnte. Was soll ich tun? Seit ich dich kenne, werde ich jeden Tag verrückter. Das einzige, was mir nicht gefällt, ist, daß du nicht rauchen willst. Manchmal denke ich daran, wie mein Leben vorher war.«

Sie öffnete dem Jungen, der ihre Bestellung, Gin und Zigaretten, brachte. Dann nahm sie die wenigen Bücher vom Gestell und wischte sie mit dem Tuch ab. Ich blickte auf die über ihr Gesäß kurvenden Streifen des Bademantels, auf den kleinen Kopf, von dem das Haar herabhing; ich bemitleidete sie wegen ihrer Hörigkeit an Falschheit und Täuschung, ich bewunderte ihre Fähigkeit, Herr eines jeden unwichtigen, schmutzigen Augenblicks ihres Lebens zu sein; ich beneidete sie um ihre Gabe, die sie dazu verdammte, jeden Lebensumstand mit Hilfe erfundener Wesen zu schaffen und zu lenken, mit fabelhaften Erinnerungen, Persönlichkeiten, Gestalten, die sich vor jedem durchdringenden Blick in Staub auflösten.

Sie reichte mir die entkorkte Ginflasche und ein Buch und den Wischlappen in der Hand, zeigte sie mir ein verdrossenes Gesicht.

»Ich habe es dir nie sagen wollen«, sagte sie. »Warst du je in Montevideo? Ich bin nie dort gewesen. Ich habe einen Freund, nicht, wie du meinst, einen alten Herrn, der mich für ein paar Tage nach Montevideo mitnehmen will. Nicht mehr, als Freund, er braucht meine Gesellschaft, er hat mir das erklärt. Ich habe immer abgelehnt, nein gesagt, weil es mich nicht interessierte, so zu fahren, und dann, weil ich nicht wußte, was du denken würdest. Aber er hat viel Geld und fährt immer in Geschäften hin. Auf diese Weise könntest du auch kommen, und wir verbringen ein paar himmlische Tage. Du brauchst dich nicht um die Kosten zu kümmern. Er ist ein alter Herr, der mich nicht mal anrührt, ich sage es dir. Es braucht nicht sofort zu sein, irgendwann einmal, wenn du willst; er fährt alle vierzehn Tage hin, aber wenn du nicht mitkommst, gehe ich auch nicht.«

Lächelnd zuckte ich mit den Achseln, sie trank einen Schluck aus meinem Glas und schlug mir mit der flachen Hand auf die Brust:

»Manchmal könnte ich dich umbringen. Wir können gehen, wenn du Lust hast, wenn du dich von deiner Arbeit ein paar Tage freimachen kannst. Ich sorge fürs Geld. Wenn es heißer wird, was meinst du? Ich sage dir, er ist ein alter Herr und hat große Hochachtung vor mir ... Ich halt's nicht mehr aus vor Hitze.«

Sie schloß sich ins Bad ein, und gleich darauf hörte ich

das Geräusch der Dusche, ich dachte an einen trügerischen Sommerregen, an eine Nacht meiner Jugend oder mit Gertrudis; ich dachte an Gertrudis, die fortgegangen war und in Temperley lebte, ich zog mich in die fernen Tage des Vertrauens zurück, die Härte und der Wahl: ›Wieder bist du allein und getrennt, entschlossen zu vergessen, daß die Einsamkeit uns nur helfen kann, wenn es uns unmöglich wird, sie zu ertragen und wir kämpfen und bitten, daß sie ende. Hier bin ich, in diesem Bett, in dem ich einstige widersprüchliche Anwesenheiten beigemischt entdecken kann, und höre das Geräusch des Wassers, das auf eine verachtenswerte Frau herabrauscht, die meine Geliebte ist, die mich nächstens nach Montevideo mitnehmen, die mich mit dem Geld eines alten, ehrenwerten Freundes den Tagen meiner Jugend zurückgeben wird, den Freunden, welche die Jugend behüteten, den Straßenecken, an denen ich mich mit dir traf, zu Raquel vielleicht. Du wirst in diesem Augenblick den Ritus der armen Liebe am Samstag nachmittag und abend erfüllen oder im Gesicht deiner Mutter die einzige Gewißheit erkennen, welche die Zukunft dir verheißt. Du wirst dich in der gierigen Nase sehen, in dem bezwungenen und seufzenden Mund, in den Sätzen von kleinlicher Schamlosigkeit und Duldsamkeit; du wirst dich im voraus sehen, wie du für einen bereits nutzlosen Körper für plötzliche alberne Tränen lebst. Mittlerweile sind wir hier. Das Leben ist noch nicht zu Ende, es gibt Möglichkeiten für das Vergessen, wir können den Geruch der Luft am Morgen erkennen, wir können den Tag Revue passieren lassen, einschlafen, ohne das jeder Erinnerung Vorausgegangene zu kennen und lächeln, wenn wir erwachen, eben getrennt von der Glückseligkeit des Ungereimten.‹

21. Die falsche Rechnung

Díaz Grey verbrachte die Nacht in einem Sessel vor dem schmalen Fenster des Hotels, durch das kalter gräulicher Glanz einströmte. Stundenlang schaute er auf die solide schmucklose Form des Bettes und versuchte sich vorzustellen, was der Kopf der Frau auf ihrem Haar und dem Kissen, wach oder schlafend, ausdrückte. Es tagte bereits, als er verstohlen und leise das fast im Dunkeln liegende Gebäude zu umstreichen begann, auf der Suche nach irgend jemandem, der ihm etwas Trinkbares geben mochte, und gleichzeitig einen großen Bogen um den Nachtwächter machte, der, an die Galerie gelehnt, mit dem Gesicht zum Schatten des Flusses rauchte. Dann machte er es sich auf zwei Korbsessel in der Nähe der Eßzimmertür bequem und fühlte, als erprobe er es mit den Fingerspitzen, wie die abgekühlte Brise sich immer wieder der Hitze seiner eingesunkenen Augen und der regungslosen Ermüdung auf seinen Wangen anpaßte.

Als er am Vorabend mit Baden fertig war – er hatte geschnaubt, wie ein Kind mit dem Wasser gespielt, seinen Körper mehrmals mit Seifenschaum modelliert, bemüht, sich zu zerstreuen und nicht an die Gesten und Wörter zu denken, die ihn bereits im Schlafzimmer erwarteten –, als er sein Bad beendet hatte und ins Zimmer getreten war, dabei beharrlich seinen Schädel mit dem nassen Handtuch frottierend, sah er, genau im Schatten des Zimmers ausgeschnitten, das Lächeln, mit dem die Frau in der Ruhe des Sprechzimmersessels die von der Spanischen Wand halbverdeckte Wand betrachtet hatte; sie hatte ihn nicht angeblickt; vielleicht hatte sie ihn nur undeutlich wahrnehmen können in Hose und Hemd, sich mit dem Handtuch abreibend, kaum unterschieden von der Badezimmertür und dem Geräusch des schlechtgeschlossenen Wasserhahns. Das war das unbewegte, abwesende Lächeln, das ihm zu verstehen gab, daß, was auch geschähe, für sie keinerlei Wichtigkeit haben würde; daß die gleiche – nicht einmal verächtliche, ihn nicht einmal einbeziehende – Gleichgültigkeit die ganze Zeit im Kern der Frau sein würde, in ihrer Bereitwilligkeit, in ihrer Mitwirkung, ob er nun beschließen würde, sie zu umarmen oder sich schlafen zu legen. Sie sprach nicht; eine halbe Stunde danach löschte sie die kleine Nachttischlampe. Am Fuß des Bettes, im Sessel, dachte Díaz Grey über die Unmöglichkeit nach, bewußt und nach eigenem Willen in die Atmosphäre, in die Welt der Frau einzutreten; nicht nur, weil er darin der Bedeutung ermangeln würde – und ihr Bauch bot ihm ein gleiches Schicksal –, sondern überdies, weil seine Gegenwart dazu verurteilt war, flüchtig und beleidigend zu sein.

So zog er es vor, das Schlafzimmer zu verlassen, ohne sie zu hassen, traurig, nicht mehr, wegen des Bedürfnisses, des Wahnsinns und der Unterjochung, die plötzlich lebendig und nun allmächtig geworden waren und die er jetzt eben empfand. In der frischen Luft der Erschöpfung überlassen, der Kälte, den Wellen des Schlafs, die ihn manchmal fortrissen, um ihn gleich darauf zurückzugeben, betrachtete er den schwarzen Fleck des kleinen Hafens, versuchte sich zu zerstreuen, indem er die Formen und Farben der kleinen Flußfahrzeuge beschwor, und gelangte dazu, meine Existenz zu ahnen, widerwillig »mein Brausen« zu murmeln; er wählte die leidenschaftslosen Fragen, die er mir stellen würde, sollte er mich eines Tages treffen. Vielleicht vermutete er, daß ich ihn sah; doch in dem Zwang, meinen Standort auszumachen, suchte er mich irrtümlich in dem schwarzen Schattenfleck auf dem grauen Himmel. Er schlief ein und erwachte, um zu seiner fixen Idee zurückzukehren, um an die endlosen unwahrscheinlichen Formen der Verworfenheit zu denken, die zu erflehen und zu erfüllen er bereit war, sofern sie sich nur ein Mal, einen Augenblick lang wütend auf ihn werfen würde. Er dachte nicht an die Frau, vergeblich rief er meinen Namen an. Er schlief ein und fuhr verstört auf, er bewegte Beine und Arme, um warm zu werden, suchte eine Zigarette und überdachte seine Besessenheit, das Bedürfnis, das ihn erfüllte, ihn unterjochte und ihn anstachelte – die Theorie kleiner Selbstmorde, die zu bieten er begierig war. Er erinnerte sich nicht an Elena Salas Körper; er maß sein schmerzliches Verlangen wie etwas Konkretes und Wirklicheres als die Frau selbst, das zwar aus ihr geboren, aber nunmehr getrennt und andersartig war wie der Geruch ihres Körpers, die Spuren ihrer Schuhe im Ufersand, die Wörter, die Leute sagten, wenn sie von ihr sprachen. Gewiß war das Begehren Kind des Körpers, aber dieser genügte nicht mehr, um es zu stillen. Sie konnte nichts verändern, wenn sie sich gebrauchen ließ oder ihn wie einen gesichtslosen Mann gebrauchte; durch nichts waren die unmöglichen Initiativen, die Eroberung, das Gefühl der Herrschaft zu ersetzen.

Abwechslungsweise wachend und schlafend, gelangte er zu dem Augenblick, da die Dinge aus der Nacht zu tauchen begannen. Ein Mann in weißem Zeug durchquerte die Landschaft, hob einen Gartenschlauch auf und wurde unbeweglich und verlor sich im Weiß einer gekalkten Wand. ›Der Teil meiner Besessenheit, die ich unterscheiden und Liebe nennen kann, ist in Wirklichkeit nicht mein, ich vermag mich nicht in ihr zu erkennen, ich kann sie nur mit fremden, gewöhnlichen Wörtern darstellen: mein ganzes Leben habe ich auf diesen Augenblick gewartet, ohne es zu wissen; auf dem Grund des Wahnsinns beginnt süßer Frieden sich zu verbreiten. Der Haß genannte Teil meiner Besessenheit ist gleichfalls fremd; es ist, als suchte ich mich zu rächen und sie dadurch zu vernichten, daß ich ihr per Post Zeitungsausschnitte mit Polizeiberichten schickte, Fotos ermordeter Frauen; damit sie weiß, damit sie nicht vergißt, daß die Tat, die ich nie begehen werde, gerade geschieht und lange in der Welt geschehen wird.‹ Der noch in der Bucht versunkene Schatten faßte die Gesamtheit von Strand und Fluß, das Ufer, die Díaz Grey am Vortage betrachtet hatte; zur Rechten, zwischen den schrägen Stämmen der Zitronenbäume, bestritt eine unbewegliche Kuh das ganze Feld.

Sie kam mit feuchtem Haar, ihr Lächeln paßte zu ihrem letzten Lächeln der vergangenen Nacht, an einen Baum gelehnt, zündete sie sich die erste Zigarette an. Díaz Grey rief den Kellner, um das Frühstück zu bestellen, er tauschte Grüße mit Leuten, die kamen und gingen, trank seinen doppelten Kaffee kochendheiß. Die Luft wurde beklemmend und aromatisch. Mit eingezogenem Körper, seine Müdigkeit übertreibend, sah Díaz Grey auf den Hosensaum der Frau, auf die aufgerollten Söckchen, die Schuhe mit dicken Sohlen, auf denen Feuchtigkeit, Sand und Grashalme ein bukolisch-wirres, leicht groteskes, wie absichtlich erfundenes Emblem gebildet hatten. Der Arzt streckte sich, war dem Ersticken nahe, atmete heftig. ›Ich habe keine Nase mehr, um den Frühling zu riechen‹, dachte er gähnend; ›ich reiche nur an die Erinnerung, an die nutzlose Empfindung alter Frühlingszeiten heran, in denen ich womöglich bereits frühere gerochen hatte und mir versprach, mit einem künftigen Oktober vertraut zu werden.‹

Elenas Stimme war vom Schlaf etwas heiser, und sie ließ sie langsam, hoch über ihn hinweg und fern klingen.

»Die Sache hat sich kompliziert, weil der Besitzer noch nicht zurück ist. Zum Mittagessen ist er wieder da. Dabei sterbe ich vor Hitze; ich habe nichts zum Wechseln mitgebracht. Ich muß mal mit dem Zimmermädchen sprechen. Ich sah mich bereits auf Safari im Morgengrauen losziehen, landeinwärts vom Ufer drangen wir vor zwischen Stämmen und Moskitos. Ich sah uns noch vor dem Mittagessen in Timbuktu ankommen.«

»Seien Sie nicht so sicher. Es ist nicht gesagt, daß wir uns vom Ufer entfernen müssen. Er kann auch am Fluß sein, flußabwärts oder flußaufwärts. Warum haben Sie vergessen, mich zu fragen, wie ich die Nacht verbracht habe?«

»Man braucht nur Ihr Gesicht anzusehen. Hohläugig, fiebrig, viel jünger. Wie idiotisch! Ich habe die ganze Nacht geschlafen. Ja, möglich, daß er flußaufwärts gegangen ist. Ich aber sah mich vom Ufer landeinwärts ziehen, sah Dschungel und Neger. Vielleicht habe ich es geträumt. Haben Sie überhaupt nicht geschlafen?«

»Etwas, lang genug. Ich war nicht müde, es war zu heiß im Schlafzimmer. Ich ging zum Fluß hinunter und wanderte durch die Savanne«, sagte er, als sei lügen zu etwas nütze, als könne er mit der Lüge ihr einen Wunsch abschlagen.

Behutsam drückte Elena mit der Schuhsohle ihre Zigarette aus und stieß sie zum Sandrand. Auf dem Geländer sitzend, lachte sie plötzlich los, die Hände zwischen den Knien, die Beine steif, um ihr Gleichgewicht zu halten.

»Wollen Sie nicht, daß wir sprechen?« fragte sie ernst, noch immer den Kopf schüttelnd.

»Nein.«

»Nein oder nur jetzt nein?«

»Nein«, wiederholte Díaz Grey. »Es ist nutzlos. Das Traurigste daran ist, daß Sie nicht fühlen, wie nutzlos es ist.«

»Also gut. Sie sind ein Mann. Diese alte Unfähigkeit der Männer, eine Rechnung zu überprüfen, wenn sie wissen, daß die Rechnung falsch ist . . .«

»Ich verstehe nicht«, murmelte er; er blickte flußabwärts den schmalen Uferweg entlang, auf dem ihm jemand entgegenkommen würde, ohne es zu wissen. »Und wenn ich doch verstehe, so hielt ich dies immer für eine weibliche Eigenschaft.«

»Nein, nein. Eine Frau, nein. Nicht einmal das haben Sie gelernt, Sie Ärmster. Eine Frau wird immer glauben, daß irgendwie, durch irgendeine Zahl, die wirksam ist, ohne auf der Rechnung zu stehen, die Summe stimmt. Aber sie wird sie jeden Tag, bei jeder Gelegenheit überprüfen und immer wissen, daß sie augenscheinlich, auf dem Papier, nicht stimmt. Ich weiß, daß Sie beleidigt sein werden, wenn ich Ihnen den Kopf streichle; daher habe ich es nie getan. Überdies weiß eine Frau, welche Zahl es ist, welche die Rechnung durcheinanderbringt.«

»Tun Sie's nicht«, sagte er, ohne sich zu bewegen.

»Ich werde es jetzt nicht tun, werde Ihnen nur mit der Handfläche ein paarmal übers Haar fahren. Gehen wir zum Fluß; rechter Hand, hinter den Booten sind Badehäuschen. Wir können uns im Zimmer umziehen. Sie sehen doch, wie alle Welt fast nackt herumläuft.«

»Ich will später baden, gegen Mittag.«

Er wollte sie nicht ansehen, als sie auf die Erde sprang und zu rennen begann. ›Nur mit ihr, als seien mir alle übrigen Frauen verwehrt, als bedeute lieben seit jeher, weltweit, Elena Sala lieben. Ich würde alles dafür tun und könnte hinterher nicht meine Belohnung fordern, weil sie sie mir nicht mehr geben kann. Und ich kann es ihr ebensowenig erklären; denn sie hat recht, es ist wahr, daß meine Rechnung falsch ist, weil ich vielleicht nicht mehr durch sie leide und mich ihretwegen beschmutzt fühle, weil ich leer sein würde und zugeben müßte, daß ich tot bin. Es ist auch meine alte Unfähigkeit zu handeln, das automatische Verzögern der Ereignisse. Und die Willenskraft würde mir zu nichts nützen, weil es gelogen ist, daß das Ausharren im Gebet genügt, damit die Gnade niedersinkt. Lüge ist gleichfalls das Hinausschieben der allgemeinen Inspektion des Frühlings von Jahr zu Jahr, das ich sogleich vornehmen und mit dem ich mich dadurch retten könnte, daß ich einfach zu der Stelle hinunterginge, wo die Kuh regungslos im Morgengrauen stand. Und daß ich, wenn das nicht reicht, und es muß reichen, bis in den Abend und die Nacht hinein weiterwandere und gleichfalls Abend und Nacht inspiziere. Daß ich mich wie ein Tier bewege oder wie Brausen in seinem Garten, um jede Schattierung von Grün, jede falsche Durchsichtigkeit des Blattwerks, jeden zarten Zweig, jeden Duft, jede kleine Haufenwolke, jeden Widerschein im Fluß zu prüfen und zu benennen. Es ist leicht; mich bewegen, blicken und riechen, berühren und murmeln, selbstsüchtig bis zur Reinheit, mir helfen, mich zwingen zu sein ohne törichte Vorschläge zur Gemeinschaft; in diesem zyklischen, verfügbaren Anfang der Welt berühren und sehen, bis ich mich als diese eine unbegreifliche und unbedeutsame Äußerung des Lebens empfinde, als eine von einer Laune erzeugte Laune, schüchterner Erfinder eines Brausen, Manipulator der Unsterblichkeit während der aufgezwungenen Ausübung der Liebe. Mich selbst ein endgültiges Mal zu kennen und mich unverzüglich zu vergessen, genau wie vorher weiterzuleben, aber mit verschlossenem Mund, den mir jetzt die Angst aufstößt.‹

22. »La vie est brève«

Nur noch in den Träumen kam Gertrudis jetzt, die Wangen rund und fest vom jugendlichen Lachen, wieder im Besitz des nervösen Erzitterns, mit dem ihr Kopf das Gelächter abschüttelte.

Die von der Queca ausgesprochene Einladung nach Montevideo hatte mich von Arce getrennt, enthob mich der Verantwortung dafür, was er dachte oder tat, füllte mich mit der Versuchung, ihm zuzusehen, wie er allmählich in völligen Zynismus versank, in einen unwiderstehlichen Sog von Gemeinheit, aus dem er sich aufraffen mußte, um für mich zu handeln. Die Einladung diente auch dazu, damit ich gereift meinen alten, so oft gefühlten und verworfenen Wunsch entdeckte, Gertrudis in Raquel wiederzufinden, von neuem mit meiner Frau zusammenzusein, mit dem Wichtigsten ihres Ichs durch die schlanke, jüngere Schwester, die so anders war, aber in dem Alter, das damals Gertrudis hatte, törichter und von der nordischen Art des Vaters, doch erst jüngst, in diesem Jahr, echte Schwester der anderen.

An seiner leeren Pfeife saugend, hatte der alte MacLeod Stein zugeraunt, er werde mich am Monatsende auf die Straße setzen; man hatte sich auf einen Scheck von fünftausend geeinigt. Mittlerweile arbeitete ich kaum mehr und existierte nur noch: Ich war Arce während der regelmäßigen Saufereien mit der Queca, während des wachsenden Vergnügens, sie zu schlagen, während des Staunens, daß es mir leicht fiel und ein Bedürfnis war; ich war Díaz Grey, ich schrieb über ihn und dachte über ihn nach, erstaunt über meine Macht und den Reichtum des Lebens. Nun besuchte Quecas großzügiger alter Freund sie samstags nachmittags, und überdrüssig, an der Wohnungswand einer Stille zu lauschen, welche die Einbildungskraft hemmte, weil sie ihr alles bot, stürzte ich auf die Straße, kaufte ein billiges Blumensträußchen, trotzte während der langen U-Bahnfahrt der Lächerlichkeit, schenkte es Mami und sah mir mit gelindem Widerwillen die träge Güte an, mit der Stein in Hemdsärmeln vor den mit Narben und Heldentum bedeckten Gespenstern der alten Garde den Hausherrn spielte.

Ich begrüßte Mami und die unsterblichen jungen Mädchen; außerdem war ein kleiner, glatzköpfiger Jude mit goldgefaßten Brillengläsern zugegen; vielleicht war es Levoir, der mit den Rommee-Partien und den Duellen auf dem Pariser Stadtplan. Stein ging auf und ab, lachte mit den Frauen, das Hemd aufgeknöpft und das Glas in der Hand, dann und wann mutwillig das Ambiente zerstörend, das Mami Samstag für Samstag geschickt und geduldig schuf. Es war, so dachte ich, als seien die Frauen, die Farben ihrer Kleider und der Tonfall ihrer Stimmen, mitsamt ihr selbst und dem kleinen wortkargen Juden nichts als Blumen, die Mami im Salon mit dem gleichen Geschmack angeordnet hatte, den die gefüllten Blumenvasen auf dem Tisch, dem Klavier und dem Fußboden offenbarten.

Dort langweilte ich mich, während ich an die Folgen meiner verlorenen Stellung dachte, an die Queca, an Arce und an den schweigsamen Alten, an eine dickere Raquel, eine jüngere Gertrudis. Mami erlaubte, daß ein Fenster einen Spalt auf den dunkelnden Himmel geöffnet wurde, daß Stein eine Lampe am Klavier einschaltete und fand sich, mir und dem kahlköpfigen Besucher gleichmäßig zublinzelnd, schließlich herbei, ihr Strickzeug niederzulegen und ans Klavier zu treten. Schwer schwankend, setzte sie sich in Bewegung, zog ihren Hüftgürtel glatt und ließ ihr herablassendes Lächeln zwischen uns hindurchgleiten; im Vorbeigehen tätschelte sie Steins Wange, schloß mich mit einem spöttischen Lächeln ein und neigte sich ein wenig vor, um Lina Máuser etwas ins Ohr zu flüstern. Mami erhob sich über das schallende Gelächter und trug zur Ecke des Klaviers ein neues, gleichfalls trauriges, doch glänzenderes Lächeln, in dem die Duldsamkeit sich allen übrigen entzog und sich nur ihr selbst zuwandte. Sie neigte den Kopf zurück gegen den Hintergrund der Rosen und Nardenstengel und wartete.

»Das mit den Kriegern«, schrie Rehlein.

»Bitte!...« widersprach Mami, ohne sich zu rühren, fast ohne ihr Gesicht zu verändern, welches auf das Ergebnis ihres stummen Flehens wartete.

Stein stellte sich hinter die unsterbliche Elena und legte ihr eine Hand auf den Kopf.

»Das, was Mami will«, sagte er, hob das Haar der Frau und wand es um sein Glas. »Das erste und das letzte gehören Gott.«

»Immer über die Liebe«, murrte Rehlein. »Und dazu alte, die meine Großmutter sang.«

»Die ich sang, die ich sang..,«, wiederholte Mami süß, hob ein verändertes, milderes und demütigeres Lächeln, wandte es mir zu. »Wenn Sie so gut wären...«, gluckste sie zu dem kleinen Mann mit der Brille.

»Ach, bitte«, lächelte dieser und bewegte die Hand, um eine Mücke zu verscheuchen. »Sie brauchen mich doch wirklich nicht.«

»Wir sind doch so gute Freunde...«, rezitierte Stein, Mami nachahmend, »so gute Kameraden, daß wir einander einen ganzen Tag beleidigen könnten, ohne zu grollen.«

»Das, was wir bei Esther gehört haben«, sagte der kleine Jude. »Wißt ihr's nicht mehr?« Und er begann, den Körper wiegend, zu trällern.

»Ah...«, erinnerte sich Mami, blinzelte, und ihr Kinn füllte sich mit Falten. »*Une autre fois*, ja. Aber dieses, Señor, ist kein *Chanson*...«

»Auf alle Fälle hat er recht«, sagte Stein, sich herabneigend, um der unsterblichen Elena den Nacken zu küssen. »Es ist bildschön.«

»Stimmt«, beeilte sich das Männchen zu sagen und lächelte, ließ sich aber nicht zur Herzlichkeit herbei.

»Es ist wirklich schön, Julio«, pflichtete Mami liebenswürdig und hartnäckig bei. »Aber es ist kein *Chanson*.«

»Klar«, rief Rehlein aus. »Für Sie, wenn es nicht traurig ist, ist es kein *Chanson*.«

»Für mich, Liebste, auch nicht«, bekräftigte Lina Máuser mit frechem Lächeln. »Die, die man nie mehr vergißt, sind immer traurig.«

»Wir warten«, sagte Stein. »Meine Damen und Herren, wir haben die Grenze dessen erreicht, was . . .«

Mami unterbrach ihn mit der Hand, als bewege sie einen Fächer. Ihre Augen waren halb geschlossen, ihr altes Gesicht wiegte sich in der Trance; aus dem unerträglichen Blumenduft auf dem Klavier, aus ihrem in der Vergangenheit versunkenen Herzen flossen ihr die Worte zu, die sie singen sollte.

»Also dann *Si petite*«, entschied Rehlein. »Tu dir den Gefallen. Das ist gewissermaßen traurig.«

»Ja, es hat Zartheit«, sagte Mami. »Aber gebt euch keine Mühe, zu erraten. Niemand kann wissen, was ich singen will, noch warum.«

»Dieser Rohling beißt mich, Mami«, kreischte die schöne Elena.

Nun setzte Mami wieder ihr herablassendes Lächeln auf, das zu dem reifen, besorgten Menschen paßt, der aus lauter Güte mit einer Schar Kinder spielen wird, sie ließ ihr Lächeln kreisen und ließ es schließlich auf dem Männchen ruhen, das stumm *Une autre fois* mit den Fingerspitzen auf die Knie trommelte. Und plötzlich, als habe sie die einleitenden Takte gehört, warf sie den Kopf ohne Heftigkeit zurück und schien ihn zu versenken, während sie in einer privaten nostalgischen Atmosphäre, in einer persönlichen toten Welt zu singen begann. Und nun, mit ihrem pausbäkkigen Babygesicht, so einsam und fern von allen und dennoch für uns, für die sechs Vertreter der Gegenwart, die drei Männer und die drei Frauen, die ihr lauschten, für die aufgetakelten Prostituierten, die sich dem Wortlaut des alten Chansons gemäße dramatische, nachdenkliche Mienen abrangen, erlebte Mami wieder das junge Mädchen, das aus einem siegreichen Paris vor dreißig Jahren ausgewandert war, um die Sprache und die Seele eines neuen Volkes durch die melancholischen Kunden von Rosario, San Fernando, Mataderos und die Kabaretts kennenzulernen, das seinem Mann, Stein, begegnet war und ihn nach Europa mitgenommen hatte – in einem kurzen, bittersüßen Ausflug in die Vergangenheit, so ähnlich dem Ausflug, den sie jetzt, am

Klavier stehend, mit erstarrtem, traurigem, glücklichem und herausforderndem Lächeln unternahm – und jene Vergangenheit mit der Wiederholung von Chansons und alten Gebärden nährte und kleidete.

Vielleicht wußten wir, die wir lauschten, das nicht, vielleicht ahnte es einer von uns in einem Gefühl des Mitleids und der Lächerlichkeit; während der fünf langen Minuten des Liedes, während der Pausen, die sie getreulich dem imaginären Orchester zugestand, sang sie, die von Fett, Jahren und Schäden Befreite mit der aggressiven Sicherheit, welche junge Haut verleiht, mit der Liebe zur Hingabe und Gefahr, die einem Körper erwächst, der nur von dem genossen wurde, den er erwählte.

Ergriffen und ungläubig blickte ich sie an; ein Ellbogen berührte den Klavierdeckel, ihr linker Arm hing im Bogen über dem Schwung ihrer Hüfte; schmachtend, aber stetig ließ sie die Stimme aus der Höhlung quellen, die ihr halb bewußtloser Kopf aus der Vergangenheit grub und sang mit schmerzlichem Genuß:

> *Reviens, veux tu*
> *Ton absence a brisé ma vie*
> *Aucune femme vois tu*
> *N'a jamais pris ta place dans mon cœur, Amie*
> *Reviens, veux tu?*
> *Car ma souffrance est infinie*
> *Je veux retrouver tout mon bonheur perdu*
> *Reviens, reviens, veux tu?*

Ohne zu uns zurückzukehren, begann sie ein anderes Lied, und da sie feuchte gerötete Wangen hatte, murmelte eine der Frauen: »Damit bringt sie sich noch um!« Nun ließ Stein die schöne Elena los, trat zu Mami und küßte heißhungrig ihren Hals; ohne sie loszulassen, begann er lachend zu sprechen:

»Sie kennen das Spiel; die kleinen Mädchen, meine ich. Natürlich ist es besser, es nachts und betrunken zu spielen; natürlich sind heute achtbare Herren zugegen. Es ist ein Spiel, an dem alle Eigenschaften beteiligt sind, die den Menschen stolz machen. Und nicht nur die fünf Sinne: bei dem Spiel kommt die Geschicklichkeit der Hand ins Spiel, die Einbildungskraft, unsere Fähigkeit zu logischem Denken und zur Schlußfolgerung. Leichte, wenn auch strenge Regeln. Ein unvergleichliches Spiel, wenn man mit dem guten Glauben der Vereinsmitglieder rechnen kann. Man wählt einen allen bekannten Gegenstand, vorzüglich einen kleinen aus Gründen, die denen einleuchten, die an solchen Turnieren teilgenommen haben. Man bestimmt einen Sucher, der Sucher verläßt den Raum, der Gegenstand wird versteckt, der Sucher kommt zurück. Er weiß, daß er suchen muß; er kennt den Anfangsbuchstaben des Ortes, an dem der Gegenstand versteckt ist. Er kann ihm an ausnahmslos allen Stellen nachspüren, in Mobilien oder Immobilien, in Belebtem oder Unbelebtem. Sein Name, einer seiner Namen, fängt mit dem Buchstaben an, der ihm mitgeteilt wurde, der Anfangsbuchstabe des großen Geheimnisses.«

Aber sie wollten nicht. Sie blickten Mami an, die noch immer regungslos, mit feuchten Augen lächelte, und der kleine Jude schüttelte ablehnend den Kopf. Von neuem küßte Stein Mami auf den Hals.

»Niemand will mit mir spielen«, klagte er. »Mami, Liebste, du weinst ja!«

»Es ist nichts«, murmelte sie, ihn sanft wegschiebend. »Ich bin ganz dumm, Julio.« Lächelnd beugte sie sich zu dem Männchen hinunter. »Sie müssen verzeihen . . .«

»Aber bitte schön, Señora!«

»Ich wette«, sagte Stein, »er denkt darüber nach, in wie vielen Sprachen er das Spiel spielen kann.«

Das Männchen begann auf seinem Sitz zu lächeln und, die Hände unter den Beinen, schob er den Körper von einer Seite zur anderen. Mami seufzte in dem eintretenden Schweigen und schürzte ihren kleinen runden Mund. »Hätten Sie jetzt Lust, Señor . . .«

Er trat ans Klavier und schlug den Deckel auf. Auf dem Drehstuhl sitzend, knetete das Männchen seine Finger und ließ sie knacken, dann schlug er zwei Tasten mit den Ringfingern an.

»Sobald es Ihnen gefällig ist, Señora . . .«

»Ist das Levoir?« fragte ich Stein.

»Nein«, murmelte er. »Großartig. Ich liebe sie täglich mehr. Wieviel Unmittelbarkeit und berauschender Schwung!«

»Irgend etwas«, sagte Mami. »Warten Sie. Spielen Sie einfach los, improvisieren Sie . . . Wenn ich fühle, daß ich das Richtige gefunden habe, das ich singen will . . .«

»Impromptu«, flüsterte Stein mir zu. »Dabei haben sie gestern die ganze Nacht geübt. Das nenne ich mir eine Frau. Die letzte auf Erden.«

Der kleine Jude mischte langsam Melodien, bewegte unlustig die Hände vor der Brust. Er ahnte, daß dort oben, zwischen seiner Schulter und der Blumenvase, Mamis Kopf soeben rückwärts gesunken war; dann begann er mit beachtlicher Klarheit, sanft, fast gedämpft, zu spielen.

La vie est brève
un peu d'amour
un peu de rêve
et puis bonjour.
La vie est brève
un peu d'espoir
un peu de rêve
et puis bonsoir

sang Mami.

23. Die MacLeods

Herzlich, noch immer rotwangig, einen Ellbogen auf der Bartheke, die er als Abschiedsort gewählt hatte, hieß der alte MacLeod mich willkommen. ›Ihn mit Geduld ertragen, mit Gelassenheit, mit der unwiderstehlichen Sympathie, die Freunde und Kontrakte anziehen; mich für seine Probleme interessieren, sie mit Optimismus kommentieren, ohne es je an Diskretion fehlen zu lassen. Ich kann nicht an seinen Augen erraten, ob er weiß, daß er sterben wird oder ob er an die Geschichte von der Nikotinreizung glaubt.‹

»Einen kleinen Whisky?« lächelte der Alte. »Oder hätten Sie Lust, meine Spezialmischung mitzutrinken? Eine sehr berühmte Mischung.«

Er hatte keine Stimme mehr, oder nur noch das Stimmchen eines in Ausschweifung gealterten Kindes, ein Flüstern, das nie zur Vertraulichkeit reichte. Der Barman wartete mit auf dem Cocktailshaker ruhendem Daumen. Ich sagte ja; befriedigt preßte der Alte eine Lippe auf die andere, hob die leere Pfeife, um in den leeren Kopf zu schnüffeln und legte mir eine Hand auf die Schulter.

»Es war mir nicht angenehm, mit Ihnen im Büro zu sprechen. Übrigens auch hier nicht. Sie verstehen, daß es mir schwer fällt. Aber hier...« Er deutete auf die Theke und die beiden beschlagenen, am Fuß mit Seidenpapier umwickelten Gläser. »Es hat sich als notwendig erwiesen. Wie ich Stein gesagt habe, Brausen ist anders, you are my friend. Ein alter Freund, den ich gerne näher kennengelernt, mit dem ich gerne häufiger gesprochen hätte. Aber Sie wissen, wie mein Leben aussieht. Ich bin an meine Kunden gefesselt wie...« Er blickt umher, hob eine Hand, um sich zu helfen und scheiterte; ließ die Hand sinken, um mir das Glas anzubieten. »An meine Kunden gefesselt wie ein alter Gaul an seinen Karren.«

Er wiegte den Kopf und hielt dabei die leere Pfeife waagrecht zwischen den Zähnen. Ich konnte nicht den Tod in den hellen müden Äuglein entdecken, in den geplatzten Adern seiner Wangen, in der schlaffen Haut zwischen Kinn und gestärktem Kragen; nur Jahre des Alkohols und törichter Handlungen. Ich wollte ihm beistehen und dachte, während ich ihm zulächelte: ›Gefesselt wie Prometheus an den Felsen, wie der Hund an die Hündin, wie unsere unsterblichen Seelen an die Gottheit.‹

»Gesundheit!« lud er mich ein. »Sagen Sie mir, wie er Ihnen schmeckt.«

›Ich verstehe nichts davon, habe erst vor Monaten den Gin kennengelernt. Mag ein Manhattan sein mit irgendeiner zusätzlichen neumodischen Schweinerei; jedenfalls wird sie ihn billiger kommen als der Whisky.‹ Indessen hatte ich bereits zwei Schlucke aus dem Glas ewiger Freundschaft getrunken, und damit waren die Vergangenheit und der nicht erklärte lange Krieg begraben. Gefügig schnalzte ich mit der Zunge, ohne jedoch den vollendet trockenen Knall hervorzubringen wie der Alte ihn mir vorbildlich vorführte; selbstversunken blickte ich vor mich hin und ahmte mühelos MacLeods frohlockenden Gesichtsausdruck nach.

»Sehr gut«, staunte ich. »Wirklich sehr gut. Sie müssen mir das Rezept geben.« ›Vielleicht erlegen Alter und Hierarchie mir die Pflicht auf, ihm auf die Schulter zu klopfen, ihm den Ellbogen in die Rippen zu stoßen, ihm den Hut über die Augen zu ziehen.‹ Er hörte meine Meinung, ohne eitel zu werden, zwinkerte dem Barman mit einem Auge zu und widmete sich eine Weile der Prüfung seines Gesichts im Spiegel. ›Was sieht er, wenn er diesen sechzigjährigen Alten anblickt, dazu verdammt, bald zu sterben, mit seinen grauen Haarbüscheln unter dem Hut, seiner geröteten Haut, seinen treuherzigen blauen Augen, der die Luft aus seiner Pfeife saugt?‹

»Ausgezeichnet«, beharrte ich dienststeifrig und gab dem Barman mein leeres Glas auf die Theke zurück. »Vielleicht ist er zu stark für mich, da ich ihn zum erstenmal probiere.« ›Meine Ängste vor den Fallen des Lebens im Schutz des wetterfesten MacLeod übertreiben, den Trost des klugen Greises herausfordern, unseren Schutz und Schirm, Säule der Kraft.‹

»Nein, nein.« Er wandte sich vom Spiegel ab, um mich zu tätscheln. »Er ist nicht sehr stark. Nur angemessen stark. Mein berühmtes Meisterwerk, was?« Wieder blinzelte er mit einem Auge dem Barman zu und forderte vertrauensvoll seinen Zuspruch.

»Er ist sehr gut«, sagte der Barman und mixte von neuem. »Viele bestellen ihn bereits. Und nicht nur die Freunde des Señor; ich habe Kunden, die bei mir jetzt ›einen MacLeod‹ bestellen. Verzeihen Sie.«

»Vorsicht, äußerste Vorsicht«, sagte der Alte. »Top secret. Keinem Menschen das Rezept. Sie dürfen ihn trinken, wenn sie zahlen. Aber keinem Menschen das Rezept.«

»Jawohl«, sagte der Barman. »Der Reifenverkäufer neulich abend bestand darauf, daß das Geheimnis in den Bitters liege«, und stimmte in das jähe schleimige Lachen des Alten ein.

»Bitters!« wiederholte MacLeod. »Pah . . . merkwürdige Idee. Bitters!«

Wieder wandte er mir den Blick zu, und wir sahen uns befremdet an und schüttelten die Köpfe.

»Bitters!« murmelte ich und begann mein zweites Glas.

Der Alte meditierte mit dem Blick zum Spiegel; preßte die Lippen zusammen, die kleinen, aufmerksam geradeaus gerichteten Augen. ›Vielleicht weiß er es, vielleicht fragt er sich, welcher Gesichtsteil als erster die endgültigen Schläge aufweisen wird. Da sitzt er, im Spiegel versunken, umgeben von den farbigen Rechtecken der Flaschenetiketten wie von einem Mosaik, und versucht zu erraten, wie er dem fast ehelichen Weibsstück, das er aushält, heute abend gefallen oder welche Figur er unter dem Ungestüm der Würmer machen wird.‹

Es war sieben, und die Bar begann sich mit lärmenden, selbstsicheren, leicht geringschätzigen MacLeods zu füllen. Sie machten es sich an der Theke bequem in einer unruhigen Reihe, piaffierten auf der vergoldeten Stange, streiften einander mit Schultern und Hüften, baten einander hastig um Entschuldigung, übertrieben die Intimität mit dem Barman, kauten Erdnüsse und zermalmten zwischen den Zähnen den

Sellerie, der kräftigt, stützt und erhält. Sie sprachen von Politik, von Geschäften, von der Familie, von Frauen, der eigenen Unsterblichkeit so sicher wie des Augenblicks, den sie in der Zeit besetzten. Die Hitze nahm zu, aufgerührt vom Lärm der Stimmen, der Bestellungen, der auf die Tische hämmernden Würfelbecher; wenige, langsam und anscheinend unter dem Neonlicht umherirrende Frauen gingen vom Bier zur Toilette, vom Fruchtsaft zum Telefon.

MacLeod riß sich vom Spiegel los, grüßte jemand mit der Hand und einem Lächeln und näherte seinen Kopf dem meinen; Tropfen schimmerten auf seiner Lippe und leichte Bedenken in seinem blauen Blick. ›Jetzt fängt er zu sprechen an; es ist zwar alles gesagt, aber er muß sprechen. Von Mann zu Mann, von Herz zu Herz. Warum, da man die Zeit ohnehin totschlagen muß, redet er nicht von Schlagworten und Werbekampagnen? Niemand würde beispielsweise Nein sagen zu einer intelligenten Kampagne über die soziale, hygienische und patriotische Pflicht, jeden Frühling den Hodensack mit dem berühmten, weltweit verwendeten Skalpell *Unforgettable* zu öffnen, einem alten Bekannten der Mayo-Klinik, bevorzugt vom nordamerikanischen Heer. Wenn die Lilien blühen. Das ist der Augenblick. Warte nicht auf den Sommer. Schneide deinen Hodensack sauber auf und lasse den Frühlingswind . . .‹

»Aber ich weiß es seit langem«, sagte der Alte; nun war sein Lächeln dazu bestimmt, sich selber zu verzeihen, seinem sterbensmüden Körper und den Irrtümern, die das Leben ihm aufgezwungen hatte. »Ich will mich keiner Täuschung hingeben. So viele andere würden es sich nie zugeben. Aus Eitelkeit. Ich weiß, daß ich nicht . . ., will sagen, daß ich mir nicht selber gehöre. Daß ich keineswegs frei bin. Ich bin das, was New York beschließt. Ich kann natürlich kämpfen, das ja, und Sie wissen durch Stein, daß ich keine Angst habe, zu kämpfen. Ich habe nie Angst gehabt. Fragen Sie Stein! Ich habe über zwei Monate für Sie gekämpft. Bis zum Ultimatum. Einsparungen über Einsparungen. Die dort verstehen meine Erklärungen nicht, die Wahrheit, das, was wirklich angebracht ist. Nichts davon ziehen sie in

Betracht. Neun um einen Tisch, fünf Minuten für Buenos Aires, für that fellow MacLeod. Einsparungen. Andernfalls geht dieser MacLeod und es kommt ein anderer. Was? So funktioniert das. Hat Stein Ihnen den Scheck ausgehändigt? Er hat ihn bereits, so hoch wie ich konnte. Noch einen? Schön. Ich auch nicht. Habe noch was vor heute abend. Schön, werde vor Ihnen nicht nein sagen. Im Grunde gefällt mir die Arbeit. Buenos Aires. Die B.A.-Filiale war tot, ich hab sie zu dem gemacht, was sie ist. Man vergleiche in New York die Kundenkartei von vor drei, vier Jahren mit der von heute. Ich habe mich ja nicht beschwert, habe Ihnen nur erklärt, wie die Dinge liegen. Ein Mann bringt nichts zuwege, wenn er sich nicht selber vergißt. Ich habe keine Beschwerde gegen Sie vorzubringen, sonst säßen wir beide nicht hier. Aber ich gebe Ihnen diesen Rat: Wenn Sie nicht Brausen vergessen und sich nicht Hals über Kopf ins Geschäft stürzen... Das ist die einzige Art zu arbeiten, etwas auf die Beine zu stellen. MacLeod gibt Ihnen seine letzten Ratschläge. Wir haben doch noch keine acht intus. Hören Sie sich den an, er ist prima: Stein weiß, von wem er stammt.« Während er auf das Glas wartete, machte er einen raschen Kopfsprung in den Spiegel. ›Ein sehr guter, Stein weiß, von wem er stammt. Er wird mir die Differenz zwischen dem Scheck, den ich erwarte und dem, den er unterschrieben hat, mit einer unfehlbaren Formel von Platon Carnegie, Sokrates Rockefeller, Aristoteles Ford, Kant Morgan, Schopenhauer Vanderbilt bezahlen.‹ Der Alte tauchte wieder auf, erfrischt, lächelnd, Vertrauen verspritzend. »Das ist so. Vor Jahren, wissen Sie, war die Kunst ein Nebenprodukt der Religion.«

»Die Kunst«, fragte ich, mein Glas in der Luft.

»Die Kunst. Musik, Malerei, Bücher. Im Mittelalter stand alles im Dienste der Kirche.« Er genoß mein Staunen, schüttelte den Kopf, um das Gesagte zu bekräftigen. »So war das. Jetzt, noch nicht ganz, aber wir bewegen uns in dieser Richtung, steht die Kunst im Dienst der Werbung. Musik für das Radio, Grafik und Malerei für die Anzeigen, Plakate; Literatur für die Werbetexte, für die Booklets. Wie?

In Paris und New York werden Werbeverse bereits von erstklassigen Poeten erstellt. Daher geht es nicht nur darum, Abschlüsse zu tätigen und Geld zu kassieren. Es gibt noch vieles andere, es ist eine ziemlich komplizierte Linie.«

Strahlend und ernst bekräftigte der alte MacLeod seine Thesen mit Kopfnicken, das ich weniger heftiger wiederholte. In schlichter Freundschaftlichkeit legte er wieder eine Hand auf meine Schulter; er sah meinen protzigen Versuch, die Rechnung zu bezahlen, voraus, vereitelte ihn und führte mich zur Tür, nunmehr seufzend und über New Yorks Unverständnis klagend, den Papiermangel für Zeitschriften, das, was die Zukunft den Männern der Publicity bereithielt, denen, die nicht das Glück hatten, frei zu sein und einen anständigen Scheck in der Tasche zu haben, junger Mann.

Er fand ein Taxi an der Ecke, und ich sah das letzte Lebewohl seiner Hand, sah ihn abfahren zu Beginn der Nacht, der poetischen, musikalischen und plastischen Welt von Morgen entgegen, unserem gemeinsamen Schicksal von mehr Autos, mehr Zahnpasta, mehr Abführmittel, mehr Tempotaschentüchern, mehr Eisschränken, mehr Uhren, mehr Radios; der bleichen, stillschweigenden Raserei des Wurmgewimmels entgegen.

24. Die Reise

Als ich die Tür öffnete, sah ich das Billett fallen; ich pfiff, die Queca war nicht da. Hinter den heruntergelassenen Stores hatte sich die heiße Luft den ganzen Nachmittag gestaut. Ich schaltete die Lichter ein, zog mich aus und legte mich mit dem Papier aufs Bett. Nur eine Zeile: »Ich rufe dich an oder komme um neun. Ernesto.« Ich lächelte, als sei das die bestmögliche aller Nachrichten, als hätte ich lange darauf gewartet, in der Gewißheit, ihn wieder zu treffen, als seien meine Beziehungen zur Queca, das Bedürfnis, das mich an sie band und die Luft ihrer Wohnung nichts als Vorwände, nützlicher Zeitvertreib, um ohne Ungeduld den Augenblick abzuwarten, da ich wieder das weiße, gleichmütige, stirnlose Gesicht auf mich zukommen sehen würde. Ich entdeckte den Haß und das unvergleichliche Gefühl des Friedens, mich ihm überlassen zu können.

Ich holte den Revolver aus der Hose, prüfte zum Spaß die Ladung Kugeln in der Trommel und sah das im Lauf eingerohrte Licht. Ich verwahrte den Revolver unter dem Kopfkissen, holte Gin aus der Küche und legte mich wieder hin. Es fehlte etwas über eine Stunde bis neun; ich begriff, daß alles von der Queca abhing, daß es mir verwehrt war, die Ereignisse zu erzwingen, daß es zu warten galt wie an einem Spieltisch, auf das Ja oder Nein. Ich stand auf, um das Papier an die Tür zu legen und hielt die Augen starr auf das vom Fußboden abstechende weiße Rechteck gerichtet – trinkend und dabei die Gespenster wachrufend, die mir in der Wohnung vorausgegangen waren, und für die kommenden, mit der Bildung meiner Geschichte beauftragten Gespenster eine gleichwertige, vorurteilsfreie Behandlung fordernd – bis ich sie kommen hörte und dem Drehen des Schlüssels im Schloß lauschte. Mit halbgeschlossenen Augen sah ich sie stehenbleiben und mich anblicken, das Papier aufheben und näherkommen, um mich zu begrüßen und zu lachen.

»Jemand hat geläutet«, murmelte ich. »Dann hat er die Lust verloren und ist gegangen.«

»Was schert mich das! Hast du geschlafen? Ich hatte dich nicht so früh erwartet. Ich habe mich mit der Dicken unterhalten. Ich bin halb wahnsinnig vor Hitze. Warum hast du alles so zugesperrt? Wie kannst du nicht müde sein, wenn du bereits eine halbe Flasche ausgetrunken hast! Ich werde mich etwas naß machen.«

Sie öffnete die Balkontür und atmete geräuschvoll die Luft ein, während ich einen winzigsten Teil meines Hasses auf ihre Dummheit vergeudete, auf ihre durch die hohen Absätze plumpen Schritte, auf die harten, kurzen, schnellen Geräusche, die sie beim Gehen machten. Ich hatte Angst, sie nicht mehr zu begehren und drehte mich im Bett um, ohne ihren Rücken zu sehen, ihre Figur im knitterfreien Baumwollkleid, mir das Bild der nackten, hingebungsvollen Queca vorzustellen, ihren offenen, geschwollenen kleinen Mund.

»Ich sterbe vor Hitze«, wiederholte sie. »Entschuldige mich einen Moment. Ich kann mir nicht vorstellen, wer geklingelt hat.«

Sie wollte ein Bad nehmen und suchte die Abgeschlossenheit des Badezimmers, um den Zettel zu lesen. Allein gelassen, dachte ich daran, daß Ernestos Gesicht mich von Anfang an umschlichen hatte, von der Septembernacht an, als ich, auf dem Flur hockend, mir den Schmutz des Spucknapfs abwischte und flüchtig ahnte, daß der Neukömmling Arce den Sinn des Lebens in Kurzfassung darstellte.

Die Queca kehrte nackt aus dem Bad zurück und brachte mit ihrem von einem Handtuch umwickelten Kopf den wohltuenden Seifengeruch zum Bett mit.

»Ich weiß nicht«, sagte sie, »mir ist die Idee gekommen, daß heute Nacht etwas passieren wird. Geht es dir nicht auch so?«

»Doch. Ich fühle das gleiche.«

»Daß etwas passieren wird? Böses oder Gutes?« Sie löschte die Deckenbeleuchtung; mit den Handflächen drückte sie sich die Wassertropfen auf ihrem Bauch glatt.

Neben dem Bett kniend, begann sie mich zu küssen; unterirdisch beharrte ihre Stimme: »Ob etwas Böses oder etwas Gutes passieren wird?«

»Ich weiß nicht, ich kann es nicht wissen. Irgend etwas.«

»Seltsam«, murmelte die Queca. »Du und ich, dieselbe Idee. Verrückte Welt . . .«

Ich maß auf der Uhr die Entfernung des Minutenzeigers von der Neun und rief mir die erste, bereits flüchtige, verschwommene, ferne Sinneswahrnehmung von Quecas kleinem, festem Körper wach, den runden Armen und Beinen, den geschwungenen Hüften. Ich maß das Schwächerwerden meiner Wut und das Stärkerwerden meines Bedürfnisses; ich staunte, wenn ich an die tausend Züge und neuen Bedeutungen dachte, mit denen Intimität und Gewohnheit die erste nackte Queca fast zugedeckt hatten. Ich dachte, daß etwas Wichtiges geschehen werde, daß die beiden falschen Vorahnungen, die wir ausgesprochen hatten, imstande waren, das Schicksal herauszufordern.

»Wie steht's bei dir mit ›ihnen‹?« fragte ich.

»Red mir nicht davon. Sie kommen, wenn du nicht da bist, kommen sie. Du mußt verstehen, daß man das nicht erklären kann. Es sind keine Leute, ich weiß, daß das eine Lüge ist, daß da niemand ist. Aber wenn du sie sähest, alle ganz klein, wie sie die Münder bewegen, wenn sie reden und hin- und hergehen und Unterhaltungen mitbringen, von denen ich weiß, daß ich sie irgendwann gehört habe, obwohl ich mich nicht erinnern kann, wann. Und alle Dinge mischen sich durcheinander, die aus der Zeit, als ich klein war, und die von jetzt. Dann machen sie sich auch lustig und sagen Sachen, die ich nie gesagt habe, die ich nur dachte und sagen wollte. Gib mir den Gin.«

Ihr loses, feuchtes Haar bedeckte ihr Gesicht und die Hand mit dem Glas; ich begann mich allein zu fühlen, verlassen von allen Begründungen und fürchtete, daß der Beginn von Haß und die grundsätzliche Verachtung, die mich an sie banden, an ihre Gier und ihre Niedertracht, jeden Augenblick, noch in dieser Nacht enden könnten. Ich beschwor den Frieden und die Freude, am Leben zu sein, die bislang stets von der Zimmerdecke auf mich herabgesunken waren. Ich berechnete die notwendigen Bewegungen, um auf der Queca auszuruhen; während ich sie streichelte, hörte ich sie murmeln und das übliche zitternde Lachen proben, das in tränenlosem Weinen enden mußte. Sie sprang vom Bett und schüttelte am Tisch stumm und wild verneinend den Kopf.

»Ja?« fragte ich; ich wußte sofort, daß sie log.

»Es ist schrecklich, schrecklich ...«

Ich sah, wie sie klein, dumm bis ins Mark, sich wand, das Gesicht in den Händen. Ich füllte das Glas und wollte gerade zum Trinken ansetzen, als das Telefon läutete; sie ließ die Arme sinken und hielt ein Bein in der Luft an, sah auf die Uhr; neun Uhr zwei. Mit dem Glas in der Hand strich ich an der Wärme ihres Körpers vorbei und hob den Hörer. Es war dieselbe Stimme, dasselbe formlose Gesicht, derselbe weiße Fleck.

»Nein«, sagte ich. »Nicht heute abend. Sie ist nicht für dich da. Sie ist nicht da«, wiederholte ich und drehte mich nach der Queca um, die mit offenem Mund näherkam. »Sie wird nicht da sein, auch wenn du kommst.«

Ich legte den Hörer auf und schlürfte kleine Schlucke, blickte auf die Deckchen, die Bilder an den Wänden, die vertrauten abgesprungenen Stückchen der Möbel, den auswendig gelernten grünlichen Fleck an der Wand und an der Decke.

»Irgendein Mann«, sagte ich. »Vielleicht Ernesto. Erinnerst du dich an Ernesto?«

Ihr Gesicht begann zu zittern, und während ihre Wut zunahm, bedeckte es sich mit unbekannten Falten.

»Wer war es?« fragte sie, um Zeit zu gewinnen.

»Niemand, irgendwer, er hat es nicht gesagt.«

»Warum hast du gesagt, ich sei nicht da?«

Ich hob die Schultern, füllte mich mit Luft, bis ich mich glücklich fühlte. Ich dachte zerstreut, ich begehre sie vielleicht, weil sie kleiner ist als Gertrudis, kleiner als ich; es machte mir Spaß zu seufzen und zu lächeln, sie von oben herab anzusehen.

»Warum hast du mich verleugnet?«

Doch das war es noch nicht, was sie sagen wollte; sie hatte das rechte Bein vorgeschoben, ihre Zehen streiften den Fußboden. An den Tisch gelehnt, die Brüste leicht zurückgeworfen, schien sie bereit, loszuspringen und zu brüllen.

»Ich habe dir gesagt, daß ich eine Vorahnung hatte. Eine sehr seltsame, eine weder gute noch böse«, erklärte ich ihr langsam. Die Luft wurde leichter und sorgloser, die Gegenstände auf dem Tisch verrieten Bewegung, nur ein verschmutztes Nadelkissen sträubte sich auf der Lehne eines Sessels. »Etwas würde passieren, sagte ich zu dir. Es fiel mir ein, daß Ernesto dich um neun Uhr anrufen könnte. Wenn er einen Schlüssel hat, kommt er womöglich. Meinst du, er kommt?« Sie konnte noch immer nicht sprechen; sie atmete und machte mit dem halbgeöffneten Mund ein pfeifendes Geräusch, sie blickte mich an und senkte den Kopf; wenn sie die Augen zu mir hob, schien sie verzweifelt etwas hören oder sich erinnern zu wollen: ihre durstigen Lippen, die erschreckten Brauen, ein leises Zittern im Kiefergelenk. Jedes Stück Holz, jedes Metallteil im Raum bebte, schrumpfte oder dehnte sich, fügte der Luft seinen bescheidenen Zoll von Verantwortungslosigkeit hinzu; ein träger Wind, ein langsamer Wirbel hob sich von meinen nackten Füßen und umzingelte mich. Erregt, zitternd vor Freude, stammelte ich: »Es wäre gut, wenn er sich dazu aufraffte, zu kommen.«

Nun entspannte sich ihr Gesicht, ihr Körper, sie ging wieder ins Bad und kehrte in ihrem breitgestreiften bunten Bademantel zurück. Ich sah sie an der Wand zittern und an ihrer Kordel fingern.

»Wer bist du, daß du sagst, ich bin nicht da?« begann sie und brach ab, um zu atmen; sie hatte das weder zu mir noch zu irgendwem gesagt, sie wollte sich nur erhitzen, ihr Bewußtsein verlieren, sich beiseite schieben, damit die Beschimpfungen Platz bekämen: »Rüpel, gottverfluchter Rüpel!« polterte sie.

Ich wanderte auf und ab und bot die Flanken abwechslungsweise dem dünnen Schatten und den an der Wand haftenden senkrechten Streifen in Grün und Rosa und empfing die Schimpfworte im Rücken, wenn ich mich der Tür und dem Balkon näherte, und auf der Brust, wenn ich kehrtmachte. Ich verstand die Luft des Zimmers, wie man einen Freund versteht; ich war der verlorene Freund dieser Luft und kehrte nach lebenslanger Abwesenheit zurück zu ihr, ich mühte mich, meine Rückkehr zu feiern und zählte alle Gelegenheiten auf, an denen ich die Vergangenheit gewittert und sie einzuatmen abgelehnt hatte; ich hörte, wie ihr Atem stockte und wie sie abbrach und wütendes Weinen mit Keuchen, Verwünschungen mit endgültiger Reue mischte. Unermüdlich und prophetisch, unterstützt von unvermuteten Offenbarungen, beleidigte sie Arce, das Leben und sich selber; sie analysierte Männer und Frauen, stellte überraschende Parallelen fest, revidierte alte Ansichten über die Liebe und den Opfergeist und, die Nützlichkeit der Erfahrung leugnend und bekräftigend, rühmte sie neuartige Lebensstile, übersah die Grenzen zwischen Gut und Böse und beendete eines über das andere Mal ihre Sätze mit ihrer nihilistischen »verrückten Welt«. Ich blieb am Tisch stehen, füllte mein Glas.

»Daß man alles für einen Rüpel opfert, der als Hahnrei auf die Welt gekommen ist! Daß man keine Freunde haben kann. Als genügte er schon.« Damit meinte sie Arce; ich trank am Balkon und spähte neben einer Vorhangfahne nach dem schwarz gewordenen Himmel, nach dem rechteckigen Stück der Nacht, in der die Entfernung sichtbar wurde, die Erinnerung und angstlose Hoffnung. Hinter mir nahm sie ihre Zuflucht zum Weinen, um auszuruhen, um sich die Nase zu schnäuzen.

›Und das ist nicht das Ende, das muß ich mir vergegenwärtigen; wenn sie erschöpft ist, werden wir uns versöhnen. Ernesto wird nicht kommen, ich habe nie ernstlich geglaubt, er könne herkommen.‹ Ich sah einige Sterne und die Straßenlampen; ein Geräusch gleich dem des Windes im Regen machte auf dem Balkon halt. Die Queca zerschlug auf dem Fußboden ein Glas oder einen Aschenbecher; ich hörte sie lachen und aufs Bett zugehen.

»Hahnrei!« sagte sie, wiederholte es und zwang mich, den Kopf zu wenden; sie lächelte mit der Ginflasche zwischen den Brüsten. »Hahnrei! Königshahnrei ... Bist ein Hahnreichen.«

Sie keuchte, geschwächt und befriedigt; lachte und sprach nicht mehr, um aus der Flasche zu trinken. *La vie est brève* pfeifend, mich an das andächtige und groteske Gesicht erinnernd, das Mami zurückwarf, um ihre Vergangenheit zu erreichen und in ihr auszuruhen, begann ich mich anzukleiden. Die Queca redete wieder, lachte und schmatzte, wenn sie die Flasche absetzte.

»Und nun das Hemdchen, Hahnrei. Vergiß auch nicht die Krawatte, Hahnrei. Zieh den Aufschlag gerade, Hahnrei. Willst du nicht wissen, wie oft ich dich zum Hahnrei gemacht habe? Und jetzt gehe ich nach Montevideo. In Uruguay habe ich dir nie Hörner aufgesetzt. Ich rufe ihn an, und morgen fahren wir.«

Als ich die Tür erreichte, hörte ich sie rennen, fallen und schluchzen wie zwischen Träumen.

»Gleich morgen«, sagte sie, eine Wange auf dem Teppich, die Beine nackt, eine Hand erhoben, damit die Flasche nichts verschüttete, weinte sie und bildete Speichelblasen. Die Luft der Wohnung begann von ihrem auf dem Fußboden kauernden Körper aus zu wehen. Langsam trat ich auf sie zu, Hut in der Hand, der Revolver wog schwer in meiner Hosentasche; ich setzte mich auf den Teppich, um ihr puterrotes Gesicht zu sehen und das gleichmäßige Zittern ihres Mundes.

»Morgen gehe ich mit ihm. Gleich muß ich sterben. Verfluchter Tag. Ich muß mich übergeben ...«, flüsterte sie und wischte ihre Lippen an einem Ärmel ab.

Ich nahm ihr die Flasche ab und zog sie hoch, stieß sie, bis sie flach auf dem Bett lag. Ich wußte, daß mein Haß tot, daß in der Welt nur die Verachtung übrig war, daß Arce oder ich sie töten konnte, daß alles so angeordnet war, daß ich sie töten sollte; ich prüfte meinen Jubel, die Kraft, die mich fast lächeln ließen, während ich mich über das unmenschliche, stammelnde, auf dem Laken grimassierende Gesicht beugte. ›Ich kann sie töten, ich werde sie töten.‹ Es war der Friede, den ich empfunden hatte, wenn ich in Gertrudis' Körper eintrat, als ich sie liebte; die gleiche Fülle, der gleiche stürmische Strom, der alle Fragen besänftigte.

Ich durchtränkte einen Schwamm im Badezimmer und drückte ihn über Quecas Gesicht aus, über Augen und Mund, bis sie ganz wach war und schwankend an der Wand lehnte. Ich wartete schweigend, ohne von ihr wegzublicken, schob ein Knie vor, um sie zu stützen, bis sie murmelte, bis sie sich an das Wort erinnern konnte und mich von neuem beschimpfte. Dann, langsam meine Glut steigernd, begann ich sie ins Gesicht zu schlagen, erst mit meinen Handflächen, dann mit meinen Fäusten, bis ich ihr ein schreckliches kindliches Weinen entlockte und zwei spärliche Blutfäden, während ich sie noch immer mit dem Knie hielt, damit sie nicht zusammenbrach.

Beim Verlassen der Wohnung verschmähte ich die Vorsicht, mit dem Aufzug hinunterzufahren und wieder verschwiegen die Treppe hinaufzusteigen. Ich trank ein Glas Wasser und warf mich auf mein Bett, entschlossen, nur das zu denken, was gedacht werden konnte, gewiß, daß ich sie töten mußte, wohl wissend, daß es nicht mir oblag, den Zeitpunkt zu bestimmen. Ich verwendete die Nacht dafür, die Möglichkeiten zu erwägen, daß jemand mich mit Arce identifizierte; ich rief mir Augenblick um Augenblick wach von jenem Nachmittag des Santa-Rosa-Tags an, als die Queca nebenan eingezogen war. Gegen Morgen schlief ich beruhigt ein. Am nächsten Tag suchte ich sie auf und brachte ihr eine Flasche Parfum; auf ihren Lippen war eine Wunde verblieben und ihr selbst genügend Würde, um die Versöhnung aufzuschieben, sowie eine kurze Reihe von Sätzen, die auf ihren Verdiensten bestanden, auf der Ungerechtigkeit und Kleinlichkeit des Lebens.

Am Wochenende fuhren wir nach Montevideo, sie und ihr Freund per Flugzeug, ich per Schiff; dort trafen wir uns vormittags in der Nähe des Hafens, und sie zwang mich, den Kopf auf ihre Brust zu legen, um festzustellen, daß sie das ihr geschenkte Parfum benützte. Von den Kellnern und Kunden des kleinen Cafés eingeschüchtert, beroch ich das Parfum an Quecas Kleid und Brüsten, nicht vermutend, daß ich mich von einem bestimmten Augenblick an für immer daran zu erinnern haben würde. Es war ein stiller Duft, der nichts mit ihr zu tun hatte, der keine Blume in mir wachrief.

Zweiter Teil

1. Der Wirt

Elena Sala und der Arzt aßen in einer Laube mit dem Hotelbesitzer zu Mittag, einem beleibten Fünfziger mit eitlem Leuchten in den Augen, Glanz auf Wangen und Kinn, die rotverbrannt waren von der Sonne.

»Ich mache mir solche Sorgen«, erklärte die Frau, »weil ich weiß, daß er verzweifelt war.«

Der Wirt wußte nicht, wo der Flüchtige war; er konnte nicht von ihm sprechen, ohne zu schmunzeln, ohne die Brauen zu runzeln, amüsiert und außerstande zu begreifen. Vom marinierten Fisch, vom ersten Glas Wein an entdeckte Díaz Grey, daß der Hotelbesitzer der alte MacLeod war, ein MacLeod ohne frische Rasur, befreit vom gestärkten Kragen und teuren Anzug, beschränkt und stärker, vielleicht sogar echter.

In seinem Stuhl sich selbst überlassen, bemüht, nicht teilzunehmen, nicht mit einbezogen zu werden, betrachtete Díaz Grey die – brüskeren – Bewegungen des Mannes, hörte seine – unmittelbareren, gewagteren – Worte, erkannte die kleinen wässrigen blauen Augen. Der alte MacLeod in Hemdsärmeln mit offenem Hemdkragen, grauem Haar, roter Gesichtshaut, die Beine ausgestreckt unter der poetischen Konvention der Glyzinienzweige.

»Natürlich erinnere ich mich«, sagte der Hotelbesitzer, reinigte sich die Zähne, musterte kritisch den Zahnstocher, hoffnungsvoll, in alte Gewohnheiten zurückfallend. »Ich erinnere mich genau, ich sehe ihn vor mir, am Strand liegend, in der Galerie sitzend, vor dem Hotel auf- und abschlendernd. Er sprach fast nie, ich nannte ihn ›den Schlafwandler‹. Nicht, daß etwas Besonderes geschehen wäre, nur seine Verhaltensweise will mir nicht aus dem Kopf. Überdies die Art, wie ich ihn kennenlernte, das erste Mal, als ich ihn sah. Nichts Außergewöhnliches, keine Sorge, Señora, schauen Sie mich nicht so an!« Es war das gleiche Lächeln wie das MacLeods, wenn er sich für die Lei-

den der Menschen entschuldigte und einen wissen ließ, daß
es sich trotz alledem lohnte zu leben oder daß das Leben
lohnte, gelebt zu werden, und daß es eine weitverbreitete
Legion energischer MacLeods gibt, die den Schlüssel besitzen
und imstande sind, den anderen Mut zu machen; dafür sind
wir auf die Erde gekommen. »Das Hotel war fast leer,
obwohl die Tage schön wurden; an Wochenenden kam das
eine oder andere Paar oder eine Gruppe von Freunden, fast
alle waren Leute aus Santa María. Wozu darüber reden,
aber diese Schweizer von heute sind nicht mehr die, welche
die Kolonie groß gemacht haben, glauben Sie mir. Ich bin
fast sicher, es war ein Montag, und sie waren bereits alle
fort, als ich mich hinsetzte und auf den Weg und ein paar
Boote blickte, die zu einer Regatta starteten. Die Fähre war
vorbeigefahren, ohne anzulegen, somit brauchte ich mir auf
Fahrgäste keine Hoffnungen mehr zu machen. Es war mir
gleichgültig, weil man hier vom Sommer lebt; aber wenn sie
in einer anderen Jahreszeit kommen, so, ich versichere
Ihnen, fallen sie mir nicht zur Last.« Er lächelte nicht und
sandte ihnen über die dürre Ferne einen leeren, arglosen
Blick nach. »Ich setzte mich an jenem Nachmittag dorthin,
wo Sie heute den ganzen Vormittag gesessen haben.« Dabei
blickte er Díaz Grey ohne Spott an, womit er zu verstehen
gab, daß er begriff und fähig war, sich über alles einmal
Begriffene zu erheben. »Und obgleich ich müde war und
immer eine Siesta halte, konnte ich nicht einschlafen. Ich
fühlte voraus, daß jemand kommen würde, ein Paar, ein
einzelner Fahrgast; irgend jemand würde vom Strand auf
dem Fußweg heraufkommen. Es war nicht wegen des Ver-
dienstes, ein Kunde macht mich auch nicht reicher. Und
dann war es Ihr Freund, der kam. Sie kennen ihn natürlich; doch womöglich haben Sie ihn nie so gesehen wie ich
an jenem Nachmittag. Er wird knapp über zwanzig Jahre
alt sein. Irre ich mich?«

»Zweiundzwanzig oder dreiundzwanzig«, flüsterte Elena;
sie lächelte nur mit den Augen, und dies Leuchten wollte
kaum höflich sein, wollte nur etwas beisteuern, besorgt, zu
unterbrechen.

»Das meine ich. Knapp über zwanzig. Ich bin in der Welt
herumgekommen, habe viel gesehen, es gibt keinen Menschen, der mich nicht an einen anderen erinnert, seit langem
schreckt mich nichts mehr. Aber ich habe nie einen besser
angezogenen Menschen gesehen als diesen Jungen. Ich muß
immer lachen, wenn mir einer vorkommt, der seine Zeit mit
Überlegungen vergeudet, was er anziehen soll, die Krawat-
ten und alles nach der neuesten Mode; nicht über diesen. Es
war, dachte ich, als ich ihn sah, als hätte er sich herausstaf-
fiert, um in Buenos Aires durch die Florida zu flanieren, zu
einer Tanzerei zu gehen oder ein Mädchen zu treffen, und
wäre nun plötzlich, wie durch ein Wunder, auf dem Strandweg aufgetaucht. Er war beschmutzt, versteht sich, staubbe-
deckt; er war mit der Fähre gekommen und von Santa
María aus zu Fuß gegangen, und wenn auch kein Wind
ging, genügten die Autos oder ein Pferd. Ich saß in der
Galerie. Ihr Freund kam rasch daher, Hände in den
Taschen, ohne Koffer, ohne Bündel, ohne etwas, er ging
kerzengerade, Kopf hoch, daß ich glaubte, er würde glatt
vorbeigehen, keine Ahnung, wohin; ich dachte, er sei verrückt oder aber ich träumte.«

Vielleicht argwöhnte der Wirt etwas oder gehorchte einfach uraltem Mißtrauen; denn gleich nachdem er den Mund
mit einer Pflaume gefüllt hatte, neigte er sich unmittelbar,
mit vorsätzlicher Ausschließlichkeit der Frau entgegen, die
mit den Lippen ein Lächeln gerührten Spotts gebildet hatte
und die Augen abwandte.

»Es ist, als sähe ich ihn wieder vor mir«, fuhr er fort, »als
stünde er hier leibhaftig vor uns. Er ging ohne nach links
oder rechts zu blicken, bis er zur Treppe gelangte, dann bog
er um und stieg so sicher, so natürlich hinauf, als käme er
jeden Tag. Verstehen Sie mich? Als sei er es gewohnt, hier
außerhalb der Saison spazierenzugehen in einem Anzug für
fünfhundert Pesos mit einer seidenen Krawatte und Schuhen, in denen man nur Auto fährt. So wie man in der
Hauptstadt spazierengeht, durch die Calle Florida beispielsweise, und dann plötzlich Lust bekommt, sich in ein Café
zu setzen und ein Glas zu trinken. Sein Gesicht war viel zu

ernst für sein Alter, und dann sah ich, daß er bleich war und mager; nicht krank, sondern so, als sei er krank gewesen, doch jetzt nicht mehr, und komme hierher, um sich zu erholen, ohne Gepäck und nur mit dem, was er auf dem Leib trug. Ich wünschte, Sie hätten ihn sehen können. Todernst und müde, als hätte er sich vor etwas aus dem Staub gemacht, dachte ich, doch ohne Angst. Ich dachte eine Menge Dinge, rührte mich aber nicht. Denn was sich mir am meisten aufdrängte, Sie werden lachen, war der Gedanke, daß an all dem etwas von Ulk war. Darum verhielt ich mich still, wie schlafend, doch ohne ihn aus den Augen zu lassen, als er pfeifend die Stufen heraufkam und sich dort hinsetzte, den Hut aus der Stirn geschoben, Hände in den Taschen, Beine gespreizt.

»Ja«, murmelte sie. »Fahren Sie fort.« Sie biß sich auf die Lippen, als erinnere sie sich und könne es nicht ertragen.

»Schön, so war das. Ich wartete darauf, daß er einen Kraftausdruck gebrauchen oder sich lustig machen würde und rechnete mir aus, auf welcher Stufe er landen würde, wenn ich ihn die Treppe hinunterstieße. Er wäre nicht der erste gewesen, wissen Sie, vor allem nicht im Sommer, wenn ich es mir gefallen lassen muß, daß sich mein Hotel mit Kreti und Pleti füllt. Aber nein, es war kein Unfug, ich wußte es, als ich ihm in die Augen sah. Er blieb still und wartete, als glaube er, ich schlafe wirklich und er wolle mich nicht stören. Ich stand auf, und wir kamen ins Gespräch; er wollte eine Zeitlang im Hotel bleiben, wußte aber noch nicht, wie lange. Ich glaube, es hing von etwas ab, das geschehen konnte oder auch nicht und das er mir nicht genau erklärte. Er fragte mich nicht nach dem Zimmerpreis, hinterher erfuhr ich durch eines der Zimmermädchen, daß er über fünftausend Pesos bei sich hatte. Wir sprachen weiter, und ich wurde immer neugieriger; vor allem, weil er kein Gepäck bei sich hatte. Doch dann wurden wir Freunde und tranken ein Glas zusammen, und ich war froh, ihn nichts gefragt zu haben. All das ist seltsam, und ich weiß nicht, wie ich es Ihnen sagen soll. Sie kennen ihn natürlich, und überdies ist ein Mensch nicht derselbe für alle Welt. Ich könnte so sagen: bald nachdem ich ihn kennengelernt hatte, dachte ich, daß nichts, was er täte, und mochte es das Verrückteste sein, meine Aufmerksamkeit sonderlich erregen würde. Es gibt Leute, die stets wissen, was sie tun und warum sie es tun, andere dagegen, die es nicht wissen, obgleich sie es vermeinen. Mehr als einmal kam mir die Idee, verzeihen Sie mir, daß der Junge verrückt sein müsse, aber der wußte, was er tat. Das glaube ich jedenfalls. Er wußte es die ganze Zeit in den kleinsten Dingen – dabei ist doch jeder mal zerstreut –, wenn er ein Glas zu viel trank oder wenn er den ganzen Tag verschlief oder wenn er auf die Kateridee kam, in aller Herrgottsfrühe in den Fluß zu springen und blau vor Kälte herausstieg. Er wußte immer, warum er etwas tat: ich kenne mich aus in den Menschen; ich brauchte nur seine Augen anzusehen, die Art, wie er ging, wie er in einer Ecke des Speisesaals saß und hundertmal dieselbe Schallplatte hörte. Und wenn man ihm etwas sagen mußte, was ihm nicht passen würde, erriet er es sofort und lächelte, wie wenn er an etwas anderes dächte, etwas, was ich als Mann gleichfalls kennen mußte, auch wenn ich im Augenblick nicht wissen konnte, was es war; und so sagte ich nichts, hielt den Mund und fragte ihn, ob er mit der Bedienung zufrieden sei, ob er den Platz schön fände. Als er mir sagte, er denke ans Abreisen ...« Er goß den Inhalt seines Gläschens Grappa in den Kaffee und lehnte sich mit einem Seufzer an das Holzgitter der Laube zurück. »Rund vierhundert Pesos hat er in dem Monat, den er hier verbrachte, ausgegeben.«

»Nein!« rief Elena. »Aber war er denn einen Monat hier?«

»Einen guten Monat.«

»Dann verstehe ich es nicht.« Hilfesuchend wandte sie sich an Díaz Grey.

»Warum denn nicht?« fragte der Arzt.

»Ja, es stimmt«, sagte sie. »Es muß so sein.«

»Einen guten Monat«, wiederholte der Wirt. »Ich kann es Ihnen im Buch zeigen.«

»Nein, ich war durcheinander, es ist unnötig. Wie kam es,

daß Ihnen alles natürlich erschien, wenn er es tat? Und seine Art zu lächeln?«

»Ich habe es Ihnen gerade erzählt«, sagte der Hotelbesitzer kühl, ohne Aggressivität, wie MacLeod sich an die Klauseln eines Kontraktes haltend.

»Ja, und Sie haben es sehr gut beschrieben; es ist genau so«, erwiderte sie kokett.

»Ich nehme noch eine Grappa«, verkündete Díaz Grey. ›Erst hat er, der Chef, sich meinen Platz angeeignet, als er auf der Galerie saß und hoffnungsvoll auf den Weg hinuntersah, ahnend, daß etwas geschehen, daß endlich jemand getreulich herbeieilen würde, um mein Schicksal zu ändern.‹

Ein Sonnenstrahl durchschoß den Wein eines Glases, Elena hatte sich eine Zigarette angezündet und rauchte mit übereinandergeschlagenen Beinen, entschlossen, nicht zu flehen, mit ihrem gelangweilten Gesicht ausdrückend ›Ich bin allein, keiner von euch ist anwesend, ich höre nicht, was ihr sagen mögt, ich ahne nicht, was ihr denkt‹; der Wirt bestellte mehr Kaffee, eine Zikade begann zu zirpen und zeichnete für Díaz Grey in Abständen den Schattenriß der im Morgengrauen gesehenen regungslosen Kuh. ›Und dann‹, dachte der Arzt, ›erscheint der andere; auch er bestiehlt mich; ich verstehe jetzt, daß ich es bin, der auf dem Weg mit Tanzschuhen dahereilen müßte, mit langen Schritten und erhobenem Kopf, als schiebe mir allein die Entschlossenheit den Hut in den Nacken. Ich, still, mit gespreizten Beinen, auf dieses Schwein herabblickend, das sich schlafend stellte.‹

»Ja, er war über einen Monat hier«, sagte der Wirt. »Und er hat sich nicht einmal verabschiedet, ließ es mich durch ein Zimmermädchen wissen, von einem Tag auf den anderen. Und wenn ich erfuhr, daß er zu den Glaesons ging, so nicht, weil er es mir gesagt hätte. Er war sehr merkwürdig.«

»Dann ist er also eine Woche weg?« fragte Elena.

»Seit Freitag. Vorgestern war er noch bei den Glaesons. Er wird sich wohl mit dem Engländer und seinen Töchtern betrinken, bis er Lust hat, von neuem abzuhauen. Denn meiner Ansicht nach haut er ständig vor etwas ab, wenn auch ohne Angst.«

»Möglich«, gab sie zu und konnte nicht umhin zu fragen: »Wissen Sie nicht mehr, wie die Platte heißt, die er sich hundertmal vorspielte?«

»Es war nicht das«, sagte der Wirt rasch. »Ich will es Ihnen erklären. Ich wollte damit nicht sagen, daß er eine Platte auflegte, bis er sie mir abgespielt hatte, immer dieselbe Schallplatte. Nein, er hörte sich einfach Platten an, die er nicht kannte, irgendwelche. Nicht immer dieselbe, weil sie ihn an etwas erinnerte. Er wanderte von einer Ecke zur anderen oder er vergrub sich den ganzen Tag in seinem Zimmer. Manchmal zufrieden, dann wieder verschlossen und fast grob, als könne er sich unter den anderen bewegen, ohne sie zu sehen. Er war nicht aus irgendwelchen Gründen traurig oder fröhlich, sondern einfach, weil es ihm so paßte, obwohl ich mich wie ein Schwachkopf zum Narren halten ließ. Aber er hatte nichts von einem Verzweifelten, wie Sie sagen.«

Elena stand auf und stellte den beiden Männern ein glückliches Lächeln zur Schau, blickte den Hotelbesitzer an, als müsse sie ihm für etwas danken und ziehe vor, es stillschweigend zu tun.

»Der Weg zu Glaesons ist sehr schlecht«, sagte der Wirt. »Sie werden durch den Wald abkürzen müssen. Aber da Sie zu Fuß gehen wollen – in einer knappen Stunde sind Sie da. Nach der Siesta lasse ich Ihnen den Weg zeigen. Sie können ihn nicht verfehlen.«

Díaz Grey trat hinter ihr aus der Laube und berührte sie fast, beroch sie fast, als nehme er endlich die hinausgeschobene Inspektion des Frühlings vor und schreite aus, um die kleinen Geruchsfreuden von Harz, Blumen, Fluß und Dünger zu genießen; er roch die Welt, das Verlangen, sein eigenes Leben in der Luft, welche die Bluse der Frau umschwebte, den Duft des kürzlich gebadeten und verschwitzten Körpers, der sich mit dem verwehten Duft ihres Haars mischte, sich verlor und sich beim nächsten Schritt, bei jedem zögernden Tritt erneuerte. Sie durchquerten einen leeren düsteren Saal, stiegen die Treppe hinauf, betraten, Duft in den Nüstern, das Schlafzimmer. Sie setzte sich aufs Bett und knöpfte sich die Bluse auf; sie wollte sich weder hinlegen noch ihn anblicken, sie hoffte, daß Díaz Grey etwas tun oder fortgehen werde, zuversichtlich wartete sie auf die erste falsche Bewegung des Mannes, der, klein, zart, vom Ausflug gerötet, aber nicht gebräunt, zurückgetreten war und mit dem Rücken fast an den dunklen Fleck einer versiegelten Tür stieß.

»Es wäre besser, eine Stunde zu schlafen«, sagte sie. »Dann können wir dort hingehen. Drehen Sie den Schlüssel herum und schließen Sie das Fenster. Ich will kein Licht.«

»Ja, wir wollen gehen. Hören Sie, ich will Ihnen etwas sagen. Verlangen Sie keine Erklärungen, Sie wissen warum. Ich will Ihnen sagen, daß Sie eine niederträchtige Hündin sind. Verstehen Sie?« Sie wandte sich um und blickte ihn fast lächelnd, aufmerksam an; Díaz Grey war es, als ströme von der Türkante eine Dusche der Lächerlichkeit auf ihn herab. »Die dreckigste Hündin, die mir je begegnet ist. Die dreckigste, die ich mir vorstellen kann.«

Sie knöpfte sich ihre Bluse wieder zu und ließ sich aufs Bett sinken mit herabhängenden Beinen.

»Und ich habe es die ganze Zeit gewußt« – er mußte darauf bestehen –, »vom ersten Mal an, als ich Sie sah. Ohne mich zu täuschen, aber auch ohne Lust auf Selbsttäuschung, wohlbemerkt.«

»Sind Sie wahnsinnig«, murmelte sie erschöpft, aufrichtig. »Sie wollen nicht länger mitgehen? Ist es deshalb?«

»Ich wußte es gleich, als ich Sie sah, als Sie zur ersten Posse in der Praxis erschienen. All die Lügen, ebenso überflüssig wie unvermeidlich für eine dreckige Hündin. Und hier stehe ich und helfe dir, den gutangezogenen Verzweifelten zu finden, zu allem bereit für deinen Körper, nicht einmal dafür, für nichts, für das Bedürfnis nach etwas, das ich nicht wirklich wünsche, das mir nichts nützen kann.«

»Ich habe dich aufgefordert, mit mir zu reden, und du hast es nicht gewollt«, sagte sie, legte die Beine aufs Bett und zündete sich eine Zigarette an.

Er sprach weiter, langsam und leidenschaftslos, nicht fähig, die Türfüllung zu verlassen noch die greifbare Zone der Lächerlichkeit, die sich zäh um seinen Körper legte und die Bewegungen seines Mundes lähmte. ›Wie ein Soldat in seinem Schilderhaus‹, dachte er, ›ein Heiliger in seiner Mauernische, ein heiliger Johannes im Schatten des Brunnens.‹

2. Der neue Anfang

Das Gewitter brach los, als der Zug aus Constituición abfuhr: Donner, ein gleich wieder unterbrochener Regenschauer, wenig überzeugendes Windgetöse, das Zweige abriß und unentschlossen kam und ging. Erst später, auf der Terrasse des Hauses von Temperley, mit dem Rücken zu Gertrudis, die in einem Nachthemd, dessen Spitzensaum auf dem Boden schleifte, Kaffee kochte, kam das wahre Gewitter, und ich ließ mich durchnässen, vom Wind hin- und herzerren und fühlte, wie rasch mein erster Anflug von Trunkenheit verrauchte. Ich atmete den ersten Geruch der feuchten Erde ein, hörte Gertrudis' Lachen in der Wohnung.

Fast erschöpft ging ich ins Zimmer, als kehrte ich von einer in nichts aufgelösten Krise zurück, trocknete mir die Hände am Taschentuch ab, ein kleines totes Blatt war an meiner Wange kleben geblieben.

»Alles, was ich aus den Bergen mitbringen kann.« Ich lachte, warf mich in einen Sessel, hob die schlammbedeckten Füße und legte sie auf den kalten, rußigen Ofen. »Ich weiß nicht, was dir passieren würde, wenn du nach Montevideo zurückgingst. Schade, daß du es nicht wissen kannst. Könnte es das sein, nichts, schlimmer als nichts? Sich davon überzeugen zu müssen, daß man nicht dort war, daß sich absolut nichts in den Straßen, in den Freunden bewahrt hat. Zeitungen zu lesen und sich darin nicht wiederzufinden, nicht einmal in der Druckerei oder im mangelhaften Umbruch.«

»Schrei nicht«, sagte Gertrudis. »Der Kaffee ist nicht sehr heiß. Das muß dir so vorkommen, weil du gesucht hast. Ich würde das nie tun. Du hast gesagt, Raquel sei ebenso gewesen.«

›Es gab eine Gertrudis vor ihr. Ich könnte fünf Jahre damit zubringen, sie zu betrachten, zu sehen, wie sie schließlich Kaffee anbietet und aus Gewohnheit mit einem Nachthemd kokettiert, das einem Abendkleid gleicht. Aber die,

die immer gleich sind, nützen mir nicht, die, die sich verändert haben, nützen mir nicht. Ich habe nichts mit ihnen zu schaffen, ich bin nicht in ihnen.‹

Gertrudis ließ ihre Hände auf der Kaffeekanne ruhen und wandte sich um, um mich anzublicken, mich zu mustern und mich nicht zu kennen; aber ihr Lächeln war dazu bestimmt, den unbekannten Mann freudig und beifällig zu empfangen, den naßgewordenen, absurden Mann, der seine Schuhe auf den Ofen legte, der mit einem Finger leicht über das an der Wange klebende Rosenblättchen streifte, aus Angst, es könne herabfallen.

»Ich weiß nicht«, sagte sie. »Etwas ist mit dir los, du bist anders, etwas ist in Montevideo geschehen.«

»Nichts«, murmelte ich. »Wenn wirklich etwas geschehen wäre, so wäre ich nicht hier. Alle sind gleich und trotzdem... Nicht, daß sie sich verändert hätten, sie sind nur etwas mehr verfault, um fünf Jahre mehr. Und ich bin weit entfernt auf andere Weise verfault.«

»Es scheint, daß man zwangsläufig verfault.«

»Es scheint so«, sagte ich und trank einen Schluck lauwarmen Kaffees. Ich fühlte, daß meine Erregung wieder hochschoß, stürmisch, unvermittelt wie ein Wasserstrahl aus einem geplatzten Rohr.

»Du hättest nicht hinfahren sollen«, sagte Gertrudis. »Mama geht es besser.« Ich blickte ihren hochgewachsenen, schweren und geschmeidigen Körper an, der, die Ellbogen auf den Schenkeln, vorgebeugt saß, ihr ruhiger, etwas trauriger, etwas kindlicher Blick ruhte auf der Tasse und fegte dabei einen leichten Spott von ihren Wangen; ich blickte sie an und fragte mich, was vorgehe, weniger in ihr oder in mir, sondern im Raum, in der Entfernung, die uns trennte. »Der Arzt ist zufrieden. Mama will nicht von uns sprechen, sie hat das Thema gleich zu Anfang erschöpft, ich weiß nicht, was sie denken würde, wenn sie wüßte, daß du mich in dieser Stunde besuchst. Alles ist so absurd! Ich arbeite den ganzen Tag, sie versucht mich nicht zu stören. Die Sonntage gehören ihr. Sie weiß, daß ich glücklich bin, und sie haßt dich nicht. Aber sie will und kann es nicht verstehen, weil sie alt ist; sie wird nie auf den dickköpfigen Teil in ihr verzichten, der hartnäckig behauptet, daß man dergleichen nicht tut, nicht tun darf, daß es nicht anständig ist.«

Sie blickte mich nicht an; sie hatte ihre Tasse hingestellt, saß aber noch mit gesenktem Blick; der Spott, der ihrem Blick anhaftete, verwandelte sich zu einem irgendeiner Erinnerung geltenden Lächeln. Ob wir redeten oder nicht, wir saßen wie hauchdünne Figuren, wie Scherenschnitte vor dem tiefen Hintergrund des Regens, vor dem gebieterischen Geräusch des Windes in den Bäumen. ›So, wie ich sie in Raquel gesucht habe, kann ich mich von Raquel durch sie befreien.‹

»Im Grunde ist also alles gut«, begann ich.

»Alles ist gut, heute ist es gut. Du liebtest mich nicht.«

»Nein«, sagte ich, ich näherte meinen Körper dem Geräusch des Regens, ich glaubte, ich würde die mit Gertrudis verbrachten Jahre verstehen lernen, den toten Brausen, die im Haus von Pocitos begonnene Geschichte, als sie die Türe schloß und den Bademantel aufknöpfte. Jetzt, da ich mich von der Vergangenheit frei fand, den Umständen entfremdet, die Brausen durchlebt hatte, trennte sich mein Leben mit Gertrudis vom Geheimnis und vom Schicksal. Von der ersten Nacht an bis zu dieser, in der wir im Getöse des Gewitters ohne Überzeugung sprachen oder verstummten, hatte sie mich gewählt, hatte sie mich genommen. Und hatte Jahre hindurch in jedem der Dinge, welche die Tage formen, weiterhin gewählt und genommen, an jedem der zweitausend Tage, die wir zusammen lebten, in jeder einzelnen Nacht, in der sie ihren gewaltigen Körper auszog oder mich zwang, sie nackt auszuziehen, ohne ein Wort zu verlieren, ohne mich anzublicken, vielleicht nur an die Vereinigung denkend, vielleicht nur ihr Gesicht im Badezimmer anblickend, bevor sie ins Schlafzimmer kam. Auch wenn sie es nicht vorgeschlagen, auch wenn sie es nicht gewünscht hatte, auch wenn sie die Kraft eines anderen Mannes vorgezogen hätte, und einen anderen Verhaltensschlüssel der Anrufe und Antworten. Vielleicht hatte sie nicht genommen und gewählt, sondern ihr großer weißer Körper, mit seinen Knochen und Schenkeln, von den rötlichen Fersen bis zum festen, starken Hals, den starken Hüftknochen und den runden Armen, die von der gespannten Haut ohne Verstellung offenbarten Vorgänge, das Gefühl der von den Beinen getragenen Pfunde.

»Ich kann uns mehr Kaffee kochen«, sagte sie gähnend. »Woran dachtest du? Es ist auch eine Flasche mit irgend etwas Trinkbarem da. Wenn es weiterregnet, kannst du hierbleiben und auf dem Diwan schlafen. Alles ist gut und nichts ist mir wichtig.« Sie blickte mich lächelnd an; ein Anflug von Schläfrigkeit glitt von ihren Augen zu ihren Lippen, wie sie aufrecht und friedlich auf ihrem Stuhl saß.

›Ich könnte ihr erzählen, wie ich Raquel verführte, ohne sie zu berühren, wie es mir genügte, zu wissen, daß es eine sichere Sache war und könnte ihr erklären, wieviel Angst und Kraft in dem Impuls war, der mich zum Fliehen zwang. Ich hätte ihr den zarten Körper ihrer Schwester an der Kaffeebar beschreiben können und die freudlose Geste, mit der sie mir ihre Zähne zeigte, bevor sie sich übergab; vielleicht würde Gertrudis zur Erkenntnis und zum Verständnis gelangen. Ihr großer Körper unter dem Nachthemd, der sich der Leichtigkeit, Kraft und Ausgeglichenheit seiner Bewegungen so bewußt war. Sie wird es nicht tun, sie wird mich nicht bitten, sie zu küssen und ihr den Bademantel aufzuknöpfen, und wenn sie es täte, würde mir die mutmaßliche Enttäuschung meiner rechten Hand gleichgültig sein. Wie es auch dem anderen gleichgültig sein wird, wer weiß, den anderen, so groß ist meine Demut. Aber sie wird es nicht tun, und weil sie es in jener nicht allzu lange zurückliegenden, für mich seltsamen, doch in keiner Einzelheit vergessenen Nacht, weil sie es damals tat und weiterhin tut, ist es wahr, daß ich sie nie und nimmer geliebt habe.‹

»Es freut mich, daß alles gut ist, daß du das sagst«, fuhr ich fort. »Für mich ist alles schlecht gewesen, aber ich sehe es erst jetzt, wo ich nichts mit dir zu tun habe, mit niemand, auch nicht mit mir. Der Mann namens Juanicho liebte dich, war glücklich und litt. Aber er ist tot. Was den Mann namens Brausen betrifft, können wir bestätigen, daß sein Leben verloren ist; ich sage es so, als gäbe ich meinen Namen bei der Polizei an oder deklarierte mein Gepäck beim Zoll.«

»In deinem Alter?« fragte sie; ich dachte mir, daß sie nicht verstehen könnte, erinnerte mich daran, daß sie mich nicht mehr liebte.

»Das ist es nicht; es mag ein Fiasko sein, aber Verfall ist es nicht. Jetzt würde ich einen Schluck aus dieser Flasche mit irgend etwas trinken.«

»Vielleicht war es das, Juanicho. Vielleicht war es nicht wegen meiner Brust, die sie mir wegoperiert haben, noch wegen deines Mangels an Liebe und auch nicht wegen des unvermeidlichen Endes aller Dinge.«

»Es handelt sich nicht um einen erledigten Menschen«, sagte ich. »Nicht um Verfall. Es geht um etwas anderes, darum, daß man glaubt, zu einem Leben verurteilt zu sein bis zum Tode. Dabei ist man nur zu einer Seele verurteilt, zu einer Seinsart. Man kann viele Male leben, viele mehr oder minder lange Leben. Das wirst du wissen. Ich würde einen Schluck von diesem Etwas nehmen. Aber wenn ich dich störe, gehe ich.«

Jetzt – während Gertrudis' großer weißer Körper hinter dem Vorhang verschwand, der uns vom Eßzimmer trennte, und die Anhaltspunkte, die ich brauchte, um ihre Nacktheit zu rekonstruieren, ins Halbdunkel tauchte – hob sich der Wind in zitternd gespielter Wut, und der Regen schien gezwungen, nicht die Gärten und nicht die Straßen zu treffen, sondern sich im Fallen zu verbiegen, um an die Fenster zu hämmern, auf Blätter und Baumrinde, gegen die fahlen Straßenlampen, die ihn erleuchteten. Jetzt – während Gertrudis ihr Nachthemd aus dem dunklen Raum zog und schwankend näherkam, ein unerkennbares Liedchen trällerte, die Flasche an die Brust hielt, mit schläfrigem Lächeln die Komödie, die sie spielte, ankündigte und verlachte: Duldsamkeit, die keinen Ehrgeiz hat, zu begreifen – jetzt streckte der Wind sich waagrecht in alle Richtungen wie die Äste der Pinien, die er schüttelte und die sangen.

»Also einen Schluck«, bot Gertrudis an.

Ich hob die Augen, um das lächelnde Gesicht anzublikken, das fast unpersönliche Sympathie und unpersönlichen
Schutz verströmte. Wieder sah ich die nackten Füße, die
Adern, die zu den Knöcheln hochkrochen, die Fingernägel,
die ihren Lack verloren. Ich dachte daran, daß sie von
Anfang an barfuß gewesen, seit sie auf die Fliesen des Eingangs heruntergekommen war, um mich zu empfangen, und
auf die abgerissenen Blätter und den Regen getreten war.
Sie legte ein großes Kissen auf den Fußboden, setzte sich
vor den Kamin und umklammerte die Beine; auf die Knie
lehnte sie die Güte ihres Lächelns. Sie flüsterte:

»Du hast das Sterben an einem Leben also beendet. Ist's
nicht so? Und was willst du mit dem neuen, das du
beginnst, anfangen?«

»Nichts«, sagte ich; ich hatte kein Bedürfnis, mit ihr zu
sprechen und zögerte, bevor ich aufstand, sie zu küssen.
»Ich werde einfach nur leben. Ein neues Fiasko, weil es vermutlich etwas zu tun gibt, weil ein jeder sich in einer
bestimmten Aufgabe verwirklichen kann. Dann bedeutet
der Tod nichts, nicht so viel, nicht eine endgültige Vernichtung, weil der gläubige Mensch den Sinn des Lebens entdeckt und ihm gehorcht zu haben vermeint. Doch für dieses
kleine Leben, welches vor mir liegt oder für alle vorhergegangenen, müßte ich sie von neuem beginnen, weiß ich
nichts, was mir nützen könnte, sehe ich keine Möglichkeiten
des Glaubens. Ich kann natürlich bei vielen Spielen mitma-
chen, kann mich fast davon überzeugen, daß ich für die
anderen die Farce eines gläubigen Brausen spielen muß. Jede
Art von Leidenschaft oder Glauben dient dem Glück in dem
Maße, als sie uns ablenken, in dem Maße, als sie uns Unbe-
wußtheit schenken können.«

»Aber wir leben doch«, flüsterte sie. »Du hast das Glück
genannt.«

»Ist das wirklich so wichtig?«

Nun versteifte sie die Arme und begann im Sitzen zu
schaukeln, dabei lächelte sie still, zärtlich und herausfordernd:

»In dem Ton, in dem man nach einer Anschrift fragt, einer Straße, die der andere kennen muß. Ich weiß nicht, wo die Straße ist, es ist mir nicht wichtig, ich will es dir nicht sagen.«

Feucht blies der Wind weiter und bewegte die Spitzen von Gertrudis' Haar, der Regen prasselte stärker auf eine dunkle Landschaft von Furchen, Moos, satter Scholle. In Ihrem anspruchsvollen Nachthemd thronte sie auf einer der gealterten Wochen, die der ersten Nacht in Pocitos gefolgt waren; jünger als Raquel, wie damals so sehr Herrin ihrer Begeisterungsfähigkeit und ihres Glücks, so sicher der Häuslichkeit der Zukunft wie der Häuslichkeit des ernsten Brausen, den sie mit den Beinen gefangenhalten konnte. ›Wir können nicht zum Anfang zurückkehren, und alle Neugierde wäre in zwei Nächten gestillt. Aber ich könnte den Anfang verändern. Ihr großer weißer Körper besteht immer auf einem Ritual; diese weibliche Gabe der Dauer, dieser Mangel an Individualität, diese Verwandtschaft mit der Erde, die ewig auf dem Rücken liegt und neu ist unter unserem Schweiß, unserem Schritt, unserer kurzen Gegenwart. Ich könnte den Anfang verändern und ihn diesmal zwingen, anders abzulaufen; nur um die Erinnerung an den ersten Anfang durch den an diese Nacht zu ersetzen und darauf zu vertrauen, daß der neue Anfang genügen wird, um die Erinnerung an die fünf Jahre zu ändern. Nur damit es mir möglich sei, näher am Tode, eine tiefe Vertrautheit wachzurufen, die dem Besten von uns angepaßt ist, ohne Verlockungen nach Rache.

»Ich lösche jetzt das Licht, ich will dich küssen«, sagte ich zu ihr; ihr Gesicht veränderte sich nicht, sie lächelte schläfrig, ohne Verstellung zeigte sie ihre Müdigkeit. Vom Rauschen des Windes und dem Wind selbst umgeben, stand ich auf; ich fühlte die Frische des Regens im Nacken. Ich löschte das Licht und wartete, bis ich Gertrudis' kauernden, schaukelnden Umriß unterscheiden konnte.

»Rühre dich nicht«, sagte sie, und ihre Stimme ließ nichts erkennen. »Alles ist gut. Aber ich begehre dich nicht.« Ich kniete nieder, um sie zu küssen; zwischen ihren

Lippen stach hart ihre Zungenspitze hervor. »Ich begehre dich nicht«, wiederholte sie und löste sich von mir.

Bedeckt und erregt von den beweglichen Schichten der feuchten Luft, versuchte ich mit dem fernen Rauschen des Windes zu verschmelzen, einsam und hellsichtig auf dem großen Körper, der sich ohne Hingabe regungslos preisgab. Wieder dachte ich an ihren Tod, als ich mein Scheitern erkennen mußte, als ich neben ihr auf dem Rücken lag und mich vergessen wußte. Ich lauschte, fühlte in den Augen und Wangen die erneuerte Wut des Gewitters, das grollende Rauschen des Wassers, den heulenden Wind, der den Himmel füllte und auf die Erde schlug; die Kraft des Unwetters, imstande, den Tagesanbruch zu durchstoßen, den Morgen zu überfallen, mich wegfegend und übersehend, als wiege meine tote Begeisterung nicht mehr als das winzige Blatt, das ich gestreichelt und an meiner Wange festgehalten hatte; so gleichgültig und fremd wie die Frau, die ruhig und stumm auf dem großen Kissen neben mir ruhte.

3. Die Ablehnung

»Dies ist die Stunde der Angst und des kleinmütigen ›Herr, warum hast du mich verlassen?‹« hatte Stein beim Essen gesagt.

»So ist es«, pflichtete Mami verständnislos bei; zerstreut, fast schläfrig, lächelte sie der Eingangstür zu.

»Und wenn wir etwas innehalten«, fuhr Stein fort, »wenn deine Rettung warten kann, dann würde ich sagen, daß der andere sich sehr wahrscheinlich die Hände gerieben und in den Bart gemurmelt hat: ›Meine Ratschlüsse sind unergründlich, mein Sohn.‹« Er lachte heraus, während er Mami auf die Schulter klopfte. »Ist das nicht genial? Heute fühle ich mich als Jude. Wenn du mir den Ausspruch stiehlst, vergiß nicht das ›Mein Sohn‹ am Ende. Das ist unerläßlich, es faßt die Absicht zusammen und bietet sie an wie ich diese Spargelspitze. Nicht so gut wie die vorige, aber dennoch beachtlich. Könnte ich doch ein anderer sein und beim Zuhören staunen... Jedenfalls muß etwas getan werden, etwas Konkretes. Ich weiß nicht, was mit dir los ist, ich will nicht in dich dringen, du wirst schon zu dem guten Porfirio kommen ohne Sonia, die dich antreibt. Du wirst schon zu dem guten Porfirio kommen ohne Sonia, die antreibt...«, rezitierte er, sich zuhörend. »Vielleicht eine Silbe zuviel, macht nichts. Du warst jung und nervös; ich dachte, du hättest ausgezeichnete Nachrichten oder MacLeods hundertfach vervielfältigtes Geld. Ich sah dich wieder, und du warst verändert; ich sah bei dir den Beginn jener Kahlheit, die mit der Reue einsetzt. Ich hatte den Verdacht, du seist so idiotisch, dich wegen deiner Stellung zu sorgen und schlug dir vor, die Firma Steinsen Limitada aufzumachen, du sagtest nein. Ich fragte, ob es wegen Gertrudis sei, du sagtest nein. Aber wie dem auch sei, es gibt etwas, was ich für mich selbst seit Jahren aufbewahrt habe. Den wahren Weg zur Rettung und das vollkommene Verbrechen. Aber Mami und ihre Reize hindern mich, zu verzweifeln, die Zeit vergeht, und meine Formel findet keine Anwendung. Es ist so: Der Bußfertige mietet ein Hotelzimmer und schickt jemand aus, um Kleider zu kaufen. Alles, einschließlich Schuhe, Hut, Taschentücher. Nichts darf gerettet werden, wenn wir Unglück ausschwitzen. Die alten Kleider müssen verbrannt werden, man muß sie vernichten; nicht aus Nächstenliebe, sondern weil es feststeht, daß der Anzug seinen neuen Herrn mitreißt und uns verfolgt. Ich kenne unwiderlegliche, eindrucksvolle Beispiele, ich weiß von rachsüchtigen Kleidern, die Kontinente durcheilt haben, um ihr Gift zurückzugeben. Berühren genügt. Wenn die alten Kleider zerstört sind und der neue Doppelreiher samt Zubehör in unserem Besitz, ist es, wenn dies hier gesagt werden darf, nötig, ein kochendheißes Bad zu nehmen und ein Glas mit Englischsalz zu trinken. Natürlich sind Abweichungen je nach den besonderen Idiosynkrasien erlaubt. Der Bußfertige schläft ein, erwacht mit einem Lächeln, putzt sich heraus und beginnt ein neues Leben, so neu wie ein Neugeborenes, seiner Vergangenheit so fremd wie der Aschenhaufen, den er hinter sich läßt. Ich verbürge mich für mein Wort.«

Aber ich wollte mich nicht abschrubben, noch meine Flecken abwischen, noch den Schmutz mit Kalkmilch übertünchen. Ich wollte mich nicht verstellen, ich suchte mich wach zu halten und gespannt, Arce mit meinem Willen zu nähren und mit dem in viele Scheine aufgeteilten Geld, das ich in einer kleinen Stahlkassette in der Bleikammer einer Bank verwahrt hatte mitsamt dem Revolver, den Schrauben, Federn und Glasscherben. Ich erfuhr, daß ich entschlossen war, Arce am Leben zu erhalten, ähnlich wie, wenn ich tot wäre, meine Zersetzung eine Pflanze nähren würde; ich erhielt ihn mit den hundert grünen Scheinen, mit den Besuchen bei der Queca, den Nächten und den Tagesanbrüchen, wenn ich mich an die Wand meines Zimmers drückte, um zu hören, wie sie sich mit Männern und Frauen einließ, sie auch belog, blitzschnell Zwiesprache führte und sich aufspielte, betrunken, schluchzend, wenn ›sie‹ ihre Einsamkeit überfielen; ich erhielt Arce durch Díaz Grey und die Frau, die das Gelände erforschten, das ich erobert und bevölkert hatte. Das Geld, die Queca, Santa María und seine Einwohner. Aber ich wußte, ohne Angst wegen des Essens und eines künftigen Dachs, daß die unerläßliche Lebensquelle Arces das in der Bank versteckte Geld war, die Banknoten, die ich aufbewahren und aufs Geratewohl ausgeben mußte bis zu dem unvermeidlichen Augenblick, der weder aufgeschoben noch vorangetrieben werden konnte, da Arce zurücktreten würde, um die reglose Queca zu betrachten.

Wir waren es, ich, meine Verachtung und meine Selbstverleugnung, die an heißen Vormittagen die Treppen der Bank hinunterstiegen, wenn ich Geld brauchte oder es nur sehen, es mit den Fingerspitzen berühren wollte. Wir traten in die Kühle des Untergeschoßganges ein; ein Mann mit einer Pistolentasche am Gürtel kam näher, um mich zu bedienen, geleitete mich zwischen Gittern und dicken Mauern durch eine träge Atmosphäre und gezähmte Erwartung; ein anderer Mann, den schwarzen Hut schief auf dem Kopf, saß gelangweilt auf einer Bank. Ich betrat den Raum, schloß mich ein mit der Kassette auf dem Tisch, drehte das Schlüsselchen im Schloß. Ohne Geiz neigte ich mich über die Banknoten wie über einen Spiegel, der mein Gesicht jäh und unverhofft zurückwerfen würde. Aber ich traute meinen Augen nicht allein; ich schloß sie, bevor ich den Deckel zuklappte, und bewegte die Finger zwischen den aufgehäuften Papieren und Gegenständen, versuchte Ernestos Zettel zu erkennen: »Ich rufe dich an oder komme um neun.« Ich glaubte, die Ränder des Zettels seien beauftragt, mir im voraus die Ankunft von Arces Augenblick anzukündigen; ich faßte ihn und hielt ihn zwischen den Fingerspitzen, dachte: ›Verrückte Welt, verrückte Welt...‹, erinnerte mich an Quecas Gesicht und wie sie lächelte, redete, genoß, log. Meine Finger empfingen die Ankündigung nicht. Ich sah Quecas Gesicht in einer so erstaunlichen Wirklichkeit, mit solch eindringlich persönlichen und nie entdeckten Mienen, daß ich bisweilen in die Bank zurückging, mich mit der Kassette einschloß, um sie gestikulieren zu sehen und um

Blicke von ihr zu erhaschen, die sich mir bislang nie gezeigt hatten, um zu wähnen, daß ich sie eine Minute lang kennen, sie mir ohne Leidenschaft einverleiben könnte wie ein Nahrungsmittel.

Dann drohte etwas alles zu zerstören. Ich klopfte an ihrer Tür und besaß sie, atmete die Luft der Wohnung, ich konnte die Gegenstände einen nach dem anderen sehen und berühren, sie als lebendig und stark empfinden, geeignet, das unverantwortliche Klima zu schaffen, in dem ich in Arce verwandelt werden konnte. Indes, die alte Ordnung war in irgendeiner Weise verändert; etwas fehlte oder schob sich dazwischen, war tot. ›Es ist alles da, Dummkopf, alles‹, dachte ich, wanderte mit spöttischem Lächeln weiter und suchte Quecas Wut und ihre Vergangenheit zu erregen.

Schwankend in ihren Stimmungen war sie froh, mich zu sehen, oder sie war wortkarg und wütend. Ich ging umher, musterte die Möbel, die Bücher, die Töpfe wie ein Techniker, der das Ersatzteil sucht, das an einer Maschine fehlt, abwechslungsweise auf die Deduktion und die Kausalität vertraut; wissend, daß sie an irgendeinem Punkt der Wohnung unbeweglich saß und bis ich sie anblickte, sich mir gegenüber müde und ironisch verhielt mit verengten Augen, die geheimnisvoll taten und mich zu beurteilen vorgaben. Und nicht nur mich, der herzlich und grobschlächtig eintrat, die Schlüssel schwenkte, ungläubig ›Verrückte Welt, verrückte Welt‹ brummte, sondern mein Geschick, die Menschheit, die Unterschiede zwischen ihr und den übrigen. Sie wartete, bis sie meine Augen traf; dann drehte sie mir den Rücken zu und warf sich aufs Bett oder staubte die Möbel ab, die Bücher, die sie nie lesen würde.

Ich suchte weiter, nach der verlorenen Harmonie, ich rief mir die alte Ordnung wach, die Atmosphäre ewiger Gegenwart, in der es möglich war, sich hinzugeben, die alten Gesetze zu vergessen, nicht zu altern; ich wog weiterhin die falsche Bedeutung von Quecas Mienen durch die Lüge meiner unbarmherzigen Herzlichkeit auf; ich wanderte an den Wänden entlang, bot dem unbekannten Element, das sich weigerte, zu handeln, Bestechungsgelder. Wie ein Sieger auf eroberter Erde erduldete ich, ohne mich täuschen zu können, die nicht zu ortende, entschlossene, schweigsame Opposition ihrer Bewohner. ›Wenn meine Finger in der Bankkassette wissen, daß der Augenblick gekommen ist, wird die Wohnung die gleiche wie vorher sein, der aufsässige Mechanismus wird wieder einrasten; es wird aber nur einmal sein, ein Tag oder eine Nacht, und es wird nicht länger als vierundzwanzig Stunden dauern.‹

Ich begrüßte sie und schickte mich an, sie mit zerstreuter Lüsternheit zu küssen; bisweilen stellten Quecas Gesicht und Stimme haargenau die drängende und frohlockende Hingabe der ersten Woche wieder her. Ich vermutete, daß das, was in der Wohnung gestorben war, in ihr war und wieder erweckt werden konnte; oder daß es nur ihrem Willen gehorchte. Daher war ich nicht ganz unaufrichtig, als ich mich im Bett zurücklehnte, um mit interessierten Augen dem Ansturm belangloser Menschen, belangloser Ereignisse, alltäglicher Zynismen zu lauschen, die Quecas begierige Stimme über mich ausschüttete zwischen Liebkosungen und absehbarem, jäh abgebrochenem Gelächter; ich war nicht unaufrichtig, weil meine Augen von Hoffnung geweitet waren, weil ich angestrengt glaubte, die Rückkehr in die ersehnte verlorene Welt sei nahe.

Ich erinnerte mich, daß ich die wundertätige Luft der Wohnung zum ersten Mal an einem Abend entdeckt und fast ertastet hatte, als Queca nicht anwesend war; daß die besondere Zeit des kurzen Lebens mir aus einem Durcheinander von Gläsern, Früchten und Kleidern entgegengeströmt war. ›Es ist nicht sie, nicht sie macht das‹, überzeugte ich mich, ›es sind die Gegenstände. Und ich werde sie mit soviel Inbrunst liebkosen, daß keiner von ihnen sich verweigern kann, ich bin meiner Sache so sicher und zuversichtlich, daß sie mich lieben müssen.‹ Ich begann meine Verführungsversuche, indem ich stillschweigend die Namen der Dinge wieder durchging; ich beschloß, sie in zwei Kategorien einzuteilen: die entscheidenden und die, welche auf Arces Existenz keinen Einfluß hatten. Das Schwierigste war, den Seelenzustand zu treffen, in dem die Gegenstände und ihre Namen gedacht werden mußten; Bescheidenheit und übertriebene Herrschsucht zu meiden. ›Bild, Tisch, diese Entfernung, Regal, Bücherrücken, Tischdecke, Sessel, Bett, gebrauchtes Glas, Blumenvase, Glas, kleine Figur, Fußabstreifer, Lampe, billige welke Blume, umgekehrt liegender Pantoffel.‹ Ich hielt eine Sekunde für jedes Ding inne, machte mir die Benennung bewußt, übermittelte ihm meine Liebe, meinen Opferwillen. Nachdem ich dies den Gegenständen gezeigt hatte, stieg ich aus dem Bett, um sie zu berühren, ihnen bequemere und hervorragendere Stellungen einzuräumen und ihnen die Bestimmung von Fetischen zuzumurmeln.

Doch schließlich begriff ich, daß nichts erreicht war, daß meine Erinnerung oder meine Hände außerstande waren, das Schlüsselding zu finden. Es war alles da, bereit, die Wohnung mit dem Vergessen zu füllen, mit dem Frieden, mit der unvergleichlichen Freude meiner ersten Besuche. Aber etwas gehorchte einer geheimnisvollen Beschwerde und verweigerte sich.

Da stand ich, furchtsam und untröstlich, und ließ meine bedächtigen, behutsamen Augen durch das Zimmer wandern, als musterte ich eine Geliebte, die mich auf unerklärliche Weise nicht mehr begehrte, als müsse die Erklärung in ihr zu finden sein. Und nun kehrte ich zu meiner ersten Theorie zurück, ich nahm hin, daß der Fehler bei der Queca lag und beabsichtigt war; ich zwang sie, sich zu betrinken und mich zu beschimpfen, ich schlug sie überraschend nach jedem freundlichen Wort oder einer Liebkosung, jedesmal genoß ich es mehr, wiederholte ich mit der Geduld eines Lehrlings Winkelgrade und Geschwindigkeiten, erstickte machtvoll die Versuchung zum Meisterwerk, verweigerte mich der Verheißung endgültiger, unveränderlicher Befriedigung, die der Gedanke, sie zu töten und tot zu sehen vorwegnahm.

4. Begegnung mit der Geigerin

Die Tür unter dem hängenden Geloder der Fuchsien wurde von einem kleinen Mädchen geöffnet; sie hatte ein an Schrecken gewohntes Gesicht, steife Zöpfe, eine blaue Krawatte. Sie war klein, und Díaz Grey dachte später, diese sei eine Zwergin der anderen, eine Kleinausgabe der Geigerin, das junge Mädchen, das sie neben dem riesigen Flügel des Wohnzimmers hatten spielen sehen, als die Zwergin für jetzt und immer sie eintreten ließ und Argwohn und Furcht wie Tränen, eine für jedes Auge, schnüffelte.

Die Zwergin teilte mit, Señor Glaeson schlafe, und sie versuchte zu lächeln. »Aber nein«, sagte das Mädchen von natürlicher Größe; links und rechts vom Körper hielt es gelassen Geige und Bogen und verneigte sich zu der schüchternen Begrüßung, mit der ein Künstler den höflichen Applaus vor Beginn seines Konzerts quittiert — eine guten Manieren gehorchende leichte Begrüßung, die, falls die Gaben der jungen Konzertistin die von Hoffnungen und Vorläufern ausgelösten Erwartungen nicht erfüllen sollten, von beiden Teilen ohne Schwierigkeiten dem Vergessen überantwortet werden konnten.

»Aber nein«, wiederholte sie wie ein Thema, das bei passenden Gelegenheiten wiederkehren sollte. »Er hält seinen Mittagsschlaf, dürfte aber gleich erwachen. Wenn Sie ein wenig warten wollen ... Ich übe jeden Nachmittag um diese Zeit, und er wacht nicht auf, er hört mich nicht. Aber die Stunde ist nah, wenn sie nicht schon gekommen ist. Ich werde nachsehen, ob er schon wach ist und ihm sagen, daß Besuch gekommen ist ... Wollen Sie sich nicht setzen? ... Wo es Ihnen am bequemsten ist.« Sie lächelte und hob leicht Bogen und Geige vom Körper.

Die endgültige Zwergin ahmte das Lächeln des jungen Mädchens nach; sie richtete einen begierigen Blick – nicht auf sie, auf keinen von den dreien, nicht auf das Wohnzimmer, das von der Riesigkeit des Flügels fast ausgefüllt war, sondern auf die Situation voller dramatischer Möglichkeiten, die sie hinter sich lassen mußte – und ging geräuschlos hinaus.

Allein aber ermutigt, verneigte sich das junge Mädchen von neuem mit klappernden Absätzen.

»Señora, Señora . . .«, sagte sie. »Stört es Sie, wenn ich spiele?«

Elena und Díaz Grey sagten nein, überboten sich in Beteuerungen, schüttelten die Köpfe, um Argwohn zu verscheuchen. Sie stellte sich wieder vor ihren Notenständer, pflanzte sich fest auf ihre Füße, auf ihre zarten Knöchel und, die Geige unter dem Kinn und den Bogen starr in halber Höhe haltend, wartete sie geduldig darauf, daß Díaz Grey sich die konfuse, fälschlich uneigennützige Einleitung des Klaviers vorstelle. (Jemand, ein Fremder, schreitet über gefallenes Laub; durch das Wäldchen; ohne Prunk beerdigen wir die letzte Rose dieses regnerischen Sommers.) Die Geige hob zur Unzeit zu einer wütenden Klage an, brach reuig ab und wartete entsagungsvoll. Díaz Grey dachte an die Flickwörter des Klaviers, während sie, jetzt fast mit dem Rücken zu ihm, ohne Ungeduld wartete, das breite schwellende Gesäß war der einzige Reichtum ihres Körpers. Sie versuchte auf die schweigsame Rede des Klaviers hin zu sagen, was unaussprechlich ist, sie begriff ihren neuen Irrtum und machte sich, ohne anderen Ehrgeiz als eine annähernd erreichbare Genauigkeit, ans Lügen. Sie phrasierte, so gut sie vermochte und ertrug ohne Unmut das skeptische Murren des Klaviers, die Musik, die Díaz Grey sich vorstellte. Die Augen auf die Hüften des Mädchens gerichtet, übertrug er auf diese das von Elena Sala ausgelöste Verlangen – die ironisch neben ihm saß und, kaum neugierig in der Mittagsbenommenheit, auf das Erscheinen des verzweifelten Flüchtlings oder Mr. Glaesons abschlägigen Bescheid wartete, und während sie zuzuhören vorgab, auf die größte Perle ihres Kolliers biß.

Das junge Mädchen entlockte der Geige eine endlose, sehnsüchtige Phrase, die ohne Heftigkeit den Ruhm einer Erinnerung aufzuerlegen suchte; dann, ohne eine Rückwirkung oder Entgegnung abzuwarten, jauchzte sie zwei Noten der Freude, wartete auf das Klavier, schrie von neuem auf und machte dem Schweigen des Klaviers Platz, dann verlor sie plötzlich die Lust und gesellte ihre Stimme zu der der Tasten, nur das Unerläßliche, um vernehmlich zu bleiben und sagte – mit schwachem Zögern, mit Arglist, mit liebenswürdigen Fragen, Ansichten über die Temperatur, guten Wünschen für die Kranken –, was zu sagen sie entschlossen und verurteilt war. Dann glaubte sie oder bemühte sich an die Möglichkeit zu glauben, durch den Rhythmus eines Gesprächs zweier Alter am Kamin zu einem Einverständnis zu gelangen. Díaz Grey blickte auf ihre Hüften, die so breit waren, daß sie Kinder mit einem einzigen Stoß gebären konnten; er nutzte die Pausen, um ihr geschlechtsloses Profil zu betrachten, die gerade Nase, die vom Helm ihres blonden Kraushaars fast verdeckten Augen; die leichte tragische Sinnlichkeit, die aus ihrem Mundwinkel sickerte.

Sie ließ das Klavier in der Hoffnung sprechen, sich auszudrücken, indem sie die Noten nachahmte, die der Phantasie des unbekannten kleinen Mannes mit großen Brillengläsern und schütterem Haar anvertraut waren, der neben der unsympathischen Frau saß. Doch das Klavier und der Unbekannte mit dem Blick auf ihr stellvertretendes Hinterteil würden nie begreifen. Daher stützte das junge Mädchen sich schließlich auf die Darmsaiten der Geige und stürzte vorwärts – wobei ihre fliegende Haltung stets von den hervorragenden Hüften wettgemacht wurde, die von Díaz Greys Besessenheit und erkaltetem Leiden mit Bekenntnissen und Verschwiegenheiten ausgestattet wurden –, griff mit ihrem auf der Geige ruhenden Kinn an, stieg mühelos, um entschlossen und schamlos ihre Leidenschaft vorzutragen. Und während sie langsam in dem großen Musiksalon schwebte, verschmähte sie sogar, von sich selbst gehört und verstanden zu werden, sie, welche die Leidenschaft, die sie verkündete, auswendig gekannt hatte und sie, die kam und ging, sprach und tönte, nun nicht mehr kannte.

Díaz Grey dachte, die stammelnden Töne entsprächen der Beklommenheit und der Niederlage des Klaviers; seine

Augen waren feucht – ›Zumindest in Träumen vermag ich das Antlitz dessen zu sehen, was ich nicht weiß‹, wiederholte sie – feucht wegen der Gewißheit und des Jubels in dem, was er hörte, wegen der Zuversicht und des postumen Kraftstroms, welche die Phrase enthielt, wegen der Silhouetten und Flecken der Trauergäste und der Blumen auf seinem Grab, welche die Phrase andeutete.

Das junge Mädchen beendete ihren Flug mit zwei kurzen Aufschreien und pflanzte sich von neuem vor sie auf, die Beine dicht zusammen, vorgeneigt, ihr Gesäß ihm verbergend.

»Danke«, sagte sie mit Natürlichkeit. »Der andere Teil ist lieblicher« – damit wollte sie sagen ›entsagender‹. »Viel schöner, vielleicht«, – damit wollte sie sagen ›melancholischer‹ –. »Aber da kommt Papa. Haben Sie bitte Nachsicht, daß ich Sie so empfangen habe.«

Mister Glaeson, eine dünne Tuchjacke über seinem Unterhemd, musterte sie, seine himmelblauen Augen verengend, den einzigen Glanz in seinem Gesicht, das einzige, was er gewaschen zu haben schien, um seine Träume des Mittagsschlafs und die schlechte Laune des Erwachens wegzuwischen. Er verkündete, der verzweifelte Flüchtling sei gestern nach La Sierra abgereist. Er sei auf der Suche nach einem Bischof, er habe einen Brief an ihn bei sich, oder der Bischof sei ein Verwandter von ihm; er wußte es nicht genau.

Während seine Töchter im Schatten des Flügels in englischer Sprache miteinander tuschelten, betrachtete er den Raum mit wachsamer Trauer, als suche er die der Luft von der Geigenmusik beigebrachten Schäden abzuschätzen, die Spuren der falschen Noten; er blickte auf die zugezogenen Stores und stellte sich die Unebenheiten der dürren, glühendheißen Landschaft vor und deren Bedeutung.

»Man hätte Ihnen eine Erfrischung anbieten sollen«, bemerkte er, ohne sie wieder anzublicken; er streichelte die grauen Haare in seinem ausgeschnittenen Unterhemd und gab ihnen zu verstehen, daß der Augenblick der kühlen Getränke für immer verstrichen sei. »Ein Bischof von La Sierra, Señora. Ich weiß nicht, welcher.«

5. Erster Teil des Wartens

Es war die Zeit des Wartens, der Unfruchtbarkeit und der Ratlosigkeit; alles war verwirrt, alles besaß den gleichen Wert, gleiche Größenverhältnisse, gleichkommende Bedeutung, denn alles war bar der Wichtigkeit und vollzog sich außerhalb der Lebenszeit, bereits ohne einen Brausen, der abwog und prüfte, und noch ohne einen Arce, der Ordnung und Sinn auferlegte.

Die Wohnung sagte nein, und ich schlug die Queca jedesmal uninteressierter, meine Gewissensbisse waren gedämpfter, mein Haß und meine Verachtung, mein Bedürfnis, sie betrunken zu sehen, hatten nachgelassen.

Die Stadt hatte den Höhepunkt des Sommers erreicht, und wir alle glaubten, sie liege für immer im Mittelpunkt der reglosen Hitze, hingestreckt und keuchend von einem roten Tagesanbruch an bis in die schwarzbraune erschöpfte Nacht, in der ein jeder von uns sich mühte, den letzten Atemzug aufzusparen, um bereit zu sein für das unbestimmte Geschehen, die Verwirklichung und den Anfang, welche die metallischen Blätter der Bäume versprachen, die großen Räume der Alleen und Plätze, das aufreizende Rinnen des Schweißes über die Haut.

Ich, Brücke zwischen Brausen und Arce, bedurfte des Alleinseins, ich begriff, daß die Absonderung mir unentbehrlich war, um wieder geboren zu werden, daß ich nur allein, ohne Willen und Ungeduld, zum Sein und zur Selbsterkenntnis gelangen konnte. Während ich die Queca von meinem Bett aus durch die Wand hindurch belauschte oder bei ihr, waagrecht und demütig, den Selbstgesprächen zuhörte, die sie eröffnete und durchs Zimmer spazieren führte, hielt ich mein Warten aufrecht – ich dachte, ich hätte das ganze Leben gewartet, unwissentlich, und hätte dieses Warten vielleicht um Jahre verkürzt, wäre es mir bewußt geworden –, bewahrte auch meine Verlorenheit, die etwas weibliche schmähliche Empfindung, daß jemand für mich sorgte. Ich achtete nicht auf die Gegenstände und nährte langsam den Verdacht, daß ›sie‹ es waren, die, um mich zu schädigen, die Luft der Wohnung verstümmelten.

»Aber wie sind sie?« fragte ich immer wieder in Augenblicken der Freundschaft. »Wenn du sie zeichnen müßtest, wenn du sie im Kino gesehen hättest ...«

»Sie sind einfach da; ich habe sie nie gesehen«, sagte sie; nur wenn sie von ›ihnen‹ sprach, legte sie während der Monate, in denen wir zusammen waren, Intelligenz an den Tag. »Sie sind, und ich fühle, daß sie da sind; ich könnte dir sagen, daß ich sie sehe und sie höre, aber das wäre gelogen. Nicht wie ich dich sehe oder einen anderen Menschen. Du hast mich einmal gefragt, ob sie sehr rasch sprechen und hast mich nachdenken lassen, als hättest du es erraten oder als kenntest du sie auch, denn das ist es, was mich ganz verrückt macht. Sie reden und reden, und bisweilen mit einer unmöglichen Geschwindigkeit, und trotzdem verstehe ich alles; und dann wieder so tropfenweise, daß es ist, als seien sie verstummt, als könnten sie so langsam überhaupt nichts sagen. Aber ich höre sie immer, ich weiß, was sie sich ausdenken, um mich zu quälen. Einer beginnt in einer Ecke, und schon bewegen sich alle überall, rufen mich an und achten dann nicht auf mich. Ganz langsam zu Anfang, so daß ich mich anschicke, ihnen mit aller Sorgfalt zu lauschen und zuzusehen; und sobald sie merken, daß ich weiß, worum es sich handelt, werden sie rasend rasch, damit ich ganz wahnsinnig werde und von einer Ecke zur anderen renne, damit mir nichts entgeht.«

»Sind das Leute, die du gekannt hast, Erinnerungen, vertraute Gesichter?«

»Nein, das sind sie nicht; kannst du das nicht verstehen? Ich weiß, daß niemand mich verstehen kann.« Sie war unfähig zu lügen, wenn sie von ›ihnen‹ sprach, nur dann glaubte sie, daß die Wahrheit wichtiger sei als die erbärmlichen Phantasien, mit denen sie jede Sache tarnte, die sie mir erzählte. »Ich weiß nicht. Was hast du davon, wenn ich dir sage, daß neulich nachts hier alles voll war bis zum Dach, und nur deshalb, weil ich mich an eine Schweinerei erinnerte, die ich als Kind Mama angetan hatte und überdies, weil ich Angst hatte, im Schlaf zu sterben? Aber ich weiß fast nie, wer sie sind; als hätte ich zwei Leben gelebt und könnte mich nur auf diese Weise erinnern, verstehst du?«

Vielleicht waren ›sie‹ diejenigen, die mich von Arce fernhielten, die mir die Gesamtheit der unverantwortlichen Luft verweigerten, der Atmosphäre des kurzen Lebens. Durch meine Trägheit dem Sommer, der Straße und der Welt ferngehalten, auf das eine oder andere Bett niedergestreckt, wartete ich, zerstreute mich manchmal damit, Namen, Gesichtern und Erinnerungen nachzuspüren, an Gertrudis, an Raquel, an Stein, meinen Bruder, an Straßen und Stunden in Montevideo zu denken, als riefe ich mir eine fremde Vergangenheit wach, Gespenster, dazu verurteilt, einen anderen zu verfolgen. Irgendein zeitliches Vorgreifen von Arces Wahrheit fiel meiner Trägheit in den Schoß: Ich wußte, daß man durch Addieren ein Ganzes erzielt und keinen Rest; daß das, was ich durch Anstrengung erreichen konnte, tot geboren sein würde und stinkend; daß irgendeine Form Gottes dem Menschen guten Willens unerläßlich ist, daß man sich selber nur gnadenlos treu zu sein braucht, damit das Leben die passenden Taten im passenden Augenblick zusammenfügt.

Frei von Beklemmungen, im Verzicht auf jede Suche, mir selbst und dem Zufall ausgeliefert, bewahrte ich den Brausen des Alltags vor unbegrenzter Erniedrigung, ich wollte ihn zu Ende kommen lassen, um ihn zu retten, ich löste mich auf, um Arces Geburt zu ermöglichen. In beiden Betten schwitzend, verabschiedete ich mich von dem klugen, verantwortungsbewußten Mann, der sich mittels der von anderen, ihm Vorausgegangenen, noch nicht Lebenden, ihm selber auferlegten Beschränkungen bemühte, sich ein Gesicht aufzubauen. Ich verabschiedete mich von Brausen, der in einem einsamen Haus in Pocitos, Montevideo, mit der Vision und dem Geschenk von Gertrudis' nacktem Körper den absurden Auftrag erhalten hatte, für ihr Glück zu sorgen.

Ich mußte auch an die Queca denken, denn die endlosen

Selbstgespräche, in denen sie, ohne sich zu erneuern, Beschimpfungen und Vorwürfe anhäufte, waren nunmehr eine Gewohnheit geworden und füllten fast die ganze Zeit aus, die wir gemeinsam verbrachten, und ich konnte sie mir nicht einmal im Untergeschoß der Bank mehr schweigsam vorstellen. Durch die einzelnen schmutzigen Sätze, die ich von ihr hören mußte, kehrte ich zu ihr zurück, durch den neuen beleidigenden Ton, der nun in ihrem Lachen mitklang; ich blickte sie an, stellte ihr Dasein fest, war sicher, daß ich sie töten könnte, daß sie in dem Spiel zu zweit, in das wir für immer verstrickt waren, zu ahnen begann, daß ich sie töten würde und ein Getöse wortreichen Unrats vernehmen ließ, um den Augenblick herauszufordern. Ich war auch sicher, dies vorher gedacht zu haben, sicher, daß sich eine unwiderrufliche Zukunft aufgetan hatte, als sie in das Gebäude umgezogen war, als sie wie ein Möbelstück, wie einen Kater, einen Hund, einen Papagei, die Luft der Wohnung mitgebracht hatte, welche die Männer und Frauen ernährte und bestimmte, die wie ein Hofstaat, der die Plätze wechseln muß, ihr hatten folgen müssen. (Die Luft, die von denselben Männern und Frauen zugleich aufrechterhalten und geschaffen wurde, die sie ein- und ausatmeten; durch den Atem, die Wörter und die Bewegungen von Männern und Frauen, durch die Zigaretten, die sie rauchten und ausdrückten, durch ihre Begeisterungen und Befürchtungen, durch die Ansätze von Einfällen, denen sie nicht ausweichen konnten.)

Nun – schon war etwas von Arce in mir – erfand ich die ›Werbeagentur Brausen‹, mietete die Hälfte eines Büros in der Calle Victoria, bestellte Visitenkarten und Briefbögen und stahl der Queca ein Foto, auf dem drei Neffen und Nichten aus Córdoba anmutig zu lächeln versuchten. Ich rahmte das Foto, stellte es auf den mir abgetretenen Schreibtisch und vergaß nicht einen einzigen Tag, es mit Stolz und der Gewißheit anzuschauen, daß ich den Tod durch meine dreifache Verlängerung in der Zeit überwunden hatte. Ich erreichte, daß Stein, Mami und Gertrudis mich jeden Tag telefonisch anriefen und nahm meinen

Posten mit Tatkraft und gesundem Ehrgeiz täglich um zehn Uhr ein, bereit, unermüdlich zu kämpfen und einen Platz an der Sonne zu erobern. Pünktlich gegen Mittag rief Stein mich an, und wir diskutierten über die Möglichkeiten obszöner Kampagnen, wir wetteiferten in der Vollkommenheit der Skizzen, der Texte und Bildunterschriften, welche jenen zum Durchbruch verhelfen sollten. Ich stellte mir Besprechungen vor, Arbeitslunchs, ich klapperte die Cafés der Avenida de Mayo ab oder setzte mich auf eine Bank der Plaza, um den Tauben Brotkrumen zuzuwerfen; nie hatte es einen blaueren Himmel gegeben; nach und nach empfanden die Leute, die den Platz überquerten, die Anziehungskraft der Freundschaft, die ich ihnen uneigennützig anbot, ohne sie zu sehen, während ich gähnte und lächelte, mich kratzte, die Augen an die Neuheiten verloren, welche die Bäume zu jener Zeit zeigten, die Fassaden der Gebäude, die Zeitschriften- und Blumenstände. Zu gewissen Zeiten beschrieb, zu anderen ersann ich Díaz Greys Abenteuer und näherte mich Santa María durch das Blattwerk des Platzes und die Dächer der Flußbauten, wunderte mich über die zunehmende Neigung des Arztes, dasselbe Ereignis immer wieder durchzukäuen, über sein – mich ansteckendes – Bedürfnis, Wörter und Situationen auszulassen und dadurch einen einzigen Augenblick zu gewinnen, der alles ausdrückte: Díaz Grey und mich, und folglich die ganze Welt. Dann wieder ging ich nach dem Mittagessen zum Hafen hinunter und sammelte Schrauben und Bolzen, betörende Flaschensplitter, die in der Metallkassette der Bank das Geld ersetzten, das ich notgedrungen abheben mußte.

Das Foto auf meinem Schreibtisch stand zwischen Tintenfaß und Kalender; die Köpfe von Quecas widerlichen drei Neffen und Nichten warteten mit angestrengtem Lächeln auf den Augenblick, da der Mann, der mir die Bürohälfte vermietet hatte – er hieß Onetti, lächelte nicht, war Brillenträger und ließ ahnen, daß er nur grillenhaften Frauen und intimen Freunden sympathisch sein konnte –, sich irgendwann einmal im Mittags- oder Nachmittagshunger der Torheit, die ich ihm zutraute, überließ und die Verpflichtung übernahm, sich für jene zu interessieren. Aber der Mann mit seinem gelangweilten Gesicht fragte nie jemals nach der Herkunft oder Zukunft der fotografierten Neffenschaft. ›Bildhübsch, was, hätte ich gesagt, das kleine Weibchen ist entzückend‹; ohne mit der Wimper zu zucken, hätte ich auf das kleine Mädchen mit der breiten Schleife im Haar und den Augen ohne Unschuld geschaut, welche die Oberlippe in alle Ewigkeit hob. Aber es gab keine Fragen, keine Anzeichen für den Wunsch, intim zu werden; Onetti begrüßte mich mit Einsilbigkeiten, denen er ein undeutliches Schwingen von Liebenswürdigkeit, von unpersönlichem Scherzton einflößte. Er begrüßte mich um zehn, bat gegen elf um einen Kaffee, empfing Besucher und nahm Telefonanrufe entgegen, redigierte Schriftsätze, rauchte ohne Beklommenheit und sprach mit ernster, stets gleichbleibender, träger Stimme.

Die Tage wurden heißer, meine Barschaft schrumpfte, gelegentlich traf ich mich mit Stein zum Essen und schaffte es, in seiner Gegenwart seinen alten, bescheidenen Freund Brausen nachzuahmen. Nie argwöhnte er das Geringste, und unsere Begegnungen mit oder ohne Mami waren glücklich. Das Geld schrumpfte, und die alten Eisen- und Glassplitter, die ich in der Kassette deponierte, genügten nicht, um mich zu beruhigen; Gertrudis sah ich selten, versuchte an ihrem Lächeln oder dem Zustand ihrer Schönheit ihr Glück oder Unglück in Liebesdingen zu erraten, und berechnete die Zeit, die verstreichen mußte, damit ein Zusammensein mit ihr wirklich bedeutete, jemand anderes zu verführen.

6. Drei Tage im Herbst

Tag um Tag immer das gleiche; eine wiederholte Gebärde und das Warten, eine Nachahmung Brausens und das Warten, zerstreut, als ob es außerhalb von mir in der Luft und in den Gegenständen bebte, das ich plötzlich im schwachen Zittern meiner müßigen Hände entdeckte.

Vielleicht war es bereits zu Ende, als mich der Gedanke zu verfolgen begann, daß dem Sommer – in einem April oder Mai, der nur mangelhaft vorstellbar war – drei schauderhaft kalte Tage folgen würden, welche die Straßen wie von der Angst zum Wahnsinn getriebene Pferde durchrasten. Drei Tage, die ich nicht sehen würde, kein falscher Schneesturm, der mich nicht zu berühren vermöchte, unfreundliche Tagesanbrüche und Abende, an denen andere Stadtbewohner ein Mädchen mit ins Bett nehmen konnten, ohne das schweißbedeckte Klatschen der Brüste vorauszuahnen, im Vertrauen darauf, daß kalte Füße und Knie das Bedürfnis nach wunschlosen Annäherungen erzeugen würden. Ich schlenderte durch die Straßen, von meiner Wohnung oder meinem Bürofenster aus schaute ich die Gebäude an, überließ mich dem vagen Tagtraum von jener Liebe auf den ersten Blick, der am ersten der drei Kältetage im städtischen Herbst, den ich nicht kennenlernen sollte, entstehen würde; ich stellte mir den Nieselregen vor und die süße Trostlosigkeit, die Begegnung, den gegenseitigen Drang; ich sah den Mann, der am Hotelfenster rauchte, das Mädchen, das, die Knie unters Kinn gezogen, kauernd im Bett wartete; ich sah den Mann mit einem einzigen Blick in die Runde beklommen auf die feuchte Landschaft draußen blicken, auf die Schilder der Läden und Cafés, auf die Architektur nach französischen Vorbildern, die Fahrzeuge und Radfahrer, die Regenmäntel und Regenschirme, das Schutzhäuschen des Verkehrspolizisten, das Gewirr von Fußabdrücken und Laub am Rand der Gehsteige. Ich stand nur einen Augenblick am Fenstervorhang und belauschte die Fruchtbarkeit, welche dieser erste Herbstregen der neuen Liebe bieten, den Reichtum, den die Schichten der vom schlechten Wetter aufgerührten Erinnerungen gewähren mochten.

Ich sah den Mann ohne Gesicht, die Körperform des Mädchens im Bett; ich begann bereits die Muster und Farben der Hotelzimmertapete zu unterscheiden. Die drei Tage der Feuchtigkeit, der Kälte und des Windes zogen unablässig über mich hin, lähmten meine Schritte, bewegten und verwirrten alles, was ich zu sagen suchte. Bis an einem Sonntagnachmittag Díaz Grey mich von meiner Besessenheit erlöste und für mich und für sich das tat, was ich nicht zu tun vermochte: er übersprang ein Jahr seiner Zeit, verließ Santa María, als habe er sich einen Arm abgehackt, als sei es ihm möglich, sich von der Provinzstadt und ihrem Fluß zu entfernen, versetzte Elena Sala in eine Vergangenheit, die nie geschehen würde:

›Das Taxi fährt durch die Avenida Alvear zum Retiro, dem Bajo entgegen, und die erste Kühle der Nacht, die Luft, die sich vibrierend am Fenster bricht, schlägt mir ins Gesicht, vermehrt das Glücksgefühl meines Körpers so stark und so gefährlich, daß ich bereits das Ende des Glücks befürchte und mich lustlos zu dem Mädchen umdrehe. Sie hatte auf mich gewartet und lächelt; die Lichter der Straßenlampen dringen herein, flammen auf und verlöschen in ihren Augen; ich will nicht zweimal ihren dunklen, schwellenden Mund anschauen. Ich überlasse mich der Rückenlehne, der Schulter des Mädchens und bilde mir ein, mich von einer aus Absteigequartieren bestehenden Kleinstadt zu entfernen; von einem schweigsamen Dorf, in dem nackte Pärchen in Gärtchen lustwandeln, auf moosbedeckten Gehsteigen und die Gesichter mit den Handflächen bedecken, wenn die Lichter angehen, wenn sie päderastischen Zimmerkellnern begegnen, wenn sie die Freitreppe des Museums ersteigen, um die Säle zu durchschreiten, flankiert von fast unsichtbaren Gemälden, schlummernden Standbildern, von der Reihe aufgedeckter Betten, von Spucknäpfen, Nachttischen, Handtüchern, Spiegeln. »Hier sind wir, hier bin ich«, sage ich mir, »wieder einmal.«‹ Das Mädchen streicht über meine Hand und spitzt einen Finger, um auf meine feuchte Handfläche ein sogleich vergessenes Gebilde zu zeichnen.

»Liebster«, sagt sie.

»Ja«, antworte ich.

»Dege«, murmelt sie (ein Name, den sie mit meinen Anfangsbuchstaben gebildet hat).

»Ja . . .«

Ich lächle in die Luft, die meine Zähne berührt; ich will nicht nachdenken, ich will nicht wissen, was mein Glück ausmacht, auch nicht, was es vernichten kann. Ich erinnere, ich könnte genau den Rest Alkohol angeben, der in den Gläsern geblieben ist.

»Liebster«, sagt sie. ›Ich hätte mich etwas mehr betrinken sollen‹, denke ich.

»Ja«, antworte ich. Ich beuge mich herab, um ihren Kopf zu küssen, ich rieche sie.

»Wenn ich dir sagen könnte . . .«, beginnt sie und bricht ab.

»Ich weiß schon«, sage ich. Ich reibe eine Wange an ihrem Kopf, und sie seufzt und kommt näher; ich verstehe, daß ich in Kürze Lust bekommen werde, sie zu küssen.

»Kann mir etwas passieren?«

»Nein, ich glaube nicht«, sage ich zu ihr.

»Mir ist alles unwichtig. Ich weiß, daß mir nichts passieren kann. Dege.« Sie hebt das Gesicht, damit ich sie küsse. »Nichts wird passieren, aber alles ist wichtig. Alles«, beharrt sie. Ich werde mir klar, daß wir beide nun während einer Wegstrecke von Häuserblocks mit gelinder Verzweiflung an die Nutzlosigkeit der Wörter denken, an die unerträgliche Schwerfälligkeit, mit der wir sie handhaben. Von oben, mit dem Auge, das nicht von des Mädchens zerzaustem Haar bedeckt ist, schaue ich ihr Gesicht an, erkenne ich die kurze geweitete Nase zwischen ihren Brauen, sehe ich die sinnlich-traurige Form ihrer Lippen, die Rundung ihrer Brüste.

»Hier, oder fahren wir zurück?« fragt der Fahrer.

Ich helfe ihr beim Aussteigen, an der Ecke bleiben wir einen Augenblick betört und zaudernd stehen, dann schlendern wir abwärts, der Luft zu, die vom Fluß heraufweht. Ich schaue sie an, die neben mir für sich geht mit gesenkten Lidern; ich bin erstaunt, sie wie immer, wie früher gehen zu sehen: ihren seitlich gedrehten Körper, einen Arm übertrieben schwenkend, um ihren Gang zu beleben, ihr Schambein vorwärtsgedrückt und ohne Anmut. Ich erinnere mich, daß ich noch vor einer Stunde sicher war, ihren Gang, ihr Lächeln, ja ihre Vergangenheit für immer zu verändern: ich schäme mich, wenn ich mir den Stolz wachrufe, den die Kraft meiner Arme mir eingab, die Genauigkeit und das Glück, mit denen ich mir einen Weg in ihr bahnte. ›Vielleicht habe ich auch geglaubt, daß ich den Gesichtsausdruck verändern würde, den sie auf ihren Kindheitsfotos zur Schau stellt‹, denke ich und mache mich über mich lustig.

Unnötigerweise führe ich sie zwischen den Tischen des Cafés hindurch, wir setzen uns an ein Fenster. Ich bestelle etwas beim Kellner, das Glas Alkohol, das mir fehlte; sie stimmt zu, hebt die Schultern, beschließt, der Straße, der Welt ihr geheimnisvolles Lächeln zuzuwenden. Ich denke an Elena Sala, meine Frau; ich zähle die Stunden, die sie schon auf mich wartet, ich prüfe die Stichhaltigkeit der Lüge, die ich ihr sagen werde.

Nun greift das junge Mädchen nach meiner Hand, wendet mir ihr Lächeln zu, zählt still die Freuden des Lebens auf, beruhigt mich, indem sie mir offenbart, daß es normal ist, auf Schwierigkeiten zu stoßen, wenn wir zum Leben zurückkehren, darin unsere Beine unterzubringen und die Philosophie, die wir uns im Ausland gezimmert haben. Alles renkt sich ein, bekräftigt sie mit ihrem Lächeln und dem Druck ihrer Finger; nicht nur werden wir uns an unsere Muttersprache erinnern, sondern auch an ihre modischen Wendungen, an die launenhafte Aussprache, an die Auslassungen und Abkürzungen, die uns jung machen, die uns wieder jung machen werden.

»Dege ...«, sagt sie, trinkt einen Schluck und bricht ab, um zu husten.

Ich denke an den Doktor Díaz Grey, der regungslos an diesem Tisch sitzt, auf der einen Seite die stürmische

Herbstnacht, auf der anderen das Lächeln, das rosenrote Innere eines Mädchenmundes anblickt, stolz auf die Sicherheit, jeder Ungerechtigkeit fähig zu sein. Sie blickt mich an, nähert meinem Gesicht den Ausdruck einer ziellosen Raserei, die bitteren Mundwinkel mit jener kurz herabgezogenen Biegung, die ein jeder in dem anderen eingraben möchte wie ein Gepräge, unauslöschlich bis zum Tod, noch Jahre sichtbar, nach dem Ende der Liebe. Alles ist möglich, könnten wir denken oder ohne Trauer denken, daß wir nichts von dem Möglichen erreichen werden und daß dieses Verhängnis uns keine Sorgen bereitet. ›Jetzt lächelst du mich wieder an und spielst mit dem leeren Glas, beschwörst die Erinnerung der Nacht. Ich suche mich zu stärken, indem ich mir wie eine Frau wiederhole, daß die Liebe wichtiger ist als wir selber; ich stärke mich; indem ich mir die schmutzigen Wörter des Zimmerkellners vorstelle, der ins Zimmer trat, um die Bettwäsche zu wechseln. Ich liebe dich und sage nichts, ich ahme die Bewegungen deiner Finger nach, während du meine Hand streichelst, ich bemühe mich, in deinen Augen die Spur des gesunden, obszönen Blicks zu entdecken, den ich vor ein, zwei Stunden gesehen habe; auch er stärkt mich, läßt mich an dich glauben. Ich finde ihn nicht, und es macht mir nichts aus, denn ich denke an den Doktor Díaz Grey, der still auf dieser Seite des Tischs sitzt; ein Mann, irgendeiner, dieser, zu bezeichnen mit dem Wort Vierzigjähriger, bereits von der Notwendigkeit belastet, zu schützen, sich zu schützen. Ein Mann von vierzig Jahren auf der anderen Seite des Tischs, der seine Brieftasche öffnet, um zu zahlen, der das erste Alibi vollendet, der mit sanfter Benommenheit, mit angenehmer Unsicherheit seine Rückkehr ins Leben fühlt.‹

7. Die Verzweifelten

Nie wurde jener Teil von Díaz Greys Geschichte beschrieben, in dem er in Begleitung der Frau oder nach ihr in La Sierra ankam, im Bischofspalast empfangen wurde sowie Dinge sah und hörte, die er vielleicht bis heute nicht begriffen hat. Über den Besuch gab es mehrere Varianten; jedenfalls mußten sie mit gespielter Entschlossenheit eine Doppelreihe untersetzter Hellebardenträger durchschreiten, die, kaum martialisch, sich ihrer schlecht erhaltenen Uniformen und des verblichenen Tuchs bewußt waren. Sie wurden jedesmal im ersten Saal von einem lächelnden, einsilbigen Riesen in weißen Strümpfen empfangen, der sie an einen Hauskaplan in Soutane mit Hakennase und einem Gesicht weiterreichte, in dem die Schläue hochkletterte, bis das Haar sie verschlang. Bei keinem ihrer Besuche entstanden weitere Verzögerungen. Sie gelangten bis zum Speisezimmer, in dem der Bischof zu Mittag aß, und dieser erhob sich rasch und freudig, überließ seinen Ring ihren kurzen Küssen und lud sie zum Essen ein. Sie lehnte ab, mit genau dem nie gesehenen Lächeln, das Díaz Grey hervorzulocken geträumt hatte; der Arzt war sich des unüberwindlich Lächerlichen der Situation bewußt, bereute zugegen zu sein und verstummte, während er das gedünstete Huhn und den Rotwein ansah. Nur ein Bediensteter stand hinter Monsignore; die Mittagssonne und das Glockengeläut beeilten sich, in der Tiefe des gewaltigen Gangs zu sterben.

Der Bischof beharrte nur einmal und wies mit ausgestreckten Händen auf die Schüsseln; sofort wollte er wissen, ob sie die einzigartige Beschaffenheit der Stadtluft bemerkt hatten, jene Merkmale von Alter und Sanftmut, welche die unablässige Frömmigkeit der Einwohner erzeugt. Gewiß, sie hatten sie bemerkt, vielleicht anfangs ein wenig fassungslos mit einer neugierigen Falte zwischen den Brauen, doch dann deutlich wahrgenommen, als sie die Nasenflügel der Stadtmitte entgegen weiteten. Der Bischof pflichtete bei, während er zuhörte und aß; die rosafarbenen Flächen seines Gesichts, das unwiderrufliche Leuchten seiner Augen nahmen zu.

»Die Zeit, der Glaube, so viele vorbildliche Tode...«, sagte er zur Erläuterung.

Fast unverzüglich bekannte er, den Flüchtigen an seinem Tisch beköstigt zu haben und hob die Hände, um hinzuzufügen, daß er seit der letzten gemeinsamen Tasse Kaffee nach jenem unlängst stattgefundenen Mittagessen über dessen Verbleib nichts wisse.

»Ist er ein Verwandter von Ihnen?« fragte er Elena Sala.

»Seine Mutter war eng mit der meinen befreundet. Ich habe nie erfahren, was mit ihm los war – diese Notwendigkeit zu fliehen... Er gibt mir zu denken, weil er verzweifelt war.«

»Er wird Gnade finden. Dieser junge Mann...«, sagte der hochwürdigste Herr und schob seinen Stuhl vom Tisch. »Ja, er war verzweifelt. Bei jener Gelegenheit sprachen wir viel. An Ihrer Stelle hätte ich keine Angst.«

»Aber es ging ihm doch schlecht«, wagte Elena Sala einzuwerfen. »Warum wollte er allem entfliehen? Es war wie sanfter Wahnsinn, wie melancholische Wut, als werde er wegen nichts und wider nichts vorgeladen und müsse dennoch folgen.«

In Trauerkleidung, mit gestärktem Kragen, nutzte Díaz Grey den Vorteil seines im Hintergrund stehenden Stuhls, um die Frau spöttisch anzublicken, sich selber zu verachten, den Versuch zu machen, sich selbst zu verstehen und Elena Salas Schenkel mit dem unschuldigen, gemarterten Gesicht zu vergleichen, das sie zum Bischof aufhob. Der hochwürdigste Herr wusch sich die Fingerspitzen mit zerstreuter, gütiger, lind fröhlicher Miene; er zündete eine Zigarette an, zog einmal daran und ließ sie in das Handbecken fallen; das Zischen der Glut trennte entschlossen zweierlei Schweigen.

»Verzweifelt!« Der Bischof betonte Silbe für Silbe. »Es gibt den reinen Verzweifelten, ich weiß. Aber dem bin ich doch nie begegnet. Denn es gibt keinen Anlaß dafür, daß der Weg des reinen Verzweifelten sich mit dem meinen kreuzt. Und wenn es ihn gäbe, würden wir wahrscheinlich aneinander vorbeigehen, ohne uns zu erkennen. Und ich glaube nicht, daß ich es überhaupt verdiene, irgendwann einmal ...« – hier lachte er geflissentlich, ohne Bösartigkeit und wirkte jünger – »den Grund für unsere augenscheinlich unfruchtbare Begegnung zu erfahren.« Mit seinem machtvoll-demütigen Blick machte er die Ansätze von Elena Salas Einwänden zunichte und hüllte sie mit diesem Blick ein, wie um die Frau vor dem zu schützen, was sie dachte und sagte. »Was wir nicht verdienen, das verdienten wir nicht seit dem Anfang der Zeit, und so war es für unser Wohl geplant. Viele Sünden waren unmöglich, wenn wir die Sünde der Eitelkeit ausschalten. Es gibt keine Probleme: suchen wir keine Erklärungen, und es wird keine Probleme geben. Nachher gehen wir in die Bibliothek« – verkündete er, richtete den Satz nur mit den Augen an den einen wie den anderen und verteilte gleichmäßig die damit verbundene Verheißung; der Bedienstete neigte den Kopf, entfernte sich längs der vorhangverhangenen Fenster und verschwand plötzlich im sanften Schatten. »Gott hat gewollt, daß ich den reinen Verzweifelten ausschalte. In der Vergangenheit habe ich häufig um die Gnade dieser Begegnung gebeten; ich besaß die Hoffart, zu glauben, daß mir die für seine Tröstung und Rettung notwendigen Kräfte zur Verfügung stünden. Ich kenne ihn nicht, und noch jetzt pflegt er mich zu versuchen; ich stellte ihn mir als einen vollständig Enterbten vor, als einen von dem Überwältigten, was er Unglück nennt, unfähig, sich auf die Höhe seiner Prüfung zu erheben. Ohne die ausreichende Intelligenz, um den Ziegel zu küssen, mit dem er seine Wunden und Schwären kratzt. Dann wieder sehe ich ihn überhäuft mit dem, was die Menschen Gaben nennen und mit den wahren Gaben, aber gleichfalls unfähig, sie zu genießen und dankbar für sie zu sein. Ich gehe nicht weiter. Der eine wie der andere ein Typus des reinen Verzweifelten. Nur manchmal halte ich meine Arme auf, um ihn zu rufen, um ihn zu empfangen, um dem Antrieb der Hoffart Form zu geben, die mich zu dem Glauben verführt, ich sei der richtige Hafen für ihn. Vielleicht darf ich es nicht tun; oder vielleicht bin ich nur noch für diese Begegnung auf der Welt. Aber glauben Sie nicht an das, was Sie hören oder lesen, mißtrauen Sie der eigenen Erfahrung. Denn außer diesem gibt es nur noch den schwachen und den starken Verzweifelten; den, der unter seiner Verzweiflung steht und den, der, ohne es zu wissen, darüber steht. Es ist leicht, sie zu verwechseln, sich bei ihnen zu irren, weil der zweite, der unreine Verzweifelte, auf dem Weg durch die Verzweiflung, jedoch stark und ihr überlegen, derjenige ist, der von beiden mehr leidet. Der schwache Verzweifelte zeigt seinen Mangel an Hoffnung bei jeder Tat, bei jedem Wort. Der schwache Verzweifelte ist von einem gewissen Gesichtspunkt aus mit Hoffnung weniger gut ausgerüstet als der starke. Daher die Verwirrungen, daher fällt es ihm leichter, zu täuschen und zu erschüttern. Denn der starke Verzweifelte, auch wenn er unendlich mehr leidet, wird es nicht zur Schau stellen. Er weiß oder ist davon überzeugt, daß niemand ihn trösten kann. Er glaubt nicht daran, glauben zu können, hat aber die Hoffnung, verzweifelt, wie er ist, daß er sich in einem unabsehbaren Augenblick seiner Verzweiflung stellen, sie von sich absetzen, ihr ins Gesicht sehen kann. Und das wird zu angemessener Zeit eintreten; er kann von dieser Begegnung zerstört werden, er kann durch dieses Mittel die Gnade erlangen. Nicht der Heiligkeit; sie ist den reinen Verzweifelten vorbehalten. Der unreine und schwache Verzweifelte hingegen wird seine Verzweiflung systematisch und geduldig verkünden; er wird sich beklommen und in falscher Demut hinschleppen, bis er irgend etwas findet, das bereit ist, ihn aufzurichten und ihm zu der Überzeugung zu verhelfen, daß die Verstümmelung, die er darstellt, seine Feigheit, seine Verweigerung, die ihm auferlegte, unsterbliche Seele in ihrer Fülle zu sein, kein Hindernis für eine echt menschliche Existenz ist. Schließlich wird er seine Chance finden; er wird immer imstande sein, die kleine Welt zu schaffen, die er braucht, sich zu fügen, schläfrig zu werden. Er wird sie immer finden, früher oder später, denn er wird sich verlieren, und das ist sein Verhängnis. Es gibt, würde ich sagen, keine Rettung für den schwachen Verzweifelten. Der andere, der starke (und ich beeile mich zu sagen, daß der Sohn der Freundin Ihrer Mutter ein Verzweifelter dieses Typus ist), der starke kann lachen, kann durch die Welt ziehen, ohne die anderen in seine Verzweiflung hineinzuziehen, denn er weiß, daß er weder von den Menschen noch von seinem Alltagsleben Hilfe erwarten darf. Er, ohne es zu wissen, ist von der Verzweiflung getrennt; ohne es zu wissen, wartet er auf den Augenblick, in dem er ihr in die Augen blicken kann, sie töten oder selber sterben kann. Ihr Freund war weder von Gaben überschüttet, noch war seine Geduld wiederholten und augenscheinlich unerträglichen Prüfungen ausgesetzt gewesen. Unglücklicherweise ist da keine Räude, die ihn von den Fußsohlen bis zum Schädeldach zerfrißt; er hockt nicht in der Asche, ihm wird nicht die Gelegenheit geboten, den Ziegel zu küssen, mit dem er sich schabt ... Ihm steht keine Frau zur Seite, die zu ihm sagt: ›Preise Gott und stirb.‹ Ihm wird nicht der ergreifende Wortschwall des reinen Verzweifelten angesichts eines vorbestimmten Elifaz des Temaniters zu Gebote stehen. Irgendein unvorstellbarer Umstand, irgendein Mensch mag kommen und die Verzweiflung für ihn verkörpern. Dann wird er eine Krise durchmachen, tötend wird er sich retten, sich tötend wird er sich verlieren können. Vielleicht sind wir, Sie und ich, imstande, uns dem reinen Verzweifelten zu stellen, mit ihm und gegen ihn zu kämpfen, ihn zu retten. Doch der unreine schwache findet keine Rettung, weil er klein und sinnlich ist; der starke aber wird sich allein retten oder wird erliegen.«

Er stand auf, gegen die Regel und violett im Gesicht wie ein Weinfleck, und wartete entgegenkommend, lächelnd; er wirkte gedunsen und mit gleichgültiger Geduld bekleidet.

»Obwohl es Schattierungen, Untergruppen, Gründe für Verwechslung gibt«, fügte er hinzu, als man sich in Bewegung setzte; er lächelte vergebungheischend, als er Elenas Schulter berührte, um sie in Richtung Bibliothek zu führen. »Kann der unreine und starke Verzweifelte sich in einen schwachen Verzweifelten verwandeln? Oder, wenn er es tut, war er es im Grunde nicht schon immer gewesen? ... Beim Überdenken dieser Frage habe ich schlaflose Nächte verbracht.«

Er schüttelte den Kopf, während er, dies einzige energische Mal entschlossen, beichtete, ohne eine Antwort zu erwarten; er berührte sie mit den Fingernägeln, um sie zur Bibliothek zu geleiten, wo der Bedienstete das Lesepult mit der gebundenen Sammlung Zeitungen wegschob und dafür den Tisch mit dem Kaffee-Service, den Gläsern und der Cognacflasche hinstellte.

Und dies geschah immer, mit kleinen Abweichungen, die nicht zählen; das eine oder andere Mal, wenn ich in meiner Bürohälfte zu arbeiten vorgab und Onettis Rücken beobachtete, stellte ich Elena Sala und den Arzt ins weiße Licht eines Gebirgsmittags, führte sie von einem Diener zum anderen, vom Kaplan zum Bischof, von der Rede über die Verzweifelten zur Verdauungspause in der Bibliothek; hier zwang der hochwürdigste Herr der Unterhaltung leichtfertige Themen auf, und Elena quälte sich mit dem Wiederkäuen von Fragen über den Flüchtling, die sie nicht zu stellen wagte. Ich hatte ein seltenes Glücksgefühl entdeckt, wenn ich die drei in der leeren Benommenheit der Bibliothek verweilen ließ und sie zu der Annahme verführte, die Unterredung beschränke sich auf das bereits Geschehene. ›Sie und er haben Zeit, sich die ganze Zeit meines Lebens gehen zu lassen und zu gähnen; eine Minute vor meinem Tod kann ich wieder an sie denken und werde sie ebenso jung, ebenso gelangweilt vorfinden wie jetzt, und die gleiche heitere Bösartigkeit wird in des Bischofs Stimme vibrieren, in seinen Augen funkeln, ohne daß sie es bemerkt haben werden.‹ Doch schließlich hatte ich ein Einsehen mit ihnen und erkannte meine Verpflichtung, weil ich mir vorstellte, daß ich mein eigenes Warten verkürzte, wenn ich sie aus der Wartepause befreite; nun belohnte ich die Frau und den Arzt mit der Gegenwart des nachdenklichen Engels, mit der Rezitation, die den Bischof verjüngte, mit einem entsetzlichen Profil, mit himmelblauem und lilafarbenem Glanz.

Und hier, unabhängig von meinem Willen, mußte die nie geschriebene Episode sich verzweigen. Denn wenn das, was der Bischof unter dem schattenlosen Standbild des Engels rezitierte, nichts anderes war als eine fabelhafte Narrenposse, mußten Díaz Grey und die Frau im Hintergrund der Bibliothek Platz nehmen und mit dem Rücken Reisebücher streifen, Wörterbücher, die Gesammelten Werke von Jonas Weingorther. Sie saßen nun im Schatten, getragen von einem tieferen Fußboden als dem, auf dem der hochwürdigste Herr Platz genommen hatte, und der Engel war durch einen Kreidefleck zu ersetzen. Doch wenn das, was Hochwürden sagte – und dabei Zustimmung oder Ablehnung im einzigartigen Profil des Engels belauerte – (wenn auch nur für sie) die Wahrheit und die Offenbarung ausmachte, wurden der Arzt und Elena Sala notgedrungen durch Zufall Zeugen der Szene. In diesem Fall erschienen sie in einem Raum des Palastes, der für Winterkonzerte bestimmt war. Viele Töne hingen noch im Raum, besonders wahrnehmbar an den Rändern, wie Flecken auf der schweren Portiere, welche die beiden teilten; dann – in der zweiten Fassung – berührten sie sich mit den Händen und dem Atem, um sich erschrecken zu lassen, als sie die Schönheit des Engels erspähten; schließlich hielten sie seine Schönheit für möglich und breiteten sie wie einen Lichtschein über das Szenenbild, das sie betrachteten. Sie beschlossen zu lauschen, besessen von der Neugierde, die in Träumen sich stärker erweist als die in Widerwärtigkeiten entstehenden Ängste und die uns bis zum stets zweideutigen Ende und Erwachen mitreißt.

Das Profil des Engels behielt sein gekräuseltes Lächeln, während die Rede des Bischofs fehlerlos ablief; das einzig sichtbare Augenlid sank, blinzelte unverzagt und schwächte das Licht des Saals, wenn der hochwürdigste Herr sich in den Wörtern verhaspelte. Über das Pergament, auf dem der Monolog geschrieben stand, zog sich hart und waagrecht der siegreiche Mund des Engels wie ein anklagender Finger.

»Sie waren nicht vorher, sie werden nicht nachher sein«, sagte der Bischof mit verfrühter Emphase. »Schon vergangen oder noch nicht gekommen, das ist, als seien sie nie gewesen, als werden sie nie zum Sein gelangen. Und trotzdem ist ein jeder schuldig vor Gott, weil sie, indem sie einander vom Blut der Niederkunft an bis zum Schweiß der Sterbestunde helfen, ihr Gefühl der Ewigkeit aufrechterhalten und pflegen. Nur Gott ist ewig. Ein jeder ist nur ein möglicher Augenblick; und das entwürdigte Bewußtsein, das ihnen erlaubt, auf der launischen, zerstückelten und selbstgefälligen Sinneswahrnehmung, die sie Vergangenheit nennen, festzustehen, die ihnen erlaubt, Hoffnungsleinen auszuwerfen, und Fehler in dem zu berichtigen, was sie Zeit und Zukunft nennen, ist, selbst wenn man es annimmt, nur ein persönliches Bewußtsein. Ein persönliches Bewußtsein«, wiederholte der hochwürdigste Herr, den Arm zur Decke reckend und sich mittels eines Seitenblicks auf des Engels lächelndes Profil beruhigend. »Das heißt, just jener vom Ziel abweichende Pfad, das sie von Anfang an zu erstreben vorgaben. Wenn ich von der Ewigkeit spreche, so meine ich die göttliche Ewigkeit; wenn ich das Himmelreich erwähne, so beschränke ich mich darauf, seine Existenz zu betonen. Ich biete es den Menschen nicht an. Gotteslästerung und Absurdum: ein Gott mit Gedächtnis und Einbildungskraft, ein Gott, der erobert und verstanden werden kann. Und dieser selbe Gott, diese gräßliche Karikatur der Göttlichkeit, würde bei jedem Schritt, den der Mensch vorwärts tun würde, um zwei Schritte zurückweichen. Gott existiert und ist keine menschliche Möglichkeit; erst, wenn wir dies begreifen, werden wir ganz Mensch sein und in uns die Größe des Herrn bewahren können. Abgesehen davon, wohin und wozu?« In seinem geröteten und feuchten Gesicht nahmen die Augen das herunterfallende Lid des Engels zur Kenntnis; er verbesserte sich: »Wohin? Und wenn jemand eine Richtung findet, die ihm einleuchtet, warum sollten wir ihr folgen? Ich will dem die Füße küssen, der begreift, daß die Ewigkeit jetzt ist, daß er selber das einzige Ziel ist; daß er es hinnimmt und sich bemüht, er selber zu sein, nur dies, in jedem Augenblick und gegen alles, was sich ihm widersetzt, mitgerissen von der Intensität, getäuscht von der Erinnerung und von der Phantasie. Ich küsse dem die Füße und klatsche Beifall dem Mut dessen, der jedes einzelne Gesetz eines Spiels annimmt, das nicht von ihm erfunden und zu dessen Teilnahme er nicht aufgefordert wurde.«

Elena Sala ließ den Vorhang fallen, öffnete ihre Handtasche und begann sich zu pudern; sich mühsam einen Weg durch die Menge der Raucher im Vestibül bahnend, schritt sie zum Ausgang. Ein jäher Windstoß machte die Luft des Platzes lau und fuhr bis zum Bahnhofsviertel hinab.

»Fanden Sie es nicht sehr interessant? Ich jedenfalls«, sagte sie und hakte bei dem Arzt ein. »Natürlich glaube ich nicht, alles verstanden zu haben. Nein, ich möchte jetzt in keine Konditorei. Er ist so, ein Mensch, wie der Bischof gesagt hat, ein Mensch, der er selber sein will und der die Spielregeln annimmt.«

Sie gingen auf einer Seite des Platzes und rochen die Nachtdüfte der Bäume, nur vereint durch das Knirschen des roten Sandes, auf den sie traten; ohne sie zu verstehen, lasen sie die Kinoplakate und überließen sich der mählich abfallenden Straße, die sie zum Hotel führte.

»Ich weiß nicht warum«, sagte sie. »Es ist idiotisch, aber ich bin sicher, daß er hier ist; daß ich, wenn ich Glück habe, ihn in irgendeinem Café sitzen sehe oder ihm jeden Augenblick in die Arme laufe.«

»Warum bleiben Sie nicht in La Sierra?« schlug er vor.

»Ich kann nicht, ich habe eine Verabredung mit Horacio in Santa María, im Hotel am Fluß. Überdies würde hierzubleiben mir nichts nützen; nichts nützt etwas. Nur wenn der Zufall ... Ich hätte nicht hinter ihm herlaufen sollen. Ich bin sicher, daß ich ihn nicht einholen werde. Ich habe mit Horacio telefonisch gesprochen; er hat ein Geschäft für Sie.«

Einen halben Block vom Hotelschild und seinen runden Lichtern entfernt beschloß Díaz Grey, mit dem ersten Frühzug zu entkommen und in seine Praxis und ins Hospital zurückzukehren, ein Weilchen in der stumpfsinnigen Atmosphäre der Freunde auszuruhen; die Frau und die Versprechungen ohne mögliche Erfüllung, die sie für ihn bedeutet hatte, zu vergessen, an einem beliebigen Vormittag zu der kleinen Bucht des hölzernen Hotels hinaufzurudern, die Stufen zu erklimmen und den schlafenden Hotelbesitzer zu überraschen, in den Musiksalon von Mr. Glaeson zurückzukehren, die Hüften der Geigerin zu betrachten und das Märchen von der Zwergin zu berichtigen.

»Ich lasse Sie jetzt schlafen gehen«, sagte Elena und blieb im Hoteleingang stehen. »Für mich ist die Angelegenheit zu Ende.« Sie ließ ein beschämtes Lachen vernehmen, während sie die Arme über der Brust verschränkte und, ihn ausnehmend, sich umblickte. »Es ist alles zu Ende. Ich weiß nicht, seit wann, ich habe es soeben begriffen. Aber vielleicht möchten Sie etwas anderes tun. Ich habe mich Ihnen gegenüber immer sehr schlecht benommen. Was würde Ihnen Freude machen?«

»Ich möchte Sie in den Arm nehmen«, murmelte Díaz Grey. »Ein wenig.«

»Also gut, gehen wir«, sagte sie und faßte seinen Arm.

Als sie am Empfang vorbeikamen, trug sie, hoch wie einen zerbrechlichen Gegenstand, ein stilles Lächeln und in Mund und Augen die schläfrigen Überreste einer tiefen Intensität. Díaz Grey wagte nicht, mit ihr zu sprechen und sagte auch kein Wort, als sie im Aufzug hinauffuhren, er fühlte, daß er – der Mann, dessen Arm Elena Sala drückte, bis er schmerzte – für sie die gleiche Bedeutung hatte wie der Ausdruck der Verwunderung, den sie durch die Gänge trug und mit dem sie sich sanft ins Bett legte, nicht mehr als ein gefährdetes Sinnbild der Welt und der Beziehung zur Welt, unverbesserlich angesichts der Umstände und unerläßlich für die Gabe.

8. Das Ende der Welt

Aber die drei Tage schlechten Wetters kamen, als ich noch in Buenos Aires war; ich vergaß die Farce der Werbeagentur und verbrachte möglichst viele Stunden zu Hause, während ich die graue Luft betrachtete, die Wasserlache, die neben der schlecht schließenden Balkontür größer wurde, und ich fühlte, wie die Einsamkeit sich sanft bis zu dem Augenblick ausdehnte, da ich mich zwingen würde, mich anzublicken, losgelöst, nackt und ohne Ablenkung, in dem ich mir auferlegen würde, zu handeln und mich durch das Handeln in irgendeinen anderen, in einen vielleicht endgültigen Arce zu verwandeln, der im voraus nicht gekannt werden konnte.

Im Bett ausgestreckt, in der Unordnung des Raums umherwandernd, half ich mir, zu sein aufzuhören, mich auszulöschen, Brausen zu verstoßen, zu isolieren oder wie ein Stück Seife ins Wasser zu werfen, damit es sich auflöse.

Am Nachmittag lauschte ich durch die Wand Quecas Weinen. Ich hatte sie nicht kommen hören, war aber sicher, daß sie allein im Bett weinte und den offenen Mund im Kissen vergrub. Vielleicht hatte sie sich auch von den Fehlschlägen überwältigen lassen, die der Regentag bedeutete, oder die Feuchtigkeit vervielfältigte ›sie‹ oder sie ahnte Arces Auftauchen und ihre eigene Zerstörung. Sie mochte auch das Ende in der plötzlich beherrschenden Gegenwart der Erinnerungen vermuten, fühlen, wie sie kamen, eine um die andere, wie sie sich bis zur Unerträglichkeit ausdehnten, bis sie hart und schwer wurden, bis sie verschmolzen und verschwanden, diesmal für immer: jedes Gesicht, jeder Auftritt, jede einzelne der bereits erlebten Empfindungen; somit würde sie sich – wie ich – nicht in das Komplott der vergangenen Tage einlassen, sie würde daraus nicht mehr die Zukunft ableiten können, schließlich würde sie sich zum ersten Mal in ihrem Leben erkennen und verpflichtet sehen, ihre Augen von einem Charakterzug zum anderen zu führen, in den Fingern die wahre, stets erstaunliche, stets klägliche Bedeutung der Form des Fleischs und der Knochen fühlen. Vor allem aber – ich hörte die Laute ihres Weinens – waren auf der anderen Seite der Wand ›sie‹ zu Gast, ungezwungen und leutselig wie beim ersten Stelldichein, wie schlichte Kinder des regnerischen Nachmittags.

Vielleicht hatte die Queca fern vom Bett, in dem sie weinte und zu entkommen suchte, die Nachttischlampe mit dem roten Lampenschirm angezündet, um ›sie‹ wie Insekten anzuziehen und zu verscheuchen, sie flatterten umher oder rasteten, schwerfällig, angeekelt, weich und machten sich darüber lustig, daß sie sich nicht zählen ließen und vermengten für sie, die großmütige Mutter, Ursache und Wirkung, süße Ganzheit, eine einzige Grimasse, die allen ihren Gesichtern entsprach oder der fließenden Zone, die sie sich als Sitz der Gesichter vorstellte. Ich werde sterben, ohne sie zu kennen. Sie mochten wie vor dem Kamin einer Herberge gruppiert sein, in einer Gewitternacht und mit der Vielfalt ihrer Staturen eine Pyramide bilden, dankbar für die Zuflucht und das Leben, die ihnen gewährt wurden, ihren Dank mit der einzigen, gleichbleibenden Grimasse bezeugend, die den weichen Talg ihrer Gesichter dehnte und zusammenzog und das runde Lächeln ihrer Schnäuzchen erzittern ließ.

Und erst, wenn die Queca aus dem Bett sprang, um sie mit Händen fuchtelnd zu verscheuchen, als sie sahen, wie sie mitten im Zimmer bezwungen und ohnmächtig innehielt – die Fäuste an die Schenkel gepreßt, sich starr zum Lächeln zwingend – erst dann würden sie mit der eintönigen, unermüdlichen Beharrlichkeit der Stimmen zu reden beginnen, die weder Verständnis noch Antwort vermitteln und sich aus reiner Lebensfreude vernehmen lassen.

Da waren sie und riefen sie mit S-Lauten, die sie ihr ins Ohr zischten oder indem sie ihren Namen von entlegenen Orten brüllten, von eisigen Sternen, aus der Tiefseegrube, in die der erste Knochen gesunken war; sie riefen sie gleichgültig, zärtlich, drängend, flehend, spöttisch, bedürftig und trennten die beiden Silben ihres Namens, als gurgelten sie ihn, wiederholten ihn, bis er wie ein Röcheln klang, und sie sich selber in den Namen verwandelten. ›Sie sind mein Namen, sie sind Queca, sie sind ich selber‹, diesen Gedanken würden sie ihr schließlich eingeben und verschwinden, während sie sich still und lächelnd betastete, ›sie sind ich, da ist niemand mehr, sie sind nicht da‹ –, nur um sie eilends im Bett zu erwarten und blitzschnell ihren Körper zu befingern, dabei mit den Fingerspitzen den Rhythmus des Regens nachahmend, sanft, ohne etwas anderes auszudrücken als die Absicht, sie wach und schreckgebannt zu halten.

Und es war Nacht, und sie weinte weiter auf der anderen Seite der Wand – das Geräusch wurde von den Tränen gedämpft, von dem auf ihrem Mund klebenden Haarvorhang, von den zerbissenen Handknöcheln —, als ich an einem der drei schlechten Wettertage beschloß aufzustehen und eine Brotkruste und eine Käserinde in der Küche zu kauen; ich zerquetschte eine schwarze Banane zwischen den Fingern und trank einen Schluck Wasser über dem Totengeruch des Eisschranks. ›Vielleicht wird es morgen sein, vielleicht sollte ich nicht länger auf den Aberglauben des Fingerzeigs bauen. Doch nicht ich werde es sein, der sie tötet; ein anderer, Arce, wird es sein, niemand. Ich war alle diese Dinge, die nicht mehr da sind, eine persönliche Form der Melancholie, eine immer wiederkehrende ziellose Beklommenheit, friedliche und nützliche Grausamkeiten, um mich zu verletzen und mich am Leben zu wissen.‹ Zwischen den Düften des Schranks holte ich Raquels Briefe heraus, ich verbrannte sie nacheinander im Küchenausguß, ohne sie zu entfalten und las laut die vor meinen Augen vorübergleitenden Sätze, ohne zu verstehen, was ich sah oder was ich tat, und unterbrach mich gelegentlich vergebens, um Trauer wachzurufen: »Tage, an denen Mama kaum mit mir sprach. Genauso wie mein Vergnügen, mit ihm zusammenzusein und mein Wunsch, allein zu sein. Er war in Brasilien gewesen und sprach mir von dem Freund, mit dem er inhaftiert gewesen war. Nach der ›Bekehrung‹ erinnere ich mich immer, daß ich Mama diese Dinge zu geben suche. Überlegen und viel intelligenter als ich, aber Gertrudis wird das nie verstehen. Dann veränderte sich die Atmosphäre völlig, und etwas Fröhlichkeit. In einer Versammlung in die Enge getrieben zu sein und den Preis für etwas zu zahlen, das mir nicht ...«

Ich öffnete den Wasserhahn und half mit, das versengte Papier aufzulösen, die unverständlichen Wörter, die unversehrt geblieben waren, von Trauer umrandet, gestärkt und unheilvoll. Ich trat auf den Balkon hinaus und patschte mit nackten Füßen durchs Regenwasser, ich erlegte mir die Pflicht auf, an meine Reise nach Montevideo zu denken und mich zu sehen, wie ich Raquels Stirn halte, damit sie sich leichter übergeben kann, wie ich in Quecas Hotelzimmer gehe und die Eifersuchtsszene spiele, die sie erwartet, die sie als eine meiner Pflichten betrachtet.

Die Queca weinte, mit Unterbrechungen, zwischen Schnarchen und den ungereimten Sätzen aus Raquels Briefen. ›Es wäre das gleiche, wenn ich sie langsam gelesen hätte, bevor ich sie verbrannte, wenn ich jetzt am Ende von fünf Jahren gemeinsamen Lebens mit ihr stünde. Der Wasserstrahl auf den zerbrechlichen harten Papierresten, das fröhlich-ernste Klatschen des Wassers, die schwarzen Teilstücke, die sich zu Staub auflösen und im Gesprudel des Abflusses kreisen. Sie weint nicht mehr, sie wird jetzt schlafen, ein Bein unter dem Lampenlicht, erst gegen Mittag wird sie entdecken, daß sie es brennen ließ.‹

Ohne Schlafbedürfnis kehrte ich ins Bett zurück, entschlossen, Díaz Grey auszulöschen, auch wenn es notwendig wäre, die Provinzstadt unter Wasser zu setzen, mit der Faust die Scheibe jenes Fensters zu zertrümmern, an das er sich beim gefügigen und hoffnungsseligen Beginn seiner Geschichte gelehnt hatte, um gleichgültig die Entfernung zu betrachten, welche den Marktplatz vom Flußhang trennte. Díaz Grey war tot, und ich starb vor Altersschwäche auf den Laken und lauschte dem Murmeln des Wassers, das die Wolken sanft ausschwitzten; ich hatte begonnen, Falten zu bekommen von der Nacht an, in der ich bereit gewesen war, Gertrudis zum ersten Mal in Montevideo zu umarmen, mit Steins Kupplerhilfe, in einem zweistöckigen Haus, dessen Holzverkleidung mit Anstand oder mit den Formen des

Anstands durchtränkt gewesen war, das in zwanzig Jahren der häuslichen Riten und Familienfeste Achtbarkeit und den immer wiederkehrenden Gedanken aufgesogen hatte, daß ›Mein Heim die Welt‹ ist; ich hatte das Greisentum in dem Augenblick herausgefordert, da ich zustimmte, in Gertrudis zu bleiben, mich zu wiederholen, Geburtstage, die Sicherheit, willkommen zu heißen, mich zu freuen, weil die Tage keine Vorabende von Konflikten und Entscheidungen, von neuartigen Vergleichslösungen waren. In meinem Verfall riß ich Díaz Grey mit, Elena Sala, den Ehemann, den allgegenwärtigen Verzweifelten, die Stadt, die ich mit einer unvermeidlichen Böschung zum freundlichen Fluß hinab ausgestattet hatte. Mit mir würde jener kaum geahnte Konflikt zwischen den schwerfälligen, tatkräftigen und ernsten Bewohnern der Schweizer Kolonie und der Stadtbevölkerung sterben, zwischen den trägen Kreolen Santa Marías und denen, welche die Stadt ernährten, die dort ihre Einkäufe tätigten, sie an wichtigen Feiertagen geschlossen besuchten (nicht jenen, die sie, ihre Väter und Großväter aus Europa mitgebracht hatten nebst ihrer Willenskraft und der Hoffnung, den ausgeleierten Gebetbüchern, den blassen Fotografien mit Daten auf der Rückseite, sondern an den großen fremden Festtagen, die sie halbherzig achteten und nachsichtig mitfeierten); dann ängstlich, in beherrschter Erregung wieder zum Platz gingen, zur Flußpromenade, zum Lichtspielhaus, in die Geschäftsviertel, die sie »Zentrum« nannten, an deren Mauern Männer mit kohlschwarzem Haar lehnten, um spottend und mit leisem, romantischem Neid diese Sippen, welche die Eigenschaft des Unzerstörbaren verkündeten, langsam, im Sonntagsstaat vorbeiziehen zu sehen. Der aus der wechselseitig getarnten Geringschätzung entstandene Konflikt äußerte sich nur im Lächeln und in ironischen Anspielungen der dunkelhaarigen Männer, in Lächeln und Stimmen, welche die Blonden in gefällige, besorgte, halb zweifelnde Haltungen zu verwandeln vermochten, wenn sie in den Geschäften Banknoten wechselten, Automobile und Dreschmaschinen kauften und auf den Tischen der Cafés ohne Freundlichkeit und Überzeugung übertriebene Trinkgelder liegen ließen, die im Grunde nur ihre Verachtung stärkten.

Alles war schmerzlos und ohne mögliche Wehmut verschwunden: ›Hier sind wir, hier ist dieser neugeborene Mann, von dem ich vorläufig nur den Rhythmus des Pulses und den Geruch der verschwitzten Brust kenne. Die Queca schläft und schnarcht – sollte sie sich an ihren Traum erinnern und ihn mir morgen früh erzählen wollen, wird sie sagen: »Dann standen ›sie‹ wie eine Meereswoge auf, um mich zuzudecken, bevor ich reden konnte, weil wir zur gleichen Zeit ahnten, daß, wenn ich sie benenne, ich sie töte, wenn ich einem jeden den Namen sage, den er hat« –; der Regen hat aufgehört, der Wind weht zum Balkon herein und schlägt gegen Nase und Nacken auf Gertrudis' Foto an der Wand. Es wird morgen sein, es ist entsetzlich, das mit solcher Gewißheit zu wissen, der Himmel wird heiter sein, und dieser Mann wird auf die Straße hinuntergehen. Ich werde schlafen und werde erwachen; mich verstohlen im Badezimmerspiegel betrachtend, werde ich mich zu entdekken suchen, ich werde die Bewegungen meiner Hände überraschen und festhalten; ich werde mich bemühen, zu erfahren, woran ich mich halten soll, als käme es darauf an; ich werde mich mit Schläue und gespielter Selbstlosigkeit über Gott befragen, über die Liebe, die Ewigkeit, meine Eltern, die Menschen des Jahres dreitausend; mit einem verzerrten Lächeln, das nur die geringe Scham darüber anzeigen wird, daß ich am Leben bin und nicht weiß, was das bedeutet, werde ich mich zum Frühstück hinsetzen, werde feststellen, daß nichts Wichtiges geschehen ist, seit jemand die Sprüche des Predigers aufgeschrieben hat, die der verstorbene Julio Stein aufsagte, wenn die Besäufnis ihn ohne Frau überraschte und, während ich die neue Sonne auf der Straße erblicke, werde ich die Verse durch Sätze auszutauschen suchen, die auf Todesanzeigen anspielen, auf die Köpfe der Kinder und die Fleischeslust der geliebten Wesen.

Ich werde südwärts wandern und mich von dem Gedanken versuchen lassen, Díaz Grey von dem heute abend begonnenen und vielleicht morgen früh endgültig erfüllten

Ende der Welt auszuschließen. (Frauen mit Taschen und Körben, schlechtgelaunte, gehetzte Männer werden das Licht des Morgens durchqueren, ohne zu vermuten, daß sie durch meinen Tod gestorben sind, daß die Straßen, die sie betreten, unter Lava, unter Meeren verschwunden sind.) In Constitución werde ich mich wieder in ein Café in der Nähe des Marktplatzes setzen und Zigaretten kaufen, um eine davon starr aus meinem Munde hängend verglimmen zu lassen, damit der Rauch sich zwischen meinen Augen und der Baumgruppe, dem Kommen und Gehen von Lastenträgern, Reisenden, Taxichauffeuren und Markthändlern dehnt und alle Tätigkeit unverständlich macht, die ich betrachte. Dann – ich werde weder einen Finger noch mein Gesicht zu bewegen brauchen – wird Díaz Grey im Zimmer des Hotels von La Sierra erwachen und entdecken, daß die Frau neben ihm tot ist, er wird sich beim Zertreten der leeren Ampullen und der Injektionsspritze auf dem Fußboden an einer Ferse verletzen; er wird gedemütigt und mit staunendem Sinn für die Gerechtigkeit begreifen, warum Elena Sala am Vorabend Ja gesagt hat; er wird sich der Herrschaft einer melodramatischen Empfindung unterwerfen und sich den fürs Anhören seiner Beichte bestimmten künftigen Freund vorstellen: »Sie war schon tot, verstehst du? als ich sie umarmte. Und sie wußte es.« Im grauen Halbdunkel wird er ein paar Schritte zurücktreten, um sich von der toten Frau zu entfernen und ihre Gestalt auf dem Bett betrachten. Wenn das Licht zunimmt, wird er ihr Gesicht erkennen, sie wird ruhig und liebenswert aussehen, zurückgekehrt von ihrem Ausflug in eine aus der Kehrseite der Fragen, aus den von niemandem gesammelten Enthüllungen des Alltäglichen errichteten Zone. Tot und vom Tode zurück, hart und kalt wie eine verfrühte Wahrheit, darauf verzichtend, ihre Erfahrungen hinauszuschreien, ihre Niederlagen, das eroberte Beuterecht.‹

9. Raquels Besuch

Es floß etwas Blut, möglicherweise schwoll die Nase Sekunde um Sekunde sichtlich an; die Queca überließ sich den methodischen, lustlosen Hieben ohne anderen Versuch der Auflehnung oder Verteidigung als ihr gleichbleibendes, fast ununterbrochenes Lachen. Seinen Ursprung aus dem Haß offenbarten die Behutsamkeit und Hartnäckigkeit, mit denen sie es Laut um Laut vom Hintergrund des Weinens löste, aus dem es entstand, die Behutsamkeit und die Aufmerksamkeit, mit denen sie das Lachen von Sanftheit und Tränen reinigte.

Von ihrem Kopfkissen aus, in dem sie das Lachen in Abständen erstickte, um die Lippen mit der Zunge zu berühren und das Jucken des Blutes und des Schweißes aufzuhalten, verfolgte sie mich mit begeistert leuchtenden Augen.

»Ja«, sagte sie dann. »Ich bin eine besoffene Hündin. Verrückte Welt . . . Ich bin eine besoffene Hündin.«

Sie lachte und wiederholte den Satz, während sie ins Badezimmer ging, um sich das Gesicht feucht abzuwischen, während sie sich anzog, kölnischwassergetränkte Wattepfropfen in die Löcher ihrer trotz Puder rotglänzenden Nase schob.

»Eine besoffene Hündin«, sagte sie von der Tür aus und lächelte. »Es ist mir gleich, ob du gehst oder bleibst. Ich werde sie suchen und sie herbringen. In allen Farben.«

Ich zog mich an und kreiste durch den Raum, durchsuchte meine Taschen, von der Notwendigkeit durchschauert, ihr etwas zu schenken, zu hinterlassen, was die abergläubische Liebe darstellte, die mich heftig an sie zu binden begann, sobald die Tür zuschlug und mich allein ließ, sobald der Türenknall die Luft des Raums in Bewegung setzte und die aufgerührte Atmosphäre aus den Ecken auf mich zuströmte und erlaubte, daß mein Gesicht und meine Brust von neuem das so lange Zeit verschwundene, verwehrte, wundersame Klima verspürten. In der Hüfttasche fand ich unter meinem Taschentuch eine rostige sechseckige Schraubenmutter; ich schnippte sie mit den Fingern in die Luft und ließ sie unter das Bett rollen.

Vergeblich lauschte ich an der Wand meiner Wohnung; in jener Nacht kehrte die Queca nicht zurück, und während des Morgengrauens, von meiner plötzlich wachsenden Liebe getrieben und im Bedürfnis, dem unter das Bett gerollten Eisenstückchen weitere Gaben hinzuzufügen, suchte ich eine Rasierklinge und schnitt mir vor dem Badezimmerspiegel schräg in die Brust, wobei ich mir das Lächeln wachrief, mit dem sie sich verabschiedet hatte, bevor sie die Türe zuschlug; dann konnte ich einschlafen, getröstet von der leicht brennenden Ritze, aus der nur einzelne Blutstropfen gequollen waren.

Doch während der nachfolgenden Tage und Nächte kam die Queca in Begleitung von Männern von der Straße herauf; und bei jedem neuen, unbekannten Schritt, bei jedem wiederholten Drehen des Schlüssels im Schloß fühlte ich jene gewachsene, barmherzige, unerbittliche Form der Liebe, die mich an sie kettete, zunehmen. Ich hörte sie gegen die einleitenden Minuten von Schüchternheit und Schwerfälligkeit ankämpfen, die Vereinigung im Bett beschleunigen, die Besucher fast unmittelbar danach hinauswerfen, sie mit Lügen und Versprechungen zur Tür hinauskomplimentieren. Ich hörte sie ihre alte Stimme und ihr altes Lachen auftischen, die Geräusche, die plötzlich innehielten wie eine gebremste Geschwindigkeit. Ich hörte sie die Schritte des Mannes auf dem Gang überwachen, den Schritt der Zeit, die notwendig war, damit der Betreffende sich von dem Gebäude entfernte, in ein Fahrzeug stieg oder sich in ein Café setzte, um einen scharfen Schluck zu trinken, eine habsüchtige Genußbilanz zu ziehen, ihre Folgen zu befürchten, dem Aufschwung des Stolzes nachzugeben und zwischen vorübergehender Verjüngung und Argwohn befangen, sich zu bemühen, das Geschehnis in den Alltag einzureihen. Denn sie allein hatte in jedem Fall einen schmutzigen, grünlichgrauen, symbolischen Einpesoschein angenommen; und wenn ich eintrat und sie besuchte, lächelte sie und folgte meinen Augen, die über den Haufen zerdrückter Banknoten auf dem dunkelvioletten Filztuch des Tischs strichen und sein mähliches Wachstum abschätzten.

»Ich bin eine besoffene Hündin«, warf sie nur hin und zeigte mir fast liebevoll kurz die Zähne.

Ich stellte mir vor, wie sie sich zwischen Mann und Mann das Gesicht nachschminkte, versonnen die schmalen Lippen zusammenzog, nachdachte und mit Achselzucken aufhörte nachzudenken; ich hörte sie die Tür öffnen und wieder zuschlagen, als argwöhne sie, daß ich sie hören könne, als sei das Türenknallen unerläßlich für das Abrechnen, als erleichtere es das Addieren und unterstreiche eine Zahl.

Kurz nach Mittag gelangte ich zum Eingang der Bank und gesellte mich zu der Gruppe der auf den Beginn der Kassenstunden Wartenden, ich schlängelte mich zwischen Schultern und Nacken hindurch, wandte den Kopf, um das Weiß der Sonne auf der Diagonale, dem Denkmal des kleinen Platzes zu sehen, die scharfkantigen Linien der Gebäude, die in den hellen Himmel, vielleicht in das letzte Sommerblau stachen. Dann glitten meine Augen über die kleinlichen und hochmütigen Mienen, über die Regungslosigkeit der mich umgebenden Gesichter; als betastete ich eine Waffe, bewegte ich die Finger in meiner Tasche, um das Blatt Papier zu berühren, auf dem mein Tagesprogramm stand, auf dem die Buchstaben und Zahlen, mit denen ich jede einzelne meiner nächsten Bewegungen und deren Ausführungsstunden notiert hatte, meinen Weg aufzeigten und lenkten bis zum Schluß, bis ich mich um 21.30 Uhr vom Körper der Queca trennte und vernehmlich zu atmen begann, während ich im Raum umherschlenderte, in einen Hohlraum verwandelt, eine ungeduldige Neugierde, die Erwartung des Bewußtseins, es getan zu haben.

Ich legte die Geldscheine aufeinander und verwahrte sie in den Taschen, ohne sie zu zählen; ich verschloß die Kassette und rief den Angestellten. ›Was wird man hier denken, wenn das Trimester um ist und man die Kassette aufmacht und die Muttern und Glassplitter findet?‹

Nichts hatte sich in mir oder in der Stadt verändert, als ich, ungeachtet der Sonne, eine Hand in der Hosentasche, durch die Diagonale Norte dem Obelisken entgegenschritt; nichts unterschied mich von den gehetzten Fußgängern der Mittagsstunde, während ich die beiden Blocks bis zur Esmeralda ging und dabei mein verschwitztes Gesicht in den blankpolierten Schaufensterscheiben musterte und von einer zum anderen die flüchtig-ungenaue Erinnerung an den neuen jugendlichen Ausdruck mitnahm, den ich mit meinem Kopf weitertrug, einen Anflug von Sicherheit und Herausforderung, eine Geste von sorgloser Grausamkeit. Vorsichtig und darauf bedacht, den gespensterhaften Neugeborenen nicht zu verscheuchen, der hinter den Scheiben schwebend mich begleitete, richtete ich dann und wann rasche Seitenblicke auf Auslagen, blieb vor ihnen stehen, hob kaum den Kopf, um mich zu erkennen und zu studieren, ohne je über das Kinn und die merkwürdigen Lippen hinauszukommen, die sich rundeten, um stumm die Haltung des Pfeifens nachzuahmen.

Ich flüchtete in die Ecke eines Cafés, aß einige Sandwiches. Dabei stellte ich mir einen frohlockenden Díaz Grey vor dem Hintergrund von Elena Salas Tod vor, einen leutseligen und entschlossenen Horacio Lagos mit dem Recht, von Miß Glaesons Geige Tanzmusik zu fordern und ihre nächstbeste Körperschwellung zu betätscheln, einen verzweifelten Ex-Flüchtling, der das Bedürfnis entdeckt hatte, sich in Begleitung des Ehemanns der toten Frau zu verzehren. Ich sah den Geigenkasten, der mit Morphiumampullen gefüllt reiste und Ballettschuhe, die im Spitzengang über die Straßen einer festlichen Stadt trippelten – einen Fuß vor den anderen, eine rasche Drehung –, einem jähen, vorausgefühlten Finale entgegen.

Der Stundenplan, den ich in der Tasche trug, sah das Mittagessen für 13.30 Uhr vor; ich aß mit einer Verzögerung von zwanzig Minuten. Die nächste Bewegung – Rasieren, Dusche, Wahl des besten weißen Hemds aus dem Wäscheschrank – mußte um 14 Uhr ausgeführt werden; ich ließ ein paar Münzen auf dem Tisch des Cafés und trat auf die Straße hinaus, um ein Taxi zu nehmen, einen Augenblick lang ertrug ich den Rassenhaß derjenigen, welche die Gehsteige bevölkern. ›Vielleicht wäre es vorzuziehen‹, dachte ich im Wagen, ›auf die Erfüllung des Stundenplans zu verzichten; vielleicht wäre es das Beste, ein Bad zu nehmen und im Bett ausgestreckt zu warten, Gertrudis' altes Metronom aus der Tiefe des Kleiderschranks zu holen, es auf das Tempo eines Larghetto einzustellen und mich tatenlos der fixen Idee von der Ewigkeit zu überlassen, die der Apparat in Partikel zerteilen wird, bis sechs Uhr abends herangekommen ist. Dann aber wieder den Stundenplan zu beachten, auf die Straße hinauszutreten, um mir eine Prostituierte zu suchen, mich um 20.30 von ihr zu trennen und in die Calle Chile zurückzugehen, durch die Scheiben des *Petit Electra* die großsprecherischen und schmachtenden jungen Herren zu beobachten, beim Hausmeister stehenzubleiben, mit ihm zu schwatzen und schließlich in Quecas Wohnung hinaufzugehen. Sie wird zurück und allein sein; ich werde wissen, wer ich bin, wer dieser andere ist.‹

Als ich aus dem Aufzug trat, sah ich den Körper der Frau im Rücken, die Hand zum Klingelknopf meiner Wohnung erhoben; ich erkannte sie erst, als sie sich umdrehte und begriff gleichzeitig, daß etwas an ihr war, was mich von Erregung und Staunen abhielt.

»Hallo«, sagte sie. »Was ist los? Du freust dich ja gar nicht ...«

Schweigend drückte ich ihre Hand, lächelte und suchte in ihrem Gesicht und in ihrem Körper, was Raquel Fremdes und Widerwärtiges mitgebracht hatte, was für eine groteske Sache, die von mir und von dem, woran ich mich erinnern konnte, losgelöst war, sie in den dunklen Winkel ausschied, mit dem die Tür meiner Wohnung fast im rechten Winkel an Quecas Tür grenzte. Vielleicht kannte der neue Mann, der ich war, sie nicht, vielleicht war dieses knochige bleiche Gesicht nicht dasselbe, das ich gesehen und mir wachgerufen hatte, das zu Raquel paßte, das vermutlich unter dem kleinen Hut saß, der ihre Stirn wie ein Halbmond durchschnitt.

»Ich bin so überrascht, dich hier zu sehen«, murmelte ich. »Gertrudis wohnt nicht mehr mit mir zusammen.«

»Ich wußte es bereits«, sagte sie und nickte; sie trennte die Lippen, bis ich nicht mehr daran zweifeln konnte, daß sie lächelte, bis ich dicht vor meinem Gesicht in ein gütiges, unpersönliches, Duldsamkeit verströmendes Lächeln sah. »Ich komme zum dritten Mal, ich war heute vormittag gleich nach der Ankunft des Fährschiffs hier. Ich rief im Büro an, aber mir wurde gesagt, daß du nicht mehr dort arbeitest.«

»Ja«, sagte ich, öffnete die Tür und ließ sie eintreten. Ich war sicher, daß die Queca ausgegangen war. ›Ich würde dir gerne sagen, was ich machen werde‹, dachte ich, während ich hinter ihrem langsamen Schritt einherschlich, hinter den klappernden Absätzen, die vor Gertrudis' Foto stehenblieben. »Das ist eine abgeschlossene Geschichte; und es ist ein Thema, das mich nicht interessiert. Aber ich nehme an, daß du nicht deshalb kommst; auch nicht, um über unser letztes Zusammensein zu sprechen.«

»Auch nicht«, gab sie zurück, ohne sich umzudrehen, und streifte das Bild ihrer Schwester mit der Hutkrempe. »Ich weiß, warum du mich auf diese Weise verlassen hast, ich verstehe alles, was du damals durchgemacht hast. Ich möchte dir danken.«

Plötzlich drehte sie sich dramatisch um, jenes unbestimmbar Widerwärtige breitete sich auf ihrem Gesicht aus und gewann die Oberhand. Ich setzte mich, rückte das Bündel Scheine in der Tasche zurecht; etwas Bedrohliches ging von ihr aus, von der Berührung ihres lächerlichen Hutes mit Gertrudis' Fotografie; etwas Verdrießliches wie eine Hautverfärbung, wie eine Art der Reue würde bei mir zurückbleiben, wenn sie gegangen war.

»Nein«, sagte ich, »ich glaube nicht, daß du verstehst. »Ich wußte, daß du dich im Klosett des Cafés übergabst, daß du mich brauchen würdest, wenn du herauskämst. Aber ich hatte kein Mitleid mit dir, vielleicht war es Feigheit; auf jeden Fall war es der Wunsch, mich zu befreien, mich nicht bloßzustellen. Nichts als das.«

Wieder lächelte sie und trat mit kurzen Schritten auf mich zu, die Füße ein wenig nachziehend, auf das Gleiten jeden Fußes über den Fußboden achtend; sie suchte einen Stuhl, setzte sich sehr langsam und half sich dabei mit den Armen.

»Niemand weiß, daß ich in Buenos Aires bin« – die Worte durchquerten ihr ekstatisches Lächeln, ohne es zu ändern, ihre Augen nahmen meine Verwunderung vorweg. »Weder Gertrudis noch Mama. Ich habe sie nicht einmal angerufen. Vor allen anderen wollte ich dich sehen.«

Schweigend lächelte ich sie an, ich war sicher, die alte verständnisvolle Geste genau wiederholt zu haben, den verwunderten Blick, den ich stets für sie gehabt hatte.

»Ich wollte dich sehen und mit dir sprechen. Ich wollte es von dem Augenblick an, als ich verstand, warum du es getan hattest. Es wurde zu einer Notwendigkeit, und hier bin ich.«

Das Unreine, was sie mitgebracht hatte, nahm den Raum ein und war schon kompakter und wirklicher als wir selber.

»Ja«, sagte ich. »Ich verstehe.«

Ich verfaßte ein Gebet, um zu bitten, sie möge den Hut absetzen und wiederholte es im Geiste; ich mußte ihre nackte Stirn sehen und das lose Haar. Ich hätte mein ganzes Geld in der Tasche dafür gegeben, sie wieder zu lieben.

»Es ist sehr gut möglich, daß du nicht mehr leidest«, beharrte sie. »Aber ich möchte sogar das Leiden auslöschen, das du damals erdulden mußtest.«

Ich ließ mein Gebet und spielte mit dem Wort ›das du erdulden mußtest‹, ich preßte seine Lächerlichkeit aus, ließ es fallen. Und schon mußte ich das Gesicht verbergen, weil ich begriff, was sie verändert hatte, ich konnte die Bedeutung ihrer langsamen Schritte entdecken, ihres Körpers, der sich beim Gehen wiegte, der Vorkehrungen, die sie getroffen hatte, um sich zu setzen; ich sah den Bauch, der sich auf den mageren gespreizten Schenkeln spitz vorschob. Die widerwärtige, feindliche Empfindung ging von dem Bauch aus, den man ihr gemacht, dem Fötus, der, sie vernichtend, wuchs, der sie mählich siegreich zu einer namenlosen schwangeren Frau verwandelte, der sie dazu verurteilte, sich in einem fremden Schicksal aufzulösen. Sie hielt ihren Körper aufrecht an der Lehne, ihr Liebeslächeln stieg unverändert dem Weltall entgegen. ›Sie muß wörtlich denken: mein Antlitz wird jetzt von einem inneren Licht erleuchtet.‹ Von dem auf dem Kopf sitzenden Hütchen bis zu den Schuhen, welche die Spitzen zusammenzuschieben suchten, strömten Mißerfolg und überschwengliches Glück unaufhörlich von ihr aus wie ein übler Geruch.

»Und diese Notwendigkeit erreichte ihren Höhepunkt«, sagte sie, »als ich vor etwa zehn oder vierzehn Tagen einen Brief von Gertrudis erhielt. Sie erzählte mir von euch beiden; natürlich wußte ich bereits Bescheid. Aber außerdem sprach sie von dir und von mir; nicht unmittelbar, vielmehr gab sie es durch einen Scherz zu verstehen.«

»Welche Wichtigkeit hat das schon?« warf ich mutlos ein.

»Das ist es nicht, ich möchte, daß du mich anhörst. Was weiß Gertrudis von uns? Was hast du ihr von mir gesagt?«

»Nichts. Als ich von Montevideo zurückkam, habe ich ihr kein Wort gesagt. Vorher werde ich ihr wohl gesagt haben, daß ich dich liebte.« Ich lächelte sie frei an, zwang sie, meine auf ihren Bauch gerichteten Augen anzusehen. »Daß du wunderbar warst, daß du unvernünftig warst, daß du wie niemand dem Enthusiasmus und dem Geheimnis des Lebens verbunden warst.« ›Sie ist ebenso alt wie Gertrudis; ihr wachsender Bauch entspricht der Brust, die man ihrer Schwester abgenommen hat.‹ »Warst du etwa nicht so? Konnte Gertrudis verhüten, daß du so warst und daß ich all das, was du warst, bewunderte?«

»Das ist es nicht.« Geduldig bewegte sie ihr Lächeln hin und her und wies Unstimmigkeiten und Ungestüm von sich. »Es geht um uns, um die Notwendigkeit, daß das endet.«

»Das?« rief ich aus und näherte ihr, diesmal unbeabsichtigt, das alte Gesicht aus Befremdung und Einfalt.

»Als ich den Brief erhielt, begriff ich, daß es notwendig war; ich erlebte eine Krise und war schließlich gestärkt, ich wußte, daß ich zu dir gehen müsse. Aber das stellt uns auf eine Ebene . . .«

›Vielleicht ist sie verrückt geworden, vielleicht – in dem Fall: Gelobt sei Gott – hat sie sich von Anfang an über mich lustig gemacht und macht sich auch jetzt lustig.‹

»Bekommst du ein Kind?« unterbrach ich. Das frohlokkende »Ja«, das sie zwischen den Zähnen hervorstieß, genügte, um mich wütend zu machen. »Verflucht, wenn ich weiß, was enden muß.«

»Sei nicht böse«, flüsterte sie.

›Wenn ich ihr sage, daß ich die Queca töten werde ohne jeden Grund, den zu erklären ich mich imstande fühle, wird sie mir sanft raten: Tu es nicht; sie wird die Augen senken, sie wird sich zur Quelle der Güte und Duldsamkeit wenden, die ihre Gebärmutter aufbläht.‹

»Sei nicht böse, Lieber. Ich weiß, daß ich den größten Teil der Schuld habe. Ich hätte nie... Alcides weiß alles und war fähig, es zu verstehen. Ich mag dich sehr gerne, vielleicht kenne ich niemand, der so gut ist wie du.«

Ich stand auf, ging in die Küche und suchte etwas zum Trinken. Ich bereute es und kehrte langsam zu dem starren, sanften und törichten Lächeln zurück.

»Ich habe keinen Anlaß, warum ich böse werden sollte«, sagte ich. »Aber es stellt sich heraus, daß ich dich nicht kenne, daß ich nicht weiß, wer du bist und was du hier suchst. Ich verstehe kein Wort von dem, was du sagst.«

»Ja, begreiflich«, pflichtete sie fröhlich bei. »Ich war blind oder verrückt, wie du willst. Ich habe dich immer geliebt, seit du nach Pocitos kamst, um Gertrudis zu sehen. Ich war ein Kind, und mit fünfzehn Jahren, ich sage es nicht im Hinblick auf dich, verliebt man sich in irgend jemanden, vom Nächstbesten bis zum Unmöglichsten. Vielleicht habe ich dich wegen deiner Güte geliebt, wegen deines Verständnisses, deiner so besonderen, so menschlichen Intelligenz. Ich kann dir keine Vorwürfe machen. Jetzt, diesmal, als du nach Montevideo zurückkehrtest, trug jeder seinen Teil dazu bei, um den Irrtum zu verschlimmern. Ohne uns darüber klar zu werden, dessen bin ich sicher. Du warst mit Gertrudis nicht glücklich, und ich machte eine Zeit der Prüfungen durch. Geistig brauchten wir einander.«

»Aber ich ging mit einer Frau nach Montevideo; einer, die mir die Reise zahlte, zwar nicht mit ihrem Geld, sondern mit dem, was sie einem anderen Mann, den ich nicht kenne, als Bezahlung für den Beischlaf abnahm. Verstehst du?«

»Ist nicht wichtig, wir alle begehen Irrtümer.«

»Aber wir küssen uns«, sagte ich lachend. »Ich umarmte dich, ich berührte deine Zunge.«

Sie blinzelte, ließ ihr unterbrochenes Lächeln wieder auftauchen und probte bei mir den Blick, den sie eines Tages auf ihren Sohn richten würde.

»Stimmt, wir küßten uns. Aber das Schlimme ist, daß du dich weiterhin in dem Seelenzustand jener Nacht befindest; und du glaubst, daß es mir genauso geht. Ich war blind, jetzt sind mir die Augen aufgegangen. Nicht die Tatsachen sind wichtig, sondern das, was wir fühlen. Jedes unwürdige, ungerechte Gefühl, jeder Egoismus hält uns in Unvollkommenheit. Und nicht nur uns, auch die, welche mit uns in Berührung sind. Und das Böse, was wir weitergeben, geben diese an andere weiter. Verstehst du?«

›Sie ist verrückt, sie hat kein Recht, sich in eine groteske Ruine zu verwandeln, die Raquel, an die ich dachte, wenn ich traurig war, zu entstellen. Ich muß ihr den Hut herunterreißen, ich muß ihren runden Kopf und das krause Haar, Raquels Gesicht sehen, bevor es zu spät ist. Denn so wie das formlose, weich fallende Kleid die Uniform aller werdenden Mütter der Welt ist, ist der kleine, schmucklose helmenge Hut die öffentliche Verkündigung der Reinheit, die Verachtung der sinnlichen Möglichkeiten des Lebens, seine Zustimmung zur Pflicht und zur hoffärtigen Torheit.‹

»Vielleicht verstehst du nicht«, fuhr sie fort. »Mach dir keine Sorgen, ich habe lange dazu gebraucht. Ich erinnere mich, daß ich mich weigerte; ich erinnere mich, daß, als ich klar zu sehen begann, etwas in mir war, das aufbegehrte und sich grundlos verweigerte.«

»Besser, du sprichst nicht mehr«, sagte ich und setzte mich aufs Bett; ich sah sie, weich und schwer im Sessel, ich wühlte mich in ihr Lächeln hinein, das ihre Wangen auseinanderzog, wie diese vorher von einer unerwarteten und von ihrem Anlaß sogleich getrennten Fröhlichkeit geweitet worden waren. »Sprich nicht mehr.«

»Willst du nicht, daß ich spreche?«

»Nein, über nichts. Ich kenne dich nicht. All das ist traurig und blöd, ich sehe dich traurig und blöd.«

»Traurig?« spottete sie, ohne mich zu verletzen, mit einem Seufzer. »Vielleicht war es falsch, hierher zu kommen und so unumwunden zu reden. Ich dachte dir zu schreiben und dann . . . wußte ich, daß ich dich sehen müsse.«

Ich streckte mich auf dem Bett aus, schloß die Augen und kaute Pfefferminzpastillen, während ich auf die Stille hinter der Wand horchte, auf Raquels süßliche Stimme.

»Wir waren im Irrtum, Lieber. Jetzt kann ich ›Lieber‹ zu dir sagen. Ich weiß, daß wir niemand verletzen wollten, weder Gertrudis noch Alcides, nicht einmal uns selbst. Aber das Übel läßt sich in Gefühlen verbergen, die wir für höchst rein halten.«

»Raquel: ich möchte, daß du schweigst, ich möchte, daß du den Hut abnimmst.«

»O ja! Ich möchte dir nicht das Gefühl geben, daß ich hier bin . . . Ich hatte den Hut ganz vergessen. Ist es so besser?«

»Ja, danke«, sagte ich ohne Verlangen, sie anzublicken.

»Wir wären nicht glücklich geworden«, murmelte sie und verstummte. ›Sie hat den Hut abgenommen und möglicherweise ist ihr Haar zerzaust, und ich kann sie mit einem Blick erkennen; möglicherweise zieht sie sich gerade aus und wird im nächsten Augenblick auf mich zukommen, voraus ihr gewölbter Bauch, mit dem gleichen verklärten unvergeßlichen Antlitz, mit dem sie in Montevideo bei Parteikundgebungen des Uruguay-Stadiums »Die Hütte« sang oder »Es gibt auf der Welt kein anderes Land«; möglicherweise kommt ihr der Gedanke, mich zu retten, indem sie mir die Gurgel durchschneidet, und meine einzige Rache wäre, daß ich sie gewähren lasse und meine Mundwinkel spöttisch verziehe.‹

»Wir hätten uns allmählich verfälscht, wer weiß für wie

lange.« Wieder das träge, zähe, aufhaltsame Gemurmel, das niemandem zugedacht war, als sei sie dazu verurteilt, zu reden, zu reden, bis der Tod ihr den Mund verschlösse, sie veranlaßte, sich im Stuhl zu krümmen, die Beine an den Bauch zu pressen. »Du wirst das Glück erobern, doch nicht das sinnlose Glück, sondern ein anderes, aus Pflichten und Liebe gemachtes, Lieber.«

Das ›Lieber‹ summte zweimal über meinem Kopf im Bett, wie ein plumpes, müdes Insekt berührte es mein Lächeln.

»Ich möchte, daß du schweigst«, sagte ich, »daß du gehst, ich möchte nichts mehr sehen und nichts mehr hören von dir.«

Ich wagte nicht, sie anzublicken, und sah doch vor mir, wie sie erstarrte, wie der über ihre Brauen gezogene Hut ihren vergebenden Blick verbarg, den sie zur Tür richtete und zu den Küchengerüchen, zum Rest der Welt, zu den pomadisierten Jüngelchen des *Petit Electra*, zur Queca und der Dicken, zur Vergangenheit und zu den unvermeidlichen Irrtümern, welche die Menschen begehen mußten. Wieder schrie ich sie an und stärkte so die Stille; ich stellte sie mir vor, wie sie unentschlossen aufstand und zwischen Enttäuschung und Zuversicht schwankte; ich konnte das Gesäusel von Begütigungen und Vergebungen hören, die unwillig zurückkehrten, um sich wieder in Raquel zu verkörpern. Ich hörte das ruckweise tappende Schreiten des Körpers, der sich wiegend zur Tür bewegte; ich fürchtete, sie würde mir zum Abschied Worte ohne Groll widmen, die Glauben verströmten, Sätze, die wie die dem Backenstreich hingestreckte andere Backe wären.

Allein, schläfrig, dachte ich schließlich, daß Raquels Besuch, ihr Bauch und ihr lästiger Wahnsinn nichts gewesen seien als Teile eines Traums; ich vergaß Raquel, bis ich gegen Abend die Queca kommen hörte und die Stimme eines Mannes, ich stand vom Bett auf, und meine Augen fanden auf dem Tisch ein gedrucktes Kärtchen mit folgendem Wortlaut:

From the point of Light within the Mind of God
Let light stream forth into the minds of men.
Let Light descend on Earth.
From the centre where the Will of God is known
Let purpose guide the little wills of men
The purpose which the Master knows and serves.
Let light and Love and Power restore the Plan of Earth.

Am unteren Rand stand mit Bleistift: »Ich bin bei Mama; komm bestimmt heute abend!«

Ich verstand fast alle Wörter, die mit großen Buchstaben begannen, ich versuchte den letzten Vers nachzusprechen und widersetzte mich nicht seinem Sinn. Ich dachte, es sei unverständlich, Raquel geliebt zu haben, vielleicht hätte ich sie nie geliebt und mein Wunsch, sie nicht zu berühren, sei einfach von der Angst diktiert worden, meinen Mangel an Liebe für sie zu entdecken.

Ich zog mich nackt aus und ging bis zum Einbruch der Nacht in der heißen Wohnung umher, dabei überzeugte ich mich, daß ich jenen Monat, jene Woche, jenen Tag gewählt hatte, weil jetzt der Sommer, der nicht sterben wollte, bis zu der kaum bezeichneten, doch auf dem Stein der Zeit unverwechselbaren Höhe mit sich Menschen und Dinge erhob; dabei überzeugte ich mich, daß die Hitze mit dem Blick gefühlt werden konnte und sich auf den Mauern und rings um meinen in Bewegung befindlichen Körper in Farben brach, sich in Streifen teilte, die sich überschnitten, ohne sich zu vermischen, in Gelb und Ocker, in dunkles, aber frisches Grün, in das Wiesengrün im Abendschatten.

Hinter der Wand war Stille; der Mann war fortgegangen.

10. Nochmals Ernesto

Es fiel mir ein, daß ich nicht handeln konnte, weil sich mir die Gefühle versagten, die Angst und die Hoffnung, die Furcht, die der Erwartung dessen entsprach, was ich zu tun gedachte. Ihre Kehle zu drücken und sie zu küssen, auf ihr liegend, während meine Arme die ihren an ihren Körper preßten, meine Beine die ihren blockierten, das war für mich bereits eine gewohnheitsmäßige Aufgabe, ein erlernter Beruf, eine gleichgültige Art, mein Brot zu verdienen.

Ich begann mich anzuziehen und war sogleich in den armseligen Menschen verwandelt, den der Wecker aus dem Schlaf reißt und dem Bewußtsein für Pflichten und Verantwortung zurückgibt. Ich bewegte mich geräuschlos und hielt inne, um die Stille nebenan abzuhorchen, mir vorzustellen, wie ›sie‹ über der schlafenden Queca schwebten, schwatzten und sich ziellos tummelten, vielleicht um sich lebendig zu fühlen und nicht gelähmt zu sein, wenn sie erwachte. In Trauben regten sie ihre qualligen, bald kindlichen, bald gealterten Münder, schluckten und spien die tote, widerwärtige Luft der Wohnung.

Ich zog mein bestes Hemd an und lenkte mich ab, indem ich mit der Trommel des Revolvers spielte; ich hörte in irgendeinem Radiogerät die Zeitansage 20.30 Uhr. Das war der Augenblick, um mich von der Prostituierten zu verabschieden, ihre Wange zu pressen und ihr mit einem Lächeln mein Scheitern und meine Hochachtung auszudrücken, meine nie unterlassene Ehrfurcht vor der Unmöglichkeit der Liebe.

Geräuschlos schloß ich meine Tür, ließ den Aufzug heraufkommen, öffnete ihn und stieß ihn zu, damit er Lärm machte. Bevor ich den Schlüssel in Quecas Türschloß steckte, wußte ich, daß alles leicht sein, daß sie näherkommen würde, damit ich sie mit einem einzigen Hieb betäuben konnte; dann, wenn sie auf dem Bett lag, würde ich, ob sie hörte oder nicht, ihr alles zu sagen versuchen, was man einem anderen Menschen sagen kann, ich würde meine ernste Stimme an ihr Ohr legen, ohne Zeitdruck, ohne mich darum zu kümmern, ob sie mich verstand, gewiß, daß wenige Minuten genügten, um alles loszuwerden, was ich seit meiner Jugend hatte schlucken müssen, alle durch Trägheit, Mangel an Glauben und das Gefühl der Vergeblichkeit des Sprechens erstickten Wörter.

Ich öffnete die Tür und betrat das unordentliche Zimmer, ich sah die verschobenen Möbelstücke, das Gewirr der Kleider, alle Dinge, die sich wachgeschüttelt zu haben schienen, um die Wiedereroberung der Luft zu feiern. Wieder atmete ich sie ein und sagte Dank mit einem Lächeln. Unter der Nachttischlampe am Kopfende des Bettes, dem einzigen brennenden Licht, lag die Queca nackt – ein aufgerolltes Laken auf ihrem Bauch –, die Hände über der Brust gefaltet, ein Bein ausgestreckt, das andere angezogen.

Ein Wasserstrahl rauschte im Küchenausguß dick und kurz und zerteilte die Geräusche, die von der Straße heraufkamen; ich begriff nicht sogleich: mühsam wandte ich die Augen von der Queca, ließ eine Hand über die Härte des Revolvers gleiten und stellte fest, daß die Welt mir gehörte. Breitbeinig dastehend, ohne die kreisende Bewegung des Fingers zu unterbrechen, die mit dem Schlüssel spielte, blickte ich zum Geräusch in der Küche hin; Stille trat ein, aus einem fernen Radio ertönte der schrille Ton einer Geige wie ein Weberschiffchen. Obwohl die Küchentür nicht von der Dicken aufgestoßen wurde – ich war sicher, daß sie es war, ich sah sie im Abendkleid mit schenkelbreiten nackten Armen über den Ausguß gebeugt, während penetranter Parfumgeruch ihrem Ausschnitt entströmte und ihre langen Ohrgehänge schaukelten –, verharrte ich regungslos, erfüllt vom gleichen Vertrauen, das ich unverzüglich auf den Ersatzmann übertrug. Der Mann – ich wußte, daß er jünger war, ein Junge fast, vorgebeugt stand er mit vorstehenden Gesichtsknochen, sein pechschwarzes, gerade befeuchtetes Haar setzte knapp über den Brauen an –, stieß die Türe mit der Schulter auf, blieb stehen, drehte den Kopf zurück über der dumpf ächzenden Pendeltür und ließ die Augen kreisen. In Hemdsärmeln schüttelte er die nassen Hände über dem Boden und sammelte Schatten in jeder Vertiefung seines weißen, unbeweglichen Gesichts, das verurteilt schien, während der nächsten Stunden einen Ausdruck dumpfer Hartnäckigkeit zu bewahren. Dann kam er näher, stets einen Schritt hinter seinem Jasmingeruch, die Augen auf mich gerichtet, jedoch ohne mich zu sehen; als er nahe genug war, um mich zu berühren, blieb er stehen, ließ sein Parfum, unendliche Verständnislosigkeit und seinen vernehmlichen Atem verströmen, den rasch die Fähigkeit des Vergessens der Luft aufsaugte.

Sie regte sich nicht, sagte nichts. Die Ringe ihrer auf den Brüsten liegenden Finger, die Haut ihres Knies und der Halbmond ihrer Zähne tauchten gleichmäßig aus dem schwachen Lichtkreis des Bettes; plötzlich begannen sie müßige Erklärungen zu wiederholen.

»Ja?« fragte Ernesto, blickte aber nicht, sondern öffnete nur die dunklen blinden Augen dem Ort, den mein Kopf einnahm. Ich wollte weder lächeln noch ihm schmeicheln; er verzog den Mund in Richtung auf das Bett, hob langsam eine Hand und legte sie mir auf die Schulter. »Sie ist«, sagte er; er schien etwas zu erwarten, sich von der Stille nicht täuschen zu lassen. »Sie ist.«

Er verschränkte die Finger vor dem Magen und rieb sie abwechslungsweise aneinander; dann wandte er sich von mir ab und begann durch die Wohnung zu kreisen, auf den Boden blickend, mit den Augen die Geschwindigkeit der Schuhe bestimmend. Ich ging zum Bett und berührte Quecas erhobenes Knie, ließ meine Hand über die nackte Haut gleiten, bis ich ihre Schulter berührte.

»Ja«, sagte ich und richtete mich auf.

Abwesend und einsam beschrieb Ernesto einen vollkommenen Kreis, dabei streichelte er hastig seine Finger. Ich blickte auf die Flecken an Quecas Hals, beugte mich wieder hinab, um an ihrem Mund zu riechen. ›Ich wußte es schon, als ich die Tür öffnete‹, log ich mich an. Auf dem Bett sitzend, bat ich, mein Gewicht möchte sie nicht belästigen und überwachte das Kreisen des jungen Mannes auf dem schmutzigen Teppich. Ich berührte den kalten, flachen Bauch und zog am Laken, um sie besser zuzudecken.

»Gehen wir«, sagte ich; allmählich kam er zum Stehen und kehrte mir den Rücken. »Später, draußen, sprechen wir.«

Er drehte sich um, ohne mich anzublicken und betrachtete die Stelle, woher meine Stimme gekommen war; machte eine Bewegung mit den Schultern und nahm seinen Rundgang wieder auf. Vorwärtsgebeugt, die verschränkten Hände ringend. Ich nahm seinen Hut und Rock auf und trat in den Kreis, den er beschrieb.

»Gehen wir«, sagte ich. »Seien Sie kein Dummkopf.« Er hob den Kopf, doch nicht zu mir, seine Lippen bewegten sich stumm; sein Rundgang hatte sein Gesicht magerer und bleicher gemacht. Er heftete den Blick auf meinen Hut und zog sich die Jacke an; sein Jasminduft verflog wie eine Erinnerung.

»Sie ist ...«, wiederholte er, ermannte sich fast zu einer Frage.

Ich hob ein Kleidungsstück vom Boden auf und breitete es über Quecas Gesicht.

»Wir müssen fortgehen«, sagte ich, setzte ihm seinen Hut auf den Kopf und schob ihn zur Tür. »Wir müssen fort, lassen Sie das Licht, wie es ist.«

Im Gang lauschte ich in die Stille des Hauses und ließ das Schlagen einer Tür, einen Tritt auf der Treppe verhallen. Ohne ihn loszulassen, streckte ich einen Arm aus und öffnete meine Tür.

»Gehen wir hinein, ich wohne hier.«

Ich fühlte, daß ich erwachte – nicht aus diesem Traum, sondern aus einem anderen, unvergleichlich längeren, aus einem anderen, der diesen einschloß und in dem ich geträumt hatte, ich träumte diesen Traum –, als ich ihn bei mir hatte und sah, wie seine Füße das Bett streiften, an die Balkonscheiben stießen und stehen blieben, wie er sich mit sprachloser Miene umdrehte und unabsichtlich den rührenden Willen verriet, sich nur durch Stolz aufrechtzuhalten; als ich sah, wie er sich grobschlächtig bückte und dann saß und die klobigen Hände auf den Tisch legte, ohne zu blikken, doch mit aufgerissenen Lidern eine Lücke im Gedächtnis heuchelte, hart, widerwillig und in heimlicher Erwartung.

Ich erwachte aus meinem Traum ohne Glück oder Mißmut, stehend, ich trat rückwärts, bis ich eine Wand berührte und von dort aus die Formen und Schattierungen der Welt betrachtete, die still und wirbelnd aus dem Chaos auftauchte, aus dem Nichts, und sich gleich darauf beruhigte. Nun lag die Welt vor mir, meinen fünf Sinnen geöffnet, wundervoll, bevor sie zu erkennen war, unglaublich, sobald das Gedächtnis wieder in Kraft trat. Von der Wand aus, im Schatten, betrachtete ich die Regungslosigkeit des anderen, ich sprach mir die notwendige Energie zu, Morgengrauen zu durchschreiten und Tage, während ich den starren Mann auf seinem Stuhl anblickte, der ausruhte, die Hände auf dem Tisch; der unter dem Licht zu schwitzen begann wie im Höhepunkt einer heißen Sommernacht; der sanft den Kopf bewegte, um sich den Drang verwehren zu können, ihn auf die Brust sinken zu lassen. Ich überließ mich der Illusion, das weiße und feuchte, knochige Gesicht ewig anblicken zu können, in dem die Jugend nichts war als Lasterhaftigkeit; es anzublicken und zu begreifen, daß der Mensch, der es mit abwehrender Beharrlichkeit hin- und herwiegte, zugleich ein anderer war und ein Teil, eine Tat von mir: ihn anzublikken zur Erinnerung, aus Reue über eine schuldhafte Tat. Ich hätte gewünscht, den jungen Mann hier einzusperren, bis zum Ende der Zeit, wie ein Kind oder ein Tier ihn zu betreuen und mich über alles mögliche Unglück mit der Überzeugung hinwegzutrösten, daß er am Leben war und sich erinnerte.

Sobald aber seine Augen, die reglos im Gesicht saßen, als vermöchten nur die Halsmuskeln sie zu lenken, auf meinen Körper an der Wand zielten, setzte ich mich lächelnd in Bewegung, hob eine Hand und berührte seine Schulter. Ich hielt inne in dem Glücksgefühl, den Stoff, der seine Schulter und seine ruhenden Muskeln bedeckte, zu streifen; ich dachte, keine frühere Sinneswahrnehmung sei mit dieser Freude und dieser Verachtung zu vergleichen.

»Kaffee?« fragte ich. »Oder einen Schluck?«

Er zog die Schultern hoch, mit meiner Hand besänftigte ich die Bewegung; ich brachte die Flasche Gin und zwei Gläser. Als ich zurückkehrte, hob er gerade seine Finger, um sie zu beobachten, alle auf einmal, ohne die Handfläche vom Tisch zu lösen. Er trank einen langen Schluck, hielt einen Moment den Mund offen, um zu atmen und blickte mich dann an; dann, vom Entschluß durchdrungen, nicht zu sprechen, ließ er sich auf seinem Stuhl zusammensinken. Wieder füllte ich sein Glas, dann säuberte ich eine Pfefferminzpastille, die ich lose in meiner Tasche gefunden hatte. ›Könnte ich ihn doch jetzt veranlassen, an sein Leben, das ringsum weitergeht, zu denken, an seine Kumpane und die Weiber, die er anlügen kann, begehren, mit schmutzigen Geschichten füttern. Könnte ich ihm doch das Gefühl vermitteln, daß die Handlungen und Empfindungen, die er Leben nennt, nicht abgebrochen sind, daß im *Novelty* weiterhin Zuckerrohrschnaps mit Eis serviert wird, daß die Jungens, an den Billardtisch gelehnt, ihre Queues mit Kreide einreiben, daß María vor dem Spiegel Rosen und Kleider probiert, daß etliche hundert aus den Vororten in die Corrientes laufenden Kretins, seine Brüder, Kinos und Cafés und Tanzlokalen zustreben und dem Geschmack von Heldentum und Fiasko beim Puchero im Morgengrauen. Verstünde er, daß ich hier bin und ihn ohne das Bedürfnis nach Sympathie anblicke, an ihn gebunden und bemüht, die Natur seines Unglücks zu ahnen . . .‹

Er leerte das Glas und ließ ein Schnarchen vernehmen; er bewegte den Finger, um die Krawatte zu lockern und verzog das Gesicht, bis er mir das erste Lächeln zeigte und mich davon überzeugte, daß er zu lächeln vermochte. Er hatte weiße Zähne, starke Eckzähne, zwei Striche weißen Speichels auf den Lippen, kalte, feige Augen.

»Keine Sorge«, sagte ich zu ihm, »wir bringen das in Ordnung.« Er schloß den Mund, hielt seine Augen auf mein Gesicht geheftet, wollte aber nicht antworten. ›Tot, auf der anderen Seite der Wand.‹ »Sind Sie sicher, daß Sie dort nichts zurückgelassen haben?«

»Ich habe dort nichts gelassen. Ich habe nichts mitgebracht, um es dort zu lassen.« Wieder lächelte er, während er die Flasche festhielt. »Genügt nicht, was ich dort ließ?«

»Denken Sie nach. Jedenfalls werde ich nachschauen. Wir müssen gehen. Vielleicht merkt morgen niemand etwas. Aber wenn zwei Tage vergehen...« ›Jetzt fehlt nur noch, daß es ihm einfällt, sich für intelligent zu halten und noch über seine Tat hinaus zu handeln.‹ »Und selbst heute nacht; jeder, der einen Schlüssel besitzt, könnte hineingelangen.«

Er blickte, als vermochte er nicht zu begreifen, wieder schwitzte er, unfähig zu verhindern, daß sein Gesicht vor meinen Augen verschwamm und sich in eine weiße Masse verwandelte, die nur an seinen grauen Angstschatten zu erkennen war.

»Wer hat denn einen Schlüssel? Ich habe dort nichts vergessen.« Er machte seine Hände auf und zeigte sie vor. »Ich habe nichts mitgebracht, ich habe nur die Jacke ausgezogen.«

»Man kann nie wissen. Wir müssen nachsehen... Nehmen Sie noch ein Glas, aber nicht mehr. Haben Sie an etwas gedacht?«

»Ja, ich habe gedacht, ob...« Seine dunklen Brauen sanken zu seinen Höhlen aus Angst und Schweiß herab.

»Wie ich hier wegkomme.«

Ich ging an ihm und seinem Schrecken vorbei und strengte mich an, ihm nicht über den Kopf zu streichen. Eine Minute lang wartete ich am Balkon auf das Geräusch der zugeschlagenen Tür, der Schritte, der heiseren Stimme am Telefon, des Gelächters, das anschwoll, um sofort zu ersticken. Ich machte kehrt, um mich hinter den Kopf zu stellen, der seine weichen Verneinungen wieder aufnahm.

»Es ist doch nichts passiert, oder? Sie wollten es doch nicht tun. Es ist besser so. Glauben Sie, daß Sie in Buenos Aires bleiben können?« Lachend wiederholte ich die Frage, hielt mit dem Kopfnicken an, sah ihn Schulter und Hände heben. »Sie wissen es nicht; aber ich bin sicher, daß Sie es für möglich halten, sich hier zu verstecken. Sie werden doch einen Freund haben, eine Frau, die imstande ist, Sie in ihrem Zimmer zu verstecken. Und dort werden Sie eingesperrt bleiben, bis man Sie schnappt. Denn man wird Sie schnappen. Wir werden Zeitungen lesen, uns betrinken, vor Angst sterben und schließlich, in ein, zwei Wochen, klopft die Polente an die Tür. Als ob ich's vor mir sähe. Haben Sie nicht auch einen Freund, der den Schreibtisch in einem Anwaltsbüro ausgeräumt hat und Ihnen raten kann?«

»Ah!« sagte Ernesto, stand langsam auf und schlug mit Fäusten auf den Tisch, ohne den Körper umzudrehen.

»Möglich, außerdem, daß der Schwager eines Freundes bei der Kriminalpolizei arbeitet . . .«

»Was zum Teufel geht Sie das an?« platzte er heraus, noch immer mit dem Rücken zu mir, und schlug mit der Faust auf den Tisch. Ich blickte seinen Nacken so sicher an, als hätte ich meinen Revolver in der Hand. »Was geht Sie an, was ich tue oder nicht tue?« Jetzt hämmerte er sanft, ohne Überzeugung.

»Vergessen Sie nicht«, murmelte ich, »es ist immer möglich, daß jemand lauscht.«

Er setzte sich wieder, hielt den Körper steif wie anfangs, die Hände ruhig aufgelegt; jetzt schien sein Jasminduft aus den abstehenden Ohren zu kommen. Ich trat wieder an den Tisch und füllte die Gläser.

»Man muß die Dinge durchdenken«, warf ich hin. »Nicht vorher, versteht sich; sonst geschieht nichts. Aber hinterher. Mich geht es nichts an, da haben Sie recht. Ich könnte zum Beispiel einen Polizisten holen. Aber Sie werden Ihre Angst gleich überwinden, und dann können wir uns einigen.«

»Dieses Luder«, sagte er schließlich.

»Ja. Wollen Sie ihretwegen im Knast verrecken? Denn ich sehe keine Erklärung, die Sie geben können. In Buenos Aires werden Sie binnen zehn Tagen geschnappt.«

»Warum haben Sie mich hierher gebracht?« Wieder stellte er sein Lächeln, seine Feigheit zur Schau. »Wollen Sie mich ablenken, damit ich nicht fortkomme?«

»Ihre Angst geht gleich vorbei. Haben Sie ein Versteck?«

»Das geht nur mich an. Wenn ich will, gehe ich ohne Ihre Erlaubnis.«

»Klar«, sagte ich. »Wann Sie wollen.« Ich berührte den Zettel in der Tasche: ›Ich rufe dich an oder komme um neun.‹ »Tun Sie, was Sie wollen. Ich komme gleich wieder. Keine Angst, ich will nur nachsehen, ob Sie etwas vergessen haben. Wenn Sie Buenos Aires verlassen wollen, kann ich Sie von hier fort und über die Grenze schaffen. Das ist einfach, überlegen Sie sich's.«

»Gehen Sie nicht rein!« schrie er, als ich die Türe öffnete; ich blieb stehen, um ihn über den Tisch gebeugt zu sehen, anzuschauen, was von seinem Gesicht geblieben war, das Weiß und der unvollkommene Kreis, der auf mich gerichtete, unverkennbare Angstschweiß, die schlichte Gewohnheit der Angst. »Gehen Sie nicht rein«, wiederholte er, ahmte flüsternd den vorherigen Schrei nach.

Langsam schloß ich meine und öffnete Quecas Tür, nahm unter meinen geschlossenen Lidern das Bild seines schreckverstörten Gesichts mit, bis ich mit den Schenkeln an den Tisch stieß. Ich ließ den Schlüssel auf die Tischdecke fallen und wandte mich ab, um die Deckenbeleuchtung einzuschalten. Ich sah das auf dem Fußboden zusammengeknüllte Handtuch, ich zog das Papier aus der Tasche und las es wieder, suchte den genauen Platz, wo es die Queca nach einem Nachmittag mit Fremdenbesuch, mit Streit und Versöhnung hatte fallen lassen. Ich beschloß, es zusammengefaltet neben dem Schlüssel auf den Tisch zurückzulassen; langsam drehte ich den Hals, bis ich die bemalten Fußnägel sah, die verkrampften Finger; den Fuß, der aus dem Bett ragte, den, der auf den Falten des Lakens lag. Da waren die Beine und ihr Flaum; eines lag gestreckt und waagrecht, das andere, dessen Kniegelenk wie der Schädel eines Kindes aussah, war angewinkelt und fiel zum Bauch ab, zur doppelten Biegung des flachgedrückten Hinterteils, bis zu dem, was in Schatten verwandelt war, in Vertiefung und Haar. Ich beugte mich hinab, um mir die Lüsternheit unverständlich zu machen, um eine winzige, sinnlose Kompliziertheit zu mustern. »Verrückte Welt...«, sagte ich auf und sah das alles an wie ein langes Fremdwort.

Ich richtete mich auf und wich zurück; ich erinnerte

mich, daß jemand auf der anderen Seite der Wand war, ich erwog die Verpflichtung, ihn zu rufen, damit er sähe, was ich mir angeschaut hatte. ›Sie‹ waren nicht mehr da; sie hatten Quecas Körper im entscheidenden Augenblick völlig in Besitz genommen, waren wie Schweiß nach erfolgtem Tod herausgetropft und nun, mit Staub und Fusseln in den Ecken vermischt, lösten sie sich auf. Aber die Luft der Wohnung, die Freiheit und die Unschuld stiegen wie Dunst im Morgengrauen, fröhlich und schweigsam erkannten sie die Form meines Gesichts.

Ich zog den Bademantel beiseite, der ihren Kopf bedeckte, und nach und nach, gewiß, daß es über unendliche Zeit verfügte, zeigte ihr Gesicht zuerst den Tod und dann zwei breite Zähne, die vorstehend in die Luft bissen. Die Lider bedeckten fast ganz zwei gebogene wässrige Linien. Wir waren allein, ich begann an der Entdeckung der Ewigkeit teilzunehmen. Ich trat einen Schritt zurück, um die starre Unbekannte zu beobachten, die das Bett einnahm, jenen nie gesehenen Frauenkörper, der soeben in die Welt eingeführt worden war. Die angewinkelten Arme, die offenen, geschrumpften Hände, welche die Brüste trennten, um einen Atemweg freizuhalten. Das Gesicht wies wieder auf den Tod, und der Tod strömte wie eine Flüssigkeit vom losen Haar herab zu den verkrampften Füßen.

Doch ich blickte nicht mehr die Queca an, auch nicht die absurde Haltung, welche die sich in die kühne Luft der Wohnung einbettenden Arme und Beine bildeten; ich blickte nicht den kalten Körper einer Frau an, mißbraucht von Männern und Frauen, von Gewißheiten und Lügen, von den Notwendigkeiten, den ausgeheckten und unmittelbaren Stilen des Unverständnisses; ich blickte nicht auf ihr verschlossenes Gesicht, sondern auf das des Todes, das schlaflose, aktive, das mit zwei viereckigen Schneidezähnen auf das Absurde hinwies und mit herabfallendem Kinn auf der Suche nach einer unaussprechlichen Einsilbigkeit darauf anspielte. Und der Leib war der des Todes; furchtlos, von Glauben entbrannt, hielt er die augenscheinliche Verkürzung der Offenbarungen aufrecht. Tot, in den Tod verwandelt, war die Queca zurückgekehrt, um quer im Bett zu liegen, ein Knie anzuwinkeln, ihre Brüste zu fassen und zu trennen. Sie lächelte nicht, weil sie ohne Lächeln ausgestoßen worden war; gewandt, von langer Gewohnheit geleitet, bequemte sie jeden Teil ihres Körpers der ihm zugewiesenen Stellung, sie konnte in der ihr aufgezwungenen Haltung ruhen. Sie war still und freundlich, zurück von ihrem Ausflug in eine Gemarkung, errichtet mit der Rückseite der Fragen, mit den Andeutungen des Alltäglichen. Tot und zurück vom Tode, hart und kalt wie eine verfrühte Wahrheit, davon Abstand nehmend, ihre Erfahrungen herauszuschreien, ihr Scheitern, die eroberten Schätze.

Im Hotel, unmittelbar neben einem Varieté, dessen Gelächter und Musik wie Meeresrauschen in das Zimmer drangen, wie gelbliches, schillerndes und fließendes Licht, wie eine stets vor oder nach dem passenden Augenblick geborene Aussicht – wartete ich darauf, daß Ernesto sich nackt auszog, ich hörte ihn über den Plan einer Besprechung stammeln, der viele Gesichter des menschlichen Abenteuers auf Erden einschloß; ich hörte, ich sah ihn, als er neben dem Klosett kniete, seine Mutter anrief. Das Zimmer roch nach Weinkeller und Gin; seinen weißen, behaarten Körper rekkend, mimte er Auflehnung, eine mutige, fast aufreizende Herausforderung des Schicksals; ich wartete darauf, daß er sich schluchzend aufs Bett werfen würde, deckte seine Beine zu, verweigerte ihm nicht die Hand, die er brauchte, um seine Wange zu kühlen. Vielleicht war der unverständliche Satz, den er vor dem Einschlafen und Schnarchen murmelte, von entscheidender Bedeutung.

Sein Gesicht schwitzte nicht mehr; bleich, wiederum formlos im Halbdunkel, dehnte es sich auf dem Kissen und zum Kopfende, als suche es, die Halssehnen spannend, sich aufzurichten. ›Ich muß Haß und Eitelkeit unterdrücken‹, dachte ich, während ich ihm mit meiner Stille beim Einschlafen half; ›ich muß zweifelsfrei wissen, daß er nicht mehr ist als ein kranker Teil von mir, der mich töten kann, den es klüglich zu behüten gilt. Ich bin der einzige Mensch auf Erden, ich bin das Maß; ich kann ihn ohne Mitleid oder Verachtung oder Zärtlichkeit berühren und nur mit dem Empfinden, daß er am Leben ist. Ich kann ihn tätscheln, ihm ein Wiegenlied summen, feststellen, daß er einschläft und aufhört, mir wehzutun, während ich denke, daß er hübscher ist als ich, jünger, törichter, harmloser. Die Hand, die ihn streift, verbraucht die Erinnerung an die Nacht, in der er mich angesichts Quecas Feigheit schlug, die Erinnerung an seine eingebildete Raserei im Bett, an seine

Kraft, sie in eine für mich unbekannte Frau zu verwandeln, die mir verwehrt sein würde, selbst wenn sie am Leben geblieben wäre. Er ist nichts als ein Teil von mir; er und alle übrigen haben ihre Individualität eingebüßt, sie sind Teile von mir. Die Menschen und dieses Licht, diese Maserung im Holz, die Musik, die steigt und sinkt, das gleiche Gefühl von Entfernung, die mich von dem Ort trennt, wo sie erklingt.‹

Er schlief mit offenem Mund, als ich seine Kleider aufsammelte und in den Handkoffer packte; die Papiere, die Medaille, den Bleistift, das Feuerzeug und das Geld, alles was ich in den Taschen gefunden hatte, legte ich beiseite, ohne es anzurühren. Ich löschte das Licht und verließ den Raum, während der Koffer fortwährend an mein Knie schlug, und überlegte, wo ich die Kleider verstecken oder verbrennen sollte, wo ich Stein finden konnte, um ihn mit meinem Schweigen zu belügen, um mich im Gedanken an all das angesichts seiner Fröhlichkeit, seiner Intelligenz, der schmutzigen Lebensgier, die ihn beunruhigte, ohne Aggressivität über ihn lustig zu machen. Ich überzeugte mich davon, daß ich nicht nur Stein finden, sondern seinen Verbleib beim ersten Versuch feststellen mußte; im Tabakladen an der Hotelecke, als ich Mami telefonisch befragte, erntete ich den ersten Mißerfolg.

»Ich habe ihn seit gestern nicht mehr gesehen, Sie wissen, wie Julio ist. Ich mache mir Sorgen, weil er krank ist, er darf nicht trinken. Er pflegt sich auch nicht, wie immer. Brausen, Sie müssen herkommen und mich hören: ich habe etwa zwanzig Widerstands-Chansons. Julio ist mit ziemlicher Sicherheit im *Empire*; aber sagen Sie ihm nicht, daß Sie es von mir wissen. Sie verstehen mich, Brausen. Erinnern Sie ihn daran, daß ich lebe, überreden Sie ihn, daß er mich anruft, ohne ihm zu sagen, daß Sie mit mir gesprochen haben. Hoffentlich ist er nicht noch immer betrunken. Sorgen Sie dafür, daß das Weib ihm nicht sein Geld abknöpft, Brausen. Sie wissen, wie er mit Geld umgeht... Wenn er nicht im *Empire* ist, suchen Sie ihn in einem kleineren Lokal, in der Maipú, in der Nähe der Plaza San Martín.

Mir geht es gut heute abend, ich bin allein, ich spinne über meinem Stadtplan von Paris, Sie kennen das doch durch Julio. Fragen Sie ihn, ob er die arme Alte lange nicht mehr gesehen hat, und er wird aufstehen und mich anrufen ... Schauen Sie nach ihm, er ist zu gut, und alle nützen ihn aus.«

Ich beschloß, zu Fuß bis zur Corrientes und dann bis zum *Empire* hinunterzugehen. Ich genoß das Gewicht des Handkoffers, ich erwog die Bedeutung von dem, was ich an jeder Ecke liegenlassen konnte, im Pissoir eines Cafés, am Geländer einer Untergrundbahnstation, ich brauchte mich nur vorzubeugen und die Hand aufzumachen. Ich schlenderte ohne Hast in der lauwarmen Nacht, ließ gutwillig die Einzelheiten Revue passieren, welche diese für mich komponierte, mir seit eh und je verheißene Nacht ausmachten. Ich lächelte den Theaterplakaten entgegen, atmete die träge Luft ein, welche die Fahrzeuge aufrührten, begrüßte mit den Augen die Gesichter und die hinter den Caféhaus-Scheiben entfalteten Zeitungen, die Gruppen, die sich in den Eingangshallen der Kinos vor den Zeitungskiosken und Blumenständen kaum von der Stelle bewegten, die dicken, ernsten Paare, die Einzelgänger und die eiligen Frauen, die einer mäßigen Ekstase entgegeneilten, einer flüchtigen Berührung mit dem Geheimnis, dem Verlassenheitsseufzen, dem vergänglichen Stoff, der sich aus den Minen der Samstagnacht gewinnen läßt.

Schritt für Schritt ging ich die Corrientes hinunter und trug den Koffer zur Entlastung einmal links, einmal rechts, ich fand alles gut, alles den Verdiensten, den Bedürfnissen der Traumfähigkeit der Menschen angemessen. Ich durchquerte den Kreis des Obelisken mit dem Entschluß, eine Nacht meiner Jugend wiederherzustellen, in der ich in Einsamkeit oder vor Tauben behauptet haben würde, daß die Zeit des vollkommenen Lebens, die raschen Jahre, in denen das Glück in uns wächst und überquillt (in denen wir es überraschen wie ein uneindämmbares Unkraut, das in allen Winkeln des Hauses gedeiht, in jeder Mauer der Straßen, unter dem Glas, das wir heben, in dem Taschentuch, das wir entfalten, in den Seiten eines Buches, in den Schuhen, in die wir uns morgens zwängen, in den namenlosen Augen, die uns einen Augenblick anschauen), die nach dem Maß unseres wesentlichen Seins geschaffenen Tage, gewonnen werden können – und es kann nicht auf andere Weise geschehen –, wenn wir uns aufzugeben, die Fingerzeige des Schicksals zu deuten und zu befolgen verstehen; wenn wir das, was durch Anstrengung errungen werden muß, das, was uns nicht wie durch ein Wunder in die Hände fällt, zu verschmähen wissen.

›Alle Lebensweisheit‹ – ich stand in der Kleiderabgabe des *Empire* und war entschlossen, mich nicht von dem Koffer zu trennen – ›beruht auf der schlichten Bequemlichkeit, uns in die Lücken der Ereignisse, die wir nicht mit unserem Willen ausgelöst haben, einzufügen, nichts zu erzwingen, jeden Augenblick einfach nur zu sein.‹

›Sich einer Strömung wie einem Traum überlassen‹, dachte ich, als ich mit dem Koffer in der Hand in das Halbdunkel des Tanzsaals eintrat und den unbekannten Tango hörte, das Bandoneonsolo über den fernen Klavierklängen. Ich konnte Stein weder auf der Tanzfläche noch an einem der Tische erspähen, ich stellte den Koffer neben mein Bein und bestellte etwas zu trinken; ich wußte, daß ich mich keinesfalls betrinken durfte; ich entdeckte die Erschöpfung meines Körpers, als ich mich im Stuhl zurücklehnte, ich begann mir den Ausdruck vorzustellen, den jedes einzelne der Gesichter, die ich anblickte, im Tode annehmen würde: auf den ersten Blick unterteilte ich sie in zeremonielle und einfältige Gesichter, in die Rasse derer, die sich strecken werden, hart, trocken, der menschlichen Deutung des Todes angemessen und in die der Gesichter, die sich ausdruckslos und gefügig unterwerfen werden.

Alle Lichter gingen aus, ein Scheinwerfer fiel auf die leere Tanzfläche, eine Frau im Torerokostüm grüßte, indem sie ihre Fingerspitzen küßte, und begann zu tanzen. Ich konnte Stein nicht entdecken. Mami wie eine blinde Kuh, die schlaffen großen Euter auf den Tisch neben dem Telefon gebreitet, neigte vermutlich den gelbgefärbten Kopf dem Pariser Stadtplan, itinéraire pratique de l'étranger, entgegen; sie würde mit ihren langen Röcken wedeln als Begleitung zu den Unentschlossenheiten ihrer Stiefelchen, ihre Büste mager, korsettiert, unsicher – sie kam vom Sacré-Cœur durch die Rue Championnet und war (jener Tag und die Welt gehörten ihr) – an der Ecke der Avenue de St. Quen –, ob sie den Boulevard Bessières oder die Avenue de Clichy einschlagen sollte, um durch den Boulevard Berthier zur Porte Maillot in blauen Buchstaben, sozusagen einen Schritt vom Arc de Triomphe, zu gelangen. Der milde Nachmittag begann sich gleichmäßig malvenfarben über der Rive Gauche und dem winzigen, zwischen dem Jardin des Plantes und der Gare d'Orléans (oder Austerlitz) gelegenen Bistro aufzulösen, der kleine dunkle, schlecht gelüftete Salon, den sie seit Monaten nicht benutzt hatte, der bereits an den Antipoden, in Buenos Aires, liegen mochte, auf alle Fälle außerhalb des Plans. Die Milde des Nachmittags löste aus Trägheit gleichfalls die jüngste Vergangenheit auf und die Verpflichtungen; Mami konnte den Beginn des Abends nutzen – vor der Porte de Clichy, während ihre jungen Augen im verschwiegenen Nebel versanken, der aus der gewundenen Seine von Asnières aufstieg, während sie an die Gehsteigkante und an ihre Schuhspitzen mit ihrem Sonnenschirm stieß, den sie nie mehr aufgespannt hatte, seit sie ihn in dem Laden gemustert und mit dem ihr von Julio aufgedrängten Geld gekauft hatte, von dessen goldener, wasserdichter Seide Falter mit Flügeln aus noch leuchtenderem Gold und mit Leibern, gestickt in noch lebhafterem Rosa als Schleimhaut schwebten, fast aufflatterten – sie konnte den Beginn des Abends dazu nutzen, über den Quai de la Conférence zu schlendern und von dort, während sie ihren Gang mit dem Auf-und-Ab ihres Schirms begleitete und mehr mit den Schultern als mit den Hüften dem Rhythmus von *Katie die Balletteuse* folgte (hatte Julio, während die Musik erklang, ihr nicht gesagt, sie seien endgültig durch mehr als Liebe vereint, durch etwas, was die Menschen nicht zu benennen wüßten und was über die Liebe hinausginge?), von dort aus konnte sie nach dem Stadtplan den

Eiffelturm und St. Pierre betrachten und womöglich überdies den Dom des Invalides, wenn sie Glück hatte, wenn es nicht zu rasch dunkel wurde.

Doch Mami konnte die Stunden, die sie von ihrem Stelldichein mit Julio trennten, auch mit einem gefühlsbetonten Pilgergang bis zur Rue Montmartre ausfüllen, die so schwer zu finden war und nicht mit dem Pont de Montmartre hinter dem Boulevard Ney zu verwechseln war, hinter dem griechischen Marmorkrieger auf grünem Grund, der die Befestigungen ankündigte. In der Rue Montmartre hatte sie eine ganze Nacht hindurch mit Julio getanzt und wenn sie den Walzer *La Demoiselle des Collines* tanzten, fand er neue Wörter, um ihr von seinem Verlangen zu sprechen; Mami erwiderte nichts, sie vollführte keine Geste, bis sie in die Dunkelheit des Tisches gelangten, bis sie einen nackten Arm ausstrecken und Julio anflehen konnte, sie mit der Zigarette zu versengen. Doch die Rue Montmartre war unerklärlicherweise nur zufällig auf dem Plan zu entdecken – vielleicht sofort, vielleicht wenn der Schlaf vor dem Läuten des Telefons kam. Daher verließ sie – in dem verhältnismäßigen Frieden, den Entscheidungen gewähren – die Ecke der Rue Championnet und die Avenue de St. Quen und stieg, ihre Aufmerksamkeit durch eine Stricknadel verlängernd, in den stets grauen, stets leuchtenden Himmel der Ville de Paris *(Gravé par L. Paulmaire, Impr. Dufrénoy, 49, Rue de Montparnasse)* hinauf und schwebte mit mäßiger Geschwindigkeit von links nach rechts, von Osten nach Westen mit ausgeprägter Neigung nach Süden; von Puteaux – schwarze Buchstaben auf grünem Grund zwischen zwei Bauernhäusern – nach Altfortville, wo die Seine sich am Pont D'Ivry dreimal gabelt und von einer Zeile in Größe Petit durchschnitten wird, die lautet: Stations des bateaux T.C.R.P. Aus einem malvenfarbenen oder grauen Himmel in einer Höhe von 700 bis 1200 Metern, je nach Größenverhältnis schwebend, betrachtete Mami die erkennbaren Gebäude und Straßen, die Erinnerungen, die wie Binden an ihr hafteten. Sie sah den Petit-Palais und den Jardin des Tuileries, den Quai-Malaquais und die Rue de Tournon, das

Musée de Cluny, den Boulevard Saint-Marcel; bereits im Schwung, überquerte sie die Kreuzung der Orléans- und der Ceinture-Eisenbahnlinie, und als über dem Kirchturm von Ivry das Lächeln ihre Lippen verließ – blickte sie dank einer Glückssträhne plötzlich mit dem linken Auge zum grünen Flecken des Friedhofs von Montparnasse zwischen dem Observatorie, Notre-Dame des Champs und Notre-Dame de Plaisance.

Da sie nachwies, daß der unsagbare Sinn des Lebens zuverlässig und leidenschaftlich blieb – auch wenn Julio sie in der ganzen Nacht nicht anrief, auch wenn der wütende Blasenschmerz sie wieder im Morgengrauen weckte – stocherte sie mit ihrer Stricknadel in der Umgebung der Rue Vercingétorix herum, wo einen halben Block von der Avenue du Maine noch immer der letzte Pfiff des Zuges ertönen mußte, den sie gehört hatte; wo in einem Zimmer, dessen Mitte ein Ofen einnahm, den keiner von den beiden zu heizen je erlernt hatte, Julio sie sanft geohrfeigt hatte, bevor er den obszönen, schmeichelhaften, beleidigenden Satz murmelte, den jede wahre Frau vor ihrem Tode hören muß, der einzige, der sich für immer im Herzen eingraben läßt und dessen erfrischende Gegenwart ein wirksamer Trost in allen mißlichen Stunden ist: »Ich habe nie eine so hündische Hündin gekannt.«

Der Beifall verhallte, das Licht mußte wiederkehren, die Tanzfläche gehörte wieder den Tänzern. Von neuem suchte ich Stein an den Tischen, in den Gesichtern, welche vorüberkreisten; ohne im Tanzen innezuhalten, hob eine Frau zwei grüne Hände auf die Höhe ihres Kopfes; ihr schlaffes, glattgekämmtes Haar bedeckte ihr Profil. Ich trank und stellte enttäuscht mein Glas nieder, ließ mein Bein am Koffer entlanggleiten. Da er endgültig außerhalb des Drehbuchs und Santa María stand, tat Díaz Grey das Mädchen leid – nun wurde ihre Neigung sichtbar, an Straßenecken einer Stadt im Frühling aufzutauchen und fast immer dem erstbesten, der sie entdeckte, den Rücken zuzukehren mit ihren männlich-unentschlossenen Schritten, eine Schulter höher als die andere, um die linke Brust darzubieten oder sich gegen einen hinterhältigen Angriff zu verteidigen – sie tat ihm leid und er betastete sie, unterdrückte sie und löschte sich aus in ihr, gelegentlich vermochte er die Zeit anzuhalten, ohne anderes Ergebnis als die Gewißheit, daß es unmöglich ist, die Ewigkeit zu erben. Ich sah ihn mit Begeisterung den nutzlosen Kunstgriff erproben, sich an Straßenecken von den behenderen Beinen des Mädchens, von der Überraschung der scheuen Hand auf seinem Arm, von ihrem Lächeln und ihrem Schweigen einholen zu lassen; ich sah ihn dazu verurteilt, jede Begegnung als Prolog zum wöchentlichen Auftritt in der Absteige zu empfinden, zur Selbstaufgabe, zum Vergessen, zum zweifelhaften Sieg des Nicht-mehr-Seins, die im Bett zu erreichen waren. Und immer nachher das Warten, die Herausforderung der Reue. Wie Gegenstände, die er in der Tasche trug, konnte der Arzt ihre Bewegungen betasten, um sie von der Beleuchtung, den Zimmerkellnern, den anderen Paaren zu verbergen; den Geruch der Desinfektionsmittel, mit dem die Kissen den Kopf des Mädchens ansteckten; den neuen, dichten, dumpfen Geruch, den das Desinfektionsmittel in Verbindung mit dem fröhlich-vertrauten Parfum des Mädchens herstellte; die Unmöglichkeit, sie zu küssen oder zu sprechen, solange sie darauf warteten, daß der Kellner kam, um zu kassieren und zu melden, das Taxi stehe unten. Und da jede einzelne dieser Erinnerungen, jeder dieser harten, scharfen Gegenstände die Heimlichkeit bezeichnete und erzwang, war Díaz Grey verpflichtet, das Mädchen nicht mehr zu lieben, um sie von sich zu trennen, seine Liebe von der Heimlichkeit zu trennen, von der stillschweigenden Annahme, die beide dem Niedrigen und Schmutzigen gewährten, sobald sie dieses taten. Dann hörte er bis zur Trennung auf, sie zu lieben; die Zeichen der Heimlichkeit wurden deutlicher, lebten vor Kraft, verletzend, allein auf der Welt – allein in der Nacht, im Auto, das sie wie zwei Unbekannte entführte –, aber diese Zeichen waren bereits außerstande, seine Empfindung für das Mädchen zu beeinträchtigen, eine Liebe zu verletzen, die nicht mehr existierte. Und im Morgengrauen neben der schlafenden Elena Sala legte der Arzt Stück für Stück – wie die Armbanduhr, die Zigaretten und die Streichhölzer – auch die scharfkantigen Gegenstände, die er von der Heimlichkeit erhalten hatte, neben das Bett, er war isoliert, ohne Verbindungen zu dem Mädchen, er lebte allein für die Sinnbilder des Schmutzes, der Erinnerungen, die er mitgebracht hatte und die gleichmütig wachten. Bis er im Morgengrauen oder am darauffolgenden Tag feststellte, daß man unmöglich in der kleinen eiskalten Hölle leben konnte, welche die verschmähten Lichter bevölkerten, die Schande, die Blicke der Zimmerkellner, der Geruch des Bettzeugs, der sich mit dem Schweiß bemerkbar machte. Er mußte sich retten und wurde pünktlich von der wiedergewonnenen Glut seiner Liebe gerettet; er bereute jede Reue, jeden Schritt zurück; die Gegenstände wurden milder und wichen freundschaftlich dem Druck der Hand, und Díaz Grey stellte sie, zu Darstellungen seiner Liebe verwandelt, wieder auf die genau entsprechenden Stellen; er beleuchtete die Mauern mit den Scheinwerfern des Taxis und das Gesicht des Mädchens mit deren Widerschein, er gab die kraftlose Neugierde den Augen der Zimmerkellner zurück, er krönte das Mädchen mit dem erregenden Geruch von Dichlorid und Parfum.

12. Macbeth

»Diese Lady Macbeth mit ihren in Chlorophyll getauchten Händen...«, sagte Stein plötzlich. Ich war ins *Empire* zurückgekehrt, nachdem ich ihn in drei anderen Kabaretts gesucht hatte. Er stand mit der Frau in den grünen Handschuhen neben meinem Tisch. Er stellte sie mit einem absurden Namen vor, hieß sie Platz nehmen und sah mich mit einem Lächeln an, als höre er gute und wichtige Nachrichten, als habe ich eine Verbannung aufgegeben, um mich ihm zu nähern und ihm die Gründe dafür anzugeben.

»Lady Macbeth, von Chlorophyll getränkt...«, wiederholte er und setzte sich; er drückte mir eine Hand, während er leicht betrunken und strahlend lächelte. »Ich bin der, welcher stets gefunden wird und am richtigen Ort wartet, auf Gedeih und Verderb. Vielleicht habe ich es vorausgefühlt; ich habe ihr von dir gesprochen.« Er wandte sich an die Frau, die eine Zigarette in ihre Spitze steckte. »Dies ist Brausen, Liebste, mein Freund. Doch heute abend, um mich Lügen zu strafen, ist er hier und betrunken.«

Sie hob den Mund, beschränkte sich darauf, den Platz, den ihre dicken dunklen Lippen in der Luft einnahmen, zu verändern und schien mit ihnen zu schauen, uns stillvergnügt zu beobachten.

»Auch du bist betrunken.« Ihre Stimme klang gedehnt, heiser, zerstreut.

»Ich auch«, stimmte Stein zu. »Und mit jedem Glas werde ich meine Betrunkenheit vervielfältigen, um den Besuch meines Freundes zu feiern. Ich werde mich in Übereinstimmung mit den Riten des Willkomms betrinken und die Bedingungen des Zeremoniells respektieren. Brausen, der Asket, mit Heuschrecken und Wespenhonig ernährt, verläßt die Wüste. Er ist betrunken; und trotzdem bin ich nicht sicher, ob ich mich darüber freuen darf.«

»Wenn einer hierher kommt, so, um sich zu betrinken«, sagte die Frau; sie hob die Zigarettenspitze mit einer grünen

Hand, damit Stein ihr die Zigarette anzünde. »Sie beide zumindest. Auch ich bin's ein wenig, aber ich trinke nichts mehr. Was ist mit meinen Handschuhen los?«

»Nichts«, entgegnete ich. »Sie gefallen mir. Ich dachte, ob es Ihnen an den Fingern nicht zu heiß wird. Aber das ist Ihre Sache.«

»Lose Gedanken«, schrie Stein, »tote Gedanken. Alle diese Tiere denken das gleiche: Handschuhe, Samthandschuhe in dieser Hitze. Wir können aber auch an Macbeth, an Ernten, Baumfällen, Hochjagden denken. Und ich habe an die Feuchtigkeit gedacht, die sie in einen Schwimmfüßler verwandelt und den ich gegen Ende der Nacht werde küssen müssen. Ich will deine Rückkehr in die Welt der Lebenden feiern. Aber darf ich mich freuen? Wo ist die Falle?«

»Es gibt keine Falle«, sagte ich; ich blickte in das Gesicht der Frau und teilte es in zwei Hälften, ich erkannte Gertrudis und Raquel in dem Abschnitt, der von der Nasenwurzel bis zum Haaransatz reichte; ich sah den Mund von Díaz Greys Mädchen, weich, mulattenhaft, geformt, um sich jedem einzelnen der begrenzten Wagnisse der Liebe anzupassen, mit Mundwinkeln, unfähig, Trauer zu enthalten, das runde, feste Kinn vorspringend, das nur unbewußten Lebenswillen verriet. »Es gibt weder Falle noch Verrat, du freust dich zu Recht.«

»Auch ich freue mich«, sagte die Frau und schüttelte das festgeklebte Haar. »Merken Sie es mir nicht an?«

»Ich werde mich an die Verse erinnern«, sagte Stein und rieb eine behandschuhte Hand der Frau an seiner Schläfe; er hatte eine Flasche bestellt, und sie schleuderte heisere Protestsilben aufs Tischtuch: ›Du läßt dich scheint's gerne ausnehmen. Als könntest du es kaum erwarten, daß das Lokal zumacht.‹ »Sie ist wunderbar. Eines Nachts habe ich nach ihr Ausschau gehalten, habe mich in sie verliebt, als ich ihre grünen Handschuhe am anderen Ende des Saals ein Glas umgreifen sah. Aber sie hat etwas, was nicht dein Stil ist, etwas Aggressives, etwas Sicheres, etwas durchaus Anti-Brausenhaftes. Ich muß mich an die Verse erinnern, der Blutgeruch liegt noch in der Luft.«

»Wollen wir nicht tanzen?« fragte die Frau.

»Du hast doch gesagt, du seiest müde«, sagte Stein. »Oder galt die Müdigkeit mir und die Einladung meinem Freund?«

»Ich habe keine Lust zu tanzen«, gab sie zurück; sie stieß den Rauch aus, ließ die Zigarette auf den Tisch fallen und warf sie in den Aschenbecher. »Aber Sie kommen doch hierher, um zu tanzen.«

»Wir haben nicht vor, zu streiten«, unterbrach Stein. »Wir sprechen immer so.«

»Sie sind Freunde«, sagte die Frau, ließ das Zigarettenetui zuschnappen und führte eine neue Zigarette in die Spitze ein. »Ich weiß, es ist nicht ernst gemeint. Aber wenn einer hoch geladen hat, weiß er nicht, was er tut.«

»Nein«, bekräftigte Stein. »Wir reden nur, doch nicht über alles, weil er sich versteckt. Er glaubt, daß man ihn nicht versteht, es liegt ihm nichts daran, daß man ihn versteht.«

»Wenn du die ganze Flasche bezahlst, trinke ich weiter«, sagte sie. »Redet, es langweilt mich nicht.« Sie füllte die drei Gläser und blickte zur Tanzfläche.

»Ich habe dich nie getäuscht«, gab ich zurück und blickte Stein an.

»Wie kam es, daß man Sie mit dem Koffer hereingelassen hat?« fragte sie.

»Ich habe gesagt, es sei viel Geld darin. Ich habe dich nie getäuscht; es ist mir lästig, Dinge richtigzustellen und zu widerlegen, was andere über mich denken.«

»Aber etwas ist mit dir los«, beharrte Stein. »Denn heute abend ermüdet es dich sicher nicht, Erklärungen abzugeben.«

»Ich langweile mich nicht, ich trinke«, sagte die Frau. »Ich höre euch zu, etwas kriege ich mit und mache mir meine Gedanken.«

»Warum nicht heute abend?« fragte Stein. »Ich werde sie küssen, Finger um Finger. Es gibt Nächte der Offenbarung. Hast du die heisere Stimme gehört, hast du sie erkannt? Ich trinke auf die unsterbliche Seele des alten MacLeod. Heute sind es zwei Wochen her. Wie kamst du darauf, mich hier zu suchen?«

»Ich war zweimal hier und einmal in drei anderen, ähnlichen Lokalen. Ich wollte dich treffen, ich habe Mami im Geiste angerufen. Nein, ich habe nicht mit ihr gesprochen, es ist Monate her, seit ich...« Es fiel mir ein, daß ich unmöglich davon ablassen könnte, die ganze Nacht hindurch zu lügen und daß ich so die Welt verwandeln würde, uneigennützig, aus reinem Spieltrieb.

»The passing away of Mister... Eine wirksame Formel, um das Aas verschwinden zu lassen. Übler Geruch in Ihrem Haus? Lassen Sie das Aas verschwinden, indem Sie aus dem reichen Angebot Ihre persönliche Formel wählen...«

»Das Wort«, pflichtete ich bei. »Das Wort vermag alles. Das Wort stinkt nicht. Verwandeln Sie den geliebten Leichnam in ein diskretes, poetisches Wort. Die besten Nachrufe...«

»Siehst du?« schrie Stein die Frau an. »Dieser Satz, dieser Scherz, diese Redeweise... Das ist nicht Brausen. Mit wem habe ich die Ehre zu trinken?«

Sie verschränkte die Finger, ließ die Daumen kreisen und knabberte auf ihnen herum.

»Werden Sie nicht beschwerlich«, sagte sie zu mir. »Ich habe nicht vor, mich die ganze Nacht zu langweilen.«

»So ist sie, wunderbar«, lachte Stein. »Ich bin frei, würde sie noch in der zwangsläufig feuchten Tiefe eines Kerkers behaupten. Ich verpflichte mich nicht, ihr zu geben, was sie verdient, die sich ewig erneuernde Kraft der Jugend, die Kunstfertigkeit der Reife.«

Sie wandte den Kopf und lächelte Stein zu, ließ sich eine neue Zigarette anzünden, einen Augenblick richtete sie eine vorwurfsvolle Miene auf mich, in der die Intelligenz ihrer oberen Gesichtshälfte auf dem Mund lastete und die Dicke der Lippen die Rundung des Kinns in tierische Melancholie verwandelte.

»Ich werde ihr die Spitzen aller Finger küssen, ohne der Hilfe des Schwans zu bedürfen, umgegossen in die Aussprache, welche die Jesuiten lehren«, behauptete Stein prahlerisch; ich habe nie erfahren, was er damit sagen wollte. »Juan María Brausen, um Gertrudis' Stil zu benutzen, auf die ich einen Trinkspruch ausbringen würde, wäre ich nicht durch die tiefste Hochachtung gelähmt, glauben Sie an die Leidenschaft?«

»Sie sind Freunde und werden sich nicht zanken. Wir drei sind heute Nacht Freunde. Aber täuschen gilt nicht, wenn Sie ihn getäuscht haben, müssen Sie es jetzt erklären.«

»Ich, du, er«, sagte Stein, hob die Flasche und bestellte eine neue. »Wir alle sind niemand, nicht wahr? Oder muß man bei dir eine Ausnahme machen?«

»Ich, du, er«, bestätigte ich. »Wer ist Brausen? Der Mann, der Gertrudis heiratete; und alles, was von mir bekannt war, mußte sich der Grundidee, der vorhergegangenen Definition anpassen oder zur Anpassung gebracht werden. Ich rede, um zu reden; ich muß langsam aufbrechen.«

»Nein«, berichtigte Stein. »Ich sage: mein Freund überrascht mich, plötzlich sehe ich meinen Freund im Angriff, ermutigt von einem absurden Wunsch der Rache. Mein Freund umklammert mit den Beinen einen Koffer, in dem er schwarze Bibeln befördert. Mein Freund trinkt mit Bedacht, er will die Frau nicht ansehen, die mit mir ist, er lächelt mich an, als sei ich ein Schuljunge.«

»Gehen Sie nicht fort«, sagte die Frau. »Das Lokal schließt bald. Hinterher gehen wir zu mir und trinken weiter. Haben Sie Lust?«

»Ja«, gab ich zurück und blickte ihr zum erstenmal in die Augen; ihr Mund hatte den Höhepunkt der Weichheit erreicht, und aufgeworfen zeigte er (wiederum mit einem Blick) das kleine Loch in seiner Mitte, die Öffnung, welche die Lippen nicht unterdrücken konnten. »Es ist sehr leicht. Der, welcher geheiratet hat, kann in den übersetzt werden, der den Preis zahlen mußte. Nur daß sie außergewöhnlich war und mich zu verheiraten kein Mittel war, sondern ein Zweck; ich benötigte fünf Jahre, um wahrhaft, eines nach dem anderen, alle Dinge zu begreifen, welche sie außergewöhnlich machten. Einem anderen mag eine Nacht genügen, eine zynische Haltung und seine Selbsttäuschung der Erkenntnis; einem anderen hätte sie ein unterschiedliches oder gar kein Problem gestellt.«

»So ist es«, sagte Stein, »so gefällst du mir. Ohne dabei in Betracht zu ziehen, daß man womöglich derjenige ist, der die Schwierigkeiten des Problems erfinden, die Begriffe verwechseln muß. Aber muß die Geschichte dieses Glaubens an die Leidenschaft erst bei Gertrudis beginnen?«

»Ist Gertrudis Ihre Frau?« fragte die Frau.

»Sie ist niemand«, rief Stein, rasch, höflich, schamhaft.

»Ich habe ihn gefragt. Ist sie es?«

»Sie war es«, erwiderte ich. »Es ist lange her.«

»Sie sind betrunken und verärgert«, murmelte sie gerührt. »Sie müssen sie sehr lieben.«

»Weil es mit Gertrudis begann«, sagte ich. »Es hat begonnen, als die anderen glaubten, ich hätte einen Preis gezahlt. Als ich aber wahrhaft den großen weißen Körper kennenlernte, als ich ihn auswendig kannte und mich fähig fühlte, ihn im Dunkeln zu zeichnen, ohne zeichnen zu können, dachte ich nur, daß die Dinge, daß die Erforschung des Problems unlängst begonnen habe. Der Schlüssel des Geheimnisses lag anderswo, das Geheimnis war nicht versinnbildlicht durch das große weiße Tier im Bett.«

»Ich möchte noch eine halbe Flasche bestellen«, sagte Stein und beugte sich vor, um den Mund der Frau leicht zu küssen; sie blickte mich nicht mehr an und, wie erwachend, lächelte sie plötzlich Stein zu. »Ich kann dich nicht erkennen; das heißt, ich erkenne mich in dem, was du gerade sagst. Seit kurzem bist du in einem gewissen Sinn heute abend Stein. Ich müßte mich in jenen unvergeßlichen Brausen verwandeln, um dir zu widersprechen, wäre es auch nur durch den Widerspruch meines Schweigens, damit eine Diskussion entsteht, damit wir aus diesem Augenblick allen Nutzen ziehen. Aber es ist nicht zu verachten, mich mit deinem Mund reden zu hören.«

»Es gibt kein System, das angewandt werden könnte, um jemanden kennenzulernen; es ist notwendig, eine Technik für jeden einzelnen zu erfinden. Ich schuf mir eine und veränderte sie fünf Jahre hindurch, als es mir darum ging, zu erfahren, wer Gertrudis war. Ich mußte es wissen, um die Gewißheit zu erlangen, daß sie mir gehörte.«

»Die Gewißheit erlangen...«, wiederholte Stein lächelnd.

»Fünf Jahre, und dann mußte ich ins Bett zurückkehren. Aber darin liegt kein Widerspruch, erst dann wußte ich, wer das war, den ich umarmte. Ich kann die gleiche Geduld, die gleiche Achtung jedes Mal proben, wenn es notwendig ist.«

»Seine Linke unter meinem Kopf und seine Rechte umarmt mich. Aber ich höre mich nicht mehr in dem, was du sagst. Das bin ich nicht. Schön, einverstanden: du warst nicht der Mensch, der einen Preis bezahlt hat.«

»Ich war es nicht in dem Sinne. Und ich war der, welcher weder Wege noch Dinge sucht, der Wüstenbewohner am Rande des Lebens. Ich war der Zeuge; überdies der, welcher einen Pakt mit der Zeit abgeschlossen hatte, die Vereinbarung, uns nicht zu drängen. Weder die Zeit mich, noch ich sie. Ich wußte immer, daß alles, was mir entsprach, mich als Geschenk eines Tages, einer Woche, eines Jahres, dessen Datum zu erforschen mich nicht reizte, erwartete. Und ich, der Zeugnis ablegte, war voller Mitleid, wenn ich die übrigen sah, die sich zufrieden gaben, die das Elend der künstlich eingeleiteten Geburten notwendig hatten. Denn ein jeder nimmt das hin, was er von sich selber in den Blicken der übrigen entdeckt, er bildet sich im Zusammenleben heran, er vermischt sich mit dem, den die anderen vermuten, und handelt in Übereinstimmung mit dem, was man von diesem Vermeintlichen nicht Vorhandenen erwartet.«

»Ich verstehe nicht«, sagte Stein. »Das heißt, ich glaube nicht daran.«

»Heute nacht wird später geschlossen«, prophezeite die Frau. »Es heißt, wenn viel Betrieb ist, lohnt es, Strafe zu zahlen.«

»Diese heisere Stimme«, bemerkte ich, »erinnert mich an MacLeod. Kinderleichtes Beispiel: Seit Jahren war MacLeod nicht mehr er selber; er war der Posten, den er bekleidete. Er war durch das bestimmt, was zu sein man ihm eingeredet hatte; bevor er dachte, dachte er das, was einem mit einer bestimmten Stellung, einem bestimmten Alter, einem bestimmten Gehalt verpflanzten Nordamerikaner zu denken entsprach. Bevor er wünschte, dachte er ... Ist das verständlicher?«

»Jetzt sehe ich es«, sagte Stein. »Aber es funktioniert nicht. Warum war MacLeod das, was er war, und nicht Orchesterdirigent oder Goldsucher? Warum müssen die anderen unsere Mittelmäßigkeit auf sich nehmen?«

»Es ist nicht grundsätzlich eine Frage der Mittelmäßigkeit, sondern der Feigheit. Es ist auch eine Frage der Blindheit und des Vergessens; nicht in jeder Knochenzelle das Bewußtsein unseres Todes wachzuhalten. Ich könnte den Rest der Nacht weiterreden; alles ist gefügig, alles ist losgelöst von mir.«

Die Frau blickte zur Tanzfläche und suchte die genaue Zeit auf Steins Handgelenk.

»Es ist noch nicht so weit, Lieber. Du weißt, daß ich nicht vorher fortgehen darf.«

»Du hast mich nicht nur all die Jahre ganz unmittelbar angelogen«, sagte Stein. »Sondern mit jeder Gebärde, jeder Haltung, jedem Satz, von dem du nicht wußtest, ob ich ihn nicht verstünde. Ein Brausen; und plötzlich, mit der gleichen Stimme, dem gleichen Neigen des Kopfes, mit einem Lustmörderkoffer zwischen den Beinen schickt sich dieser oder ein anderer Brausen an, zu widerrufen, mich zu zwingen, eine lange Vergangenheit neu zu bedenken, tausend Wahrnehmungen wegzuwischen, bis ich sein neues Gesicht entdecke. Ich weiß nicht, ob das die Mühe lohnt.«

»Immer bereit, den Preis zu zahlen«, sagte ich. »Aber nicht, um die Dinge zu kaufen, sondern den Preis, den man zahlt, um sie zu verdienen, nachdem Gott oder der Teufel sie geschenkt hat. Nicht im voraus wie du, wie alle Welt. Da ist jetzt eine Frau, ich gehe mit ihr nach Montevideo, werde Raquel wiedersehen, meinen Bruder, sie alle. Ich habe dich gesucht, um es dir zu sagen. Ich weiß nicht, für wie lange.

Ich fliege mit der Maschine von morgen früh«, log ich weiter. »Ich glaubte, es sei wichtig, nach Montevideo zurückzukehren, sie nach all den Jahren wiederzusehen.

Aber jetzt verstehe ich, daß es darauf ankommt, unterwegs zu sein, fern von Buenos Aires, von den ›MacLeods‹, von Gertrudis, von dir, von dieser ganzen Zeit. Denn diese Zeit war bereits zu Ende, aber noch nicht ganz; wie die Toten es bestätigen, ihr wuchsen noch der Bart und die Nägel. Aber nun ist alles zu Ende, so endgültig, als sei es ein Traum, den ein anderer geträumt hat. Ich wollte mich täuschen und dachte, daß die Stadt und das Café an der Ecke des Platzes und die Abende in jener Straße, die zwischen zwei anderen verläuft und Beete hat, du wirst dich erinnern, zwischen Ramírez oder Punta Carretas, daß all das und hunderterlei anderes, und Raquel, mein Bruder und Lidia, Guillermo, Marta Suárez, daß sie alle und dies alles mir meine Jugend bewahrten und daß ich nur hinzufahren brauchte, um sie wiederzugewinnen.«

»Vergiß nicht, sie von vorne anzusehen, wenn sie zurückkehrt«, sagte Stein. »Die Beine, das Kleid zwischen den Beinen, wenn sie geht. Das macht mich verrückt. Aber das trifft nicht ein; und wenn es einträfe, wenn sie den Brausen von vor fünf Jahren aufbewahrt hätten, wüßtest du nicht, was du mit ihm anfangen solltest.«

»Es war eine Lüge«, gab ich zurück. »Wichtig ist, mit dieser Vergangenheit, mit dem Vorigen Schluß zu machen. Vielleicht verbringe ich dort einen Monat und fahre nach Brasilien weiter. Ich schwöre, daß ich dir schreiben werde.«

Die Frau kam an den Tisch, bevor ich sie anblicken konnte; sie spreizte die grünen Finger auf dem Tischtuch und wechselte die Richtung ihres Lächelns. Nun stand sie in der Welt, um auf etwas zu warten, was sie nie erlebt hatte, was sie sich indes genau vorstellen konnte, in jeder Einzelheit, in der Bedeutung und Folgerichtigkeit einer jeden Einzelheit.

›Sie werden um drei Uhr schließen. Ernesto schläft sicherlich im Hotelzimmer. Er kann natürlich entkommen, aber er ist immer durch den Zettel, der zusammen mit dem Schlüssel gefunden wurde, an mich gebunden; was mich interessiert, ist, daß er entkommen kann und keine Lust hat, es zu tun, daß er fühlt, wie unmöglich es ist, sich von mir zu trennen. Und Sie? Ich, was sie wollen; er tat mir leid, ich dachte, das Abenteuer lohne das Risiko. Da ist der Zettel, da ist meine Lust, alles zu erzählen, der arme Junge. Ich bin nicht betrunken, nur die Erregung vor einem unendlichen Hintergrund aus Frieden und Gleichgültigkeit. Mit Stein habe ich nichts mehr zu reden.‹

»Noch einen Augenblick, Liebe«, sagte Stein. »Auch ich war die Vergangenheit für diese heiligen Johannas; sie reduzierten mich auf ein Sinnbild ihrer schändlichen Vergangenheit und trennten sich von mir, zogen stets ab mit einem langhaarigen Menschen mit vorstehendem Adamsapfel, einem Anhänger der körperlichen Schmutzigkeit, einem wildgewordenen Zwanzigjährigen, der sich vom Militärdienst freimachte wie von einer Fußangel und stets – verflucht sei meine Seele – auf dem Gebiet der Bundeshauptstadt in Buenos Aires landete. Und kaum von dem Schlag erholt, entdeckte er, daß Gott mit dem Finger auf ihn zeigte, ihn mit dem in einem Dreieck eingeschlossenen Auge verfolgte, damit er die Weltrevolution einleite. Eine Aufgabe, die bekanntlich undurchführbar ist ohne die Hilfe, die Anregung und Nähe eines begehrenswerten Mädchens, das fähig ist, sein Leben zu verdienen. So mußte ich es ertragen, daß die nicht so sehr Jungfräulichen von Orléans meine Kleinbürgerhandlungen geschichtlich zusammenfaßten, sie mit Vorurteilen verurteilten (die in Wahrheit nicht sehr ›Vor‹ waren, weil sie erst eine Woche zuvor erworben worden waren, ohne daß meine berühmte männliche Intuition den von dem verfluchten Langhaarigen vom Dienst auferlegten Politisierungsprozeß vermutet hätte), die jede meiner Handlungen und Meinungen abschätzten, mir mit großmütigem und verzweifeltem Erbarmen bewiesen, daß ich das Erzeugnis einer sterbenden Gesellschaft, daß ich nichts als Todesröcheln und Hindernis sei. Und die Fallschirmspringer, die verdächtig überreichlichen unbefleckten Jünglinge gaben ohne Zaudern unter den wohlbegründeten Verdammungen und Auszügen aus dem ABC-Magazin, auf das sie ihre affirmativen Reden stützten, ihre Ethik des Opfers und der Gewalttat zu verstehen, unter den ausgedehnten, eintönigen, aus Christus und Zarathustra zusammengebrauten Moralpredigten deuteten sie an, die Folgen der Untreue gehorchten gleichfalls dem nicht zu verheimlichenden Umstand, daß ich den Vierzigern näher stehe als den Dreißigern.«

»Gehen wir«, sagte die Frau. »Jetzt darf ich gehen. Du bist noch betrunkener als dein Freund.«

»Ich gähne, aber ich langweile mich nicht«, gab ich lächelnd zurück und hob mein letztes Glas. ›Ich muß unbedingt allein sein, und zwar in einer dauerhaften Einsamkeit, um mich an die tote Queca erinnern und einen neuen Versuch unternehmen zu können, den unpersönlichen, harten Leib zu verstehen, all das aufzuzählen, was sie beruhigt hat, die Dinge, die seit wenigen Stunden nicht mehr existieren, die von der Vergangenheit ausgelöscht sind und die wiederzuerwecken ich mich bemühen kann.‹

»Sie waren meiner tödlichen Einflußsphäre entrückt, um revolutionär den Beischlaf zu vollziehen, stolz zwischen Enthaltsamkeit und Abtreibung voranzuschreiten. Zugunsten meines Seelenfriedens bestehe ich darauf, sie mir vorzustellen, wie sie die Art des Trostes, den sie fanden, an die Brust drücken.«

Zwei Kellner kamen näher und sammelten Tischtücher ein; inmitten der wachsenden Stille tätig, verwahrten die Musiker ihre Instrumente in den Futteralen. Langsam drehte sie sich um, um mir alle Ähnlichkeiten zu zeigen, die, wie ich entdeckt hatte, ihr Gesicht bildeten; verzweifelt zeigte sie mir Sommersprossen, rauhe Stellen, Hautflecken wie Beichten, die unsere Intimität erhöhen konnten.

»Hast du schon kassiert?« fragte Stein, während er das Wechselgeld einsteckte.

»Ich tu's jetzt«, sagte sie. »Wartet lieber draußen auf mich, im Café gegenüber. Ich muß oben meinen Mantel holen.«

»Rauchen wir noch eine«, schlug Stein vor. »Es ist noch ein Rest in der Flasche. Die Leute sollen warten. Bist du in die Frau verliebt, mit der du reist?«

»Nein«, sagte ich und lehnte mich im Stuhl zurück, unruhig, mit einemmal hellsichtig. Es war, als hätte ich soeben Quecas Tod erfahren. Ich konnte hinter Ernestos durchsichtigem Gestikulieren im Hotelzimmer nur ihr Gesicht sehen, hart, trocken und runzelnd, die breiten Schneidezähne, die, über die Unterlippe vorstehend, länger wurden. Ich begriff entsetzt, daß ich sie vergessen hatte, ich stellte mir vor, daß die unterbrochene Erinnerung an den erkalteten Körper genügte, um die Gefahren zu verscheuchen. Solange ich an sie dachte – mit einer gewissen Zärtlichkeit, mit einer gewissen schwachen Angst und maßvollen Liebe – würde die Queca, mächtiger als die Lebenden, mich beschützen: ein Bein angezogen, das andere ausgestreckt, der schwarze Mund, zwei feuchte Bogen auf den Lidern; tot, endgültig, mit einer den Lebenden verwehrten Festigkeit, auf die ich mich stützen konnte.

»Aber du bist traurig«, sagte Stein. »Möchtest du sie gerne mitnehmen?«

Die Frau stand in einem über ihren Schultern hängenden grauen glänzenden Mantel neben mir und zog ihre grünen Handschuhe bis zu den Ellbogen hoch; sie hatte ihr Haar über die Ohren gebürstet, und so konnte ich ihr liebenswürdiges, nachdenkliches Lächeln sehen, die Sanftmut, mit der sie die verwirrenden Haltungen geliebter Menschen hinnahm.

13. Beginn einer Freundschaft

Es war drei Uhr dreißig im Hotelvestibül, ich schritt lautlos auf dem Teppich, meine Füße stützten sich auf den nächsten Tag, auf eine Zeit, die als unmögliche Wirklichkeit zu denken, mir zur Gewohnheit geworden war. Ich lächelte dem Nachtportier zu, doch er reichte mir den Schlüssel, ohne mich anzublicken; ich bewahrte das Lächeln halb auf und richtete es ausdrücklich übertrieben an den Liftboy, der ihm nicht ausweichen konnte und nicht wußte, was er damit anfangen sollte. ›Wäre es mir nur möglich, mich zu verstehen, alles zusammenzufassen und zu verstehen und es diesem in einem kurzen unbetonten Satz zu übergeben.‹

Das Zimmer war schmal und dunkel; ich stellte den Koffer in den Schrank, schaltete das Licht ein und besah mir den schlafenden Ernesto, der jetzt zusammengerollt dalag, eine Hand unter der Wange, und eine Lippe beim Atmen auf- und abschwellen ließ. Dann entdeckte ich die Ecke mit dem Schreibtisch, die Lampe und den seidenen Lampenschirm, Briefpapier, Tintenfaß und Feder. Ich erinnerte mich an den Brief, den ich Stein versprochen hatte, ich fühlte mich versucht, ihm Buenos Aires und meine Vergangenheit zu vererben, die Komödie der postumen Bekenntnisse zu spielen. Ich gähnte all meine Träume in einem Mal aus, machte mich zum Freund meiner Müdigkeit, als ich wieder die vorgebeugte Haltung vor dem Schreibtisch einnahm. Ich schaltete die Lampe ein und breitete ein Taschentuch über den Schirm; Ernesto, die Frau in ihrer Härte, ihrer Kälte und ihrem dunklen Todesgeruch lagen hinter mir im Schatten aufgelöst. Ich begann den Namen Díaz Grey zu zeichnen, ihn mit Druckbuchstaben abzuschreiben, darüber die Wörter Straße, Allee, Park, Promenade. Ich entwarf den Plan der Stadt, die ich erbaut hatte, rund um den Arzt, mit seinem wohlgenährten kleinen reglosen Körper am Fenster seiner Praxis; wie Gedanken, wie Wünsche, deren zuverlässige Erfüllung sie von Heftigkeit befreite, entwarf ich Häuserblocks, baumbestandene Umrisse, die Straßen, die an der alten Mole endeten oder sich hinter Díaz Grey verloren in der noch unbekannten ländlichen Gegend, die sich zwischen der Stadt und der Schweizer, Kolonie hinzog. Ich kämpfte um die Perspektive aus der Vogelschau des Reiterstandbilds, das sich im Mittelpunkt des Stadtplatzes erhob – es gab noch ein anderes, früheres, seinem Schicksal überlassenes, in der Nähe des Marktes, das nur noch von Kindern besichtigt wurde –, das als freiwilliger Beitrag und dankbares Andenken seiner Mitbürger errichtete Standbild für General Díaz Grey, der niemandem in Kriegstaten und für den Frieden fruchtbaren Kampagnen nachstand. Um den Fluß anzudeuten, zeichnete ich darauf Wellen und Möwen als Klammern und fühlte mich zittern vor Freude, vor Entzücken über den Reichtum, zu dessen Herrn ich mich unversehens gemacht hatte, vor Mitleid, das mir das Schicksal der übrigen einflößte; ich sah das Standbild Díaz Greys, der seinen Degen den Feldern von San Martíns Bezirk entgegenschwang, den grünlich gefleckten Sockel, den von dem stets erneuerten Blumenkranz halb verdeckten stolzen, gerechtigkeitsliebenden Spruch; ich sah Sonntag abends die Paare auf dem Platz, die Mädchen, die Arm in Arm durch die Avenida Díaz Grey schlenderten nach dem Spaziergang unter den riesigen Bäumen des Díaz-Grey-Parks, wo die meisten von ihnen auf den Spuren ihrer Mütter gewandelt waren und die Unrast eingeatmet hatten, welche eine fixe Idee vor fünfundzwanzig Jahren in ihren Müttern ausgelöst hatte; ich sah die Männer mit gespielter Trägheit aus der Konditorei Díaz Grey treten, die Hüte schief auf dem Kopf, die neu entzündete Zigarette zwischen den Fingern; ich sah die Wagen der Kolonisten nach Santa María hinauffahren auf der Díaz-Grey-Straße und beim regungslosen Einbruch der Nacht eine runde Staubwolke hinter sich herziehen.

Ich unterzeichnete den Plan und zerriß ihn langsam, bis meine Finger mit den kleinen Papierschnitzeln nicht mehr zurechtkamen, ich dachte an Díaz Greys Stadt, an den Fluß und die Kolonie, dachte, daß die Stadt und die unendliche

Zahl der Menschen, der Tode, der Abende, der Erfüllungen und Wochen, die sie enthalten mochte, ebenso mir gehörten wie mein Knochengerüst untrennbar, fern von Widrigkeiten und Umständen. Hinter den Rolläden des Hotels entstand der Morgen, und in ihn gedachte ich mich einzuführen, sicher und bevorrechtet, gedachte vor feindseligen oder gleichgültigen Gegenwarten, vor dem selben vermuteten Antlitz der Liebe Santa María und seine Last in Bewegung zu setzen, den Fluß, den ich beliebig austrocknen konnte, das vorausbestimmte, einfältige Dasein der Schweizer Kolonisten, das ich aus bloßem Vergnügen an Ungerechtigkeit in Unordnung verwandeln konnte.

Ich schnitt den Briefkopf des Hotels von dem Briefpapier ab, versicherte mich wieder Ernestos ruhigen Atems und begann meinen Brief an Stein, den ich eine Woche später in Montevideo datierte, ich begann mir die Geschichte der vor Monaten mit der Queca in Montevideo verbrachten Tage zu erzählen, vom ersten Anblick der schmutzigen Hafenstraßen an bis zu Raquels endgültigem Bild, das ich aus so vielen anderen ausgesondert und durch künftige Jahre hindurch zu bewahren und zu beschützen beschlossen hatte, trotz ihrer, trotz allem, was sie tun, trotz der veränderten Raquel, die zu wählen und darzustellen das Leben sie zwingen mochte.

Es war schon Morgen – ich konnte das feuchte angriffslustige Licht am Himmel sehen, konnte die Geräusche des Reinemachens auf den Gängen und im Treppenhaus, die wachsende Klingellust hören –, als ich vor dem letzten Satz des Briefes innehielt, die beschriebenen Blätter in die Tasche steckte und das rauchgefüllte Zimmer durchquerte, um mich auf Ernestos Bett zu setzen, ihn zu wecken, ihm mit meinem müden, nervösen Gesicht das Gesicht der toten Queca zu zeigen, ihn von neuem in Erinnerung und Angst zu versetzen. Jäh richtete er sich auf – mit offenem Mund, die Arme in Abwehrstellung – und streckte sich wieder aus; Besorgnis und Trostlosigkeit kehrten in seine Lippen, in seine Augen, in seine unrasierte Haut, in die Haarsträhne zwischen den Brauen zurück, doch weniger ausgeprägt als in der vergangenen Nacht und nun fast vertraut durch ihre Gegenwart in einem Alptraum.

»Wieviel Uhr ist es?« fragte er die Zimmerdecke.

»Ich weiß nicht, halb sieben oder sieben. Wir müssen gleich weg.«

»Ich bin eingeschlafen. Haben Sie eine Zigarette?«

Wir rauchten, ich öffnete das Fenster der Sonne auf den Dächern entgegen und warf meine Zigarette hinaus; die Luft war schon lauwarm und roch nach etwas Neuem, wie ich es nie verspürt hatte.

»Wir müssen einiges erledigen, wenn wir wollen, daß alles klappt«, sagte ich und drehte mich um; ich musterte den Haß, den Ernesto mühsam wieder entfachte und der sich in einer dünnen Schicht über sein Gesicht zog, über die Haltung seines Körpers, die gespreizten Beine, die eine Hand unter dem Nacken, die andere, die mit der Zigarette langsam kam und ging. Ich dachte über die Notwendigkeit und Gefahr des Sprechens nach, über das kurze gemeinsame Schicksal, das von meinen Worten abhing. »Wir nehmen einen Zug. Aber nicht den, mit dem Sie aller Erwartung nach türmen würden. Ich gehe jetzt aus, mittlerweile können Sie baden oder das Frühstück bestellen. Verabschieden Sie sich von niemandem, telefonieren Sie nicht. Vergessen Sie alles, lassen Sie mich machen, und alles wird sich einrenken.«

»Wo sind meine Kleider?« sagte er, ohne sich zu rühren.

»Mir kam die Idee, sie durch andere zu ersetzen, aber . . .«

»Wo sind meine Kleider?« Er setzte sich auf und warf die Zigarette auf den Fußboden; ich schob einen Fuß vor, um sie auszutreten. »Sagen Sie, wo Sie sie versteckt haben. In diesem Zimmer sind sie nicht.«

Ich fühlte Müdigkeit in den Beinen hochkriechen, ich zögerte vor der Pflicht, Sätze zu bauen, um eine Zukunft zu erzwingen, die mich nur teilweise interessierte. Schlafmangel brannte mir in den Augen und machte die Bewegung der Lippen, um zu lächeln, zu einer anstrengenden Arbeit.

»Ich gedachte sie durch andere zu ersetzen, damit man

Sie nicht erkennt.« Ich blickte den weißen, muskulösen Körper an, der sich am Bettrand zusammenzog, die vorsichtige Grimasse, die der junge Mann mir entgegenhob; ich wußte, daß Angst, nicht sehr tief unter seiner Großtuerei, für immer in ihm nistete. »Die Kleider sind im Schrank, im Koffer. Ich dachte, neue zu kaufen.«

»Rausgeschmissenes Geld.« Er zuckte mit den Achseln und blickte mich mit ernsten Augen an, mit einem verhalten spöttischen Lächeln, während er sich die Brust mit den Fäusten rieb. »Viel zu viel Ballast, alles verlorene Zeit. Ich habe bereits daran gedacht.«

»Und dann nehmen wir einen Zug«, fuhr ich fort. »Und weitere. Und Autos und vielleicht auch Schiffe. Es ist alles organisiert. Keine Sorge.« Ich ging zum Schrank und holte den Koffer heraus. Ich schob die Überreste des Stadtplans von Santa María vom Tisch in den Papierkorb.

»Hören Sie«, sagte Ernesto mit ruhiger Stimme. »Her mit den Kleidern, geben Sie sie mir. Wir gehen zusammen, ich türme nicht.« Wieder lag er auf dem Bett und besah sich den aus den Laken hängenden Fuß. »Niemand hat mich hereinkommen sehen, da tut's irgendein Anzug.«

»Sind Sie sicher?« fragte ich von der Tür aus; ich versuchte, meinen Entschluß, daß jemand von neuem, nach Steins Rezept, leben müsse, aufrechtzuerhalten: das unbekannte Hotel, Schlaf, das Bad, Abführen, neue Kleider. »Sie können nicht wissen, ob man Sie gesehen hat. Überdies wissen viele Leute, was Sie anhatten, als Sie verschwanden.« Ich begann zu lachen und stellte den Koffer auf dem Fußboden ab, um mich zu entlasten. »Man muß an alles denken, es gibt keinen anderen Ausweg.«

»Ich habe daran gedacht«, sagte Ernesto. »Und das beste ist, ich liefere mich aus. Sie hat angefangen . . .« Mit nachdenklicher Grimasse hob er den Kopf, um bequemer seinen Fuß zu betrachten. Ich nahm keine Notiz von ihm: er suchte nur Widerspruch oder Trost oder ein Mittel, mich zu ärgern. »Und die Papiere, die ich in den Taschen hatte.«

»Ich werde sie alle in den neuen Anzug stecken. Ein kaltes Bad wird Ihnen guttun.«

»Aber hören Sie einen Moment. Gehen Sie nicht. Wer hat sie getötet?« Er legte den Kopf auf das Kissen und wandte mir den Blick zu. »Es macht mir nichts aus, es zu sagen. Reden Sie oder reden Sie nicht ... Gestern nacht glaubte ich, es wäre Ihnen darum zu tun, daß ich nicht türme. Ich wachte auf und konnte meine Kleider nicht finden. Aber ich gab nichts darauf und schlief wieder ein. Die Polizei wird mich wecken, dachte ich.« Wieder lachte er zur Zimmerdecke auf; ein Streifen Sonne wuchs im Fenster und glitt langsam zu Boden. »Warum hast du sie nicht mitgebracht? Wenn ich sie getötet habe, wenn wir den Streit hatten, verstehe ich nicht, daß du dich in den Schlamassel mischst und mir helfen willst. Ich verstehe es nicht. Jedenfalls werde ich mich ausliefern. Oder kann ich das nicht?« Er lächelte ohne Aggressivität, fast ohne Spott, blickte mich einen Augenblick an und wandte die Augen ab. »Mach, was du willst, wozu du Lust hast. Kauf mir zwei Anzüge und einen Frack, kauf mir einen Regenmantel.«

»Ich komme nicht zurück«, sagte ich und schob den Koffer mit dem Fuß fort. »Ich erwarte dich in der Konditorei der Central am Retiro. Ich zahle unten die Rechnung und erwarte dich in einer Stunde am Retiro. Acht Uhr in der Konditorei.«

»So ist das also?« Er machte eine Anstrengung, um sich im Bett aufzusetzen und schüttelte lange den vorübergefallenen Kopf. »Aber es gefällt mir nicht. Oder soll ich etwa nackt zum Retiro gehen?«

»Hier steht der Koffer mit deinem Zeug.«

»Bestimmt zerknittert. Aber haben sie mich nicht hereinkommen sehen? Waren da nicht hundert Typen, die wissen, was ich angehabt habe?«

Ich hörte ihn lachen – das Lachen prallte gegen seine Brust –, während ich ging, um den Koffer auf meinem unberührten Bett zu lassen; beim Umkehren traf ich die kleinen leuchtenden Augen, deren beleidigender Blick mein Gesicht zu treffen suchte.

»Was ist mit dir los?« murmelte ich, mein Handrücken streifte die Härte des Revolvers in meiner Gesäßtasche.

Mein Haß war auf seine runden muskulösen Schultern beschränkt, auf sein Lachen und seinen Blick, auf die Haartolle, die in seine Stirn hing.

»Wozu das Gerede, ob sie mich gesehen haben oder sich an meinen Anzug erinnern! Wozu das Herumkommandieren und die Angeberei . . . !«

»Was ist los, Sohn einer Hündin?« Ich schob ein Bein vor, damit er nicht meine Hand auf dem Revolverschaft sähe. »Warum stehst du nicht auf? Worüber hast du gelacht?«

Er blinzelte, zeigte die Zähne, sein Lächeln erlosch; in seinem offenen Mund erschien plötzlich Müdigkeit wie eine Zunge.

»Wer von uns beiden ist verrückt?« brummte er.

Ich wartete, bis mein Haß verrauchte, ich fühlte den Morgen auf meiner linken Wange, fühlte von neuem das Bedürfnis, mit Worten ein gemeinsames, absurdes Schicksal zu erzwingen.

»Hör zu«, begann ich. »Wir müssen ruhig sein. Wir werden einen Zug nehmen, wir werden verschwinden. Ich weiß, wie das zu bewerkstelligen ist, wo man sich verstecken muß, wohin wir gehen müssen, damit man uns nicht schnappt . . . Du hast sie getötet. Ich werde dir jetzt nicht erklären, warum ich dir dabei helfe. Ich werde am Retiro auf dich warten; du kannst kommen oder nicht, du kannst dich ausliefern oder versuchen, allein zu türmen. Um acht in der Konditorei. Wir nehmen irgendeinen Zug, wir haben keine Eile, die Grenze zu überschreiten, aber Eile, aus Buenos Aires fortzukommen. Wir werden Bolivien erreichen, wann, weiß ich nicht; vorher müssen wir viele Umwege machen, nach Osten, nach Westen; wir müssen Strecken abklappern, im Zickzack, vor und zurück. Aber alles wird gut ausgehen, wenn keiner den Verrückten spielt, wenn du deine Angst loswirst und tust, was ich sage!«

Auf dem Weg zum Retiro betrat ich ein Café, um meinen Brief an Stein zu Ende zu schreiben, einen Satz, an den ich monatelang gedacht hatte: ›Ich glaube, daß sie etwas argwöhnte, weil sie stehenblieb und sich umdrehte, um mich von der Ecke der Theke aus anzublicken mit Augen voller Angst und einer Grimasse, die ihre Zähne entblößte, die aber kein Lächeln war; und während ich den Kellner rief, um zu zahlen und auf die Straße trat, während ich durch den Rieselregen rannte, um einen Bus zu erreichen und irgendwohin zu entkommen, sah ich ihr nach, wie sie, schlank und halb an der Rundung der zinngefaßten Theke lehnend, mir mit unentschlossen umgewandten Kopf nachblickte, die Oberlippe hochgeschoben, um ihre entschlossen zusammengebissenen Zähne zu zeigen.‹

In Retiro steckte ich den Brief in einen Umschlag mit Steins Anschrift und schrieb ein paar Zeilen an meinen Bruder mit der Bitte, den Brief ungelesen weiterzusenden, dann studierte ich die Abgangszeiten der Züge. Ich beschloß, zweimal umzusteigen, um gegen Mitternacht in Rosario anzukommen. Es fehlten noch zwanzig Minuten bis acht, als ich in die Konditorei trat und vergeblich Quecas Geschmack in einem Glas Gin nachzuspüren begann; ich zerstreute mich damit, die blonden jungen Mädchen und jungen Männer zu betrachten, die in Schuluniformen mit Tennis- und Hockeyschlägern hereinkamen, um hier zu frühstücken.

14. Brief an Stein

»Hier folgt, wie versprochen, die Geschichte der Reise, die Legende des Mannes, der umkehrte, um seine Vergangenheit freizukaufen, niedergeschrieben von demselben Mann, der sie vor dem Vergessen schützen will. Der Gedanke ermuntert mich, daß du aufhören kannst, mich zu lesen, wann du willst, daß aber niemand mich am Schreiben hindern kann. Ich lese dies wieder und finde es vollkommen: ich kann sicher sein, daß du nicht glaubst, ich schriebe dir im Ernst.

Im Hafen, neben Dick's, liegt eine Kneipe; im zweiten Raum steht ein riesiger runder Tisch und hängt ein Bild in dunklen Farben. Man bestellt eine Flasche Tostado-Wein, Spezialität des Hauses; man setzt sich an einen Tisch in der Nähe des Bildes und sieht: einen Himmel aus wütendem Blau, obstbeladene Segelboote, Palmen und Berge, Menschen in Kleidern aus keiner bestimmten Epoche. Niemand stört einen zwischen neun und zehn Uhr abends. Man beginnt beim ersten Glas der zweiten Flasche zu verstehen; man beginnt deutlich die Biegung der Steilküste zu unterscheiden, die Reihe windschiefer Bäume, die runde Bucht, in der ein Leichter anlegt und in die ein Schiff mit rauchendem Schornstein und backbord einem großen Schaufelrad einfährt. Die Männer der Küste tragen enge Hosen und kurze Joppen; andere mit Tüchern um den Kopf entladen eifrig Körbe. Die ersten Männer reden nicht, unterhalten sich nicht, schwatzen nicht, streiten nicht: sie plaudern. Da sind auch Frauen in weiten Röcken, Dienstmädchen und Damen, diese vom Schatten der Bäume beschützt. Der Standort des Landauers mit weißen Pferden ist zentral: dort, wo man bei Anbruch der Nacht an Land geht, an den Bootsmann und die Neger Geld verteilt und das Bild in Richtung auf die linke obere Ecke durchquert. Wenige Meter davon fällt die kastanienbraune Stute in Galopp, dem Berghang entgegen; es gilt, nachts durch das schlafende Dorf aus Holzhäuschen zu reiten.

Manchmal spaltet die Geschwindigkeit des Tiers das Durcheinander einer aufgeschreckten Herde und eines Mannes, der seine Autorität wiederzugewinnen sucht. Man überquert eine Holzbrücke und erreicht die Ebene; dort rutschen die Hufe der Stute aus und zerstören Ameisenhügel. Es geht jetzt immer gen Norden, bis man auf palmenblattgedeckte Lehmhütten und Bambuszäune stößt. Weiter weg, hinter den Bergen, hinter dem Rand eines Sumpfs und eines neuen Dorfes entdeckt man das hinter Laubwerk versteckte Boot, vorsichtig rudert man zwischen Felsen hindurch und betritt das andere Ufer. Zwischen Bäumen erreicht man mit Hilfe eines wortkargen Negers eine Lichtung, im Frühlicht unterscheidet man ein von vier konischen Lehmhütten umgebenes Blockhaus. Es gilt weiterzureiten, ohne daß man die Hunde oder die vor den Türen schlafenden Bettler weckt; und kaum überschreitet man die Schwelle, erhebt sich jemand im Hintergrund des Raums still und stolz und streckt einem zum Willkomm die von Metallstücken und Muscheln klingelnden Arme entgegen. Die Kneipe liegt neben Dick's; keine andere verfügt im Nebenzimmer über einen großen runden Tisch. Vielleicht ist neben den Lügen, die zu unterdrücken ich mich schließlich entschloß, dies das Wichtigste dieses Briefs, ungeachtet dessen, was in den nachfolgenden Seiten zur Sprache kommen mag. Es ist Brausen, der schreibt, ich könnte meine Schrift in so vielen Sätzen nicht verstellen.

Dort glich eine Nacht der anderen; mein Bruder und Lidia, Raquel, Guillermo, Marta; gelegentlich tauchten Stein und Suárez in der Unterhaltung auf. Horacio lächelt mir zu, wärend er mit Flaschen und dem Cocktailshaker hantiert. ›Manhattan mit schottischem Whisky‹, spottet er. ›Kann man trinken‹, beharrt Guillermo. ›Bietet man aber nicht an‹, sagt mein Bruder rasch mit einer kurzen Verbeugung. Ohne zu fragen, erfahre ich, daß Alcides, Raquels Mann, nicht in Montevideo ist. Ich trete an den Tisch im Obergeschoß, in der sogenannten Bibliothek, wo Raquel über Zeitschriften gebeugt sitzt; ich begrüße sie abermals und lache, mustere ihre lange, knochige, tabakgefleckte, an den Fingerspitzen etwas verfärbte Hand. In die Nähe ihrer Hand stelle ich Flasche und Gläser. Sie bläht die Backen, läßt den Speichel geräuschvoll von einer Seite zur anderen fließen und schluckt ihn hinunter. Sie gleicht nicht Gertrudis, ich kann in ihrem Gesicht nichts von Gertrudis finden. ›Es ist besser so‹, sage ich. ›Bin ich unmoralisch?‹ fragt sie. ›Würdest du sagen, ich sei unmoralisch? Es macht mir Freude, wieder mit dir zusammen zu sein. Du wirst das nicht verstehen können, ich weiß, nach so vielen Jahren. Habe ich nicht helle Augen?‹ Ich erkenne ihre grünen, ausdruckslosen Augen wieder; ich bewege ein wenig den Kopf, um in ihren Lidern und ihrem Mund die alten Empfindungen von Einfalt und Schamlosigkeit zu suchen. ›Keiner von denen geht mich etwas an‹, bekräftigt sie. ›Nur Alcides; ich möchte, daß du bleibst, um ihn kennenzulernen. Gib mir ein Schlückchen.‹ Wenn sie steht, reicht ihr rötliches Haar bis zu ihren Brüsten. ›Ich hoffe, daß du nicht die ganze Nacht hier oben bleibst‹, sagt Guillermo vor dem Hinuntergehen. ›Auch die Freunde haben ein Anrecht auf dich.‹ Raquel trinkt wieder und lacht still vor sich hin, das Glas vor ihrem Mund tropft. ›Ich möchte wissen, ob du krank warst‹, sagt sie. ›Nachdem du allein geblieben warst. Du wurdest ernstlich krank, bekamst manchmal Angst, dann wieder war es dir gleichgültig. Nur noch diesen kleinen Schluck. Ich möchte, daß du ja sagst, daß du krank warst und niemand dich pflegte, auch wenn es gelogen ist. Ich möchte nur wissen, ob es Sommer war oder Winter. Aber es kann nicht im Winter gewesen sein.‹ ›Ja, es war im Sommer‹, erwidere ich; dann lächle ich wieder, und sie läßt meinen Arm los. Dieses gleiche wunderbare Lächeln wird intelligent und gierig, während ich ihr erkläre, warum wir unser Schicksal nur in dem erfüllen, was unveränderlich ist, in dem, was uns nicht darstellt, in dem, was von irgendwem erfüllt werden kann. Sie ist nicht überzeugt; sie streicht über ihr Haar und beißt mit nunmehr betrübtem Lächeln hinein. ›Aber ich habe doch Dinge getan, die ich selber bin‹, bekräftigt sie. ›Ich kann sie weiterhin tun. Ich schon.‹ Ich berühre ihr Haar und ziehe die Hand weg, ich befreie mich von der

Versuchung, ihr zu bekennen, daß ich nicht voller Liebe und Sehnsucht bin, sondern voller Geduld und List. Ich möchte sie wie ein Taschentuch benutzen, wie ein Handtuch; ich habe das wütende Bedürfnis, sie wie Watte zu verwenden, wie eine Binde, wie eine Bürste, einen Pinsel. Ich möchte ihren Blick für immer verändern. ›Das kann nie enden‹, sage ich zu ihr, ›denn nie, komme was mag, werde ich zu deinem Geheimnis gelangen. Es bleibt mir keine Zeit, die Jahrhunderte der blonden Menschen zu durcheilen, die Winter mit Schnee, die Gewohnheiten, die hinter dir stehen.‹ ›Gertrudis ist meine Schwester‹, murmelt sie. ›Es ist das gleiche, und dennoch ist es aus.‹ ›Es ist nicht das gleiche. Gertrudis gleicht nicht deinem Vater. Der Gringo war dein Vater.‹ ›Mag sein‹, lächelt sie. ›Wenn ich mein Haar einrolle, gleiche ich Papas Fotografie. Gib mir ein Schlückchen. Ich möchte, daß du etwas zu mir sagst, was du um keinen Preis zu mir sagen würdest.‹ Ich sagte es ihr nicht, neige mich vor, um sie anzusehen, während sie sich schlafend stellt, und ich denke, daß, wenn ich mit ihr alle Nächte vieler Jahre zusammenlebte, ich doch immer ein Ausweichen, eine eisige Luft, eine Distanz, ein Wort fühlen würde, das sich nicht übersetzen läßt. Sie hat eine rötliche, von den Unbilden des Wetters mißhandelte, trockene und ungeschminkte Haut. ›Nein, bitte nicht‹, sagt sie und weicht zurück. Drunten wirbeln Stimmen, mitten darin erzittert eine Lachsalve. ›Wir können uns Befehle vorstellen‹, sagt mein Bruder, ›einen Sammelbefehl, der bereits von Ameisenhaufen zu Ameisenhaufen kreist. Die Besitzergreifung des Planeten darf keiner Stegreiflösung überlassen bleiben.‹ Jetzt erinnere ich mich, daß Raquel die Hände vor die Augen hob und nicht aufhörte, mich durch ihre Finger hindurch anzublicken. An die Wand gelehnt, beginnt sie zu weinen: ›Du mußt mir schwören, daß wir morgen den ganzen Tag in der Sonne verbringen werden.‹ Ich küsse ihr nasses Gesicht und lasse dabei nicht ab, den Kopf zu schütteln; ich verstehe ohne Freude, daß ein Zurückweichen bereits unmöglich ist, daß die Erinnerung, es nicht getan zu haben, unerträglich wäre. Als wir hinuntergehen, blicken sie uns an oder verbieten es sich, uns anzublicken, niemand richtet das Wort an uns. Mit steifem, unbeugsamen Körper geht sie weiter, bietet einem jeden ihr unglückseliges Lächeln, die kühne Kopfhaltung; ich sehe sie gehen, sich zwischen den Stühlen hindurchschlängeln, sich gehorsam und stolz nach mir umblicken. Sie blicken mich an, als sie in Erwartung meiner Zustimmung und meines Befehls die Augen hebt; Guillermo lacht in seinem Sessel und bewegt die Hand zum Abschied. Ich lasse das Taxi zuerst zum Zentrum fahren; sie weint nicht, still lehnt sie an meiner Schulter. Da ich nichts bereuen will, suche ich all mein Mitleid und Erbarmen und mein Schamgefühl zu sammeln, ich streichle sie und begehre sie wieder, bis sie sich von mir löst. ›Wenn du wüßtest, was ich fühle, wenn ich dich ansehe‹, sagt sie. ›Aber was ich jetzt fühle, wenn ich dich so sehe, mit offenem Mund.‹ Im Hotel legt sie sich nieder und schließt die Augen; sie wird blaß, und ich glaube, sie könnte totenbleich werden, durchscheinend und verschwinden. Sie steht auf und macht ein paar Schritte, eine Hand vor dem Mund, die andere offene wehrt mir näherzukommen. Ich halte ihr den Kopf, damit sie sich übergeben kann, ich bemühe mich, alles, was aus ihrem Mund kommt, zu sehen und zu riechen; es fällt mir ein, daß ich sie liebe und daß alles wahr sein kann. Ich helfe ihr wieder ins Bett, überlasse ihr eine Hand, damit sie sie küßt und zwischen Laken und Wange gepreßt hält. Sie schläft ein und erwacht, sie murmelt und schläft wieder ein. Schon ist es Morgen in den Fensterläden, als ich beginne, mich von der Stadt und von jedem von ihnen zu verabschieden. Ich habe keine andere Sicherheit als die, hier zu sein, im Bett, neben Raquel, die zittert und einen Faden Speichel auf meine Handfläche rinnen läßt. Um zehn Uhr vormittags verlassen wir das Hotel; behutsam fährt der Wagen auf der feuchten Straße, das Horn tutet im Nebel. ›Eines Tages fahre ich nach Montevideo‹, denke ich, ohne mich damit trösten zu können. Trotz des Rieselregens verkauft eine Frau Blumen in der Nähe eines Cafés, ich wische die Scheibe ab und sehe sie, fett und regungslos in einer dunklen Schürze. Wir machen passende

Gesichter und blickten einander wieder an, beklommen und leer, Raquels Hand unter der meinen. Ich suche Dinge, die ich ihr geben, ich glaube an mein Bedürfnis nach dem, was ich in ihren müden Augen finden kann, im starren Netz ihrer Adern. ›Schau mich nicht so an‹, sagt sie. ›Wir brauchen nicht miteinander zu reden, nie. Gestern abend trug ich nicht diesen Ring.‹ Der Finger steigt, um mir den grünlichen Stein zu zeigen, und fällt mit einem leichten Schlag. ›Wir haben nichts Böses getan‹, murmelt sie. ›Nichts‹, sage ich. Wären sie und ich und unsere Blicke in bedingungsloser, zeitloser Einsamkeit eingeschlossen, wir würden schließlich die notwendigen Wörter finden, geboren aus uns, feucht und blutend. Raquel wich zurück und klapperte mit den Zähnen; ihr Kopf schien krank zu werden, zu schrumpfen und zu altern, um den Blick zu nähren. Ich musterte sie mit dem durchdringenden Eroberungsgeist, mit dem man das Antlitz eines Toten betrachten kann. Jedes Stück, jeden Tastsinn der spröden, gespannten, von der Zeit angegriffenen, von jeder Minute zerfressenen Haut, jeden wirren Zug des Gesichts, das nur zu blicken vermag, verwandelt in Nerven und Muskeln der fest auf mich gerichteten Augen. ›Schwörst du?‹ fragte sie mich. ›Ja‹, sagte ich. Langsam, ungläubig richtete sie sich auf. ›Es nutzt nichts‹, sagte sie. Sie stand an den Stuhl gelehnt; der Kellner blickte sie von einer Säule aus an, ein Mann an der Theke vergaß sein weißes Getränk und seine Zeitung, um sie anzublicken. ›Nichts, was du sagen oder tun kannst, nützt‹, sagte sie und betrachtete mich überrascht und mitleidig. ›Mir ist übel, ich komme gleich. Ich will auch ein wenig weinen.‹ Beschämt fühlte ich, daß alle Welt mich gegen sie unterstützte; der Kellner, die Köpfe, die sich umdrehten, um sie stammeln und taumeln zu sehen, mein Bruder und die Freunde, Gertrudis, Neid und Ärgernis, die Jahre, die mich von Raquel trennten, die Ankündigung des Herbstes im Himmel und auf den Straßen, der Duft ihrer Kleider, der, sich erschöpfend, vor meinem Gesicht glühte.

Und ich glaube, daß sie etwas argwöhnte, weil sie stehenblieb und sich umdrehte, um mich von der Ecke der Theke aus anzublicken mit Augen voller Angst und einer Grimasse, die ihre Zähne entblößte, die aber kein Lächeln war; und während ich den Kellner rief, um zu zahlen und auf die Straße trat, während ich durch den Rieselregen rannte, um einen Bus zu erreichen und irgendwohin zu entkommen, sah ich ihr nach, wie sie, schlank und halb an der Rundung der zinngefaßten Theke lehnend, mir mit unentschlossen umgewandten Kopf nachblickte, die Oberlippe hochgeschoben, um ihre entschlossen aufeinander gepreßten Zähne zu zeigen.«

15. Der Engländer

Díaz Grey erkannte ihn, als er das Fenster öffnete; von dem Augenblick an, als er ihn unterscheiden konnte, wie er im Garten an dem Eisentisch zwischen Lagos und ihm saß, wußte er genau, wer er war; er war in Hemdsärmeln, eine kleine rauchlose Pfeife in der Hand, das Gesicht schmal und prahlerisch mit einem Ausdruck bewußter unerschütterlich wirkender Zufriedenheit. Es war ein mit Willenskraft und Geduld aufgebautes Gesicht, und seine Anmaßung, wiewohl ihm schon tief eingegraben, schien unfähig, irgendwelche Folgen, eine echte Bedeutung und keine andere Mission zu haben, als die, sich zu zeigen.

Lagos stand mit erhobenen Armen auf, um den Arzt zu begrüßen:

»Schön guten Tag, Doktor. All die Zeit und die Ereignisse... Kümmern Sie sich so um Ihre Patienten? Und schlafen bis um zehn Uhr? Dabei ist es ein wahrhaft wunderbarer Tag, ein Tag, der unauslöschlich erinnert zu werden verdient, wie unser Freund soeben bemerkte. Das ist Señor Owen, von dem ich Ihnen gesprochen habe; Sie haben schon viel Gutes von ihm gehört.«

Der Mann stand auf, ein langgestreckter Körper zwischen Jugend und Reife, entschlossen und zugleich schlaksig; er verbeugte sich mit einem Lächeln und legte, wiederum anmaßend und distanziert, seine Hand in die des Arztes.

»Owen«, sagte Lagos, »Oscar Owen, O.O.; oder der Engländer, vor allem jetzt, wo er nicht abläßt, an seiner Pfeife zu kauen. Sie werden sich über die Form, einander zu rufen, schon einig werden. Ich sagte gerade zu ihm, daß so wie der wärmste und kälteste Tag des Jahres registriert wird, wir auch den schönsten Tag festhalten sollten. Jede Jahreszeit hat ihren vollkommenen Tag; ein Ausschuß sollte ihn bestimmen, finden Sie nicht? Und sagen Sie mir nicht wie Oscar, daß wir nicht wissen können, ob es nicht noch schönere geben wird. So etwas weiß man immer.«

Mit einemmal machte Lagos einen Schritt zurück, und sein begeistertes Gesicht wurde ernst, bedrohlich; jetzt waren seine Augen auf Díaz Greys Knie gerichtet, etwas an der Haltung seines harten, vorgebeugten Körpers mit seinen geschlossenen Absätzen zwang den Blick auf die schwarze Krawatte und den Trauerflor am Arm.

»Ich habe Ihnen noch nicht mein Beileid ausgesprochen«, murmelte der Arzt; von der ihn lähmenden Verhexung befreit, stellte Lagos ein beifälliges Lächeln zur Schau und setzte sich in Bewegung, um Díaz Greys Hand zu ergreifen und diese an seine Brust zu führen.

»Auch Sie werden gelitten haben und an sie denken, ich bin sicher. Diese Überzeugung wird in gewisser Weise . . . Ich weiß, daß Sie alles nur mögliche getan haben. Nun sind wir drei Freunde, um an sie zu denken.« Wieder lächelte er, den Kopf vorgeneigt, kindisch und weibisch, grotesk. »Verzeihung. Manchmal möchte ich Einzelheiten wissen, dann wieder lehne ich sie durchaus ab; es wäre zu schrecklich. Später werden wir darüber sprechen.« Er ließ den Arzt los, warf Owen einen mißtrauischen Blick zu und ging zu seinem Stuhl zurück. »Setzen Sie sich, Doktor. Wir wollen über alles sprechen, wir drei müssen unbedingt gute Freunde werden. Der gleiche Kult vereint uns.«

Der Engländer rauchte seine Pfeife; Eitelkeit und Herausforderung waren zur Landschaft und zum Himmel gerichtet; eine Seite seines Mundes spottete der rückblickenden Plauderei, der stets etwas lächerlichen Erinnerungen, die Lagos wählte, um sie am Eisentisch zwischen dem dreimal wiederholten Aperitif aufzubauschen.

»Ich habe lange mit dem Besitzer gesprochen«, sagte Lagos während des Mittagessens. »Eine sehr sympathische Persönlichkeit. Durch ihn habe ich erfahren, daß Sie die Liebenswürdigkeit hatten, sie zu begleiten und ihr alle Aufmerksamkeiten und die notwendige Geduld zu schenken. Keine Entschuldigungen, bitte! Elena war außergewöhnlich, und nur Menschen wie wir konnten sie verstehen. Als ich Ihr Telegramm aus La Sierra erhielt . . .«

»Es kam nicht von mir«, unterbrach Díaz Grey. »Man

hat mich zehn Tage lang festgehalten. Die Polizei muß es aufgegeben haben.«

»Spielt keine Rolle, es kommt aufs gleiche heraus. Wenn Sie darüber nachdenken, werden Sie entdecken, daß alles zusammenpaßt: Sie ist nicht tot, abgesehen davon, daß sie von meiner Seite genommen ist; das Telegramm stammte von Ihnen. Darüber sprechen wir noch. Als ich das Telegramm erhielt, dachte ich, es sei nutzlos, einen Finger zu rühren, nutzlos, weiterzuleben. Warum habe ich reagiert? Aus Gewohnheit zu handeln, wegen der Jahre der Erziehung, in denen ich die richtige Bewegung für jeden Lebensumstand gelernt habe. Ich fuhr nach La Sierra und ließ sie begraben, ohne ihr einen Blick zu gönnen; auch Sie wollte ich nicht rufen lassen. Ich vermutete, was Sie der Polizei erklärt hatten und bestätigte es; ich sagte, Sie seien beauftragt gewesen, sie zu begleiten, um sie zu heilen. Ich weiß, daß meine Erklärung entscheidend war. Ich war tot und konnte nur reflexhaft handeln, ja? Aber nachher, plötzlich, änderte sich alles, und ich begriff. Glauben Sie mir, daß ich den Zug zwang anzuhalten (entsetzlich der Gedanke, daß ich auf dem Wege nach Buenos Aires war, daß ich in diesem Augenblick genau da hätte sein können, wo sie unmöglich zu finden war) und Meilen um Meilen im Auto zurücklegte, um nach Santa María zu gelangen und mit Ihnen zu reden. Um einfach mit Ihnen zusammenzusein; Ihnen keine Fragen zu stellen. Ich weiß wohl, daß nur ein Irrtum oder ein ungerechter Augenblick der Mutlosigkeit die Ursache gewesen sein mag. Und Sie waren nicht in der Stadt; ich stellte Fragen, vergeudete zwei Tage und Geld und erreichte schließlich dieses Hotel. Ich lernte Señor Glaeson kennen, einen Kavalier, und seine zwei Töchter; ich stieß auf viel Verständnis und Freundschaft in diesem Hause. Ich erfuhr, daß Sie nach La Sierra weitergefahren waren, hinter Oscar her; ich hatte keine Veranlassung, dorthin zurückzufahren. Ich mußte die Orte bereisen, wo Elena gewesen war, mußte sie sehen, sie erleben – Sie verstehen mich –, so wie sie sie erlebt hatte. Dann konnte ich mich zur Ruhe legen und sterben. Aber Dinge geschahen, ich erkläre es Ihnen später; ich wußte, daß sie gerächt werden mußte. Und alles fügt sich zusammen, alles bestätigt mir, daß Elena mich führt, daß sie unsere Schritte lenkt: Oscars Schritte, die Ihren, die meinen. Warum taucht Oscar, der große Freund, den sie verfolgte, mit dem einzigen Ziel, ihn zu retten, in dem Hotel gerade an dem Abend auf, an dem ich mir diese Form der Rache ausdenke, die eine Huldigung ist? Und warum kommen Sie selber, Doktor? Nein, sagen Sie mir kein Wort; wir werden darüber sprechen, es eilt nicht, Elena wird zu warten wissen, sie hat immer zu warten verstanden.«

Der Engländer stopfte seine Pfeife und stand auf; mager und muskulös verbeugte er sich zu dem Arzt hin und wandte sich an Lagos:

»Ich will ein wenig schlafen«, sagte er, als frage er. »Sie haben eine Verabredung mit der Geigerin, es muß bald soweit sein.«

Zum ersten Mal sah Díaz Grey einen stillen gebieterischen Blick in Lagos' Gesicht; er sah auch, daß das ganze Gesicht sich beruhigte und daß die bewegliche Maske von Falschheit und Argwohn verschwunden war. Der Mann – der von seinem Stuhl aus auf Owen blickte, eine flache Hand auf dem Trauerflor, und mit einem so hartnäckigen Interesse, daß man an Wahnsinn denken mußte – wirkte jetzt älter, von einer vielfältigen und fruchtbaren Erfahrung geprägt, so sicher, unbezwinglich und geduldig, als sei sein ganzes Leben im Dienst einer Berufung gestanden.

»Nein«, sagte Lagos. »Bevor du schlafen gehst . . .« Er verneigte sich zu dem Arzt hin, wiederum mild, unruhig und herzlich. »Alle wollen an diesem Tag schlafen, den ich für vollkommen erkläre . . . Mußt du mit dem Doktor reden; mußt ihm unsere Rache erklären, auf alle seine Fragen antworten.« Er stand auf und rückte seinen Krawattenknoten zurecht. »Ich hatte daran gedacht, selber mit Ihnen zu sprechen; doch er wird Ihnen die Angelegenheit, die Einladung, die Ihnen zu übermitteln uns ehrt, in großen Zügen vortragen. Hinterher können wir ganz nach Ihren Wünschen Einzelheiten diskutieren, Doktor. Ich bitte, mich zu entschuldigen.«

Aufrecht, mit geschmeidigen, sicheren Schritten ging er zum Hotel; wieder sitzend, folgte der Engländer ihm mit seinen kleinen, grauen, ausdruckslosen Augen; geräuschvoll saugte er die Feuchtigkeit aus dem Pfeifenrohr, bis er Rauchwolken erzeugte, die sein Gesicht umwehten.

»Er hat mir von Ihnen gesprochen«, sagte der Engländer. »Bevor Sie kamen; daher glaubte ich, Sie hätten sich verabredet und all das sei eine Farce. Aber für mich spielt das keine Rolle. Jedenfalls werde ich Ihnen sagen, worum er mich gebeten hat. Die Wahrheit ist, daß er daran denkt, einen Coup zu landen, Sie zu benutzen, um sich die Taschen zu füllen. Ich weiß nicht, wozu er mich brauchen kann; vielleicht ist es einfach die Gewohnheit der beiden, immer alle Welt auszunützen. Überdies glaube ich, daß die beiden immer verrückt gewesen sind.«

Mit Hut und Stock näherte sich Lagos übertrieben rasch dem Tisch und lächelte Díaz Grey zu.

»Doktor . . .« Er verneigte sich mit liebenswürdig gebogenen Lippen, eine Hand neben dem Bein, mit der anderen Stockgriff und Strohhut an die Brust haltend. »Nur einen Augenblick, in einer halben Stunde bin ich zurück. Ich muß Señor Glaeson einen Besuch abstatten, etwas Unerläßliches für unsere Pläne.«

Wieder grüßte er mit einer Reverenz, mit geschlossenen Absätzen und schritt davon, in Richtung Pfad, der weißlich zwischen den Bäumen verschwamm; er ging mit steifem Körper, bewegte den Stock im Takt zu seinen Schritten, trug den Kopf geneigt, und seine gebeugten Schultern deuteten auf Kummer. Der Trauerflor unterbrach den Ärmel des hellen Anzugs, das schwarze Hutband stach von Zweigen und Büschen ab. Díaz Grey sah ihn sich entfernen; und es war, als lösche die kleine Silhouette, welche die Mittagsruhe durchquerte, endgültig die Empfindungen von Spott und Verachtung, die er ihm in Santa María eingeflößt hatte. ›So wie er der vollendete Ehemann bei seinen Besuchen in der Praxis war und an dem Abend, als wir uns im Hotel an der Ecke des Platzes trafen und dann zu Elenas Begrüßung hinaufgingen, ohne daß er je der Versuchung zu vergessen nachgab, ohne je so zu tun, als vergesse er im geringsten die dem Stand des Ehemanns anhaftende Lächerlichkeit und Anormalität, so erschafft er sich mit der gleichen erstaunlichen Vollkommenheit hastig und untröstlich zwischen den Bäumen seine Witwerpersönlichkeit.‹ Auch der Engländer blickte Lagos nach, bis die Bäume ihn verbargen, bis jede Bewegung in den Büschen aufhörte, die er mit seinem Körper oder seinem Spazierstock beiseite geschoben hatte.

»So ist das«, sagte Owen lächelnd. »Er ist verrückt, und das ist seine einzige Tugend. Aber nichts, was ihn, sie oder Sie angeht, spielt für mich eine Rolle. Er ist nicht zu dem Alten gegangen, sondern zu der Kleinen, die auf der Geige kratzt. Ich sah ihn in den Röcken des jungen Mädchens weinen. Aber jetzt will ich ins Bett; ich werde Ihnen in zwei Worten den Plan erläutern, die Rache, die Huldigung. Er will, daß wir nach Buenos Aires fahren und daß Sie so viele Rezepte für Morphium ausschreiben, wie es Apotheken gibt. Ich steuere den Wagen; an einem Tag erledigen wir alle Geschäfte und verschwinden. In jeder Apotheke Ware im Wert von zehn Pesos, die man nachher für fünfzig verkaufen kann. Oder für hundert. Wieviel haben Sie verlangt? Seit Jahren lebt er davon, lebten sie und er davon. Vielleicht hat er bereits einen Käufer; oder er beschließt, unterzutauchen und die Ware nach und nach abzustoßen. In diesem Fall kann er verdienen, was er will. Wenn Sie annehmen, nennen Sie Ihren Preis. Das ist die Huldigung, die Rache, von der er Ihnen sprach.«

Gegen Abend klopfte Lagos an Díaz Greys Tür und hielt sie halb offen, während der Arzt sich im Bett aufrichtete und die Lampe einschaltete. Des Witwers Kopf erschien, lächelnd, er zählte Entschuldigungen auf, begann und unterbrach verschiedene Fassungen einer Vorrede. Als der Arzt eine Zigarette anzündete und das Laken bis zum Kinn hochzog, trat Lagos beiseite, um die Violinistin einzulassen; sie zog die Füße nach, bis sie die Bettstangen berührte, allmählich verlor sie ihre Schüchternheit, entfaltete ein Erkennungs- und Begrüßungslächeln und vergrub die Finger in ihrem blonden Kraushaar, das ihren Kopf wie ein Helm umschloß.

»Hier bin ich wieder«, sagte sie. »Sie sind mit der Señora zu uns gekommen. Ich habe nie so schlecht gespielt wie an jenem Nachmittag.«

Plötzlich trat Lagos mit einem Kichern vor und machte Verbeugungen, als wüßte der Arzt nicht, daß er da war, den Geigenkasten in der einen, Stock und Hut in der anderen Hand; all das legte er auf dem Fußboden nieder und richtete sich auf.

»Doktor . . .«, sagte er, hob die Augen, den feinen, vorstehenden Mund und blickte verzückt zur Decke auf; langsam und traurig kam seine Stimme: »Ich wußte, daß Sie ruhten, ich gestehe, das war das erste, was ich wissen wollte, als ich ankam; trotzdem, wie Sie sehen, habe ich gewagt, Sie zu stören. Denn der Augenblick ist gekommen, ganz von selbst, ohne daß ich ihn befohlen hätte. Als mir die Rache diktiert wurde, benötigte ich Oscar und Sie, und beide kamen. Ich benötigte die Reinheit und den Glauben dieses Kindes, und sie geht mit uns. Jetzt weiß ich, daß es sofort sein muß. Oscar erwartet uns mit dem Wagen. Doktor . . .«, sagte er mit einem Lächeln, mit halbgeschlossenen Augen, die Hände auf dem Bauch, den Blick vom Arzt zum Mädchen wendend, gewiß, daß Wort und Gebärde alles zusammenfaßten, was zu sagen nützlich war.

Das Mädchen verhielt sich ruhig und beobachtete Díaz Greys Gesicht, ihre Hände umfaßten die waagrechten Bettstäbe, ihr dicker, ungeschminkter Mund war fast schwarz, sie widmete Lagos' Stimme die halbe Aufmerksamkeit, welche bereits gewußte und unzweifelhafte Dinge verdienen.

»Sie«, sagte Díaz Grey, und sie nickte zustimmend, lächelnd, sehnsuchtsvoll; doch der Arzt hatte sie nur anreden wollen.

»Sie heißt Annie«, warf Lagos ein. »Und nun, da wir vereint sind, müssen wir uns bei den Namen nennen, mit denen unsere Mütter uns riefen, wir müssen uns duzen.«

Díaz Grey warf dem Witwer ein kleines, mitleidiges Lächeln zu und blickte wieder das Mädchen an. ›Wir sind getrennt durch alles, was wir gemeinsam erlebt haben und was sie nicht weiß; und das Wort ›Sie‹ hält diese Trennung fühlbar wach, es verhindert, daß sie erfährt und vergißt. Wir sind durch drei Tage Kälte und Wind getrennt, durch die Minute, in der ich an ein Hotelfenster trat, um das schlechte Wetter auf der Straße zu betrachten, während sie, im Bett zusammengekauert, mich erwartete; wir sind getrennt durch die Rückfahrt im Taxi von der Absteige in Palermo, durch Deges Stimme, durch die senkrechte Ansicht, die ich von ihrem Gesicht erhielt, als sie sich an meine Schulter lehnte, durch die Güte, mit der sie mir kundtat, auf Schwierigkeiten zu stoßen, wenn man ins Leben zurückkehrt, sei natürlich; getrennt durch meine Gewißheit, daß es einen genauen Satz gibt, um die Empfindung ihres nackten Körpers zu umreißen. Denn all das, was wir gemeinsam erlebt haben, all die Intimität, die sie nicht kennt, kann nur weiterhin für mich gültig sein, wenn ich das ›Sie‹ beibehalte, wenn ich sie nicht nenne, wenn ich nicht die Geburt einer neuen Intimität erlaube, welche die vorige auslöscht.‹

»Sie«, wiederholte Díaz Grey.

»Doktor . . .«, murmelte Lagos.

Der Arzt sah das Gesicht des jungen Mädchens an, die Augen, die erwartungsvoll, leidenschaftlich und komisch hervortraten, den dramatischen Schwung der Lippen; er richtete sich auf, um die Zigarette aus dem Fenster zu werfen.

»Doktor«, beharrte Lagos. »Das ist der Augenblick; dieses Kind gibt alles für mich auf, für unsere Mission; sie verläßt ihr Heim, unterbricht ihre künstlerische Laufbahn, für die sie offensichtlich bestimmt ist. Um sich zu entscheiden, genügt ihr zu wissen, daß ich leide und sie nötig habe; ihre Unschuld erlaubt ihr, die Heiligkeit unserer Rache und unserer Huldigung zu begreifen. Oscar erwartet uns im Wagen.«

»Ja«, sagte Díaz Grey. »Warten Sie unten, ich bin gleich fertig. Aber ich will keine Erklärungen, versuchen Sie nicht, mich von der Heiligkeit dessen, was wir tun werden, zu überzeugen. Es ist unerläßlich, daß ich nicht weiß, wofür ich es tue.«

»Ah!« murmelte der Witwer mit freundlichem Befremden. »Genau wie Oscar. Sie werden sich vollkommen verstehen.«

Nun entspannte sie die Muskeln des Gesichts und der Hände, welche die Stange umspannt hielten; sie ließ ihren Tränen freien Lauf und lächelte wieder, während sie sich Díaz Greys Kopf näherte und sein Gesicht beim Küssen benetzte.

Ihr Mund roch für ihn nach Hunger und Angst.

»Sie«, sagte der Arzt mit Natürlichkeit, während er sich von ihr löste.

16. Thalassa

Vielleicht hatte Ernesto seit jenem Abend in Pergamino das zärtlich-neckende Lächeln zur Schau gestellt, ohne daß es mir aufgefallen war; möglicherweise hat er sich die Erläuterungen jeder Rückzugsetappe, die kleinen Vorträge über Psychologie und Strategie, die ich beim Nachtisch zum Besten gab, mit seiner nachsichtig lächelnden Miene angehört; vielleicht hat er es nicht verbergen können, als er meine Bewegungen beobachtete, meine stillschweigende Krise, die stolze Ergriffenheit, mit der ich mitten in der Nacht aufstand, um Unterhaltungen wiederaufzunehmen mit Hotelbesitzern, Zufallsbekannten, Chauffeuren von Taxis, die wir unterwegs bestiegen. Wahrscheinlich hat er so über meine unruhigen Träume gelächelt und als er mich abmagern, von der Glut zum Frieden übergehen, mich im erfüllten Glück erlöschen sah, das ich hinauszuzögern wußte, indem ich stundenlang lautlos die Lippen bewegte, um meinen Namen zu bilden. Möglicherweise hat er seit Pergamino geahnt – vor dem Zementpfosten der Tankstation und dem Tankwart in Hemdsärmeln, der sich den Schlaf aus seiner Brustwolle rieb, wechselte ich von der Komödie der Not, welche kein Gebot kennt, zu der der Resignation im Unglück über –, daß die ganze Reise, die ich Rückzug nannte und unter dem Namen Flucht verstand, eines erklärbaren Ziels ermangelte, und daß er, die Straßen, die Feldwege, die Dörfer, die Tagesanbrüche und die Aufenthalte nichts waren als günstige, unerläßliche Elemente meines Spiels. Vielleicht lächelt er heute so, wenn er sich an mich erinnert.

Als wir in dem Dorf ankamen, kaufte ich in der Buchhandlung den Atlas des Automobilklubs, ein Heft und Bleistifte: während der letzten Woche hatte ich das Bedürfnis verspürt, für Díaz Grey mehr zu tun, als nur an ihn zu denken. Manches Mal sah ich ihn tastend vorgehen und an Vorahnungen glauben, im Hotel von La Sierra einen Arm

Elena Salas berühren und zurückweichen, sich einen Fuß an den leeren Ampullen aufschneiden – schon nicht mehr, um sie auf ihrem Rückweg von dem jähen Eintritt in den Tod zu betrachten, sich zunächst mit ihrer Ruhe und Zurückhaltung abzufinden, diesen Dingen sofort eine offenbarende Bedeutung zuzuschreiben –, mit dem Gedanken zurückweichen, daß er zum ersten Mal einen Toten berührte und sah, und wütend gegen die Erinnerung ankämpften, um weiterhin an ihn glauben zu können.

Ich wollte beschreiben, was der Arzt im Halbdunkel des Hotelzimmers war, in den Gängen des Hospitals, im Zimmer des Notarztes, wo er Kaffee trinken und die Beantwortung jeder der vorgesehenen Fragen beginnen würde – die verschiedene Münder über eine Woche lang wiederholen würden, manchmal mit der Sanftheit des Mißtrauens, dann wieder mit der Geschmeidigkeit des zum Glauben Entschlossenen –, er würde seinen Beruf bekennen und zwischen Zynismus und vorzeitiger Mutlosigkeit der Schüchternen zaudern, während er sich zu erklären versuchte. Doch weder Díaz Grey noch seine Reaktion und die Schwierigkeiten angesichts der toten Frau veranlaßten mich zum Kauf des Heftes und der Bleistifte; in den letzten Tagen beschäftigte mich nur der Gedanke an das Krankenhauszimmer im Hospital, ich wollte das winzige Zimmer des Notarztes minutiös beschreiben, bis ich es selbst bewohnen würde, den Schreibtisch mit dem Telefon und die geordneten Papierstöße, das Foto eines fetten Ministers an der Wand, das Radiogerät, von dem das Dreieck eines gewebten Wolltischtuchs herabhing, den dampfenden Schnabel der Kaffeekanne auf der Heizplatte zwischen Röhren und Reagenzgläsern. Dort wollte ich sein, um Menschen leise sprechen und ehrerbietig innehalten zu hören, wollte selber Díaz Grey sein, der schüchtern und zögernd vor dem Schreibtisch stand, wollte der junge Notarzt sein mit seinen großen beruhigenden Händen, mit seinem ermutigenden, kühlen Lächeln; wollte der Raum sein und außerhalb des Raums sein, in der Einsamkeit innehalten, im gelblichen Jodoformgeruch der Gänge, in denen stets von ferne die Räder eines

Krankenwagens quietschten; wollte die Wellglastür des Not-arztes beobachten, um dahinter die sich kaum bewegenden Schatten zu unterscheiden, Sätze und Blicke zu erraten, das zu erraten, was jeder von ihnen vermutete und befürchtete.

Ernesto versuchte am Vorhang des Caféfensters Mücken zu fangen und lächelte still, als ich die Landkarte auf dem Tisch ausbreitete; mein Finger berührte oder übersprang Dörfer, Straßen und Eisenbahnstränge, blaue unregelmäßige Flecken unbekannter Bedeutung; stumm, gesammelt, ohne auf die idiotische Melodie zu achten, die er mit zum Fenster gewandten fröhlichen Gesicht pfiff und wiederpfiff, ermit-telte ich die Zeit und den notwendigen Umweg, um durch einsame Ortschaften, Dörfchen und Landwege, wo uns unmöglich eine Tageszeitung aus Buenos Aires in die Hände fallen konnte, nach Santa María zu gelangen.

Ich zeichnete ein Kreuz auf den Kreis, der Santa María auf der Karte darstellte; ich grübelte über die geeignete Art und Weise nach, um zu der Stadt zu gelangen, ich prüfte die möglichen Varianten, die Vorzüge, vom Westen her vor-zurücken und die, im großen Bogen von Norden her in Santa María einzufahren, die Schweizer Kolonie zu durch-queren und plötzlich auf dem Marktplatz in der unruhig-musikalischen Ansammlung eines Sonntagnachmittags auf-reizend langsam zu erscheinen, und meine Herausforderung zwischen Männern und Frauen einzuschleppen.

Doch dann beschloß ich, in Enduro zu übernachten und Ernesto abzukommandieren, damit er in Santa María ein-rückte und die Stadt erkundete; schon bereitete mir der Gedanke, er könne Zeitungen lesen, keine Sorge mehr. Enduro war ein so nahe an Santa María gelegener Flecken, daß man nur auf eine Dachterrasse zu steigen brauchte – Laden und Gasthaus besaßen Dachterrassen –, um das Treiben der Leute in der Stadt auszukundschaften; man brauchte nur ein enges, steiles Gäßchen aus getrocknetem Lehm hinauf- und hinabzusteigen, um zu den ersten Höfen der Kolonie zu gelangen, sich unter ihre Bevölkerung zu mengen, hinter ihren kindlich-schüchternen Mienen jene unerbittliche Willenskraft zu entdecken, die Gut und Böse in schlichte Pflichten verwandeln, die Überzeugung, daß die Wahrheit unter Joppen und Miedern wacker behütet ruht, eine Gewißheit, die wie eine Fackel am Kopfende sterbender Eltern, Großeltern und Urgroßeltern weitergereicht wird, so einfach wie ein Stirnrunzeln oder ein erhobener Zeigefinger, und doch so verzwickt wie das Geheimnis eines Kunsthandwerks. In Enduro wartete ich auf Ernestos Rückkehr vor dem Eingang zur Stadt, fünfhundert Meter von der Mauer und dem Weinberg der Kirche, tausend Meter vom Rathausturm entfernt. Jedenfalls noch außerhalb der Stadt, in einem von Fischern und den Arbeitern einer Konservenfabrik bevölkerten Stadtteil zwischen schlechtgestrichenen Blech- und Holzhäuschen mit Lattenmasten auf den Dächern, zwischen denen Drähte und geflickte Netze gespannt waren, mit schmutzigen und häßlichen Kindern, wortkargen Männern, Frauen, die sich gegen Abend – offensichtlich umsonst – umzogen und mit Pesoscheinen, welche den Schweiß ihrer Hände aufsaugten, mit leeren Wein- und Siphonflaschen zur Ladenkneipe pilgerten, mit ihrem noch tropfenden Kraushaar, mit den Düften schlecht gelüfteter Küchen unter den Seifengerüchen, mit ihrem Bedürfnis nach Abwechslung, immer bereit, forsch in ihren trägen Augen aufzutauchen.

Gleich vor der Stadt konnte ich die Beine unter dem Tisch des Gasthauses ausstrecken, in alten Nummern von Santa Marías »El Liberal« blättern, Ernesto wie für einen künftigen Termin abkommandieren, von dem er mir, ohne es zu wissen, seinen Gesten und seiner Stimme wie Eigenarten anhaftende Antworten auf meine Neugierde zurückbringen sollte, Vorwegnahmen, die einen Augenblick, nachdem sie bekannt gemacht waren, offensichtlich werden würden. Ich konnte den letzten mir verbliebenen Hundertpesoschein mustern, zerknittern und glätten, Vergleiche zwischen der toten Elena Sala und der toten Queca anstellen, mir Biographien für die Titelträger der Todesanzeigen, die ich in den Zeitungen fand, ausdenken, entdecken, daß die Liebe rasch in den Tod münden muß. An die Gasthausfenster geklebte alte, gebräunte Zeitungen schützten mich gegen die Sonne; ich konnte sie abreißen und nach Santa María blicken, wieder daran denken, daß alle Menschen, die es bewohnten, aus mir geboren worden waren und daß ich sie dazu bringen konnte, die Liebe wie etwas Absolutes zu begreifen, sich selber im Akt der Liebe zu erkennen und für immer dieses Bild anzunehmen, es in einen Weg zu verwandeln, den die Zeit und ihre Hochspannung durchlaufen müssen, von der endgültigen Offenbarung bis zum Tod; daß ich letzten Endes imstande war, einem jeden von ihnen eine hellsichtig-schmerzlose Todesstunde zu verschaffen, damit sie den Sinn dessen verstünden, was sie erlebt hatten. Ich stellte sie mir keuchend, aber friedlich vor, eingeengt von dem widersprüchlichen Verlangen, das zu verstoßen und zu bewahren, was die feuchten Gesichter der großmütigen, bescheidenen Angehörigen spiegelten und dennoch wohl wissend, daß das Leben man selbst ist und man selbst die anderen sind. Wenn einer der Menschen, die ich erschaffen hatte, infolge einer überraschenden Entartung sich nicht in der Liebe zu erkennen vermochte, so würde er es im Tode tun, er würde wissen, daß jeder gelebte Augenblick er selber war, ihm so sehr und unübertragbar gehörte wie sein Körper, er würde darauf verzichten, Rechenschaft zu suchen und wirksamen Trost, Glauben und Zweifel.

Ich riß die Hälfte der ans Fenster geklebten Zeitung ab und betrachtete die dürre, ockerfarbene Erde, Santa Marías Häuser, den Glockenturm der Kirche, der über dem vierekkigen Platz erschallen würde, auf dem grobschlächtige Männer an Sonntagnachmittagen spazierengingen, ihre apathischen, entschlossenen Frauen am Arm, kräftige, kurzgeschorene Kinder an der Hand, lustlos in die absurde wöchentliche Pause eingewiesen, furchtlos die Dämonen herausfordernd, die sie in der auferlegten Faulheit belauerten, von der ihnen verheißenen Aussicht auf den Montag getröstet, von der großen Kupfersonne, die pünktlich über der Kolonie aufgehen würde, um den Abschlüssen von Kauf und Verkauf, von Lieferung und Lagerung einen leuchtenden Ewigkeitswert zu verleihen.

Die Lichter des Platzes blinkten auf, als wir in Santa María anlangten; zwischen den Bäumen, den Gittern der Beete und dem Sockel des Standbilds betrachtete ich die Hotelfassade an der Ecke, die Kirche und das Verkehrsschild für Autofahrer an der Einmündung zur Straße, die zur Kolonie führte; ich wandte den Blick zur stillen Oberfläche des Flusses, und wir stiegen eine Baumallee zur Mole hinab. Die Neigung war sanft, rötliches Licht schaukelte in der Mitte des Wassers; was ich von der Stadt erinnerte oder mir von ihr vorgestellt hatte, war hier, gegenwärtig bei jedem Blick, bisweilen genau, dann wieder verstellt und irreführend. Hier zogen die Bewohner der Kolonie vorbei, steif, in ihren geröteten Gesichtern Mißtrauen und ein Angebot von Herzlichkeit; die Mädchen gingen Arm in Arm oder hielten einander um die Taille und schlenderten auf der Molenmauer dahin, die wie eine Flutwelle stieg und – während sie alle die Mole in Nordsüdrichtung entlang wanderten, um das Hafenbecken des Ruderklubs zu erreichen und längs der Promenadebeete zurückzugehen – zunächst bis zur Höhe ihrer Waden, dann bis zur Brust reichte und schließlich über ihre Köpfe hinausging.

Ich ging Schritt um Schritt, vergaß Ernesto, suchte in den blonden Profilen die Gewohnheit der Frömmigkeit und der Härte zu entdecken; sie waren Frauen und konnten verstanden werden; die Männer marschierten in gerader Reihe wortkarg oder redselig, ohne den Kopf zu wenden, bis ihre dunklen Hüte – über die Brauen gezogen, ohne jede Neigung, gleichsam der Möglichkeit eines Kniffs beraubt, auf den Schädel gestülpt und für immer das gelbliche, rote oder graue Haar ersetzend, das sie zu verbergen begannen – sich langsam von der Höhe der Mole lösten und sanken und die Statur ihrer Besitzer verkleinerten. An der Biegung des kleinen Hafens blieben sie stehen, lenkten einen Augenblick die gleichmütigen Augen zu den Schiffchen des Klubs hinüber; und die Frauen ahmten diesen Aufenthalt nach, wiederholten die gleiche, langsame Neigung des Kopfes, die älteren mit im Nacken aufgesteckten, die jungen mit kerzengerade über den Schläfen liegenden Zöpfen. Ich fragte mich, bis zu welchem Punkt ich verantwortlich war für die hellen Augenpaare, die über die Buge glitten, die Segel, die launigen Namen der Flußfahrzeuge. Dann schweiften die Blicke ab und suchten sich an dem Dunkelgrün des Promenaderasens zu orientieren. Nach dem Strom der Männer mit hängenden Armen, der breithüftigen Frauen, der Mädchen in langen grellbunten Kleidern ausgerichtet, stiegen wir zum Platz hinauf; ich blickte auf die Gewitterwolken, welche die Nacht vorwärtstrieben; im veränderlichen Schatten der Bäume rings um das von grünlichen Flecken tropfende Standbild suchte ich nach Spuren von Jahr für Jahr angesammelten Vorahnungen, Hoffnungen und Befürchtungen.

»Wir wollen uns ein Hotel suchen«, schlug ich vor. »Aber essen will ich dort nicht. Wir mieten einfach ein Zimmer und essen auswärts.«

Ich setzte mich auf die erstbeste leere Bank; auf der Stelle, welche die Musikkapelle eingenommen hatte, war der Kies fortgeräumt, und die Spuren der Notenständer und Füße waren eingekreist von Erdnußschalen und Papierbechern; auf die Bank gerekelt, zählte ich die schwachen, fernen Blitze auf dem Fluß.

»Sag mir, warum du nie sprechen willst«, sagte Ernesto. »Du weißt, was ich sagen will. So geht es seit über einem Monat. Nur ich habe es getan, nur ich; ich verstehe nicht, warum du dich in diese Sache mischst, warum du mir geholfen hast, zu entkommen und nun über einen Monat mit mir herumziehst und Geld ausgibst.«

»Wegen nichts«, murmelte ich, »es spielt keine Rolle. Es erscheint mir ungerecht, daß sie dich festnehmen, weil du das getan hast, was ich selber hätte tun können.«

Ich war müde und wünschte das ungewisse Gewitter über dem Fluß herbei, wünschte irgendein Ende, das mir die Verantwortung abnähme, der eineinhalb Monate währenden Flucht einen Sinn zu verleihen; ich dachte an den einzigen Hundertpesoschein und malte mir Ernestos Reaktion aus, wenn ich sagen würde, daß der Rückzug, das Spiel zu Ende sei.

»Ich kann es nicht begreifen«, fuhr Ernesto grollend fort.

»Ich habe nichts gegen dich, ich bitte dich nochmals um Verzeihung für den Vorfall in jener Nacht. Ich habe dir erklärt, wie sie war, ich habe dir gesagt, daß ich schon lange vorher wie verrückt war. Aber ich sehe nicht, wie du ihr den Hals umdrehst, ich glaube nicht, daß du irgend jemanden umbringen kannst. Und nicht etwa aus Angst, sondern weil du so bist. Warum kamst du auf den Gedanken, dich in dieser Stadt zu vergraben? Und hier auf der Bank zu hocken, den Mund aufzumachen, als sei es ganz ungefährlich. Wo dir alle Dörfer viel zu voll mit Leuten sind und du Angst hast, daß ein Vogel dich sehen kann. Ich verstehe dich nicht; es ist, als seien wir ein Leben lang Freunde; aber wenn ich darüber nachdenke, weiß ich, daß ich dich nie kennenlernen werde, daß ich bei dir nie auf Grund stoße. Manchmal denke ich, daß du mich magst, andere Male, daß du einen Haß auf mich hast.«

Ich ließ ihn sich Luft machen, dann und wann lächelte ich ihm zu oder berührte seine Schulter, nickte zustimmend mit dem Kopf; ich dachte an Juan María Brausen, ich suchte mir entgleitende Bilder zusammen, um ihn wieder zusammenzusetzen, ich fühlte ihn nah, liebenswert und unverständlich, ich erinnerte mich daran, daß ich dasselbe von meinem Vater gefühlt hatte. Ich sah Ernesto mit den Achseln zucken, eine Zigarette hervorholen und sie anzünden.

»Nie willst du reden«, wiederholte er; Drohung und Groll lösten sich rasch im Stillschweigen auf. Nichts nun; mein Nacken ruhte auf der Banklehne, die Bäume dicht und krumm, die Schatten der letzten Spaziergänger gewannen im Licht der Straßenlampen über dem Geräusch von zertretenem Kies sekundenlang Körperdichte. »Wenn du mir die Wahrheit sagtest, warum du es tust, würden wir Freunde fürs Leben, und die Sache mit dem Entkommen würde mir Spaß machen.«

Jetzt dehnte sich die Stille über dem dunklen Himmel wie das Vorspiel zum Gewitter. Ich hatte nur hundert Pesos übrig, ich hatte nichts zu verlieren, konnte mich aber nicht entschließen, zu sprechen.

»Ich habe es dir hundertmal gesagt«, erwiderte ich. »Ich wollte dir helfen, weil es mir ungerecht erschien, daß du im Gefängnis wegen einer Sache verrotten solltest, die ich auch getan hätte, die ich für richtig hielt.«

»Mag sein«, sagte Ernesto. »Auf der Bank dort drüben neben der Tankstelle sitzt ein Kerl. Ich bin ihm heute morgen begegnet, ich hatte den Eindruck, daß er mir folgte.«

Ich blickte nicht zur Ecke, wo die Tankstelle war; vor mir erstreckte sich ein Teil des Platzes, den Díaz Grey von einem der uns umgebenden Fenster aus betrachtet hatte; ich erinnerte mich, daß das erste Frühlingsgewitter die Bäume geschüttelt hatte und daß unter ihren feuchten Blättern die Düfte der jüngst erblühten Blumen hindurchgezogen waren, die Sommerhitze, Männer in Overalls mit Getreideproben in Gläsern unter dem Arm, Frauen mit dem Wunsch und der Angst, dem zu begegnen, was sie sich in der steifen Winterkälte vorgegaukelt hatten. Alle gehörten sie mir, aus mir geboren, und ich empfand Mitleid und Liebe für sie; ich liebte auch, in den Beeten des Platzes, jede unbekannte Landschaft der Erde; und es war, als liebte ich in einer bestimmten Frau alle Frauen der Welt, die durch die Zeit, die Entfernungen, die entgangenen Gelegenheiten von mir getrennten, die toten und die, welche noch Kinder waren. Mitten in Ernestos Geplauder entdeckte ich mich frei von der Vergangenheit und der Verantwortung für die Zukunft, beschränkt auf ein Ereignis, stark nach Maßen meiner Fähigkeit zur Abstraktion.

Das Hotel lag an der Ecke des Platzes, und die Anlage des Häuserblocks stimmte mit meinen Erinnerungen und Veränderungen überein, die ich beim Ausdenken der Arzt-Geschichte vorgenommen hatte. Wir mieteten uns in der »Pension für Reisende« in der Mitte des Blocks ein; wir bekamen ein großes Zimmer mit zwei Einzelbetten und zwei Fenstern auf den Platz. Nachdem wir gebadet hatten, blickte Ernesto rauchend auf die stürmische Nacht hinaus; er war in Hemdsärmeln, aufrecht – vom Bett aus sah ich sein unbewegtes geneigtes Gesicht, nur seine Stirn und seine Nase waren in das schwache Straßenlicht getaucht. Ich sah, wie sein sich selbst überlassenes Gesicht sich rasch auflöste, sah die Wahrheit, die er sich selber heimlich einzugestehen glaubte. Wie auf einer Rückreise nach Buenos Aires in die Calle Chile erlebte er – Etappe auf Etappe, Dorf auf Dorf, Tag für Tag – die Mienen wieder und legte sie beiseite, die ihn nach und nach veredelt hatten, die Übergangsperioden zu dem sanften und sauberen Gesicht, das er einen Augenblick lang auf der Bank zur Schau gestellt hatte; als bezeichneten jenes träge Lächeln, die freundschaftliche Stimme, der Verlust seines Sinns fürs Lächerliche, der Verzicht auf den Groll, die Hoffart und die Einsamkeit die höchste Zone, die er zu erreichen vermochte, und als wäre er nun verpflichtet, Schritt für Schritt bis zur Übereinstimmung mit dem weißen, schläfrigen und lasterhaften Gesicht herabzusinken, das er mir bei der ersten Begegnung zugewandt hatte, begleitet von Quecas stolzer Feigheit.

»Ich habe dir gesagt, daß da ein Kerl ist«, sagte er und wiederholte es fast schreiend. »Der im grauen Anzug. Ich bin ihm heute vormittag begegnet; er sprach mit einem Polizisten, und jetzt geht er spazieren und setzt sich auf die Bank, um den Eingang zu beobachten. Nein; du weißt, daß ich nie Angst gehabt habe. Ich sehe keine Gespenster. Gehen wir essen und ich zeige ihn dir.«

Ich trat zum Fenster, ich sah den Mann, der spazierenging und dabei einen Stein mit der Schuhspitze vorwärtsschob; vielleicht hatte Ernesto recht, vielleicht kündigte die graue Gestalt, die sich unter den Bäumen bewegte, das Ende des Rückzugs an. Ich sah eine letzte Helligkeit auf dem Fluß, eine Kirche, die jeder anderen glich, einen verlassenen Provinzstadtplatz. Autohupen kam näher und hörte zu meiner Rechten jäh auf. Der Mann in Grau blieb stehen, um nach der Hotelecke zu blicken, wischte sich die Stirn mit einem ausgebreiteten Taschentuch und faltete es viermal zusammen, bevor er es einsteckte.

»Etwas kann ich nicht ertragen«, sagte Ernesto. »Gehen wir essen?«

Während ich das Ankleiden in einer Ecke beendete, die ich für eine Spanische Wand, einen Kleiderhaken, einen

Spiegel ausersehen hatte, betrachtete ich Ernesto, der regungslos am Fenster stand und auf das Kommen und Gehen des Mannes hinunterblickte; ich benutzte seinen Körper, um den Raum auszumessen, der diese andere tote Luft füllte, all die Abwesenheiten von unaussprechlicher Beschaffenheit.

»Sie hängen Lampions auf dem Platz auf und auf der Straße, die zur Mole führt«, meldete Ernesto. »Samstag ist bereits Karneval. Ein Ball hier muß lustig sein.«

Er wirkte ernst mit seinen schläfrigen Augen, mit seinem alten Gesicht voller Überdruß und Ekel. Er mußte sich umstellt fühlen, ohne zu wissen, wo; auch konnte er nicht begreifen, daß das letzte Kapitel des Abenteuers hier auf uns wartete, in dem großen Zimmer mit zwei Fenstern, die auf den Platz gingen, auf die Kirche, auf den Klub, auf die Genossenschaft, auf die Apotheke, auf die Konditorei, auf die Gewitternacht, in der die Klaviermusik des Konservatoriums zerfloß, in dem Raum, den Díaz Grey einmal eingenommen hatte und an dem ich, wie ich mir vorstellte, zu spät angelangt war.

Gemeinsam gingen wir an dem gleichgültigen Mann in Grau vorüber, der, an einen Baum gelehnt, sich die Fingernägel reinigte; ich sah sein rundes Mongolengesicht, die dicken, fröhlichen Lippen, mit denen er über die Klinge seines Federmessers blies. Nachdem wir den Platz überquert hatten, gelangten wir in die Straße, die an der Mole entsprang.

»Hier irgendwo muß ein Restaurant sein«, sagte Ernesto. »Ein paar Blocks weiter, linker Hand, habe ich, glaube ich, eines gesehen. Gringos ... Der Kerl kommt nicht hinter uns her; kann sein, du hast recht, und ich sehe Gespenster.«

Wenn aber die Zimmerluft der Pension gewöhnlich und unkenntlich war, so war der Gewitterwind, der vom Fluß her blies und sich in unserem Rücken kräuselte, doch der gleiche wilde Wind ohne Geschichte – nur von einem halben Hundert heldenhaft gefärbter Anekdoten belebt –, der Díaz Greys Episoden umkreist, der jede Beziehung zwischen der Einsamkeit des Arztes und fremden Einsamkeiten verhindert hatte.

»Die feiern bereits Karneval«, sagte Ernesto, als wir zur Mitte des Restaurants schritten, den Stimmen, dem Rauch, dem massigen Mann entgegen, der Akkordeon spielte. Alle Tische waren besetzt und die Leute, welche an ihnen aßen, blickten uns feindselig an, während sie singend schunkelten.

»Oben sind noch Tische frei«, murmelte uns ein vorübergehender Kellner zu.

Eine Papierblumengirlande lief unter der Decke hin und rotweiße Blumengebinde umschlossen Fotos und Wimpel mit gekreuzten Masten an den Wänden. Als die Musik abbrach – der dicke alte Mann stellte gerade sein Instrument auf den Boden und, die Hände auf der Brust, stand er auf und schüttelte senkrecht den Kahlkopf, um für den Beifall zu danken, ohne zu lächeln, mit weitgeöffneten, traurigen Augen über seinen dicken Säuferaugenringen –, stieg Ernesto auf das Podium, das der Musiker einnahm und blickte umher, beobachtete die kleinliche Abneigung, die ihm aus den Gesichtern an den Tischen entgegenblickte; er hatte den schmutzigen Hut auf dem Hinterkopf, die Hände in die Hosentaschen geschoben, eine unangezündete Zigarette hing ihm am Mund, sein Kinn stand herausfordernd vor. Er horchte auf das Schweigen der vielen, das, gemeinsam vertieft, ihm entgegentrat; wieder blickte er in die Gesichter, jetzt langsamer, und löste so seine Herausforderung auf in eine Miene aus Staunen und Neugierde, die er im Halbkreis von dem rostigen Lichtflecken am Treppenfuß bis zum reglos an der Theke lehnenden Wirt gleiten ließ. Ich sah, wie er sich umdrehte und den Akkordeonspieler um Feuer bat, und nun wuchsen die Stimmen an den Wänden des Saals und kletterten zu den Springseilen der hängenden harten Blumengewinde empor.

Jetzt saß der Musiker, das Akkordeon zwischen den Beinen; hinter seiner Rauchwolke lächelte Ernesto mir zu und blinzelte. Niemand blickte ihn von den Tischen an, als ein hochgewachsener junger Kellner sich neben ihn stellte, wartete, bis er das Gesicht ihm zuwandte; ein anderer Kellner schüttelte eine Serviette vor meinem Gesicht und riet:

»Oben ist noch ein Speisesaal.«

Getrennt, ein jeder von einem Kellner bis zum halben Wege gefolgt, gingen wir auf die Treppe zu und stiegen hinauf, während das Akkordeon wieder spielte und die Gäste im Chor unverständliche Sätze sangen.

Vom oberen schmalen, fast dunklen Speiseraum aus, in dem lahme Tische und Stühle mit zerbrochenen Sitzen gedrängt standen und wir die einzigen Gäste waren, konnten wir zu meiner Rechten den Eingang zum Restaurant sehen und am Ende der Theke den Wirt, der sich vor seinem überlaufenden Glas regungslos auf die Ellbogen stützte und seine Ruhestellung nur unterbrach, wenn ein Kellner nähertrat, um ihn zu stören, oder wenn er lächeln oder den Kopf bewegen mußte – dabei erriet man die aneinander gelegten Hacken und den unbewußten Versuch, seinen Bauch einzuziehen –, um die abziehenden Gruppen zu grüßen. Unten, zu meiner Linken, vom Saal durch einen Fransenvorhang getrennt, lag ein Nebenzimmer, das nach unserer Ankunft besetzt worden war.

Ernesto aß den ersten Gang rasch und ließ den zweiten fast unberührt stehen; mit einem fragenden Blick zu mir bestellte er zwei Flaschen sogenannten Moselweins: »Damit der Kellner nicht zweimal die Treppen steigen muß.«

»Was ich nicht ertragen kann, ist die Angst«, sagte er, ohne mich anzublicken. »Nicht mal den Gedanken, daß ich Angst haben werde. Ich kann dann weder denken noch mich erinnern, es ist, als sei ich niemand.«

»Ja«, half ich ihm; aber schon rauchte und trank er und stützte das frischrasierte Gesicht auf eine Faust, gab mir keine Erklärungen und ließ mich im dunkeln.

Es war, als säßen wir gleich nach unserer ersten Begegnung in Quecas Wohnung am Tisch und als entdeckte ich zu meinem Staunen in seinem weißen, ungenauen Gesicht die Offenbarung einer aus Angst, Gier, Geiz und Vergessen erbauten Welt, die unmitteilbare Welt, in der er, die Queca, die Dicke und ihre Freunde lebten, die Eigentümer der Stimmen und Schritte, die ich durch die Wand gehört hatte. Er hatte mich aus Angst geschlagen, aus Angst war er an mich gebunden.

»Alles, nur das nicht aushalten müssen«, sagte Ernesto, als im Speisesaal zu meiner Rechten das Singen geendet hatte; unter dem Schild *Brauerei Bern* mit der Abbildung eines ein Glas hebenden gekrönten Königs blickte der Wirt, das Doppelkinn über dem Bierschaum, ausdruckslos vor sich hin. »Ich habe keine Angst mehr, aber sie kommt wieder. Hast du mich nie betrunken gesehen? Manchmal bin ich es. Immer warst du es, der Angst hatte und sich verstecken und abhauen wollte. Jetzt habe ich auch Angst. Ich kann von dem sprechen, was vorbei ist, ich fühle mich besser, wenn ich spreche, ich denke gerne daran, daß ich sie umgebracht habe, und es dir sagen und denken kann, daß sie jetzt tot ist... Nein, ich werde nicht jammern. Seit ich sie tot gesehen habe, weiß ich nicht mehr, warum ich es getan habe.«

Zu meiner Linken stieg aus dem Nebenzimmer Zigarettenrauch, drangen geflüsterte Monologe, kurzes, abgehacktes Lachen. Ich füllte Ernestos Glas und stellte die Flasche neben ihn; wieder ertönte drunten Gesang und übertönte die Akkordeonmusik.

»Als Krieg war«, sagte Ernesto und richtete sich mit einem Lächeln auf. »Hast du's nie gehört? Bei Loeffler haben sie das gespielt.«

Ich rückte meinen Stuhl dicht ans Geländer, um das Nebenzimmer bequem überschauen zu können. Eine Frau in einem grauen Schneiderkostüm saß darin, füllig, aber nicht dick, brünett, etwa fünfunddreißig Jahre alt; sie tauchte ihre Finger fortwährend in eine Schale mit Trauben und hielt diese vor ihre Augen, bis sie nicht mehr tropften, um sie von neuem in das eisgefüllte Wasser zu senken; die andere Hand lag auf dem Tisch, festgehalten von einem blonden Jungen, der sehr aufrecht an seiner Stuhllehne sitzend, ernst und wachsam die übrigen Gesichter unverwandt anblickte.

»Aber das sind doch Schweizer, und der Krieg ist längst vorüber«, sagte Ernesto.

Unten, die zarte Hand über die Finger der Frau gebreitet, zog der Junge an einer Zigarette und hob den Kopf in

anmutiger, ergreifender Haltung; das goldblonde, unge-
kämmte Haar lockte sich im Nacken und an den Schläfen
und fiel schlaff in die Stirn. Zu seiner Linken saß ein kleiner, dicker Mann mit halboffenem Mund, seine Unterlippe
zitterte beim Atmen; gelblich fiel das Licht auf seinen runden, fast kahlen Schädel und ließ den dunklen Flaum, die
an die Braue geklebte einsame Strähne glänzen. Mir am
nächsten, genau unter meinem Stuhl, regten sich zwei
magere Hände, schwache, von dunkelblauem Tuch bedeckte
Schultern; der Kopf dieses Mannes war klein und das glatt-
gebürstete Haar feucht. Ein anderer Unsichtbarer stand
vermutlich am Trennvorhang hinter dem Mann im blauen
Anzug; ich hörte sein Lachen und sah die ihm zugewandten
Blicke der übrigen.

»Ich frage nur eines«, sagte der kleine, fette Mann (er
hatte eine schmale, gebogene Nase, und es schien, als habe
sich seine Jugend in ihr, in ihrer Kühnheit erhalten, in dem
gebieterischen Ausdruck, den die Nase dem Gesicht
schenkte; er hakte seinen Daumen in die Weste und bewegte
den Körper im Takt zwischen Tisch und Stuhllehne, wie
von einem auf holperiger Landstraße fahrenden Fahrzeug
geschüttelt). »Ich möchte nur fragen, ob es legal war oder
nicht. Ob wir mit einer Verordnung der Stadtverwaltung
gearbeitet haben oder nicht. Zweitausendeinhundertund-
zwölf. Ist der Stadtrat zusammengetreten, um sie zu widerrufen?«

»Möglicherweise haben Sie selbst sie verfaßt«, scherzte
der unsichtbare Mann. »Die Anordnung stammt vom Gouverneur.«

Noch ein Mann stand am Vorhang des Eingangs, ein
Alter, mit dem Hut auf dem Kopf, der hinkend nähertrat.

»Wir wollen mal sehen, eines nach dem anderen.« Er hatte
eine spanische Aussprache, eine ironische Art, die Wörter in
der Kehle zu rollen; er trat hinter den nachdenklichen Dik-
ken vorbei, der sich noch immer wiegte. »Mit Ihrer Erlaubnis«, sagte der Alte über dem Jungen, dessen kindliche
Hand sich über die der Frau spreizte; er schenkte sich ein
Glas Wein ein und trank es mit einem Schluck aus, ließ ein

Schnarchen vernehmen, während er sich über den grauen Schnurrbart fuhr und wiederum das Glas füllte, wobei er den Weinstrahl lang, fein und tönend herabfließen ließ. »Wir wollen mal sehen, sagte ein Blinder. Sie, Junta, haben all das bis zum Überdruß wiederholt; Sie ermüden nur die Señora und den Doktor und bringen uns keinen Schritt weiter. Hier Stadtrat, hier Verordnung.« Er hob das Glas auf das Wohl der Frau und des Mannes in Blau und blickte zum Vorhang. »Und dieser Freund hier, der das Unternehmen und sich selber so oft geehrt hat, indem er es in Gang hielt, tut jetzt seine Pflicht. Langweilen Sie, Junta, ihn jetzt nicht mit Gründen eines Winkeladvokaten, die er nicht beantworten kann.« Der am Vorhang stehende Mann lachte wieder und streckte eine Hand aus. »Quälen Sie nicht die Señora, Junta. All diese Klagen . . .«

»Sie brauchen mich nicht ›Señora‹ zu nennen«, unterbrach die Frau und befreite ihre Hand, um eine Zigarette anzuzünden; der Junge schien zu erwachen und blickte unruhig umher. »Für die Freunde heiße ich María Bonita.«

»Danke«, sagte der Alte und berührte seinen Hut; er blickte die Frau über und durch seine Brille an.

»Wie ich zu dem Kleinen sagte«, sprach sie wieder und tätschelte die Wange des Jungen, »die ganze Sache liegt daran, daß der Pfarrer verrückt geworden ist. Als könne jemand mich lehren, Gott zu achten.«

»Mag schon sein«, sagte der Alte. »Vielleicht, wie der Doktor vorausgesehen hat, ist all das nichts als eine Etappe des jahrhundertealten Kampfes zwischen Obskurantismus und der durch Freund Junta vertretenen Aufklärung.«

Der kleine, fette Mann hob die Schultern und die Hand, die sich auf den Tisch stützte; seine großen hervorstehenden Augen richteten sich auf die Frau und den Mann im blauen Anzug.

»Warum unterbricht der Stadtrat nicht seine Ferien?« sagte er mit zitternder, fast ersticker Stimme. »Das Ansehen des Stadtrats steht auf dem Spiel.«

»Was soll man tun? Befehl vom Gouverneur«, sagte der unsichtbare Mann.

»Sehen Sie, Doktor?« sagte der Alte. »Junta hat nicht nur für die Freiheit des Bauches gekämpft, für die Zivilisation und für den ehrenwerten Handel. Unter anderem – wir können unmöglich alles aufführen. Er hat sich auch unablässig um die Einhaltung der Verfassungsvorschriften gekümmert. Ich glaube, all das ist verbürgt. Aber, Señora, die Schuld liegt nicht nur beim Pfarrer. Der zürnende Priester gehorcht dem Geist dieser Stadt Santa María, in der wir uns wegen unserer Sünden befinden. Glücklich Sie, die Sie sie verlassen und überdies ausgezeichnet durch die Begleitung des Freundes.« Er spielte nicht völlig den Possenreißer, als er einen Schritt zurücktrat und mit hocherhobenem Glas aufzusagen begann: »Ave María, Gratia plena, Dominus tecum, Benedicta tu . . .«

Nur der Mann in Blau lachte leise und brach ab, um zu husten. Der Alte berührte den Rücken des nachdenklichen, düsteren Dicken und verschwand wieder in der Nähe des Vorhangs.

»Und nun«, sagte er, »fort in die Redaktion. Es tut mir leid, daß ich den Abschiedsgruß, den Sie verdienen, nicht drucken kann. Die vierte Macht wehrt sich geknebelt.«

»Gehen Sie schlafen, Galizier«, sagte der Dicke, ohne den Kopf zu heben, ohne sein Schaukeln einzustellen.

»Jetzt heißt's arbeiten, viele Pfunde Blei und Dummheit bewegen. Ich hätte gern diese Hundert Tage, die uns soeben erschütterten, in einer Chronik festgehalten. Von der Rückkehr aus Rosario, der säuischen Händlerstadt, bis zur Einschiffung nach Sankt Helena; auch von dort kann man entkommen, Junta, auch von dort. Meine Hochachtung, Señora.«

Die Vorhangfransen bewegten sich, und der unsichtbare Mann murmelte einen Gruß und lachte wieder.

»Trinken Sie doch etwas«, sagte María Bonita zum Vorhang.

»Danke.« Der Mann lehnte ab. »Jedesmal, wenn ich herkomme, verführt der Wirt mich zum Trinken. Ich bedanke mich. Ich hole Sie um eins ab, und dann gehen wir zum Bahnhof.«

Der fette Mann unterbrach sein Schaukeln, um zum Vorhang zu blicken; seine hellen hervorstehenden Augen drehten sich ausdruckslos wie Glaskugeln; die gebogene Nase trat wie ein Bug vor, über Fett und Verfall des Gesichts triumphierend.

»Gehst du?« fragte der Mann in Blau.

Der Junge reckte sich gegen die Stuhllehne und blinzelte mit einem feinen Lächeln, das seine Zigarette gegen seine Wange verschob.

»Mit dem ersten Zug«, sagte er.

Die Frau, eine Traube essend, wandte sich um:

»Was denken Sie, Doktor? Den ganzen Abend haben Sie den Kleinen angesehen, ohne den Mund aufzumachen. Glauben Sie, ich hätte ihn überredet, nach Buenos Aires zu kommen? Sie kennen mich nicht, ich bin eine Frau und denke nur an seine Mutter. Von der Verantwortung für Junta und mich gar nicht zu reden.«

»Ich kann in einem anderen Wagen reisen«, sagte der Junge wütend und hochrot. »Wenn Ihr mich nicht einsteigen laßt, fahre ich morgen; ich nehme den ersten Zug, mit dem ich entkommen kann.«

»Hören Sie ihn an«, bemerkte die Frau. »Er hat sich klipp und klar geäußert. Er fährt nicht wegen María Bonita. Wie finden Sie das?« Sie vergrub eine Hand in dem zerzausten Kopf des Jungen. »Sechzehn . . .«

Ernesto zögerte auf der Treppe, als wir in den fast menschenleeren Saal hinunterstiegen, der, jetzt mit Plakaten geschmückt, den Karneval ankündigte. Auf der feuchten dunklen, windlosen Straße, Ernesto unterhakend, dachte ich daran, daß Díaz Grey bereits vor jener Nacht gestorben war und daß seine einsamen Meditationen am Sprechzimmerfenster sowie seine Begegnungen und Wanderungen mit Elena Sala an einen anderen Ort zu Beginn des Jahrhunderts verpflanzt werden müßten. Niemand ging vor der Pension auf und ab; Hupen- und Motorenlärm verletzte die Nacht an der Hotelecke, tönte den Platz entlang und entfernte sich zum Fluß hin, Richtung Enduro, erstarb in dem Stadtteil, der die Fischermole umgab.

Ernesto zog die Schuhe aus und setzte sich rauchend aufs Bett; sehr fern und schüchtern begann der Regen zu klopfen; die Helligkeit der Blitze beleuchtete seinen regungslosen zusammengesunkenen Körper und bleichte die Glut seiner Zigarette.

»Schläfst du?« fragte er; ich erwachte und rückte mein Kissen zurecht, um in den Himmel aufblicken zu können. »Verzeih. Ich werde mich heute nacht nicht hinlegen. Schade, daß wir keine Flasche mitgebracht haben. Ich habe keine Angst mehr.« Er versuchte zu lachen und hustete; ich erinnerte mich an die Hände, die Frage, die blaue Farbe des Anzugs des Mannes, der im Nebenzimmer mit Doktor angeredet worden war. »Du hast allen Grund zu bösen Gedanken. Aber auch wenn du es nicht glaubst, ich bin dein Freund. Verzeih, daß ich dich geweckt habe.«

»Klar«, sagte ich.

Fast geräuschlos, doch wie von ferne, schlug der Regen noch am Morgen aufs Dach; Ernesto stand angezogen am Fenster, rauchend; sein Bett war unberührt. ›Da steht er verloren und existiert nur in der Angst; zuerst gezwungen, für mich zu töten, jetzt im Hohlraum gefangen, welchen im Verschwinden das von mir erfundene Leben eines Provinzarztes hinterließ; nun entdeckt er die Geschichte, die ich Díaz Grey zuerkannte, er denkt an die mutlosen Gedanken, die ich ihn denken ließ.‹

Er glaubte, daß ich schliefe und trat an mein Bett, um meinen Arm mit seinen Fingern zu berühren und mit dem rauhen, unglücklichen Geräusch eines dessen ungewohnten Menschen zu seufzen. So wie er der Queca einen Zettel mit dem Wortlaut »Ich rufe dich an oder komme um neun« hinterlassen und so wie ich diesen Zettel in das Zimmer, in dem die tote Queca lag, gelegt hatte, schrieb Ernesto vor dem Weggehen einen Satz auf den Rand einer Zeitung und legte den Streifen auf mein Kissen: »Sei unbesorgt, ich halte dich aus der Sache heraus.« Ich näherte mich dem Fenster, um ihn fortgehen zu sehen; ich zog mich fertig an, während ich durchs Fenster den Rieselregen auf dem Platz sah, die Männer in Regenmänteln, die sich unbeweglich unterhielten, der eine stehend, einen Baum berührend, die anderen zwei mit übergeschlagenen Beinen Schulter an Schulter auf einer Bank sitzend. Ich sah Ernesto langsam mit ungeahnter Würde, die ihn verwandelte, die Straße überqueren, vor dem Baum und dem Mann stehenbleibend; seine Arme hingen wie zerschlagen herunter, als werde er sie nie mehr heben können. Der andere setzte ein Lächeln auf und deutete mit der regenbefleckten Zeitung, die er unter dem Arm festhielt, auf die Pensionstür, auf mich, ohne mich zu sehen. Unbeweglich beugte Ernesto sich zu dem Lächeln hin und schützte seine Augen gegen den Rieselregen; der Mann streckte seinen Kopf vor und bewegte ihn so in Richtung auf die Bank, trat einen Schritt zurück und lächelte wieder. Durch den Regen und die Entfernung getrennt, glaubte ich Fehlen von Freude und Mißtrauen zu entdecken. Der Mann bewegte sich auf die Bank zu, Ernesto ging hinter ihm her, die anderen zwei Männer standen auf, betasteten Ernestos Arme und ließen sie los; bevor ich vom Fenster zurücktrat, blickte ich auf die vier Paar Arme, die herunterhingen wie leere Ärmel.

Wieder stand der Mann am Rande des Platzes und hielt von neuem die gefaltete Zeitung unter dem Arm. Über die Straße grüßte er mich unbeweglich mit einem Lächeln und behielt es bei, während ich stehenblieb, während ich auf ihn zuging. ›Das war es, was ich von Anfang an suchte, seit dem Tod des Mannes, der fünf Jahre mit Gertrudis zusammengelebt hat; frei zu sein, den anderen gegenüber unverantwortlich zu sein, mich ohne Anstrengung in wahrer Einsamkeit zu erobern.‹

»Sie sind der andere«, sagte der Mann. »Dann sind Sie Brausen.«

Mit träger, gelangweilter Miene, als fiele kein Regen auf ihn, als sei er geschützt, blicke in den Regen und warte darauf, daß er aufhöre, wippte Ernesto mit einem Fuß, während er zwischen den beiden Männern auf der Bank saß. Ich erkannte die Stimme dessen, der mit mir sprach und meine Augen beobachtete; es war jene, die am Vorabend neben dem Vorhang des Nebenzimmers mit der Trauben essenden Frau und dem blonden jungen Mann, der sein Leben begann, mit dem Adlerprofil des vom Leben bezwungenen, auf dem Rückzug befindlichen dicken Mannes geredet hatte. Jetzt stand Ernesto neben dem lächelnden Mann und schlug die Augen auf, um die meinen zu suchen; ich wollte ihn nicht anblicken; die Männer waren von der Bank aufgestanden, setzten sich aber nicht in Bewegung.

»Brausen?« fragte die Stimme.

Stumm blickte ich den Mann an, ich begriff, daß es mir möglich war, nichts auszusagen, gleich ob ich verneinte oder zustimmte. Ernesto schlug dem Mann ins Gesicht und ließ ihn gegen den Baum prallen; wieder schlug er ihn, als er stürzte und sein Körper regungslos auf dem Lehmboden liegenblieb, das Gesicht mit dem weitoffenen Mund im Regen, die gefaltete Zeitung auf der Gurgel.

17. Der Señor Albano

Als ich aufstehe, um zu telefonieren – wiederum antwortet Pepe »Señor Albano ist noch nicht gekommen« –, kann ich das Profil des Mannes studieren, der, den Strohhut zurückgeschoben, an der Theke trinkt. Vielleicht hat er mich den ganzen Morgen noch nicht bemerkt, vielleicht interessiert er sich auch nicht für den Tisch, an dem Sie zwischen dem Engländer, der eine zweite große Tasse Kaffee trinkt und Lagos, der das Gesicht in eine Hand stützt, Ihren Finger betrachten, mit dem Sie den Aschenbecher auf dem Tischtuch zum Kreisen zwingen.

Ich kehre an meinen Tisch zurück und zünde eine Zigarette an; ohne sich zu rühren und nur den Blick wendend, begreift Lagos, daß ich keine Neuigkeiten für ihn habe. Oscar der Engländer richtet die Augen zur Tür, aber ohne Interesse, ohne Hast, um die Zeit abzukürzen, die uns vom Unheil trennt. Sie lassen den Aschenbecher los und deuten ohne Überzeugung auf den Märzmorgen, der sich im Fenster auszubreiten beginnt. Ich lasse meine Münzen auf dem Tisch und einen letzten Blick auf dem Mann mit dem Panamahut an der Theke; ich sehe auf der Uhr der Registrierkasse 7 Uhr 50 und trete auf die Straße. Ich gehe von Ecke zu Ecke, unter den Bäumen hin, warte, daß die Geschäfte aufmachen, sehe Sie durch das Caféfenster still und nachdenklich, wie vom tieferen Schweigen der beiden Männer niedergedrückt. Oben, hinter irgendeinem offenen Balkon wird schon der letzte Karnevalstag vorbereitet, die Musik eines Klaviers tönt laut herab, entfernt sich mit wässrigem Gemurmel, scheint die Richtung meiner Schritte zu ahnen und zu verfolgen.

Jetzt ist das Geschäft offen, und die Sonne erleuchtet die Nasen, die Schnurrbärte, die seidenen Stoffe der Auslagen. Ich sehe Sie drei aus dem Café treten, Sie in der Mitte, Lagos mit dem Stock unter dem Arm, der Engländer auf seiner Pfeife kauend, die Hände in den Hosentaschen.

»Guten Tag«, sage ich zu dem Männchen, das mir ein altes blinzelndes Gesicht entgegenstreckt. »Wir brauchen Maskenkostüme. Etwas sehr Besonderes, etwas sehr Gutes.«

»Für einen Ball«, fügt der Engländer hinzu und lacht während der drei Wörter.

»Ja«, sagt der Mann unlustig, plötzlich entblößt er die Zähne und wendet sich, um Sie anzublicken.

Sie stehen neben mir und lächeln mir zu; Lagos setzt eine Perücke auf die Faust und hebt den Arm den Schatten entgegen, die noch unter der Decke hängen. Traurig beharrt der Engländer:

»Maskenkostüme.«

»Ja.« Der Mann rührt sich nicht. »Für heute nachmittag.«

»Für jetzt gleich«, sagen Sie schnell.

»Wir müssen sie gleich mitnehmen«, erklärt Lagos, er senkt die Faust, und Enttäuschung steht in seinem Gesicht geschrieben, als die Perücke abrutscht und auf den glasbedeckten Ladentisch fällt. »Wir geben sie morgen zurück, ganz früh, sobald ihre Mission der Täuschung ohne Bösartigkeit erfüllt ist, werden die Kostüme in Ihrem Besitz sein und den Mottenkugeln zurückgegeben werden.«

»Es muß sehr früh sein«, wiederholt der Besitzer. »Sie müssen eine Bürgschaft hinterlegen.« Lagos macht eine Reverenz und zeigt ein Bündel Banknoten; der Alte hebt die Unterarme, die Ellbogen. »Damit wollte ich nicht sagen ... Es ist eben üblich.«

Oscar, die Pfeife zwischen den Zähnen, lacht spöttisch und zwingt das Gesicht des Alten, die wunderbare Gabe auszudrücken, alles zu ertragen. Der Besitzer hebt einen Vorhang, tippt einem jeden von uns auf den Rücken, als wolle er uns zählen, und läßt uns in einen dunklen Gang ein, in dem sich zwei lange Regale gegenüberstehen, deren Kretonnevorhänge er aufzieht; dann geht er, um Licht zu machen.

»Für Männer und für Frauen«, sagt er, mit den kleinen Händen auf die Regale deutend.

Ohne zu begreifen, blicken wir auf farbige Schultern,

Röcke, schlaffe Strümpfe, Schnallenschuhe, einen Degen, der uns alle anzieht und um sich vereint. Wir nehmen Kleiderhaken mit Kostümen herunter und tragen sie in den nahen, engen, von einem Oberlicht beleuchteten Innenhof. Sie mustern die Kleider, lassen sie durch die Luft gleiten, tragen sie zum Regal zurück, nehmen andere herunter, und so rasch, daß meine Augen die Farben verwechseln. Plötzlich bilde ich mir ein, daß alles – die Flucht, die Rettung, die Zukunft, die uns eint und an die nur ich mich erinnern kann – davon abhängt, daß wir uns bei der Wahl des Maskenkostüms nicht irren, entsetzt sehe ich die Kleider, die der Engländer mit den Haken kreisen läßt, und Lagos nur mit seinem Stock hin- und herbewegt. Ich höre Sie lachen, sehe Ihre Hand Lagos' Nacken berühren, horche auf den Alten, der sich in Ihre Fröhlichkeit zu mischen sucht; indes vermag ich daran keinen Gefallen zu finden, weil ich angesichts der Gefahr, mich zu täuschen, zittere; ich kauere mich nieder, als sei ich so der Wahrheit näher.

»Ich will im Laden auf Sie warten.« Es ist Ihre Stimme, Ihr Schritt, Ihr Schweigen.

Lagos' Stock gleitet über meinen Kopf, berührt ein Gewand, hüpft zu einem anderen über. Ich strecke den Arm und sondere ein Kostüm aus. Lagos hat die Hand mit dem Stock sinken lassen und tritt einen Schritt zurück.

»Holen Sie mir dieses«, sagt er ohne Begeisterung.

Sie sind allein im Laden und lächeln der Straße zu; vergebens suche ich das Gewand, das er soeben gewählt hat; ich gehe an Ihnen vorüber und streife Sie fast mit meinem Kostüm, blende Sie fast mit dem Widerschein der Pailletten, vermag Ihre Augen aber nicht von dem fortzulocken, was sie anschauen.

»Ja«, bemerkt Lagos und tritt herzu. »Alle jungen Mädchen werden mit mir tanzen wollen.« Kein Zweifel, sein Ausspruch war glücklich und prophetisch.

Der Besitzer lacht vor dem Vorhang hinter dem Ladentisch; und unter seinem Arm und seiner heiseren Stimme kommt der Engländer gebückt herein und tritt auf uns zu. Lagos läßt sein Kostüm auf das meine fallen.

»Hellebardier«, sagt der Engländer.

»Ein sehr originelles Kostüm«, bemerkt der Besitzer. »Finden Sie nicht, Señorita?« Sie sagen Ja mit dem Kopf, und das scheint uns allen zu genügen. »Originell und bildschön. Und Ihres! Ein König.«

»Prachtvoll, ohne Frage«, erwidert Lagos. »Heute nacht, heute abend wird meine Beliebtheit in den Gesellschaftskreisen wachsen und sich festigen. Vielleicht könnten die Steine der Krone und das Weiß des Hermelins einige Verbesserung brauchen. Aber es lohnt die Mühe nicht.«

Er hat im Profil zum Besitzer gesprochen und, ohne sein Kostüm anzublicken, mit einem Seufzer geendet. Trotz seines ironischen Gesichtsausdrucks bilde ich mir ein, daß er Angst hat, ich vermute, er bereut es, so wenig mit dem Horacio Lagos zu tun zu haben, der bei Tagesanbruch im Nebenzimmer von Pepes Café uns Anweisungen erteilt und mich fast an die Aufrichtigkeit der für Elena Sala erzwungenen Rache und Huldigung glauben ließ: »Wir sind im Karneval und müssen uns im Karneval verstecken. Gesucht wird ein untersetzter, dicker Mann in Grau; ein blonder magerer im braunen Anzug, ein hübscher junger Mann, der Pfeife raucht. Gesucht wird ein junges Mädchen, mittelgroß, mit hellen Augen, gerader Nase ohne besondere Merkmale, abgesehen von den feinen Berufsmerkmalen, welche das Geigenspiel hinterläßt. Stimmt das? Schön: wir löschen sie, als bliesen wir vier Kerzen aus, wir tauschen sie aus gegen die Marquise von Dubarry, gegen einen Donkosaken, gegen einen Don Xypsilon, Sohn eines Fuchses, gegen den letzten der Mohikaner.«

»Alle Kostüme sind schön«, wirft der Besitzer ein, den das eingetretene Stillschweigen stört. »Seide.« Er berührt Lagos' Kostüm, wiegt es in der Hand und läßt es los.

Der Engländer, die Hellebardentracht über die Schulter geworfen, tritt, an seiner Pfeife ziehend, auf mich zu; er hebt Lagos' Verkleidung auf und atmet den Geruch der Mottenkugeln ein; dann lächelt Lagos und schaut sich mein auf dem Ladentisch liegendes Kostüm an, lacht mir ins Gesicht und geht kopfschüttelnd zur Tür. Das Hellebardenkostüm noch immer über der Schulter, das Königswams unter dem Arm, wartet Oscar unbeweglich auf ihn. Fröhlich und herzlich wendet der Alte sich an Sie und beginnt auf Ihren Nacken einzureden.

»Aber wo ist denn Ihr Kostüm, Señorita? Sie haben eine sehr originelle und geschmackvolle Wahl getroffen. Dabei ist es keine Verkleidung, es ist ein echtes Kleid. Es ist ein Geheimnis.« Er blickt mich an und zwinkert mir zu.

Sie berühren Ihre Brust mit dem Daumen und murmeln etwas, als Lagos sich umdreht, Ihnen im Vorbeigehen ans Kinn tippt und sich mir und meinem Kostüm nähert.

»Stierkämpfer«, sagt er. »Was, Doktor? Gelb und grün.« Er lüftet das Kostüm und hält es einen Augenblick in die Luft. »Stierkämpfer«, wiederholt er, als er es neben meinem Ellbogen fallen läßt; dann greift er die Stierkämpfermütze und schlägt, zwängt sie über die Faust, wie er es vorher mit der Perücke getan hat. »Ich erinnere mich nicht, es vorhin im Hinterzimmer gesehen zu haben. Ein Komplex, werden Sie befinden, Doktor. Ich habe mir immer gewünscht, eine Stierkämpfertracht zu besitzen, sie einmal zu tragen und mich darin fotografieren zu lassen. Wenn Sie, Doktor, zu Ihren ungezählten Liebenswürdigkeiten noch die hinzufügen wollten ... wenn es Ihnen nichts ausmachen würde, in einen Tausch einzuwilligen ...«

»Ich habe es gewählt«, sage ich trocken, ohne zu wissen, wofür ich mich rächen will. »Sie haben es herausgeholt und wieder hineingehängt.« Ich grabe meinen Ellbogen in das Kostüm und blicke Lagos bescheiden und traurig an. »Ich will es jetzt anziehen.«

»Ich werde nicht wagen, das abzustreiten. Aber geben Sie doch zu, Díaz Grey, daß auf den Kleiderhaken alle gleich aussahen. Ich mag es gesehen haben, vielleicht habe ich es herausgenommen und gemustert; in Wirklichkeit aber ...«

Er dreht den Kopf, um die Augen des Engländers zu suchen, fährt in der Bewegung fort, bis er Ihnen zulächelt und wirft einen Seitenblick auf die vergilbten Zähne des Alten.

»Nein«, sage ich, als er mich wieder anblickt.

»Schön, es spielt keine Rolle. Was muß ich zahlen?« Er lehnt sich auf den Ladentisch neben mir und beobachtet das Fortschreiten der Sonne auf der Straße; ich höre wieder Klavierakkorde rauschen über mir, draußen, in meinem Rücken.

Sie und der Besitzer heben den Vorhang und verschwinden im Gang; Sie kehren zurück und flüstern Lagos etwas ins Ohr.

»Nein«, sagt er. »Wunderbar, aber unmöglich. Er soll uns einen Koffer leihen oder die Sachen für uns einpacken.«

Ich warte auf- und abschlendernd, während der Alte die Kostüme in einen Handkoffer verstaut, während Lagos zahlt und Oscar zu pfeifen versucht, ohne die Pfeife aus dem Mund zu nehmen. Sie holen mich unter den Bäumen ein und erklären mir rasch, ohne mich anzublicken, daß wir zu René gehen, um uns dort umzuziehen. Ich drehe mich nach Lagos um, lasse ihn herankommen – jetzt stolziert er regelrecht und hat einen gerissenen, fast eitlen Gesichtsausdruck – und merke, wie sehr ich ihn schätze und achte. Der Engländer trägt den Koffer, macht lange Schritte und holt Sie ein.

»Wir gehen zu René«, sagt Lagos zu mir und klopft mir auf die Schulter. »Ein feiner Kerl. Aber es wäre doch besser, wenn Sie nochmals bei Pepe anriefen. Verzeihen Sie mir wegen allem und besonders wegen dieser kleinen Belästigungen, Doktor . . .«

Vielleicht macht er sich lustig, vielleicht hat er sich immer lustig gemacht; in seinen Augen ist nichts als Freundschaft und Alterstraurigkeit. Ich gehe in eine Apotheke und lächle am Telefon, erkundige mich nach Señora Albanos Verbleib. Am Abend vorher nach dem Schuß gewann Lagos die Statur eines Riesen, als er den Rückzug aufhielt und neu ordnete, und da er in uns nur Resignation und Skepsis fühlte, erfand er im Nebenzimmer des Cafés den Satz: »Ist Señor Albano da?« Als Telefonschlüssel, um nach den bei Pepe einlaufenden Nachrichten zu fragen. Eine müßige Vorsicht, ein Virtuosencoup. Señor Albano – »Ich hab's!« schrie Lagos mit gestrecktem Zeigefinger und stellte eine geheimnisvolle Siegesmiene zur Schau – wurde aus dem Etikett einer Flasche geboren, die auf unserem Tisch stand. Aber während ich Pepe anrufe, fühle ich, daß mein Interesse für Señor Albanos unmögliche Gegenwart im kleinen Café, für den Schatten seines weißgekleideten Körpers auf dem fleckigen Fußboden, für seine vom Takt seines schweren Kinns unterbrochene ungehörte Stimme, für seine Begrüßungsgebärde, für die Geduld und Böswilligkeit, die ich seiner Verhaltensweise zuschreibe, ständig wächst.

René trug einen seidenen Morgenrock, grau mit schwarzen Kreisen, während er zur Seite trat, um uns in sein Appartement eintreten zu lassen, nachdem er sich hinter den Schaufenstern seines Uhrengeschäfts gezeigt und den Riegel der kleinen Eisentür zurückgeschoben hatte. Als wir vornübergebeugt eintraten, lief er die Treppe hinauf, um uns in der Tür seines Appartements zu erwarten, aufrecht, in spöttischem Tonfall lachend, der – das erriet man – bei ihm Gewohnheit war, während er die Brille entweder aus Koketterie abnahm, oder um uns besser zu sehen.

Jetzt bewegt er sich rasch und mühelos, räumt Bücher und Papiere vom Schreibtisch fort, hört nicht auf den Scherz, den der Engländer wiederholt, zuckt mit den Achseln, als Lagos Entschuldigungen vorbringt.

»Sie sind hier«, sagt er. »Tun Sie, was Sie wollen, Sie können zwei Jahre hier bleiben. Das ist meines Erachtens nicht der springende Punkt. Nur, wenn Sie nicht bald aus Buenos Aires verduften ... Wer ist es gewesen? Wer war es?« fragt er mit jäher, heißer Erregung in den Augen.

»Fuenteovejuna«, sagt Lagos.

»Ich«, sagt Oscar und beugt sich vor, um den Koffer behutsam auf den Boden zu stellen, er richtet sich auf, seiner Pfeife Rauch entlockend. »All das ist idiotisch, ein Spiel. Ich werde noch einen umbringen und mich ausliefern; die anderen können verschwinden.«

Sie beginnen umherzuwandern, vom offenen Fenster bis zu der Nische mit dem Christophorus und dem Christuskind auf der Schulter, während wir uns setzen, vorsichtig die Stühle und die Reihenfolge wählen, in der wir Platz neh-

men wollen. Unverzüglich steigt Müdigkeit aus dem Stuhl-
leder in mir auf und dringt in meine Poren; ich schaue Sie
an und denke, Sie werden die Rückkehr jener Fröhlichkeit
erzwingen, jenes Verlöschen in der Stille und der Einsamkeit, die Sie in dem Kostümverleih entdeckt haben.

»Die Argumente interessieren mich nicht«, sagt der Engländer. »Ich werde sie mir nicht anhören.« Er legt ein Bein
auf den Koffer, birgt die Pfeife zwischen den Fingern. »Wir
haben kein Recht, hier zu sein. Ich verstehe auch nicht
wozu. Ich gehe ins Schlafzimmer und ziehe mich um, wenn
keine Frauen dort sind. Ich will in der Uniform der Schweizer Garde sterben. Kennt René die Geschichte der
Kostüme?«

»Ihr könnt zwei Jahre hier bleiben«, wiederholt René; er
zeigt mir sein Medaillonprofil, die magere Wange, die steife
hohe Haartolle. »Ich muß überhaupt nichts erfahren, sofern
Ihr euch deshalb meinetwegen Sorgen macht. Ich empfange
ein paar Freunde, die ein Karnevalsfest in meiner Wohnung
veranstalten wollen.«

Wie von Ihrem eigenen Lächeln geführt, gehen Sie weiter
auf und ab, hierhin, dorthin. Mich der Stuhllehne, der
Müdigkeit und dem Schlaf hingebend, beschließe ich, Ihnen
zu verzeihen, auf Rache zu verzichten, zu Ehren dieser
Ihrer hartnäckigen Suche nach einem Glücksmotiv, in Achtung dieses Willens zu glauben, den Sie jetzt annehmen und
pflegen, in diesem Augenblick, da die Zukunft sich in Minuten errechnen läßt, da alles auf dem Spiel zu stehen scheint.

Der Engländer steht auf, bückt sich, um den Koffer aufzuheben und verschwindet hinter den Vorhängen im Schlafzimmer.

»Verzeihung«, sagt Lagos. »Aber Sie, mein lieber Freund,
antworten mir nicht. Ich sehe keinen Nachteil darin, daß
Sie mich genau wissen lassen, seit wann Sie es wissen. Wenn
wir einen Augenblick davon ausgehen, daß diese Geschichte
in all ihren Kapiteln wahr ist.«

»Wie Sie wollen«, sagt René; auf dem Tisch sitzend,
nimmt er lächelnd die Brille ab und mustert sie; der weibliche Zug seines Mundes ist durch die asketisch schma-

len Lippen gemildert. »Sie ist erstaunlich einfach. Ich habe sie nie erfahren, ich werde sie auch jetzt nicht erfahren. Hand aufs Herz, ich weiß von nichts. Gewiß, das Radio brüllt seit heute morgen jede Viertelstunde. Ich kann zuhören und mir irgendetwas darunter vorstellen, Schlüsse ziehen und diese Schlüsse mit ins Grab nehmen.«

Er lächelt noch immer spöttisch und voller Liebe; um abzulenken, heuchelt er Interesse für die Durchsichtigkeit seiner Brillengläser.

»Wer ist René?« frage ich.

»René«, erwidert er achselzuckend und streckt trostlos die Hände aus.

»Er ist mein Freund«, sagt Lagos. »Und wird nie erfahren, wie sehr ich ihn mag. Sehr gut; Folgerungen.« Da ist weder Ungeduld noch Müdigkeit in seinem Gesicht; vielleicht ist alles Lüge, vielleicht sind wir noch im Hotel am Fluß, und der Engländer hat noch niemanden getötet. »Technisch unanfechtbar. Und wir, lieber Freund, schwören, daß wir Ihr Geheimnis, Ihr Schweigen achten werden.«

»Dann sind wir uns einig«, antwortet René. »Doch bitte, nehmen Sie einen Augenblick an, daß Sie es gewesen sind und ich es weiß. Wenn auch nur, um uns einen Augenblick zu unterhalten, bis Owen zurückkommt. Lagos: wir haben zusammen Schach gespielt.«

»Ich danke Ihnen, daß Sie sich daran erinnern; Sie werden wohl kein sehr starker Spieler, aber einer der elegantesten der Welt sein. Das wollen wir einmal annehmen.«

Auf seinem Stuhlrand sitzt Lagos jetzt als einer zwischen Ehemann und Witwer, zwischen leichtfertiger Höflichkeit und unerbittlicher Verzweiflung. Sie gehen noch immer auf und ab, nunmehr rascher und entschlossener; vielleicht hat es nie Probleme gegeben und es genügt, zwischen dem Bild des Christophorus und dem Tageslicht im Fenster zu wählen oder zwischen beiden zu schwanken.

»Hellebardier«, sagt der Engländer zurückkommend, setzt sich und sucht ein Streichholz für seine Pfeife. Wir versuchen seinem Blick auszuweichen, wenn er uns dabei ertappt, daß wir ihn in seiner Verkleidung anblicken, wir sind ihm dankbar, daß er der erste ist. Ich sehe Ihre Knöchel an, um dem kleinen Schrecken auszuweichen, der von dem im Sessel zusammengesunkenen Mann ausgeht, der die Perücke streichelt, von seinem waagrechten steifen Arm, der auf der mit Silberpapier überzogenen lächerlichen Waffe ruht.

»Schön, technisch vollendet«, sagt René. »Aber heute geht der Karneval zu Ende. Sobald morgen die Sonne aufgeht, wird keiner von Ihnen kostümiert einen Finger rühren können. Dann kann ich von vierundzwanzig verlorenen Stunden sprechen und kann nur wiederholen, daß ich diese genutzt hätte, um an irgendeine Grenze zu kommen.«

»Richtig«, sagt Lagos. »Sie alle würden das tun.« Er schnippt nur mit den Fingern an die Stuhllehne und neigt den Körper René entgegen, doch nicht so rasch, daß ich noch vor Beendigung seiner Bewegung nicht merke, daß er lügt. »Und die von der Polizei werden das gleiche glauben. Alle Welt; Männer mit Mauserpistolen auf den Straßen, Durchsuchung von Autos und Zügen. Es liegt auf der Hand ... In genau diesem Augenblick wartet man auf uns an jeder Grenze. Aber auf wen wartet man?« Er dreht sich nach dem Platz um, den ich einnehme; ich weiß, daß er nur für Sie spricht und Ihnen im Vorbeigehen nacheinander beiläufig die Überzeugung ins Ohr träufeln will, daß das Wort Morgen einen Sinn behalten hat und daß er unendlich viel stärker ist als sein Alter. »Die Leute haben, sie müssen sicherlich Beschreibungen von uns haben. Aber werden sie irgendeine Ähnlichkeit in diesem Hellebardier, in dem König erkennen, in den ich mich verwandeln werde?«

»Ja«, murmelt René traurig. »Ich verstehe.«

»All das, lieber Freund«, sagt Lagos und steht auf, »in den weiten Grenzen der ursprünglichen Annahme.« Er lächelt, geht mit raschen Schritten auf den Tisch zu und drückt Renés Schulter. »Mein armer Freund, es gibt das plötzliche, gleichsam wütende, kurze Unglück; es gibt auch das andere, graue Alltagsunglück ohne voraussehbares Ende. Das Ihre. Lieber Freund: ich bin an der Reihe, ich werde König sein.« Er bleibt am Vorhang des Schlafzimmers stehen, ich fühle, daß er vermutet, Angst und Argwohn hinterlassen zu haben. »Würde ich einen Rückzug leiten . . . Natürlich stimmt es, der Karneval geht zu Ende. Aber ich hätte bereits eine absolute Sicherheit von vierundzwanzig Stunden erobert, ich hätte die Moral meines Heeres gestärkt und während der so gewonnenen Zeit die Ankunft an der Grenze vorbereitet.«

»Auch das stimmt«, sagt René, aber Lagos ist nicht überzeugt, kehrt lächelnd in die Mitte des Raums zurück, scheint überraschend mit Ihnen zusammenzustoßen und drückt sie leicht an die Brust.

»Ich, der König«, sagt Lagos am Tisch. »Würde es Ihnen etwas ausmachen, einen Augenblick mitzukommen?« Er macht eine Reverenz, schlägt die Absätze zusammen und geht mit René ins Schlafzimmer.

Sie wandern wieder, diesmal auf der anderen Seite vom Pfeifenrauch des Engländers; ich entdecke, daß die Stille und Gleichgültigkeit, welche die schlanken Knie und Falten der weißen Strümpfe des Hellebardiers ausstrahlen, das auszulöschen trachten, was Sie aufbauen. Sie kämpfen und beharren, bleiben aber schließlich stehen, lächeln mir zu, ohne zu sehen, kommen näher und sinken neben mir auf einen Stuhl.

In seiner Verkleidung wirkt Lagos zugleich fetter und größer; ich sehe ihn näherkommen und die Würde seiner Gebärden verdoppeln. Wahrscheinlich erprobt er die jüngst erworbenen Gaben, als er sich vorneigt, um dem Engländer ins Ohr zu flüstern, der regungslos auf seinem Stuhl sitzt, den Arm im rechten Winkel auf die kurze Lanze gestützt, die er Hellebarde nennt. Mit aufgerissenen Augen blicken Sie René an, der im Straßenanzug, einen Strohhut auf dem Kopf und ein schwarzes Heft in der Hand, näherkommt.

»Gehen wir aus«, erklärt Lagos, blickt mich an und lächelt Ihnen zu. »Ich glaube nicht, daß wir lange ausbleiben. René hat eine großartige Idee; möglicherweise läßt sich alles in wenigen Stunden regeln. Im Schlafzimmer steht das Telefon, Doktor; ich bitte Sie, sich hin und wieder für unseren Freund Albano zu interessieren.«

»Das Telefon steht Ihnen beliebig zur Verfügung«, setzt René hinzu. »Aber heben Sie nicht ab, wenn angerufen wird; benutzen Sie nicht das Geschäftstelefon.«

In seinem höflichen Lächeln liegt etwas Unbegreifliches, ich ahne den Widerwillen, der mich bedroht, das Groteske und Elegische der Gruppe, wenn sie den Rücken kehren und zur Tür marschieren wird, der König, der Hellebardier, dieser Mensch, der sie begleitet und führt wie ein Irrenwärter seine Patienten.

Ich gehe ins Schlafzimmer, um sie nicht abziehen zu sehen, trete zum Vorwand ans Telefon, während sie behutsam die Türe schließen und mache meinen Anruf; ich habe genug Zeit, um die Stille in dem ersten Raum wachsen zu spüren, die Einsamkeit, die Sie zu umkreisen beginnt und Sie isoliert. Pepes Stimme am Apparat übertönt die Vormittagsgeräusche, die lärmende Unruhe der Gläser mit Vermouth, die Siphons, die Tellerchen mit Oliven, Münzen und Spielmarken. Señor Albano ist noch nicht da; ich bedanke mich und, schon nicht mehr müde, lege ich mich aufs Bett, schlüpfe nur unter die blaue Decke. Ich denke an Sie und vergesse Sie, nehme meinen Willen, Sie zu vergessen, hin, ich vergesse die nicht zu verwirklichende Zukunft, die uns vereinte, vergesse den unbedeutenden Teil dessen, was wir gemeinsam taten, dessen, was uns erwartet. Die Hände unter dem Nacken, umschlossen, fast durchschossen von den blau-, rosa- und cremefarbenen Streifen der Tapete, lasse ich mich in jedes welke vergangene Glück zurücksinken. Ich rufe mir Señor Albano wach, ohne mehr zu sehen als ein paar schlechtverteilte pechschwarze Haare auf dunkler, fettiger Haut; ich ahne, daß ich mit einem Schlag seine Anekdoten kennenlernen werde, sein Gesicht, seine Stimme, seine geheimnisvollen, wohlerzogenen Gewohnheiten in demselben Augenblick, da Pepe das eintönige Verneinen durch die Erklärung der jüngst aufgetauchten Komplikationen ablöst, die Beschreibung der fortschreitenden Umzinglung, die uns schließlich in die Falle locken wird. Ich erinnere Lagos' Größe, als er in unumgänglich kindlicher Sprache Hinweise zum Besten gab, als er sich fähig zeigte, alles vorauszusehen, nur nicht die sanfte Gebärde, mit welcher der Engländer seine Pistole dem Mann auf die Brust tippte, der auf unser Auto zukam und uns verhaften wollte; ich kehre zu Señor Albano zurück und stelle mir unsere Begegnung in dem Nebenzimmer des Cafés vor oder an der Theke, das Interview, bei dem wir Arm in Arm und ohne Hast die langweiligen Vertraulichkeiten voreinander abspulen, die ein Toter mit einem Gespenst austauschen mag.

Ich glaube, ich werde einschlafen und springe aus dem Bett; ich entdecke Sie schlafend auf einem Stuhl, ich stelle mir die Gesamtheit des tierischen Lebens Ihres Körpers vor von den Schuhen bis zu den Lidern, die sich fälteln, um den Schlaf zu beschützen. Ich steige die Treppe hinunter, durchschreite das Halbdunkel der Uhrmacherwerkstatt, den Verkaufsraum; das Straßenlicht fällt fast senkrecht ein, schneidet auf dem Schaufenster die goldenen Buchstaben der Auslage aus und das Metallviereck des Alarmsystems. Auf der anderen Straßenseite im Eckcafé sitzt, einen Ellbogen in den feuchtwarmen Morgen vorgeschoben, am Fenster ein Mann im Profil, mit einem Panamahut, und beugt sich über eine Zeitung.

Regungslos blicke ich hinüber, höre das ungleiche Ticktack von etwa zwanzig Uhren im Rücken, über meinem Kopf, vibrierend im Schaukasten, vor meinem Bauch; ich erfinde das Ticken der Maschinen, die ich nicht höre, die im Panzerschrank sind, in den Glaskästen, im grünlichen Licht eines kleinen Aquariums, ohne verhüten zu können, daß das Schlagen der Uhren diese Zeit mißt und zerfrißt und andere Zeiten, die ich erinnere und annehmen kann. Die Luft des Lokals weicht plötzlich zurück, wird still und sinkt; von überall her hüpfen die Glockenschläge der Mittagsstunde, hämmern und singen die Glockenspiele. Ich gehe rückwärts, bis ich an eine Standuhr stoße; zitternd bemühe ich mich, all die seit gestern unwissentlich angesammelte Angst auszuschwitzen, während das Getöse weitergeht, während in meiner Erinnerung die letzten Uhrenlaute absterben.

Ich betrete die enge Werkstatt und setze mich auf eine Bank am Tisch; ich klemme eine Uhrmacherlupe ins Auge, zünde eine Zigarette an und prüfe mit kaltem, einäugigem Blick durch die Scheibe der Trennwand das im vorderen Ladenteil ruhende Straßenlicht. Ich horche auf das Bataillon des Ticktacks, das die Mittagshelle bestürmt, stößt und abnutzt; ich lausche den pünktlichen Glockenspielen und Glocken, die Teilsiege feiern. Ohne Gedanken, ohne mich einzumischen, fremd der Zeit und dem Licht, gewärtige ich den Kampf, bis er endet, bis die Metallteile und Scheiben der Zifferblätter sich im Widerschein der ersten Lampe wiederholen und verteilen, die in der Straße aufleuchtet. Ich lasse auf dem Werkstattisch die schwarze Lupe, ich seufze die Tagesmüdigkeit aus und steige die Treppe hinauf mit schmerzendem Körper, die Hand auf den Nieren.

In der dunklen Wohnung gehe ich langsam zwischen den Möbeln umher, höre Sie murmeln oder vor sich hinlachen, undeutlich sehe ich, daß der weiße Fleck Ihres Kleides von der Wand absticht. Sie laufen behend und geräuschlos, bleiben vor dem Diwan stehen; allmählich erkenne ich Ihr Gesicht, Ihren vom Ballettkostüm verkleinerten Körper. Ich setze mich in einen Sessel, und wir fangen von Ihrer Verkleidung zu reden an; ich antworte bereitwillig, nehme alles an, was Sie sagen oder andeuten, glaube mehr und mehr an die stockende Geschichte von einer ähnlichen Tracht, von einer jungen Tante, von zwei oder drei aus dem Stegreif verjüngten Empfindungen, die nur Ihnen etwas bedeuten können. Ich entdecke, daß Ihre Beine erstaunlich stark angeschwollen sind und verstehe, daß Sie unermüdlich getanzt haben, während es dämmerte, daß Sie von einem Zimmerende zum anderen gerannt sind, ein schüchterner Sprung am Fuß der Nische, ein anderer am Fenster.

Als Sie Ihre Geschichte beenden, stimme ich mit nachdenklicher Stimme zu und seufze. Von sehr fern kommt Lärm von Schreien und Autos, und in der unmittelbar eintretenden Stille ahne ich leicht nervös, daß unser gemeinsames Leben beginnen wird; ich mache mir bewußt, daß wir uns nicht vollständig verstehen und daß es notwendig sein wird, viele Lücken mit Vergessen und gutem Willen zu füllen.

Die Tür geht auf und drei Männer treten ein, sie tauchen aus einem Untergrund von Geklingel und musikalischen Vorspielen. Jemand schaltet das Licht ein.

»Alles in Ordnung. Fast geregelt«, sagt Lagos.

»Morgen. Bei Tagesanbruch«, fügt der Engländer hinzu.

Lagos' Gesicht bewegt sich fest und fröhlich; das des Engländers zeigt diskret Resignation und Mißerfolg. Ich merke, daß beide Mienen Teile eines selben Gesichts sind, daß sie übereingekommen sind, sich in Vertrauen und Mutlosigkeit zu teilen. Ich stelle keine Fragen; ich stelle mich auf Renés Seite und helfe ihm, den Tisch abzuräumen und Pakete zu öffnen, ich entkorke die Weinflasche.

Als jemand den letzten Hühnerknochen auf die Platte legt, lächelt René zur Zimmerdecke und sagt rasch:

»Wenn Ihr wollt, könnt Ihr bleiben.«

»Nein«, erwidert Lagos. »Jetzt weniger denn je. Wir haben viel zu tun.«

Sie, einsam am äußersten Tischende, heben die Hände, die vom Fett des Essens glänzen, betrachten ihre Finger nacheinander, nähern und trennen sie mit verwunderter Gebärde. Im Schlafzimmer entdecke ich, daß die Schärpe der Stierkämpfertracht aus einem breiten gepolsterten Gürtel mit einer Brosche im Rücken besteht; ich kann mich nicht erinnern, warum ich dieses Kostüm wollte und bereit war, es zu verteidigen. Lächerlich und trostlos stehe ich vor dem Spiegel und verspüre keine Lust, mich aufzurichten und mir in die Augen zu blicken.

Vielleicht hat Lagos selber begonnen, Männer mit Panamahüten zu sehen, zerstreute Señores Albano mit kantigen Kinnladen, während wir uns zu zwei und zwei auf einer Straße des Zentrums durch die Menschenmenge mit unmaskierten Gesichtern drängen. Jemand berührt mich an der Schulter, ich wende den Kopf nach Ihnen und dem Engländer.

»Hier hinein, Doktor«, sagt er. – »Bitte, gehen wir hier hinein.«

Wir stellen keine Fragen, während Lagos ins Theatervestibül vorgeht, um Eintrittskarten für den Ball zu kaufen.

Sie lachen, den steifen Arm des Engländers unterhakend, den Kopf zum Lärm der Musik gewandt. Schritt für Schritt arbeiten wir uns zu einem leeren Tisch durch; zu spät warnt mich Lagos:

»Vorläufig wollen wir nicht tanzen.«

Sie pressen Ihre Stirn an die Brust des Engländers, Sie umarmen einander und erreichen tanzend den leeren Tisch viel früher als wir.

»Einen Augenblick«, sagt Lagos und blickt Sie mit plötzlicher, fast schamloser Zärtlichkeit an, und Sie beide lachen; wie an einem anderen Abend, der noch nicht gekommen ist, stellen Sie ziellose Wut zur Schau, einen dunklen, bitteren Mund, Sie recken gleichsam Ihre Brüste in die warme Luft, die Düfte, den Rauch. »Einen Augenblick. Wir wollen ein Glas trinken, wir wollen anstoßen.«

Wir stoßen an, auf nichts, eine Sekunde heben wir unsere Gläser den Papierschlangen entgegen, die von der Decke hängen. Als Sie sich mit dem Engländer entfernen, beobachte ich Lagos' Augen, die versuchen, zwischen all den Tänzern nicht Ihr rundes steifes Röckchen, das nackte Dreieck Ihres Rückens zu verlieren; ich fülle mein Glas, entspanne meinen Körper und verfolge in Lagos' Gesicht die Kehren, die Sie im Arm des Engländers vollführen. Ich würde nicht sagen, daß er alt ist; ich würde sagen, daß er in genau dieser Minute zu dem Augenblick gelangt ist, in dem er zu altern beginnt.

Sie kehren zum Tisch zurück, stützen die Fingerspitzen einer Hand auf eine Ecke, trinken einen Schluck, lächeln mir zu, als wäre es Ihnen möglich, mir etwas zu schenken, heben die Arme, um Lagos zu empfangen und entfernen sich tanzend mit ihm.

Der Engländer drückt mir wortlos einen Arm; ich warte und beschließe, jede Art von Beichte zu überhören. Er leert sein Glas und füllt es mit dem Rest aus der Flasche.

»Es war heute morgen«, murmelt er, »als wir uns fast wegen eines Maskenkostüms stritten. Und es war gestern abend, als ich den Kerl umlegte und ihn mit dem Gesicht nach oben im Nieselregen liegen ließ. Ich hatte nicht daran gedacht, es zu tun, bis ich sah, wie ich es tat. Doch im Grunde war ich zu dergleichen wahrscheinlich seit dem Hotel am Fluß entschlossen. Aber ich weiß nicht, ob ich das Recht habe, einen Mann wie Sie darin zu verwickeln.«

»Danke«, sage ich. »Und was ist mit dem Mädchen?«

»Der Geigerin?« Er ist verwundert, macht sich etwas lustig, schüttelt eine Hand in der Luft. »Dieser Art Frau muß man irgend etwas geben, nur nicht Frieden. Das Aufregende, exciting, ist ihr Motto. Sie wurden geboren, um zu leben, ich achte sie, sie sind so selten!«

Sie tanzen mit mir, mit Mauricio und dem Engländer; wieder tanzen Sie mit mir, und ich denke ans Telefon. Ich tanze am Rand der Tanzfläche entlang und erreiche die Bar, frage nach Señor Albano, erfahre, daß sie bereits in der Wäscherei gewesen sind, daß sie Ihren Geigenkasten voller Ampullen unter dem Ladentisch gefunden haben. Allein mit Lagos am Tisch sehe ich Sie zum Gesicht des Engländers auflachen, während Sie tanzen, und rufe mir die Geschicklichkeit wach, mit welcher der Engländer in der Wäscherei den Kasten unter der Wäsche versteckt und den Anflug von Stolz, mit dem er sich aufgerichtet und uns angeblickt hatte; ich rufe mir den Geruch der warmen Feuchtigkeit und der gebrauchten schmutzigen Hemden wach.

»Sie waren in der Wäscherei«, murmele ich. »Um zehn.«

»Danke«, erwidert Lagos; als er Ihr Kleid neben dem Orchester entdeckt, lächelt er wieder. »Wir gehen«, verkündet er, als Sie und der Engländer an den Tisch kommen und legt das Geld auf die Tischdecke; er gibt weder Erklärungen noch blickt er uns an; vielleicht bildet er sich ein, Willkür und Geheimnis ein letztes Ansehen abgewinnen zu können.

Mit unnachgiebiger Geschwindigkeit durchquert er den Tanzsaal und das Theatervestibül; erst, als er am Gehsteigrand stehenbleibt, begreift er, daß er verzweifelt ist und macht kehrt, um uns mit bestürztem Lächeln entgegenzutreten. Wir steigen in ein Taxi und fahren stumm durch die Karnevalsstadt; gemeinsam steigen wir vor einer hohen Mauer aus, die mit politischen Schlagworten in großen, weißen Buchstaben bemalt ist.

»Das mit der Wäscherei«, frage ich Lagos, »soll das heißen . . .?«

Lagos faßt mich am Arm und hält mich fest, bis Sie und
der Engländer an einem schlechtbeleuchteten Häuserblock
vorüber in die Nacht weitergegangen sind.

»Wer weiß, Doktor? Würden Sie sagen, daß alles verloren ist? Verzeihen Sie, wenn ich Ihnen mit einer Frage antworte. Mein Plan, unser Plan besteht weiter; wir verstecken
uns weiterhin im Festtrubel, haben aufgehört zu sein, bis
zum Morgen. Ich habe größte Hochachtung vor Ihrem
Gleichmut. Würden Sie mir vorwerfen, daß ich all die Zeit,
all die Tage mit Ihnen nicht von Elena gesprochen habe?
Schauen Sie dorthin, Doktor, sehen Sie die weiße Gestalt
neben Oscar. Sie ist Elena. Nichts bricht ab, nichts endet;
auch wenn die Kurzsichtigen durch die Veränderungen der
Umstände und Personen die Fährte verlieren. Nur Sie nicht,
Doktor. Hören Sie: die Reise, die Sie mit Elena gemacht
haben, als Sie Oscar verfolgten, ist sie nicht genau die gleiche Reise, die heute bei Tagesanbruch eine Tänzerin, ein
Stierkämpfer, ein Leibwächter, ein König in einem Boot
vom Tigre aus machen können?«

Er läßt meinen Arm los und geht schweigsam weiter,
bescheiden und zugleich hoheitsvoll entschlossen, seinen
letzten Satz wie ein Reis in mich zu senken, damit es Wur-
zeln schlage und wachse.

»Ich gehe auf keinen Ball«, sagen Sie an der Ecke. »Jetzt
zu gehen wäre, wie alle Bälle der Welt zu morden. Was ein
Ball ist, was er sein soll. Aber ich gehe irgendwohin, wohin
du willst. Du brauchst es bloß zu sagen. Das ja.«

Als der Engländer seinen Wagen findet und ich von
neuem neben dem Fahrer sitze und wir ohne bestimmtes
Ziel westwärts fahren, während Lagos seine Absichten
ändert und enttäuscht ist, sobald wir an den von ihm
genannten Ecken ankommen und wir von neuem zu einer
anderen fahren, die ihn ebenso wenig befriedigt, während
wir Straßen durchfahren und verwechseln und mit ihnen
Gelächter, Musik und Scheinwerfer, werden Lagos und ich
vermutlich Gewissensbisse ansammeln, weil wir die Begrü-

ßungen von Dutzenden von Señores Albano unbeantwortet lassen, die uns nur mit herunterhängendem Kinn zulächeln und von Balkonen, Cafétischen und anderen Automobilen mit Panamahüten hinter uns herwinken.

Jetzt, noch immer im Karnevalstrubel, stehe ich neben Ihnen in der kleinen Laube aus trockenen, staubigen Zweigen, in der Papierschlangen und -blumen hängen und aufgespannte Anfangsbuchstaben, Daten und Aufschriften uns zurufen, die wir mit stumm bewegten Lippen alles an uns vorüberziehen lassen. Wir warten auf den Kellner, unablässig präludiert eine Gitarre.

»Ich will einen Trinkspruch anbringen«, sagt der Engländer und hebt sein Glas – die andere Hand hängt über der Hellebarde –, ohne darauf zu warten, daß wir mittrinken. »Ich trinke auf den Frisiersalon mit einem einzigen Stuhl, einem Mulatten, einem zerfressenen Spiegel. Auf eine Stunde Mittagsruhe und auf mich im Schatten schwitzend und in Zeitschriften blätternd. Im Augenblick wüßte ich keine wichtigere Erinnerung.«

»Nichts Neues«, kündige ich bei meiner Rückkehr an, nachdem ich telefoniert und festgestellt habe, daß Señor Albano nicht im Café ist, nachdem ich an dem Gitarristen vorbeigegangen bin, der im Innenhof vor vier schweigsamen Freunden und drei fast schlafenden Frauen präludiert.

»Sie waren in der Wäscherei«, sagt Lagos. »Lieber Doktor, es ist meine Pflicht, Ihnen zu gestehen, daß es überhaupt keine Fähre gibt.« Er hebt sein Glas, zeigt uns sogleich ein Lächeln, das seine Lippen nicht zu trennen vermag, läßt uns sehen, daß er alt ist und niemanden liebt.

Ich greife die Hand, die Sie unter dem Tisch verstecken, verhake einen Fingernagel in den Rand eines Armbands und verstehe mit einemmal das Leben, erkenne mich in ihm, erlebe eine endgültige Enttäuschung wegen seiner Einfachheit.

»Jetzt möchte ich auf das Wohl eines uralten Mannes trinken«, murmelt der Engländer. »Er nährte sich von winzigen Geheimnissen ohne Bedeutung. Als seine Todesstunde nahte, glaubte er sich zu retten, indem er sagte, er sei müde.«

Zum Telefon gehend, sehe ich den verlassenen Innenhof, die aufgetürmten Tische, Mondhelligkeit, die sich schon im Gezweig auflöst. Ich frage nach Señor Albano, und Pepe spricht mit eintöniger Stimme, ohne sich zu unterbrechen, als sage er seine Mitteilung zum hundertsten Male auf und als sei es ihm unmöglich, einen Sinn darin zu entdecken.

»Danke«, entgegne ich. »Ich weiß nicht, ob ich nochmals anrufen werde.«

Während ich zum Tisch zurückkehre – über der Laube schwebt fraglose Helligkeit –, fühle ich mich von der Lächerlichkeit der Kostümierung behindert, ich schäme mich der Geräuschlosigkeit meiner Schnallenschuhe auf den roten Fliesen des Innenhofs, auf dem Erdreich, auf dem Sie und die anderen mich erwarten.

»Sie sind in Renés Laden, im Uhrengeschäft gewesen«, sage ich, während ich mich setze. »Er selbst hat Pepe gewarnt, als er sie an die Tür schlagen hörte.«

»Danke«, sagt Lagos. »Auch darauf können wir trinken.«

Wie erwachend richten Sie sich auf, stoßen mit Ihrem Bein an meines; eine geraume Weile hindert das Lachen Sie am Sprechen.

»Das heißt, daß die Kleider ... daß wir uns nicht mehr umziehen können?«

»Übertrieben versteckt im Karneval, wie es scheint«, bemerkt Lagos und versucht, meinen Blick auf sein Lächeln zu ziehen.

Sie heben die Arme, um sie sich anzusehen, besehen Ihr Mieder, das kurze steife Röckchen, das auf Ihren Knien auszuruhen scheint; Sie lachen, jetzt sanft, immer langsamer, als entfernten Sie sich.

»Nicht nur die Kleider und die Dokumente«, sagt Lagos. »Auch das Geld war in Renés Haus.«

»Stoßen wir an mit leeren Gläsern«, schlägt der Engländer vor.

Nun hebt eine Stille an, welche die letzten Straßengeräusche nur noch berühren, um in ihr zu versinken und zu verschwinden; eine Stille, die es mir ermöglicht, Lagos' und des Engländers Gedanken versehentlich einzusammeln und sie einen Augenblick für sie zu denken. Ich kann Sie vor zehn Jahren sehen, wie Sie unter Ihrem Kissen ein Paar Tanzschuhe verstecken; kann über ihre Schulter hinweg die Streifen sehen, die Sie aus dicken alten Zeitschriften schneiden, kann den Widerschein der Schere im Glanzpapier unterscheiden, kann Sie zu den Weisen tanzen sehen, die man Sie auf der Geige spielen heißt. Und hier in der Laube, auf dem Tisch – während schüchtern, ohne anderen Zweck, als die Stille zu bedecken und zu beschützen, das Gezwitscher der Vögel anhebt –, kann ich das junge, leidenschaftslose Gesicht des Engländers und seine Augen zum Loch der leeren Pfeife, die er zwischen den Zähnen hält, schielen sehen; ich kann Lagos sehen, der zwischen energischen Seufzern altert, als nehme er Zuflucht zu seinem ganzen Willen, zu seinem ganzen Stolz, um in Jahren vorzurücken, und sich Daten und Jahreszeiten aufzuerlegen ohne jede andere Furcht als die eines vorzeitigen Todes.

Von Lächeln, Flüstern, rastlosen Köpfen flankiert, ziehen wir zum großen Scherz des nächsten Morgens; wir schreiten hinter Lagos, treten auf die Spuren des Festes, halten uns kindlich an unsere Unwissenheit über Straßen und Geräusche, die aufsteigen wie Dämpfe; von Lagos' Willenskraft, die wir nicht kennen, angeführt, glauben wir zum letzten Mal an ihn. Mit unserer unsterblichen Stille beladen, schreiten wir vorwärts.

Ich fasse Sie nicht am Arm, während wir die Straßen durchqueren, ich beabsichtige nicht, Sie zu beschützen, ich denke nicht an Sie. Der schwache Wind vermischt und verwirrt auf den Straßen die Spuren des verstorbenen Karnevals, und der Tagesanbruch zwingt der Welt neue Grenzen auf, als Lagos seine Führung beendet und wir vier uns auf die lehnenlose Bank eines kleinen Vorstadtplatzes setzen ohne Standbilder und Gitter, aber mit einer gewaltigen Pinie in der Mitte, die uns zur Mittagsstunde Schatten spendet. Hier warten wir steif, schwer, vom Wind durchschauert, während wir in den Morgen eintreten und uns regungslos der Helligkeit und dem Ende nähern. Aber als ich zwischen den Bäumen flüchtige Männer mit Strohhüten leichtfüßig über die Wiese eilen und unentschlossen grüßen sehe, ziehe ich unwiderstehlich vor, nicht auf der Bank Señor Albano zu erwarten, und stehe auf. Einen Augenblick später stehen Sie und der Engländer auf.

Wir betrachten Lagos' eingesunkenen Mund, seine halbgeschlossenen Augen, in denen das zunehmende Licht schürt, den ergrauten Haarschopf, der unter der Perücke hervorschaut. Der Engländer schüttelt verstört den Kopf, als entdecke er die Gespenster, die sich ohne Ungeduld über den Beeten vermehren, sich teilweise hinter den Stämmen verstecken. Dann beginnt er vor Lagos, vor dessen zusammengesunkenem, erhabenem Leib auf- und abzuschreiten; er kommt und geht, Hellebarde auf der Schulter, mit gewohnheitsgemäßen Schritten und Kehrtwendungen.

Ich kann mich still entfernen; ich überquere den kleinen Platz, und Sie schreiten neben mir, wir erreichen die Ecke, gehen die verlassene, baumbestandene Straße hinauf, ohne vor jemandem zu fliehen, ohne eine Begegnung zu suchen, und ziehen dabei leicht die Füße nach, eher aus Glücksgefühl als aus Müdigkeit.

Inhalt

Erster Teil

Zweiter Teil

Glossar

Seite 25: Porteño
Bewohner von Buenos Aires

Seite 34: Am Tigre
Flußdelta bei Buenos Aires mit Villen, Segelklubs,
Restaurants

Seite 274: Puchero
Siedfleischsuppe; entspricht unserer Hühnersuppe nach
einer durchzechten Nacht

Seite 312: Gringo
geringschätziger Name für Ausländer:
Nichtromanen, besonders Angelsachsen

Seite 352: Fuenteovejuna
Gleichbedeutend mit: »Alle und niemand«. Antwort der
Bewohner des andalusischen Dorfs Fuenteovejuna auf die
Frage des Entsandten der katholischen Könige (16. Jahr-
hundert): »Wer war der Täter?« –: Fuenteovejuna«
Eine Komödie Lope de Vegas heißt: *Fuente Ovejuna*

Lateinamerikanische Literatur
im Suhrkamp Verlag

»Imagination, Sensibilität, Liebenswürdigkeit, Sinnlichkeit, Melancholie, eine gewisse Religiosität und ein gewisser Stoizismus gegenüber dem Leben und dem Tode, ein tiefes Gefühl für das Jenseitige und ein nicht weniger ausgeprägter Sinn für das Hier und Jetzt … Lateinamerika ist eine Kultur.« Octavio Paz

Ciro Alegría: Die hungrigen Hunde. Roman. Deutsch von Wolfgang A. Luchting. Mit einem Nachwort von Walter Boehlich. st 447

Isabel Allende: Eva Luna. Roman. Aus dem Spanischen von Lieselotte Kolanoske. Gebunden

– Das Geisterhaus. Aus dem Spanischen von Anneliese Botond. Gebunden und st 1676

– Von Liebe und Schatten. Roman. Aus dem Spanischen von Dagmar Ploetz. Gebunden

Jorge Amado: Die Abenteuer des Kapitäns Vasco Moscoso. Roman. Aus dem brasilianischen Portugiesisch von Curt Meyer-Clason. BS 850

– Die drei Tode des Jochen Wasserbrüller. Erzählung. Aus dem brasilianischen Portugiesisch von Curt Meyer-Clason. BS 853

Reinaldo Arenas: Wahnwitzige Welt. Ein Abenteuerroman. Aus dem Spanischen von Monika López. st 1350

José María Arguedas: Die tiefen Flüsse. Roman. Aus dem Spanischen von Suzanne Heintz. st 588

Miguel Angel Asturias: Der Böse Schächer. Roman. Aus dem Spanischen und mit einem Nachwort und Anmerkungen von Ulrich Kunzmann. BS 741

– Der Spiegel der Lida Sal. Erzählungen und Legenden. Aus dem Spanischen von Wolfgang Promies. BS 720

Aus der Welt der Azteken. Die Chronik des Fray Bernardino de Sahagún. Mit einem Vorwort von Juan Rulfo. Ausgewählt und mit einem Nachwort versehen von Claus Litterscheid. Leinen

Miguel Barnet: Alle träumten von Cuba. Die Lebensgeschichte eines galicischen Auswanderers. Roman. Aus dem Spanischen von Anneliese Botond. st 1577

Der Cimarrón. Die Lebensgeschichte eines entflohenen Negersklaven aus Cuba, von ihm selbst erzählt. Nach Tonbandaufnahmen herausgegeben von Miguel Barnet. Aus dem Spanischen von Hildegard Baumgart. Gebunden und st 346

– Das Lied der Rahel. Mit einem Nachwort von Miguel Barnet. Aus dem Spanischen von Wilhelm Plackmeyer. st 966

Adolfo Bioy Casares: Die fremde Dienerin. Phantastische Erzählungen. Aus dem Spanischen von Joachim A. Frank. PhB 113. st 962

Lateinamerikanische Literatur
im Suhrkamp Verlag

Adolfo Bioy Casares: Liebesgeschichten. Aus dem Spanischen von René Strien. Gebunden und st 1701

– Morels Erfindung. Roman. Mit einem Nachwort von Jorge Luis Borges. Aus dem Spanischen von Karl August Horst. BS 443 und st 939

– Schlaf in der Sonne. Roman. Aus dem Spanischen von Joachim A. Frank. st 691

– Der Traum der Helden. Roman. Aus dem Spanischen von Joachim A. Frank. Gebunden und st 1185

Augusto Boal: Theater der Unterdrückten. Übungen und Spiele für Schauspieler und Nicht-Schauspieler. Aus dem Brasilianischen von Henry Thorau und Marina Spinu. es 1361

Ignácio de Loyola Brandão: Kein Land wie dieses. Aufzeichnungen aus der Zukunft. Aus dem brasilianischen Portugiesisch von Ray-Güde Mertin. es 1236

– Null. Prähistorischer Roman. Aus dem Brasilianischen und mit einem Nachwort von Curt Meyer-Clason. Gebunden und st 777

Héctor Pérez Brignioli: Mittelamerika. Aus dem Spanischen von Willi Zurbrüggen. es 1449

João Cabral de Melo Neto: Erziehung durch den Stein. Gedichte. Portugiesisch und Deutsch. Übersetzt und mit einem Nachwort versehen von Curt Meyer-Clason. BS 713

Guillermo Cabrera Infante: Drei traurige Tiger. Roman. Aus dem kubanischen Spanisch von Wilfried Böhringer. Leinen

– Drei traurige Tiger. Roman. Aus dem kubanischen Spanisch von Wilfried Böhringer. st 1714

– Rauchzeichen. Aus dem Englischen von Joachim Kalka. Leinen

Ernesto Cardenal: Gedichte. Spanisch und deutsch. Übertragung von Stefan Baciu und Anneliese Schwarzer de Ruiz. BS 705

Alejo Carpentier: Barockkonzert. Novelle. Aus dem Spanischen von Anneliese Botond. BS 508

– Explosion in der Kathedrale. Roman. Aus dem Spanischen von Hermann Stiehl. st 370

– Die Harfe und der Schatten. Roman. Aus dem Spanischen von Anneliese Botond. Leinen und st 1024

– Krieg der Zeit. Fünf Erzählungen und ein Roman. Aus dem Spanischen von Anneliese Botond. Gebunden und st 552

– Die Methode der Macht. Roman. Aus dem Spanischen von Elke Wehr. Gebunden

– Stegreif und Kunstgriffe. Essays zur Literatur, Musik und Architektur in Lateinamerika. Aus dem Spanischen von Anneliese Botond. es 1033

111/2/9.89

Lateinamerikanische Literatur
im Suhrkamp Verlag

Alejo Carpentier: Die verlorenen Spuren. Roman. Aus dem Spanischen von Anneliese Botond. st 808

José Cândido de Carvalho: Der Oberst und der Werwolf. Roman. Aus dem Brasilianischen von Curt Meyer-Clason. Gebunden und st 1092

Rosario Castellanos: Die Neun Wächter. Roman. Aus dem mexikanischen Spanisch von Fritz Vogelsang. BS 816

Gregorio Condori Mamani: »Sie wollen nur, daß man ihnen dient ...« Autobiographie. Aus dem Spanischen von Karin Schmidt. es 1230

Julio Cortázar: Album für Manuel. Roman. Aus dem Spanischen von Heidrun Adler. Gebunden und st 936

– Alle lieben Glenda. Erzählungen. Aus dem Spanischen von Rudolf Wittkopf. st 1576

– Bestiarium. Erzählungen. Aus dem Spanischen von Rudolf Wittkopf. st 543

– Ende des Spiels. Erzählungen. Aus dem Spanischen von Wolfgang Promies. st 373

– Das Feuer aller Feuer. Erzählungen. Aus dem Spanischen von Fritz Rudolf Fries. st 298

– Die geheimen Waffen. Erzählungen. Aus dem Spanischen von Rudolf Wittkopf. st 672

– Geschichten der Cronopien und Famen. Aus dem Spanischen von Wolfgang Promies. BS 503

– Geschichten, die ich mir erzähle. Aus dem Spanischen von Rudolf Wittkopf. Gebunden

– Die Gewinner. Roman. Aus dem Spanischen von Christa Wegen. Leinen

– Ein gewisser Lukas. Aus dem Spanischen von Rudolf Wittkopf. Leinen

– Letzte Runde. Aus dem Spanischen von Rudolf Wittkopf. es 1140

– Das Observatorium. Aus dem Spanischen von Rudolf Wittkopf. Mit Fotos von Julio Cortázar unter Mitarbeit von Antonio Gálvez. es 1527

– Oktaeder. Erzählungen. Aus dem Spanischen von Rudolf Wittkopf. st 1295

– Passatwinde. Erzählungen. Aus dem Spanischen von Rudolf Wittkopf. st 1370

– Rayuela. Himmel und Hölle. Roman. Aus dem argentinischen Spanisch von Fritz Rudolf Fries. Leinen und st 1462

– Reise um den Tag in 80 Welten. Aus dem Spanischen von Rudolf Wittkopf. es 1045

– Der Verfolger. Erzählungen. Aus dem Spanischen von Fritz Rudolf Fries, Wolfgang Promies und Rudolf Wittkopf. Gebunden und BS 999

Lateinamerikanische Literatur
im Suhrkamp Verlag

111/4/9.89

Lateinamerikanische Literatur
im Suhrkamp Verlag

Osman Lins: Verlorenes und Gefundenes. Erzählungen. Aus dem Brasilianischen von Marianne Jolowicz. Gebunden

Clarice Lispector: Der Apfel im Dunkeln. Roman. Aus dem brasilianischen Portugiesisch von Curt Meyer-Clason. BS 826

– Die Nachahmung der Rose. Übertragung aus dem Brasilianischen und Nachwort von Curt Meyer-Clason. BS 781

– Nahe dem wilden Herzen. Roman. Aus dem brasilianischen Portugiesisch von Ray-Güde Mertin. Gebunden und BS 847

– Die Passion nach G. H. Roman. Aus dem brasilianischen Portugiesisch von Christiane Schrübbers und Sarita Brandt. st 1724

– Die Sternstunde. Aus dem brasilianischen Portugiesisch von Curt Meyer-Clason. BS 884

Joaquim Maria Machado de Assis: Dom Casmurro. Roman. Aus dem Brasilianischen von Harry Kaufmann. BS 699

– Quincas Borba. Roman. Aus dem brasilianischen Portugiesisch und mit einem Nachwort von Georg Rudolf Lind. BS 764

Angeles Mastretta: Mexikanischer Tango. Roman. Aus dem Spanischen von Monika López. Gebunden

Pablo Neruda: Gedichte. Spanisch und deutsch. Übertragung und Nachwort von Erich Arendt. BS 99

– Liebesbriefe an Albertina Rosa. Zusammengestellt, eingeführt und mit Anmerkungen versehen von Sergio Fernández Larrain. Aus dem Spanischen von Curt Meyer-Clason. Leinen und st 829

– Die Raserei und die Qual. Gedichte. Spanisch und deutsch. Auswahl, Übertragung und Nachwort von Hans Magnus Enzensberger. BS 908

Juan Carlos Onetti: Grab einer Namenlosen. Roman. Aus dem Spanischen von Wilhelm Muster. BS 976

– Das kurze Leben. Roman. Aus dem Spanischen von Curt Meyer-Clason. Leinen und st 661

– Lassen wir den Wind sprechen. Roman. Aus dem Spanischen von Anneliese Botond. Gebunden

– Leichensammler. Roman. Aus dem Spanischen und mit einem Nachwort von Anneliese Botond. BS 938

– Magda. Roman. Aus dem Spanischen von Anneliese Botond. Leinen

– Der Schacht. Roman. Aus dem Spanischen von Jürgen Dormagen. BS 1007

– So traurig wie sie. Zwei Kurzromane und acht Erzählungen. Aus dem Spanischen und mit einem Nachwort von Wilhelm Muster. Gebunden

– So traurig wie sie. Erzählungen. Aus dem Spanischen von Wilhelm Muster. BS 808 und st 1601

111/5/9.89

Lateinamerikanische Literatur
im Suhrkamp Verlag

Juan Carlos Onetti: Die Werft. Roman. Aus dem Spanischen und mit einem Nachwort von Curt Meyer-Clason. BS 457

Octavio Paz: Die andere Zeit der Dichtung. Von der Romantik zur Avantgarde. Aus dem Spanischen von Rudolf Wittkopf. Leinen

– Der Bogen und die Leier. Poetologischer Essay. Aus dem Spanischen von Rudolf Wittkopf. Leinen

– Essays 2. Aus dem Spanischen von Carl Heupel und Rudolf Wittkopf. Leinen

– Essays I/II. 2 Bände. Aus dem Spanischen von Carl Heupel und Rudolf Wittkopf. st 1036

– Gedichte. Spanisch und deutsch. Übertragung und Nachwort von Fritz Vogelgang. BS 551

– Das Labyrinth der Einsamkeit. Essay. Übersetzung und Einführung von Carl Heupel. BS 404

– Der menschenfreundliche Menschenfresser. Geschichte und Politik 1971-1980. Aus dem Spanischen von Rudolf Wittkopf und Carl Heupel. es 1064

– Der sprachgelehrte Affe. Aus dem Spanischen von Anselm Maler und Maria Antonia Alonso-Maler. BS 530

– Suche nach einer Mitte. Die großen Gedichte. Spanisch und deutsch. Übersetzung Fritz Vogelgang. Nachwort Pere Gimferrer. es 1008

– Verbindungen–Trennungen. Ein Essay. Aus dem Spanischen von Elke Wehr und Rudolf Wittkopf. Leinen

– Zwiesprache. Essays zu Kunst und Literatur. Aus dem Spanischen von Elke Wehr und Rudolf Wittkopf. es 1290

Virgilio Piñera: Kleine Manöver. Roman. Mit einem Nachwort von G. Cabrera Infante. Aus dem Spanischen von Wilfried Böhringer. BS 1035

Elena Poniatowska: Lieber Diego. Aus dem mexikanischen Spanisch von Astrid Schmitt. st 1592

– Stark ist das Schweigen. Vier Reportagen aus Mexiko. Übersetzt von Anna Jonas und Gerhard Poppenberg. Mit Abbildungen. st 1438

Manuel Puig: Die Engel von Hollywood. Roman. Aus dem Spanischen von Anneliese Botond. Gebunden und st 1165

– Herzblut erwiderter Liebe. Roman. Aus dem brasilianischen Portugiesisch von Karin von Schweder-Schreiner. Gebunden und st 1469

– Der Kuß der Spinnenfrau. Roman. Aus dem Spanischen von Anneliese Botond. st 869

– Der schönste Tango der Welt. Ein Fortsetzungsroman. Deutsch von Adelheid Hanke-Schaefer. Leinen und st 474

– Verraten von Rita Hayworth. Roman. st 344

111/6/9.89

Lateinamerikanische Literatur
im Suhrkamp Verlag

111/7/9.89

Lateinamerikanische Literatur
im Suhrkamp Verlag

César Vallejo: Gedichte. Spanisch und deutsch. Übertragung und Nachwort von Hans Magnus Enzensberger. BS 110

Mario Vargas Llosa: Gegen Wind und Wellen. Literatur und Politik. Aus dem Spanischen von Elke Wehr. es 1513

– Gespräch in der Kathedrale. Roman. Deutsch von Wolfgang A. Luchting. st 1015

– Das grüne Haus. Roman. Deutsch von Wolfgang A. Luchting. st 342

– Der Hauptmann und sein Frauenbataillon. Roman. Aus dem Spanischen von Heidrun Adler. st 959

– Die kleinen Hunde. Erzählung. Deutsch von Wolfganng A. Luchting. Mit einem Nachwort von José Miguel Oviedo. BS 439

– Der Krieg am Ende der Welt. Roman. Aus dem Spanischen von Anneliese Botond. Gebunden und st 1343

– La Chunga. Ein Stück. Aus dem Spanischen von Dagmar Ploetz. es 1555

– Lob der Stiefmutter. Roman. Aus dem Spanischen von Elke Wehr. Mit Abbildungen. Leinen

– Maytas Geschichte. Roman. Aus dem Spanischen von Elke Wehr. Gebunden und st 1605

– Die Stadt und die Hunde. Roman. Aus dem Spanischen von Wolfgang A. Luchting. st 622

– Tante Julia und der Kunstschreiber. Roman. Aus dem Spanischen von Heidrun Adler. Gebunden und st 1520

– Wer hat Palomino Molero umgebracht? Roman. Aus dem Spanischen von Elke Wehr. Gebunden

111/8/9.89

suhrkamp taschenbücher materialien

suhrkamp taschenbücher materialien

suhrkamp taschenbücher materialien

Peter Huchel. Herausgegeben von Axel Vieregg. stm. st 2048

Johnsons ›Jahrestage‹. Herausgegeben von Michael Bengel. stm. st 2057

Uwe Johnson. Herausgegeben von Rainer Gerlach und Matthias Richter. stm. st 2061

Joyces ›Dubliners‹. Herausgegeben von Klaus Reichert, Fritz Senn und Dieter E. Zimmer. stm. st 2052

Juden in der deutschen Literatur. Ein deutsch- israelisches Symposion. Herausgegeben von Stéphane Moses und Albrecht Schöne. stm. st 2063

Der junge Kafka. Herausgegeben von Gerhard Kurz. stm. st 2035

Kaiser, Gerhard: Geschichte der deutschen Lyrik. Band 1: Von Goethe bis Heine. 3 Bände. stm. st 2087

– Geschichte der deutschen Lyrik. Band 2: Von Heine bis zur Gegenwart. 3 Bände. stm. st 2107

Marie Luise Kaschnitz. Herausgegeben von Uwe Schweikert. stm. st 2047

Alexander Kluge. Herausgegeben von Thomas Böhm-Christl. stm. st 2033

Wolfgang Koeppen. Herausgegeben von Eckart Oehlenschläger. stm. st 2079

Franz Xaver Kroetz. Herausgegeben von Otto Riewoldt. stm. st 2034

Landschaft. Herausgegeben von Manfred Smuda. stm. st 2069

Lateinamerikanische Literatur. Herausgegeben von Michi Strausfeld. stm. st 2041

Einladung, Hermann Lenz zu lesen. Herausgegeben von Rainer Moritz. stm. st 2099

Literarische Klassik. Herausgegeben von Hans-Joachim Simm. stm. st 2084

Literarische Utopie-Entwürfe. Herausgegeben von Hiltrud Gnüg. stm. st 2012

Literatur und Recht. Von Klaus Lüderssen. stm. st 2080

Literaturverfilmungen. Herausgegeben von Franz-Josef Albersmeier und Volker Roloff. stm. st 2093

Karl May. Herausgegeben von Helmut Schmiedt. stm. st 2025

Karl Mays ›Winnetou‹. Herausgegeben von Dieter Sudhoff und Hartmut Vollmer. stm. st 2102

Friederike Mayröcker. Herausgegeben von Siegfried J. Schmidt. stm. st 2043

E. Y. Meyer. Herausgegeben von Beatrice von Matt. stm. st 2022

Moderne chinesische Literatur. Herausgegeben von Wolfgang Kubin. stm. st 2045

Adolf Muschg. Herausgegeben von Manfred Dierks. stm. st 2086

251/3/8.90

suhrkamp taschenbücher materialien

251/4/8.90